하안

河岸

THE BOAT TO REDEMPTION
by Su Tong

이 도서의 국립중앙도서관 출판예정도서목록(CIP)은
서지정보유통지원시스템 홈페이지(http://seoji.nl.go.kr)와
국가자료공동목록시스템(http://www.nl.go.kr/kolisnet)에서 이용하실 수 있습니다.
(CIP제어번호: CIP2019042052)

하안
河岸

쑤퉁 장편소설

문현선 옮김

문학동네

일러두기

1. 주석은 모두 옮긴이주다.
2. 본문 중 고딕체는 원서에서 고딕체로 강조한 부분이다.

차례

상

하

상

아들

1

모든 것은 내 아버지와 연관된다.

다른 사람들은 모두 땅 위에서, 그러니까 집에서 살아가지만 나와 아버지는 배 위에서 살아간다. 아버지가 십삼 년 전에 한 선택이다. 그가 강물을 택했으니 나도 뭍을 떠날 수밖에 없었다. 뭐라 원망할 것도 없었다. 상양* 선대船隊는 일 년 사계절 내내 진췌강을 오간다. 그래서 나와 아버지의 생활 방식은 점점 어류에 가까워졌다. 때로는 물을 따라 내려가고 때로는 물을 거슬러올라간다. 우리의 세계는 내달리는 강물이다. 하염없이 좁고도 면면하다. 물 한 방울이 기계적으로 다른 한 방울을 내포하고, 일 초의 시간이 또

* '상양(向阳)'에는 중국어로 '해바라기'라는 뜻도 있다.

다른 일 초를 말없이 복제하는 세계. 강물 위의 십삼 년 동안, 나는 선대가 강기슭에 정박할 때마다 뭍으로 돌아가 땅 위의 손님이 되었다. 반면 아버지는 많은 사람들이 알고 있듯 뭍에서 아예 자취를 감춘 지 오래였다. 아버지는 경솔하고도 고집스럽게 뭍의 세계로부터 한 걸음씩 도망쳤고, 도주는 매우 성공적이었다. 강물은 아버지를 감추고 변화시켰다. 십삼 년이 지난 뒤, 나는 늙기도 전에 쇠잔해진 아버지의 몸에서 어류의 어떤 특징들을 발견했다.

무엇보다 아버지의 눈과 입이 변했다는 걸 가장 먼저 알아차렸다. 어쩌면 노쇠와 관련이 있을 수도 있고, 없을 수도 있다. 눈알이 갈수록 작아지고 주변이 짙은 백태로 뒤덮여 마치 물고기 눈처럼 보였다. 밝은 낮이나 어두운 밤이나, 아버지는 선실을 지키며 강 너머 뭍의 세계를 의기소침하여 바라보았다. 간혹 아버지가 옷도 벗지 않은 채 잠들면 한밤중 선실 안에는 흐릿한 비린내가 떠돌았다. 잉어처럼 흙 비린내가 나거나, 죽어가는 백연어보다 더 고약한 냄새가 날 때도 있었다. 아버지의 입은 다양한 용도로 사용되었다. 서글픈 잠꼬대를 하는 외에도, 쓰라린 한숨을 내뱉으면서 동시에 즐거운 듯 투명한 거품을 불어낼 수 있었다. 나는 아버지가 자는 모습을 유심히 살폈다. 모로 누운 채 팔짱을 끼고 두 다리를 엇건 자세가 의식적으로 물고기를 따라한 듯 보였다. 앙상하게 드러난 등줄기도 관찰했다. 등줄기 위 살갗은 각질이 일어 누더기처럼 거칠었으며 온갖 반점으로 뒤덮여 있었다. 몇몇 반점은 갈색이나 암홍색이었지만 대부분은 은색으로 반짝반짝 빛났다. 밝게 빛나는 이 반점들 때문에, 아버지의 몸이 언젠가 온통 물고기 비늘로 뒤덮이지 않을까, 가뜩이나 걱정이 되었다.

왜 나는 줄곧 아버지가 물고기로 변할까 걱정했을까? 망상에 빠진 것도 아니고, 아버지를 저주한 것은 더더욱 아니다. 아버지의 일생은 평범하지 않았다. 나는 말재주가 부족해 단번에 그와 어류 사이의 미묘한 관계를 분명히 밝힐 수 없다. 그러니 기원까지 거슬러올라가는 수밖에. 역시나 여성 열사 덩사오샹의 이야기부터 시작해야 할 것이다.

무릇 진훼강 근처에 사는 사람이라면 누구나 덩사오샹 열사의 이름을 안다. 집집마다 모르는 이가 없는 그 이름은 언제나 강남 지역의 붉은 혁명사에서 가장 웅장하고 화려한 음표로 울려퍼졌다. 아버지의 운명은 바로 이 열사의 혼령과 연관된다. 아버지 쿠원쉬안은 일찍이 덩사오샹의 아들이었다. 주의하시길. 나는 '일찍이'라고 말했다. 나는 고상하고도 너무나 허무한 이 단어를 쓸 수밖에 없다. 아버지의 일생을 해독할 황금 열쇠인 이 단어를.

덩사오샹의 영광스러운 업적은 화강암 비석에 간단명료하게 새겨져 있다. 그녀가 재난을 당한 유팡진의 정자에 세워진 그 비석을 모든 사람이 우러렀다. 진훼강 지역의 아이들은 청명절이 되면 유팡진으로 가서 열사의 영령에 제를 올렸다. 가까우면 걸어가고 멀면 배나 트랙터를 타고 갔다. 부두에 닿으면 길가에 임시로 세운 표지판이 보였고, 거기에 그려진 화살표는 일제히 부두 서남쪽의 육각 정자를 가리켰다. 정자까지 앞으로 300미터, 앞으로 100미터, 앞으로 30미터. 사실 표지판을 보지 않아도 갈 수 있었다. 청명절에는 정자 처마의 양끝에 커다란 표어가 눈에 띄게 내걸렸기 때문이다. **덩사오샹 열사의 혁명 영령을 장중하게 추모하자!** 높이 2미터, 너비 1미터의 열사비는 정자 안에 서 있었다. 정면의 비문은 다른 열사 묘역의 것과 크게 다르지 않았다. 아이들은 돌아가서 작문에 인용해야 했기 때문에 비문을 줄줄 읊을 정도로 외웠다. 사람들에게 정말 깊은 인상을 주는 것은 열사비 뒷면의 부조 한 폭이었다. 그 부조는 혁명 시대 특유의 날카롭고 낭만적인 분위기를 물씬 풍겼다. 영웅적인 풍모와 호방한 기상이 돋보이는 젊은 여인이 바람을 맞으며 서서, 어깨 뒤로 광주리 하나를 걸머진 채 얼굴을 약간 옆으로 돌려 동남쪽을 매섭게 쏘아보는 모습이었다. 부조의 핵심이기도 한 광주리가 참배객 대부분의 눈길을 끌었다. 자세히 들여다보면 그 광주리 속에서 갓난아기의 머리 하나를 찾을 수 있을 것이다. 좀더 자세히 들여다보면 아기의 눈동자를, 어쩌면 그 머리에 난 가늘고 부드러운 머리칼까지 볼 수도 있을 것이다.

어느 고장에나 그곳만의 전설이 있는 법인데, 덩사오샹의 이야기는 어지간히 뒤죽박죽이었다. 덩사오샹의 일생에 대해 가장 잘 알려진 이야기는 그 아버지가 평황진에서 장의사를 했다는 것이다. 집안의 유일한 딸이었기에 사람들은 덩사오샹을 장의사 집 아씨라 불렀다. 장의사 집 아씨 덩사오샹이 어떻게 혁명의 길을 걷게 되었나? 이에 대해서는 이설이 분분했다. 본가인 평황진 사람들은 덩사오샹이 어려서부터 악을 원수처럼 여기며 진보적인 노선을 추구했다고 주장했다. 평황진의 다른 여자아이들이 가난함을 미워하고 부유함을 사랑했던 반면, 덩사오샹은 부유함을 미워하고 가난함을 사랑했다고 말이다. 용모가 출중하고 가정환경이 풍요로웠음에도 덩사오샹은 학교 앞에서 소귀나무 열매를 파는 흙투성이 농사꾼을 사랑했다. 이 이야기는 선전용 자료와 거의 일치한다. 덩사오샹은 평황진을 떠났다. 사랑을 위해, 이상을 위해. 그러나 그녀가 시집간 주룽포 일대에서는 얼토당토않은 내용들이 떠돌았고, 친정 쪽 이야기와는 정반대였다. 과수원 농사꾼과 주룽포로 달아난 덩사오샹은 머지않아 후회하게 되었다. 매일같이 과실수 몇 그루를 지키는 일이 달갑지 않았고, 머릿속이 풀 생각으로 가득찬 촌사람들의 비난과 냉대를 도저히 참아낼 수 없었던 것이다. 먼저 사내와 틀어지기 시작했고, 나중에는 시댁 식구들 모두와 돌아가며 다투었다. 그러다 수습할 수 없을 정도로 사이가 틀어지자 집에 불을 지른 다음 이내 혁명의 길로 들어섰다는 내용이다. 한 집안에서 벌어진 이야기가 너무도 통속적인데다 전반적으로 아무래도 음험한 구석이 있다. 덩사오샹이 주제넘게 혁명에 투신했다고? 방화범이 되었으니 하릴없이 혁명을 하겠다고 나선 게 아닌가? 이처럼 꿍꿍이가 있어 보이는 나쁜 여론이 한차례 지나가고, 열사의 빛나는 영웅상에 심각한 오점이 남게 되었다. 정부는 즉시 주룽포에 조사단을 파견해 엄격한 조사를 실시하고, 이 소문을 반혁명 유언비어로 규정해 비판대회를 세 차례나 열었다. 각각 덩사오샹의 예전 손아래 시누이, 지주의 아내, 나이든 부농 두 명을 겨냥한 것이었다. 그러자 유언비어는 이내 깨끗이 사라졌고, 이후 주룽포의 빈농들도 더이상 이를 퍼뜨리지 않았다.

친정인 펑황진이든 시집인 주룽포든, 덩사오샹이 그처럼 큰일을 하리라고는 두 고장 사람들 모두 예상하지 못했다. 누가 감히 상상이나 했겠는가? 전쟁이 한창이라 진훼강 일대가 온통 붉은 피로 물들었던 그때, 진훼강 유격대를 위해 총기와 탄약을 운반하는 임무가 바람만 불어도 사그라질 듯한 여인의 가녀린 두 어깨에 달려 있었음을. 유격대가 양쪽 강기슭에서 동에 번쩍 서에 번쩍 출몰하니 덩사오샹도 신출귀몰해야 했다. 덩사오샹은 마침 이 일에 천부적 재능이 있었고 뒷받침해줄 자본까지 넉넉했다. 사망과 장례 소식은 언제나 가장 먼저 접하는 친정 평황진의 장의사가 천혜의 요새가 되어준 것이다. 운반 임무가 막중한 경우, 덩사오샹은 친정으로 돌아가 고인의 관 속에 총기와 탄약을 숨겼다. 그러고는 삼베옷을 걸치고 띠를 두른 채 상을 당한 여인처럼 목놓아 울었다. 곡을 하며 황량한 교외의 묘지로 따라가 땅에 관이 묻힐 때까지 지켜보는 것이 그녀의 임무였다. 나머지 일은 유격대원들이 알아서 했다. 그래서 덩사오샹이 놀랍도록 대단한 그 일을 해낸 데는 세 가지 보물의 힘이 컸다고 사람들은 말했다. 바로 관과 주검, 그리고 무덤이다.

그때 유팡진에서 덩사오샹이 맡은 새 임무는 매우 간단했다. 모제르총 다섯 자루를 '장기왕'이라는 암호명을 쓰는 지하당원에게 전해주면 그만이었다. 그래서 적을 다소 얕보았을 것이다. 유팡진 일대에 장례 소식이 있는지, 묘지가 어디에 있는지 정확히 알아보지도 않고 접선 상대와 장소만 확인했다. 친정의 관에 의존하지 않고 아기와 광주리만 짊어진 채 임무 수행에 나선 건 처음이었다. 아마 자신도 알지 못했을 것이다. 세 가지 보물—관, 주검, 무덤—의 가호를 벗어난 유팡진행이 다시 돌아올 수 없는 길이 되리라고는.

덩사오샹은 아기를 싼 강보 안에 모제르총 다섯 자루를 넣고 광주리를 짊어진 채 석탄 운송선을 타고 유팡진부두로 왔다. 부두에서 장기 두는 정자의 위치를 묻자 사람들이 서쪽에 있는 육각 정자를 손가락으로 가리키며 말했다. 저기는 남자들이 장기를 두는 곳인데, 당신 같은 아낙이 가서 무엇을 할 셈인가? 장기라도 둘 줄 아는가? 덩사오샹은 등에 진 광주리를 두드리며 말했다. 제가 어디 장기를 두겠어요? 애아버지가 거기서 '장기왕'이 장기 두는 걸 본다고 해서요. 그 사람을 찾으러 가는 거지요.

덩사오샹은 광주리를 등에 진 채 정자 안으로 들어섰다. 정자 안에는 장포와 마고자를 입고 장기를 두는 두 남자가 있었다. 둘 다 모르는 자들이었다. 한 사람은 사복을 입은 헌병대장으로 생김새가 말쑥하고 지식인 특유의 분위기가 있어 '장기왕'처럼 보였다. 다른 한 사람은 관옥처럼 흰 얼굴에 안경을 끼고 이리저리 두리번거리는데 안경알 너머 눈빛이 무척이나 날카로워 역시 '장기왕'이라는 이름에 걸맞았다. 누가 '장기왕'인지 알아볼 수 없었던 덩사오샹은 장기판을 보면서 접선 암호를 말했다. 비가 오겠어요. 집에 가서 옥수수 걷어야죠.

장기를 두던 두 사람 가운데 하나가 무의식적으로 정자 밖 하늘을 쳐다보았고, 다른 하나는 냉랭한 눈길로 덩사오샹을 훑어보더니 장기짝 하나를 들어 상대방 쪽에 두면서 말했다. 옥수수는 다 걷었으니, 장 받아라!

암호는 맞았지만 덩사오샹은 등에 진 광주리를 내려놓지 않았다. 대신 돌로 만든 탁자 위에 어지럽게 널려 있는 장기짝을 눈여겨보았다. 문득 그 둘이 장기를 둘 줄 모르는 게 아닌가 의심이 들어 예민해진 말투로 물었다. 어떻게 두죠?

헌병대장이 멈칫하더니 짐짓 침착하게 상대에게 눈짓을 보내며 물었다. 말해보시오. 어떻게 두는 것인지?

다른 한 사람은 곁눈질로 덩사오샹을 노려보다가 긴장한 듯 생각에 잠겨 차 떼고, 마 떼고, 포, 포는 어떻게 두더라…… 이렇게 중얼대며 시선을 아래로 떨궜다. 그러다 눈빛이 점점 험악해지더니 갑자기 미친듯이 웃음을 터뜨렸다. 장의사 집 딸내미가 똑똑하기도 하네. 포를 어떻게 둘까? 바로 너를 향해 던지지!

덩사오샹은 안색이 변해서 광주리를 등에 진 채 정자 밖으로 걸음을 옮기며 말했다. 알았어요. 상관하지 않을게요. 내가 잘못했네요. 남자들이 장기를 두는데, 나 같은 아낙이 뭘 끼어들겠어요?

그녀가 한발 늦었다. 맞은편 찻집에 앉아 있던 손님들이 갑자기 우르르 몸을 일으키더니 엄청난 수의 적에 맞서듯 정자 쪽으로 달려나왔다. 덩사오샹은 정자 계단까지 걸어가다가 수많은 남자들에 사방을 에워싸이자 자리에 붙어선 채 꼼짝도 하지 않으며 말했다. 정말이지 한심하네. 이 많은 남자들이 여자 하나를 상대한다고 나서다니. 부끄럽지도 않아요? 덩사오샹의 냉정하고 침착한 행동은 사람들을 놀라게 했지만, 아름다움을 사랑하는 그녀의 천성 때문에 그 자리에서 목숨을 잃을 뻔했다. 덩사오샹이 푸른 마고자 소매 안쪽으로 손을 집어넣자 헌병대장이 긴장한 나머지 총을 꺼내든 것이다. 꼼짝 마, 꼼짝 마라! 덩사오샹이 품에서 꺼낸 것은 분홍색 연지합이었다. 연지합을 열고 뚜껑에 붙은 작은 거울을 세워 사방을 비추자 눈부신 빛이 반사되어 헌병들의 얼굴 위에서 뛰놀았다. 헌병들은 그 빛을 피해 이리저리 흩어졌다. 비추지 마라, 비추지 마. 거울을 내려놔! 누군가 당황한 나머지 앞으로 뛰어들어 비수로 덩사오샹의 몸을 겨누며 위협했다. 덩사오샹은 그제야 거울로 자기 자신을 비추며 손가락에 연지분을 묻혀 얼굴에 발랐다. 모두 겁쟁이들이네. 작은 거울 하나에 이렇게 놀라다니! 덩사오샹은 꼼꼼하게 분을 바르면서 바지런히 입을 놀렸다. 안타깝구나, 안타까워. 이렇게 좋은 연지분을 겨우 사서 제대로 써보지도 못했는데 이제야 이렇게 한 번 쓰다니!

헌병대장은 덩사오샹이 분을 바르지 못하도록 사람을 시켜 연지합을 빼앗았다. 덩사오샹은 광주리를 가리키며 안에 나무빗이 들었으니 좀 가져다달라고 했다. 얼굴에 분을 못 바르게 하니 머리라도 빗어야겠네요. 헌병대장은 머리를 빗는 것도 허락하지 않으며 욕을 퍼부었다. 이 얼빠진 계집아! 죽는 마당에 여전히 꾸미고 싶은 게냐! 그렇게 정성껏 꾸며서 어쩌려고? 저승에 가서 선이라도 볼 테냐?

헌병 둘이 다가가 광주리를 끌고 가자 안에 있던 아기가 그제야 울음을 터뜨렸다. 울음소리가 무척이나 이상했다. 호흡도 약하고 어딘가 억눌려 있어서 마치 어린양이 우는 것 같았다. 덩사오샹은 꿈에서 막 깨어난 사람처럼 광주리를 쫓아 달려가며 말했다. 잠시만, 광주리 안에 아기가 있어요. 이봐요, 좀 기다려. 아기를 놀라게 하지 말라고. 덩사오샹은 목숨을 걸고 헌병들의 팔다리를 붙잡고 늘어지더니 그대로 엎어져 아기의 작은 얼굴에 입을 맞추었다. 울음소리가 그치고 덩사오샹이 다시 입을 맞추려 하자, 헌병 하나가 덩사오샹의 머리를 움켜쥐고 다른 헌병이 팔뚝을 뒤로 엇갈려 틀어쥔 채 그녀를 정자 쪽으로 밀고 갔다.

덩사오샹의 얼굴에는 두려움이 없었다. 이 재앙을 피할 수 없다는 사실을 잘 알았으니까. 하지만 그런 그녀도 재앙의 세세한 부분에 대해서는 전혀 아는 바가 없었다. 왜 정자 쪽으로 가는 거예요? 덩사오샹이 헌병대장에게 물었다. 여기는 남자들이 장기를 두는 곳이잖아. 여기서 조리돌림이라도 할 셈인가요?

조리돌림당할 장소도 고르려고? 장소 정하는 일은 너한테까지 순서가 가지 않아. 헌병대장이 말했다. 그래도 머리는 좀 있구나. 조리돌림당할 것도 다 알고. 우린 널 벌할 거야. 바로 네 목을 가지고 말이다.

먼저 재판을 받아야 하지 않아요? 재판도 하지 않고 나를 총살하겠다고? 참으로 무서워라. 믿을 수 없네요.

재판? 시간 낭비지. 장의사 집 딸내미, 잘 들어. 너한테는 그런 자격도 없어. 헌병대장이 음험한 얼굴로 덩사오샹의 눈을 똑바로 바라보며 말했다. 오늘이 네 제삿날이야. 장의사 집 딸내미는 무조건 사살하라. 이게 상부의 명령이거든. 공부도 좀 하고 머리에 먹물도 들었다니, 무조건 사살하라는 게 무슨 뜻인지 잘 알겠지?

헌병 하나가 덩사오샹의 머리채를 단단히 움켜쥐고 움쭉달싹 못하게 만들었다. 그녀의 얼굴이 강제로 들렸다. 뺨에는 기이한 홍조가 반짝였다. 잠시 후 덩사오샹은 고집스럽게 고개를 돌려 멀리 광주리 속 아기에게 눈길을 보냈다. 그러지 마요. 아기가 놀라잖아! 덩사오샹이 갑자기 새된 소리를 내질렀다. 날 총살하려거든 먼저 아기부터 놔줘요. 아기를 마차오진의 탁아소로 데려다줘요. 아기를 보낸 다음에 날 총살하라고!

허참, 우리를 네 집에서 부리는 하인으로 보나? 헌병대장이 차디차게 웃었다. 아기를 마차오진으로 데려다줘? 네가 지금 조건을 내걸어? 말끔하게 죽을 수 있을 거라 생각하는 건가? 시원하게 단번에? 우리가 널 총살할 거라 생각하나? 장의사 집 딸내미를 총살한다, 너무 잘 쳐주는 거지! 헌병대장이 말하고는 정자 밖을 쳐다보며 손뼉을 치자 누군가 장대를 들고 달려와 장대로 정자 대들보 위를 들쑤셨다. 대들보 위에서 먼지가 사방으로 날리며 삼밧줄이 떨어졌다. 밧줄 끝에는 크지도 작지도 않은 올가미 하나가 만들어져 있었다. 딱 여자 머리 하나가 들어갈 크기였다. 이 상황을 지켜보던 헌병들은 놀라움의 탄성을 내지르다 이어서 갈채를 쏟아내며 이 독특한 의식에 찬사를 보냈다.

덩사오샹은 경악하며 정자의 대들보를 올려다보았다. 가을바람에 흔들리는 늘어진 올가미가 목숨을 재촉하는 시계추처럼 이리저리 움직였다. 두려운 건 잠시일 뿐 덩사오샹은 빠르게 평정을 되찾았다. 총살이 아니고 날 목매달 참이다? 매달고 싶다면 매달라지. 어쨌거나 죽는 마당인데 부탁 하나만 합시다. 혓바닥이 밖으로 나오지만 않도록 해줘요. 죽어도 추한 꼴은 싫으니. 덩사오샹의 요구는 헌병들을 난감하게 만들었다. 헌병 하나가 냉정하고 잔혹하게 대꾸했다. 목매달아 죽은 귀신은 다 혓바닥을 내밀어. 혓바닥이 안 나오면 그게 목매달아 죽은 귀신이냐? 어느 헌병은 덩사오샹에게 장대를 흔들어 보이며 말했다. 그 소원을 들어주지. 여기 장대가 있잖아. 네 혓바닥이 밖으로 나오면 내가 책임지고 이 장대로 밀어넣어주마! 사람들 사이에서 왁자한 웃음이 터져나왔다. 덩사오샹은 장대를 쳐다보고 이내 폭소를 터뜨리는 사람들을 보더니 입가에 희미한 자조의 미소를 머금었다. 됐다, 됐어. 너희 같은 적들과 무슨 말이 통한다고! 그러고는 올가미를 쳐다보며 그 아래로 걸어갔다. 죽으면 다 무슨 소용이겠어? 아름답든 추하든 아무 상관 없지.

덩사오샹이 죽은 뒤, 모제르총 다섯 자루는 당연히 압수되었지만, 갓난아기는 끝까지 광주리 안에 있었다. 이것은 하나의 수수께끼로 남았다. 어느 헌병이 아기를 다시 광주리 안에 들여놨는지 모를 일이었다. 누가 정자에 있던 광주리를 강가로 옮겼는지는 더더욱 모를 일이었다. 강 위에 배를 띄우고 사는 사람들이 버려진 사내아이를 줍기도 한다는 얘기를 들은 누군가 부둣가 층계 위에 아기를 광주리째 두고 사라졌을 것이다. 배는 오지 않고 아기를 거둬갈 뱃사람도 오지 않았다. 물이 밀려왔다. 밤중에 한차례 찾아오는 밀물이 광주리를 쓸어갔다.

물위를 둥둥 떠내려간 광주리 하나가 덩사오샹의 전설을 이었다. 광주리는 물결을 타고 오르내리며 강을 따라 흘러갔다. 아마도 강기슭의 누군가는 거의 새것인 광주리가 탐나 다가가기도 했을 것이다. 무성한 물풀이 마치 배를 끄는 인부처럼 광주리를 끌어당겨, 광주리는 강가 얕은 곳에서 가다 서다를 하염없이 반복했다. 강변에서 물건을 건져내는 사람들을 경계하듯이 요리조리 알쏭달쏭한 궤적을 그리며. 마침내 광주리는 강 하류 마차오진 부근에서 지친 듯 멈추었다. 어부 펑라오쓰의 그물을 뚫고 들어가 몇 번을 맴돌다 발이 묶였다. 펑라오쓰는 호기심에 이 신비한 광주리를 건져올렸고, 그 안에 단정하게 앉아 있는 사내아이를 발견했다. 신선 같았다. 벌거벗은 몸에 물풀이 몇 가닥 휘감겨 있고, 노란 피부는 온통 수정처럼 빛나는 물방울로 뒤덮인 채였다. 아기를 안아올리던 펑라오쓰는 몸 아래에서 철썩이는 물소리를 들었다. 고개를 숙이고 들여다보니 광주리 바닥에 커다란 잉어 한 마리가 반짝이는 등으로 부레옥잠 한 더미를 받치고 있었다. 잉어는 펄떡거리더니 곧 강물로 뛰어들어 자취를 감추었다.

아버지가 바로 그 물풀을 휘감은 채 잉어 등 위에 앉아 있던 아기다. 진췌강에서 광주리를 건져올린 어부 펑라오쓰는 해방 후에도 몇 년을 더 살아 마차오진의 고아원에서 아버지의 신분을 증명해주었다. 한참이 지난 일이라 생김새로는 그 신비한 아기를 찾아낼 수 없었고, 엉덩이에 있던 몽고점만이 아기를 가려낼 단서였다. 당시 고아원에는 나이가 비슷한 일곱 명의 사내아이가 있었다. 보육사는 그 아이들을 양지로 데려가 바지를 내리고 엉덩이를 내밀게 했다. 펑라오쓰는 막중한 책임감을 느끼며 사내아이들의 엉덩이 앞을 오갔다. 먼저 연관성이 전혀 없는 엉덩이 네 개를 탈락시키고 세 개를 남겼다. 세 엉덩이에 나타난 푸른 반점을 꼼꼼하게 살피며 펑라오쓰의 손은 도통 확실한 결론을 내리지 못했다. 높이 들린 손 때문에 주변에서 지켜보던 사람들이 다 긴장할 지경이었다. 보육사들은 제각기 사심을 드러내며 요란스럽게 소리치기 시작했다. 왼쪽, 오른쪽! 왼쪽을 쳐요! 오른쪽을 쳐요! 마침내 펑라오쓰의 손이 떨어지며 찰싹 소리를 냈다. 왼쪽도 오른쪽도 아니었다. 그는 가운데 있던 작은 엉덩이를 쳤다. 가장 작고 가장 마르고 가장 까만 엉덩이였다. 펑라오쓰가 말했다. 이거야. 이 몽고점이 물고기를 가장 닮았어. 이애야. 틀림없이 이애라고!

보육사들은 실망의 탄식을 내뱉었다. 펑라오쓰가 때린 것이 내 아버지의 엉덩이다. 찰싹 소리 한 번. 그때부터 사람들은 모두 알게 되었다. 마차오진 고아원에서 가장 더럽고 천덕꾸러기로 미움을 받던 사내아이 샤오*쉬안이 실은 덩사오샹 열사의 아들이라는 사실을.

* 친숙한 사이에 성씨 앞에 '라오(老)' 혹은 '샤오(小)'라는 접두사를 붙여 호칭을 대신하기도 한다. 라오와 샤오가 각각 반드시 나이의 많고 적음을 나타내는 것은 아니고 공동체 내에서 같은 성씨의 구별을 위해 관용적으로 붙이는 경우도 있다.

2

아버지는 일찍이 덩사오샹의 아들이었다.

혁명 열사의 가족에게 수여되는 붉은 문패가 오랜 세월 대문 앞에 걸려 우리 집안이 얼마나 명예롭고 찬란한 가문인지 증명해주었다. 하지만 하늘에 어떤 풍운이 있을지 예측하기 어려운 법. 어느 해 여름, 지구地區*에서 비밀스러운 성격을 띤 조사단을 파견했다. 그들이 여름부터 가을까지 조사를 진행하면서 아버지의 운명은 매일같이 다시 쓰였다. 조사단의 기세는 대단했고, 그들의 임무는 비밀스럽게 감춰져 공개되지 않았다. 유팡진의 지도부는 오직 협조만 할 뿐 조사에 참여할 수 없었다. 네 명의 요원이 돌아가며 아버지와 긴밀히 이야기를 나눴다. 덩사오샹 열사의 영예로운 일생에 대해, 아버지가 열사의 아들로서 지내온 과거와 역사에 대해. 아버지는 감히 그들의 속셈이 무엇인지 떠볼 엄두는 내지 못하고 제멋대로 그들의 임무를 추측했다. 간부들에 대한 감사인가, 간부 선출을 위한 사전 작업인가, 모범 군인 선발이 목적인가, 모범적인 인민 영웅을 선발하려는 건가, 아니면 스파이나 계급의 적**을 색출하려는 의도인가? 그러나 이들이 열사 후손의 진위 여부를 감정하는 조사단일 거라고는 꿈에도 생각지 못했다.

조사단은 유팡진에 머무르면서 강물 위를 순시하는 정찰대의 증기선을 징발해 진췌강 양 기슭의 도시와 마을을 구석구석 돌아다

---

* 중국의 성(省)이나 자치구에서 설립한 2급 행정구역.

** 혁명기의 중국에선 지주, 자본가, 제국주의자 등을 계급의 적으로 간주했다.

녔다. 그들의 행적은 공개적일 때도 있고 비밀에 부쳐질 때도 있었다. 8월이 되자 조사단은 푹푹 찌는 삼복더위에도 양쪽 강기슭의 칠순 노인들을 찾아다니며 펑라오쓰 개인의 이력을 자세히 조사했다. 죽은 지 몇 년이나 지난 사람이라 노인들은 다들 엇비슷한 이야기를 했다. 펑라오쓰가 젊어서는 수적질을 했고 손을 씻은 뒤에는 강가에 움막을 짓고 고기를 잡아 입에 풀칠을 했다고. 그러다 그 유명한 광주리를 건져 덩사오샹 열사의 핏덩이를 구했다고 말이다. 그건 조사단도 잘 알고 있는 내용이어서 아무런 가치가 없었다. 조사단은 마차오진의 오지 마을인 허완촌까지 찾아가 펑라오쓰의 친척들을 만났다. 어찌된 일인지 이 마을 노인들은 하나같이 정치적 각성이 덜 되었는지 펑라오쓰의 신기한 그물에 대해서만 입에 침이 마르도록 자랑할 뿐, 일가붙이의 떳떳지 못한 과거사에 대해서는 입도 뻥긋하지 않았다. 한 사촌 아우만이—소싯적 펑라오쓰에게 맞아 다리 하나를 절었는데, 여전히 그 원한을 잊지 못했다—펑라오쓰의 허물을 덮어주지 않고 유일하게 영양가 있는 단서를 제공했다. 사촌 아우는 펑라오쓰가 계집질을 좋아하는 사내였다고 말했다. 평생 여자들 곁을 맴돌며 살았어. 소싯적에 수적질을 한 것도 여자들 때문이지. 배 있겠다, 총 있겠다, 진췌강을 오가며 마늘 파는 배의 여자와 나뒹굴기 딱 좋았지. 나중에 배를 버리고 기슭으로 기어올라온 것도 다 여자 때문이었어. 강기슭에서 잠두콩 따는 집 처자한테 반한 것이지. 그 집 처자가 잠두밭에서 그치한테 몸을 내주지 않았겠는가. 그러는 동안 잠두를 거의 도둑맞는 바람에 처자가 원망을 하니까 그치가 그 자리서 처자의 잠두콩을 지켜주겠다고 맹세한 거야. 절대 다른 사람이 훔쳐가지 못하게 하겠다고. 그치가 또 한다면 하는 사람이라, 잠두밭에 움막을 짓고 주저앉았지. 그뒤로야 감히 누가 그 집 잠두를 훔칠 엄두를 냈겠나. 한데 그뒤로 그 처자도 다시는 안 온 거야. 잠두콩 꼬투리가 다 떨어질 때까지도 안 왔어. 그치도 더는 처자를 기다리지 않았지. 그후 평라오쓰는 아예 강기슭에 자리를 잡고 고기잡이에 나서 온종일 그물 세 채를 꼬박 지켰지. 사촌 아우는 또 이렇게 말했다. 그치가 한편으로는 고기를 낚고, 한편으로는 사람을 낚았지. 하여간 생김새 말쑥하고 성격도 사내다웠거든. 그러니 여자들이 너나없이 맘을 줬던 게지. 진훼강 양 기슭의 논다 하는 계집들은 죄다 물고기처럼 그치 품으로 헤엄쳐갔어. 그치가 낚은 여자들이 그물 속 물고기보다 한참은 많았을 거야. 그런데 어떤 여자인지는 몰라도 그 중 하나가 아주 보기 드문 화류병을 그치한테 옮겨서 계집질로 문드러진 그 아랫도리를 아예 못 쓰게 만들어버렸지. 결국은 그 때문에 숨이 딱 끊겼어. 허완촌의 사촌 아우는 사적인 감정을 실어 이리저리 양념을 쳐가며 평라오쓰의 사생활을 묘사했다. 조사단의 여자 요원 하나가 듣다못해 결국 그의 말을 끊고 평라오쓰 일생의 가장 큰 수수께끼를 물었다. 평라오쓰는 왜 정신병원에서 죽었나요? 언제 병을 얻으신 거죠? 사촌 아우는 놀라운 대답을 내놓았다. 그치가 어디 정신병에 걸렸나? 다 더러운 병 탓이지. 얼굴이고 손이고 좆까지 다 문드러져서 차마 눈뜨고는 볼 수가 없을 지경이라 유팡진의 쿠 서기가 가둬버린 거야! 사촌 아우는 손가락으로 유팡진 쪽을 가리키며 말했다. 쿠 서기가 여기 허완촌에 엄청나게 민병을 보내서는 그치를 트랙터에 실어갔지. 그치한테는 병원으로 진찰하러 간다고 속이고. 누가 알았겠나, 그러고는 그치를 정신병원에 처넣을 줄을!

8월의 진췌강 양 기슭에서는 아버지와 망자에 대한 음험하고 무시무시한 이야기가 은밀히 떠돌았다. 나와 어머니는 아무것도 모르고 있었고 아버지조차 전혀 몰랐다. 어느 날 선전과장 자오춘탕이 비판 원고 한 다발을 종합청사 방송실로 보내와 어머니가 원고를 받아 읽어보았다. 조사단의 붉은 직인이 커다랗게 찍혀 있음에도 불구하고 어머니는 원고 내용을 의심하지 않을 수 없었다. 펑라오쓰를 비판한다고요? 왜 이 사람을 비판하죠? 그냥 평범한 사람인데 비판할 게 뭐 있어요? 죽은 지도 몇 년 됐는데. 자오춘탕이 엄숙한 태도로 어머니에게 말했다. 펑라오쓰의 문제가 낱낱이 드러났소. 그자는 계급이기분자야! 그 심오한 명사를 처음 들은 어머니가 자오춘탕에게 물었다. 계급이기분자가 뭐죠? 자오춘탕은 상세히 설명해주지 않고 말을 돌렸다. 조사단 요원들이 나중에 설명해줄 테지. 어쨌거나 계급이기분자는 사회의 해악이야. 사람은 죽었어도 혼은 아직 남아 있을 테니 그 독도 여전한 셈이지. 조사단이 펑라오쓰를 비판해야 한다고 했소. 방송뿐 아니라 대회도 열어 혁명의 깃발을 높이 들고 대대적으로 그를 비판할 거요! 어머니는 조직의 기율을 엄수하는 분이었다. 더이상 아무것도 묻지 않고 그 자리에서 마이크를 켠 뒤 격정을 담은 우렁찬 목소리로 비판 원고를 낭독했다. 바로 그날 아버지는 확성기를 통해 울려퍼지는 기괴한 비판 문장들을 들었다. 자기 부인의 목소리였건만 일말의 친밀감도 느낄 수 없었다. 오랫동안 듣지 못했던 '펑라오쓰'라는 이름이 유팡진 허공에서 음습한 기운을 품고 메아리쳤다. **계급이기분자, 계급이기분자!** 아버지는 자신의 사무실에서 좌불안석했다. 모호하게 불길했던 예감이 마침내 분명해진 것이다. 그길로 냅다 방송실로 달려가 다짜고짜 마이크 스위치를 꺼버렸다. 읽지 마. 읽지 말라고. 당신이 지금 누굴 비판하고 있는지나 알아? 어머니가 말했다. 펑라오쓰요. 조사단 요원들이 그자는 계급이기분자라는데, 당신은 계급이기분자가 뭔지 알아요? 아버지는 새하얗게 질린 얼굴로 어머니에게 삿대질하며 말했다. 이 미련한 인사야, 펑라오쓰가 무슨 계급이기분자겠어? 이건 산을 사이에 두고 소를 잡자는 속셈이라고! 노림수가 따로 있다는 말이야! 펑라오쓰를 비판하는 건, 다 이쿠원쉬안을 비판하는 거야. 그 사람더러 계급이기분자라고 하는 건, 바로 내가 계급이기분자라는 뜻이라고. 나를 노리고 저러는 거라고!

아버지는 뜨거운 무쇠솥에 든 개미 같았다. 상황을 만회해보려고 8월 내내 바깥출입을 하며 현성縣城*과 지구에서 연줄을 찾아보려 했다. 조사단을 찾아가 우리집으로 초대도 해봤지만 안타깝게도 거절당하고 말았다. 모든 게 소용없는 노릇이었다. 아버지의 역사는 가시덤불과 늪으로 가득한 땅이 됐다. 그곳에 의심이 떼 지어 자라났다. 조사단 요원들은 이 땅을 깊숙이 갈아엎어 쾌도난마로 숨겨진 모든 광맥을 찾으려 애썼다. 9월이 되자 비밀스러운 감정 작업이 일단락되었다. 〈감사보고서〉는 기밀에 부쳐져 밖으로 새어나가지 못하게 처리되었지만 유팡진 사람들 대부분은 몇몇 소문을 들었다. 조사단 요원 중에 역사를 전공하는 대학생 샤오샤가 있었는데, 역사 지식을 현실에 활용하는 부류로서 학식과 재능을

---

* 현 정부 소재지.

한껏 발휘해 상상의 나래를 펼쳤다. 그는 살쾡이로 황태자를 바꿔치기한 사건처럼, 조직을 속여 펑라오쓰가 자신의 사생아를 열사의 후손과 바꿔치기한 것은 아닌지 의심했다. 샤오샤의 추측은 지나치게 황당하고 대담해서, 그가 이 말을 입 밖에 내었을 때 요원들은 숨이 넘어갈 정도로 놀랐다. 누구도 경솔하게 반대하지 못했고, 누구도 순순히 동의를 표하지 못했다. 조사단장 라오양은 신중히 고려한 끝에 샤오샤에게 사적인 의견은 보류해달라고 말했다. 샤오샤의 의견이 최종적으로 〈감사보고서〉의 '비고'란에 실렸는지는 알 수 없었다. 그러나 이 놀라운 견해는 은밀하게 유팡진 전체에 퍼져나갔다.

사람들에게 공개적으로 전파된 것은 몽고점에 대한 과학 지식이었다. 조사단은 길거리의 흑색 게시판을 이용해 대대적으로 과학 지식을 선전했다. 그들은 인류유전학의 관점에서 물고기 모양 몽고점에 대한 사람들의 맹목적인 숭배를 뒤집고자 했다. 조사단은 아주 쉬운 말로 사람들에게 다음과 같은 과학 지식을 알렸다. 진췌강 지역에 사는 사람들은 모두 몽고인종에 속하기 때문에, 어린 시절 엉덩이에서 푸른 몽고점이 눈에 띄게 된다. 유심주의 관점에서 몽고점을 본다면 물고기 모양일 수 있겠지만, 유물주의 관점에서 본다면 피가 맺혀 퍼진 반점에 불과하다. 제아무리 그 모습이 생동하는 물고기를 꼭 닮았더라도 반점일 따름이다. 단순한 우연의 일치로서 과학적으로는 아무 의미가 없다.

하지만 유팡진 주민들은 부득부득 과학적 의미가 없는 일에 열중했고, 그해 가을에는 난데없이 몽고점 열풍이 불었다. 저마다 친척과 친구의 몽고점을 탐구하는 데 열을 올렸고, 남에게 자신의 몽고점 크기와 모양에 대해 캐물었다. 이 몽고점 열풍은 마흔 살 전후의 중년 남자들 사이에서 일었다가 널리 퍼지기 시작해, 사내아이들부터 노인에 이르기까지 사내란 사내는 거의 모두 거기에 휩쓸렸다. 유팡진의 공중화장실, 심지어는 구석진 골목에서도 종아리까지 바지를 내리고 엉덩이를 불쑥 내민 사내아이들이 서로의 몽고점을 진지하게 비교하는 모습을 흔히 볼 수 있었다. 더운 김이 펄펄 나는 공중목욕탕은 그야말로 몽고점 열풍의 천국이었다. 다들 온몸에 실오라기 하나 걸치지 않고 있으니 얼마나 편리한가! 사람들은 거리낌없는 시선으로 남의 엉덩이를 좇으며 바로 공정하게 평가를 내리곤 했다. 몽고점에도 훌륭한 것과 형편없는 것이 있었다. 색깔이 진하고 크기가 큰 것을 보면 사람들은 찬사의 말을 아끼지 않았지만, 색깔이 옅어서 있는 듯 마는 듯한 것은 멸시를 받았다. 몽고점 열풍이 무지하고 황당했음은 사실이지만 그 덕분에 사람들은 모종의 성과를 거둘 수 있었다. 뒤통수에는 눈이 달려 있지 않으니 아무도 자기 엉덩이를 볼 수 없었는데, 이 열풍 덕분에 남의 눈을 빌려 숨겨진 생명의 표지를 확인할 수 있었던 것이다. 반평생을 살면서도 자기 엉덩이에 물고기 모양 몽고점이 있다는 사실을 몰랐다가 이번에 알게 된 사람들도 있었다. 물고기 모양 몽고점도 품종이 무척 다양했다. 어떤 것은 깜찍한 금붕어를, 어떤 것은 야성적인 잉어를 닮았으며, 살이 통통하고 멍청해 보이는 도미 같은 것도 있었다. 몽고점 열풍은 화도 불러일으켰다. 개개인의 엉덩이가 폭로의 대상이 된 것이다. 태생적으로 아주 검거나 아주 뽀얀 엉덩이의 몽고점은 색이 바랜 건지, 아예 처음부터 없었던 건지 알 수 없었다. 이 상황이 어떤 결과를 가져왔는지 상상해볼 수 있을 것이다. 어떤 주인들은 매우 당황해 재빨리 엉덩이를 감추고 누구에게도 보여주려 하지 않았고, 어떤 주인들은 천벌이라도 받은 듯 얼굴이 흙빛으로 변했다. 우라이쯔처럼 억지를 부리는 사람도 있었다. 모두가 우라이쯔에게는 몽고점이 없다고 했지만 본인은 죽어도 인정하지 않았다. 한번은 우라이쯔가 자기 집 문 앞에서 동생 치라이쯔를 때리고 있는 걸 보았다. 옆에서 아무리 말려도 우라이쯔는 손을 멈추지 않았다. 알고 보니 치라이쯔가 집안 망신인 줄도 모르고 가는 곳마다 떠벌렸던 것이다. 우리 형 우라이쯔 엉덩이에는 몽고점이 없다!

우리 가족에게도 폭풍전야와 같은 시기였다. 학교에서는 에둘러 혹은 직접적으로 요청해오는 친구들을 거절하느라, 거리에서는 끈질기게 들러붙는 수많은 어른들을 물리치느라 나는 진땀을 뺐다. 그들이 바라는 일은 오직 한 가지, 내 엉덩이를 보는 것이었다. 사람들은 말했다. 소문이야 어디 믿을 수 있나, 눈으로 직접 확인해봐야 참인 거지. 네 아버지 엉덩이를 볼 수는 없는 일이고, 그러니까 네 엉덩이로 확인해보자는 말이야. 정말 물고기가 있는지 보잔 말이다. 내 엉덩이가 무슨 전람회장도 아니고, 어떻게 아무나 와서 관람하게 내버려둔단 말인가? 나는 부모님의 경고를 거듭 명심했다. 허리띠 단단히 채우고, 절대로 방심하지 말고, 언제 어디서든 몰래 덤비는 손을 잘 막아야 하느니라. 나는 성공적으로 엉덩이를 지켜냈다. 그러나 엉덩이는 지켰어도 우리집의 영예는 지킬 수 없었다. 서서히 무르익은 광풍이 우리집 문턱을 넘어 무섭게 불어닥쳤다.

불행히도 하필이면 어머니가 바로 그 폭풍우를 예보하게 되었다. 확성기에서 떨림을 애써 감춘 어머니의 음성이 흘러나왔다. 그녀는 반복해서 긴급공지를 방송했다. 회의가 열리니 공산당원과 청년단원, 간부급 지도자 모두 종합청사 회의실로 모이라는 내용이었다. 그날 학교를 마치고 집으로 돌아가는 길에 많은 이들이 종합청사로 황급히 달려가는 모습을 볼 수 있었다. 사전에 회의 내용을 입수한 어떤 사람은 길에서 흥분해 외쳐댔다. 공표한대, 드디어 공표하는 거야! 쿠원쉬안이 덩사오샹의 아들이 아니었다고. 쿠원쉬안, 이 계급이기분자, 드디어 붙잡히는구나!

결국 아버지가 붙잡히는 날이 왔다. 나는 무슨 일이 벌어지고 있는 건지 알지 못했다. 지금까지도 그 특별한 날을, 9월 27일을 똑똑히 기억한다. 마침 덩사오샹 열사의 추모일이어서 아버지는 일년에 한 번 있는 제사를 모시러 정자에 가야 했다. 나는 어린이 대표로 정자에 꽃을 바쳐야 했고, 어머니는 방송실에서 덩사오샹 열사를 기리는 시문을 낭송해야 했다. 우리 가족에게 가장 영예롭고 바쁜 하루여야 했다. 하필이면 바로 그날, 조사단이 수사하고 감정한 결과를 발표했다. 아버지는 덩사오샹의 아들이 아니었고, 어머니는 덩사오샹의 며느리가 아니었으며, 나 또한 덩사오샹의 손자가 아니었다.

어머니는 완전히 넋이 나갔다. 지옥에서 가까스로 도망친 사람처럼 저녁 무렵 종합청사 방송실에서 나온 어머니는 흰 실크 스카프를 마스크삼아 얼굴을 단단히 가리고 자전거에 올라 시끌벅적한 런민가街를 가로질렀다. 그 길 내내 비틀거리며 흐느꼈다. 길가의 사람들은 그녀의 흰 실크 스카프가 눈물로 다 젖은 것을 보았다. 그녀가 탄 자전거가 궁둥가로 뛰어들자 인근의 닭들과 개들이 놀라 날뛰었다. 어머니는 대장장이 주씨네 문 앞에 이르러 자전거에서 뛰어내린 뒤, 대장장이에게 망치와 끌을 빌려달라고 했다. 대장장이 주씨는 그녀의 두 입술이 흰 실크 스카프 뒤에서 멈추지 않고 움직이는 것을 보았다. 무언가를 저주하고 있는 건지 아니면 기도를 하고 있는 건지 알 수 없었다. 주씨가 그녀에게 물었다. 차오리민, 망치랑 끌은 어디다 쓰려고요? 사내들이 일할 때나 쓰는 연장들인데, 이걸 가져가서 어디다 쓰려고? 어머니는 연장을 받아들고 이내 자리를 뜨며 말했다. 별거 아니에요. 집에 가서 청소나 하려고요.

9월 27일 저녁 무렵, 누군가 날카로운 도구로 우리집 대문을 찍는 소리가 들렸다. 나가보니 어머니가 등받이 없는 의자 위에 올라서서 끌과 망치로 문을 쾅쾅 쪼고 있었다. 대문 위에서 영예롭게 빛나던 열사 가문의 붉은 문패를 순식간에 떼어낸 뒤, 손에 쥐고 입으로 먼지를 불어내고는 부댓자루에 쑤셔넣었다. 그리고 이웃들이 몰려와 캐묻지 못하도록 자전거를 안뜰로 끌어다놓고 문을 닫았다. 어머니는 빗장을 걸자마자 그대로 땅바닥에 주저앉았다.

어머니는 쉬지 않고 가슴을 두드리며 분해서 허파가 터진다고 말했다. 결코 과장이 아닌 것이, 어머니의 모습은 참으로 폭탄이 터진 폐허 같았다. 낯은 잿빛이었고 문 위에서 날린 먼지가 내려앉아 이마와 두 뺨은 시커멓고 더러웠다. 눈가에 얼룩진 눈물 자국 위로 새 눈물방울들이 뚝뚝 떨어졌다. 어머니가 내게 말했다. 가서 약상자를 가져오너라. 허파가 터져서 약을 먹어야겠어. 나는 허파가 터졌다는 게 무슨 상황인지, 어떤 약을 가져와야 할지 몰라 물었다. 열사 집안 문패는 왜 떼어내신 거예요? 어머니가 아무 대답이 없어 나는 또 물었다. 도대체 무슨 약을 드시게요? 어머니가 갑자기 버럭 소리를 질렀다. 독약, 가서 독약을 가져와! 나는 그 소리에 너무 놀라 경기를 일으킬 뻔했다. 조금 지나 어머니가 자리에서 일어서더니, 얼굴을 가렸던 흰 실크 스카프를 손에 쥐고 비틀거리며 뜰 안을 서성였다. 나는 어찌할 바를 모르고 담장 한구석으로 물러나 어머니의 심기를 건드리지 않았다. 하지만 앉은뱅이 탁자가 어머니의 발에 채여 화를 돋웠다. 어머니는 그 작은 탁자를 노려보며 분을 삭이지 못하고 입술을 덜덜 떨었다. 탁자 위에는 장기판과 장기짝이 놓여 있었다. 아버지와 내가 며칠 전에 두다가 이제껏 치우지 않고 놔둔 것이었다. 순간, 어머니의 얼굴에 한줄기 분노의 빛이 스쳐지났다. 나는 어머니가 빠른 걸음으로 다가가 탁자를 들어올려 허공에서 뒤집어엎는 모습을 지켜보았다. 마치 쓰레기통을 비우듯이 탁자 위의 장기판과 장기짝들을 담장 너머로 내던졌다. 이 와중에 뭔 놈의 장기야? 오늘부터 이 집구석에서는 장기 금지야! 이런 명령을 내린 뒤 어머니는 창턱에 놓인 내 하모니카와 탁구채를 발견하고는 그대로 달려가 그것들도 바닥으로 내던졌다. 하모니카도 불지 말고, 탁구도 치지 마! 오늘부터 꼬리 내리고 사람답게 살아! 놀이란 놀이는 무조건 다 금지야!

이때 담장 너머에서 어지러운 발소리가 들렸다. 거위떼가 꽥꽥거리는 소리도 섞여 있었다. 담장에 올라타 내려다보니 수많은 이웃이 담장 아래에 몸을 숨기고 있다가 장기짝들이 떨어지자 무의식적으로 온 땅에 나뒹구는 장기짝을 줍고 있었다. 어떤 이는 말을, 어떤 이는 병과 졸을 주웠다. 웬일로 바보 벤진도 제 거위떼를 거느리고 궁농가에 와 있었다. 벤진은 실실 웃으며 시커멓게 더럽

혀진 손으로 '수帥*'를 쥐고 나를 향해 자랑스럽게 흔들어 보였다. 적군이 성문까지 밀어닥친 것처럼 우리집 담장은 위태로웠다. 바깥의 저들은 대체 무슨 목적으로 온 건지, 좀처럼 흩어질 생각이 없어 보였다. 그들은 내 얼굴을 살피며 어쩐지 은밀한 표정을 지어 보였고 즐거워 보이기도 했다. 진씨 아저씨네 아주머니는 우리 어머니와 사이가 좋지 않았는데도 나를 보며 망연히 웃다가 갑자기 굳은 표정으로 엄하게 꾸짖었다. 너 이 몹쓸 것아, 아직도 으스대는 거야? 네 좋은 시절도 이제 다 갔다. 네가 누구 손자인지나 알아? 수적질하던 펑라오쓰의 손자라고! 나는 그녀를 향해 퉤 가래침을 내뱉고 상대하지 않았다. 그리고 담벼락 위에서 사방의 동정을 살피며 아버지를 찾아보았다. 아버지는 보이지 않고 마을의 변절자들만 눈에 들어왔다. 이 작은 마을이 즐거운 기류에 휩싸여 있었다. 유팡진의 한가운데서, 그리고 더 먼 곳에서, 남녀노소의 우레 같은 환호성이 들리는 듯했다. 그 승리의 소리가 이상하게도 나를 외롭고 쓸쓸하게 만들었다. 살면서 처음으로 나는 유팡진의 즐거움에서 소외되었다.

내 아버지 쿠원쉬안은 덩사오샹의 아들이 아니었다. 그렇다면 누가? 누가 열사의 아들이란 말인가? 조사 요원들은 이를 밝히지 않았다. 현재 공표된 내용은 조사 첫 단계에서 검증한 결과일 뿐이라고 했다. 누가 덩사오샹의 아들인가? 덩사오샹의 아들은 어디에 있는가? 당원, 단원, 간부 그 누구도 알지 못했으니 일반 사람들은 더더욱 알 리가 없었다. 그래서 우리집 담장 밖에 모인 사람들은

---

* 우리나라 장기에서 '초(楚)'나 '한(漢)'에 해당하는 장기짝.

제각각 논쟁을 벌이기 시작했고 꽤 오래 지속되었다. 이웃들이 각자 마음속에 점찍어둔 사람이 누군지 내게는 잘 들리지 않았다. 그러나 바보 벤진이 흥분해서 외친 소리만큼은 깊은 인상을 남겼다. 벤진은 사람들을 향해 계속 외쳐댔다. 나, 나, 나야! 내가 덩사오샹의 아들이야! 내 몽고점이 잉어 모양이라고!

담장 밖 사람들이 처음에는 한바탕 까르르 웃더니, 나중에는 누구의 제안이었는지 바보 벤진의 바지를 벗기고 그 자리에서 엉덩이의 몽고점을 확인하려 들었다. 벗겨, 벗겨! 바지를 벗기라고! 고함소리가 한데 뭉쳐 울려퍼졌다. 나 역시 바보 벤진의 몽고점에 호기심이 생겼다. 담장 아래 사람들이 바보 벤진을 잡으려고 뛰자 나도 담장 위를 밟고 따라 좇았으나, 안타깝게도 몇 발짝 가지 못해 등짝으로 날아든 빨랫방망이를 맞고 멈춰 섰다. 어머니가 안뜰에서 펄펄 뛰고 있었다. 그 끓어오르는 분노가 모두 나에게 쏟아졌다. 빨랫방망이를 내던진 어머니가 이번에는 불쏘시개를 쳐들고 허공에 끊임없이 휘둘러댔다. 이리 못 내려오냐? 이 생각 없는 놈아! 내 숨넘어가는 꼴을 기어이 보려는 게지!

나는 어머니의 화를 더 돋우기 전에 담장에서 뛰어내려 그대로 머리를 감싸쥐고 집안으로 달아났다.

그래서 그날 저녁 모두가 바보 벤진의 엉덩이를 참관할 때, 나는 아무것도 볼 수 없었다.

3

이튿날부터 나는 헛방귀가 되었다.

이것은 불을 보듯 훤한 연쇄반응이었다. 나 자신의 누명은 아버지의 누명으로부터 시작된 것이다. 아버지가 덩사오샹의 아들이 아니니, 나 또한 덩사오샹의 손자가 아니었다. 아버지는 덩사오샹의 아들이 아니었고, 그러니까 아무도 아니었고, 아버지가 아무도 아니니, 너무도 당연히 나 쿠둥량 또한 아무도 아닌 것이다. 나는 바보가 아니지만 그래도 세상이 이토록 빨리 변할 줄은 꿈에도 생각지 못했다. 하룻밤 사이에, 그저 날이 새로 밝았을 뿐인데, 내가 헛방귀가 되다니.

이날 아침 일찍 나는 예전과 다름없이 등교 준비를 했다. 어머니는 아침밥을 짓는 대신 양철 과자상자를 끌어안고 침대에 누운 채 내게 그 안에서 아침을 골라 먹으라고 했다. 나는 흰 종이에 싸인 큼직한 빵 한 조각을 골랐다. 빵을 베어 물면서 집을 나서는데 안에서 어머니의 고함소리가 들려왔다. 오늘은 아무에게도 시비 걸지 마라. 명심해! 앞으로는 꼬리 내리고 사람 노릇을 하란 말이다!

차오양 약국 앞을 지날 때, 나는 우라이쯔의 동생인 치라이쯔와 그애의 누나를 만났다. 약국 앞 가판대에 기대서 있는 걸 보니 문이 열리는 대로 약을 지을 모양이었다. 치라이쯔는 머리에 붕대를 친친 동여매고 있었고, 피고름이 배어난 붕대에 파리떼가 꼬여 남매 사이를 윙윙 맴돌았다. 나는 꼬리를 내리고 사람 노릇을 하라던 어머니의 말씀을 잊고 말았다. 사실 그건 필요 없는 당부였다. 꼬리가 없는데 어떻게 꼬리를 내려 사람 노릇을 한단 말인가? 그래서 나는 걸음을 멈추고 흥미로운 눈빛으로 치라이쯔 머리 위의 파리떼를 쳐다보며 말했다. 치라이쯔, 머리에 변소라도 지었냐? 왜 파리떼가 네 머리통 주위를 날고 있어? 그들은 나를 알은체도 하지 않았다. 내가 또 물었다. 치라이쯔, 너네 형 우라이쯔는 정말 몽고점이 없냐? 혹시 잡종 새끼 아냐? 그러자 그애 누나가 가만있지 않고 내게 침을 뱉으며 욕을 했다. 네 아버지가 잡혀갔는데, 아직도 뭘 대단하다고 빼겨? 수적질하던 놈의 손자인 너야말로 잡종 새끼다! 너희 집 사람들 모두 잡종 새끼야!

치라이쯔는 입씨름 따위 관심도 없이 내 손에 들린 크림빵을 뚫어져라 쳐다보며 군침을 질질 흘렸다. 그러더니 갑자기 분하다는 듯 자기 누나에게 징징댔다. 누나, 저 봐, 쟤는 맨날 저렇게 크림빵 먹는다! 왜 쟤는 맨날 크림빵을 먹을 수 있는 거야? 누나는 아랫입술을 삐죽거리더니 동생 머리 위를 맴도는 파리떼를 손으로 쫓으며 말했다. 크림빵은 무슨. 맛없는 거니까 부러워할 거 하나 없어. 치라이쯔가 말했다. 누나는 안 부러울지 몰라도 난 부러워! 한 번도 못 먹어봤단 말이야. 한 번도 못 먹어봤는데 어떻게 안 부러워? 누나는 잠시 아무 말 없이 흔들리는 눈빛으로 내 손을 보더니 한숨을 내쉬고 말했다. 부럽기야 하지만 하나에 6펀*이나 해서 우리 집 형편으로는 엄두도 못 낸다고. 치라이쯔는 여전히 징징대며 떼를 썼다. 쟤네 아버지는 잡혀갔잖아. 근데 쟤는 왜 아직도 빵을 먹어? 불공평해! 나도 먹을 거야! 가서 내놓으라고 해! 누나는 더이상 참을 수 없었던지 동생에게 소리를 질렀다. 누나가 뭐라고 가르

* 1펀(分)은 중국 화폐의 기본 단위인 1위안(元)의 100분의 1.

쳤어? 사람이 가난해도 뜻은 크게 가져야 된다고 했잖아. 크림빵을 못 먹으면 죽기라도 해? 치라이쯔가 대뜸 받아쳤다. 죽을 수도 있지! 크림빵 안 주면 이대로 진췌강에 뛰어들어 죽어버릴 테야! 치라이쯔가 그렇게 나오자 궁지에 처한 누나는 화가 나서 발을 동동 구르다 결국 파란 바지 주머니를 뒤져 동전 하나를 꺼냈다. 5펀밖에 없어서 크림빵은 못 사. 그 목소리에는 이미 울음기가 섞여 있었다. 치라이쯔, 너 때문에 못 살아. 저 녀석 빵이라도 뺏어야 직성이 풀리겠니?

뺏는다. 그 말이 마치 불씨라도 되는 듯 둘의 눈동자에 불을 밝혔다. 남매는 서로 눈을 맞추더니 재빨리 내 손안의 빵 쪽으로 불꽃처럼 뜨거운 시선을 던졌다. 나는 그들의 음모를 예감했다. 뺏긴다! 머리로는 그들이 빼앗아가리라 생각했지만 내 몸은 차마 그 예감을 믿지 못했다. 나는 길가에 붙은 듯이 선 채 두 눈을 멀쩡히 뜨고 그들이 내게 돌진해오는 모습을 바라보았다. 나는 손에 든 빵을 높이 쳐들었다. 뺏으려고? 너희가 정말 뺏겠다고? 감히 내 빵을 뺏겠다니, 어디 너희에게 그런 배짱이 있으려고? 내 위협은 시작만 있었고 끝은 맺지 못했다. 남매는 아무 거리낌이나 두려움 없이 이른 아침 거리에서 힘을 합쳐 내 빵을 뺏으려 들었다. 치라이쯔가 펄쩍펄쩍 뛰어 내 손을 움켜쥐었다. 그애 누나는 다 큰 여자였으니 당연하겠지만, 그럼에도 그 용맹함과 완력이 내 상상을 완전히 뛰어넘었다. 먼저 이로 공격해온 뒤 양손으로 내 손가락을 하나씩 펼쳐 손안에서 짓뭉개진 빵 반 조각을 끄집어냈다.

내가 빵을 뺏겼다는 사실을 믿을 수 없었다. 모든 게 꿈만 같았다. 가을 햇빛이 말갛게 흔들리며 거리를 비추고, 내 손안에 남은 빵 부스러기를 비추고, 발아래 나뒹구는 더러운 붕대 뭉치—나의 유일한 전리품—를 비추었다. 붕대 뭉치는 치라이쯔 머리에 감겨 있던 것이다. 파리 몇 마리가 아직도 윙윙대며 붕대 주변을 맴도는 것을 보고 구역질이 났다. 몇 차례 헛구역질을 했지만 아무것도 토해내지 못했다. 그 순간 남녀 한 쌍이 곁을 지나가다 하마터면 자전거로 나를 칠 뻔했다. 나는 탓하지 않았지만 그들은 나를 책망했다. 야, 이 녀석아, 여기서 뭘 하는 거야? 왜 길 한복판에 서 있어? 해 뜬 지가 언젠데, 아직도 꿈속을 헤매는 거냐?

꿈속을 헤매느냐는 호통에 외려 정신이 번쩍 들었다. 나는 큰길 한복판에 서 있었고, 치라이쯔 남매는 어느새가 길가 한구석 화단 옆으로 이동해 있었다. 아무 일도 없었다는 듯, 한 사람은 서고 한 사람은 앉은 채. 내가 그쪽으로 달려가자 치라이쯔는 게걸스럽게 빵을 먹고, 누나는 어미 닭이 병아리를 지키는 듯한 몸짓을 해 보였다. 그러고는 경계의 눈빛으로 나를 쳐다보며 득의양양한 목소리로 말했다. 와봤자 소용없어. 벌써 얘 뱃속으로 들어갔으니까.

나는 그 누나를 어찌해야 할지 몰라 그냥 지나치고 치라이쯔를 손봐주려 했다. 치라이쯔, 네가 감히 내 빵을 먹어? 당장 뱉어내! 내가 녀석의 배를 갈기려는데, 주먹을 휘두르기도 전에 누나가 내 앞을 막아서며 다급히 외쳤다. 치라이쯔, 어서 먹어치워. 난 안 먹어도 되니까 신경쓰지 말고. 어서 먹어치워서 증거를 없애. 나는 그 누나라는 장벽을 어떻게 넘어야 할지 몰라 다급한 대로 들이받아버렸다. 내 단단한 머리통이 하필 몰랑한 아랫배에 가서 꽂혔고, 누나는 새된 비명을 내지르며 양손으로 배를 가린 채 아픔을 이기지 못하고 주저앉았다. 상대를 물리쳤다고 생각한 내가 막 치라이쯔에게 덤벼들려는데 그 누나가 다시 한번 비명을 내지르며 아픔을 무릅쓰고 내 옷자락을 쥐고 일어나 냅다 따귀를 갈겼다. 뭐하는 짓이야? 쪼그만 게 어디서 깡패 짓이야? 그러고는 두 눈에 불을 켜고 성난 눈빛으로 나를 노려보았다. 어딜 들이받아? 저질 깡패 녀석 같으니라고! 앞으로 조심하지 않으면 파출소로 끌고 갈 줄 알아!

치라이쯔의 누나에게 뺨을 얻어맞고 나는 넋이 나갔다. 그녀의 경고는 더욱 치명적인 일격이었다. 나는 어찌할 바를 모르고 무너져버렸다. 참고 또 참았건만 결국 울음보가 터지고 말았다.

내가 울기 시작하자 치라이쯔는 입을 히죽 벌리고 바보처럼 웃었다. 그애 누나는 당황해서 길 가는 사람들 쪽을 살피며 나를 나무랐다. 울긴 왜 울어, 겨우 빵 반쪽일 뿐이잖아? 너도 진짜 쩨쩨하다. 빵에 네 이름이 쓰여 있는 것도 아니잖아. 빵은 밀가루로 만들고, 밀가루는 밀을 빻아 만드는 거야. 밀은 농민들이 씨 뿌려 가꾼 거고, 우리 엄마는 농민이니까, 그 빵은 우리 엄마 것이기도 해. 그걸 왜 너만 먹고 내 동생은 못 먹어?

나는 울면서 치라이쯔의 누나를 향해 부르짖었다. 그건 내 빵이야. 너희가 뺏어간 거야!

누나는 두 눈을 깜빡이며 사방을 두리번거렸다. 어떻게든 내 분노를 진압할 근거를 찾느라 고심하는 눈치가 역력했다. 그러다 그 눈길이 길모퉁이 담벼락에 가서 멎었다. 담벼락에는 석회로 커다란 표어가 쓰여 있었다. **프롤레타리아 독재 만세!** 누나의 눈동자가 반짝 빛을 발했다. 빼앗은 게 아니야. 이건 프롤레타리아 독재라는 거라고! 그렇게 목청을 높였다. 어쩐지 심판을 하듯 엄숙한 목소리였다. 우리집은 혁명 가족이고, 수적 집안인 너희 집은 반혁명분자야. 반혁명분자는 자본주의를 따르는 반역자지. 자본계급 수정주의자란 말이야! 우리는 빼앗은 게 아니야. 우리는 너한테 프롤레타리아 독재의 모범을 보인 거라고!

말을 마친 치라이쯔의 누나는 동생을 이끌고 약국으로 갔다. 나는 그래도 단념할 수 없어서 눈물을 훔치며 그들을 쫓아갔다. 길을 다니는 사람이 좀더 많아졌다. 많은 사람들이 이 괴상한 행렬을 흘긋흘긋 돌아보았다. 나는 그들 남매의 뒤통수를 가리키며 목청을 높였다. 저애들이 내 빵을 뺏어갔어요. 오늘은 빵을 뺏겼지만, 내일은 내 똥을 먹일 테다!

내 표현력이 부족한 탓이고, 어리고 무지해 말을 가리지 않은 탓이리라. 길 가던 사람들이 하나같이 내가 먼저 한 말은 무시하고 뒤에 내뱉은 말만 귀담아들어 나를 노려보면서 앞다퉈 꾸짖었다. 이애가 하는 양을 좀 보소? 무슨 말버릇이 그 모양이야? 어디서 똥을 먹이니 오줌을 먹이니 하고 있어. 애 주둥아리가 변소보다 더럽네!

치라이쯔의 누나는 사람들의 호응을 얻자 바로 그 자리에 멈춰서더니, 뒤돌아 늠연히 나를 쳐다보며 한 팔을 들어올려 큰길을 가리켰다. 네 눈으로 똑똑히 보고, 네 귀로 똑똑히 들어봐! 여기 이렇게 많은 사람이 있어. 대중의 눈은 밝은 법이지. 이중에 누가 네 편에 설까? 그녀는 격앙되어 말을 이었다. 사람들이 지지해주니 무서울 게 없는 모양인지 남을 경멸하는 듯한 표정이 떠올랐다. 덤빌 테면 어디 덤벼봐, 이 쪼그만 건달 녀석아! 누가 무서워할 줄 알고? 네가 쿠원쉬안의 아들이면 또 어떻다는 거냐? 쿠원쉬안은 계급의 적이야! 그자는 이제 방귀에 불과해. 너는 방귀의 아들이니,

방귀만도 못하지. 너는 헛방귀야!

헛방귀?

헛방귀래!

치라이쯔의 누나가 나를 헛방귀라고 욕했다! 지금도 나는 약국 주변에 모여든 사람들이 그 소리를 듣고 보인 반응을 기억한다. 치라이쯔가 맨 먼저 자기 누나의 기지와 유머를 칭찬했다. 녀석은 새된 소리로 낄낄댔다. 낄낄대느라 숨이 넘어갈 지경이었다. 헛방귀래, 헛방귀. 맞아, 쟤는 이제 헛방귀야. 남매의 즐거움은 순식간에 온 거리의 사람들에게 퍼져나갔다. 약국 문 앞에서, 아침 일찍부터 사람들이 오가는 런민가에서, 가족계획 선전물 아래 여기저기서 사람들은 그 즐거움에 호응해 웃음을 터뜨렸다. 여기서 한 사람이 웃으면, 저기서 두 사람이 따라 웃었다. 나는 온 유팡진이 카랑카랑하게 한목소리로 외치는 그 소리에 무릎을 꿇었다.

헛방귀

헛방귀 헛방귀 헛방귀

나는 **헛방귀**다.

도통 체면이 안 서는 일이지만 인정하지 않을 수 없다. 나는 헛방귀다. 나를 평생 따라다니는 이 별명은 그렇게 치라이쯔의 누나가 발명한 것이다. 진췌강 근처에 사는 사람이 아니면 '헛방귀'라는 말의 뜻을 잘 모를 수도 있다. 진췌강 지역에서 수백 년 동안 전해내려온 토박이 말이니까. 그냥 들어도 대충 짐작은 가지만 사실 좀더 심오한 단어다. 거기에는 '텅 비었다'와 '방귀'라는 뜻이 함께 있다. 이 두 뜻을 합하면, 텅 빈 것보다 더 허무하며 방귀보다 더 구린 것이 된다.

격리

아버지는 강기슭에서 석 달을 지내게 됐다.

국경절*이 지나고 어머니는 생필품을 한보따리 싸서 자전거에 싣고 춘평여관으로 갔다. 아버지는 춘평여관 다락방에 격리되어 조사단의 심문을 받는 중이었다. 다락방에는 임시 철문이 하나 세워졌다. 철문에는 자물쇠가 세 개나 걸렸는데 두 개는 바깥쪽, 하나는 안쪽에 달려 있었다. 열쇠 세 개는 모두 조사단 요원들 손에 있어 아무도 출입할 수 없었다. 조사단 간부인 남자 셋과 여자 하나는 이따금 거리의 잡화점과 식당에 나타났지만, 아버지는 철문 밖으로 나오지 못했다. 나는 춘평여관을 지날 때마다 그 주변의 지형을 여러 번 살폈다. 아버지가 갇혀 있는 다락방에는 창문이 없고 바깥쪽으로 베란다가 나 있었다. 나는 아버지가 베란다로 나오

* 1949년 10월 1일 중국 정부 수립을 기념하는 국경일.

는 것을 본 적이 없다. 딱 한 번, 아버지의 셔츠와 반바지가 빨랫줄 위에서 펄럭이는 모습을 보았을 뿐이다. 회색 셔츠 한 장과 파란색 반바지 한 장이 놀라서 파르르 떠는 두 마리 새 같았다.

들리는 말로는, 아버지의 문제점이 끊임없이 드러나고 있다고 했다. 우선 이력이 문제였다. 아버지의 많은 이력들을 도무지 증명할 방법이 없었다. 학창시절을 증언해줄 사람으로 남자 동창과 여자 동창을 한 명씩 지명했는데, 남자 쪽은 행방이 묘연했고 여자 쪽은 정신병 환자였다. 아버지가 여러 해 일한 바이후산 삼림원은 산불이 크게 나는 바람에 이때 화를 많이 당해 증인이 될 만한 사람이 없었다. 아버지의 입당 추천인은 더욱 의심스러웠다. 상당히 이름 있는 인사였으나 좋은 쪽으로 그런 것은 아니었다. 성에서 가장 악명 높은 우파 인사로, 서북 지방으로 보내져 노동 개조를 받았는데 개조되는 둥 마는 둥 하더니 돌연 실종되고 말았다.

조사 요원들은 우리집에도 찾아왔다. 그들은 어머니에게 아버지의 모든 이력이 의심스럽다고 폭로했다. 이는 어머니조차 예상치 못한 일이었다. 그 사람은 누구요? 그 사람은 도대체 누구냔 말이오? 요원들이 반복해서 묻자 어머니는 무너지고 말았다. 그들에게 신경질적으로 소리를 질렀다. 난 몰라요! 나도 그 사람이 누군지 모르겠습니다! 한참만에 이성을 되찾은 어머니는 간절함을 담아 이렇게 물었다. 뇌 질병 중에 사람의 기억을 완전히 잘못되게 만드는 그런 병은 없습니까? 요원들은 이 질문에 대한 답변을 거부했다. 이 문제를 건강과 관련한 것으로 돌리지 마시오. 쿠원쉬안의 문제는 뇌 전문의가 치료할 수 있는 게 아니오. 뇌 전문의를 부를 게 아니라 본인이 철저하게 자기반성을 해야지. 요원들이 가고 난 뒤, 어머니는 줄곧 어둠 속에 앉아 뭔가를 골똘히 생각했다. 그리고 어둠 속에서 어머니가 무릎을 치는 소리가 들려왔다. 내가 너무 어렸던 거야. 내가 속고 말았어. 완전히 속았던 거야. 어머니가 스스로를 원망하고 책망하는 소리가 집안의 어둠을 한층 더 짙게 만들었다. 나중에 불이 켜졌을 때, 어머니의 눈물 자국은 이미 말라 있었다. 무척이나 결연한 표정이었다. 갈라서야지! 어머니가 나를 보며 말했다. 갈라서야지, 갈라설 거야!

아버지가 신분을 위조하고 조직을 속였다는 소문은 이미 유팡진 전체에 퍼져 온 마을을 들끓게 했다. 우리집 담벼락에는 분노에 찬 낙서들이 생겼다. 사기꾼, 간첩, 도둑놈, 반혁명분자, 반혁명분자 현행범, 반혁명분자전과범…… 가장 의미심장한 것은 '계급이기분자'라는 말이었다. 도대체 어떻게 하면 계급이기분자가 되는 것인지 아무리 헤아려도 알 길이 없었다. 어머니는 금방이라도 미쳐버릴 듯했다. 다만 종합청사의 각급 지도자를 찾아가 속내를 털어놓고 하소연을 한 일이 제법 효과가 있었다. 지도자들이 너나없이 어머니를 위로해줬기 때문이다. 부부란 비록 한잠자리에 들더라도 계급적으로 다른 입장에 설 수 있는 것이오. 쿠원쉬안에게 문제가 있다고 차오리민 당신에게도 문제가 있다는 뜻은 아니라는 말이지. 그 시절 어머니는 감정 기복이 심했다. 좀전까지 부엌에서 정성 들여 시금치를 다듬다가 순식간에 인내심을 잃고 시금치 한 광주리를 그대로 솥 안에 쏟아넣는 식이었다. 이 마당에 시금치는 다듬어서 뭐하려고? 그러고는 부엌에서 씩씩대며 시금치를 볶았다. 무쇠솥을 무쇠주걱으로 탕탕탕탕 부딪쳐가며 말이다. 처먹다가 벌레라도 씹으면 더 좋지. 먹고 나서 배앓이라도 하면 더 좋고! 먹고 아예 죽으면, 그야말로 바라고 바라던 바고!

어머니는 이렇게 내 삶을 휘저으며 걱정을 안겼다. 속으로 대체 무슨 생각을 하는 건지 알 수 없었다. 가족이 어떻게 갈라선단 말인가? 앞으로 나를 어떻게 대할 것이며, 아버지를 어떻게 대하려고? 어머니 스스로는? 어머니는 당신 자신을 어떻게 대할 셈일까?

어머니 몰래 춘펑여관으로 갔다. 하지만 철문 앞에서 막혔다. 끊임없이 문을 두드리자 짙은 남색 인민복을 입은 젊은이가 소리를 듣고 밖으로 나왔다. 나는 그 남자가 샤오샤일 거라 짐작했다. 원수를 마주하자 더욱 격분한 나는 속사포처럼 질문을 던졌다. 당신들이 무슨 조사단이에요? 거짓말 유포단이거나 헛소리 조작단이겠지. 도대체 무슨 증거로 쿠원쉬안이 덩사오샹의 아들이 아니라는 거예요? 또 무슨 증거로 쿠원쉬안이 수적 펑라오쓰의 아들이라는 거예요? 만약 증거를 내놓지 못하면 당신들 조사단 남자 셋이 수적 펑라오쓰의 아들이에요. 그 여자 하나는 펑라오쓰의 딸이고! 젊은 남자는 분노에 찬 내 비판에 어리둥절해하며 물었다. 누가 보내서 온 거냐? 머리에 피도 안 마른 녀석이 어디서 증거를 내놔라 마라야. 네가 증거가 뭔지나 알아? 그러고선 철문 밖으로 튀어나오더니 그길로 나를 여관 밖까지 질질 끌고 나갔다. 나는 남자가 여관 종업원들에게 호통치는 소리를 들었다. 누가 이 녀석을 들여보냈나? 격리 심문 규정을 아직도 모르는 건가? 관계자 외 무조건 출입금지야! 종업원이 억울하다는 듯 말했다. 우리가 들여보낸 게 아닙니다. 저 녀석은 쿠원쉬안의 아들인데, 도대체 어떻게 들어갔는지 모르겠네요. 샤오샤가 쫓아나와 내 뒷모습을 유심히 살피더니 뭔가 깨달았다는 듯 말했다. 쿠원쉬안의 아들이라고? 어쩐지 헛소리를 지껄이더라니 제 아비랑 똑같네. 이 녀석도 사상에 문제가 있는 거지. 아주 심각하게!

격리된 지 두 달이 지나자, 아버지 정신에 정말로 문제가 생긴 듯한 징후가 나타났다. 하루는 조사단의 여자 간부가 찾아와 어머니의 추측에 일리가 있는 것 같다고 했다. 아버지가 요즘 들어 아주 이상한 행동을 보인다고 말이다. 심문을 거부한 채 걸핏하면 바지를 벗어내리고 조사단 요원들에게 엉덩이의 물고기 모양 몽고점을 살펴보라고 한다는 것이다. 시간도 장소도 가리지 않아 요원들은 어찌할 바를 몰랐다. 조사단에서 정신병원 의사에게 왕진을 의뢰했고, 아버지에게 급성정신병이 의심된다는 진단이 나왔다. 인도주의적 차원에서 조사단은 아버지에 대한 격리 심문을 조속히 마친 뒤, 환자를 집으로 데려가라고 통지했다.

그날 나와 어머니는 여관 삼층 복도에서 녹색으로 칠해진 철문이 열리기를 기다렸다. 한참을 기다리고서야 아버지가 굽은 허리를 하고 문에서 나왔다. 한 손에는 짐보따리를, 다른 손에는 장기 상자를 들고 있었다. 오랫동안 햇빛을 보지 못한 탓에 얼굴은 창백하고 부어 있었다. 언뜻 보면 뽀얗게 살이 오른 것 같았지만, 자세히 보면 피로한 기색이 역력했다. 아버지는 간절한 눈길로 어머니를 보았으나 어머니는 고개를 돌려버렸다. 그러자 그 시선은 겁에 질려 펄쩍 뛰어서 내게로 향했다. 아버지의 그 눈빛에 나는 온몸에 소름이 돋았다. 비굴하고 무력했다. 내가 아버지이고, 아버지가 내 아들인가 싶을 정도였다. 아버지는 무지막지한 잘못을 저질렀고, 그래서 지금 내게 잘 보이려 애쓰고 있다. 내 용서를 바라고 있는 것이다.

어떻게 아버지를 용서해야 하는지 몰랐다. 어떻게 그를 벌해야 하는지 모르는 것과 마찬가지로. 아버지를 따라 아래층으로 내려갔다. 허리를 굽힌 채 계단을 내려가는 아버지는 조심스러운 걸음에 몸놀림도 둔해 생이 얼마 남지 않은 노인 같았다. 지난 두 달 동안의 다락방 생활 때문이었다. 고개를 숙이고 허리를 굽힌 채 걸어다니는 데 이미 익숙해진 것이다. 나는 아버지의 신체 변화를 깨닫고 그 사실을 알렸다. 아버지, 이제 다락방에 계신 게 아니에요. 그러자 미심쩍은 눈길로 나를 돌아보았다. 나도 안다. 내가 나왔다는 거. 내가 물었다. 그런데 왜 아직도 허리를 굽히고 걸으세요? 아버지가 되물었다. 내가 허리를 굽히고 걷는다고? 내가 말했다. 허리를 굽히고 있어요. 커다란 새우처럼. 아버지는 깜짝 놀라 고개를 들고 등허리를 쭉 폈다. 그처럼 간단한 동작 하나가 순식간에 아버지의 사지를 망가뜨린 것만 같았다. 아버지가 느닷없이 악 소리를 내지르더니 짐보따리와 장기상자를 내던졌다. 아버지의 몸이 순식간에 뚝 부러진 것만 같았다. 아버지는 한 손으로 등허리를 받쳤다. 극심한 고통의 표정이 아버지의 얼굴을 훑고 갔다. 아이고, 아파라! 왜 이렇게 아프지? 아버지는 구원을 바라는 듯한 눈초리로 어머니를 바라보면서 중얼거렸다. 허리 한번 폈을 뿐인데, 등이 어째 이리 아픈 거야?

어머니는 몸을 숙여 바닥의 짐보따리를 집어들더니 아버지의 고통스러운 넋두리는 듣지 못했다는 듯 말했다. 대체 여기다 무슨 물건들을 싸넣은 거람? 이 잘그랑대는 것들이 다 뭐냐고. 비누니 찻잔이니, 죄다 버릴 것들을 집으로 싸들고 가 뭐하려고?

나는 내려가서 아버지를 부축했다. 아버지가 어머니를 흘깃 돌아보았다. 아마도 어머니가 와서 부축해주기를 바라는 모양이었다. 어머니는 짐보따리를 들고 복도에 서서 고개를 돌린 채 꼼짝도 하지 않았다. 아버지의 몸을 경계하는 것처럼 보였다. 어쩌면 혐오하는 것처럼 느껴지기도 했다. 아버지는 숨을 고르더니 나를 밀어내며 말했다. 부축할 필요 없다. 허리에 이상이 좀 생겼을 뿐이지 불구가 된 건 아니다.

나는 계단에 산산이 흩어진 장기짝들을 줍다가 아버지가 아직도 가을 슬리퍼를 신고 있는 것을 보았다. 한쪽 발에는 나일론 양말을, 다른 쪽 발에는 흰 망사 양말을 신고 있었다. 아버지는 천천히 등허리를 굽혔다. 등허리는 조금씩, 조금씩 아래로 굽어졌다. 아래층으로 내려가며 아버지는 혼잣말을 중얼거렸다. 괜찮아, 이렇게 굽히고 걸으면 그리 아프지 않으니까. 그냥 굽히고 걸으면 되지 뭐.

바깥 하늘은 어둑했다. 찬 빗방울이 흩날렸고 비 사이로 눈발도 섞여 있었다. 아버지는 여관 처마 아래에서 진창으로 변한 거리와 바삐 거리를 오가는 행인들을 바라보다 문득 걸음을 멈췄다.

마스크 가지고 있냐?

없는데요. 내가 말했다. 마스크는 왜요? 추우세요?

추워서가 아니라 사람들이 볼까봐 그러지. 어머니가 차갑게 대꾸했다. 마스크 따위 필요 없어요. 마스크를 하든 안 하든 사람들은 다 당신을 알아볼 테고, 마스크를 하든 안 하든 남들 볼 면목이 없는 건 마찬가지니까.

아버지는 쓴웃음을 지으며 두려움에 찬 눈빛으로 어머니의 얼굴을 보았다. 리민, 당신한테 정말 미안해. 갑작스러운 사과였다. 목에 가래가 껴 목청을 가다듬었다. 리민, 당신한테 정말 미안해. 이 말을 한번 더 반복한 뒤 한숨을 내쉬었다. 그 말은 꾹꾹 참아 누른 어머니의 분노에 불을 지폈다. 때를 전혀 맞추지 못한 아버지의 부적절한 사과 때문에 어머니는 더이상 화를 삼키지 못하고 온몸을 부들부들 떨었다.

나한테 뭐가 미안한데? 당신은 스스로한테 미안해야 돼. 당신을 키워준 조직에 미안해야 마땅한 거라고!

어머니의 눈에서 눈물이 넘쳐흘렀다. 사람들 앞에서 못난 꼴을 보이지 않으려고 짐보따리를 든 채 거리로 뛰어들었다. 나는 어머니가 아버지의 사과를 이렇게 무시할 거라고는 전혀 예상치 못했다. 어머니는 나와 아버지를 버려둔 채 혼자서 달아나버렸다.

유팡진에 진눈깨비가 흩날렸다. 나는 아버지를 모시고 집으로 향했다. 큰길을 피해 외진 골목으로 들어섰는데도 도중에 남의 일에 참견하기 좋아하는 사람들을 만날 수밖에 없었다. 몇몇 사람들이 시치미를 뚝 떼고 짐짓 아버지에게 안부를 묻다가 다들 내게 쫓겨났다. 구경하러 온 아이들 가운데 작은 녀석들은 내 주먹에 달아났고 조금 큰 녀석들은 내 욕설에 쫓겨났다. 아들을 보호하는 아버지처럼, 나는 온몸과 마음을 다해 아버지를 보호하면서 궁눙가에 있는 집까지 걸어갔다.

내가 아버지를 집으로 데리고 왔다.

격리 심문은 종결되었고, 심문 결과는 희비가 반쯤 교차하는 내용이었다. 아버지는 자신이 신분을 위조한 것을 인정하지 않았고, 조직을 속인 사실도 인정하지 않았다. 자신이 덩사오샹 열사의 아들이라는 주장을 끝까지 꺾지 않았다. 그러나 아버지의 사생활에 대한 조사는 요원들의 예상과 달리 이상하리만치 순조롭게 진행

되었다. 아버지가 조사에 성실히 임했을 수도 있고, 중요한 문제를 피하는 대신 가벼운 문제를 감당하겠다는 마음이었을 수도 있다. 아버지는 몇 차례 저항한 뒤, 몇 년 동안 근방에서 떠돌던 몇몇 소문들이 사실이라고 시인했다. 그러니까 남녀 문제가 복잡하다는, 사생활에 문제가 있다는 소문들 말이다.

그 문제는 심각해 보였다.

사생활

소위 사생활 문제란 남녀 문제다. 그 점을 누가 모르겠는가? 한 남자의 사생활에 문제가 생겼다면 틀림없이 여자와 얽힌 것이다. 문제가 심각할수록 연관되는 여자도 많다. 당시 나는 열세 살로 생식기관이 덜 성숙했다. 나는 아버지가 큰 권력을 쥐고 있는 남자로서 여자들을 어떻게 해보려고 했다는 점은 알았다. 그러나 도대체 얼마나 많은 여자들과 엮였는지, 그 많은 여자들이 무슨 소용인지는 알지 못했다. 이런 일은 남에게 묻기가 쉽지 않다. 입을 열지 못하니 혼자서 이런저런 상상을 거듭했다. 그러다 발기가 돼서 더는 상상할 엄두가 나지 않았다. 나는 감히 발기할 수 없었다. 어머니가 허락하지 않았기 때문이다. 어머니는 발기를 최악의 범죄로 여겼다. 어머니는 내가 일으키는 그 범죄의 고의성 여부는 전혀 따지지 않고 모조리 엄중 처벌했다. 어느 날 새벽, 꿈에서 익숙한 종합청사 건물의 계단을 보았다. 미모의 젊은 여자들이 계단 위에 공작

새 깃털처럼 빙 둘러서 있다가 사층에 있는 아버지의 사무실로 줄줄이 걸어올라갔다. 또각또각 구둣굽 소리를 내면서. 삼층까지 올라갔을 때, 모두 몸을 돌리더니 나를 향해 미소를 보냈다. 나는 이 낯설지만 아름다운 환각에 취해 정신을 차리지 못하고 헤매다가 어머니의 고무 슬리퍼에 얻어맞고 잠에서 깼다. 어머니는 불뚝 일어선 내 팬티를 분노의 눈길로 쳐다보며 나를 침대에 묻어버릴 기세로 두들겨패기 시작했다. 어머니는 나를 때리며 욕했다. 이 수치도 모르는 놈, 더러워라! 윗물이 흐리니 아랫물이 어떻게 맑겠어. 그걸 불뚝 세워서 뭐하려고? 제 아비 못된 짓만 배워서, 부끄러운 줄도 모르고, 아주 추잡스러워!

어머니는 남성의 생식기를 혐오하고 그 존재에 분노했다. 나의 것도 그 혐오와 분노에서 무사할 수 없었다. 어머니와 아버지의 결별은 침대를 따로 쓰는 것에서부터 시작되었다. 두 사람은 선을 분명히 그었지만 당장 갈라서지는 않았다. 처음에는 어머니가 아버지를 구제해주려는 것이라고 생각했다. 나중에야 그것이 구제나 사면이 아니라 채무 청산 작업임을 깨달았다. 어머니의 눈에 아버지는 이미 똥이나 거름처럼 하찮은 존재여서 구원 따위는 해줄 필요가 없었다. 남은 시간 동안 그녀가 한 일은 단 한 가지였다. 어떤 일이었던가? 징벌이다. 어머니는 이 특권을 포기하지 않고 끝까지 행사했다. 아버지를 벌주려고 했다. 원래는 정신적으로 벌을 줄 생각이었으나 하늘이 그녀를 돕지 않고 예상치 못한 시련을 주었다. 아버지의 정신이 갑자기 굽어진 그 등허리와 마찬가지로 이미 폐허가 된 지 오래였기 때문에 벌을 줄 여지가 많지 않았다. 그래서 아버지의 정신을 먼저 벌할 것인가, 육체를 먼저 벌할 것인가, 어머니는 이러지도 저러지도 못하는 딜레마에 빠졌다.

어머니가 아침에 집을 나서는데 아버지가 자전거를 옮겨주며 당부했다. 길 조심해요. 너무 세게 달리지 말고. 어머니가 말했다. 그 더러운 손으로 내 자전거 만지지 마요. 내가 천천히 타든 빨리 타든 당신이 상관할 바 아니에요. 차라리 트랙터에 치여 죽으면 모든 게 다 끝날 텐데. 아버지는 눈치 있게 자전거 곁에서 물러나며 말했다. 방송할 때 원고 천천히 읽도록 해요. 절대 틀리지 말고. 지금은 사람들이 호시탐탐 공격할 기회만 노리고 있으니 트집 잡힐 일은 말아야지. 어머니는 콧방귀를 뀌며 말했다. 고맙기도 해라. 아직 남 생각을 다 하고. 지금 나한테 무슨 원고 읽을 자격 따위가 있겠어요? 누가 감히 내게 마이크를 넘기겠느냔 말이에요! 내가 방송실에서 무슨 일을 하는지 당신이 알기나 해? 매일 장샤오훙에게 신문을 오려주고 있다고요! 어머니는 동료에게 신문을 오려주고 있다는 말을 하면서 완전히 이성을 잃었다. 굴욕감 때문에 굉장히 신경이 날카로워졌다. 어머니가 갑자기 손으로 땅을 가리켰다. 쿠원쉬안, 모두 당신 탓이야. 당신은 죽어도 싸. 아니, 죽어도 모자라. 나한테 무릎 꿇어. 무릎 꿇으라고!

아버지는 깜짝 놀라 어머니를 보며 말했다. 이 무슨 말도 안 되는 소리야? 당신을 걱정해서 당부 몇 마디 한 건데, 무릎을 꿇으라니?

어머니의 손은 변함없이 대문 앞 땅바닥을 향한 채 움직일 줄 몰랐다. 꿇어! 당신 같은 인간은 서 있을 자격도 없어. 꿇는 것이 어울리지! 꿇을 거야, 안 꿇을 거야? 안 꿇으면, 나 오늘 출근 안 해!

아버지는 망설이기 시작했다. 자신이 무릎을 꿇어야만 하는 죄를 지은 건지 속으로 헤아려보는 듯했다. 나는 뻣뻣하게 대치하고

서 있는 부모님을 방에서 몰래 훔쳐보고 있었다. 그렇게 이삼 분이 흘렀을까. 마침내 아버지가 하늘도 땅도 놀랄 결단을 내렸다. 내 방 창문 쪽을 흘깃 돌아본 뒤, 바짓자락을 끌어올리며 천천히 무릎을 꿇었다. 무릎을, 꿇었다. 그렇게 대문 앞에 꿇어앉아 어머니를 향해 짐짓 가벼운 미소마저 지어 보였다. 꿇으라니 꿇지. 내 죄가 죽어도 모자라니, 꿇어 마땅하지.

어머니의 얼굴에서 분노가 사라지고 복잡다단한 표정이 되었다. 만족스러운지 아닌지 알 수가 없었다. 어쩌면 깊고 깊은 슬픔이었는지도 모르겠다. 어머니는 귀신이라도 본 것처럼 아버지가 꿇은 무릎에 두 눈을 못박고 한참을 있더니 문득 입을 열었다. 대문 앞에서 꿇어앉다니 대체 무슨 속셈이에요? 이웃들 다 와서 보라고? 문만 열면 바로 당신이 보일 텐데, 그러고도 웃음이 나와요? 당신은 망신 따위 아무렇지 않은지 몰라도 나는 망신당하곤 못 살아.

아버지는 몸을 일으키며 투덜거렸다. 그래도 아직 사람들 눈을 신경쓰기는 하네. 좋은 자세야. 그럼 어디에 꿇어앉으면 좋을까? 아버지는 사방을 휘둘러보다가 대추나무 아래의 네모반듯한 스쉬* 를 발견하고는 천천히 그 위에 꿇어앉더니 고개를 들어 어머니를 바라보았다. 잘 보이려 애쓰는 것 같기도 했고 체념한 듯 보이기도 했다. 어머니는 고개를 돌리더니 자전거를 밀고 대문 앞으로 갔다. 문에 가로로 걸린 빗장을 잡아 뽑으려 애썼지만 꼼짝도 하지 않았다. 어머니가 갑자기 고개를 돌려 스쉬 위의 아버지를 물끄러미 바라보았다. 얼굴이 온통 눈물로 얼룩져 있었다. 어머니가 처량한 목

---

* 커다란 돌덩이를 네모반듯하게 깎고 손잡이를 달아놓은 운동기구.

소리로 날카롭게 내지르는 소리가 들렸다. 아주 날 죽이려고! 꿇으란다고 꿇어? 쿠원쉬안, 똑똑히 들어. 남자의 무릎은 황금이야. 알아들어? 당신 같은 사내를 누가 퍽이나 존중해주겠네?

아버지는 스쉬 위에서 살짝 몸을 일으키며 어머니를 올려다보았다. 뭔가에 자극받은 듯 한쪽 무릎을 무의식적으로 들어올렸지만, 다른 무릎은 아래로 향하려는 관성에 굴복한 채 꼼짝도 하지 않았다. 어머니가 문을 나선 뒤에야 아버지는 천천히 자리에서 일어났다. 나는 방문을 박차고 뛰쳐나갔다. 나를 본 아버지의 얼굴에 부끄러움이 번개처럼 스쳤다. 아버지는 무릎을 털면서 아무렇지도 않은 듯 가벼운 말투로 말했다. 다시는 이런 일 없을 거다. 다시는 없지. 이번에는 그저 장난삼아. 둥량아, 너 왜 요즘은 스쉬로 운동 안 하는 거냐?

나는 순간 할말을 잃었다가 불쑥 한마디 내뱉었다. 다 소용없어요!

소용이 있고 없고가 어딨어? 몸을 단련하는 건데. 아버지는 굽은 허리를 하고 대추나무 아래 서서 열없는 표정으로 생각에 잠겼다가 이내 쓴웃음을 내뱉었다. 그래, 소용없지. 둥량아, 네 말이 맞다. 아무 소용도 없어. 우리집은 곧 뿔뿔이 흩어질 거다. 네 엄마가 언제고 나와 갈라서고 말 테니.

나는 아무 말 하지 않았다. 뭐라고 말해야 할지도 알 수 없었다. 아버지가 집으로 돌아온 뒤, 유치하고도 혼란한 생각이 끊임없이 나를 뒤흔들었다. 때로는 어머니를 동정했고, 더 많은 순간에 아버지를 연민했다. 나는 아버지의 얇은 바지 무릎에 난 두 개의 검은 자국을 뚫어져라 쳐다보았다. 시선을 조심스럽게 위로 올리자 바지 주름 사이로 중년 남자의 음경의 형상이 두드러져 보였다. 그것은 기운 없이 아래로 비스듬히 고개를 숙이고 있었다. 망가진 농기구가 메마른 나무에 박혀 있는 것처럼. 나는 아버지가 발기했을 때의 모습을 알지 못했다. 아버지가 몇 명의 여자와 언제, 어디서 그 짓을 했는지도 알지 못했다. 대체 어떤 여자들이었을까? 음험하고 복잡한 상상이 꼬리에 꼬리를 물고 이어져 그칠 줄 몰랐다. 아버지가 수상한 내 눈빛을 알아채고는 자신의 바짓가랑이를 내려다보더니 매섭게 나를 몰아쳤다. 둥량아, 뭘 보고 있는 거냐? 어딜 보고 있어?

나는 깜짝 놀라 다급하게 고개를 돌리며 말했다. 내가 뭘 봤다고 그래요? 난 아무것도 안 봤어요.

아버지는 성을 내며 바지춤을 동여맸다. 거짓말! 어서 말해라. 방금 그 머리로 무슨 생각을 한 게야?

나는 아버지의 시선을 피하며 주섬주섬 변명을 늘어놓았다. 머릿속을 볼 수 있는 것도 아니면서 어떻게 내가 무슨 생각을 했는지 알아요? 난 아무 생각도 안 했다고요.

아버지가 말했다. 그래도 말대꾸야? 그 머릿속에 틀림없이 나쁜 생각이 들었겠지. 다른 사람은 속일 수 있을지 몰라도 내 눈은 못 속인다.

궁지에 몰린 나는 마음을 다잡고 아버지에게 바락바락 대들었다. 엄마 말이 맞아요. 수캐나 상대를 가리지 않고 아무 암캐랑 놀아나는 법이죠! 아버지는 도대체 뭐하자고 여자 문제를 일으켰어요? 우리집이 지금 이 모양이 된 것도 다 아버지의 그…… 나는 결국 그 단어를 내뱉지 못했다. 아버지가 당황해서 나를 노려보다 양손으로 내 목을 조르는 바람에 그 단어가 그만 내 목구멍 안에 묻혀버렸다. 아버지는 무척 화가 난 상태였지만 그래도 냉정을 유지하고 내가 질식할까봐 두려웠는지 바로 손에서 힘을 뺐다. 그 대신 내 뺨을 세게 한 대 때리며 말했다. 두 달 못 본 사이에 이 자식이 좋은 건 안 배우고. 온종일 대체 뭔 짓을 하는 거냐? 이런 저열한 놈 같으니라고!

아버지가 날더러 저열한 놈이라고 하는 게 이해되지 않았다. 어머니는 그렇다 쳐도 아버지가 내게 저질이라고 욕할 자격은 없었다. 만약 내가 저질이라면 그건 아버지가 먼저 저질로 굴었기 때문이니까. 나는 억울하고 분한 마음으로 부글댔지만 아버지에게 따지고 싶지 않았다. 막 집안으로 달려들어가려는데 대문이 벌컥 열리는 소리가 들렸다. 대장장이 아들 광밍이 굴렁쇠를 들고 우리집 문간에 서서 외쳤다. 헛방귀, 헛방귀야, 내가 널 구해주러 왔다. 우리 굴렁쇠나 굴리러 가자!

누가 널더러 날 구하래? 나는 심기가 불편해 광밍에게 욕을 했다. 뭔 놈의 굴렁쇠? 니미럴 당장 꺼져!

아버지는 의심에 찬 눈길로 광밍을 보았다. 광밍아, 너 이리 좀 오너라. 너 지금 우리 둥량이를 뭐라고 불렀냐?

헛방귀요. 광밍은 시원시원하게 대답했다. 헛방귀라고 불렀어요. 요즘에 다들 얘를 헛방귀라고 부르는걸요.

밉살스러운 대장장이 아들은 나한테 쫓겨났지만 결국 작은 화를 남기고 말았다. 녀석이 내 별명을 누설하고 만 것이다. 아버지는 그 별명에 대해 무척 궁금해했다. 네가 왜 헛방귀냐? 아버지는 이맛살을 찌푸린 채 추궁하는 눈길로 나를 쳐다보았다. 예전에는 별명이 없었잖아? 다른 별명 다 놔두고 어쩌다 이렇게 듣기 흉한 별명을 얻은 거냐?

다른 사람들한테 물어보세요. 난 몰라요. 헛방귀니까 헛방귀겠죠. 난 이제 아버지랑 성이 달라서 쿠가 아니라 헛이에요. 이름도 둥량이 아니라 방귀고요. 그렇게 내 이름은 헛방귀예요.

그 입 다물어라. 묻는 말에나 대답해. 그 별명 누가 지은 거냐?

말하면 무슨 소용인데요? 아무 소용도 없다고요! 갑자기 가슴이 미어지게 아파와 아버지에게 바락바락 대들었다. 다 아버지 때문이에요. 아버지 때문에 나까지! 아버지는 이제 아무 쓸모도 없어요. 내가 헛방귀니까, 아버지도 헛방귀라고요!

아버지는 말이 없었다. 문으로 걸어가 바깥 거리를 휘둘러보더니 이내 문을 닫고 빗장을 가로질렀다. 그래, 그래, 나도 헛방귀다. 너무 억울해하지 마라. 내가 먼저 헛방귀가 됐기 때문에 너도 헛방귀가 된 것뿐이니. 중얼중얼 몇 마디 끝에 아버지가 문득 쓴웃음을 짓더니 욕지거리를 내뱉었다. 씨발 니미럴! 집에 돌아와도 여전히 격리 심문 신세로구나. 뭐 그리 엄청난 대죄를 지었다고? 조사단이 날 심문하더니 마누라도 날 심문하고, 이제는 아들놈까지 날 심문하네! 아버지는 넋두리를 늘어놓았다. 몇 번이나 나와 시선이 마주쳤지만 이내 비껴갔다. 그는 내 원망어린 눈동자를 마주하지 못했다.

잠시 뒤 아버지는 마당을 가로지른 빨랫줄 아래에 쪼그려앉아 빨랫줄에 걸린 알록달록한 무대의상들을 살펴보았다. 전부 어머니가 젊을 적에 입었던 옷으로 지금까지 애지중지 보관해왔다. 어머니는 해마다 겨울이면 그 옷들을 꺼내 햇볕에 널어 말렸다. 빨랫줄 위에 걸린 것은 봄이었다. 줄지어 날아든 꾀꼬리의 노랫소리와 물 찬 제비의 왈츠 같은. 위구르족의 꽃모자와 금실로 수놓은 검은 조끼, 비취색 항아리치마, 장족의 반소매 옷과 펠트 장화, 색동 앞치마, 조선족 여인들의 긴 흰색 치마와 붉은 허리띠, 그리고 두 켤레의 발레화가 있었다. 발레화는 마치 네 자루의 아름답고 잘 드는 칼처럼 빨랫줄 위에서 위엄을 자랑했다.

아버지는 고개를 들고 무시로 두 눈을 끔뻑였다. 아마도 그 의상들을 보며 더없이 아름다운 모습으로 무대 위를 누볐던 옛 시절의 어머니를 추억하고 있으리라. 아버지는 발레화를 만지작거리다가 이어 작은 꽃모자를 걷어내리더니 부드러운 손길로 모자 위의 먼지를 떨어냈다. 나는 한숨소리를 들었다. 그러다 아버지는 느닷없이 어머니의 예술적 재능에 대해 말을 늘어놓기 시작했다. 표정은 더할 나위 없이 심각해 보였다. 둥량아, 네 엄마가 제일 안됐지. 내가 네 엄마를 망친 거야. 네 엄마는 어떤 춤이든 다 출 줄 알고, 어떤 노래든 다 부를 줄 알았지. 이제는 어떤 문예단에서도 네 엄마를 받아주지 않겠지. 정말이지 그 대단한 예술적 재능이 아깝구나! 나는 어머니가 어떤 문예단에도 들어갈 수 없으니 다행이라고 말했다. 아니면 우리집 빨래는 누가 해요? 밥은 누가 하고요? 아버지는 실망스럽다는 표정으로 나를 노려보았다. 너 이 자식, 도무지 뭘 모르는구나. 그저 처먹을 줄만 알지. 내가 말했다. 춤 안 추고 노래 안 불러도 사람 안 죽어요. 하지만 밥을 안 먹으면 굶어죽는다고요! 아버지는 경악에 찬 눈으로 나를 보았다. 그건 대체 누가 네 놈에게 들이부은 속물 같은 생각이냐? 우리가 너를 어떻게 가르쳐왔는데? 자신이 교육 따위를 언급할 처지가 아니라고 생각했는지 아버지는 거기서 교육에 대해 운운하기를 멈추고 몸을 일으켜

내 쪽으로 걸어왔다. 둥량아, 이건 아주 중요한 얘기니 가슴 깊이 새겨두도록 해. 아버지가 내 어깨를 툭툭 치며 말했다. 지금 우리 집은 비상사태다. 앞으로도 네 엄마 밥을 먹고 싶고, 이 가정을 유지하고 싶다면 모든 게 네게 달렸다는 점을 명심해라. 네가 잘해야 한다. 엄마를 기쁘게 해줘. 절대 화를 돋우지 말고!

아버지의 당부가 무슨 뜻인지 알아들었다. 비상사태다. 어머니가 집에서 얼마나 중요한 사람인지는 알고 있었지만 그 책임감이 내 어깨 위에 지워지다니, 번지수가 잘못된 거 아닌가. 나는 어머니를 기쁘게 해줄 자신이 없었다. 말하자니 어쩐지 서글프지만, 어머니의 화를 돋우는 방법이나 알까, 기쁘게 하는 방법에 대해서는 도무지 아는 바가 없었다. 나는 어머니를 이해하지 못했고 그 마음을 읽을 줄도 몰랐다. 어머니의 빛나는 미소는 무대 위에서 음악을 타고 흐르는 것이었고, 무대도 음악도 없는 집에서는 기쁠 때의 어머니가 어떤 모습인지 전혀 알지 못했다.

먼저 어머니 차오리민의 예술적 재능에 대해 말해보는 게 좋겠다.

그녀는 젊었을 때 유팡진에서 유명한 미인이었다. 대중문예활동의 스타로서 한때는 유팡진의 왕단펑*이라 불렸다. 만약 상반신이 조금 짧고 다리가 좀더 길었더라면 그 영화배우보다도 훨씬 아름답고 출중한 미모를 자랑했을 것이다. 차오리민은 달걀형 얼굴에 시원스럽게 긴 눈매와 오뚝한 콧날을 지녔었다. 노래도 잘하고 춤도 잘 췄다. 특히 다양한 목소리를 낼 줄 알아 때로는 부드럽고 달콤하게, 때로는 우렁차고 씩씩하게 말했다. 그래서 문예단 무대 외

---

* 상하이 출신의 중국 배우.

에 그녀의 재능이 가장 돋보인 곳은 확성기 앞이었다. 유팡진 사람들에게 방송원 차오리민의 또렷한 발음과 부드러운 음성은 신기한 풍향계 같은 것이었다. 중간 높이의 음성은 국내외 정세가 좋음을 뜻했고, 그보다 약간 높은 음성은 공업과 농업 전선의 승전보를 뜻했으며, 그보다 좀더 높은 음성은 인민들의 상황이 날로 좋아짐을 뜻했다. 사람들이 가장 찬탄하는 것은 고음부였다. 어딘지 살짝 금속성이 감도는 그 음성은 사람을 관통하고 원초적 본능을 자극해 흥분시키는 강력한 힘이 있었다. 언젠가 공개심판 대회에서는 그녀가 외친 구호에 반혁명분자 위원쑨이 그 자리에서 오줌을 지리기도 했다. 한번은 그녀의 구호가 채 떨어지기도 전에 수매처의 부패한 인사 야오씨가 비판대에서 기절해 쓰러진 적도 있다. 현장에서 그녀가 외치는 구호를 들은 사람이라면 이게 농담이 아님을 알 것이다. 제 목숨을 걸고 구호를 외쳤기 때문에 언제나 하늘을 찌를 듯 우렁찼고 곧게 퍼져나갔다. 그 목소리는 마치 화려한 빛을 뽐내는 번개처럼 유팡진 상공에서 번쩍였다. 길가의 닭과 오리가 혼비백산 달아나고, 개와 고양이의 얼이 빠지고, 비판대 아래 모든 사람들의 귀가 웅웅 울리도록 만들었다. 천성적으로 귀에 문제가 있어 고막이 약한 이들은 그 자극을 이기지 못하므로 미리 솜을 뭉쳐 귀를 틀어막아야 했다.

아버지는 어머니의 온몸에서 혁명적 낭만주의의 분위기가 넘쳐흐른다고 말했었다. 혁명과 낭만은 그녀가 추구해온 모든 것의 결과였다. 그녀는 소녀 시절을 마차오진에서 보냈다. 미모는 물론 문화적·예술적 재능도 일찍부터 사람들의 주목을 받았지만, 마차오진이라는 세계는 너무 작아서 소녀 차오리민의 재능을 발휘할 기회가 없었다. 또한 질투심이었는지 편견이었는지, 마차오진 사람들의 평가는 그리 높지 않았다. 마을 사람들은 뒤에서 차오리민을 '푸줏간의 왕단평'이라고 불렀다. 이 별명은 어머니의 출신 가문과 내 외가의 혈통을 폭로하고 있다. 마차오진에는 외할아버지가 있었지만 나는 한 번도 본 적이 없다. 왜? 그는 백정 출신으로 한평생 가축을 잡고 고기를 팔았다. 자산계급도 아니고 지주나 부농도 아니었지만 그렇다고 무산계급도 아니었다. 이도 저도 아닌 집안은 어머니와 어울리지 않았다. 외할아버지는 가뭄으로 기근이 심할 때 인육만두를 팔았다는 소문이 돌아 곤욕을 치르기도 했다. 추악한 소문은 가라앉았지만 어머니는 굴욕을 견디지 못하고 몇 년에 걸쳐 집을 떠날 계획을 세웠다. 그리고 열여덟 살이 되던 해에 마침내 실행에 옮겼다. 어느 날 집에 돌아와 아끼던 저금통을 깨고 그동안 모은 돈을 세면서 식구들에게 선포했다. 이제 이 집안과 인연을 끊고 관계를 정리하겠노라고. 가족들이 물었다. 어떻게 관계를 정리한다는 거냐? 그녀가 말했다. 이 집 음식은 먹지 않고, 이 집 옷도 입지 않을 거예요. 이 집을 나가서 혼자 살 거예요. 가족들이 또 물었다. 저금통에 든 돈 몇 푼을 가지고 여자 혼자 살아가겠다는 말이냐? 도대체 결혼할 상대는 있는 거냐 없는 거냐? 그 상대가 누군데? 어머니는 가족들이 자신의 앞날을 과소평가하자 화가 났다. 무슨 결혼 상대 타령이에요? 내가 결혼할 상대를 말해도 아마 이해 못할걸요! 내 상대는 문화단 무대예요! 모질고 독하다고 날 원망하지 마요. 이 집안이 내 미래에 영향을 끼칠 거란 말이에요. 다른 가족들은 미래 따위 필요 없을지 몰라도 나는 전도유망한 미래를 원한다고요!

어머니는 마차오진의 푸줏간을 떠난 뒤 여러 지방을 돌아다녔다. 베이징의 가무단은 물론, 장갑부대의 문화선전공작단, 다른 지역의 월극단, 지방 경극단, 심지어는 서커스단까지 문을 두드렸다. 하지만 어째선지 매번 용두사미 격으로 마지막 관문을 통과하지 못했다. 다리가 짧다거나 출신 성분이 좋지 않다는 등의 이유로 정규 문화예술단은 전부 그녀를 받아주지 않았다. 가진 돈을 다 써버리고 자신감도 크게 꺾인 그녀는 눈을 낮추어 대중문예 무대로 목표를 바꾸었다. 뒤로 한 발짝 물러서니 광활한 세계가 펼쳐졌다. 순조롭게 풍년 질소비료공장에 들어갔고, 그곳에는 진췌강 지역에서 유명한 문예선전대가 있었다. 비료공장의 문예선전대에서 그녀는 마땅한 주목을 받았다. 그녀의 아름다움이 드디어 사람들의 시선을 끈 것이다. 선전대원들은 낮에 비료를 포장하고, 근무가 끝난 저녁시간을 이용해 공연 연습을 했다. 춤도 노래도 그녀가 중심이 되어 이끌었다. 비료공장의 정문을 막 나서는 그녀의 남색 작업복에서는 암모니아 냄새가 풀풀 풍겼지만, 작업복을 풀어헤치면 그 안에서는 화려하고 감동적인 무대 위 세계가 펼쳐졌다. 당시 삼림원에 있었던 아버지는 공장에 화학비료를 사러 갔다가 어머니를 만났다. 처음 그녀를 봤을 때, 작업복 안의 진홍색 비단 저고리를 보고 깜짝 놀랐다. 원래 그 옷은 홍주무*를 출 때 입는 무대의상이었다. 그 옷차림을 어떻게 평가해야 좋을지, 이 아가씨에게서 풍겨나는 독특한 매력을 어떻게 받아들여야 좋을지 몰랐다. 어머니를 다시 만난 것은 아는 사람이 주선해준 자리에서였다. 비료공장 밖

* 기다란 붉은색 비단을 가지고 추는 춤.

의 오수 배출구 근처였다. 아버지는 차오리민이 후문 쪽에서 사뿐사뿐 걸어나오는 모습을 보았다. 옷차림은 여전히 시선을 확 끌었다. 그때 안에 받쳐 입은 연녹색 옷 역시 눈에 익은 것이었다. 아버지는 그 옷이 채다무* 의상임을 알아차렸다. 이번에는 심사숙고하며 말을 준비한 그는 첫마디부터 그녀에게 찬사의 말을 건네 감동시켰다. 샤오차오 동지, 동지의 몸에서는 혁명적 낭만주의의 분위기가 넘쳐흐르는군요.

부모님의 연애는 연애라기보다 발견이라고 부를 만했다. 아버지는 어머니의 미모와 재능을 발견했고, 어머니는 아버지의 혈통과 전도유망함을 발견했다. 아버지의 키가 어머니보다 머리 반 개 정도는 작아서 일반적으로 생각하기에 어울리는 배필은 아니었지만, 그럼에도 두 사람이 합칠 만한 이유는 분명히 있었다. 그해 9월, 아버지의 문제가 온 천하에 까발려지기 전까지는 말이다. 어머니는 어디서 들었는지, 아버지가 여자들을 꾈 때 쓰는 첫마디가 "아무개 동지, 동지의 몸에서는 혁명적 낭만주의의 분위기가 넘쳐흐르는군요"라는 사실을 알았다. 어머니는 화가 나서 허파가 터질 지경이라고 했다. 아마도 평소에 가슴을 울려 소리를 내는 일이 많기 때문에 그녀의 허파가 특히 예민했는지도 모르겠다. 어머니가 병원에서 의사에게 허파의 괴상한 반응에 대해 설명하는 것을 들은 적이 있다. 선생님, 저는 둥량 아버지만 보면 숨을 쉴 수가 없어요. 그 사람을 봤다 하면 허파에서 펑펑 소리가 나요. 허파 두 쪽 중에 적어도 하나는 다 터져서 산산조각났을 거예요!

---

* 항저우 지역의 차 생산지에서 유래된 전통 가무.

분노와 상심으로 인한 고통 속에서 어머니는 아버지를 새롭게 발견했다. 차오리민이라는 싱그러운 꽃 한 송이가 결국 소똥에 꽂힌 셈이다. 그해 겨울, 우리 집안에 대한 어머니의 혐오는 말로 표현할 수 있는 수위를 넘어섰다. 아버지는 어머니의 마음이 점점 집에서 멀어질 것을 예감했지만, 어머니에게 관심을 표현하라며 속수무책으로 나를 보낼 뿐이었다. 그러나 내가 관심을 보일 때마다 어머니는 쌀쌀맞게 반응했다. 왜 내 앞에서 얼쩡거리는 거야? 찻잔은 왜 들고 왔어? 누가 나 차 마시고 싶다던? 누가 너한테 이런 짓을 시키는지 알지. 다 소용없어. 너희 부자한테 희망을 버린 지 오래니까. 나는 몹시 화가 나 어머니가 보는 앞에서 찻잔의 차를 싱크대에 쏟아버렸다. 이 행동은 물론 화를 불러일으켰고, 어머니는 달려와 내 귀를 있는 힘껏 잡아당겼다. 네가 죽고 싶구나. 이렇게 비싼 찻잎을 우려서 한 모금도 마시지 않고 날로 갖다버려? 돈도 못 벌면서 낭비만 할 줄 알지!

나는 여전히 어머니의 화를 불러일으키는 데만 재능이 있었다. 이렇게 될 줄 알았다. 내게 걸었던 아버지의 희망은 부질없었고, 스스로도 이런 자신에게 실망했다. 사람들이 부르는 것처럼 나는 정말 헛방귀가 아닐까. 어머니 곁에 있을 때조차 헛방귀인 것 같으니. 나는 어머니의 환심을 사는 법을 몰랐고, 그녀를 붙잡는 방법 역시 알지 못했다.

어머니는 잘 빨아 말린 가을옷을 반듯하게 개어 녹나무 궤짝에 챙겨넣고, 아끼던 무대의상들은 모두 가죽가방에 차곡차곡 담았다. 가죽가방 또한 귀한 것으로, 그 휘황찬란했던 문화예술 생애를 확실히 증명해주는 물건이었다. 가방 위쪽에는 붉은 글자들이 원을 그리며 찍혀 있었다. 그 가방은 풍년 질소비료공장에서 대중문예를 위해 헌신한 지식분자들에게 수여한 것이었다.

우리집 세 식구가 함께한 생활의 끝 무렵은 처량하기 짝이 없었다. 먹고 마시고 싸지르는 모든 행위까지 얼음처럼 냉랭한 규칙과 규율에 따라야 했다. 어머니는 집안일을 세 몫으로 나누었다. 어머니의 몫은 주로 나와 그녀의 점심, 저녁을 만드는 일이었다. 내 몫은 바닥을 쓸고 먼지를 떨거나 쓰레기통을 비우는 일이었다. 남은 집안일은 번잡하고 힘들었다. 아침 일찍 일어나 식구들을 위해 아침밥을 준비하고, 매일 두 번 변소를 청소해야 했다. 아버지의 일상생활, 그러니까 먹고 입고 물건을 사용하는 등의 모든 일 또한 아버지 스스로 책임져야 했다. 어머니는 이런 일들을 나누면서 확실히 밝혔다. 다 두 사람을 위해 이러는 거야. 내가 평생 이 집 식모 노릇을 하지는 않을 테니 미리 연습해두는 게 좋겠지.

아마도 그해 겨울이었을 것이다. 나는 아버지와 어머니 사이에 존재하는 최후의 비밀을 알아버렸다. 어머니는 조사단이 그랬던 것처럼 침실을 임시 격리실로 만들어 아버지에 대한 최후의 심문을 집행하고 있었다. 다만 심문자가 어머니였다는 점, 심문의 주제가 다소 제한적이었다는 점이 다를 뿐이었다. 그 심문 내용이 아버지의 사생활 문제에 집중되었음은 충분히 상상할 수 있다. 심문은 보통 저녁 일곱시가 넘어서 시작되었다. 방송에서 〈조합원은 모두 해바라기〉의 전주가 울려퍼지면 어머니는 곧 침실로 들어가 화장대 서랍을 열쇠로 열고 볼펜과 작업일지를 꺼내들었다. 그러고선 밖을 향해 소리쳤다. 쿠원쉬안, 들어와요! 언젠가 한번은 아버지가 침실로 가지 않고 변소에 틀어박혀 있었다. 어머니는 내게 변소 문을 두드려보라고 했다. 네가 가봐. 어서 가서 네 아버지를 끌어내! 내가 가지 않고 버티자 어머니가 직접 달려가 빗자루를 집어 들고 막대로 변소 문을 들쑤셨다. 한참을 들쑤시자 아버지는 결국 버티지 못했다. 문이 열리고 허리를 잔뜩 굽힌 아버지가 빗자루 막대 밑으로 빠져나왔다. 그리고 크게 소리를 질렀다. 더이상 못 참겠네. 아버지가 대문을 향해 달아나자 어머니는 날카로운 냉소를 머금은 채 그 모습을 지켜보았다. 문 앞까지 달려간 아버지가 멈춰 서더니 고개를 돌려 어머니를 보았다. 난 할말 다 했어. 이제 더 할 것도 없으니 나가서 바람이나 쐬고 오겠어! 어머니가 빗자루로 가리키며 냉정하게 말했다. 어디 그 문을 열고 나가 바람을 쐐보시지. 눈 똑똑히 뜨고 잘 봐요. 유팡진에 당신이 바람을 쏘일 곳이 아직 있기는 한지!

어머니가 급소를 찌르자 아버지는 과연 밖으로 나설 용기를 잃었다. 뜰을 한 바퀴 휘 돌고 나서 결국 순순히 어머니를 따라 침실로 들어갔다. 침실의 문과 창문을 굳게 닫고 붉은 커튼까지 친 채, 어머니와 아버지는 전등불 아래에서 붉은빛의 그림자로 흔들렸다. 사생활 문제는 반드시 문을 걸어닫고 심문해야 한다는 데 서로 뜻이 통했기 때문에 둘은 빈틈없이 나를 경계했다. 하지만 막으면 막을수록 엿듣고자 하는 내 열망도 더 높이 차올랐다. 아랫도리와 관련한 일들은 입 밖으로 내뱉기 힘든 경우가 많다. 아버지는 그런 일들을 무척 대담하게 행했지만, 그 일들에 대해 말하는 것은 또 무척 부끄러워했다. 심문의 수위가 올라가고 내용이 세밀해질수록 어쩔 줄 몰라하며 도망쳐 숨으려 들었다. 아버지는 중대한 문제는 얼렁뚱땅 피하고 가벼운 문제에만 답하는 식으로 심문에 더듬더듬응했다. 아버지의 이런 행동을 소극적 저항으로 받아들인 어머니는 이성을 잃고 침실을 공개 자아비판 현장으로 바꿔놓았다. 한번은 창밖에 있는 나도 어머니가 분노에 떠는 목소리를 똑똑히 들었다. 그 목소리는 창문을 뚫고 밤하늘 높이 낭랑하게 울려퍼졌다. **쿠원쉬안, 자백하면 관대하지만 항거하면 엄벌한다!**

사실 부모님이 큰 소리를 낼 때는 별로 신경쓰지 않았다. 오히려 아무 소리 없이 조용할 때가 더 겁이 났다. 그날 밤, 침실이 쥐 죽은듯 고요해 아무것도 들을 수 없는 적막 속에서 두려움에 떨었다. 마당의 커다란 대추나무 위로 기어올라 시선을 슬쩍 방안 환기창 쪽을 보았더니, 아버지와 어머니가 불빛 아래에 있는 모습이 눈에 들어왔다. 어머니는 자신의 작업일지를 손에 든 채 화장대 앞에 앉아 온 얼굴을 눈물로 적시고 있었고, 아버지는 한 마리 개처럼 어머니의 발아래 꿇어앉아 있었다. 바지를 벗은 채였다. 또 바지를 벗은 것이다. 이어 엉덩이를 쳐들어 어머니에게 영광스러운 물고기 모양 몽고점을 드러내 보였다. 그 창백하고 메마른 엉덩이가 어둑하고 붉은 등불 아래서 날카로운 빛을 발했다. 어머니는 고개를 돌리고 울었다. 심하게 울어서 숨도 제대로 쉬지 못할 정도였다. 아버지는 고집스럽게 바지를 무릎 아래로 내린 채 바닥을 기었다. 어머니가 고개를 돌리면 그 방향으로 계속해서 기어갔다. 그러다 느닷없이 어머니의 발을 붙잡고 신음하듯 내뱉었다. 어서 날 봐. 예전에는 그렇게도 보고 싶어했으면서, 지금은 어째서 눈길조차 주지 않는 거야? 내 몽고점을 보라고! 내가 덩사오샹의 아들이야. 정말이라고! 봐! 똑똑히 봐! 물고기 모양 몽고점이라고! 내가 덩사오샹의 아들이야. 제발 이렇게 성급하게 나와 갈라서려 하지 말아줘. 갈라서더라도 이혼은 하지 말아줘. 이혼하면, 당신 후회할 거야!

그 순간 내 눈에서 미친듯이 눈물이 솟구쳐올랐다. 그게 아버지 때문인지, 어머니 때문인지는 나도 정확히 알 수 없었다. 부모님에 대한 연민인지, 두려움인지, 그도 아니면 마음이 너무 아파서인지, 너무 놀라고 기가 막혀 그런 건지조차 알 수 없었다. 나는 대추나무에서 내려와 우리집을, 지붕 위의 어둡고 깊고 푸른 밤하늘을 우두커니 바라보았다. 왠지 모르게 하늘을 보고 있으니 눈물이 멈췄다. 눈물을 닦아내고 하늘을 향해 모질고 독하게 내뱉었다. 이혼하면 하는 거지, 어쨌거나 다 헛방귀인 걸!

부모님의 이혼은 순조롭게 진행됐다고 할 수 있다. 어느 날 아침, 나는 바깥으로 나가다가 우리집 대문에 희소식을 알릴 때 쓰는 커다란 붉은 벽보가 나붙은 것을 보았다. 누가 붙였는지는 알 수 없었다. **쿠원쉬안 동지가 샹양 선대의 식구가 된 것을 열렬히 환영합니다.** 그리고 **샹양 선대 주민 일동**이라는 낙관이 찍혀 있었다. 아침 일찍 붉은 벽보가 붙었고, 그날 오후 부모님이 이혼을 했다. 나는 그들에게 남은 유일한 문제였다. 아버지를 따라 샹양 선대로 갈 것인가, 어머니를 따라 유팡진에 남을 것인가. 배를 타고 떠나고 싶기도 했고, 한편으로 뭍을 떠나 배 위에서 살아갈 일이 두렵기도 했다. 아버지에게 물었다. 반년은 배에서 아버지와 지내고, 반년은 뭍에서 어머니와 지내도 돼요? 아버지가 말했다. 나는 상관없다. 네 엄마한테 물어봐라. 아마도 네 엄마는 안 된다고 할 것 같구나. 나는 어머니에게 가서 물었다. 어머니는 울분을 터뜨리며 고함을 쳤다. 안 돼. 내가 있으면 저 인간은 없는 거고, 저 인간이 있으면 내가 없는 거야. 윗물이 맑아야 아랫물이 맑은 법인데, 저런 인간이 가르치던 아이를 내가 어떻게 가르치겠어?

선택해야 했다. 불행한 선물 두 더미가 내 앞에 있었다. 하나는 아버지와 배였고, 다른 하나는 어머니와 뭍이었다. 나는 겨우 하나밖에 선택할 수 없었고, 반드시 하나를 선택해야 했다. 나는 아버지를 선택했다. 지금도 선대 주민들은 그때의 내 선택을 두고 입방아들을 찧는다. 이런저런 가정을 하며 둥량이가 차오리민을 따라 갔으면 지금쯤 이러저러했을 것이다, 쿠원쉬안은 이러저러했을 것이다, 차오리민은 이러저러했을 것이다, 참 말이 많았다. 나는 전혀 귀담아듣지 않았다. 그런 가정 따위는 아무 의미 없다. 가정도 모두 헛방귀니까. 물은 물을 따라 흐르고, 풀은 풀과 함께 자라나듯 그것은 선택이 아니라 운명이었다. 아버지의 운명이 덩사오샹 열사와 연관된 것처럼, 내 운명은 아버지와 연관지어졌다.

섣달의 일이었다. 거리는 차가운 날씨로 얼어붙었고, 춘절 음식을 장만하는 돼지기름 냄새가 벌써부터 시린 공기 속에 물씬 떠돌았다. 유팡진은 집집마다 춘절 준비가 한창이었으나 우리집은 춘절을 쇠지 않았다. 유팡진의 집이 곧 사라질 텐데 어떻게 춘절을 쇠겠는가? 아버지와 나는 배에 오르고, 어머니는 이사를 가기로 했다. 어머니가 왜 그토록 서둘러 이사를 가려 했는지 모르겠다. 공동묘지라도 벗어나듯 손발을 바삐 놀리며 일꾼으로 불러온 부두 노동자 두 명을 끊임없이 재촉했다. 서둘러요. 좀 서두르라고요. 결국 알록달록한 보자기로 싼 꾸러미 하나를 내 침대 위에 빠뜨리고 갔다. 풀어보니 작업일지가 있었다. 포스터로 겉표지를 싸서 얼핏 보면 장정이 화려한 고급 서적처럼 보였다. 앞표지에는 현대 경극 〈홍등기〉의 주인공 리테메이가 홍조 띤 얼굴로 미소를 짓고 있었고, 뒤표지에는 홍등을 든 리테메이의 손이 보였다. 어머니가 이사 나갈 때 아버지는 변소에 숨어 있었다. 나는 이 특별한 공책을 어떻게 처리할지 잠시 고민하다 마침내 대담한 결정을 내렸다. 아버지에게 전하지도, 어머니에게 돌려주지도 않기로. 나는 그 작업일지를 내 이불 아래에 잘 감추었다.

어머니가 그 공책을 실수로 빠뜨렸는지 아니면 일부러 두고 갔는지는 지금까지도 알지 못한다. 어쩌면 어머니는 모든 은혜와 원한을 이혼으로 청산하고, 아버지가 저지른 죄의 증거는 그가 스스로 처리하도록 맡겼던 것일까? 잘 모르겠다. 감히 물어볼 수도 없었다. 내가 누구를 위해 공책을 감췄는지도 모르겠다. 아버지를 위해서? 아니면 어머니를 위해서? 어쩌면 스스로를 위해? 말할 수 없는 이 비밀은 내 생애 전반에 영향을 주었다. 나는 어머니가 기록한 내용을 줄줄 외우게 됐다. 아버지의 죄상을 줄줄 외웠다고도 할 수 있겠다. 작업일지에 쓰인 모든 글자들을 외웠다. 가슴속에 울분과 원한을 품고 있었을망정 어머니의 필체는 가지런하고 예뻤다. 감정에 사로잡히지 않고 담담하게 쓰인 일지의 주요 내용은 내 상상을 벗어나지 않았다. 어머니는 사생활 문제에 대해 아버지가 배반한 횟수, 시간, 장소 등을 꼼꼼히 적었다. 때로는 화를 이기지 못하고 빈칸에 이런 설명들을 덧붙이기도 했다. 부끄러움도 모르는 것, 저질, 화나 죽겠어. 그리고 얼핏 피를 흘린 것처럼 붉은 잉크로 찍은 느낌표들도 있었다. 나를 가장 놀라게 한 것은 여자들의 이름이었다. 그렇게 많은 여자들이 아버지와 모종의 관계에 있었다니. 학교 친구인 리성리의 어머니, 자오춘탕 아저씨의 누이동생 자오춘메이, 폐품 매입소의 쑨 이모, 종합청사의 샤오거 이모와 샤오푸 이모도 있었다. 다들 평소에 얼마나 정갈하고 바른 사람들이었던가! 아무리 생각해도 알 수 없었다. 어째서 그들의 이름이 거기에 적혀 있을까?

강물

그해 겨울, 나는 육지 생활에 작별을 고하고 아버지를 따라 배와 강물로 향했다. 그것이 영원한 추방임을 미처 알지 못했다. 배에 오르기는 쉽지만 내리기는 어렵다는 것을. 선대에 오른 지 십삼 년이 된 지금까지 나는 두 번 다시 뭍으로 돌아가지 못했다.

사람들은 아버지가 나를 배에 가둔 셈이라고 말했다. 때로는 나도 그 말에 동의했다. 이 재미없고 답답한 생활에 하나의 핑계가 되어주었으니까. 그러나 아버지에게 이 핑계는 날카로운 비수와 같았다. 차가운 빛을 발하며 무시로 그의 양심을 노렸다. 아버지에 대한 불만을 억누르지 못할 때는 이 비수를 빼들어 그에게 맞섰다. 아버지를 비난하고 상처 주며 나아가 수치와 굴욕을 안겼다. 하지만 많은 경우엔 차마 그렇게까지 하지 못했다. 선대가 운항하는 나날, 나는 고개를 숙여 뱃전 아래의 강물을 바라본다. 그러면 천년을 흐른 물이 나를 가뒀다고 느껴진다. 강기슭의 둑방과 집, 논밭도 바라본다. 그러면 강기슭이 나를 가뒀다고 느낀다. 강기슭에서 낯익은 이의 얼굴과 낯선 이의 모습을, 선대의 다른 주민들을 바라보기도 한다. 그러면 그들이 나를 배에 가뒀다고 느낀다. 선대가 밤 운항을 할 때, 강물이 어둑해지고 이 모든 세계도 어두워지면 나는 뱃머리의 선장등에 불을 밝힌다. 그리고 어스레한 등불이 뱃머리에 내 그림자를 비추는 것을 바라본다. 그토록 작고 그토록 연약한 검은 그림자는 물웅덩이 같다. 물은 넓은 강바닥을 흐르고 내 생명은 배 위에서 흐르고 있다. 어둠 속의 강물이 내게 귀띔하면, 나는 내 생명의 오묘한 바닥을 깨닫는다. 내 그림자가 나를 배에 가둔 것이다.

진췌강 양 기슭의 모든 도시와 마을에는 덩사오샹 열사의 행적이 두루 퍼져 있었다. 막 선대에 올랐던 그해, 아버지는 자신의 혈통에 대해 여전히 희망적으로 생각했다. 열사의 후손을 감정하러 온 조사단이 적의와 편견으로 가득했다는 생각을 고수하면서, 소위 감정 결과라고 내놓은 것이 남의 칼을 빌려 사람을 죽이는 행위에 불과한 광기어린 박해라고 말이다. 자신의 신념 속에서 선대를 따라 강물 위를 흐르는 것은 어머니인 덩사오샹 열사의 품속을 흐르는 일이며, 그렇기 때문에 눈에 보이지 않는 커다란 평안을 느낀다고 했다. 배가 펑황진을 지날 때, 아버지는 높이가 들쑥날쑥한 목조건물 쪽을 가리키며 내게 말했다. 보이느냐? 검은 기와에 흰 담장을 두른 사당 말이다. 원래는 네 할머니가 총을 숨기는 데 사용한 비밀 창고였지. 나는 배에서 펑황진을 바라보았다. 이 작은 마을은 안개 속에 잠겨 화학비료공장과 시멘트공장의 굴뚝밖에 보이지 않았다. 아무리 애써봐도 검은 기와에 흰 담장이 둘러졌다는 사당은 눈에 띄지 않았다. 사당에 그다지 흥미를 느끼지 못한 나는 아버지에게 평황진의 장의사는 어느 쪽이냐고 물었다. 아버지는 성난 목소리로 외쳤다. 무슨 장의사냐? 장의사 따위는 없다. 남들이 네 할머니를 욕보이려고 지껄이는 허튼소리를 귀담아들어서는 안 돼! 네 할머니는 장의사 집 딸 따위가 아니야. 네 할머니가 관을 운반했던 것은 총을 숨기기 위해서였어. 혁명을 위해 필요한 일이었다고! 아버지는 고집스럽게 손가락으로 같은 방향을 가리키며 열사의 유적인 사당을 잘 보라고 했다. 바로 저 목조건물 뒤쪽이란 말이다. 어째서 못 보는 거냐? 나는 아무래도 사당이 보이지 않았다. 장의사도 없고, 사당도 없어요. 사당 따위 안 보인다고요! 아버지는 불같이 화를 내며 내 따귀를 때리더니 뱃머리에 가서 꿇어앉으라는 벌을 내렸다. 평황진 쪽을 바라보고 꿇어앉거라. 네 할머니가 전투를 치른 곳이란 말이다. 그런데 안 보여? 네 눈이 나쁜 게 아니라, 네놈 마음속에 열사가 없기 때문이지. 꿇어앉아라. 사당이 보이면 그때 일어나거라!

덩사오샹을 향한 아버지의 한없는 추모의 정이 강까지 따라왔다. 해마다 청명절과 9월 27일이면 아버지는 우리 바지선 위에 현수막을 내걸었다. '덩사오샹 열사는 영원히 우리 가슴속에 살아 있다.' 봄에 한 번, 가을에 한 번, 덩사오샹 열사는 진췌강 위에서 부활했다. 나는 두 계절의 바람이 서로 다르게 붉은 현수막을 펄럭이는 소리를 들었다. 그 소리는 내게 서로 다른 환각을 불러일으켰다. 가을바람이 아버지의 현수막에 부딪히면 선체가 더 무거워졌다. 마치 열사의 영령이 강물에서 흐느끼며 이끼 가득 낀 손으로 우리 배의 닻을 끌어당기는 듯했다. 가지 마, 가지 마라. 멈춰, 나와 함께 있어줘. 가을바람이 불면 닻이 배의 몸통을 두드리는 소리가 더욱 커졌다. 그 소리는 열사가 우리 부자에게 건네는 비밀 이야기처럼 들렸다. 열사의 영령은 가을바람 속에서 눈에 띄게 여리고 감상적으로 변했다. 나는 봄에 부활하는 열사를 한결 더 좋아했다. 봄바람은 봄바람이라, 강 위에서 살랑살랑 조심스럽게 불어왔다. 풀과 나무의 신선한 내음을 머금고 물위에서 덩사오샹이라는 이름이 되살아났다. 열사의 영혼이 우리 바지선을 종종 찾아온다는 것을 느낄 수 있었다. 새벽빛이 어슴푸레할 때, 봄바람에 멱을 감은 열사가 아름다운 모습으로 배의 고물 쪽에서 살금살금 기어올라와 선장등 아래에 앉아 있었다. 뒤쪽 선실의 둥근 창을 통해 물에 젖은 옅푸른 그림자를 여러 번 보았다. 그림자는 오도카니 앉아 꼼짝도 하지 않았다. 따스하고 다정한 모습으로. 4월의 아침이면 나는 일찌감치 일어나 고물 쪽으로 달려가 열사가 남기고 간 흔적을 찾았다. 열사는 빛나는 구슬 같은 물방울들을 남겨놓았다. 한번은 선장등 아래에 신기하게도 물에 흠뻑 젖은 붉은 연꽃이 놓여 있기도 했다.

나는 혼란스러웠다. 가을에는 남들 말대로 아버지가 덩사오샹의 아들이 아니라고 생각했다. 그러나 봄이 오면 아버지를 믿게 됐다. 내 눈에 그는 여전히 덩사오샹의 아들이었다.

천국

이제는 상양 선대의 내력에 대해 제대로 말해줄 사람이 거의 없다.

먼저 유백색 끌배에 대해 이야기해보자. 끌배는 항운회사 소속으로, 중유를 태워 움직이며 키가 두 개이고 마력이 무척 셌다. 일고여덟 명의 선원은 선대 주민이 아니라 고용 노동자였다. 한 차례 운항이 끝나면 근무를 마치고 집으로 돌아가는 이들이었다. 그들의 집은 뭍에 있었고 다들 뭍사람이었다. 선원들은 모두 술을 좋아했다. 젊은 선원 몇은 술이 들어가면 성미가 사나워져 사이좋게 이야기를 나누다가도 갑자기 주먹을 뻗어 치고받았다. 배에 오른 바로 다음날, 한 젊은 선원이 고량주 병에 가슴을 찔려 강으로 떨어지는 장면을 목격하기도 했다. 그는 니미럴이라고 욕을 해대며 강기슭의 병원을 향해 헤엄쳐 갔다. 나이 지긋한 선원들은 평소에 대체로 온화한 얼굴들이었고, 술을 마시고 살짝 주정을 하더라도 못봐줄 정도는 아니었다. 그 가운데 한 텁석부리 사내는 소중히 아끼는 라디오를 자기 배 위에 얹고 갑판 위에 대자로 뻗어 드르렁드르렁 코를 골곤 했다. 원숭이상의 다른 사내는 갑판에서 목욕하는 걸 좋아했다. 목욕만 하면 될 것을 번번이 실오라기 하나 안 걸치고 온몸에 비누칠을 한 다음 여기저기 벅벅 긁어대며 바지선에 있는 여자들에게 추파를 던졌다. 나는 이 선원들에게 전혀 좋은 인상을 갖고 있지 않았다.

나는 누구에게도 좋은 인상을 갖고 있지 않았다. 샹양 선대에는 모두 열한 척의 바지선이 있었다. 거기에는 열한 가족이 살았고, 그들 모두 과거나 내력이 분명치 않았다. 진췌강 근처에 사는 사람들은 대부분 선대에 호감을 갖고 있지 않았다. 샹양 선대 주민들을 낮잡아 보았다. 멀쩡한 사람이라면 왜 강물 위로 이사해 살아가겠는가? 이런 생각이 반드시 편견이라고만은 할 수 없었다. 아버지의 출신성분이 문제로 떠올라 우리 역시 내력이 불분명한 인간들이 되었으니. 아버지는 속죄를 해야 했고 나를 데리고 샹양 선대로 왔다. 이 일은 하방*도 아니요, 추방도 아니며, 분류되었다고 보는 게 맞을 것이다.

선대 주민들 스스로는 본적지가 강 상류의 메이산이라고 했다. 메이산은 진췌강 지역 지도에서 이미 사라지고 없었다. 일차 댐 건설 과정에서 메이산의 진 한 곳과 촌 열세 곳이 모두 수몰되었기 때문이다. 진췌강 지도 가장자리에 파란색으로 표시된 수역은 예전에 메이산이 있었던 곳이지만 지금은 성리댐이다. 나는 그들이

* 중국에서 간부나 당원을 농촌이나 공장으로 내려보내 일정 기간 노동에 종사하도록 하는 일.

메이산에서 왔다는 말을 믿지 않았다. 그들이 동향이라는 소릴 귀신이나 믿어줄까. 그들이 말하는 걸 들어보면 온갖 방언이 다 섞여 있었다. 그중에는 말이 짧아 오묘하게까지 들리는 표현들도 있었다. 가령 배가 마차오진 방향으로 가면, 상류로 간다고 말해야 할 것을 그들은 '쭉 간다'라고만 했다. 밥을 먹는 것은 '든다', 용변을 보는 것은 '끊는다'라고 했다. 뭍사람들은 성행위와 관련된 말을 쉽게 입에 담지 않았지만 그들은 전혀 거리낌이 없었다. 그 일을 '두들긴다'라고 표현했다. 남자들은 한자리에 모이기만 하면 언제나 비밀스러운 얼굴을 하고 두들기는 일에 대해 끝도 없이 떠들어댔다. 왜 두들긴다고 하게 되었을까? 연구할 가치가 있는 어떤 복잡한 일에서 그들은 연속으로 두들기는 행위를 연상했을 것이다.

나는 그들의 생활 습관에도 좋은 인상을 갖고 있지 않았다. 대부분 옷차림이 단정치 못했다. 날씨가 추울 때는 너무 껴입어서 빨강, 초록, 노랑, 파랑 등의 옷깃 여러 개가 목둘레에 겹겹이 층을 이루었다. 여름과 가을에는 다들 지나치게 적게 입었고, 아예 아무것도 걸치지 않는 사람도 있었다. 상반신을 드러내고 맨발로 걷는 사내들은 멀리서 보면 흑인처럼 까맸다. 그들은 거친 흰 천으로 직접 만든 반바지를 입었다. 옷의 재료는 대개 풍년표 밀가루 부대였다. 가랑이를 넓게 하고 바지춤도 최대한 크게 만들어서 위로 끌어올려 허리띠로 묶었다. 여자들은 아무래도 옷차림에 신경을 썼는데 그 정도가 지나쳐 외려 괴상망측했다. 결혼을 한 여자들은 모두 머리를 둥글게 말아올리고 그 위에 백란화나 치자꽃을 꽂았다. 윗도리도 제각각이었다. 누구는 유행에 따라 둥근 옷깃에 자잘한 꽃무늬가 있는 블라우스를 입었고, 누구는 사내들이 입는 흰 러닝셔츠를 입었으며, 또 누구는 할머니들이 입는 저고리 같은 것을 걸치기도 했다. 그러나 아랫도리는 전부 보수적인 것으로 통일했다. 검정색 또는 짙은 남색 평직물로 만든 통이 넓고 무릎까지 내려간 바지를 입었다. 조금 신경을 쓰는 사람은 바짓단 쪽에 모란꽃 한 송이를 수놓기도 했다. 출산과 수유가 무척 잦기도 하고 브래지어를 하는 데 전혀 익숙하지 않았기 때문에, 배에서 생활하는 아낙들의 가슴은 지친 듯 늘어져 있었다. 크기만 할 뿐 텅 비어 보였다. 아낙들이 배에서 오갈 때면 이리저리 움직이는 가슴만 눈에 들어왔다. 그 가슴들은 무언가를 원망하는 듯도, 무언가를 뽐내는 듯도 보였다. 나는 거기에 대한 인상도 그리 좋지 않았기에 그것들이 완전히 개방되어 도처에 있음에도 불구하고 아무런 흥미를 느낄 수 없었다.

선대의 아이들은 보통 엉덩이를 드러내고 돌아다녔다. 절약의 방편이기도 했고 표시의 기능도 했다. 뭍에 내리더라도 아이를 잃어버릴 염려가 없는 것이다. 설사 잃어버린다 해도 뭍사람들이 부두로 돌려보내주었다. 선대 주민들은 남존여비 사상이 심했다. 남자아이들은 뒤통수에 가늘게 땋은 머리를 늘어뜨리고, 손목에는 팔찌를 끼고, 목에는 장명쇄*를 걸었다. 여자아이들은 아무런 장신구도 없었다. 제 엄마들이 가위로 아무렇게나 잘라놓은 머리칼은 반듯하지 않고 멋대로 헝클어져 건초 더미처럼 보였다. 아직 어린 여자아이들은 손수건을 바느질해 만든 배두렁이로 부끄러운 곳을 가렸고, 다 자란 여자아이는 어머니가 아닌 아버지의 옷을 입어서 하나같이 몸에 맞지 않아 보였다. 사랑을 받지 않는다고 여자아

* 장수를 기원하는 부적 목걸이.

이들이 맡은 집안일이 덜어지는 것은 아니었다. 여자아이들은 하루종일 갑판 위를 앞뒤로 뛰어다니며 일하고, 동생들이 말썽을 피우면 어머니를 대신해 꾸짖었다. 그러나 선대에서 유일하게 예뻤던 잉타오는 엄마 놀이에 심취해 붉은 포대기로 남동생을 업고 온종일 이 집 저 집을 돌아다니기만 했다. 한번은 잉타오가 육호선의 고물에 서서 두 눈을 크게 뜨고 보초처럼 나를 감시했다. 내가 말했다. 여기 와서 뭐하는 거야? 저리 가! 잉타오가 말했다. 내가 우리 배 고물에 서 있고, 너희 배에 올라간 것도 아닌데 무슨 상관이야? 내가 말했다. 나도 상관하고 싶지 않으니까 나 쳐다보지 말라고! 잉타오가 말했다. 네가 날 보고 있지 않으면, 어떻게 내가 널 보는 걸 알아? 내가 말했다. 좋아. 그럼 너를 안 볼 테니까, 너도 나한테 말 붙이지 마! 잉타오가 또 말했다. 누가 너한테 말을 붙였다고 그래? 네가 먼저 나한테 말을 걸었잖아. 입씨름으로는 잉타오를 이길 수 없어 나는 두 눈을 부릅뜨고 노려보기만 했다. 그러나 잉타오는 내가 노려보는 것 따위 전혀 무서워하지 않았다. 갑자기 영문 모를 미소를 짓더니 잉타오가 말했다. 너무 그렇게 뻣뻣하게 굴지 마. 내가 너희 집 내력을 알고 이렇게 내 동생 궁둥이를 보여주러 일부러 왔는데 말이야. 내 동생 몽고점도 물고기 모양이거든! 잉타오는 포대기를 풀고 제 동생의 어리고 작은 엉덩이를 내게 보여주었다. 봐, 여기 몽고점. 정말 물고기 같지! 득의양양한 표정으로 말하던 잉타오는 아기가 응애응애 울기 시작하자 새된 소리를 내질렀다. 끊지 마, 끊지 마, 좀 이따 끊어. 동생이 똥을 싸려 했던 것이다. 나는 얼른 그 엉덩이로부터 고개를 돌리고, 잉타오의 행동에 무척 화가 나 배 뒤쪽으로 가면서 있는 대로 욕을 내뱉었다. 선대 주민들의 말투를 흉내냈다. 두들기고 자빠졌네. 니미럴 두들길 물고기 같으니라고. 니미럴 두들길 몽고점 같으니.

나는 선대에서 무척 고독했다. 그 고독은 어쩌면 내 최후의 자존심이기도 했다. 선대에는 남자아이들이 많았지만 너무 나이가 많고 멍청하거나, 너무 어리고 얄미웠다. 나는 친구가 없었다. 내가 어떻게 그들과 친구가 되겠는가? 그들은 무한한 호기심과 호의를 지니고 걸핏하면 칠호선으로 달려와 나를 관찰했다. 어떤 녀석은 잘 띄운 콩을 공물로 가져오기도 했고, 장난감 기차를 가져와 나를 유혹하려는 녀석도 있었다. 어떻게 그런 물건 따위에 내 마음이 움직이겠는가? 나는 그들을 모두 쫓아보냈다.

처음 선대에 왔을 때의 내 일상은 차마 글로 쓰기 부끄러울 지경이다. 아버지는 내가 학업을 계속하길 원해서 배에서 공부를 하게 했다. 공부에 흥미를 갖게 하려고 아버지가 가장 좋아하는 스펀지 소파까지 선뜻 내주었다. 그때 유팡진에는 소파가 그리 많지 않았고, 그 소파는 아버지가 뭍에서 배로 옮겨온 유일한 가구였다. 그리고 아버지가 지녔던 지위와 권력의 증거이기도 했다. 나는 이 귀중한 소파에 앉아 매일같이 마음이 콩밭에 간 채로 엉뚱한 생각에만 빠져들었다. 손에 책을 들고 공부하는 체했지만 엉덩이로는 어머니가 남기고 간 작업일지를 깔고 앉아 있었다. 나는 그 공책에 미련을 두고 기록된 모든 내용을 몰래 연구하기 시작했다. 어머니는 아버지의 사생활을 낱낱이 추궁했지만 기록 자체는 상당히 완곡한 표현을 쓰고 있었다. 가장 노골적인 단어가 '저지르다' 정도였으니. 헤아려보니 '저지르다'라는 단어가 대강 예순 번 넘게 등장했다. '저지른' 대상, '저지른' 시간과 장소와 횟수, 누가 먼저 시도했는가, 들킨 적은 없는가 등에 대한 아버지의 답변은 앞뒤가 잘 맞지 않았다. 처음에는 모두 여자 쪽에서 먼저 접근했으며 아무에게도 들킨 적이 없다고 했지만, 나중에는 순순히 실토한 것으로 보였다. 대부분 자신이 주동했고, 자오춘탕에게 들켰으며, 타자수인 샤오진에게도 들킨 적이 있다고 했다. 어머니의 기록에서는 호오의 감정을 낱낱이 읽어낼 수 있었다. 어느 때는 세밀했고 어느 때는 거칠었으며, 어떤 세부 묘사에서는 혐오감 때문에 기록하기 부끄러웠는지 분노에 찬 말줄임표를 길게 늘어놓기도 했다. 동시에 슬픔과 울분에 찬 주석들을 덧붙였다. 저질, 구역질 나, 수캐, 암캐, 열받아 죽겠네, 내 허파가 터져 죽겠어!

나는 별로 화가 나지도 않았다. 어머니의 글을 보면서 그 기록이 전달하는 사실적인 상황들을 열심히 그려봤다. 그렇게 추리와 상상에 깊이 빠져드는 한편, 뒤이어 찾아올 결과가 두려웠다. 매번 일종의 괴상한 화학반응이 뒤따랐던 것이다. 한 글자, 한 단어, 한 구절마다 상상력이 덧붙여져 위에서부터 아래까지 쉽사리 내 몸뚱이를 사로잡았다. 자료를 읽고 상상을 할 때마다 한 차례 또 한 차례 계속해서 발기했다. 내 아랫도리는 불타올랐다. 타락의 더러운 불꽃이 어두운 선실 안에서 맹렬히 타올랐고, 그 뜨거운 열기 때문에 나는 어찌할 바를 몰랐다. 작업일지를 덮어도 그 글자들이 피워낸 열기는 조금도 꺼지지 않았다. 심지어 표지에서 웃고 있는 리톄메이의 얼굴이 불꽃을 더해주었다. 리톄메이는 두 눈을 크게 뜨고 혁명을 향한 굳은 결심을 드러내고 있었지만, 두 뺨은 복사꽃처럼 소담했고 입술은 얇고 붉었다. 콧날은 곧고 오뚝했고, 귓불은 부드러우면서도 육감적으로 보였다. 이 모든 것이 내게는 성적인 자극이 됐다. 남들은 리테메이가 홍등을 든 모습을 보면 숙연한 태도로 존경심을 표하는데, 나는 왜 늘 삿된 상상만 하게 되는지 알 수 없었다. 내가 타락했다고 생각했다. 그래서 스스로를 구하고자 이성을 발휘해 낡은 신문지로 작업일지의 표지를 다시 포장했다. 리테메이의 얼굴이 가려져 보이지 않자 내 하반신은 곧 평정을 되찾았다. 뒤쪽 선실 안의 세계는 비좁았기 때문에 내 비밀은 언제든 폭로될 위험에 처해 있었다. 안전을 기하기 위해 작업일지를 공구상자에 숨긴 뒤 상자를 들고 조용히 배의 고물 쪽으로 갔다. 어렴사리 선미 조타석의 문을 열었을 때, 공구상자가 떠드는 소리가 들렸다. 그 안에서 송곳이며 멍키스패너, 쇠못, 나사못 따위의 항의가 어렴풋이 들려왔다. 그리고 가족을 부르는 리테메이의 초조한 목소리도 들리는 듯했다. 할머니, 내 말 좀 들어보세요! 멀리 강기슭도 소란스러웠다. 붉은색의 사람 그림자, 그러니까 어머니가 강기슭을 따라 달려오는, 우리 배를 쫓아오며 고함을 치는 것만 같았다. 어서 내 공책 돌려줘, 돌려달라고. 둥량, 이 부끄러움도 모르는 놈, 이 저열한 놈아. 정말 화나 죽겠네. 둥량, 네놈이 내 허파를 터지게 한다고!

처음 선대에 왔을 무렵, 나는 거세게 흐르는 강물과 어지러운 청춘에 갇혀 우울하고도 의기소침한 나날을 보냈지만 아버지의 감정 상태는 그다지 나쁘지 않았다. 샹양 선대에는 가까스로 아버지를 따르는 최후의 숭배자들이 있었다. 아버지가 이곳으로 내려오자 그들은 다른 호칭으로 부르기를 멋쩍어하며 여전히 아버지를 쿠서기님이라고 불렀고, 선대의 아낙들은 우리 부자에게 일종의 책임감마저 가졌다. 아낙들은 말했다. 차오리민은 정말 모질기도 하지. 단번에 부자 두 사람을 배로 내쫓다니 말이야. 배에 여자가 없으니 어떻게 지낼 거야? 그들은 아녀자의 도리와 따뜻한 마음을 품고 칠호선으로 달려왔다. 국수 두 사발을 가져오기도 하고 끓인 물 한 주전자를 보내주기도 했다. 더성댁이 가장 열심이었다. 더성댁은 빨래를 할 때면 커다란 나무대야를 들고 춤을 추듯 육호선의 뱃머리로 달려와 아버지를 소리쳐 부르곤 했다. 쿠 서기님, 좀 나와 보셔요. 뭐 빨 것은 없어요? 있으면 대야에 얼른 던져주세요.

나는 밖으로 나가지 않고 선실 안에서 몰래 아버지를 감시했다. 그는 빈손으로 선실 밖으로 나갔다. 양말 한 짝도 안 들고 갈 거면서 꼭 밖에 나가 인사를 하고 더성댁을 돌려보냈다. 아래서 위를 바라보고 있는 나는 더성댁의 맨발을 볼 수 있었다. 꽃을 수놓은 바짓단 아래로 까무잡잡한 발등이 드러났고, 새빨간 발톱은 한눈에도 봉숭아물을 들였다는 것을 알 수 있었다. 배 위의 아낙은 다들 그랬다. 남들이 모두 자신들의 발톱을 주의깊게 살핀다고 여겼다. 아버지는 과연 더성댁의 발톱에 시선을 주며 적절한 칭송의 말을 내뱉었다. 더성댁, 동지의 몸에서는 혁명적 낭만주의의 분위기가 넘쳐흐르는군요.

더성댁은 그 속뜻을 알지 못하고 바보처럼 히죽 웃으며 말했다. 저는 맨날 배 위에만 있는데 낭만은요, 뭘. 그 말이 위험한 찬미라는 사실을 아는 나는 아버지가 더성댁에게 관심이 있다고 생각했다. 그리고 쑨시밍댁에도 관심이 있다고 생각했다. 내가 보기에 아버지는 각기 다른 체형과 얼굴 생김을 가진 젊은 여자들 모두에게 관심이 있었다. 나는 선실 창문에 머리통을 바싹 붙이고 걱정 근심으로 애가 달았다. 아버지가 여자 곁에 가까이 가기만 해도, 단둘이 이야기를 나누기만 해도 걱정이 시작됐다. 머릿속에는 단 한 마디 말이 맴돌았다. 두들긴다! 심지어 나 자신의 경험에 비추어 마음속으로 아버지에게 경고의 소리를 내질렀다. 조심하세요, 조심해요! 발기하면 안 돼요, 발기하면 안 된다고요! 나는 잔뜩 긴장한 나머지 숨조차 멈추고 아버지의 하반신을 노려보았다. 다행스럽게도 더성댁과 함께 있든, 쑨시밍댁과 함께 있든 아버지의 바짓가랑이 사이는 바람이 잦아든 강물처럼 고요했다. 무언가가 일어나려는 조짐은 전혀 보이지 않았다. 나는 내심 이렇게 추측했다. 어쨌든 아버지는 오랫동안 간부 노릇을 했으니 사람들의 앞뒤에서 각기 다른 모습을 가장할 수 있을 거라고.

나는 그러지 못했다. 스스로를 제어하지 못했다. 한번은 아버지가 내 시선에서 조금 벗어난 위치에 서서 더성댁과 이야기를 나누고 있었다. 나는 참지 못하고 머리통을 밖으로 내밀어 고개를 갸웃기울이고 둘의 몸을 관찰했다. 이 괴상망측한 행동은 곧 발각되었다. 아버지는 대나무 작대기를 집어들고 내 머리통을 두들기며 성난 목소리로 외쳤다. 아버지가 다른 사람과 얘기중인데 왜 살금살금 엿보는 게냐? 책을 보라고 하면 졸고 앉아 있으면서 이럴 때는 눈이 소 워낭보다 더 커지는구나!

머리를 훅 내렸다. 순간 핑곗거리가 떠오르지 않았다. 실은 핑곗거리도 없었다. 건강하지 않은 청춘인지라, 수많은 건강하지 못한 자질구레한 것들이 첩첩이 겹쳐 남들에게 꽤나 밉살스러우리라는 사실은 나도 알고 있었다. 머리통은 텅 비었지만 걱정거리는 한가득이었으며, 아무것도 신경쓰지 않는 것처럼 보여도 내심 꿍꿍이가 많았다. 나는 정말이지 꿍꿍이가 많았다. 배에서 아버지의 사생활은 아무런 문제를 일으키지 않았지만, 내 사생활은 큰 문제를 일으켰다. 얼굴이 초췌했고 늘 침울했다. 내 심신의 모든 표현이 그 나이 때의 생기발랄함과는 거리가 멀었다. 이내 아버지는 예리한 관찰력으로 내가 손장난에 빠져 있음을 눈치챘다. 유경험자인 아버지는 그런 일에 대처하는 데 연륜이 많았다. 낮에는 느닷없이 내 손을 검사하고 손바닥에 코를 들이대 냄새를 맡았다. 밤에 잠을 잘 때는 아랫도리와 가까이 있지 못하게 손을 이불 밖에 두도록 했다. 오밤중에는 아버지 때문에 여러 번 놀라서 깼다. 언제나 이유는 한 가지였다. 이불 속에 들어간 내 손을 발견했기 때문이다. 어째서 또 안으로 들어간 거냐. 빨리 밖으로 내놓지 못해! 아버지는 거칠게 내 손을 이불 밖으로 끌어내고 겨드랑이 사이에 이불을 단단히 끼우며 나를 위협했다. 네놈 손이 또 그 안에 들어가 있는 게 보이면 아예 손모가지를 들보에 매달아버릴 테다. 대롱대롱 매달려 자게 될 테니 그리 알아!

말하다보니 조금 억울하다. 나는 한 번도 아버지의 사생활 문제를 추궁한 적이 없는데, 아버지는 내 사생활을 문제삼으며 절대 놓아주지 않았으니 말이다. 유팡진의 지도자라는 지위를 잃은 뒤 아버지는 내 사상을 어떻게 개조할지, 내 사생활을 어떻게 교정할지의 문제로 관심을 돌려 자신의 주요 업무로 삼았다. 무슨 일을 하든 크게 떠벌이기를 좋아하는 사람인지라, 수상학교를 흉내내어 우리 배를 움직이는 교실로 만들었다. 작은 칠판과 칠판지우개, 게다가 손수 만든 대나무 회초리까지 있어야 할 것은 다 있었다. 그뿐만 아니라 붉은 종이 네 장에 각각 '단결' '긴장' '엄숙' '활발'이라는 네 단어*를 써서 그럴듯하게 벽에 붙이기까지 했다.

이 네 가지 급훈 가운데 두 가지는 나도 엄격하게 준수했다. 첫째, 나는 상당히 긴장하고 있었다. 매일 아버지의 검사에 경계 태세를 갖추고 지내는데 어떻게 긴장하지 않을 수 있겠는가? 둘째, 나는 무척 엄숙했다. 매일같이 기분좋은 일이라고는 하나도 경험하지 못했으니 대개 얼굴을 뻣뻣하게 굳히고 지냈다. 온 세상이 내게 빚을 진 것 같은 기분이 들 정도였다. 단결과 활발 가운데 전자에는 관심이 없었고, 후자에는 흥미가 있었지만 누구나 알다시피 사람이 활발해지려면 그만한 조건을 갖춰야 이뤄지는 법이다. 탁구를 하든 굴렁쇠를 굴리든, 활발할 수 있으려면 뭍에 있어야 한다. 배 안에서 어떻게 활발할 수 있단 말인가?

나는 아버지의 수상학교에 전혀 흥미를 갖지 못했다. 은밀한 사생활이 가져다주는 짧고 날카로운 쾌락을 제외하면 어디에서 즐거움을 찾아야 하는지 알 수 없었다.

그해 열다섯 살이던 나는 큰물에 휩쓸려 진췌강으로 밀려온 여린 나뭇가지처럼 물결에 부대껴 흐르면서 바람의 구속을 받았고 물과 강기슭의 구속을 받았다. 아버지는 매일같이 나를 통제했지만, 나는 스스로를 통제할 수 없었다. 내 비밀까지도 말이다. 어느 날 아침, 나는 깜짝 놀라 잠에서 깨어났다. 아버지한테 맞아 잠을 깨면서 얼떨떨한 중에도 무의식적으로 팬티를 손으로 가렸다. 다 꿈 탓이었다. 꿈에서 리테메이를 만나는 바람에 팬티 한가운데가 산처럼 우뚝 솟아 있었다. 그러나 이날은 발기했다는 죄로 야단이 난 게 아니었다. 진정한 재앙이 내 머리 위로 떨어질 참이었다. 무

* 중국 공산당에 의해 창립된 군사·정치 간부 학교인 항일군정대학의 표어다.

는 까닭에서인지 아버지가 선미 조타석의 문을 열었다가 내 비밀을 발견하고 만 것이다. 아버지는 작업일지를 휘둘러 사정없이 내 얼굴을 갈겼다. 그토록 격노한 아버지를 본 적이 없었다. 말갈기처럼 휘날리는 머리칼에, 눈가에는 아직 눈곱이 매달린 채였다. 얼굴은 어딘지 괴상해 보였다. 반쪽은 핏기 하나 없이 창백했고 나머지 반쪽은 분노로 돼지 간처럼 빨갛게 상기되어 있었다. 이 물건이 어째서 네 손에 있는 거냐? 일어나. 당장 일어나라고! 말해! 이 물건을 숨겨놓고 대체 무슨 짓을 한 거야?

나는 얼떨떨한 채로 일어서서 양손으로 얼굴을 가렸다. 입에서는 나도 모르게 변명이 쏟아져나왔다. 내 게 아니에요. 엄마 거잖아요. 다 엄마가 쓴 거고, 나랑은 관계없는 일이에요.

나도 네 엄마가 쓴 것인 줄은 알아. 네놈이 훔쳤지! 대답해. 왜 훔쳤어? 훔쳤으면 나한테 줘야지, 왜 감춘 거야? 이건 내 비밀조사서란 말이다. 도대체 무슨 꿍꿍이인 거냐?

도대체 무슨 꿍꿍이냐고? 나도 잘 모른다. 잘 모를 때는 침묵을 선택하면 되는데 나는 침묵도 잘 알지 못했다. 책임을 피하기 위해 되지도 않는 말을 몇 마디 지껄였다. 그냥 가지고 놀려고 숨긴 거예요. 재밌잖아요.

재미있어? 어떻게 이게 재미있단 말이냐? 내 말은 아버지를 매우 격노케 했다. 미친듯이 고함을 지르고 내 귀를 잡아당기며 숨도 쉬지 않고 나를 추궁했다. 뭘 가지고 놀아? 이건 네 엄마가 나를 벌하려고 만든 비밀조사서인데, 네가 어떻게 가지고 놀았단 말이냐?

어떻게 가지고 놀았느냐고? 역시 아무 말도 할 수 없었다. 어떻게 입 밖에 낼 수 있겠는가? 나는 아버지의 눈 속에서 보기 드문 분노의 불꽃을 보았다. 내 머리 위로 재앙이 떨어지리라는 불길한 예감이 온몸을 감쌌다. 바지춤을 거머쥐고 선실 밖으로 달아나자 아버지가 쫓아와 냅다 나를 발로 찼다. 꺼져라! 이 저질스러운 후레자식! 네놈은 절대 내 배에 못 타게 할 테다. 당장 내 눈앞에서 꺼져라. 뭍으로 돌아가! 가서 차오리민이나 찾아가!

선대는 이른 아침의 진췌강을 달리는 중이었다. 뱃머리 쪽으로 달아나 더이상 도망칠 곳이 없어진 나는 다른 배들을 돌아보았다. 다른 배는 안전한 도피처였지만 그리로 가고 싶진 않았다. 밤 운항이 끝나고 아침이 되면 선대 주민들은 모두 일찌감치 자리에서 일어난다. 어떤 배에서는 벌써 밥 짓는 연기가 피어올랐고, 어떤 배에서는 아이들이 고물에서 엉덩이를 쑥 내밀고 볼일을 보고 있었다. 일찍 일어난 이들이 칠호선을 쳐다보다가 내가 아버지를 피해 뱃머리 쪽으로 달아나 배를 맬 때 쓰는 기둥을 꼭 끌어안은 모습을 보았다. 팔호선의 더성이 큰 소리로 말했다. 쿠 서기님, 둥량이 무슨 일로 그렇게 서기님의 화를 샀답니까? 그래도 너무 몰아세우지 마세요. 더 몰아대다가는 애가 물에 빠지겠습니다.

아버지는 못 들은 체하며 마치 총부리로 적군을 겨누듯 부삽으로 나를 겨누며 말했다. 꺼져라! 이 저질 후레자식 놈! 음험하고 간악한 놈 같으니! 뭍으로 꺼져라. 네 어미한테 가! 고개를 돌려 배 아래를 흐르는 강물을 쳐다보니 조금 겁이 났지만 나는 지지 않고 말대꾸했다. 꺼지라면 꺼지죠! 아버지가 끌배만 멈춰주면 바로 꺼질게요. 아버지가 말했다. 어이구, 대단도 하셔라. 끌배가 너 같은 후레자식 놈 때문에 서준다더냐? 꿈 깨라! 물에 빠져 죽지는 않을 테니 일단 물속으로 꺼지고 기슭까지는 알아서 헤엄쳐 가! 내가 말했다. 물이 얼마나 찬데, 절대 물에는 안 들어갈 거예요. 아무 강가에 대주기만 하면 당장 꺼져드릴게요. 나야말로 이 낡은 배에 더 있으래도 안 있어요. 뭍에 오르기만 하면 다시는 안 돌아올 테니 아버지 혼자 잘사세요.

아버지는 잠시 주저하는 듯하다 강기슭 쪽을 바라보며 손에 든 부삽을 다시 한번 움켜쥐었다. 배가 오리농장을 지날 때 아버지가 말했다. 오리농장에 도착했구나. 저기 뭍이 있으니 이제 꺼질 수 있겠지! 그러더니 갑자기 힘을 주어 부삽을 내 발밑에 꽂았다. 나는 석탄 더미처럼 아버지의 부삽에 퍼올려졌다. 반쪽은 아직 갑판 위에서 버둥대는 중이었고, 나머지 반쪽은 허공에 매달린 셈이었다. 육호선 육손이 왕씨네 딸내미들이 줄줄이 몰려나와 이 광경을 구경했다. 낭패를 겪는 내 몰골을 보면서 그애들이 멀거니 있더니 웃음을 터뜨려 나는 몹시 부끄러웠다. 쫓아내도 좋고 밀어내도 좋다고 치자. 아무리 잘못해서 쫓아낸다 하더라도 아버지가 나를 쫓아내는 방식은 이해할 수 없다. 왜 하필 부삽이란 말인가! 너무 화가 난 나머지 아버지에게 더러운 말을 내뱉었다. 쿠원쉬안, 내가 당신 어미를 두들길 테다!

다 내 잘못이다. 아버지의 어머니를 두들긴다는 것은 덩사오샹 열사를 두들긴다는 말이니 어떻게 용납할 수 있겠는가? 아버지의 얼굴에 냉혹한 빛이 스치는 것을 보았다. 그 순간 정말로 석탄재 취급을 받게 됐다. 아버지는 부삽을 단단히 거머쥐고는 허리를 굽혀 기마 자세를 취한 뒤, 굉장한 고함소리와 함께 나를 힘껏 들어올려 오리농장이 있는 강기슭으로 내던졌다.

글자

그때가 처음으로 아버지에게 쫓겨나 뭍에 오른 때였다. 오리농장이 있는 기슭이었다. 사람은 보이지 않고 대신 두 줄로 늘어선 오리떼가 나의 육지 귀환을 환영해주었다. 나는 유팡진 쪽으로 걸었다. 꼭 발아래 길이 물결치는 것 같았고, 마을 사이로 난 큰길은 강물처럼 세차게 내달리는 듯했다. 반면 미동도 없는 진췌강은 빛을 발하는 대지처럼 보이고, 강 위의 배는 언뜻 땅 위의 집들처럼 보였다. 변전소 부근까지 걸어가니 맞은편에서 또 오리 몇 마리가 달려왔다. 그 뒤로 바보 벤진이 손에 기다란 호루라기를 들고 씩씩하게 걸어오다가 나를 보고 흥분해서 소리를 질러댔다. 너 쿠원쥐안의 아들이지? 잘 들어. 가서 네 아버지한테 말해. 조사단이 또 올 거라고, 이번에는 공표하러 오는 거라고 말이야. 나야말로 덩사오샹의 아들이라고. 내가 덩사오샹의 진짜 아들이라고!

바보 하나를 상대하는 일쯤이야 내게도 방법이 있었다. 내가 말했다. 바보야, 돼지 목에 진주목걸이란 말을 들어는 봤냐? 네가 열사의 후예라는 게 어울리기나 해? 너도 잘 들어. 조사단이 또 온다면 이렇게 공표할 거다. 네 아버지는 돼지고 네 어머니는 오리라고 말이야. 넌 돼지랑 오리가 '두들겨서' 태어난 거야!

바보 벤진이 호루라기를 들고 나를 쫓아왔다. '두들기다'의 의미를 아는 게 분명했다. 벤진이 성난 눈을 부릅뜨고 말했다. 어린놈이 입이 아주 더럽네. 두들긴다고? 네가 두들기는 게 뭔지나 알아? 내가 네놈을 두들겨주마. 죽도록 두들겨주지!

나와 바보 벤진은 달리기 시작했다. 물론 내가 훨씬 빨랐기 때문에 금방 따돌릴 수 있었다. 바보 벤진을 따돌린 후에도 나는 계속 내달렸다. 이렇게 달리는 것도 오랜만이었다. 바람처럼 달렸다. 만약 선대에서 생활하지 않았더라면 달리는 게 이리도 좋은 줄 절대 알지 못했을 것이다. 나는 바람처럼 달려서 유팡진중학교의 붉은 기숙사 건물 앞까지 갔다. 바람이 멈추고 피곤해졌다. 길 한가운데 서서 가쁜 숨을 몰아쉬었다. 유팡진중학교의 건물과 운동장을 바라보다 문득 참을 수 없이 괴로워졌다. 위장이 뒤틀렸고, 가슴도 너무 아팠다.

이 중학교에서 겨우 삼 개월 수업을 듣고 떠나게 됐다. 처음 학교를 벗어났을 때는 미치도록 기뻤는데, 이렇게 학교 밖에 서 있으니 어쩌면 미련이 남았는지도 모르겠다는 생각이 들었다. 담장 밖을 빙 돌아 공부하던 교실 앞까지 갔다. 창문 안에서 남녀 아이들의 머리통이 새까맣게 무리 지어 일렁였다. 수수밭의 수숫대가 높고 낮은 물결을 이루듯 일렁일렁. 내 자리에는 알록달록한 솜저고리를 입은 여자아이가 앉아서 입으로 뭔가를 중얼대며 코를 후비는 중이었다. 아이들이 선생님을 따라 제각각 외국어를 소리내 읽었다. 실은 뭐라고 시끄럽게 떠드는 걸로만 들릴 뿐 대체 무슨 소리인지는 알아들을 수 없었다. 나는 까치발을 하고 칠판에 쓰인 글자들을 보려고 애썼다. 그제야 영어 수업중인 걸 알 수 있었다. 절대로 계급투쟁을 잊지 마라. 그 표어 아래로 영문이 쓰여 있었다. 따라 읽는 소리를 몇 번 듣고 나니 알파벳 읽는 방법이 어렴풋이 기억났다. 네버 포겟 클래스 스트러글. 그게 절대로 계급투쟁을 잊지 말라는 뜻이었나? 순간 나도 모르게 유팡진 사투리로 그 영문을 번역해보았다. 놀라운 발견과 함께 웃음이 터져나오려 했다. 유팡진 사투리와 상양 선대의 은어를 섞어 쓰면 그 영문은 이런 뜻이 된다. 그러면 이렇게 두들겨도 괜찮겠네!

두들겨도 괜찮겠네. 두들겨도 괜찮겠네! 마지막 두 마디의 울림은 어쩐지 나를 흥분시켰다. 나는 땅바닥에 떨어져 있던 분필 도막을 주워 벽에다 먼저 '절대로 계급투쟁을 잊지 마라'를 썼다. 이어서 내가 번역한 문장을 쓰려고 '두들겨도'를 쓸 참인데 그만 막히고 말았다. 어떻게 쓰는 건지 글자가 헷갈린 것이다. 그래서 '괜찮겠네'라는 말부터 썼다. 그러나 단어 하나 차이라도 전체 문장에는 영향이 무척 컸다. 다시 읽어보니 완전히 다른 뜻이 되고 말았다. 사람들이 이런 문장을 읽고는 전혀 웃지 않을 것이다. 그래서 나는 기지를 발휘해 차선책으로 '잊지 마라'를 '잊어라'로 고쳐 썼다. 절대로 계급투쟁을 잊어라. 다시 읽어보니 그런대로 재미가 있었다. 하지만 조금 걱정도 되었다. 이것이 반동 표어에 속하는 건 아닐까? 내가 주저하는 사이, 교실 창문에서 남자아이의 머리통 하나가 불쑥 튀어나왔다. 나는 그애를 몰랐지만 그애는 나를 아는 모양인지 나를 보자마자 두 눈이 휘둥그레져 갑자기 소리를 질렀다. 쿠둥량, 너 여기서 뭐해?

그애가 소리를 지르는 바람에 나는 분필 도막을 내던지고 또 달렸다.

또 달리게 됐다. 이번 도피는 당황스러웠다. 방금 전 그 표어가 마오 주석의 어록에 실린 문장이라는 사실이 퍼뜩 떠올랐다. 어록의 문장을 고치는 것은 반동적인 행위였다. 어록의 문장을 고쳐 반동 표어를 만들다니! 큰 화를 자초한 셈이었다. 나는 지름길을 골라 마대공장을 지난 뒤 궁눙가 쪽으로 달렸다. 궁눙가 어귀에 도착했을 때, 문득 그곳에는 더이상 우리집이 없다는 사실이 떠올랐다. 몸을 돌려 종합청사 쪽으로 달렸다. 종합청사 건물은 무척 익숙했다. 아버지의 사무실이 그곳 사층에 있었고, 어머니의 방송실은 이층에 있었다. 종합청사 정문 앞에 도착하고서야 어머니도 이제 방송실에서 근무하지 않는다는 사실이 떠올랐다. 다른 곳으로 발령받았다던 아버지의 말이 어렴풋이 기억났다. 하지만 그곳이 도정공장이었는지, 양곡관리소였는지 기억나지 않았다. 경비실 창가에서 어슬렁거리다 신문을 받으려고 경비실 밖에서 기다리는 한 무리의 사람들을 보았다. 아는 얼굴이 많았다. 대부분이 예전에는 나를 좋아했던 것 같은데, 지금은 내 얼굴을 보고 모두 경악에 찬 표정을 지었다. 한 여자 간부가 말했다. 쿠원쉬안과 차오리민의 아들 아니냐? 여긴 와서 뭐하려고? 네 엄마는 이제 방송실에 없어.

누군가가 어머니는 도정공장에 있다고 말하며 손가락으로 길을 가리켜주었다. 그곳은 아주 멀었다. 굴피나무 마을 근처였다. 공장까지 걸었더니 날이 어두워지기 시작했다. 정미기는 이미 작동을 멈췄지만 공기 중에는 아직도 막 탈곡한 신선한 쌀 냄새와 채종유 냄새가 섞여 구수하게 떠돌았다. 여공들이 짝을 지어 나오다 나를 보고 수군거렸다. 그들을 알지 못하는 나는 이렇게 물었다. 차오리민 있나요? 그들의 얼굴에 영문 모를 웃음기가 떠올랐다. 있지. 어떻게 없을 수 있겠어? 널 기다리고 있는걸.

나는 작업장 안으로 들어갔다. 세 사람이 말없이 정미기 앞에 서서 마치 기계처럼 말없이 나를 쳐다보았다. 그 가운데 한 사람은 어머니였고, 한 사람은 유팡진중학교의 학생 주임이었으며, 푸른색 제복을 입은 청년은 파출소 경찰 샤오훙이었다. 내가 큰 재앙을 일으켰음을, 달려야 함을 알아차렸다. 그러나 더이상 달릴 수 없었다.

어머니가 맨 먼저 내게 달려들었다. 성난 암사자처럼 달려들어 내 따귀를 짝, 짝, 짝, 연달아 세 대나 때렸다. 그러고선 분을 삭이지 못한 목소리로 옆에 선 두 사람에게 따귀 세 대의 의미를 설명했다. 아직도 분명히 기억한다. 따귀 세 대 가운데 첫번째는 저애 것이고, 두번째는 내 것입니다. 나 차오리민은 평생 떳떳하게 살고자 노력했건만 어찌 저렇게 떳떳하지 못한 아들을 낳았는지! 세번째는 바로 저애 아비한테 주는 상입니다. 모두 저애 아비가 잘 가르친 탓이니까요. 보세요, 애가 제 아비와 겨우 몇 달 함께 지내더니 '반동 표어'를 다 써내네요!

부두

나는 도정공장 기숙사에서 며칠을 지내다가 떠나기로 결심했다. 떠날 수밖에 없었다. 어머니 때문인지, 아니면 나 스스로 명예를 망친 것 때문인지는 모르겠지만, 도정공장의 모든 여공이 나를 미워하고 경계했다. 이웃한 농기구 수리장의 노동자들도 그 영향을 받아 나를 좋게 보지 않았다. 작업장에 있는 비루먹은 개 한 마리만이 나를 우러러보며 언제나 반갑게 대해주었다. 심지어 녀석은 아양을 떨며 매일같이 내 주위를 맴돌면서 킁킁 냄새를 맡곤 했는데, 특히 내 바짓가랑이 냄새를 좋아했다. 나는 녀석의 호의를 받아들이지 않았다. 그 짐승이 내 바짓가랑이 사이에 눈독을 들이는 것이 지독히 싫었다. 내가 환영받지 못하는 존재이긴 하지만 그렇다고 비루먹은 개의 우정 따위를 용납하고 싶지는 않았다. 그래서 녀석을 마구 때렸다. 놀랍게도 비루먹은 개에게 자존심은 있어서 돌변한 녀석이 나를 적대시했다. 내가 빨리 달리지 않았더라면 분명히 물렸을 것이다.

비루먹은 개가 어머니의 숙소 문 앞까지 쫓아와 복도에서 미친 듯이 짖어대는 바람에 여공들이 놀라 혼비백산했다. 내가 개를 건드렸다는 사실을 안 어머니는 물이 뚝뚝 떨어지는 대걸레를 끌고 와 비루먹은 개에게 용감하게 돌진해 녀석을 쫓아버렸다. 개를 쫓아버린 뒤 놀란 여공들에게 사과하러 간 어머니는 무슨 말도 안 되는 소리를 듣고 왔는지 낯빛이 어두웠다. 아무 생각 없이 침대에 드러누워 발가락 사이를 문지르는 내 모습을 보더니 버럭 화를 내면서 손에 쥐고 있던 대걸레로 공격해왔다. 자루로 내 다리를 찔러대고 걸레로 내 팔뚝을 휘휘 쓸더니 가슴이 몹시 아픈 듯 외쳤다. 이 열 번 죽어도 모자랄 놈아! 사람들이 널 따돌리고, 짐승조차 널 미워하는구나! 비루먹은 개까지도 너를 쫓다니! 개는 똥을 먹는 짐승인데, 똥을 먹는 개마저 널 용서하지 않는 거란 말이다!

나는 정신을 바짝 차리고 절대 말대꾸를 하지 않았다. 어머니가 화를 내는 동안 나는 코를 단단히 움켜쥐고 숨을 멈췄다. 이 모습을 본 어머니는 내가 제대로 못 듣는가 싶어 내 귀에 관심을 보였다. 뭐라고 욕해도 소용없어요. 어머니의 말은 내 왼쪽 귀로 들어와서 오른쪽 귀로 나갈 뿐이니까. 뭐라고 욕해도 다 헛방귀라고요. 나는 어머니가 꾸짖는 소리를 들으며 말없이 저녁을 먹었다. 머릿속에 갑자기 '유랑'이라는 단어가 떠올랐다. 어쩌면 나는 이미 유랑의 길에 들어선 것인지도 모른다. 도정공장은 내가 오래 머물 곳이 아니었다. 어머니가 있는 이 협소한 여공 숙소가 내 집이 아니라는 사실을 확인했다. 내 정거장들 가운데 하나일 따름이다. 어머니가 뭐고 아들이 다 뭔가? 모두 헛방귀일 뿐이다. 나는 어머니의 손님이었다. 그것도 환영받지 못하는 손님. 어머니는 내게 하루 세 끼 밥을 주었다. 어머니의 서글픔에 젖은 밥알들, 어머니의 절망과 맞물린 채소들. 함께 있으면 그녀가 무너지거나 내가 미쳤고, 그게 아니면 그녀가 미치거나 내가 무너졌다. 이는 어머니가 내린 결론일 뿐만 아니라 내가 내린 결론이기도 했다.

어머니는 여전히 뭍에 있었지만, 뭍에는 내 집이 없었다. 내 앞길을 고민하며 저울질을 되풀이했다. 어머니에게 고개를 숙이고 죄를 인정하는 것은 소용없는 짓이다. 당신 스스로를 품위 있고 고상하다고 여기니 나를 용서하기 어려울 것이다. 역시 아버지 쪽이 나았다. 아버지 자신에게 이미 죄가 있으니 내 사소한 잘못들에 대해 뭐라고 할 자격이 없었다. 나는 아버지에게 고개를 숙이고 배로 돌아가기로 결정했다. 어느 새벽, 나는 작별인사 없이 도정공장의 여공 숙소를 떠났다.

그날은 샹양 선대가 회항하는 날이었다. 새벽안개가 짙게 깔린 부두에서 배를 기다렸다. 초조하고 불안했다. 아버지의 배가 돌아오기를 기다리는지, 아니면 집이 돌아오기를 기다리는지 정확히 알 수 없었다. 아버지의 집이 돌아오기를 기다리는지, 아니면 나 자신의 집이 돌아오기를 기다리는지도 정확히 알 수 없었다. 나는 짐꾸러미 하나를 들고 부두에 서 있었다. 농기구 수리장의 그 비루먹은 개를 떠올리면서. 그 개만도 못하다는 생각이 들었다. 그 개는 그래도 뭍에 자기 집이 있는데, 나는 아무것도 없으니 말이다. 하릴없이 강으로 돌아가야 하는 신세다. 개보다도 낮은 계급에 속했다. 가엾은 물고기하고나 같은 부류라고 할까.

안개는 쉬이 개지 않았다. 안개가 부두를 축축하게 뒤덮고 있었다. 한바탕 비라도 내린 것 같았다. 해는 머뭇머뭇 안개를 헤치고 떠올랐지만 어딘가에 발이 묶인 것처럼, 부두 한쪽이 햇빛을 받아 반짝이는 동안 나머지는 햇빛이 가려진 그대로였다. 석탄 더미 위에도, 화물 위에도, 그리고 사방에 널린 기중기 위에도 안개가 얄브스름히 덮여 눈이 시릴 정도로 밝은 곳이 있는 반면, 아직 어두워 제대로 보이지 않는 곳도 있었다. 나는 어두운 곳에 서서 기다렸다. 부두에는 사람이 많았지만 알아보기 힘들었다. 누군가 선운사무실 쪽에서 부두 방향으로 바삐 걸어가는데, 그 발치에 팔딱팔딱 뛰는 흰빛 한줄기가 끌리고 있었다. 나는 그 사람이 선운 사무실 직원이라 생각하고 그림자를 향해 크게 소리를 질렀다. 저기요, 잠깐만요. 뭐 좀 여쭤볼게요. 상양 선대는 언제 오나요?

말을 붙이고는 곧 후회했다. 내가 맞닥뜨린 사람은 종합청사의 기밀 담당자 자오춘메이였다. 자오춘메이였어, 자오춘메이! 그녀는 유팡진의 새로운 지도자 자오춘탕의 누이동생이었다. 어머니의 작업일지에서 본 이름이다. 적어도 열 번 이상 출현했을 것이다. 자오춘메이와 아버지는 놀아난 적이 있다. 그 즉시 내 머릿속에 조각조각 흩어진 문자들이 떠돌기 시작했다. 전부 아버지가 본인 입으로 어머니에게 털어놓은 얘기들이었다. 두 사람은 했다. 그 짓을. 자오춘메이는 책상 위에 누웠고 창가에도 앉았다. 그리고 그들은 그 짓을 했다. 어떤 부분들은 거의 완벽하게 기억이 났다. 그들은 종합청사의 대걸레를 놓아두는 창고에서도 그 짓을 하고 또 했다. 청소부가 갑자기 문을 열고 들어왔지만 아버지는 위기상황에서도 전혀 당황하지 않고, 빗자루와 대걸레로 아랫도리를 가리며 어깨로는 문을 단단히 막고 서서 청소부에게 돌아가라고 명령했다. 오늘은 집에 돌아가 쉬시오. 오늘은 우리 간부들이 자원봉사하겠소!

예전에 종합청사에서 그녀를 만난 적이 있다. 무척 세련되고 도도한 이미지가 기억 속에 깊이 남았었다. 유팡진에서는 보기 드문 미색 하이힐을 신었고, 더 보기 드문 보라색 가죽 하이힐도 신었었다. 그 신발들을 신고 종합청사 계단을 또각또각 오르내렸다. 어머니를 포함해서 청사의 여자들은 모두 그녀를 미워했다. 다들 그녀가 하이힐을 신고 여자들에게는 위세를 보여주고, 남자들에게는 꼬리를 치는 거라고 생각했다. 나는 미풍에 버들가지가 흔들리듯 고혹적이었던 그 눈빛을 기억하지만, 지금은 완전히 달랐다. 나를 알아본 자오춘메이의 눈빛은 차갑고 사납기 짝이 없었다. 그녀는 범죄자를 대하는 공안 같은 눈초리로 내 얼굴을 뚫어지게 바라보고 내 손에 들린 여행가방을 쳐다보았다. 내 몸에서 어떤 죄의 증거를 찾는 듯한 모습이었다. 나는 그냥 고개를 돌리고 가버릴 생각이었지만 느닷없이 아버지의 자원봉사가 떠올라 웃음이 터져나오려 했다. 그런데 그녀가 갑자기 온몸을 부르르 떠는 바람에 가슴이 철렁했다. 나는 그녀의 괴상망측한 표정을 주의깊게 살폈다. 원한을 넘어서 그보다 더 예리한 어떤 것이 담긴 표정이었다. 차갑고 서늘한 빛이 그녀의 퉁퉁 부은 얼굴을 감싸고 있었다.

사람을 죽였어. 자오춘메이가 쉰 목소리로 말했다. 우리집 샤오탕이 죽었어. 쿠원쉬안이 샤오탕을 죽였다고!

그제야 자오춘메이의 머리에 흰 꽃 한 송이가 꽂혀 있는 게 보였다. 흰색 신발도 하이힐이 아니라 베로 만든 것이었다. 신발의 발등과 뒤꿈치에도 희고 가는 베 끈으로 엮은 작은 꽃이 달려 있었다. 그녀는 뺨이 심하게 부어서 말할 때 발음이 분명하지 않았다. 남편이 죽었다는 것은 알아들었지만 왜 아버지가 죽였다는 건지 알 수 없었다. 아버지는 강 위를 오갈 뿐인데 어떻게 뭍에 사는 샤오탕을 죽일 수 있겠는가? 나는 사람이 죽는 일에 대해 원래부터 관심이 좀 있었다. 그녀에게 남편이 언제 죽었는지, 자살인지 타살인지 꼬치꼬치 캐묻고 싶었다. 그러나 음울하고 절망에 찬 표정이 나를 두렵게 했다. 그녀가 나를 뚫어지게 바라보다가 갑자기 이를 악물고 말했다. 쿠원쉬안, 언젠가는 이 목숨 빚을 갚아야 할 거다!

나는 그녀의 눈에 가득한 살기에 깜짝 놀랐다. 과거에 얼마나 예뻤든지 간에, 여자의 얼굴은 일단 복수의 욕망이 들끓기 시작하면 무척 무서워진다. 자오춘메이의 얼굴이 바로 그렇게 무서웠다. 나는 무의식적으로 그녀의 곁에서 물러나 하역장 쪽으로 달려갔다. 기중기 아래를 지나다 고개를 들어 보니 하역 작업을 하는 류씨 아저씨가 저 높이 조종실에 앉아서 내게 올라오라는 눈짓을 했다. 뭔가 대단한 소식을 알려주려는 눈치였다. 나는 기중기의 기관실로 기어올라가 류씨 아저씨가 뭔가를 말해주기만 기다렸다. 그러나 대단한 소식 따위는 전해주지 않고 그저 쓸데없는 참견을 할 따름이었다. 아저씨가 자오춘메이를 가리키며 내게 경고했다. 절대로 저 여자 건드리지 마라. 요즘 정신이 말짱하지 않아. 남편이 며칠 전에 농약을 먹고 죽었거든.

저는 아무 짓도 안 했어요. 저 아줌마가 먼저 절 건드린걸요. 내가 말했다. 저 아줌마 남편이 농약을 마셨으면 자살인데, 우리 아버지랑은 상관없잖아요!

류씨 아저씨는 내게 목소리를 낮추라는 시늉을 하며 말했다. 어째서 네 아버지와 상관없는 일이겠냐? 네 아버지도 책임이 있지. 샤오탕을 오쟁이 지게 했잖아! 그 일만 아니었으면 샤오탕이 막다른 길로 가지 않았겠지.

생사람 잡지 마세요. 나는 본능적으로 아버지를 대신해 변명하기 시작했다. 직접 조사한 것도 아니니 아저씨한테는 발언권이 없다고요. 안다면 제가 더 잘 알죠. 저희 아버지가 저 아줌마랑 몇 년 동안이나 그랬는데, 그럼 저 아줌마 남편이 몇 년 동안이나 오쟁이 진 거잖아요. 그런데 왜 이제 와서 농약을 마신대요? 아버지가 두들겼다는 여자가 얼마나 많은데, 어째서 저 집에서만 사람이 죽느냐고요?

네가 아직 어려서 뭘 모르는구나. 세상 어떤 남자가 오쟁이 지고 싶어하겠냐? 다 어쩔 수 없는 거지. 류씨 아저씨가 말했다. 샤오탕이 몇 년이나 오쟁이를 졌어도 그동안은 아는 사람이 별로 없었지. 다른 사람들이 모른 척하니 자기도 모른 척한 거고. 그런데 이제 네 아버지가 그렇게 돼서 끝장난 거지. 사람들이 다 알게 돼 샤오탕을 손가락질하게 됐잖냐. 진급하려고 지도자한테 마누라를 갖다바쳤다고 말이다!

나는 어머니의 작업일지에서 읽었던 자오춘메이 부부에 대한 기록을 떠올리고 참지 못해 투덜거렸다. 그 아저씨가 밑진 건 없죠. 제가 알기로는 그 아저씨가 가축병원 원장이 된 게 저희 아버지의 도움 덕이었다고요!

죽은 사람을 그런 식으로 말하는 거 아니다! 류씨 아저씨는 나를 노려보며 망자의 허물을 말하지 못하게 했다. 샤오탕은 어쨌거나 남들의 손가락질 때문에 죽은 거야. 그 사람 속이 좁은 탓만 할 수는 없지. 뒤에서 말하는 거야 귀머거리 시늉이라도 하겠지만, 목욕을 하러 갔는데 누가 지나가면서 그 사람 자지를 건드리며 안 서냐고 묻더란다. 목간통 앞에서 주먹다짐을 했는데 딱한 책상물림이라 한대 때리지도 못하고 코피만 났다지. 사람들이 붕대랑 솜을 줬는데도 필요 없다면서 옷을 챙겨 입고 제 발로 약국에 갔다더군. 빨간약을 사러 간다고 했다는데 알고 보니 그게 아니라 농약을 산 거지! 우리 마누라가 직접 봤는데, 약국에서 나와 그길로 농약을 마시면서 걸어갔다더라. 여러 사람이 그 모습을 봤지만 술을 마시는 줄로만 알았지!

류씨 아저씨에게 계속 따질 생각이었다. 샤오탕이 어떻게 죽었든 그 자지를 건드린 사람이 살인범이지, 왜 아버지한테서 목숨값을 받으려 드느냐고 말이다. 내가 막 말을 하려는데 기중기 아래에서 분노에 찬 목소리가 들려왔다. 쿠원쉬안 집안의 개자식아! 이리 썩 내려와! 아래를 내려다보니 자오춘메이가 쫓아와 고개를 쳐들고 서 있었다. 암호랑이 같은 눈으로 나를 노리는 그녀를 보자 나는 가슴이 서늘해져 류씨 아저씨에게 말했다. 저 아줌마가 도대체 어쩌려는 거죠? 자기 남편이 죽었는데 내 아버지한테 목숨값을 받겠다뇨? 아버지가 없으니 제 목숨이라도 받겠다는 거예요?

류씨 아저씨는 이맛살을 찌푸리더니 기중기 창문으로 머리를 내밀고 아래쪽을 둘러보며 내게 말했다. 너희 부자의 목숨으로 갚을 수 있는 건 아니지. 저 사람도 정말 네 아버지 목숨을 바라는 건 아니야. 그냥 좀 집착하고 있는 거지. 매일같이 부두에 와서 네 아버지가 오기를 기다리고 있어. 네 아버지를 샤오탕의 무덤 앞으로 끌고 가 상복을 입게 한다고 말이다.

그것이 류씨 아저씨의 말 중에 유일하게 유용한 정보였다. 그걸 듣고 나니 아래에 있는 여자의 모습이 더 무시무시하게 느껴졌다. 나는 기중기 조종실 안에 숨어 있고 싶었다. 하지만 양쪽의 상황을 비교했을 때 류씨 아저씨는 자오춘메이를 더 동정하는 모양이었다. 안전 문제 때문에 조종실은 외부인 출입 금지라는 핑계를 대고 나를 밖으로 밀어냈다. 땅으로 뛰어내리자마자 자오춘메이가 나를 향해 달려오는 모습이 보였다. 그러면서 외투 주머니에 손을 넣더니 흰 삼베 띠를 꺼내들었다. 그리고 손에 든 삼베 띠를 휘두르며 고래고래 소리를 질렀다. 쿠원쉬안의 개자식아! 거기 서! 네 아비가 없으니, 너라도 이 띠를 매야겠다.

이렇게 무시무시한 상황과 맞닥뜨리게 되리라고는 미처 생각지 못했다. 자오춘메이는 미쳤다. 날더러 자기 남편을 위해 삼베 띠를 매라니. 나는 말도 안 되는 소리라고 한마디 쏘아붙이고 걸음아 날 살려라 달아나 단숨에 석탄 더미 꼭대기까지 뛰어올랐다. 그녀는 석탄 더미 위로 몇 발짝 쫓아오더니 체력이 바닥난 건지, 아니면 나처럼 뛰어오를 재주가 없다 싶었는지 곧 걸음을 멈추고 나를 향해 뭐라고 중얼거렸다. 그러다 결국 삼베 띠와 검은 리본을 품안에 쑤셔넣고 나를 잡는 건 포기하고 배를 기다리러 부두로 가버렸다.

나는 자오춘메이가 내 아버지를 기다리고 있다는 것을 알았다. 그날 새벽의 유팡진부두는 그렇게나 기이한 분위기였다. 나는 석탄 더미 위에서 샹양 선대를 하염없이 기다렸고, 그녀는 부두의 기슭막이에서 선대의 회항을 기다렸다. 저마다 나름의 근심 걱정을 품고 같은 사람을 기다리는 중이었다. 바로 내 아버지 쿠원쉬안. 우리 둘 다 그를 기다리고 있었다.

마침내 해가 불쑥 떠오르자 부두가 한 차례 휘청거리면서 어지러웠던 윤곽들이 또렷해졌다. 심지어 열정 넘치는 분위기를 자아내며 혁명을 통해 생산을 촉진하는 발전상을 드러내 보였다. 나는 저멀리서 들려오는 끌배의 기적소리를 들었다. 샹양 선대의 흐릿한 그림자가 강물 위에서 서서히 또렷해지고 있었다. 석탄 더미 위에서 멀리 바라보니 선대는 움직이는 섬 같았다. 열한 척의 배가 한 무리의 작은 섬들처럼 정연한 규율에 따라 강물 위를 떠왔다. 배는 우푸진에서 오는 것일 테다. 다른 부두에서 운반해오는 화물들은 모두 노출되어 무슨 물건인지 알 수 있었지만 우푸진의 화물은 달랐다. 선적 규정이 다르기 때문에 우푸진에서 올 때면 샹양 선대의 바지선들은 초록색 방수포를 쳤다. 나는 방수포 아래의 화물들을 추측해볼 수 있었다. 대부분이 밀봉된 커다란 나무상자로, 수신지 대신 비밀스러운 아라비아숫자와 알파벳이 쓰여 있었다. 이 화물들은 또다른 운송 경로를 거친 뒤 최종적으로 더욱 비밀스러운 산 남쪽 전쟁 준비 기지로 옮겨질 것이다.

나는 높은 곳에서 한눈에 칠호선을, 배 위의 아버지를 알아볼 수 있었다. 다른 배 위에는 초록색 방수포가 씌워져 있어 비밀결사단체처럼 보이는데, 우리 칠호선만은 환하게 내리쪼이는 햇살 아래 그대로 노출되어 있었다. 그리고 선실에서 하얗고 검은 동물들이 폴딱대는 걸 발견했다. 처음에는 뭔지 알 수 없었으나 조금 있으니 자세히 보였다. 살아 있는 돼지들이었다. 우리 선실에 살아 있는 돼지 삼사십 마리를 실어온 것이다. 아버지는 허리를 굽히고 선실 곁에 지키고 앉아 흰 돼지, 검은 돼지, 얼룩 돼지 들을 감시하고 있었다. 나는 돼지만도 못한 놈이었다. 나는 아버지에게 쫓겨나 배에서 내렸는데, 돼지떼는 우리 배에 타고 있었다. 아버지는 돼지를 돌보며 고단히 유팡진으로 돌아오고 있었다.

아침 여덟시가 되었는지 확성기에서 체조 음악이 흘러나왔고, 우렁찬 남자 목소리가 구령을 붙였다. 상체 운동, 하나, 둘, 셋, 넷, 둘, 둘, 셋, 넷. 선대는 구령의 낭랑한 리듬 속에서 부두에 닿았다. 끌배의 기적소리가 몇 번이나 울리면서 확성기와 대치하더니 슬그머니 잦아들었다. 열한 척의 바지선이 돌아와 피곤한 듯 유팡진 땅에 몸을 붙였다. 강 위에는 물보라가 일고, 배 위의 사람들은 바삐 움직여 닻을 내리고 부두로 밧줄을 던졌다. 발판이 시끄러운 소리를 내며 미끄러졌다. 아버지가 배의 이물에서 어찌할 바를 모르고 허둥대는 모습을 보았다. 더성이 얼른 우리 배로 달려갔고, 육손이 왕씨도 달려갔다. 두 사람이 아버지를 도와 닻을 내려주었다.

부둣가의 기중기들이 일제히 웅웅거리며 움직이기 시작하고, 하역꾼들이 삼밧줄과 멜대를 들고 부두에 모여들어 사방이 소란스러워졌다. 자오춘메이는 기중기 팔 아래를 이리저리 뚫고서 기세등등하게 선대 쪽으로 향해 총알처럼 아버지에게 달려갔다. 하지만 배에는 오르지 못할 터였다. 상복을 입고 있었기 때문이다. 뱃사람들은 미신을 많이 믿었고, 그중 가장 꺼리는 일이 죽은 사람의 유족이 배에 오르는 것이었다. 내 짐작대로 일호선의 쑨시밍 부부가 자오춘메이를 배 아래로 끌어내리는 모습이 보였다. 육손이 왕씨네 가족도 모두 뛰쳐나와 발판을 막고 서서 그녀를 지나가지 못하게 했다. 그녀는 배 위로 올라가지 못하자 계획을 변경해 선착장을 따라 칠호선까지 달려갔다. 선대 주민들 모두 자오춘메이가 상복 차림인 걸 볼 수 있었고, 상복을 입은 그녀는 공공의 적이었다. 선대 주민들이 일제히 고함치기 시작했다. 저리 가! 물러서라고! 더성과 라오첸은 심지어 장대를 휘저으며 그녀를 가까이 오지 못하게 했다. 나는 그녀가 뛰어다니며 피하다가 느닷없이 사람들 들으라는 듯 외치는 소리를 들었다. 쿠원쉬안! 네놈이 사람을 죽였어! 어서 배에서 내려 내 앞에 나타나! 그러고는 젖 먹던 힘까지 다 쓴 모양인지 그대로 칠호선 옆에 주저앉았다.

무슨 일인가가 벌어질 것 같았다. 석탄 더미 위에서 뛰어내려갔을 때, 종합청사 쪽에서 한 무리의 사람들이 부두를 향해 바삐 달려오는 모습이 보였다. 내가 선착장에 다다랐을 때 그들도 도착했다. 자오춘탕이 보낸 사람들이 분명했다. 그들은 자오춘메이를 부축해서 데려갔다. 그녀는 흐느끼고 있었다. 목을 놓아 통곡하는 것이 아니라 중얼중얼 넋두리를 섞어가며 흐느껴 울었다. 난 미치지 않았어. 왜 날 데려가는 거야? 사람을 죽이지도 않을 거고, 어디 불을 지르지도 않을 테니 안심들 하라고. 오라버니 체면을 구기는 일은 없을 거라고. 사람들에게 둘러싸인 자오춘메이는 보이지 않다가, 다리 하나가 뻗대며 삐죽 튀어나왔다가, 또 성난 팔뚝이 툭 튀어나왔다가 하면서 끌려갔다. 몸이 기울어진 채 미끄러지듯 부두에서 나가면서도 고집스럽게 선대 쪽으로 머리를 향했다. 그들과 반대 방향으로 가고 있던 나를 스쳐지나며 발견한 그녀는 격렬하게 몸을 떨었다. 퉁퉁 붓고 충혈된 두 눈에 눈물을 머금은 채 나를 노려보며 갈라진 목소리로 고함을 내질렀다. 더할 나위 없이 처량하면서도 미친듯이 폭발하는 목소리였다. 가서 네 아비한테 전해! 목숨값을 받으려는 게 아니라 상복을 입고 우리 남편 무덤 앞에서 절 한번 해주기를 바랄 뿐이라고!

나는 짐꾸러미를 들고 선착장 앞에 서서 자오춘메이가 끌려가는 모습을 지켜보았다. 품안에서 끄집어낸 흰 삼베 띠는 땅바닥에 질질 끌리다가 펄럭펄럭 나부꼈다. 그녀가 떠나자 내 두려움도 어느덧 사라졌다. 그녀가 가엾다는 생각까지 들었다. 두들기고, 두들기고, 두들기고, 두들겼는데, 두들긴 남자도 여자도 아무렇지 않고 어째서 그 남편은 죽고 만 것인가? 고인이 된 샤오탕을 생각하자 안경을 쓴 한 남자의 얼굴이 어렴풋이 떠올랐다. 뽀얗고 긴 얼굴에 표정은 언제나 온화했으며, 마을에서 가장 많이 배운 지식인 가운데 한 명이었다. 미안하다는 말을 자주 하던 사람이었다. 우리집에서 아버지와 장기를 두면서도 멍군 장군 하며 끝에 꼭 미안하다는 말을 붙이곤 했다. 아버지와 그들 부부 사이의 관계를 떠올리니 문득 그 관계가 기만과 음모로 가득차 있었다는 생각이 들었다. 벌건 대낮에 종합청사 창고에서 자오춘메이와 무람없이 그 짓을 한 아버지가 저녁에는 샤오탕을 집으로 초대해 장기를 두었으니 말이다. 샤오탕을 위로하기 위함이었을까, 아니면 물 먹이려는 수작이었을까? 문득 어머니가 즐겨 쓰던 두 단어가 머릿속을 스쳐갔다. 주동과 피동. 누가 주동이고, 누가 피동이었을까? 나는 어머니의 작업일지에 가득한 그 기록들을 기억해냈다. 자오춘메이가 얼마나 피동적이었으며, 아버지는 또 얼마나 주동적이었는지 정확히 기억나지 않았다. 그러나 샤오탕은 분명히 피동적이었다. 완전한 피동자였다. 그렇게 보면 류씨 아저씨의 이론도 일리는 있다. 아버지는 몰래 샤오탕을 오쟁이 지게 했고, 샤오탕은 그 오쟁이에 짓눌려 죽고 만 것이다.

나는 얽힌 실타래 같은 마음으로 칠호선을 바라보며 아버지가 나타나기를 기다렸다. 한편으로는 아버지가 나와서 나를 볼까 두려웠다. 짐 부리기가 시작됐으나, 다른 배에는 모두 놓인 널다리가 우리 배에는 없었다. 아버지는 여전히 모습을 보이지 않았다. 틀림없이 선실 안에 숨어 있으리라. 자오춘메이를 피해 숨어 있는 것이다. 대체 무슨 소용이 있다고? 하루이틀은 그럴 수 있다지만 영원히 숨어 지낼 셈인가? 내 혼잣말이 내 귀에 들렸다. 불만에 가득찬 목소리였다. 용기가 있으면 나와보시지! 이 여자 저 여자 두들길 줄만 알았지! 두들기고, 두들기고, 또 두들겨보시지 어디! 그 결과가 어떻게 됐는지 한번 보라고!

선대 주민들 모두 선착장에서 방황하는 내 모습을 보았다. 그들은 잠시 자오춘메이에 대해 쑥덕거리기를 멈추고 열렬한 손짓으로 내게 인사했다. 둥량아, 돌아온 거냐? 돌아왔으면 됐다. 부자지간에 좀 틀어졌어도 아들이 숙이고 들어가면 되는 법이란다. 그러면 다 지나갈 거야. 나는 선대 주민들을 알은체할 기분이 아니었다. 그들은 곧 칠호선 쪽을 향해 고함쳤다. 쿠 서기님, 좀 나와보세요. 겁내실 것 하나 없습니다. 그 여자는 끌려갔고요, 둥량이가 돌아왔어요.

아버지는 밖으로 나오지 않았다. 나도 배에 오르지 않았다. 부두에 서서 돼지들이 우리 배의 앞쪽 선실에서 꿀꿀거리는 모습을 지켜보았다. 지독한 냄새가 코를 찔러왔다. 왜 돼지를 운반하는 데 우리 배를 쓰기로 한 것일까. 저들이 아버지를 믿기 때문인 걸까, 믿지 않기 때문인 걸까? 아버지의 사정을 봐주려는 걸까, 난처하게 하려는 걸까? 코를 움켜쥐고 다른 배의 화물들을 훑어보았다. 방수천이 젖혀져 비밀스러운 화물들이 그 모습을 드러냈다. 일부는 산

남쪽의 전쟁 준비 기지에서 쓸 기계들로 나무상자 안에 단단히 봉해져 있었다. 봉인 위에는 절대 열어보지 말라는 경고문까지 있었다. 화물 중에는 기름 종류도 있었다. 통 안에 가득 담긴 기름에 호기심이 동했다. 커다란 철제 통에는 외국 글자가 죽 적혀 있었는데, 영어는 아닌 것 같고 어느 나라 글자인지 짐작이 가지 않았다. 왜 이런 버릇이 생겼는지 알 수 없지만 모르는 외국어만 보이면 나도 모르게 이렇게 읽었다. 네버 포겟 클래스 스트러글. 절대로 계급투쟁을 잊지 마라. 연쇄반응이었다. 나는 그렇게 읊조리다 그만 생각이 빗나가고 말았다. 그러면 이렇게 두들겨도 괜찮겠네. 그렇게 반쯤 말하다 말고 얼른 입을 틀어막고 속으로 스스로를 책망했다. 아직 고생을 덜했냐! 왜 또 그런 말을 입에 담는 거야?

칠호선은 맨 나중에 짐을 부렸다. 당연한 일이었다. 살아 있는 짐승은 다루기 힘드니까. 정육공장 직원의 지휘 아래 하역꾼들이 대나무 멜대와 삼밧줄을 챙겨들고 달려왔다. 그들이 배에 오르자 돼지떼가 요란스럽게 울기 시작했다. 그중 한 마리가 먼저 네 발을 하늘로 향한 채 대나무 멜대에 꽁꽁 묶이자 선실에 있던 나머지 돼지들이 날뛰기 시작했다. 배가 마치 풍랑이라도 만난 듯 극심하게 요동쳤다. 배가 그렇게 흔들리는데도 아버지는 선실 안에서 꼼짝하지 않았다. 뭔가 잘못된 것 같았다. 체면은 접어두고 석탄재를 집어들어 굳게 닫힌 뒤쪽 선실의 창에 집어던지며 외쳤다. 아버지, 사람들이 짐을 부리는데 좀 나와보세요!

선실의 창문이 열렸다. 아버지의 손이 선실 안에서 휙 지나갔다. 그러더니 금방 또 보이지 않았다. 아버지가 그 안에 숨어 뭘 하는지 알 수 없어 다시 크게 소리를 질렀다. 아버지, 선실에서 뭐하세요? 어서 좀 나와보라고요! 이번에는 안에서 움직임이 있었다. 왔다갔다하는 발소리가 들렸다. 그러나 아버지는 여전히 밖으로 나오지 않았다. 팔호선의 선실 바닥을 씻어내던 더성이 내 쪽을 유심히 살피더니 자기네 배의 널다리를 밟고 서며 내게 그걸 통해 올라오라는 시늉을 했다. 둥량아, 어서 올라오거라. 바보처럼 거기 서서 뭐하는 거냐? 아버지한테 초대받기를 기다리는 거냐?

나는 고개를 흔들며 말했다. 배에 오르고 안 오르고는 상관없어요. 아버지가 올라오라고 하면 올라가는 거고, 말라고 하면 그냥 뭍에 남는 거죠.

더성댁이 곁에서 웃으며 더성을 쿡쿡 찔렀다. 그래도 제 아버지한테 초대받고 싶은 게지. 더성댁은 기다란 작대기를 들고 이물 쪽으로 뛰어가더니 우리 선실의 뒤쪽을 톡톡 쳤다. 쿠 서기님, 좀 나와보세요. 어서 나와보시라니까요. 더성댁이 작대기를 놀리며 소리를 질렀다. 자오춘메이는 없어요. 댁의 아드님이 돌아왔다고요. 아버지 허락이 필요하다네요. 대체 아들을 배에 들이실 거예요, 마실 거예요?

아버지는 나오지 않았다. 그러다 선실 안에서 큰 움직임이 일더니 뭔가가 갑판 위로 툭 떨어졌다. 이어 현창을 당겨 여는 소리가 들리고 아버지의 머리가 천천히 창밖으로 나왔다. 얼굴은 흙빛이었고, 밖을 짚은 한 손은 선홍빛이었다. 손가락과 손등이 모두 붉은 피로 물들어 있었다. 아버지는 넋이 나간 눈빛으로 나를 바라보다가 피에 물든 손을 흔들어 보였다. 배에 오르거라. 둥량아, 어서 올라와. 와서 날 좀 도와다오.

처음에는 아버지가 손을 베인 거라고 생각했다. 더성네 배로 뛰어올라가며 나는 익숙한 듯 더성에게 소리쳤다. 빨간약이랑 붕대 좀 가져다주세요! 빨리요! 뒤쪽 선실로 뛰어들어갔을 때 나는 그만 멍해졌다. 내 눈을 믿을 수 없었다. 아버지가 저지른 짓을 믿을 수 없었다. 선실에선 피비린내가 진동했다. 바닥에는 피가 흐르고 소파 위에 가위가 떨어져 있었다. 아버지의 아랫도리가 바닥에 검붉은 피로 줄을 그리는 중이었다. 아버지 자신의 음경을 자른 것이다! 음경을 잘랐다! 바지가 무릎까지 내려와 있었고, 음경은 온통 피투성이였다. 언뜻 온전해 보였지만 절반가량이 언제 떨어질지 모를 지경이었다. 아버지의 몸이 휘청하며 서서히 내 쪽으로 쓰러졌다. 날 좀 도와다오. 가위를 가져와서 깨끗하게 잘라라. 아버지가 신음을 내뱉으며 말했다. 이 물건이 날 망쳤으니 내가 이것을 없애야겠다.

나는 너무 놀라 온몸을 부들부들 떨었다. 소리를 듣고 달려온 더성댁이 날카로운 비명을 질렀다. 더성이 큰 소리로 더성댁을 을러댔다. 여기서 소리지르지 말고 어서 나가. 어서 나가라고! 더성이 곁에 있어 다행이었다. 평소 돼지 멱을 따거나 양을 잡아본 경험이 있어서 이런 상황에도 전혀 두려운 낯이 아니었다. 더성은 침착하게 쪼그려앉아 피로 흥건한 아버지의 음경을 유심히 살폈다. 아주 잘려나간 건 아니니 괜찮겠네요! 이내 더성이 미친듯이 기뻐하며 외쳤다. 명이 질기신가봅니다. 안 떨어졌으니 다행이에요. 어서 병원으로 가서 붙이면 되겠습니다!

나는 더성 부부가 시키는 대로 담요를 가져다 아버지의 아랫도리를 꽁꽁 감쌌고, 더성이 아버지를 들쳐업고 부두 쪽으로 내달렸다. 배 위의 사람들이 모두 몰려왔다. 하역꾼들은 나를 따라 뛰면서 물었다. 이게 무슨 일이야? 누가 네 아버지를 찔렀냐? 웬 피가 이렇게 많이 나? 더성댁이 옆에서 더성을 도우며 한편으론 구경하러 몰려든 사람들을 쫓아냈다. 피나는 게 뭔 볼거리라고! 영화를 찍는 것도 아니니, 괜히 길 막아서지 말고 저리들 비켜요! 누군가 더성댁에게 물었다. 둥량이 제 아비를 찌른 게야? 더성댁이 말했다. 다들 닭대가리야? 아들이 어째 제 아비를 찌르겠어? 오늘 안개가 이렇게 짙게 낀 거 안 보여? 안개가 짙으면 귀신의 장난이 심해지는 법이지! 오늘 저 양반이 귀신이 씐 거야! 다 그 자오춘메이 때문이지. 그 여자가 산 귀신인 거야!

더성은 아버지를 업고 부둣가를 미친듯이 달렸다. 나도 더성을 따라 달렸다. 부두의 새하얀 시멘트 바닥이 사방으로 빛을 반사시켜 나는 기묘한 느낌에 빠졌다. 우리 부자가 자오춘메이의 부름에 달려가는 듯한, 그녀가 우리를 위해 준비해둔 삼베 띠를 향해 달려가는 듯한 기분이 들었다. 나는 경련이 일어난 아버지의 엉덩이를 손으로 받치고 있었다. 끈끈하게 배어나오는 핏물만 느껴질 뿐, 아버지의 무게는 느껴지지 않았다. 아버지의 하반신은 깃털처럼 가벼웠다. 금방이라도 귀신이 튀어나올 듯 음침한 날이었다. 아버지를 향한 모든 저주가 그대로 이루어질 것 같은 그런 날. 남자의 저주, 여자의 저주, 가족의 저주와 원수의 저주까지 모두. 피로 축축하게 물든 담요 안으로 오랫동안 활개쳐온 아버지의 음경이 보이는 것만 같았다. 지나치게 기세등등했던 그놈이 드디어 투항을 했다. 아버지는 쾌도난마로 직접 자기 최대의 적을 무찔러버렸다.

유팡진병원 입구에 다다랐을 즈음, 아버지는 정신을 잃어가고 있었다. 완전히 정신을 놓기 전에 아버지가 더성에게 말했다. 더성, 나는 자오춘메이를 두려워한 것이 아니네. 길게 고통받느니 순간의 고통을 택하는 게 낫지. 이제 내 잘못을 완전히 바로잡을 수 있게 되었네. 앞으로는 평생 내 어머니의 명예를 더럽히는 일이 없을 거라고 단언할 수 있네.

선대 주민

1

잊는 것은 쉽다.

나중에 유팡진에 갔을 때, 어떤 아이들은 이미 내 이름 같은 건 잊어서 어른들을 따라 별명 헛방귀를 외쳤다. 헛방귀가 누군지 모르는 아이가 있으면 한 마디를 덧붙이기도 했다. 샹양 선대의 헛방귀. 그래도 누군지 모른다고 하면 또 설명을 보탰다. 그 반쪽짜리 자지의 아들 말이야! 이 일은 말하기 부끄러워도 해야 한다. 뭐 비밀도 아니다. 아버지는 진췌강 지역에서 가장 우습고 가장 신비한 인물이 되었다. 아버지는 자지가 반쪽밖에 없다.

강에서 산 지 삼 년째 되던 해, 불현듯 내 걸음걸이가 이상하다는 사실을 깨달았다. 나는 뭍에 오를 때면 부두 위의 검붉은 흔적들을 피하느라 바빴다. 그것이 아버지가 남긴 수치의 혈흔일까 겁

났기 때문이다. 길에 떨어진 하얀 쓰레기들도 감히 쳐다보지 못했다. 자오춘메이가 흘린 삼베 띠일까 두려웠기 때문이다. 길을 걸을 때면 고개를 숙이고 발을 쳐다보거나, 고개를 들고 하늘만 보았다. 언젠가는 뭍에 올라 오후의 따가운 햇살 아래에서 유심히 내 그림자를 지켜보며 걸은 적이 있다. 자갈길 위의 그림자는 오리처럼 보였다. 처음에는 햇빛이 만들어낸 착시라고 생각해 걸음걸이를 바꾸고 곁눈으로 그림자를 보았다. 그러자 그림자는 고통스럽게 기우뚱거렸다. 보기 흉했다. 거위처럼 보였다. 문득 내가 더성이나 춘성과 마찬가지로 팔자걸음으로 걷고 있다는 걸 깨달았다. 이상했다. 나는 더성이나 춘성과는 달랐다. 그들은 보통 맨발로 뭍에 오른 반면 나는 가죽구두를 신고 걸어다녔다. 그들은 어려서부터 배 위에서 자랐고, 배라는 제한된 공간에서 오래 걸어다닌 까닭에 팔자걸음이 된 것이다. 나는 십삼 년이나 뭍에서 자유롭게 걸어다녔는데, 왜 그들처럼 팔자걸음을 걷게 되었을까? 나는 가죽구두를 벗고 깔창을 끄집어낸 뒤 모래를 탈탈 떨어내고 신발 바닥을 자세히 살펴봤다. 하지만 별다른 점을 발견할 수 없었다. 나는 길가에 주저앉아 발을 보면서 곰곰이 궁리했다. 발이 좀 더럽기는 했지만 양쪽 모두 별다른 이상은 없었다. 그래서 나는 아리송해졌다. 멀쩡한 발로 십몇 년을 걸어다녔는데 어째서 순식간에 걷는 방법을 잊었지? 왜 오리나 거위처럼 뒤뚱뒤뚱 걷게 된 거지?

팔자걸음은 정말 보기 흉하다. 팔자로 걷는 여자를 보면 공연히 트집을 잡고 싶어지기도 한다. 여자가 그렇게 걸으면 어쩌자는 거야? 누구든 환영한다는 건가? 남자가 팔자로 걸으면 오해를 사기 쉽다. 음경이나 고환이 지나치게 크고 무거워 가까스로 지탱하는 것처럼 보이니까. 길가에 앉아 외과 병동에서 주워들은 의학 지식을 동원해 나와 배 위 남자들의 팔자걸음을 비교 분석한 결과, 나는 일종의 급성 팔자걸음 증상이라고 결론 내렸다. 선대 주민들이 아니라 아버지에게 영향을 받은 것이라고. 기묘한 증후군에 걸린 것이 틀림없다고. 아버지의 음경 접합 수술이 가까스로 성공했음에도 나는 언제나 그 나머지 반쪽 음경이 내 몸에 붙은 것처럼 느껴졌다. 모든 속옷이 꽉 끼었고, 아랫도리는 날마다 더 무거워졌다. 뇌도 감염되어 분명 이 팔자걸음을 명령하는 것이리라. 어쩌면 나도 모르는 사이에 아버지가 내 대뇌를 댕강 잘라버린 건지도 모른다. 그래, 나는 팔자걸음대뇌증후군이다. 바보도 강물과 육지는 구별하는데, 내 팔자걸음대뇌는 강물과 육지가 같다고 한다. 그리고 두 발에 조심하라는 지령을 내렸다. 조심조심, 두 발에 힘을 주고, 땅을 단단히 디뎌. 움직이는 땅을 경계해야 해. 흔들리는 길, 암류를, 소용돌이를 경계해야 해. 나는 그 명령에 따라 조심스럽게 땅 위를 걷다가 머리 쪽 그림자에서 신비로운 팔자가 빛을 발하는 것을 어렴풋이 보았다. 그뒤로 내게는 강기슭의 모든 길들이 좌현 아니면 우현이 되어 조심스럽게 길을 걸어야 했다. 그뒤로 내게는 유팡진이 강물 위가 되어 조심스럽게 길을 걸어야 했다. 각별히 조심해야 했다.

잊는 것은 쉽다. 나중에 나는 완전히 밭장다리가 되었다. 내 건강 상태는 아버지의 영향을 받지 않았지만 감각기관은 아버지 몸의 신비한 세균에 감염되었다. 희한하게도 내가 서 있는 각도에서 강물 위의 세계를 가늠해보면 늘 황당한 결과가 나왔다. 나의 세계가 반쪽밖에 남지 않는 것이다. 뭍에서는 어딜 가나 꾀꼬리가 노래하고 제비가 춤을 추며 물이 졸졸 흘렀으나, 내 곁에는 노래하는 꾀꼬리와 춤추는 제비는 없고 흐르는 물만 있었다. 물이라면 지겨워 죽겠는데 말이다. 끌배가 우리 바지선을 이끌고 빠른 속도로 달려 강물 위를 오갈 때면, 바람과 속도와 신비한 세균이 모두 연합해 나의 귀와 눈에 맞섰다. 뭍의 확성기에서 노래가 우렁차게 흘러나온들 나는 앞부분만 들을 수 있었고 뒷부분은 강바람에 날아가 버리는 식이었다. 뱃머리에서 양쪽 강기슭의 풍경을 볼 때면, 왼쪽의 논밭을 보면 오른쪽의 마을들은 잊는 바람에 방금 배가 어디를 지난 건지 헷갈리곤 했다. 양쪽 강기슭의 풍경은 나날이 새로워지는데, 내 시야는 급히 흘러갔고 내 사유는 단편적이었다. 그런 까닭에 뭍에서 일어나는 사회주의 건설의 성공적인 업적들에 대해 깊이 있게 이해하지 못한 건 정해진 수순이었다. 배가 오리농장을 지날 때면 저멀리 강가의 모래톱에서 한 무리의 노동자들이 분주히 움직이는 모습이 보였다. 나는 그게 승리수력발전소 공사 현장인 줄도 모르고, 오리농장의 축사를 확장하는 거라고 생각하며 혼자 구시렁거렸다. 나도 뭍에 집이 없는데, 어째서 오리 따위가 저렇게 귀한 대접을 받는 거야? 물이 온통 다 재들 집인데 뭍에다 또 집을 지어주고 말이야. 배가 평황진을 지날 때면 마을 동쪽 강변에 높다랗게 솟아오른 시멘트 구조물을 바라보며 이렇게 생각했다. 오리농장 쪽에 수력발전소를 지은 지 얼마 됐다고 평황진에 또 지어? 두 동네가 경쟁이라도 하나? 강 건너에도 시멘트 구조물이 세워진 것을 전혀 알지 못했다. 평황진은 수력발전소가 아니라 고가도로를 짓는 중이었다.

뭍사람들은 모두 일대 사건에 대해 떠들고 있었다. 내 고향인 유팡진이 참새에서 봉황이 된다고 난리들이었다. 이 작은 마을에 곧 큰 변화가 일어나고, 진췌강 지역의 모범 마을로 선정된다는 것이다. 부두를 정비하고 집들을 철거해 길을 낼 뿐만 아니라, 전쟁 준비 시설도 세워진다고 했다. 국가 기밀이어서 정확히 어떤 시설이 들어오는지는 아무도 알지 못했다. 뭍에서 선대에 이르기까지, 사람들은 이 일을 놓고 끝도 없이 말들을 보탰다. 누구는 거대한 방공호를 짓는다고 했고, 누구는 유도미사일 기지라고 했으며, 산 남쪽 군사 기지로 연결되는 송유 시설이라고 말하는 사람도 있었다. 나는 비슷한 이야기를 여러 번 듣고서야 사람들이 말하는 모범 마을이 무슨 뜻인지 겨우 알았다. 하지만 들리는 말 중에 어떤 것이 믿을 만한지는 알 수 없었다. 아버지가 아직 기관에 있었다면 나도 정확한 정보를 손에 넣을 수 있었을 텐데. 안타깝게도 세상사는 변화무상하고, 나와 아버지는 이미 진췌강에서 소식이 제일 느린 사람들이 되고 말았다.

어느 날 부두를 걷다가 유팡진 하늘이 전보다 조금 푸르러지고 공기도 약간 맑아진 걸 느꼈다. 하역 부두는 생산을 위해 정비된 모습이었다. 석탄 더미는 양이 줄었다. 화물들은 더이상 제멋대로 쌓여 있지 않고 질서를 갖췄으며, 하역꾼들은 모두 남색 작업복을 입고 목에 흰 수건을 둘렀다. 부두에 공중화장실까지 생겼다. 화장실은 심지어 깨끗하고 소독약냄새가 진하게 풍겼다. 멀리 종합청사 옥상에는 여러 빛깔의 조명등이 달렸고, 붉은 천에 노란 글씨가 쓰인 선전용 현수막들이 바람에 펄럭거렸다. 화장실에서 나와 예전에 화학물질을 쌓아놓았던 창고 곁을 지나는데 벽이 다시 하얗게 칠해지고 문과 창문은 붉은색으로 칠해진 게 눈에 띄었다. 문에 걸린 나무패에는 '**유팡진부두 치안유지대**'라고 쓰여 있었다. 갑자기 생겨난 이 조직에 나는 호기심이 생겼다. 문 안쪽을 보니 잘 아는 얼굴들이 눈에 들어왔다. 우라이쯔, 천투쯔, 왕샤오가이가 팔뚝에 붉은 완장을 차고 있었다. 완장에는 '유치'라고 쓰여 있었다. 처음에는 무슨 뜻인지 이해되지 않았지만 잠시 생각해보니 알 수 있었다. '유팡진 치안유지대'의 준말인 것이다. '유치' 뒤에는 괄호가 붙어 있고 그 안에 숫자가 적혀 있었다. 아마도 그들 각자의 번호일 것이다. 까닭 모를 질투가 일어 부러 머리를 쑥 들이밀고 큰 소리로 그들에게 물었다. 너희 세 사람이 유치라고? 유치는 뽑아버려야지.

그들도 내 말에 실린 악의를 느꼈다. 왕샤오가이와 우라이쯔는 자리에 앉아 눈을 부라릴 뿐 내 말에 대꾸하지 않았지만, 허세가 발동한 천투쯔는 굳이 내게 설명을 하려 들었다. 헛방귀는 역시 헛방귀네. 너 따위 헛방귀가 뭘 알겠냐. 무슨 유치를 뽑아? '치안'의 '치'자도 모르냐? 우리는 치안유지대라고! 내가 말했다. 치안유지대가 뭐하는 건데? 누가 세운 건데? 천투쯔는 모욕이라도 당한 양 두 눈을 희번덕이며 말했다. 이 새대가리야, 그것도 몰라서 물어? 치안을 담당하니까 당연히 종합청사의 허가를 받아 세워진 거지! 나는 또 물었다. 겨우 셋이서 이렇게 낡은 창고를 지키고 앉아 있다고 치안유지대가 되냐? 천투쯔가 말했다. 잠시 동안은 우리 세 사람이지만 곧 더 커질 거라고. 사무실을 작다고 생각하지 마. 권력은 세다고! 나는 여전히 얕보는 투로 말했다. 이런 보잘것없는 부두에서, 화물도 하역꾼들도 너희 소관이 아닐 텐데, 너희 권력이 세면 얼마나 셀 수 있겠냐? 천투쯔가 계속 설명하려는데 곁에 있던 우라이쯔가 천투쯔를 저만치 밀어냈다. 치라이쯔의 형인 우라이쯔는 치라이쯔보다 더 재수없는 놈이었다. 우라이쯔가 눈을 부라리며 앞으로 나서더니 내게 수갑 채우는 시늉을 해 보이며 말했다. 야 헛방귀, 여기서 자꾸 소란 피우면 너 손목에 수갑 채운다. 우리 권력이 얼마나 센지 똑똑히 알도록 해주지!

우라이쯔가 나서자 나는 뒤로 물러섰다. 그 녀석이 무서운 것은 아니었다. 우라이쯔를 보니 치라이쯔와 그 누나가 떠올랐고, 억울하게 빼앗겼던 빵 반쪽이 떠올랐고, 내 별명이 떠올랐던 것이다. 그 집안 식구들을 보기만 해도 속에서 원한과 굴욕이 솟구쳐, 쉬지 않고 욕이 쏟아져나올 지경이었다. 싸움에서는 내가 우라이쯔의 적수가 안 되기 때문에 그의 면전에 대고 욕을 할 수는 없는 노릇이라 몸을 돌려 마을 쪽으로 달렸다. 달리면서 낮은 소리로 욕을 내뱉었다. 그러나 몇 발짝 달리기도 전에, 그러니까 욕을 몇 마디 하기도 전에 등뒤에서 왕샤오가이의 목소리가 터져나왔다. 왜 그냥 보내는 거야? 그새 까먹었어? 지금은 저놈을 보내면 안 된다고! 그와 동시에 우라이쯔와 천투쯔가 나를 향해 소리쳤다. 헛방귀, 거기 서. 이리 돌아와. 지금 넌 마을로 못 가!

영문을 몰라 그 자리에 서자 녀석들이 달려와 나를 에워쌌다. 내가 왜 마을로 못 가? 너희 치안유지대가 치안 말고 내 다리도 관리하냐?

그렇게 눈을 부라리면 어쩔 건데? 그래, 우리가 네놈의 다리를 관리할 거다. 누구든 말을 안 들으면 그 다리는 우리가 관리하게 될 거야! 왕샤오가이가 자기 팔에 찬 완장을 바로잡으며 한번 더 내게 과시했다. 왕샤오가이의 완장은 천투쯔나 우라이쯔의 것보다 확실히 커 보였으나 숫자는 외려 좀 작았다. '유치 2호'였다. 내가 왕샤오가이의 완장을 유심히 살피자 천투쯔가 설명해주었다. 왕샤오가이는 우리 치안유지대의 부대장님이시다. 부대장님이 못 가게 하면 넌 못 가는 거야.

부대장은 무슨 부대장? 대장이 와도 내 다리가 하는 일은 간섭하지 못해. 난 가고 싶은 데로 어디든 가. 저 녀석이 뭔데 날 간섭해?

상부에서 받은 지시가 있거든! 왕샤오가이가 낯빛과 목소리를 사납게 하며 밀쳤지만 나는 맞서 버텼다. 결국 우라이쯔와 천투쯔도 달려들어 나를 밀쳤다. 그들은 나를 석유통이 잔뜩 쌓여 있는 곳까지 몰고 갔다. 왕샤오가이가 말했다. 좋아. 얘는 여기서 기다리게 하고, 얘네 선대 사람들이 오면 다 함께 올라오게 하자.

나는 마침내 그들이 무슨 생각을 하고 있는지 깨닫고 미칠듯이 화가 나 석유통을 발로 차며 고함을 쳤다. 우리가 군대도 아니고 선대일 뿐인데 왜 단체행동을 하라는 거야?

뭘 나한테 따져? 나한테 따져봤자 아무 소용 없어. 왕샤오가이가 말했다. 우리는 상부의 정신을 본받아 비상시기에 걸맞게 비상조치를 취할 뿐이야. 이제부터 샹양 선대는 배를 댈 때마다 단체등록을 마쳐야만 상륙할 수 있다고. 누구든 마음대로 돌아다니면 바로 고발할 거야!

왕샤오가이는 상부의 지시를 수행하고 있는 듯했는데, 이 비상시기란 것이 모범 마을 건설과 연관이 있지 않을까 하는 생각이 들었다. 나는 분개하며 유팡진을 바라보았다. 저멀리 거리를 자유롭게 오가는 사람들이 보였고 그들은 마치 비상시기 바깥에 존재하는 듯했다. 이 발견에서 나는 반박할 거리를 잡았다. 왕샤오가이, 내가 바본 줄 아냐? 나는 손가락으로 마을 사람들을 가리키며 추궁했다. 선대 주민들은 단체행동을 해야 하는데, 어떻게 마을 사람들은 제멋대로 돌아다녀?

왕샤오가이는 내 시선을 따라 멀리 오가는 사람들을 바라보다 문득 음험한 웃음을 지어 보였다. 그럼 너도 말해봐. 남들은 다 뭍에 사는데 너희는 왜 배 위에서, 강물 위에서 사는 거지?

왕샤오가이에게 아픈 곳을 찔려 화가 난 나머지 나는 욕을 퍼부었다. 왕샤오가이, 네 어미를 두들기겠어!

화가 난 왕샤오가이가 허리춤에서 빨간색과 흰색 줄무늬의 나무 몽둥이를 뽑아들고는 나를 겨누며 말했다. 네가 누구 엄마를 두들긴다고? 너희 아버지가 그렇게 두들기다 자지가 반토막 났는데, 그걸 보고도 배운 게 없어? 내가 이 치안봉으로 네놈을 두들겨 그 주둥아리를 바로잡아주지. 네 자지를 두들겨 반쪽으로 만들어주마!

나와 그들이 마주서서 실랑이를 벌이는 동안 부두 선착장이 어수선해졌다. 선대 주민들이 떼를 지어 뭍으로 올라온 것이었다. 천투쯔가 큰 소리로 외쳤다. 상양 선대 사람들이 왔어! 셋은 재빨리 나를 놓아준 뒤 부두에 몰려 있는 선대 주민들을 쳐다보며 낡은 창고 쪽으로 달려갔다. 왕샤오가이가 호주머니에서 호루라기를 꺼내 불었다. 우라이쯔와 천투쯔는 호루라기 소리를 듣고 더 빨리 달렸다. 왕샤오가이는 사투리를 전혀 사용하지 않고 표준어로 이렇게 외쳤다. 각자 위치로! 행동 준비!

처음에는 그들의 행동이라는 게 뭔지 몰랐다. 그들이 창고에서 나올 때 보니 왕샤오가이는 망원경을 목에 걸고, 우라이쯔는 치안봉을 두 개 들고, 천투쯔는 입에 볼펜을 물고 겨드랑이 사이에 장부를 끼고 있었다. 나는 저들이 챙겨나온 괴상한 장비들의 용도가 무엇인가 의아해하다가 얼마 안 있어 그들이 모든 준비를 갖추었다는 사실을 깨닫고 놀라고 말았다. 그들의 행동이란 선대 주민들을 따라다니는 것이었다. 망원경은 멀리서도 보기 위해 필요하고, 장부는 기록을 위해 필요하며, 치안봉은 말할 것도 없이 사람을 때리기 위해 필요하다. 나는 어지럽고 시끄러운 선대 주민의 행렬을 뒤따라 마을을 향해 갔다. 치안유지대의 셋은 음흉하기 짝이 없는 사냥개처럼 내 뒤를 따랐고, 나는 고개를 돌려 그들을 관찰했다. 왕샤오가이는 손가락을 접었다 폈다 하며 상륙한 선대 주민의 수를 헤아리면서 뭐라고 중얼거렸고, 천투쯔는 걸으면서 장부에 뭔가를 적어넣었다. 우라이쯔는 험상궂은 눈초리를 하고 치안봉을 휘휘 내두르며 걸었는데, 사람을 때리는 동작을 연습하는 게 아닌가 의심이 들었다.

2

처음에 선대 주민들은 그들이 뒤따른다는 사실을 알지 못했다. 선대 주민들의 어수선한 행렬이 부두를 가로질렀다. 남녀노소를 불문하고 복장이 단정치 않고 모두 팔자걸음이었다. 각자 광주리, 바구니, 플라스틱 통 등 다양한 용기를 들고 있었다. 왁자지껄 소란스럽긴 했지만 즐거운 무리로 보였다. 내가 그들의 꽁무니에 붙으면서 행렬에 음울한 꼬랑지가 하나 생겼다. 다들 고개를 돌려 의아하다는 듯 나를 바라보았다. 어라, 오늘은 둥량이가 기분이 좋은 모양이네. 우리를 다 따라오고. 이제는 우리가 싫지 않은 게냐? 더 성이 말했다. 둥량아, 너 아침에 뭍으로 올라온 거 아니냐? 어째 아직도 부두에 있어? 나는 내가 아니라 내 뒤에 있는 사람들을 보도록 엄지손가락을 들어 뒤쪽을 가리켰다. 주민들은 내 뒤쪽을 몇 번이나 살펴본 뒤에야 그 기다란 꼬리를 발견했다. 아이고, 우라이쯔! 천투쯔! 왕샤오가이도 있네! 쟤들이 우리 뒤는 왜 따라오는 거지? 역시 선대 주민들다웠다. 도둑도 제 발 저리고, 도둑이 아닌 사람도 제 발 저렸다. 가장 먼저 육손이 왕씨가 놀라 소리를 지른 듯했다. 얼른 튀어! 우리를 잡으러 온다! 선대 주민의 대열이 순식간에 흩어졌다. 아낙들은 무의식적으로 아이들을 잡아끌고 화물 더미 뒤로 뛰어갔다. 사내들은 허둥거리는 모습이 제각각이었다. 누구는 허리를 굽히고 주먹을 불끈 쥔 채 멈춰 섰고, 누구는 담장 쪽으로 내달려 담벼락에 몸을 붙였다. 간이 작은 춘성은 그대로 쪼그려앉아 양손으로 머리를 감쌌다.

선대 주민들이 어지럽게 흩어지자 치안유지대도 당황했다. 왕샤오가이가 황급히 호루라기를 물고 몇 차례 불었다. 호루라기가 방귀 뀌는 듯한 소리를 냈다. 왕샤오가이는 이어서 양손을 둥그렇게 입가로 모아 선대 주민들을 향해 외쳤다. 행렬을 유지하라! 어서 행렬을 유지하라! 육손이 왕씨의 헛소리를 믿지 마라! 우리는 감독하러 왔지 누굴 잡으러 온 게 아니다!

선대 주민들이 서로 얼굴을 마주보더니 부두 한가운데로 슬금슬금 돌아왔다. 누가 사고 친 거야? 저 사람들 도대체 누구를 감독한다는 거야? 주민들은 목소리를 낮추고 수군댔다. 그 속에서 춘성이 투덜대는 소리가 들렸다. 틀림없이 둥량이 때문이지. 뭍에서 엉뚱한 말을 갈겼다더니, '반동 표어'를 쓴 게 분명해. 선대 주민들이 그 말을 듣고 나를 노려보았다. 그 눈빛에 나는 화가 났다. 왜 날 쳐다봐요? 뭍에 올라와서 오줌 싼 거밖에 없다고요! 내 기세에 주민들은 나를 쳐다보지 못하고 모두 고개를 돌려 왕샤오가이 무리를 보았다. 왕샤오가이는 여전히 입가에 양손을 모아 말했다. 간격을 좁히고 행렬을 유지하라! 잡지 않을 테니 어디든 갈 데로 가라! 쑨시밍이 성난 목소리로 말했다. 안 잡을 테니 감사라도 하라는 건가? 대체 무슨 일이야? 무슨 꿍꿍이냐고. 왕샤오가이가 품에서 통지서 한 장을 꺼내들고 말했다. 무슨 꿍꿍이냐고요? 직접 와서 보시죠. 종합청사에서 내려온 통지가 있으니까. 쑨시밍이 가서 받아오려 했지만 왕샤오가이는 통지서를 내주지 않고 그저 보기만 하라고 했다. 쑨시밍은 반문맹이라 아무리 뚫어지게 보더라도 '정돈'이나 '감독'과 같은 단어들은 읽어내지 못했다. 쑨시밍은 왕샤오가이의 손에 들린 통지서를 한참 들여다보다 나더러 좀 와보라고 소리를 쳤다. 둥량아, 이리 좀 와봐라. 이 통지서에 대체 뭔 말이 쓰여 있는 거냐?

그 분홍색 통지서에서 나는 왕샤오가이가 말했던 새로운 규정이라는 것을 볼 수 있었다. **금일부터 유팡진의 사회질서 정돈을 위해, 외지에서 온 잡인은 치안유지대의 감독을 받아야 한다.**

내가 소리 내어 읽자 선대 주민들이 모두 몰려와 들으면서 너도나도 한마디씩 거들기 시작했다. 더성이 먼저 왕샤오가이에게 따졌다. 우리 선대 사람들은 주민이 아니야? 우리가 잡인이라고? 우리처럼 짐을 운반해주는 사람들이 없으면 뭍사람들은 뭘 먹고 뭘 입을 건데? 우리가 없으면 똥구멍 닦을 종이도 못 구할 거면서 우리더러 너희 감독을 받으라고?

리더성, 헛수작 부리지 마. 우리가 먹는 밥, 입는 옷, 쓰는 종이, 모두 당과 사회주의 덕분이지, 당신들 덕분이 아니니까! 왕샤오가이가 재빨리 논리정연하게 더성의 말을 반박하며 한쪽으로 밀어붙였다. 그러고는 손에 든 통지서를 쑨시밍에게 흔들어 보였다. 쑨시밍, 당신이 대장 아니에요? 대장 노릇을 제대로 해야지. 어서 사람들을 나란히 줄지어 세워요. 질서 있게 줄지어 다니라고요. 질서를 지켜준다면 우리도 힘들게 하지는 않을 테니까.

또 더성이 먼저 나서서 고함을 쳤다. 우리가 어린 학생도 아니고 죄인도 아닌데 무슨 빌어먹을 줄을 서라는 거야?

우라이쯔가 치안봉을 휘두르며 다가가자 더성은 그것을 흘깃 쳐다보더니 조롱하듯 말했다. 몽둥이 들고 오면 무서워할 줄 알고? 총을 들고 와도 겁 안 나. 우라이쯔가 차갑게 웃었다. 우리가 총을 못 꺼낼 줄 알고? 아직 때가 아니라 그렇지, 감히 치안을 망가뜨리면 내가 뭘 들고 나올지 한번 보자고! 우라이쯔의 말은 공분을 사기에 충분했다. 선대 주민들이 모두 놀란 목소리로 외쳤다. 이게 대체 무슨 일이야? 우리가 뭍에서 무슨 죄를 저질렀다고 총으로 사람을 쏘겠다는 거야? 이렇게 흉악한 놈은 또 처음 보네! 우라이쯔 너는 어미 아비도 없냐? 선대 주민들은 부두에서 치안유지대와 한바탕 실랑이를 벌였다. 아낙들까지 가세해 새된 소리로 떠들어대는 통에 사방의 하역꾼들까지 모두 우리 쪽으로 달려왔다. 그러자 왕샤오가이가 호루라기를 삑삑삑 불고는 말했다. 조용히들 해요! 이런 사소한 마찰로 총을 쓰는 일은 없을 테니 다들 안심하고 어서 줄들 서시오!

더성이 말했다. 네가 총을 가져오면 우리도 줄을 서지!

왕샤오가이도 질 수 없어 더성에게 삿대질하며 말했다. 리더성, 잘 들어. 계속 이런 태도로 나오면, 더이상 사소한 마찰이 아니라 나를 적대시하는 것으로 간주하겠어!

천투쯔가 주민들 사이를 왔다갔다하며 아이 둘을 붙잡았다. 두 아이는 싫은 기색도 없이 앞뒤로 나란히 열 맞춰 서서 입을 헤벌쭉 벌리고 웃었다. 천투쯔가 득의양양해하며 더성을 향해 눈을 흘겼다. 리더성, 지금 당신만 그렇게 성질을 부리고 있어. 보라고! 이 어린애들만도 못하다니. 줄 좀 서는 게 뭐 어때서? 남한테 감독을 좀 받으면 어때서? 부스럼이 나나, 아니면 암에라도 걸려?

더성이 뭐라고 대거리하기도 전에 육손이 왕씨가 나서며 고함을 내질렀다. 부스럼도 안 나고 암도 안 걸리지만 대머리는 될 수 있지. 머리에 털 한 오라기 안 자랄 수도 있다고!

선대 주민들이 대머리 천투쯔의 머리통을 보고 일제히 웃음을 터뜨렸다. 쑨시밍은 웃지 않았다. 그는 굳은 얼굴로 왕샤오가이에게 말했다. 자네도 봤겠지만 선대 주민들은 다들 강물 위에서 멋대로 사는 게 익숙한 사람들이라, 내 말도 듣지 않고 또 자네 말도 듣지 않을 게야. 이러면 어떤가? 우리가 자네들한테 협조할 테니 자네들도 우리를 좀 봐주게. 왕샤오가이는 정말로 쑨시밍에게 협조할 생각이 있는지 곧 표정을 누그러뜨리며 품에서 첸먼 표 담배 한 개비를 꺼내 쑨시밍에게 건넸다. 쑨 대장님, 그러니까 그게 무슨 뜻이죠? 선대 주민들을 좀 봐달라니? 쑨시밍은 담배를 받아들고 잠시 망설이다 말했다. 뭐 그리 어려운 일은 아닐세. 자네 아버지는 시장을 관리하시잖나? 이따 시장에 갈 테니까 우리한테 신선한 돼지고기를 좀 주라고 얘기해줘. 우리 선대 사람들은 일 년 사계절 내내 신선한 돼지고기 맛을 못 보거든! 그리고 자네 누나는 잡화점 주임이잖나? 누님한테 잘 말해서, 우리가 채종유나 흑설탕 같은 걸 사러 가면 배급표를 받지 말라고 좀 해줘. 왕샤오가이는 분명 쑨시밍이 이런 제안을 할 줄 몰랐을 것이다. 그는 두 눈을 껌뻑이며 잠시 생각해보더니 이렇게 말했다. 우리한테 협조해주기만 하면 그 정도 편의는 봐드리죠.

이렇게 해서 양쪽의 대립은 상당히 누어졌다. 선대 주민들은 입으로 여전히 투덜거렸지만 발걸음은 협조적으로 변해 치안유지대의 요구대로 줄을 맞춰 걸었다. 아무도 경솔한 행동을 하지 않았다. 신선한 돼지고기를 살 수 있고 배급표 없이 채종유를 살 수 있는 기회를 놓칠까 두려웠기 때문이다. 더성은 자존심 때문에 줄 맞춰 걷기를 마다했지만 아내의 채근에 못 이겨 하릴없이 따라 걸을 수밖에 없었다. 한바탕 실랑이 끝에 이 희한한 무리는 드디어 유팡진부두를 떠났다. 여전히 꼬랑지는 세 개였다. 선대 주민들은 원래 느슨하게 장사진을 이루며 걸었는데, 이때만큼은 남녀노소 모두가 가족끼리 딱 붙어서 질서정연하게 걸었다. 어른들은 조심스러워했고 아이들은 호기심이 많았다. 어른들은 자기 아이들 손을 꽉 붙잡은 채 질질 끌고 갔다.

나만 혼자였다. 나는 더성 부부 뒤를 따라 걸었다. 선대 주민들은 이렇게 작은 이익에도 노선을 바꾸곤 했다. 나는 그들에게 불만이 많았지만 안타깝게도 뭐라 할 자격은 없었다. 나도 선대 주민이기 때문에 그 행렬을 따를 뿐이었다. 왕샤오가이는 선대 주민의 행렬을 이끌고 마을로 들어갔고, 조금 돌아가더라도 절대 샛길로 가지 않고 큰길만 택해 걸었다. 그러다보니 종합청사 화단 앞을 지나게 됐는데, 거기에서 행렬의 발이 묶이고 말았다. 종합청사의 시멘트 건물이 오색찬란하고 화려하게 변해 있었기 때문이다. 아름답고 웅장하게 단장한 건물의 모습에 넋을 잃은 선대 주민들은 끊임없이 감탄을 내뱉었다. 건물 옥상에는 붉은 깃발이 펄럭이고 전등이 알록달록하게 빛났으며, 수많은 선전용 현수막들이 마치 붉은 폭포처럼 아래로 드리워져 장관을 이루고 있었다. 선대 주민들은 고개를 들고 얼떨떨한 표정으로 붉은 폭포를 감상했다. 우매한 노인들의 검게 그을린 얼굴에도, 지식을 탐구하는 천진한 아이들의 얼굴에도 거대한 붉은빛이 어룽거렸다. 글자를 아는 주민들은 큰 소리로 현수막에 적힌 표어들을 읽기 시작했다. **인민 총동원으로 주요 전투에 승리하여, 동풍팔호 대건설을 맞이하자! 열심히 능률적으로, 유팡진을 사회주의 모범 마을로 만드는 데 이바지하자! 치안을 강화하여 문명적인 환경을 창조하자! 부두 건설에 박차를 가하자! 투기 활동을 엄금하고 자산계급 근절하자! 유팡진 당 조직의 삼우오호**三優五好* **명예 획득 경축! 자오샤오메이 동지를 본받자. 자오샤오메이 동지에게 경의를! 상급 지도자의 왕림 및 작업 지도를 환영합니다!**

이 많은 구호들은 선대 주민의 눈을 어지럽게 만드는 동시에 그들의 정치적·문화적 소양을 시험했다. 쑨시밍은 대부분의 표어 내용을 대강 이해했지만, 체면을 유지하기 위해 어떤 내용이 가장 중요한지 알아야 했다. 쑨시밍은 왕샤오가이의 의견을 구했다. 왕샤

* 중국 공산당에서 당원에게 요구하는 세 가지 우수함과 당 지부에게 기대하는 다섯 가지 좋은 점.

오가이, 어느 표어가 가장 중요한 건가? 왕샤오가이는 짐짓 관리 행세를 하며 말했다. 모두 상부의 정신인 만큼 어느 것이나 중요하지요. 안 하느니만 못한 말이었다. 쑨시밍은 고집스럽게 우라이쯔에게 물었다. 우라이쯔는 퉁명스레 대꾸했다. 치안 관리가 제일 중요해요, 열을 맞추는 게 제일 중요하다고요! 천투쯔가 그나마 친절했다. 천투쯔는 쑨시밍에게 선전 표어 읽는 방법을 귀띔해주었다. 어느 표어가 가장 가운데에 있는지 보세요. 지도자 회의 보신 적 있죠? 가장 중요한 지도자가 가운데에 앉잖아요. 표어도 마찬가지예요. 한가운데 있는 표어가 가장 중요한 거예요.

쑨시밍은 퍼뜩 깨닫고는 외쳤다. 아, 동풍팔호 건설이네, 동풍팔호가 가장 중요하네!

선대 주민들은 동풍팔호 건설이 무엇인지 알지 못했다. 춘성네 아버지는 일자무식이라 그것도 바지선의 일종이라고 생각하고는 춘성에게 물었다. 동풍팔호라는 건 삼백 톤은 거뜬히 신겠지? 춘성은 얼굴을 붉히고 아버지를 타박했다. 아버지, 모르면 그냥 가만히 계세요. 그런다고 아버지를 벙어리라 할 사람 없으니까요. 춘성 아버지는 아들의 따귀를 때렸다. 네가 알면 말해봐라, 도대체 몇 톤이나 되는 거냐? 천투쯔가 다가가 티격태격하는 부자를 갈라놓고 만면에 비밀스러운 표정을 띤 채 춘성 아버지의 귓가에 속삭였다. 동풍팔호는 배가 아니라 군사 기밀이에요. 무엇인지는 다음에 오면 볼 수 있을 겁니다.

왕샤오가이는 선대 주민들이 종합청사 앞에서 오래 지체하지 못하도록 호루라기를 불어 걸음을 재촉했다. 길게 늘어선 대열은 유팡진 중심지로 전진하며 매 걸음마다 뒤를 돌아보았다. 그렇게 런민가의 공중화장실까지 갔을 때, 육손이 왕씨가 들어가서 끊어야 할 것 같다고 말했고 춘성도 배를 움켜쥐고 맞장구쳤다. 왕샤오가이는 두 사람에게 화장실에 다녀오라고 하고 다른 주민들에게는 자리를 이탈하지 말라고 당부했다. 우리는 그 자리에 서서 두 사람을 기다렸다. 몇 초도 지나지 않아 화장실 안에서 육손이 왕씨의 환희에 찬 탄성이 들려왔다. 수도꼭지가 있어. 모두 네 갠데, 다 물이 나와! 이어 춘성도 바지춤을 잡고 달려나와 또다른 기쁜 소식을 전해주었다. 어서들 와서 좀 봐요. 현대식 화장실이 됐어요. 안에 물통도 달려 있어서 줄만 잡아당기면 똥도 다 씻겨 내려가요!

돌 하나가 수많은 물결을 일으키는 법이다. 왕샤오가이는 조건반사적으로 화장실 문을 향해 달려갔고, 우라이쯔와 천투쯔는 허리춤에 찼던 치안봉을 꺼내들었지만 이미 늦었다. 선대 주민들이 순식간에 화장실로 몰려가 왕샤오가이 혼자서는 막아낼 수 없었다. 오히려 주민들에게 이리저리 부딪히기만 했다. 우라이쯔는 치안봉을 들어올려 몇 사람을 겨눴지만 감히 누구의 머리통도 내리치지 못하고 입을 열어 욕을 퍼붓기 시작했다. 이 냄새나는 뱃놈들은 물에서 사는 게 마땅하지! 화장실에 수돗물 나오는 게 무슨 대단한 일이라고! 어디 견학할 곳이 없어서 화장실 안을 보겠다고 머리를 들이민단 말이야? 왕샤오가이는 하릴없이 화장실 문을 지키고 섰다가 쑨시밍을 붙잡고 말했다. 쑨 대장, 그래도 당신이 이 무리의 지도자인데, 어째서 이런 걸 보겠다고 같이 난립니까? 쑨시밍은 마음이 급한 나머지 왕샤오가이를 떠밀며 말했다. 지도자도 똥을 누고 오줌을 싸는 법이지. 세상 지도자들이 다 화장실을 가는데 나라고 어째 안 가겠나?

선대 주민들은 화장실 안에서 수도꼭지 네 개와 수세식 변기를 둘러싸고 환호성을 올렸고, 치안유지대는 문 앞에서 대책 마련에 고심했다. 이때 왕샤오가이의 임기응변이 빛을 발했다. 화장실에 들어가지 못하게 하는 일은 사실상 불가능했고 정책적으로도 딱히 근거가 없었기 때문에 이 상황 그대로를 활용해 좋은 방향으로 바꿔보기로 했다. 무지한 선대 주민들에게 이참에 새로운 문명 현장을 교육하기로 한 것이다. 우라이쯔와 천투쯔는 선대 주민들의 사상 교육까지는 자기네 소관이 아니라고 생각했지만 마지못해 동의했다. 왕샤오가이가 그 자리에서 업무를 분담했다. 우라이쯔는 수도꼭지 네 개를 감독하고, 천투쯔는 자동세척기를 맡고, 자신은 소변기와 대변기를 감독하기로 했다. 여자 화장실 쪽은 더이상 감독할 인원이 없으니 알아서 하게 놔두기로 했다.

곧이어 우리의 귓가에 왕샤오가이의 표준어인 척하는 말소리가 울리기 시작했다. 물을 절약해야 합니다. 물은 귀중한 자원이니 절약하도록 주의해주세요! 소변을 보실 분들은 소변기 쪽으로 한걸음 더 다가서서 그 안에 일을 볼 수 있도록 해주십시오. 소변기 안에다, 아시겠죠? 제발 한 방울 두 방울 바깥쪽에 떨구지 마시고 안쪽에 정확히 처리해주세요. 모두 잘 들으세요. 이 화장실은 모범 화장실입니다. 상부에서 자주 사람을 보내 검사한다는 말이죠. 대소변을 보실 때는 반드시 교양 있게 청결에 신경써야 합니다! 이애는 누구 집 앱니까? 벽에 가만히 붙어 있는 타일이 뭐 어쩌기라도 했어? 그건 왜 두드리고 난리야? 타일 한 장이 얼마인지 알아? 8펀이라고! 두드리다가 깨지면 배상해야 돼! 육손이 왕씨, 가래 뱉을 때 조심해요. 가래도 변기 안쪽에 뱉도록 하라고. 아무데나 뱉으면 안 됩니다. 나한테 눈 흘기지 마요. 명심해요, 여기는 붉은 깃발을 수여받은 화장실이라고요. 만약 다음번에 붉은 깃발을 못 받으면 샹양 선대 주민들이 그 정치적 책임을 져야 할 겁니다. 그냥 겁주려고 하는 소리가 아니라고요!

사실 왕샤오가이는 아주 교활했다. 이 당근과 채찍 전술은 선대 주민들에게 잘 먹혔다. 특히 마지막 경고는 치명타였다. 선대 주민들이 아무리 배운 것이 없다 해도 정치적 책임이 무엇인지 정도는 잘 알았다. 그들의 런민가 공중화장실 축제는 그렇게 순식간에 막을 내렸다. 쑨시밍을 우두머리로 한 행렬은 화장실을 뒤로한 채 마지못해 걸음을 재촉해야 했다. 남자들은 화장실 입구에서 아낙들과 만나 순식간에 원래의 대열로 돌아갔다. 남녀노소를 불문하고 모두들 안심을 해서 기꺼운 마음으로 시장을 향해 걸어갔다.

런민가 삼거리까지 걸어갔을 때, 나는 유팡진 우체국의 녹색 문을 흘깃 돌아보았다. 정문 옆에 다리 높은 우체통이 입을 쩍 벌리고 위풍당당하게 서 있었다. 마치 내가 오기를 기다리는 것처럼 보였다. 뭍에 오를 때마다 내 비닐 여행가방 속에는 아버지의 편지가 들어 있었다. 뭍에 오를 때마다 우체국으로 가서 아버지 대신 편지를 부쳤다. 이번에는 달랐다. 내가 선대 주민의 대열에 끼어 있었으니까. 선대 주민들은 편지라고는 쓰지 않았다. 그들이 우체국에 가지 않으니 나도 갈 수 없었다. 아버지는 자신의 편지를 누구에게도 봉투조차 보여서는 안 된다고 신신당부했다. 정말이지 난처했다. 무슨 핑계를 대고 이 대열을 벗어난단 말인가! 나는 여행가방을 열고 손을 넣어 아버지의 편지 세 통을 더듬었다. 편지들은 수신인의 지위가 높을수록 주소도 더 위엄이 있었다. 각각 현위원회의 장 서기, 지구위원회의 류 주임, 성위원회의 장 부장에게 보내는 편지였다. 나는 내 눈을 보호하듯 아버지의 편지를 보호했다. 보호하지 않을 수 없었다. 아버지의 모든 희망이 이 편지들에 달려 있다는 사실을 알았다. 세 통의 편지는 아버지의 불꽃같은 문장으로 인해 불타는 듯 뜨거웠고, 우체통은 아버지의 억울함을 삼키기 위해 입을 쩍 벌리고 기다렸지만 나는 쉽게 움직일 수 없었다. 머릿속에서 아버지의 당부가 울려퍼졌다. 유팡진은 자오춘탕의 세상이니 각별히 조심해야 한다. 아버지의 편지를 더듬으며 이리저리 눈을 굴리다 우라이쯔의 시선을 깨달았다. 내 손과 여행가방을 쳐다보는 그의 눈이 반짝 빛났다. 헛방귀, 가방 안에 뭘 숨기고 있는 거지? 검사해봐야겠는데. 나는 다급히 편지 세 통을 손에서 놓고 가방에서 간장병을 꺼내 우라이쯔의 눈앞에서 흔들어 보였다. 검사해보시지. 내 간장병 안에 무슨 뇌관화약이라도 들어 있는지. 우라이쯔가 말했다. 누가 폭탄이 들었을까봐 걱정한대냐? 너 '반동 표어' 쓴 적 있잖아. 가방 안에 숨긴 거 아냐? 나는 간장병을 쳐든 채 순간 어찌할 바를 몰랐다. 다행히 더성댁이 불만을 터뜨리며 우라이쯔에게 큰소리쳤다. 반동 표어는 무슨 반동 표어? 네가 아주 감투 좀 썼다고 설치는구나. 둥량이는 아직 앤데, 잘못한 게 있으면 고치면 되는 거 아냐? 다 큰 어른이 애를 못살게 굴다니, 참 잘났다!

우라이쯔는 더이상 나를 귀찮게 하지 않았다. 나는 더성댁 뒤에 바짝 붙어서 행렬을 따라 시장으로 갔다.

왕샤오가이가 앞서 했던 약속에 따라 선대 주민들이 줄을 서긴 했지만 대열은 언젠가 흩어지고 말 운명이었다. 시장에 들어서는 순간 삽시간에 무너졌다. 주민들은 먼저 돼지고기 판매대로 몰려갔다. 신선한 돼지고기가 가장 중요했다. 배에 사는 아이들 대부분은 태어나서 한 번도 신선한 돼지고기를 먹어본 적이 없었다. 그 아이들이 먹어본 것이라곤 절인 돼지머리나 돼지기름뿐이었다. 쑨시밍이 말을 지어낸 것이 아니었다. 왕샤오가이는 협조를 구하러 서둘러 사무실 쪽으로 가고, 돼지고기 상인은 놀라서 외쳤다. 반란이라도 일으키겠다는 거야? 판매대를 다 뒤집어엎겠네. 대체 누가 신선한 돼지고기가 있다고 한 거야? 냉동육도 다 팔리고 없는 판에 당신들한테 팔 돼지고기는 없단 말이야! 천투쯔는 왕샤오가이에게 넘겨받은 호루라기를 젖 먹던 힘을 다해 불었다. 상양 선대 주민들은 들으시오. 대열이 흐트러지면 안 됩니다. 걸을 때는 물론이고 돼지고기를 살 때도 줄을 서야 합니다. 시장에도 시찰단이 오니까 제발 질서를 지켜주세요. 새치기는 안 됩니다. 선대 주민들은 천투쯔의 말을 무시하고 여전히 우르르 몰려 있었다. 아낙들이 남편과 아이들에게 임무를 분배해주고 있었다. 더성댁은 시장 관리사무실 쪽으로 눈짓하며 더성에게 말했다. 왕샤오가이가 왜 아직도 안 나오지? 우리를 속인 건 아니겠지? 다들 여기서만 이러고 있을 수는 없으니 당신은 채종유 파는 데 가서 줄을 서요. 저쪽에서 배급표를 달라고 하면 절대 주지 말고 왕샤오가이한테 받으라 하고.

마침 왕샤오가이가 아버지 라오왕과 티격태격하며 밖으로 나왔다. 라오왕은 희고 피둥피둥 살이 찐 얼굴에, 입에는 담배를 물고 손에는 돼지 반 마리를 들고 있었다. 돼지고기는 막 잡은 것처럼 싱싱하고 윤기가 흘러 아직 더운 김이 모락모락 피어오르는 것처럼 보였다. 사람과 돼지고기가 나오자마자 선대 주민들 쪽에서 난리가 났다. 사람들에게 밀린 판매대가 끼익끼익 비명을 내질렀고 판매원도 소리를 질렀다. 밀지 마요. 이러다 사람 깔려 죽겠네! 선대 주민들도 서로를 나무랐다. 밀지들 말라고! 같은 선대 식구들끼리. 고기를 보니 사람은 안 보여? 쑨시밍은 차마 거기에 끼기가 쑥스러웠는지 무리 바깥쪽에서 펄쩍펄쩍 뛰며 왕샤오가이에게 소리를 질렀다. 우리 선대에 사람이 이렇게 많은데 돼지 반 마리를 누구 코에 붙이나. 한 마리 더 내주게. 왕샤오가이는 쑨시밍의 욕심에 화가 나 흰자위가 번득이도록 눈을 흘기면서 돼지고기와 자기 아버지를 번갈아 가리키며 말했다. 진짜 너무하시네. 내가 이렇게 도와줬는데 욕심을 더 부려요? 내가 이 돼지 반 마리를 얻자고 입술이 부르트도록 아버지랑 실랑이를 했는데!

사람들에게 밀리던 판매대가 결국 무너지고 말았다. 판매원이 화가 났던 건지, 아니면 선대 주민들이 앞뒤 없이 덮쳐들다 그랬는지, 고기 써는 칼이 빛을 번득이며 선대 주민들 머리 위를 별똥별처럼 날아갔다. 어찌된 영문인지 몰라 주민들이 어리둥절하는 동안 시장 안의 다른 사람들이 놀라서 고함을 지르기 시작했다. 어서 돼지고기 도로 가져가요. 팔지 마요, 저 사람들한테는 팔지 마! 돼지고기 두 번만 팔았다가는 사람 죽겠네. 선대 주민들이 이제 누구의 말도 듣지 않자 왕샤오가이가 분노에 차서 외쳤다. 아버지, 돼지고기 도로 가져가요. 저 사람들은 좋은 말로 안 될 거 같으니까 진압해! 치안유지대의 세 사람이 치안봉을 휘둘러 선대 주민들을 때리기 시작했다. 주민들 사이에서 욕설과 사람 살리라는 비명이 터져나오다 곧바로 싸움이 시작됐다. 더성과 우라이쯔가 먼저 한데 엉겨붙어 나동그라졌고, 육손이 왕씨와 왕샤오가이가 치고받았다. 겁이 많은 춘성도 머리로 천투쯔를 들이받았다. 아낙들도 가세해서 쑨시밍댁과 여자 상인 하나가 서로 머리채를 쥐어뜯었으며, 더성댁은 더성을 돕는다고 플라스틱 통으로 우라이쯔의 엉덩이를 휘갈겼다.

나는 혼란을 틈타 우라이쯔를 한번 밟아주고 잽싸게 도망쳤다. 의리 없다고 욕하지 마시길. 이 상황은 내게 기회였다. 달아나야 했다. 내게는 아직 중요한 일이 남아 있었다.

시장 밖으로 빠져나왔을 때, 거리에는 여전히 햇살이 찬란하게 내리비치고 많은 사람이 오가고 있었다. 길을 가던 사람들이 시장에서 들려오는 시끄러운 소리를 들었다. 누군가 나를 잡고 시장 안에서 무슨 일이 난 건지 물었다. 왜 이렇게 시끄러워? 싸움이라도 난 거냐? 나는 그 얄미운 손을 뿌리치며 말했다. 시장에서 신선한 돼지고기를 판다네요. 얼른 가서 줄 서세요. 나는 죽을힘을 다해 거리를 달렸다. 자유를 향해 나는 한 마리 새처럼. 한달음에 우체국까지 달려가 아버지의 편지 세 통을 우체통 주둥이에 밀어넣었다. 정말이지 이상한 일이었다. 편지 세 통을 덜어냈을 뿐인데 가방이 무척 가뿐해졌다. 나는 정신을 가다듬고 사방을 둘러보았다. 아무도 나를 보고 있지 않았다. 햇빛이 유팡진 거리를 비추고 있었다. 여전히 그 길들, 그 집들이었다. 그리고 여전히 그 사람들이 남색, 회색 또는 검정색 옷을 입고 거리를 오갔다. 그러나 내 발은 평소와 다른 느낌이었다. 세 갈래로 갈라진 길이 미묘하게 흔들리며 길 위의 돌멩이와 시멘트가 거칠게 내 발로 부딪혀왔다. 돌멩이와 시멘트가 이렇게 소곤거리는 것 같았다. 쫓아내자, 얘를 쫓아내자. 내 귀를 믿을 수 없었지만 발이 내게 말했다. 돌멩이와 시멘트가 밀담을 나누고 있어. 유팡진의 땅이 날 쫓아내려 해. 대체 어찌 된 영문인지 알 수 없었다. 밭장다리가 되었다고 유팡진의 땅이 내 발을 알아보지 못하나? 이 땅에서 뛰어다니며 열세 살까지 살았는데, 이 땅은 내 발을 잊고 원수 보듯 하며 참을 수 없다는 듯 적의 가득한 목소리를 쏟아내고 있었다. 꺼져. 어서 꺼지라고. 너희 배로 돌아가.

나는 아직 돌아가고 싶지 않았다. 나는 해방화* 끈을 꽉 조여 묶었다. 아버지의 편지를 다 부쳤으니 이제 뭘 해야 할지 고민됐다. 갈 만한 곳은 아주 많았다. 중요한 일도 아주 많았다. 그러나 먼저 어느 것을 택해야 할지 알 수 없어 달리면서 생각했다. 거리가 재촉하는 소리를 들으며 내달렸다. 빨리, 더 빨리 달려. 도정공장 쪽으로 달렸다. 내 걸음이 내린 판단이었다. 어머니를 찾아가고 싶었다. 어머니가 보고 싶었다. 차오리민, 그토록 미운 사람이 왜 그리웠을까? 왜? 나는 모른다. 내 발이 하는 말을 들은 것이니 발에게 물어보라.

나는 여행가방을 등에 메고 달렸다. 한참을 달려서야 도정공장에 다다랐다. 공장의 작업장에서는 기계가 요란스럽게 울고, 공기 중에 온갖 곡물 가루가 날렸으며, 곡식냄새에 중유 냄새가 뒤섞여 있었다. 흰 가루 속을 이리저리 헤맸다. 작업복을 입은 여자들이 온몸에 흰 가루를 뒤집어쓰고 바삐 움직이고 있었다. 키가 아주 크지 않으면 아주 작고, 몸매가 아주 뚱뚱하지 않으면 아주 마른 그 여자들은 내 어머니가 아니었다. 한 여공이 나를 발견하고 물었다.

* 고무바닥에 돛천을 붙여 만든 신발. 과거 인민해방군이 신어서 '해방화'라 불렸다.

누구를 찾아왔니? 여기는 너무 시끄러워서 사람을 찾으려면 크게 소리를 질러야 해. 나는 감히 소리를 지를 수 없었다. 내가 찾는 사람은 차오리민이지만 큰 소리로 그 이름을 부를 용기가 없었다.

나는 작업장을 나와서 여공 숙소의 창가로 갔다. 시든 채 벽을 뒤덮은 담쟁이덩굴을 헤치자 어머니가 쓰던 침대와 책상이 보였다. 침대는 비어 있었다. 매트리스 없이 널빤지가 드러난 침대 위에 신문 몇 장이 널려 있을 뿐이었다. 가슴이 철렁 내려앉았다. 어머니가 떠난 걸까? 떠난 거로구나! 아버지의 추측이 들어맞고 말았다. 어머니한텐 추구하는 바가 있기 때문에 언젠가 이 분쟁의 땅을 떠날 거라고 했다. 대체 뭘 추구한다는 거지? 그렇게 생각하던 찰나 내 입에서 한 단어가 튀어나왔다. 헛방귀. 나는 성난 눈으로 어머니의 책상을 살폈다. 책상 위에는 낡은 법랑 컵이 놓여 있고, 컵 안의 찻물에 흰 곰팡이가 슬어 있었다. 컵에는 여전히 어머니가 자랑스러워하던 그 문구가 쓰여 있었다. 아마추어 여성 합창단 부문 우수상. 나는 창밖에서 중얼댔다. 곰팡이까지 슬었는데 우수한 거 좋아하네. 창문에 얼굴을 갖다붙이던 나는 반쯤 열린 책상 서랍 안에서 희미하게 빛을 발하는 뭔가를 보았다. 있는 힘껏 창문을 흔들자 열렸다. 나는 그리로 디밀고 들어가 어머니의 서랍을 열었다. 안에서 바퀴벌레가 튀어나오는 바람에 놀라 펄쩍 뛰었다. 안에서 반짝이던 것은 액자였다. 나는 그 액자를 집어들었다. 우리가 함께 찍은 가족사진이었다. 아버지, 어머니, 그리고 나. 색이 덧칠된 얼굴들은 더 건강하고 혈색이 좋아 보였다. 꼭 화장을 한 것도 같았다. 언제 찍은 사진인지 기억나지 않았다. 어쨌거나 사진 속 부모님은 아직 젊고 나는 천진난만했다. 액자 속에서 우리 세 식구는 서로에게 꼭 기대어 있었다.

어머니는 우리 가족을 서랍 속에 남겨두었다. 무슨 뜻일까? 내 손이 머뭇거렸다. 액자를 가져가고 싶었다. 오른손은 그것을 집어 들어 가져가고 싶어했고, 왼손은 오른손에 반대하며 망가뜨리고 싶어했다. 결국 나는 오른손으로 액자를 집어들었다가 왼손으로 바꿔 든 뒤, 성난 고함을 내지르며 가족사진을 있는 힘껏 숙소 바닥에 내던졌다. 유리가 산산이 부서져 내 살갗에까지 날아와 박혔다. 나는 그 반짝이는 유릿조각들을 보면서 말했다. 헛방귀, 헛방귀.

내가 저지른 일은 이것만이 아니었다. 정신없이 달려서 막 도정공장 정문을 빠져나오는데 갑자기 확성기에서 〈조합원은 모두 해바라기〉의 선율이 흘러나왔다. 조합원은—모두—해바라기라네. 예전에 어머니가 집에서 이 공연을 연습하던 게 떠올랐다. 농촌 아낙으로 분장한 어머니는 머리에 알록달록한 무늬의 수건을 쓰고 허리에는 앞치마를 두르고 손에는 해바라기 한 송이를 든 채, 허리를 흔들며 해바라기 뒤로 얼굴을 감췄다. 조합원은—모두—여기에서 갑자기 얼굴을 드러내고, 어머니는 나를 보고 환하게 웃었다—모두—해바라기라네. 내가 기억하는 어머니의 몇 안 되는 웃는 얼굴. 그 웃는 얼굴을 떠올리자 문득 눈이 시큰해지더니 내 의지와 상관없이 눈물이 흘러내리기 시작했다. 그 눈물이 나를 일깨웠다. 어머니를 용서할 수 없다. 내가 욕을 해도 어머니는 들을 수 없으니, 마음속에 차오른 원망을 어떻게 풀어야 할지 몰랐다. 공장 맞은편 농기구 수리장의 그 비루먹은 개가 또 뛰어나와 나를 멀뚱히 쳐다보다가, 내가 자신을 반기지 않는 걸 아는 듯 도정공장 정문 앞 전봇대에 한바탕 오줌을 갈기곤 어디론가 가버렸다. 나는 그 전봇대 쪽으로 걸어가 붉은 기와 조각을 주워들고 전봇대 위에 이렇게 썼다.

차오리민을 타도하자!

동풍팔호

지금까지도 동풍팔호 건설이 시작될 무렵 일어났던 어마어마한 변화의 풍경들을 기억한다. 수많은 노동자들이 몰려와 유팡진의 땅이란 땅을 모두 해부했다. 깊이 잠들었던 거대한 복강腹腔을 열어 안에 든 더러운 오물을 모두 제거했다. 사람들은 임시지휘부의 지도하에 이 작은 마을에 다시 한번 아스팔트 식도와 시멘트 창자, 금속성 위, 자동화된 심장을 장착했다. 결국 종합청사 근처에서 떠돌던 예측이 가장 정확한 것이었다는 걸 나중에야 분명히 알게 됐다. 동풍팔호는 방공호 따위가 아니었다. 진췌강 유역의 역사 이래 최대의 송유관 시설이자 극비 전략 시설이었다.

그해 가을, 보기 드문 홍수가 났다. 강물 위 하늘에 커다란 구멍이 나서 몇 세기 동안 모아둔 빗물이 모두 쏟아져내리는 것만 같았다. 수위는 끊임없이 높아지고 대지는 빠른 속도로 잠겨갔다. 진췌강 상류의 산에서 홍수가 일어나 중하류까지 영향을 미치는 바람에 기슭에 있는 마을들이 거의 물에 잠겼다. 육로의 교통이 완전히 마비되어 대부분의 운송은 수로를 통해야 했다. 난세를 만나면 영웅의 진면모가 드러나는 법. 진췌강이 범람하자 우리 바지선이 영웅적인 모습을 내보이게 되었다. 나는 진췌강에서 그토록 많은 선대를 본 적이 없었다. 세상 모든 바지선들이 유팡진으로 몰려온 것 같았다. 그 많은 배들이 끝없이 너른 강물 위를 메우다시피 했다. 돛대가 빽빽이 늘어선 모습을 멀리서 보면 마치 강물 위에 움직이는 도시가 세워진 것 같았다.

상양 선대는 강물 위에서 꼬박 이틀 밤낮 동안 발이 묶였다. 첫날 나는 이 수상도시에 적잖은 호기심이 생겼다. 이물 쪽에서 두리번거리다보니 다른 선대들은 모두 '광룽 운수선대' 따위의 붉은 깃발을 꽂고 있는데 우리 상양 선대에만 없었다. 또한 다른 바지선들은 화물을 나르거나 해방군 전사와 민병을 나르는데 우리 상양 선대는 농촌에서 온 노동자만 실어날랐다. 내가 이런 차이를 말하자 아버지가 대꾸했다. 네가 뭘 알겠냐? 우리 선대 주민들은 정치적으로 출신 성분이 복잡한 사람들인데, 노동자들을 나르게 해주는 것만도 조직의 신임이 있으니까 가능한 거라고.

다음날, 뜻밖에도 이동 선전대가 나타났다. 바지선의 윗갑판이 그들의 임시무대였다. 아마추어 여배우들이 화려하게 꾸미고 각각 공장 노동자, 농민, 군인, 학생, 상인으로 분장해 빗속에서 〈전투의 노래〉를 목청 높여 불렀다. 그 임시무대 위에서 어머니의 모습을 발견하고 깜짝 놀랐다. 그중에서 나이가 가장 많아 보였지만 남색 작업복을 입고 목에는 하얀 수건을 두른 어린 여공으로 분장하고 있었다. 빗물이 얼굴의 분칠과 눈썹 화장을 씻어내 초췌하고 주름진 얼굴이 드러났는데도 어머니는 전혀 알지 못한 채 혼신의 힘을 다해 연기하고 있었다. 누군가가 큰 소리로 하늘과 싸우리라 하고 외치자, 어머니는 양팔을 번쩍 들고 주먹을 휘두르며 더 높고 우렁찬 목소리로 이어받았다. 우리는 끝없는 즐거움을 얻으리라!

뭍에서 찾지 못한 어머니를 강 위에서 보게 되다니! 늙었다면 늙었고, 추하다면 추한 몰골이었지만 자신은 전혀 알지 못하는 듯 젊은 아가씨들 틈에 끼어 있었다. 어머니가 아직 예쁜 척을 한다고 남들이 비웃을까봐 걱정되었다. 이 마주침으로 내 마음은 한층 더 답답하고 슬퍼졌다. 내가 선실로 돌아왔을 때 아버지는 허리를 숙여 선실 창문을 통해 저멀리 이동 선전대의 무대를 보고 있었다.

아버지가 말했다. 네 엄마 목소리다. 아무리 멀리 있어도 네 엄마 목소리를 알아들을 수 있지. 네 엄마, 어떻더냐?

나는 아버지에게 되물었다. 뭐가 어때요?

아버지는 망설이다가 말했다. 여러 면에서. 아니, 정신은 괜찮은 것 같더냐?

나는 역겨웠다고 말하고 싶었지만 그러지는 못했다. 어떻다 할 게 없던데요. 정신 상태도 여전한 것 같고.

네 엄마를 본 지 오래됐구나. 아버지가 말했다. 배들이 앞을 가리고 있으니 목소리는 들려도 사람은 보이지 않아.

봐서 뭐하게요? 무슨 소용이 있다고? 아버지가 보고 싶어해도 어머니는 안 보려고 할걸요.

아버지는 고개를 숙이고 불만에 찬 목소리로 말했다. 너처럼 걸핏하면 '무슨 소용이야, 무슨 소용이야' 하는 건 허무주의적 태도야. 비판 대상이란 말이다. 그러고는 벽에 걸린 밀짚모자를 집어들며 갑자기 물었다. 밀짚모자를 쓰고 나가도 사람들이 나를 알아보겠지?

나는 아버지가 무슨 뜻으로 그런 말을 하는지 알아차리고 말했다. 알아보면 또 어때요? 하루종일 배 안에 숨어 있는 게 무슨 대단한 일이라고. 나가고 싶으면 나가고, 어머니가 보고 싶으면 보러 가면 되는 거죠. 누가 아버지를 잡아먹기라도 해요?

아버지는 밀짚모자를 내려놓더니 손차양을 하고 강물 위에서 수백 척의 배가 흔들리는 풍경을 바라보았다. 그러다 문득 비분강개하여 외쳤다. 감격적이로구나, 감격적이야! 안 나갈 테다, 시나 한 수 지어야겠다. 제목도 이미 떠올랐지. '사람의 마음을 흔드는 가을이다!'

물론 사람의 마음을 흔드는 가을이었다. 수백 척의 바지선이 이틀 밤낮 동안 진췌강을 메웠으니까. 샹양 선대는 다른 선대들과 이처럼 가까이 이웃한 적이 없었다. 원래 세상의 바지선들은 모두 가족 단위로 타는 거라고 생각했는데, 그 가을날에 괴상한 선대 하나가 강 한가운데에 끼어 있는 것을 보았다. 바지선 여섯 척에 모두 젊은 아가씨들만 타고 있었고, 끌배에서 선대를 조종하는 것도 여자였다. 뱃머리에서 나부끼며 시선을 확 잡아끄는 붉은 깃발 위에는 '철의 아가씨 선대'라고 쓰여 있었다. 고물 쪽에는 오색찬란한 블라우스와 속옷이 널려 만국기처럼 펄럭였다. 이 희한하고 신기한 선대가 어디서 나타났는지는 알 수 없었다. 아버지는 바짝 긴장해서 시시각각 내 일거일동을 감시했다. 낮에는 배의 우현으로 가는 것을 금지했고, 밤이면 창밖으로 철의 아가씨들을 내다보지 못하도록 선실의 오른쪽 창에 칠판을 걸어놓았다. 더성댁도 철의 아가씨들 쪽으로 더성이 눈을 돌리지 못하도록 금지했다. 흘깃 보기만 해도 더성의 등판으로 대나무 작대기가 날아들었다. 그때 더성은 화가 나서 그 대나무 작대기로 저 배나 밀어버리라고 더성댁을 윽박질렀다. 재주 있으면 저 배를 어떻게 해보라고. 휘젓든 찌르든! 어찌할 재주가 없거든 내 눈으로 저 배를 보든 말든 상관 말라고! 옆에 있는 철의 아가씨 선대 때문에 나와 아버지는 이틀 동안 사이가 틀어졌고 더성 부부도 마찬가지였다. 다행히 사흘째 되던 날 배들이 움직이기 시작하면서 꽉 막혔던 뱃길도 조금씩 트였다. 왼쪽 어깨에는 총을 메고 오른쪽 어깨에는 확성기를 멘 무장 민병들이 배 위로 뛰어올라왔다. 그들은 이 특수 상황에 맞춘 항운 규정을 임시로 만들어 어떤 배도 강기슭에 대지 못하고 동쪽으로만 운항하도록 했다. 광룽 운수의 배들이 맨 앞에 서고 다른 선대들이 그 뒤에 줄지어 섰다. 이 규정이 꽤 효과를 발휘해 그럭저럭 뱃길이 뚫려 모든 선대가 운항을 시작할 수 있었다. 약 삼백 척에 달하는 바지선들이 마치 홍수처럼 비와 안개를 뚫고 강을 따라 하류로 내려가 거세게 퍼붓는 빗속에서 유팡진부두에 닿았다.

나는 유팡진을 알아보지 못했다. 오랫동안 떠나 있었던 그곳에는 말로만 듣던 휘황찬란함이 찾아와 있었다. 나는 멋대로 썼다 지웠다 할 줄이나 알지 감정을 멋지게 표현하는 재주라고는 없어서, 그해 가을 사람의 마음을 뒤흔들었던 유팡진을 어떻게 묘사해야 좋을지 모르겠다. 아버지가 정성 들여 창작한 시구를 빌려 쓰는 걸 허락해주시길. 오라, 오라! 대관절 홍수가 무엇이란 말이냐! 홍수는 우리가 전진할 길을 열어주었을 뿐이다. 사람의 마음을 뒤흔드는 이 가을에, 붉은 깃발 휘날리며 개선가를 높이 부르세. 우리는 전진한다, 전진한다. 노동자의 천국으로! 혁명의 최전선으로!

무척 힘겹게 최전선으로 달려갔지만 상양 선대의 접안 순서는 맨 마지막이었다. 부두에서는 북소리가 하늘 높은 줄 모르고 울려 퍼졌다. 멀리로 소선봉대 대원들이 비를 맞으며 서서 기다리는 모습이 보였다. 소년들은 길 양옆으로 정렬한 채 팔을 높이 들어 경례를 붙였고, 소녀들은 제비처럼 달려와 광룽 선대의 배에서 내리는 사람들에게 커다랗고 빨간 꽃송이를 달아주었다. 환영식은 부두에서 진행됐지만 노동 인민의 전투는 유팡진 구석구석에서 벌어지는 중이었다. 유팡진 곳곳에 삽질을 하고 흙을 나르는 노동자들이 있었다. 거세게 퍼붓는 빗소리가 공사장의 우렁찬 기합소리를 삼켜버렸다. 선대 주민들은 접안을 기다리며 부둣가에서 들려오는 확성기 소리에 귀기울였다. 초조한 듯한 남자 목소리가 흘러나왔다. 훙치 선대, 상륙 시작하라! 둥팡훙 선대, 서둘러서 상륙하라! 선대 주민은 다들 준비를 마쳤다. 그런데 확성기에서 느닷없이 노랫소리가 흘러나왔다. 맑고 낭랑한 음악이 한차례 흐르다가 이내 멈추고 지지직대는 잡음이 새어나오다 또 그 초조한 목소리가 울렸다. 아무개 동지는 지금 당장 공사장 지휘부로 가십시오. 중요한 의논 사항이 있습니다!

상양 선대 주민들은 모두 뱃머리 쪽에 서서 확성기가 불러주기만을 기다렸다. 그러나 우리가 운송해 온 것은 가장 중요하지 않은 축에 속하는 듯했다. 돼지고기와 채소와 쌀을 운송하는 창청 선대도 호명됐는데 우리는 아직 기다리는 중이었다. 쑨시밍이 뭍으로 한달음에 뛰어내려가 우비를 입고 서 있는 책임자에게 항의했다. 우리는 사람들을 나르는 선대인데, 어떻게 돼지고기를 나르는 배보다도 뒤란 말입니까? 책임자가 큰 소리로 외쳤다. 지금이 어느 땐데 순서를 따지고 있어? 지금은 사람이고 물건이고 상륙하려면 다 등록을 해야 한다고. 물건 등록은 빠르고 사람 등록은 느리니, 겨우 우리 인원으로는 당연히 돼지고기부터 등록해야지! 그제야 다들 깨달았다. 더성댁이 더성에게 묻는 소리가 들려왔다. 똑같이 고생했는데 우리한테는 빨간 꽃 안 달아주나? 더성이 말했다. 혁명이 무슨 손님 접대인 줄 알아? 꽃을 달고 싶으면 저 물에 있는 부레옥잠 꽃이라도 떠다 직접 달라구!

빗발이 가늘어지자 선실 안에서 누군가 외쳤다. 답답해 죽겠네. 얼른 우리도 바람 좀 쐬게 해주지. 앞쪽 선실의 천막을 젖히자 시큼한 땀내에 담배연기와 오줌 지린내와 토사물 냄새가 섞인 고약한 악취가 훅 풍겨왔다. 수많은 노동자의 머리통도 선실 안에서 솟아올랐다. 남자가 많고 여자는 적었으며 대부분이 청장년이었다. 다들 등에 보따리를 하나씩 메고 조바심에 서로를 밀치며, 말로만 듣던 노동자의 천국으로 누구보다도 빨리 뛰어들고 싶어했다. 그들은 입을 크게 벌리고 숨을 들이마시며 부둣가의 노동 현장을 바라보았다. 한 여자가 외쳤다. 아이고, 땅바닥을 완전히 다 뒤집어엎고 있네. 엄청 힘들겠어. 이 상황에 적절치 못했던 그 외침은 곧 누군가의 타박을 받았다. 그럼 여기까지 와서 게으름이나 피울 요량이었나? 고생할 자신이 없으면 유팡진에는 오지 말아야지! 그러나 곧 선실 안의 왁자지껄한 소란이 멈추었다. 선실에 함께 있던 퇴역군인처럼 보이는 사람이 손에 명부를 들고 인원을 세기 시작한 것이다. 어느 정도 셌을 때, 기슭 쪽의 확성기가 샹양 선대를 불렀다. 그러자 퇴역군인이 순식간에 갑판으로 뛰어올라 명부를 흔들며 명령을 내렸다. 삼호 돌격대는 여기 서고, 사호 돌격대는 저기! 가오좡 돌격대하고 리자두 돌격대는 모두 뒤쪽으로 가서 서!

알고 보니 그들은 돌격대원이었다. 한바탕 소란스럽던 돌격대원들은 그대로 배를 떠났다. 커다란 선실이 순식간에 비어버리고, 일고여덟 개의 똥통만이 두 줄로 서서 선실을 지켰다. 통마다 분뇨가 그득 차서 나를 향해 뜨거운 악취를 내뿜었다. 똥통이 쓰러졌던 건지 누런 오물이 선실 바닥을 흐르고 있었다. 보기만 해도 구역질이 나고 냄새 때문에 속이 다 뒤틀렸다. 목이 긴 고무장화로 바꿔 신은 뒤 대나무 빗자루를 들고 선실 바닥을 쓸어내다 돌격대원이 남기고 간 이상한 덩어리 같은 걸 발견했다. 그 물건은 군용우비에 싸인 채 구석에 놓여 있었다. 다가가서 빗자루로 쓸었더니 놀랍게도 그것이 움직이며 아이의 작은 발이 불쑥 튀어나와 나를 향해 발길질을 했다. 나는 너무 놀라 펄쩍 뛰었다. 이어 우비 속에서 여자아이의 헝클어진 머리가 삐죽 튀어나오더니 낭랑한 목소리로 내게 항의했다. 이 사람이, 내 발을 빗자루로 쓸어요?

우비 속에는 두 사람이 숨어 있었다. 여자아이와 그애를 안고 있는 서른 살 남짓의 젊은 여자였다. 모녀인 것 같았다. 몸을 둥글게 말고 똑같이 커다란 눈을 하고 있었다. 한 쌍은 멍하고 한 쌍은 빛났지만, 둘 다 똑같이 잠에서 덜 깬 눈으로 나를 쳐다보았다.

나는 빗자루로 선실 바닥을 두드렸다. 일어나요, 일어나. 선실을 청소해야 해요.

그들이 자리에서 일어났다. 젊은 여자는 무척 지쳐 보였고 박속같이 허연 얼굴에 병색이 돌았다. 우비 속에는 많은 물건이 숨겨져 있었다. 여자는 서둘러 우비를 펼쳤다. 그녀는 영리한 사람이었다. 옹색하나마 우비를 보자기삼아 불룩한 자루와 둘둘 만 담요, 세숫대야와 그릇이 담긴 망태기를 모두 우비 위에 올렸다. 그런 다음 우비의 모자와 양 소매를 오므려 꽉 묶은 뒤, 그 거대한 꾸러미를 자기 팔에 걸었다. 여자아이도 일을 하는 품새가 전혀 어설프지 않았다. 품에는 천으로 만든 인형을 안고, 목에는 녹색 군용수통을 걸고, 나머지 손으로 작은 칠판까지 들었다. 나는 작은 칠판에 분필로 앙증맞게 쓰인 글자를 보았다. 동풍팔호, 후이셴, 엄마.

도대체 어떻게 된 거죠? 나는 험악한 말투로 여자를 몰아세웠다. 다들 뭍에 내렸는데, 뭐하는 사람들이기에 아직 배에서 자고 있어요?

우리가 뭐하는 사람들인지 안 가르쳐줄 거야. 여자아이가 제법 위협적으로 나를 노려보며 앞서 대답하고는 제 엄마는 아무 말 못하게 했다. 엄마, 사나운 사람이니까 우리는 신경쓰지 말자.

이건 돌격대가 탄 배인데, 어떻게 섞여 탄 거야? 내가 물었다.

우리가 그 사람들과 섞여 탄 게 아니야. 아이는 싸움이라도 걸 듯 소리쳤다. 당신한테 안 보이게 날아서 온 거야!

여자는 엉킨 머리칼을 손으로 빗어내렸다. 시선은 이미 강기슭에 붙박인 채였다. 여자가 아이를 타이르며 말했다. 후이셴, 그러지 마. 예의 없게 굴면 안 되지! 여자는 꽤 예의를 따지는 사람인지, 재빨리 강기슭 저편에서 시선을 거두어 나를 보고 미소 지었다. 사과의 표시인 듯했다. 여자가 아이를 데리고 뭍으로 오르던 모습을 나는 똑똑히 기억한다. 우비로 만든 그 보따리를 들고서 아이를 데리고 선실 밖으로 기어올랐다. 왠지 머뭇거리는 듯, 조금 피곤한 듯 보였다. 선실을 나가며 여자가 해명했다. 나도 돌격대원인데, 그만 깊이 잠들었던 거야. 밤에 눈을 붙이지 못하고 낮에 겨우 잠들어서 너무 졸렸어.

두 사람이 선실을 빠져나간 뒤 한참 아무런 기척이 없기에 나는 그들이 벌써 뭍에 올랐다고 생각했다. 그런데 고개를 돌려보니 여자가 아이를 안고 갑판에 선 채, 강기슭에서 벌어지고 있는 역사상 유례없는 대건설의 현장을 지켜보고 있었다. 나는 여자의 혼잣말을 똑똑히 들었다. 여기가 유팡진인가? 너무 정신없네.

사람 찾기

이유는 모르겠지만, 처음 후이셴과 그애의 어머니를 보자마자 그들의 내력에 의심이 생겼다.

나는 내력이 불분명한 사람들을 예민하게 알아보는 천성적인 재능이 있다. 후이셴의 어머니가 정말 돌격대원이라면 내 손에 장을 지져도 좋다. 내 이름 쿠둥량을 아예 거꾸로 쓴대도 말리지 않겠다. 나는 그들이 어디서 배에 탔는지 모르고, 어떤 수단을 써서 검사를 통과했는지도 모른다. 사전에 모든 바지선들은 엄격한 통지를 받았다. 신원이 불분명한 사람이나 노약자, 병자 등을 태우고 유팡진에 오면 절대 안 된다는 내용이었다. 돌격대가 마차오진부두에서 배에 오를 때 어린아이가 타는 것을 보지 못했다. 어쩌면 모녀는 배가 강물 위에서 꼼짝 못했던 그 이틀 사이의 소란을 틈타 우리 칠호선으로 옮겨 탔는지도 모른다. 만약 그렇다면 퇴역군인은 왜 눈감아주었을까? 여자는 이 배에 타고 있던 그 많은 돌격대원들을 어떻게 설득한 것일까? 그들은 후이셴과 그 어머니가 성공적으로 군용우비 안에 몸을 숨기도록 묵인했다. 그것도 이틀 동안을!

모녀는 유팡진에 일을 하러 온 것이 아닐 테다. 사람을 찾으러 왔을 것이다. '사람 찾기'는 매일 몇 차례씩 방송됐다. 사람을 찾으면 한 차례로 끝났지만, 계속해서 방송되는 사람은 아직 찾지 못했다는 뜻이었다. 모녀가 찾는 사람은 틀림없이 여러 번 방송에 이름이 나왔으리라. 이름이 뭔지, 어떤 사람인지는 나도 모른다. 인산인해 속에서 사람을 찾다가 만나지 못하는 건 그리 대단한 불행이라고 할 수 없다. 우리 가족이 겪은 일에 비하면 다른 사람의 불행은 눈물 몇 방울로 족한 거라고, 나는 줄곧 그렇게 생각해왔다.

나는 후이셴과 그 어머니를 주의깊게 살피며 그들의 내력에 대해 무한한 상상의 나래를 펼쳤다. 자세히 훑어보니 여자의 눈썹과 눈매가 내 어머니와 무척 닮아 보였다. 그것이 내 상상의 단서였다. 그 밖의 다른 이유 없이 나는 그들이 마차오진에서 왔을 거라고 생각하고 모녀의 신분에 대해 남몰래 이런 가설을 세웠다. 한 번도 만난 적 없는 이모와 내 유일한 이종사촌 누이라고. 이어 사흘 동안 상양 선대는 기슭에 배를 대고 명령을 기다렸다. 다른 사람들은 모두 바쁘게 일했지만 나는 홀로 일없이 한가했다. 내가 하고픈 모든 일은 뭍에 올라야만 가능했다. 뭍에 오르지 않으면 아무것도 할 수 없었다. 그래서 나는 뒷짐을 지고 뱃머리에 선 채 대단한 간부라도 되는 양 냉정한 눈길로 부두 건설 과정을 지켜보았다. 확성기에 자주 귀기울이며 '사람 찾기' 방송을 들었다. 그 모녀가 내 어머니 차오리민을 찾는 것은 아닐까? 차오리민을 찾지 못하면 그 아들을 찾지는 않을까? 확성기에서 쿠둥량이라는 내 이름이 흘러나올까? 하지만 확성기는 내 말을 들어주지 않았다. 내 이름을 부르는 일도, 누군가가 나를 찾는 일도 없었다. 나를 찾는 이모도, 나를 찾는 이종사촌 누이도 없었다. 내 상상은 결국 헛방귀다운 허튼소리가 되고 말았다.

하늘이 뚫렸다. 빗소리가 그치지 않았다. 부두에는 수없이 많은 간이막사가 줄지어 섰고, 각 막사 안은 주변 지역에서 온 남녀 노동자들로 가득찼다. 언제나 노동자 몇몇이 우리 배로 달려와 성냥 몇 개비나 물통, 그릇 따위를 빌려 갔다. 나는 없다고 했지만 아버지가 있다고 하는 바람에 물건을 내줘야 했다. 빌려주고 또 빌려주다가 돌려받지 못해 결국은 대접이 하나밖에 남지 않았다. 그래서 아버지와 나는 한 대접에 함께 밥을 먹어야 했다. 나는 아버지에게 불평을 늘어놓다가 비판 대상이라고 꾸중만 잔뜩 얻어들었다. 대접 몇 개가 뭐라고 그러는 거냐? 대접을 같이 쓰는 게 우리가 지금 동풍팔호에 이바지할 수 있는 일이란 말이다. 너는 젊기까지 하니 이보다 더 큰 공헌을 할 수 있을 텐데, 어째서 날마다 갑판 위에 서서 뒷짐을 지고 멀뚱히 보고만 있는 게냐? 네 일이 아니라고 고고하게 구는 게냐? 네놈의 그런 사상은 비판 대상이야!

나는 아버지의 비판을 귓전으로 흘리는 데 이골이 나 있었다. 아버지는 내가 왁자한 구경거리를 즐긴다고만 여겼지, 지켜보는 대상이 뭍에서 가장 외로운 사람들임을 알지 못했다. 내 눈길은 그 모녀를 찾아 헤맸다. 후이셴의 어머니는 묵직한 녹색 군용우비를 걸쳐서 멀리서 보면 여자인지 남자인지 알아보기 어려웠다. 가까이 가야 비로소 병색이 완연한 여자의 얼굴이 보였다. 그녀는 길을 재촉하지도 않고 부두를 어슬렁거렸다. 만면의 피로한 기색조차 젊은 그녀의 청순한 미모를 가리지 못했다. 그녀의 눈동자에는 따뜻한 사랑스러움이 담겨 있는 한편, 누군가에게 빚을 받아내려고 벼르는 듯한 원한도 뒤섞여 있어 사람을 놀라게 했다. 내 어머니보다 감정이 풍부하면서도 침착한 사람이었다. 그녀가 바지선 쪽으로 가까이 올 때마다 무척이나 묻고 싶었다. 혹시 마차오진에서 온 건 아닌가요? 집에서 푸줏간을 하고 있지는 않나요? 성씨가 차오는 아닌가요? 그러나 막상 그녀가 시선을 보내오면 말을 걸 수 없었다. 원망 어린 그 차가운 눈빛에 무의식적으로 그녀를 피하게 됐다. 나는 그 우비가 비를 막아줄 뿐 아니라 다양한 기능을 지녔다는 사실을 알게 됐다. 우비는 유랑하는 이 가족을 지붕처럼 보호하고, 여행에 필요한 모든 짐과 그녀의 아이를 감춰주었다. 후이셴, 그 마르고 잔망스러운 아이, 오줌 따위로 더러워진 서양 인형을 안고 있는 그 아이는 느닷없이 우비 속에서 튀어나왔다 순식간에 다시 숨어들곤 했다.

유팡진에는 그 모녀가 쉴 곳이 없는 게 분명했다. 내가 보기엔 얼렁뚱땅 막사에 끼어들 요량인 것 같았다. 학교 운동장에 세워진 막사에는 커다랗고 또렷한 글씨로 '여자'라고 쓰여 있었다. 여자라면 누구나 들어갈 수 있고, 일단 들어가면 한솥밥을 먹을 수 있었다. 여자아이를 데리고 있었기 때문인지, 아니면 겁이 많아서인지, 그녀는 아이를 데리고 학교 동문으로 들어갔다가 서문으로 나오기를 반복했다. 나는 강물을 사이에 두고 저만치 부둣가를 어슬렁대는 모녀를 지켜보다 그들이 사람을 찾고 있음을 거의 확신했다. 누군가를 찾고 있다. 그러나 유팡진에 와 있는 수많은 이들 가운데 대체 누구를 찾고 있단 말인가?

마지막날에는 정말 놀라운 기세로 비가 쏟아졌다. 나는 우비로 아이를 가리고 하염없이 부둣가를 헤매는 그녀를 보았다. 계속해서 강가를 따라 걷는 모습이 산책을 하는 것처럼 보이기도 했고, 지형을 관찰하는 것처럼 보이기도 했다. 나는 모녀가 무엇을 할 생각인지 알지 못했다. 날이 어두워지면서 퍼붓던 비의 기세도 조금은 누그러졌다. 부둣가 사람들이 등불을 켜들고 야간 노동 전투를 시작하는 바람에 모녀는 이내 사람들의 물결에 잠겨 흔적 없이 사라졌다. 나는 이물 쪽에서 밥을 지어 고물 쪽의 아버지에게 가져다주면서 물었다. 마차오진의 그 이모, 아버지는 본 적 있어요? 아버지는 의아하다는 듯 나를 쳐다보았다. 넌 정말 이상한 놈이로구나. 네 엄마 보고 싶다고는 한 마디도 안 하는 놈이 뜬금없이 이모 타령이냐? 나는 이모가 보고 싶은 게 아니라 그냥 물어본 것뿐이라고 말했다. 이모 이름이 뭐였죠? 아버지는 이맛살을 찌푸리며 한참을 생각하더니 말했다. 차오리화던가 차오리핑이던가? 기억이 잘 안 난다. 어쨌거나 네 엄마랑 결혼할 때 한 번 보고는 그뒤로 전혀 보지 못했으니까. 네 엄마는 여동생하고도 벌써 갈라섰거든. 나는 조금 원망스러운 마음이 들었다. 어머니는 어째서 누구하고든 갈라서기를 좋아하는가? 그렇다면 그 이모가 내 어머니에게 의탁하려고 찾아올 리는 없었다. 그들은 내 이모와 이종사촌이 아닌 것이다. 나는 뭐라 형용할 수 없는 서글픔과 함께 제멋대로 펼쳤던 상상의 나래를 접었다.

사건은 다음날 새벽에 일어났다. 부둣가에 내리던 비가 그치고 날이 개었다. 상양 선대의 열한 척 바지선 모두 부서진 벽돌과 깨진 기왓장을 한가득 싣고 시간에 맞춰 하류로 내려갈 준비를 하던 참이었다. 그런데 난데없이 여자아이의 울음소리가 부두에 날카롭게 울렸다. 다소 짜증이 섞여 있는 듯 앳되고 카랑카랑한 그 울음소리가 확성기에서 흘러나오던 웅장한 노랫소리를 덮어버렸다. 선대 주민들은 그 여자아이가 한 손에 인형을 안고, 다른 손으로는 군용 우비를 질질 끌면서 부두로 달려오는 것을 보았다. 한 방향으로 달리는 게 아니라 미친듯이 이리저리 뛰면서 울고 있었다. 그래서 그 울음소리가 주변에 있던 모든 사람의 주의를 끌었다.

부둣가에 있던 여자 노동자 몇 명이 아이를 쫓아가며 소리를 질렀다. 뛰지 마! 뛰지 말고 그만 좀 서! 엄마는 곧 돌아오실 거야. 근처에 있던 사람이 후이셴을 알아보고 이렇게 설명을 덧붙였다. 저 애, 어젯밤부터 저렇게 울고불고 난리를 치더라고. 학교 안 막사를 온통 뒤집어놓으면서 엄마를 찾아다녔어. 아이의 엄마가 보이지 않았다. 처음에 사람들은 다들 별일 아닐 거라고, 애엄마가 어디 잠시 볼일이 있는 모양이라고 생각했다. 그러다 새벽까지도 아이 혼자 덩그마니 남겨져 있자 점점 문제를 심각하게 받아들이기 시작했다. 군용우비를 입었던 그 도시 여자가 정말 사라져버린 것이다. 몇몇 여자 노동자들은 장난감과 만터우*, 비닐 꽃 따위를 들고 후이셴에게 달려가 자신들의 모성애를 발휘했다. 그러나 후이셴은 그 모든 연민과 동정에 저항하며 죽어라 배가 있는 쪽으로 오려고 했다. 그러면서 여자 노동자들의 손을 물어뜯고 그들의 얼굴에 침을 뱉으며, 영악한 어린 짐승들이 종종 그러듯 어른들 가랑이 사이로 잽싸게 빠져나왔다. 아이가 일호선 발판으로 뛰어오르자 출렁

* 소가 없는 중국식 찐빵.

하고 흔들렸다. 아이는 그대로 멈춰 서서 발판을 향해 울부짖었다. 흔들리지 마! 난 엄마를 찾아야 해! 아이는 평행봉 위를 걷듯이 양팔을 옆으로 쭉 펴고 계속 배를 향해 뛰었다. 여자 노동자들이 아이 뒤에서 소리를 질렀다. 배 위로 올라가서 어쩌려고? 네 엄마는 배에 없어. 이 배는 사람을 태우고 오기만 하지 태우고 가지는 않아. 배에 타면 안 돼!

쑨시밍네 가족은 아이가 뱃전을 비틀거리며 걸어와 겁에 질린 눈을 커다랗게 뜬 채 선실 안을 두리번대며 엄마를 외쳐 부르는 모습을 지켜보았다. 쑨시밍이 서둘러 배 꼭대기로 달려가 끌배 쪽으로 백기를 흔들자 막 시동이 걸렸던 엔진이 다시 꺼졌다. 쑨시밍댁은 손에 들었던 일감을 내던지고 달려가 아이를 꼭 끌어안으며 물었다. 어느 집 딸내미야? 어째 배 위에서 뛰어다니는 거니? 아이는 빨간 체크무늬의 새 블라우스를 입고 머리도 새로 땋아 리본으로 묶고 있었다. 쑨시밍네 아들 얼푸는 한눈에 후이셴을 알아보고는, 자신이 엄마보다 그애의 상황을 잘 알았기에 그쪽으로 달려가 설명했다. 얘네 엄마가 안 보인대요. 얘는 뭐든 잘도 잃어버리네. 원래는 목에 군용수통을 걸고 손에는 작은 칠판도 들고 있었는데 죄다 잃어버렸나봐요!

내가 일호선으로 달려갈 때는 이미 많은 선대 주민들이 내 앞에 가고 있었다. 누군가는 강을 사이에 두고 부둣가에 있는 노동자와 그 도시 여인의 행방에 대해 토론하며 걸었다. 배 위와 부두에서는 서로 다른 두 가지 관점의 이야기가 오갔다. 대개가 농촌 출신인 부두 노동자들은 여자아이는 길러봤자 소용이 없으니 엄마가 고의로 아이를 버리고 간 것이라고 추측했다. 어떤 노동자는 부둣가란 곳이 원래 오가는 사람 많고 인심 쓰는 사람도 많은 곳이라 자기 고향에서는 딸을 버리는 장소로 특히 선호한다는 주장까지 내놓았다. 선대 주민들도 딸보다 아들을 아끼긴 마찬가지였지만 그런 추측에는 대부분 동의하지 않았다. 아마도 오랫동안 물위에서 생활하면서 빠져 죽거나 부러 강에 몸을 던져 자살하는 사람을 많이 보았기 때문일 것이다. 실종자가 나오면 선박 주민들은 불길한 생각부터 했다. 뭐든 보이지 않으면 그들은 언제나 강물 위부터 찾기 시작했다. 사람도 마찬가지였다. 나는 춘성과 아버지가, 한 사람은 배의 동쪽으로 다른 사람은 배의 서쪽으로 달려가는 모습을 보았다. 그들은 쪼그려앉아 배 아래쪽 물속을 굽어보았다. 뭘 보는지는 다들 알고 있었다. 샹양 선대 사람들은 모두 놀라 웅성댔다. 끌배의 선원까지도 기계실 꼭대기까지 올라가 손차양을 하고 주변의 수면 위를 훑어보기 시작했다. 나는 허둥지둥 오호선으로 달려갔다. 오호선 위에서는 사방으로 강물 위에 떠다니는 것들을 볼 수 있었기 때문이다. 이 일에 대한 선대 주민들의 의견은 하나였다. 아이는 엄마를 찾지 못할 것이다. 그 엄마라는 사람은 틀림없이 진쉐강에 몸을 던져 자살했을 테니 말이다.

죽은 사람의 일은 선대 주민들에게 영원한 금기였다. 그러나 이처럼 특수한 일은 겪어본 적이 없었다. 예닐곱 살 아이에게 금기 따위는 아무 소용이 없으니 말이다. 아이를 붙잡고 무슨 도리를 따질 방법도 없었다. 아이도 나름의 논리를 가지고 있었다. 엄마가 자기를 데리고 유팡진에 올 때 배를 타고 왔으니 이곳을 떠날 때도 반드시 배를 타야 한다고 주장했다. 선대 주민들이 아이에게 말했다. 얘야, 우리 배는 사람을 태우고 오기는 해도 태우고 가지는 않는단다. 네 엄마는 우리 배에 없어. 아이는 그 말을 곧이듣지 않았다. 어린 나이였지만 어른들의 허점을 잡아낼 줄도 알았다. 아이가 울며 소리쳤다. 거짓말! 배가 사람을 데려왔으니, 데려갈 수도 있을 거예요.

나는 후이셴이 쑨시밍네 지하 선실 문을 힘껏 발로 차는 모습을 보았다. 엄마가 그 선실 안에 숨어 있다고 생각해 문을 차서 엄마를 밖으로 나오게 하려는 듯했다. 얼푸가 달려가 아이를 붙들었다. 그러지 마! 선실 문 다 망가지겠다. 망가지면 네가 물어내야 돼! 쑨시밍댁이 아들을 밀어내더니 아예 선실 앞문과 뒷문을 활짝 열어 아이가 들여다볼 수 있게 해주었다. 자, 네가 직접 보려무나, 안에 사람이 있는지 없는지. 안에는 벽돌뿐이야.

아이는 갑판 위에 무릎을 꿇고는 고개를 쑥 들이밀어 칠흑같이 어두운 지하 선실 안을 두리번거렸다. 엄마, 아래 있는 거지? 엄마, 이제 그만 나와! 어서 밖으로 나와!

엄마를 애타게 부르는 아이의 목소리가 구슬펐다. 선대 주민들은 더이상 듣지 못하겠어서 서로 얼굴만 마주보았다. 이 일을 어쩌면 좋아? 애가 어려서 무슨 말을 해도 알아듣지를 못하니, 뭐라 말해줄 수도 없고! 더성댁이 눈물을 훔치며 고개를 돌리고 더성을 보았다. 그가 말했다. 나를 보면 어쩌자고? 내가 무슨 용왕님도 아니고, 물에 빠진 귀신을 어떻게 건져내겠어? 더성댁은 깜짝 놀라 그의 입을 틀어막으며 말도 꺼내지 못하게 했다. 그러고는 고개를 숙여 세차게 흐르는 진췌강 강물을 굽어보았다. 강물을 보다가 문득 마음이 북받쳤는지 이렇게 말했다. 다 올해 비 탓이야. 다 올해 물이 많은 탓이지. 강물이 어쩜 이렇게 불었대? 이 물이 사람을 해친 거야. 다들 여기 한번 서서 봐요. 물이 이렇게 가까워요. 강물은 이렇게 깊고 사람은 이렇게나 작아서, 그만 잘못된 생각이 드는 거죠. 여기 뛰어들고 나면 모든 근심이 다 사라진다, 그런 생각이 드는 거지.

끌배가 기적소리를 짧게 몇 번 울려왔다. 서둘러 아이 문제를 해결하기를 바란다는 신호였다. 그러나 이 문제를 해결할 사람은 아무도 없었다. 주민들이 쑨시밍의 배로 몰려들었다. 육손이 왕씨는 강물을 따라 흘러내려가는 나뭇가지와 나뭇잎을 살펴 유속을 가늠해보더니 갑자기 이렇게 말했다. 벌써 우푸진을 지났겠구먼. 틀림없이 우푸진을 지났을 거야. 주민들은 처음에 그게 무슨 말인가 의아해하다가 곧 알아듣고는 서로 얼굴만 쳐다보았다. 아이 엄마가 강에 몸을 던졌다면 시신이 벌써 우푸진 방향으로 흘러갔으리라는 의미였다. 쑨시밍댁은 한 손으로 아이를 꼭 잡아끌면서 울분을 토하며 소리쳤다. 세상에 어디 이렇게 독한 어미가 다 있어. 이렇게 어린애를 내버리고 자기 혼자 가버려? 이 땅에는 간부가 있고 물속에는 용왕님이 계시니, 그런 사람을 챙기실 거야. 어디로 도망가든 틀림없이 꽁꽁 묶어서 되돌려보낼 거라고. 쑨시밍댁은 자신의 넋두리가 아이의 화를 돋울 줄은 생각지 못했다. 아이는 쑨시밍댁의 손을 뿌리치더니 그 작은 손으로 쑨시밍댁의 팔을 때리며 성난 목소리로 고함을 질렀다. 아줌마나 묶여요! 아줌마나 꽁꽁 묶이라고요!

처음에 그애는 나를 알아보지 못했다. 선대의 아낙들이 앞다퉈 환심을 사려 했지만 아이는 누구도 원하지 않았다. 그렇게 많은 아낙들이 모여들어 양팔을 활짝 벌리고 뜨겁게 맞아주는데 아이는 단 한 사람도 상대해주지 않았다. 아이는 마치 쑨시밍의 지위를 알아차리기라도 한 듯 겁에 질린 모습으로 쭈뼛쭈뼛 그의 곁에 가서 섰다. 아이의 선택에 약간 놀란 쑨시밍은 주민들에게 괜한 입방정 들 떨지 말라는 눈치를 주고, 아내에게 사탕을 가져와 아이에게 주라고 했다. 쑨시밍댁은 평소에 인색하기 그지없었지만 그애에게는 한껏 인심을 쓰며 사탕 한 알을 입에 넣어주었다. 아이는 순순히 입을 벌려 사탕을 받아 물고 몇 번 빨다가 문득 눈빛을 반짝였다. 나를 알아본 것이다. 나를 가리키며 큰 소리로 외쳤다. 바로 저 사람이에요. 우리 엄마가 저 사람 배를 탔어요!

나는 변명할 틈도 없이 황급히 달아났다. 아이가 쫓아왔다. 아이가 왜 나를 쫓는지는 알았지만, 왜 내가 달아나야 하는지는 알 수 없었다. 나의 과민반응이 다소 황당한 장면을 연출하며 선대 전체가 흔들리는 하나의 도주로가 되었다. 주민들은 갑판과 갑판을 누비면서 서로 쫓아다니고 고함을 쳐댔다. 뛰지 마! 뛰지 말라고! 하지만 모두가 뛰고 있었다. 뛰면서 계속 돌아보았다. 아이가 강물로 떨어지지는 않을까 걱정스러웠기 때문이다. 그러나 아이의 평형감각은 놀라울 정도였다. 복수의 정령이라도 된 것처럼 아이는 나를 쫓아 낯선 배의 갑판 위를 날듯이 내달렸다.

주민들이 순식간에 우리 이물로 옮겨왔다. 거기에는 많은 사람이 설 수 없었기 때문에 몇몇은 잉타오네 고물 쪽에 섰다. 주민들은 내가 선실로 뛰어들어가 벽돌들을 갑판으로 내던지는 모습을 지켜보았다. 나는 벽돌을 내던지며 아이에게 말했다. 네 눈으로 똑똑히 봐! 기왓장과 벽돌뿐이라고. 어떤 기왓장이 네 엄마인지, 어떤 벽돌이 네 엄마인지 똑똑히 보란 말이야. 아이는 갑판 위로 날

아드는 벽돌들을 피하며 발을 굴렀다. 우리 엄마는 기왓장이나 벽돌이 아니야! 너네 엄마나 그렇겠지! 쑨시밍이 내게 소리를 질렀다. 둥량아, 어린애랑 입씨름하지 마라. 도대체 어쩐 일이냐? 저애가 널 아는 것 같은데. 선대 주민들에게 해명하려고 고개를 돌리는데 선실에서 아버지가 머리를 비죽 내밀었다. 아버지는 분노와 절망이 어린 눈빛으로 나를 노려보았다. 둥량아, 대체 무슨 짓을 한 거냐? 이렇게 많은 사람들이 왜 널 에워싸고 있어? 내 혀가 세 개라도 이 순간의 억울함을 다 말할 수는 없을 것이다. 나는 선대 주민들에게 화풀이를 하고 말았다. 그들을 향해 버럭 소리를 질렀다. 이렇게 다들 우리 배로 몰려와서 어쩌자는 거예요? 다 꺼져요!

인내심이 바닥났다. 맨 앞의 끌배도 인내심이 바닥났던지 갑자기 미친듯이 기적소리가 울어댔다. 끌배 선원이 독단으로 출항한 것이다. 선대의 바지선 열한 척이 마치 봄 내음을 맡고 겨울잠에서 깨어난 구렁이들처럼 강물 위로 스르르 미끄러지기 시작했다. 너무 순식간의 일이라 주민들은 그대로 쪼그려앉았다. 더성댁이 달려와 아이를 안고 뱃머리 한쪽에 비스듬히 누웠다. 쑨시밍은 끌배 쪽으로 소리를 질렀다. 출항하지 마! 아직 하지 말라고! 어린애가 아직 배에 있다고! 선원들은 모두 기관실로 들어간 모양이었다. 자기들끼리 뭐라고 상의하는 소리가 확성기를 통해 새어나왔다. 그리고 누군가 확성기를 잡았는지 테스트하는 소리가 나더니 이내 고함소리가 들려왔다. 왜 이리 시끄러워? 거기 뒤에 떠들지 마요. 여자애 하나 때문에 벌써 삼십 분이나 소란을 피웠다고. 다들 바보야? 누구든 운행을 방해해서 작업이 늦어지면 생산에 지장이 생겨. 생산에 지장을 주는 건 반혁명이야! 잡히면 총살감이라고!

소파

1

후이셴은 우리 배에 타서 아버지의 소파 위에 앉아 있었다. 걸핏하면 짜증을 내고 완전히 제멋대로인데다 식탐까지 있어 우리 배의 주전부리를 다 먹어치우고, 그걸로도 모자라 소파 위에 척 눌어붙어서 누가 잡아당겨도 절대 일어나지 않았다. 이것이 후이셴에 대한 나의 첫인상이었다. 두말할 것도 없이 전혀 좋지 않은 인상이었다.

그 스펀지 소파 이야기를 해보자. 푸른 바탕에 노란 해바라기 꽃잎이 흩뿌려진 무늬의 코듀로이 소파였다. 자세히 들여다보면 공공기물로 사용된 흔적이 역력했다. 소파의 목재 팔걸이 부분에는 여러 사람의 담뱃불에 지져진 흔적들이 눈에 띄었고, 등판의 즈크천에는 '혁명위원회가 좋다'라는 문구가 또렷이 남아 있었다. 상양 선대 주민들은 의자 하나도 없는 경우가 많았기 때문에 우리집 소파는 아주 오랫동안 선대 내 최고 사치품으로 인정받았고, 강철 자석처럼 아이들의 엉덩이를 끌어당겼다. 그래서 나는 소파의 주권을 지키기 위해 아주 힘겨운 투쟁을 벌여왔다. 선대 아이들은 소파 때문에 칠호선으로 달려와 때로는 완곡하게 때로는 노골적으로 내게 부탁했다. 나 소파에 한 번만 앉게 해주라! 딱 한 번만, 안 될까? 나는 언제나 결연한 태도로 고개를 저었다. 안 돼! 앉으려거든 2자오*를 내.

후이셴이 칠호선에 올라탄 뒤로 소파에 대한 내 엄격한 관리는 엉망진창이 되었다. 어떻게 이 가엾은 아이에게 돈을 내놓으라고 할 수 있겠는가? 모든 규칙이 그애 때문에 깨져버렸다. 칠호선 뒤쪽 선실 유리창에 그 작은 얼굴과 코를 갖다붙이고 고집스럽게 자기 엄마를 찾던 모습을 기억한다. 우리 뒤쪽 선실은 바지선의 모든 선실 가운데 가장 어수선하면서도 신비로웠다. 선실 벽에는 덩사오샹 열사의 초상이 붙어 있었다. 신문지에서 오려낸 열사의 얼굴은 흐릿했고, 그래서 더욱 신비롭고 유서 깊어 보였다. 후이셴은 창문 너머로 열사의 초상을 유심히 들여다보다가 갑자기 입을 열었다. 저건 죽은 사람이잖아! 그애가 거침없이 내뱉은 말에 다른 아이들은 모두 놀라 펄쩍 뛰며 내 반응을 살폈다. 내가 말했다. 나를 왜 쳐다봐? 걔 말도 틀린 건 아니지. 열사는 모두 죽은 사람이라고. 안 죽고 어떻게 열사라 불리겠어? 그런 뒤에 후이셴은 소파를 발견했다. 저건 소파네. 스펀지 소파! 아버지가 마침 소파에 앉아

* 1자오(角)는 1위안(元)의 10분의 1.

무릎 위에 책 한 권을 펴놓고 있다가 고개를 들고 아이를 향해 미소 지었다. 기본적인 예의를 표한 것이다. 밖에 있던 많은 아이들이 후이셴의 바람을 대변해주었다. 얘가 소파에 앉고 싶대요. 얘가 아저씨 소파에 앉고 싶대요! 아버지는 자리에서 일어나 시원시원한 몸짓으로 소파를 가리켰다. 이 소파에 앉고 싶으냐? 와서 앉으렴. 때마침 초대를 받은 후이셴은 눈물을 훔치더니 그대로 선실 안으로 뛰어들었다. 우리는 그애가 내지르는 소리를 들었다. 소파야, 소파. 우리 아빠 소파라고!

후이셴이 무슨 소리를 하는지 알 수 없었다. 그게 왜 자기 아빠 소파라는 걸까? 어린아이는 아무 생각 없이 말을 내뱉으니 따로 따지지는 않았지만 나는 마음속으로 여러 생각이 들었다. 그애 아빠는 아마 소파에 앉았던 사람일 것이다. 간부가 아니면 대도시 시민이겠지. 나는 작은 새가 둥지로 날아들 듯 사뿐히 뛰어올라 소파를 점령한 그애를 지켜보았다. 그런데 밖에 있던 주민들이 웬일인지 박수소리를 높이 울리며 자기네끼리 수군대기 시작했다. 그들은 우리 부자의 행동을 유심히 지켜보았고, 아버지의 행동은 그들의 예측대로였다. 아버지는 손을 늘어뜨린 채 한쪽으로 비켜섰다. 늙은 왕이 다스려온 오랜 왕국의 보좌를 어린 소녀에게 양위하듯. 그리고 주민들은 내 태도를 주시했다. 후이셴은 일종의 시금석이었다. 아이들은 내 공정성을 시험하고자 했고, 어른들은 내 자비심과 선량함을 보고 싶어했다.

애초에 나는 매우 공정하게, 사나운 태도로 후이셴을 끌어내려 했다. 손이 허공을 움켜쥐었을 때, 그러니까 그애의 땋은머리를 거의 움켜쥘 뻔했을 때, 왠지 모르게 손에 힘이 빠지면서 나는 처음으로 자비심과 선량함의 포로가 되었다. 내 소임을 포기하고 소파 위로 뛰어오르는 그애의 모습을 빤히 지켜보기만 했다. 아이는 한쪽 발을 소파 팔걸이에 올리고는 아주 익숙하게 몸을 묻었다. 작은 얼굴에 기쁨과 만족감이 스쳐지나갔다. 바로 그 순간 아이는 엄마의 일을 잠시 잊은 게 틀림없다. 그애가 아줌마 같은 말투로 중얼대는 소리가 들렸다. 피곤해 죽겠네. 그러고는 궤짝 위에 놓인 과자상자를 똑바로 쳐다보며 말했다. 배고파 죽겠네. 아버지는 얼른 과자상자를 가져다주었다. 그애는 마파람에 게 눈 감추듯 과자를 모두 먹어치우고 상자를 아버지에게 돌려주었다. 과자가 왜 이렇게 눅눅해요? 맛없어요. 그러고는 나를 보다가 눈을 감고 또 나를 보다가 눈을 감기를 반복했다. 얼마 지나지 않아 무거운 졸음이 그애의 눈꺼풀을 붙여버렸다.

나는 한쪽에 서서 말했다. 발은 내려놓지. 앉으려면 똑바로 하고. 괜히 소파 더럽히지 말고 어서 발 내려놔.

후이셴은 벌써 두 눈을 딱 붙인 채 내 말 따위 들은 척도 하지 않았다. 여전히 팔걸이 위에 발을 올린 채 한 번 앞으로 내찼을 뿐이다. 빨간 헝겊신에는 진흙이 잔뜩 묻어 있었다. 한쪽 양말은 복숭아뼈에 걸려 있고, 다른 한쪽은 신발 안까지 벗겨져 있었다. 나는 곁에 서 있는 아버지를 돌아보았다. 애가 피곤에 지쳤구나. 그냥 소파에서 자게 두자꾸나.

나는 반대하지 않았다. 고개를 돌려 선실 창밖을 보니 얼푸와 다융이 나란히 창에 얼굴을 붙인 채, 한 놈은 우스꽝스러운 표정을 지어 보이고 다른 놈은 군침을 삼키고 있었다. 둘 다 이 불공평한 상황에 분개하는 얼굴이었다.

소녀 후이셴은 신비한 선물처럼 하늘에서 내려와 강물 위로, 샹양 선대로, 우리 칠호선으로 뚝 떨어졌다. 너무도 갑작스러워 좋은 선물인지 나쁜 선물인지조차 알 수 없었다. 샹양 선대의 모두에게 주어진 선물이기에 주민들은 지극한 관심을 보였다. 다만 한동안은 이를 어떻게 누려야 할지 몰라 당황했을 뿐이다. 선대의 수많은 여자들과 아이들은 모두 알 수 없는 흥분에 휩싸여 물고기떼마냥 줄지어 칠호선을 드나들었다. 수많은 머리통들이 앞다퉈 우리 선실 유리창에 붙어 이 희한한 작은 동물을 관찰하고 주시했다. 후이셴은 큰 대자로 누워 아버지의 소파에서 곤히 잠들었다. 내가 신발을 벗겨주려 하자 아버지는 애를 깨우지 말라며 주의를 주더니 궤짝 안에서 스웨터를 꺼내 가만가만 덮어주었다. 어른 남자의 스웨터는 어린아이의 몸을 포옥 감싸서 꼭 담요처럼 보였다. 나는 선실 입구로 갔다가 밖에서 아낙들이 속닥거리는 소리를 들었다. 아버지를 칭찬하는 중이었다. 쿠 서기님이 저렇게 자상하신 분인 줄 몰랐네. 내가 선실에서 튀어나오자 그들은 또 나를 칭찬하기 시작했다. 둥량이, 제법이구나. 생긴 건 험상궂은데 마음은 착하다니까. 철이 없고 뭘 모르는 아이들만 죄다 달려와 나한테 시비를 걸었다. 사내아이들은 비열한 눈초리로 나를 노려봤는데, 싫은 소리를 하고 싶지만 워낙 말주변이 없어 뭐라고 내뱉지 못하는 눈치였다. 멜대보다 키는 작아도 이미 질투심은 타는 불처럼 강했던 육호선의 잉타오만이 선실 안으로 머리통을 쑥 들이밀고는 따지는 듯한 눈길로 노려보며 대놓고 나를 비판했다. 쿠둥량, 네 행동은 전혀 공정하지 않아. 우리가 너희 소파에 앉고 싶다고 할 때는 잠시도 안 된다고 하더니, 저애는 소파에서 잠까지 자는데 왜 2자오를 안 받아?

나는 선실 입구를 지키고 선 채 잉타오와의 입씨름은 아랑곳하지 않았다. 그저 뜨겁게 달궈진 솥 위의 개미처럼 소파 주변을 서성대는 아버지의 모습에 주의를 기울였다. 소파를 떠난 아버지는 더이상 갈 곳이 없어진 것 같았다. 그러면서 소파 위의 여자아이를 유심히 바라보았다. 조금은 초조하고, 조금은 난처하며, 또 왜인지 조금은 열없어 보이는 눈빛이었다. 아버지는 내 야전침대 위에 잠깐 걸터앉았다 다시 바닥에 내려섰다가 안절부절못했다. 그러다 갑자기 내게 손을 휘휘 내저었다. 둥량아, 우리 밖으로 나가자. 아예 이 방을 저애한테 내주자꾸나.

2

아버지는 결국 선실 밖으로 나갔다. 밖으로 나가는 그의 손에는 『반 듀링론』이 들려 있었다.

선대 주민들은 오랫동안 아버지가 밖으로 나오는 모습을 보지 못했다. 온종일 햇빛이 들지 않는 선실 안에서 생활했기 때문에 아버지의 얼굴은 날이 갈수록 창백해졌다. 배에서 생활하는 대부분의 남자들이 볕에 그을려 반질반질 까만 얼굴을 한 것과는 하늘과 땅 차이였다. 그가 밖으로 나서자 사람들은 조건반사적으로 뒤로 물러났다. 아버지는 왜 그들이 뒤로 물러나는지 알고 있었다. 입으로는 사람들을 향해 인사를 하면서, 얼굴에는 난처함이 떠오르고 눈동자에는 겸연쩍은 기색이 가득했다. 아버지는 육손이 왕씨에게 말을 걸었다. 라오왕, 오늘은 날씨가 나쁘지 않네. 육손이 왕씨는 강물 위의 어둑한 하늘을 바라보며 대답했다. 나쁘지 않기는요. 상류 쪽은 이미 어두워졌는데요. 곧 비가 내릴 것 같습니다. 아버지는 상류 쪽 하늘을 보더니 더 겸연쩍은 기색이 되었다. 그렇구먼. 내 눈이 좋지 않아서. 저쪽 하늘이 벌써 저렇게 어둑하니 곧 비가 올 것 같네. 어른들에게는 열과 성을 다해 인사하고 아이들을 빠뜨린 게 마음에 걸렸는지 아버지는 얼푸에게 다가가 머리를 톡톡 쳤다. 얼푸, 오랜만이구나. 또 키가 자란 모양이네. 얼푸는 목을 움츠리고 아버지의 손을 피하며 투덜댔다. 저 전혀 안 컸는데요. 고기를 못 먹는데 어떻게 키가 크겠어요? 아버지는 난감한 기색이 역력했다. 그렇게 선실 앞에 서서 사람들이 인사말이라도 건네주기를 기다렸다. 쑨시밍이 그나마 몇 마디 관심어린 말을 건넸다. 쿠 서기님 나오셨네요? 진작 나와서 바람도 쐬고 그러시지. 매일 선실에만 있으면 몸에도 안 좋다고요. 더성댁이 그나마 말발이 있는 편이었다. 쿠 서기님, 알아보지도 못할 뻔했네요. 밖에서 폭죽을 터뜨리고 온갖 소란을 다 떨어도 안 나오시더니, 저 가엾은 어린것이 결국 서기님을 밖으로 나오게 했네요.

나는 그 곁에서 아주 세세히 지켜보았다. 그들은 결국 선대 사람이다. 자신의 눈빛을 감출 줄 몰랐고, 그 눈빛은 천기를 누설했다. 남녀노소 누구든 그들의 눈길은 나침반의 바늘처럼 일제히 아버지의 바짓가랑이 사이로 쏠렸다. 호기심인지 외설적 관심인지, 모두의 눈길이 아버지의 바짓가랑이 사이를 인정사정없이 샅샅이 훑어 내렸다. 아버지는 스포트라이트를 받으며 무대 위에 벌거벗은 채 선 어릿광대 같았다. 아버지는 회색 비닐론 섬유로 된 긴 바지를 입고 있었다. 단추도 제대로 잠겨 있고 주름도 자연스러워 모든 것이 정상으로 보였다. 선대 주민들은 아무것도 발견하지 못했지만 포기하지 않았다. 여전히 두 눈을 통방울처럼 크게 뜨고 비닐론 섬유를 뚫어져라 노려보았다. 그렇게 해서라도 아버지의 반쪽 난 음경의 비밀을 직접 눈으로 확인하고 싶었던 것이다. 결국 아무것도 발견할 수 없었던 그들은 상상력만 더욱 끌어올려, 다들 얇은 홑겹 천을 벗겨내는 상상에 열중했다. 나는 육손이 왕씨와 춘성이 서로 마주보며 눈짓을 주고받는 모습에 주의를 집중했다. 둘은 눈썹을 치켜세우고 눈망울을 뒤룩거렸다. 몇몇 아낙들의 눈빛은 의미심장했다. 그들의 시선은 좀더 바삐 움직였는데, 아버지의 아랫도리를 순식간에 스치고 다른 곳으로, 예를 들면 저기 강기슭 어딘가로 달아났다가 또 재빨리 제자리로 돌아왔다. 잉타오 엄마가 끌어안은 잉타오의 얼굴을 가리고 남은 손으로는 웃음 띤 자기 입을 가리는 것을 보았다. 잉타오는 무슨 일인지 몰라 제 엄마의 소맷자락을 끌어당겼다. 엄마, 뭘 보고 웃는 거야? 잉타오 엄마가 무서운 얼굴을 하고 딸에게 알밤을 먹였다. 무슨 소리야? 누가 웃어? 내가 언제 웃었다고?

아버지는 어두워진 얼굴로 어지럽게 날아드는 사람들의 시선을 맞고 있었다. 나는 아버지가 허리를 구부리는 모습을 보았다. 그래봤자 소용없는 일이었다. 그의 부끄러움은 숨을 곳이 없었다. 갈피를 잡지 못하고 늘어져 있던 그의 손이 『반 듀링론』으로 바짓가랑이를 가리려 했다. 물론 『반 듀링론』은 아무 소용도 없었다. 한 권의 책으로 아버지의 치부와 오욕을 가릴 수 없었으니까. 나는 분노했다. 내 분노는 선대 주민들의 야만스러움뿐 아니라 아버지의 비겁함과 나약함에 대한 것이기도 했다. 나는 다가가서 아버지를 선실 문 쪽으로 밀며 소리쳤다. 내려가요. 그만 내려가라고요! 아버지가 아들에게 명령하듯이 그렇게 고함을 질러댔다. 내려가요. 가서 책이나 들여다보라고요! 내 말뜻을 알아들은 아버지는 뒷걸음으로 선실 문 앞까지 물러나 이러지도 저러지도 못하고 돛의 그림자 속에 서 있었다. 나는 다른 주민들도 쫓아내기 시작했다. 먼저 다융을 밀었다. 꺼져, 꺼지라고! 우리 배에 서 있지 마! 왜 툭하면 우리 배에 와서 뭉개는데? 다융을 민 후에는 그 여동생을 밀쳤다. 꺼져! 너희 오호선으로 당장 꺼지란 말이야! 내가 이렇게 노발대발하자 쑨시밍네는 눈치 있게 슬슬 우리 갑판에서 물러나기 시작했다. 우린 그만 가야겠네. 모두들 그만 가지. 선실 안에 그 가엾은 어린것이 있으니 좀 자도록 해주자고. 잉타오 엄마도 딸을 끌고 갔다. 그러나 내 태도가 꽤 불만스러워 어떻게든 복수를 해야겠다 싶었는지 자리를 뜨기 전에 야릇한 말을 던졌다. 부자가 남의 집 딸내미를 선실 안에 감춰두고 사람들을 다 내쫓네. 도대체 무슨 짓을 하려고? 잉타오 엄마의 이 악독한 말을 듣고 내가 어떻게 반격할지 몰라하자 듣다 못한 더성댁이 큰 소리로 말했다. 잉타오 엄마, 그런 말 하다가 풍이라도 맞을까 겁나네. 내일 당장 입 비뚤어지면 어쩌려고?

파도가 연달아 한바탕 지나간 뒤에야 칠호선은 마침내 조용해졌다. 신비로운 선물 하나가 고요 속에서 나를 향해 펼쳐졌다. 선실 안의 소파는 마치 또하나의 배처럼 낯선 손님을 태우고 하류로 미끄러져 내려갔다. 선대가 오리농장을 지나자 강폭이 한층 넓어지고 오가는 배는 적어졌다. 고물을 때리는 물소리가 배 위의 고요를 더욱 두드러지게 했다. 뒤쪽 선실에서 잠든 아이는 꿈에 놀랐는지 문득문득 소리를 질렀다. 엄마, 엄마 어디 있어? 그 또렷한 잠꼬대에 우리 부자는 깜짝 놀랐지만 다행히 아이는 아직 꿈속에 있었다. 초조한 듯 몸을 뒤채더니 다시 잠이 들었다. 나는 아이의 양말 한 짝이 벗겨져 떨어지는 모습을 보았다. 작은 발이 내 쪽을 향해 살짝살짝 흔들리면서 흐릿한 흰빛을 반짝였다.

우리는 파수꾼처럼 선실 문 앞에 서서 깊이 잠든 작은 여자아이를 지켰다. 아버지는 생각이 많은 모양인지 말이 없었다. 스스로의 부끄러움 속으로 가라앉은 건지, 소파 위의 아이를 걱정하는 건지는 알 수 없었다. 이런 장면이 연출될 때 내가 먼저 말을 꺼내는 건 불리했다. 무슨 말을 하든 내가 틀린 것이 되므로 아버지가 먼저 말을 꺼내기만 기다렸다. 예상대로 아버지가 먼저 침묵을 깨고 내게 물었다. 저애 엄마는 죽은 거냐? 내가 말했다. 아마도 죽었겠죠. 강에 뛰어들어 자살한 것 같아요. 아버지는 신음소리 같은 것을 내더니 말했다. 자살은 도피에 불과해. 자기 자신은 벗어났다 해도 저 어린아이는 고생길이 훤하지.

배가 루차오촌을 지났을 때 더성 부부가 와서 아이의 상황을 물었다. 왜 그런지 한 사람은 기쁜 낯을 감추지 못했고 다른 한 사람은 꿍꿍이가 있는 듯했다. 더성댁이 내게 물었다. 애는 착해? 내가 말했다. 아직 자고 있어요. 저렇게 죽은듯이 자는데 착한지 안 착한지 어떻게 알겠어요? 더성이 나를 쳐다보고 아버지를 쳐다보더니 갑자기 교활한 표정을 지으며 제 아내를 앞으로 밀었다. 자네 쿠 서기님한테 할말이 있지 않았던가? 사람들 없을 때 어서 말하라고! 더성댁이 남편을 흘겨보며 말했다. 사람이 농담한 것을 가지고 어째 진지하게 받아들이고! 내가 말하면 쿠 서기님이 비웃을 텐데.

아버지는 영문을 모르고 더성 부부의 얼굴만 쳐다보았다. 할말이 있으면 하세요. 명색이 맞닿은 배에 사는 이웃인데 남처럼 굴지 말고. 더성댁이 수줍어하며 선실을 가리키면서 입을 가리고 웃었다. 별거는 아니고요, 저 여자애를 보니 어쩐지 어릴 적 생각이 나서요. 저도 어릴 적에 부모님이 부두에 버렸거든요. 우리 시어머니가 나를 거두어 배에서 키웠지요. 그렇게 커서 여기 이 사람한테 시집도 왔고요. 시어머니가 참 지혜로우셨죠. 좋은 일도 하고 그 참에 며느릿감도 구하고. 더성이 옆에서 아내를 재촉했다. 할말이 있음 얼른 하지 뭘 그렇게 변죽만 울리고 있어? 더성댁은 남편을 한 대 때리며 말을 이었다. 이래야 이야기를 확실히 할 수 있으니 그러지! 그러고는 아버지에게 말했다. 쿠 서기님, 괜한 참견이라고 생각하지 마시고요, 제가 보기에는 저애가 여기 칠호선이랑 나름 인연이 있는 것 같아요. 지금 이 배에 있는 세 사람이 사실은 다 같은 팔자 아닙니까. 그러니까, 쿠 서기님 어머니는 혁명을 위해 희생당하셨고, 둥량이는 엄마가 있기는 하지만 달아나버렸고, 저 가엾은 어린것은 엄마가 아예 강에 몸을 던져 자살했고. 다 불쌍한 사람들이니 그것도 다 인연 아니겠어요! 더성이 인내심을 잃고 아내를 노려보았다. 해도 다 넘어갔어. 아직도 변죽만 울리는 거야? 인연이고 뭐고, 할말이나 얼른 하라고. 더성댁은 재촉당해 허둥지둥 잠시 할말을 잃었다가 결국 입을 열었다. 쿠 서기님, 쓸데없는 참견이라고 생각 마시고 들어보셔요. 이 배에는 여자가 없지요. 여자가 없어서는 안 되는 법이지요. 만약 저 어린것을 이 배에 두면 나중에 커서…… 더성댁은 더이상 말을 잇지 못했다. 아버지가 당황한 나머지 말을 잘랐기 때문이다. 아닙니다, 아니에요. 우리는 민며느리 안 키웁니다. 아버지는 더성 부부를 향해 끊임없이 손을 내젓고는 쓴웃음을 지으며 말했다. 나도 두 사람의 호의는 잘 알겠지만, 그건 법과 제도를 잘 몰라서 하는 말 같습니다. 아이 하나를 거두는 것은 고양이나 강아지를 거두는 것과는 다릅니다. 아주 복잡한 일이에요. 등록도 해야 하고 조사도 받아야 하고. 누구네 집에 맘대로 그냥 머무르게 할 수 있는 일이 아니란 말입니다. 저 아이가 어린것은 둘째치고, 다 큰 처자라 해도 우리 배에 안 둘 겁니다!

더성댁의 말 때문에 나는 얼굴이 시뻘게졌다. 도대체 무슨 생각으로 이런 꾀를 낸 걸까. 더성댁은 흰자위가 보일 정도로 남편에게 눈을 흘겼다. 거봐, 내가 뭐랬어. 쿠 서기님은 절대 동의하지 않을 거라고 했잖아. 괜히 망신만 샀네! 그러고는 나를 흘깃 돌아보며 아쉬워했다. 부자가 여자 보는 눈이 없네. 저애가 자라면 틀림없이 대단한 미인이 될 텐데. 더성댁은 한숨을 내쉬더니 뒤쪽 선실 안으로 머리를 들이밀고 달게 쉬는 아이의 숨소리에 귀기울였다. 그렇게 한참을 듣다가 만감이 교차하는 듯 말을 뱉었다. 저애는 참으로 명줄이 질길 거야. 아비어미가 없어도 잘살 것이고. 들어들보셔요. 코도 드렁드렁 우렁차게 고네. 꼭 새끼 돼지처럼.

더성 부부는 아이 몫으로 옥수수 몇 개를 남기고 서둘러 돌아갔다. 강 위 하늘이 순식간에 깜깜해졌다. 어둑한 밤의 장막이 시나브로 드리우고 비구름이 온 하늘을 뒤덮어 강기슭까지 시커메졌다. 우리 뒤쪽 선실도 깜깜해졌다. 아이는 아직도 자고 있었다. 우리 부자 사이에 문득 기괴한 분위기가 감돌았다. 아버지는 뭔가를 해명하려 했지만 어디서부터 말을 꺼내야 할지 모르는 눈치였다. 나도 뭐라고 말을 하고 싶기는 했지만 아무래도 부끄러워 입을 다

물고만 있었다. 아버지는 선실 기둥에 석유등을 매달고 심지를 돋웠다. 선실 안이 환해지자 아버지의 얼굴에 떠오른 초조하고 불안한 기색을 볼 수 있었다. 아버지는 허리를 굽히고 뒤쪽 선실의 아이를 내려다보다 갑자기 말을 뱉었다. 안 돼! 이럴 수는 없어. 나쁜 일은 미연에 방지해야 하는 법이야!

나는 미심쩍은 눈으로 아버지를 바라보았다. 무슨 말씀을 하시는 거예요? 무슨 나쁜 일을 미연에 방지해요?

아버지가 말했다. 해가 져서 밤을 보내야 하니 저 아이를 우리 배에 둘 수 없겠어.

아버지의 생각을 눈치챈 나는 피가 식고 온몸에 소름이 돋았다. 등불 빛을 받은 아버지의 얼굴을 보니 나중 일을 심각하게 걱정하는 듯했다. 왜 날 그렇게 보는 거냐? 아버지는 불만에 찬 내 표정을 보고는 손을 휘휘 내저으며 말했다. 네가 아직 잘 몰라서 그러는데, 이런 어린아이라도 여자는 여자야! 우리 배에서 여자가 밤을 지낼 수는 없지. 우리는 이애를 내보내야 해!

어디로 내보내요? 내가 아버지에게 물었다.

조직으로 보내야지. 그러나 아버지는 그 말을 뱉자마자 상양 선대에 조직 따위 존재하지 않음을 깨닫고 고쳐 말했다. 쑨시밍의 배로 보내야지. 그가 이 선대 대장이니 말이다.

나는 무슨 일이든 남녀 관계와 얽히면 큰 문제가 된다는 사실을 알고 있었기 때문에 아버지의 계획에 따르지 않을 수 없었다. 나는 선실로 내려가 후이셴에게 양말을 신겨준 뒤 아이의 발을 툭툭 쳤다. 일어나, 가자. 잠에서 깬 아이는 발로 나를 걷어차며 툴툴댔다. 귀찮게 하지 마. 더 잘 거야. 그러고는 고개를 옆으로 돌리며 다시 자려고 했다. 내가 말했다. 더 못 자. 날이 어두워졌다고. 우리집에는 호랑이가 있어서 밤에 나타나 널 물어버릴걸. 아이가 후다닥 일어나 앉아 나를 노려보았다. 거짓말이지? 호랑이가 어디 있어? 거짓말. 아이가 다시 소파에 몸을 묻으려고 하기에 나는 상자를 짊어지듯 그 보드랍고 작은 몸뚱이를 내 등짝 위로 들쳐업었다. 아이의 몸이 내 등짝 위에서 몇 번 몸부림치다 조용해졌다. 잠에서 깨니 또 엄마 생각이 나는 모양인지 내게 이렇게 명령했다. 그럼 얼른, 나 업고 엄마 찾으러 가자. 내가 말했다. 넌 도무지 철이 없구나. 네 엄마는 너를 피해서 숨은 거야. 그리고 나는 네 엄마가 어디로 갔는지 몰라. 대장님은 아실 테니 그리로 데려다줄게. 조직에서 네 엄마를 찾아주겠지.

어두운 밤하늘 아래, 나는 후이센을 업고 쑨시밍네 배로 갔다. 바지선의 선장등이 모두 빛나고 있었다. 내가 아이를 업고 육호선을 건너가자 그 가족들이 모두 나를 붙잡고 어디로 가는지 물었다. 내가 대답했다. 날이 어두워졌으니 쑨시밍 아저씨네로 얘를 데려다줄 거예요. 육손이 왕씨네 딸들이 후이센을 붙잡고는 아이가 귀엽다고 수선을 떨면서 자기네 배에 놓고 가라고 했다. 같이 밤을 보내겠다는 거였다. 내가 말했다. 안 돼. 이 배는 새둥지보다 더 시끄러운걸. 그리고 너희 같은 계집애들이 조직이라고 할 수도 없잖아. 얘는 쑨시밍 아저씨네에 데려다줄 거야.

일호선의 쑨씨네 가족은 막 저녁식사를 마친 참이었다. 쑨시밍 댁은 어슴푸레한 선장등 아래서 그릇과 수저를 닦고 있다가, 후이센을 업고 자기네 배로 오는 나를 보고는 깜짝 놀라 소리를 질렀다. 걔는 왜 업고 왔어? 이렇게 캄캄한데 저 많은 배를 건너오다니,

얼마나 위험한데! 걔가 너희 소파를 좋아하니 그냥 거기서 자게 하면 되잖니. 너무 쩨쩨하게 굴지 마라. 걔가 좀 잔다고 그렇게 좋은 소파가 망가질 리도 없는데.

얘를 소파에서 못 자게 하는 건 제가 아니라 아버지예요. 순간 뭐라고 설명해야 좋을지 몰라 아버지의 말을 그대로 옮겼다. 아버지가 그러셨어요. 얘도 여자니까 우리 배에서 밤을 보내게 할 수는 없다고요!

쑨시밍댁이 웃음을 터뜨리더니 배를 쥐고 웃어댔다. 아이고, 쿠서기님도 참. 여자는 무슨 여자, 대체 몇 살이나 먹었다고? 잉타오 엄마가 되는 대로 지껄인 말을 쿠 서기님이 마음에 담아두셨나보네? 자라 보고 놀란 가슴 솥뚜껑 보고 놀란다지만, 아무리 조심하고 방비를 해도 그렇지, 내 보기에는 암만해도 좀 심하지 싶네.

나는 웃음이 나오지 않았다. 너무 화가 나서 후이셴을 쑨시밍댁 품으로 들이밀었다. 쑨시밍네 가족이 모두 모여들었다. 기꺼이 아이를 받아들일 모양이었다. 아이들은 조잘조잘 떠들며 후이셴의 땋은머리와 차림새를 살펴보기 시작했다. 쑨시밍이 자기 아이들을 끌어당기며 내게 말했다. 여기로 보낸 게 잘한 일일 수도 있겠다. 그 배에는 여자가 없으니 애 보살피기가 불편하지.

내 등에서 내리려 하자 후이셴이 칭얼칭얼 우는소리를 했다. 여전히 잠이 덜 깬 몽롱한 눈이었다. 쑨시밍댁이 있는 힘껏 안았지만 아이는 완강히 버텼다. 작은 얼굴에 싫은 기색이 역력했다. 그러다 쑨시밍댁의 금귀고리가 아이의 관심을 끌었다. 쑨시밍댁의 귀를 뚫어져라 바라보며 먼저 왼쪽 귀를 잡고 이어 오른쪽 귀를 잡으려 했다. 쑨시밍댁이 즐거운 듯 아이의 작은 손을 움켜쥐고 말했다. 내

금귀고리가 좋아? 자라서 내 며느리가 되면 양쪽 다 네 것이 되지!

내가 후이셴을 일호선으로 업어다주었다. 쑨시밍네 배에서 돌아오던 길을 기억한다. 맨발로 배 여섯 척의 차가운 갑판 위를 건자 갈수록 발이 시렸다. 한 척을 걸을 때마다 더 시려왔다. 검은 구름도 어둠에 묻히고 비 그친 진췌강 끝으로는 반달이 진작 얼굴을 내밀고 있었다. 강물이 내 발밑에서 힘차게 솟구쳤다. 목에 이상한 느낌이 들어 만져보니 후이셴의 머리칼을 묶었던 고무줄이 붙어 있었다. 육손이 왕씨네 갑판을 지날 때, 고무줄을 세게 당겼다가 그 집 막내딸을 향해 쏘았던 일을 아직도 또렷이 기억한다. 기분이 좋지 않았지만 그렇다고 나쁠 것도 없었다. 나는 정상이었다. 이상한 것이라면 내 등짝이었다. 한 번 갔다가 오는 사이에 등짝이 그만 텅 비어버렸다. 어린아이 하나가 남긴 따스한 체온이 어느새 사라져 흔적조차 없었다. 그런데도 등짝은 약간 앞으로 수그러든 채 더는 거기 없는 작고 보드라운 몸뚱이를 떠받치고 있었다. 내 등짝이 아무래도 조금 비천해진 것 같았다. 이상하게 비천해져서는, 헤어진 지 몇 분도 되지 않아 벌써 한 소녀를 그리워하기 시작했다.

나는 등을 구부리고 우리 배 쪽으로 걸어가다 등불 하나가 쓸쓸히 선실 천막 앞에서 흔들리는 것을 보았다. 아버지가 선실 안에서 이부자리를 정리하고 있었다. 우리 배는 처량맞을 정도로 인적이 드물었다. 그때 처음으로 나는 갑판 위에 희미하게 깔린 서글픔의 그림자를 헤아리며, 내 마음속 깊은 곳에 자리한 고독을 느꼈다. 그리고 사랑을. 그것은 어두운 밤하늘 아래의 강물보다 더 깊고 헤아리기 어려웠다.

후이셴

1

당시 선대 주민들은 후이셴을 뭍으로 보내려고 했다. 돈 한푼을 주워도 공안 당국에 가져다줘야 하는데 어린아이라면 더 말할 것도 없었다. 배가 우푸진에 닿자 여자들 한 무리가 쑨시밍을 앞장세워 후이셴을 데리고 우푸진 관청으로 갔다. 우푸진은 당시 무척 혼란한 상황이었다. 이재민들이 거리 아무데나 판잣집을 세우고 먹고 마시고 쌌다. 저 하늘에 널린 별만큼 들어찬 판잣집 사이에서 관청 건물은 어디 있는지 보이지도 않았다. 주민들은 가까스로 예전에 토지신을 모시는 사당이었던 곳에서 민원행정과를 찾았다. 담당자는 일언지하에 퇴짜를 놓았다. 애를 주웠으면 주운 곳에 가서 얘기해야지. 우리는 여기 일만으로도 정신없이 바빠서 유팡진 일까지 봐줄 수가 없소. 주민들은 하릴없이 후이셴을 안고 사당을 나와 길을 걸으며 볼멘소리를 해댔다. 가죽 지갑이었으면 어디서 주웠는지 묻지도 않고 냉큼 챙겼을 테지. 사람 목숨이 가죽 지갑만도 못하네.

며칠 후에 상양 선대는 유팡진으로 돌아갔다. 선대가 유팡진부두에 채 닿기도 전에 쑨시밍댁이 고물 쪽으로 달려가 옷자락으로 얼굴을 가리고 엉엉 목놓아 울기 시작했다. 춘성 어머니가 왜 우냐고 물으니 쑨시밍댁은 기슭 쪽을 가리키고 또 후이셴을 가리키더니 말했다. 너무 아쉬워요. 저애가 여러 날을 같이 자면서 밤마다 나를 끌어안고 엄마라고 불렀는데. 내가 지금 이렇게라도 울지 않으면 가슴이 미어져 죽고 말 것 같아요! 아이와의 작별은 상당히 시끌벅적했다. 선대 주민들이 줄줄이 달려와 후이셴의 호주머니에 뭔가를 넣어주었다. 삶은 달걀 하나, 손수건 한 장, 과쯔* 한 움큼. 그렇게 마음을 표시했다. 쑨시밍댁은 후이셴의 머리에 빨간 꽃을 한 송이 달아주고 가슴에도 한 송이 달아주었다. 더성댁은 후이셴의 두 뺨과 입술에 연지를 발라주었다. 아이를 뭍으로 보내는 게 아니라 성대한 공연 무대에라도 내보내는 것 같았다.

아이를 뭍으로 돌려보내려던 첫번째 시도에 실패했기 때문에 쑨시밍은 이번에 매우 신중하게 움직였다. 칠호선으로 찾아온 쑨시밍은 창문을 사이에 두고 함께 아이를 데려다주러 가자고 아버지를 설득했다. 쿠 서기님, 몇 년 동안이나 간부로 지내셨으니 정책에 대해서도 잘 아시겠지요. 말씀하시는 것도 교양이 있으니 저랑 함께 가십시다. 쑨시밍이 말했다. 쿠 서기님을 성가시게 굴려는 게

* 해바라기씨 등에 소금이나 향료를 넣어 볶은 간식.

아니라, 저 아이 내력이 분명하지 않으니 어떻게 말하면 좋을지도 모르겠고, 그러다 말을 잘못해서 사달이 날까봐 걱정스러워 그럽니다. 까딱하면 괜한 오해를 사서 누명을 쓰기 십상이거든요. 우리 선대에 애가 많은 걸 보고 뭍사람들은 우리가 애들을 유괴한다고 모략하니까요.

다 헛소문이지요. 아버지가 말했다. 사람 사는 곳에는 워낙 헛소문이 돌기 마련이고.

이번에 그 사람들에게 트집을 잡히면 헛소문이 아닌 게 되고 말겠지요. 쑨시밍이 말했다. 쿠 서기님이 얼굴을 내밀고 이 일을 분명히 말씀해주시면 좋겠습니다. 좀 도와주십쇼. 애는 우리가 안고 가겠습니다. 힘은 우리가 쓰고 쿠 서기님은 그냥 말씀하는 수고만 좀 해주십쇼. 이 상황만 잘 말씀해주시면 됩니다. 어떻게 안 되겠습니까?

안 되겠습니다. 서기를 그만둔 지도 오래되었고, 내가 말해봤자 들을 사람도 없을 겁니다. 아버지는 고집스럽게 고개를 내저으며 말했다. 돕기 싫다는 게 아닙니다. 쑨 대장, 부디 내 고충을 이해해주세요. 나는 한평생 다시는 뭍으로 돌아가지 않겠다고 맹세를 했어요.

저는 도통 모르겠네요. 그런 맹세를 해서 뭐하시려고요? 쑨시밍이 투덜거리며 무의식적으로 아버지의 바짓가랑이를 훔쳐보았다. 창문을 사이에 두고 두 사람의 시선이 맞부딪쳤다. 쑨시밍은 자신이 금기를 범했다는 사실을 깨닫고 황급히 눈길을 돌린 뒤 간절한 눈빛으로 아버지의 얼굴을 보며 말했다. 라오쿠, 대체 무슨 불만이 있어서 그럽니까? 누구한테 불만이 있는 겁니까? 내가 보기에는 다 자기불만 같습니다! 쑨시밍이 계속해서 말했다. 그렇게 큰 불만을 품고 살면 자기 자신만 힘든 법 아닙니까. 물고기라면 물이 불어났을 때 기슭으로 뛰어올라갈 수 있고, 배에서 쓰는 밧줄이라면 기슭에 정박할 때 부두로 던져질 겁니다. 그런데 멀쩡하게 살아 있는 사람이 정말로 평생 뭍에 안 오를 작정이랍니까?

아버지가 말했다. 라오쑨, 나는 물고기도 아니고 배를 묶는 밧줄도 아니고, 무슨 불만이 있어 그러는 것도 아니라오. 자네는 날 이해하지 못하겠지만, 나는 이제 배에 완전히 익숙해져서 뭍에 발을 대기만 해도 현기증이 일어 내릴 수가 없어요.

그건 멀미죠! 쑨시밍이 곧 소리를 내질렀다. 그건 쿠 서기님이 자초한 거죠. 누가 일 년 삼백육십오 일 내내 배에서 내리지 말라고 했습니까? 사람이 뭍에 살다 배를 타면 뱃멀미를 하는 것처럼, 배에 틀어박혀 한 번도 내리지 않았으니 마찬가지로 땅멀미를 하는 거죠.

아버지는 말했다. 그렇겠지. 땅멀미가 너무 심해 이제 나는 뭍에 내릴 수가 없소.

땅멀미는 금방 낫는 겁니다. 몇 번 뭍에 내리면 곧 나아요. 쑨시밍은 두 눈을 껌뻑이며 아버지와 주거니 받거니 같은 내용을 되풀이하며 입씨름했다. 거듭 부탁해도 안 통하자 쑨시밍은 한 가지 방법을 생각해내고는 강경한 어조로 몰아붙였다. 쿠 서기님도 선대 주민입니다. 이 아이의 일은 집단의 일이고, 쿠 서기님은 우리 선대의 인재이니, 집단의 일을 모른 척해서는 안 됩니다. 그깟 작은 문제는 극복하면 될 것 아닙니까? 땅멀미를 하신다면 제가 업고 가지요. 그러면 되겠습니까?

아버지가 갑자기 낯빛을 바꾸었다. 어쨌든 몇 년 동안이나 지도자로서의 경력이 있었던지라, 원칙 문제에 직면하자 순식간에 겸손하고 신중하던 얼굴을 벗어던져버렸다. 쾅 소리를 내며 노발대발 창문을 열어젖힌 아버지는 창밖을 향해 버럭 고함을 내질렀다. 쑨시밍, 당신이 뭔데 나한테 이래라저래라야? 나는 죽은 사람으로 치게! 어쨌든 평생 뭍에는 안 올라갈 테니까!

나는 그 의외의 태도에 놀랐다. 쑨시밍도 잠시 갑판 위에 멍하니 서 있다 무안한 듯 내게 말했다. 내가 말대접을 잘못한 탓이지 뭐. 감투는 잃었어도 뻣뻣한 기질은 여전하시네. 배에 오른 지 몇 년 만에 저리 화를 내시는 건 또 처음 보는구나. 재밌네. 내가 어떻게 감히 이래라저래라 하겠니? 보아하니 너희 아버지를 뭍에 오르게 하려면 마오 주석의 최고 명령이라도 있어야겠구나. 쑨시밍은 똑똑한 사람이라 더이상 아버지를 귀찮게 하지 않았다. 그러나 한번 마음을 정하면 끝까지 밀어붙이는 사람이기도 해, 한 발짝 물러나는가 싶다가 이내 차선책을 떠올리고 나를 겨냥했다. 그러면 둥량이 네가 함께 가자꾸나. 말이 좀 거칠긴 하지만 그래도 배운 게 있으니 우리보다야 낫겠지. 청사에 찾아가면 서류도 써야 할 테니 아마도 네가 도움될 일이 있겠구나.

나는 부정적인 눈빛으로 쑨시밍을 힐끔 보았다. 내가 도움될 일이 있겠다고요? 뭍에서 사람들이 나를 헛방귀라고 부르는 소리도 못 들으셨어요? 여기 사람들이 나를 믿어도 저기 뭍사람들은 안 믿는다고요.

쑨시밍이 말했다. 뭘 믿고 안 믿고 한단 말이냐? 우리가 너보고 말을 하라는 것도 아니고 그냥 가서 글만 써달라는데.

나는 약간 망설이며 선실 창을 가리키고 쑨시밍에게 눈치를 주었다. 아버지한테 물어보세요. 내가 가도 되는지?

쑨시밍이 창문을 두드렸다. 쿠 서기님, 안 가시겠다면 굳이 억지를 부리지 않겠습니다. 대신 둥량이를 데리고 얼른 다녀와도 되겠습니까?

잠시 침묵이 흐른 뒤 선실 안에서 아버지의 목소리가 들려왔다. 그 정도 수준인 애를 믿을 만하겠나? 다시 잠깐 침묵이 흐른 뒤 아버지가 말했다. 가고 안 가고는 그애 마음이지.

쑨시밍은 아리송해하며 내게 물었다. 네 마음이라는 게, 널 데려가도 된다는 거냐, 안 된다는 거냐?

내가 말했다. 마음대로라는 말도 몰라요? 마음대로라면 데려가는 거죠.

나는 윗도리 주머니에 만년필 한 자루를 넣었다. 행여나 만년필 잉크가 새서 큰일을 그르칠까봐 볼펜도 따로 한 자루 챙겼다. 선대 주민들은 방파제 위에 집합해 소대를 이루어 위풍당당한 기세로 유팡진부두로 향했다. 후이셴은 아낙들이 알록달록 짙은 화장을 해놓은 얼굴을 하고 더성의 어깨 위에 올라앉은 채, 잔뜩 신이나 싱글벙글 막대사탕을 빨고 있었다. 나는 그애가 왜 그렇게 기분이 좋은지 알고 있었다. 육손이 왕씨댁이 괜히 따라나서 아이의 발을 두드리며 신나는 목소리로 이렇게 외쳤기 때문이다. 어서 뭍으로 가자, 네 엄마를 찾으러 가자.

홍수가 훑고 간 뒤 유팡진의 땅은 본모습을 드러내 곳곳이 폐허와 흙더미였고, 곳곳이 붉은 깃발과 사람으로 발 디딜 틈이 없었다. 쉴새없이 바쁘게 움직이는 뜨거운 열기 속에서 동풍팔호는 대공사 특유의 웅장함을 자랑하고 있었다. 그러나 이 대공사가 도대체 무얼 위한 것인지 분명히 아는 사람은 없었다. 우리는 뭍에 오르자마자 길을 잃었다. 부두에서는 길을 찾아볼 수가 없었다. 모든 곳이 파헤쳐져 멀리서 보면 논으로 보였고, 가까이서 보면 영화 속 참호처럼 보였다. 어떤 사람들은 땅 밑에서, 어떤 사람들은 땅 위에서 전투중이었다. 각 돌격대의 깃발이 사방팔방에 꽂혀 휘날리는 바람에 선대 주민들은 하늘을 뒤덮을 듯한 그 붉은 깃발 속에서 한 발짝도 앞으로 나아가기가 힘들었다. 쑨시밍이 내게 길을 물어보라고 해서 나는 시멘트 수레를 밀고 가는 젊은 사람을 붙잡고 길이 어디 있느냐고 물었다. 그는 되레 내게 어느 돌격대 소속이냐고 반문했다. 우리는 돌격대가 아니고, 이 지역 행정 당국에 아이를 데려다주러 왔다고 말했다. 그는 선대 주민들의 행렬에 슬쩍 눈길을 주더니 경멸의 표정을 감추지도 않고 말했다. 이제 곧 대대적인 노동 전투가 시작될 참인데, 무슨 애를 데려다준다고 난리야? 유팡진으로 가는 길은 없으니 가고 싶은 데로 알아서 가. 걸어서 못 가겠으면 날아서 가든가. 땅 밑과 땅 위 어디나 사람들이 있었지만 나는 길을 알아낼 수 없었다. 내 곁에서 깃발 하나가 힘차게 나부꼈는데 거기에는 '해바라기 돌격대'라고 쓰여 있었다. 그 글자 몇 개가 내 생각을 잠시 딴 곳으로 이끌었다. 왜 그런지는 모르겠지만 해바라기라는 말은 언제나 어머니를 떠오르게 했다. 혹시 어머니가 이 돌격대에 속한 건 아닐까? 나는 높은 곳으로 기어올라가 구덩이 속을 내려다보았지만 어머니의 모습을 찾을 수는 없었다. 어머니는 거기 없었다. 확성기에서 표창 서한을 낭독하는 여자의 목소리가 울렸다. 건설 현장에서 일하다 쓰러진 노동자의 모범적인 행동을 칭찬하는 내용이었다. 그는 쓰러졌지만 기어이 일어나 다시 땅을 팠습니다. 다시 쓰러졌지만 기어이 일어나 땅을 팠습니다. 나는 부두 위에 서서 그 소리를 들었다. 서한의 내용이 아니라 서한을 읽는 여자의 목소리를. 어머니인가? 아니었다. 그 목소리는 보다 젊고 또랑또랑했다. 그러나 어머니처럼 심금을 울리는 풍부한 감정을 담고 있지는 않았다. 확성기 속에 어머니는 없었다. 열흘 붉은 꽃은 없다더니, 어머니의 권위 있던 혁명적 음성은 낯설고 젊은 아가씨의 음성으로 대체되었다.

치안유지대가 폐허 뒤쪽에서 불쑥 나타났다. 노련하게 폐허를 지나 우리를 향해 득달같이 달려오며 긴장된 목소리를 높였다. 멈춰라, 멈춰! 상륙을 금지한다, 상륙을 금지한다!

왕샤오가이 무리가 나타나자 선대 주민들은 더욱 당황해 시멘트관 더미 앞에 모여 서서 멀뚱히 치안유지대를 바라보고만 있었다. 서슬이 버르르한 치안유지대 사이에 '동짓달 매화'라는 별명의 여자도 있었다. 아마도 새롭게 수혈된 피인 모양이었다. 동짓달 매화가 기세 좋게 치안봉을 휘두르며 남자 동료들을 따라 버럭 고함을 질렀다. 선대 주민들이 여기 몰려와서 뭣들 하고 있는 거야? 지금이 어느 때인지도 모르고. 상륙이 금지됐다고!

선대 주민들은 무슨 영문인지 몰라 모두 쑨시밍을 쳐다보며 의견을 구했다. 쑨시밍은 허벅다리를 치면서 말했다. 거참, 세상에 별일이 다 있네. 저번에는 뭍에다가 우리를 나란히 줄 세우더니, 오늘은 아예 못 오르게 하네. 이번에는 또 무슨 통지가 있나? 도저히 못 믿겠어. 우물물이 강물을 침범하지 않듯, 자네들은 주어진 건설 일을 하고 우리는 우리 길을 가면 되지, 왜 뭍에 오르지도 말라는 건가?

누가 우물물과 강물이 섞이지 않는다고 그래요? 우물물은 모두 강물로 흘러드는 법이지! 동짓달 매화가 말했다. 눈이 있으니 이 주변 어디에 당신네들이 다닐 길이 있나 한번 봐요! 부두는 공사 요지여서 이제 곧 대대적인 노동 전투가 벌어질 테고, 당신네들은 돌격대가 아니니 마음대로 출입할 수 없어요.

좋아, 우리는 우물물이고 거기는 강물이야. 우리가 강물로 흘러 들려는데 자네가 뭔데 참견이야? 쑨시밍은 동짓달 매화와 말을 섞고 싶지 않아 씩씩대며 한번 째려보고는 왕샤오가이 쪽으로 몸을 돌렸다. 자네도 나도 지도자라 할 수 있으니 한번 말해보게. 내가 일부러 사람들을 데리고 이리로 와서 노동 전투를 망치려고 들겠나? 그럴 리 없지. 오늘은 급한 용무가 있어 읍내로 지도자를 찾아가는 길인데, 부두를 안 지나면 어떻게 가겠는가? 날아가라는 건가?

왕샤오가이가 차갑게 대꾸했다. 그 배에 대체 무슨 급한 일이 있다고 그래요? 설령 급한 일이어도 노동 전투보다 급하겠어요?

쑨시밍은 그 말에 말문이 막힌 듯 더성댁 품에 안긴 후이셴을 돌아보았다. 그러고 다시 입을 열려는 찰나, 더성이 쑨시밍에게 눈짓을 보내며 앞에 나서서 말했다. 우리의 계급투쟁에 새로운 동향이 있어 지도자 동지께 보고하려는 참이오. 왕샤오가이, 만약 우리의 상륙을 허가하지 않았다가 문제가 생기거든 나중에 당신한테 책임을 물어도 발뺌하지 말기야.

왕샤오가이는 더성을 무시하고 고개를 돌려 쑨시밍의 표정을 살폈다. 쑨시밍은 더성의 말에 맞추어 짐짓 심오한 미소를 띠었다. 더성의 위협이 효과적이었던 모양인지 왕샤오가이가 반신반의하며 되물었다. 당신네들 배에 무슨 계급투쟁의 새로운 동향이 있단 말이에요? 강에서 대만 간첩의 낙하산이라도 건져냈나? 여전히 툴툴거리면서도 강경하던 어투가 한결 누어져 삼가는 눈치였다. 특수 상황을 처리하기 위해 반드시 상륙해야겠다면 확실히 등록을 하세요. 상륙 인원과 성명, 상륙과 출항 시간도 다 적어야 해요.

천투쯔가 겨드랑이 사이에서 〈화물등기록〉을 꺼내들었다. 겉장에는 '화물'이라는 두 글자를 '인구'라고 고쳐 쓴 흔적이 보였다. 천투쯔는 〈인구등기록〉을 펼치며 말했다. 좋소. 한 사람씩 오시오. 오라니까. 돼지고기 얻을 때는 골이 터지게 덤벼들더니, 인구 등록하자니까 어째 다 뒤로 빼고 있어? 오라니까. 쑨시밍, 당신부터 합시다.

임시 인구 등록은 쑨시밍에서 시작되어 나까지 하고 끝났다. 후이셴 혼자만 거기서 빠졌다. 그애는 더성댁의 품에서 천투쯔 손에 들린 등기록을 바라보고 있었다. 그러면서 우쭐대는 태도로 두 글자를 소리 내어 읽었다. 인, 구. 다른 글자는 읽지 못하자 졸음이 쏟아지는 듯 하품을 했다. 아무도 하품하는 이 낯선 소녀를 신경쓰지 않았지만 하필 동짓달 매화에게 걸렸다. 과연 여자는 남자보다 눈이 매섭고 훨씬 세심했다. 동짓달 매화가 다가와 후이셴을 아래위로 훑어보고는 아이의 목덜미에 코를 대고 냄새를 맡더니 깜짝 놀라 소리쳤다. 잠깐만! 더성네 아이가 아니야! 얘를 좀 봐. 배에서 온 아이가 아니라고. 딱 보고 선대 아이가 아닌 줄 알았지! 피부가 이렇게 하얗고, 몸에서 냄새가 나지 않아. 목욕도 한 아이라고! 내력을 분명히 밝혀내. 이애 내력이 불분명해!

왕샤오가이와 우라이쯔가 덮칠 듯이 달려와 얼굴을 바짝 들이대고 후이셴을 이리저리 살폈다. 한참을 살펴보던 둘은 하나의 결론에 도달했다. 동짓달 매화 말이 맞아. 절대 선대 주민들 아이가 아니야. 그들이 눈을 번쩍번쩍 빛내면서 쑨시밍을 노려보며 빠른 말로 추궁했다. 어디서 온 아이야? 과연 계급투쟁의 새로운 동향이 출현했군? 유괴한 건가? 어느 집 애를 유괴한 거지?

쑨시밍이 말했다. 애먼 사람 잡지 말게. 우리가 애를 유괴해서 어디다 쓰겠나? 우리 애들도 배불리 먹이지 못하는 판국에 남의 애까지 유괴해 만날 강물이나 퍼 먹일까봐?

문제의 요점을 돌리지 마요! 배를 불리는 문제는 우리가 상관할 바 아니고! 왕샤오가이가 쑨시밍의 말을 단번에 끊고 예리하게 물었다. 우리는 인구 등록을 책임지는 사람들이니 이 문제에 대해 분명히 해명하도록 해요. 대체 누구네 애예요?

누구네 애인지 알면 좋겠소. 쑨시밍이 머리를 긁적이며 말했다. 제 발로 우리 선대를 찾아왔어. 이애 엄마가, 그러니까 갑자기 안 보여서, 우리가 애를 정부에 맡기려고 가는 길이란 말이야.

왕샤오가이가 참지 못하고 눈을 부릅뜨며 쑨시밍을 노려보았다. 그래도 선대 대장이라는 사람이 무슨 말을 그렇게 불분명하게 해요? 이애 엄마가 도대체 어찌 됐다는 건데요? 제대로 말을 해요.

이때 아이가 끼어들었다. 우리 엄마 안 보여요. 실송(종)됐어요.

실송이 뭐야? 왕샤오가이가 알아듣지 못하고 쑨시밍을 돌아보며 말했다. 말해봐요, 이애 엄마가 어찌 됐다는 거예요?

쑨시밍은 아이를 흘끔거리며 마른침을 삼킬 뿐, 있는 그대로 말할 수 없었다. 왕샤오가이가 막 성을 내려는데 쑨시밍이 잠깐만 참아보라는 듯 손짓하고는 그를 한쪽으로 끌고 가 귓가에 대고 몇 마디 말을 속닥였다.

치안유지대는 마침내 아이의 내력에 대해 알게 되었다. 하지만 이런 일을 처리해본 경험이 없는 듯했다. 남자 셋과 여자 하나가 난처한 기색을 하고 둥그렇게 서서 쑥덕쑥덕 의논중이었다. 동짓달 매화가 동료들에 앞서 결론을 내리며 말했다. 가엾거나 말거나 신분이 불분명한 건 사실이지. 천투쯔는 〈인구등기록〉를 펴고 난처한 듯 왕샤오가이에게 물었다. 신분이 불분명한 아이도 기록을 해야겠지? 왕샤오가이도 결정을 내리지 못하고 등기록을 가져가더니 겉장 안쪽의 '등기조례'를 훑어보았다. 이 상황에 적용할 만한 조례를 찾지 못한 그는 한참을 생각하다가 결국 이렇게 말했다. 아이도 인구인데 기록을 안 할 수 있겠나? 기록해!

나는 그날 부두 선착장의 치안유지대 사람들과 한 무리의 선대 주민들이 후이셴을 둘러싸고 나름대로 최선을 다했다고 기억한다. 한마음으로 애쓰며 서로 의견을 나누고 연상을 거듭한 끝에, 기발한 착상들을 엮어 겨우겨우 후이셴의 첫번째 신상명세서를 작성했다. 나는 만년필도 볼펜도 가지고 있었지만 어떤 곳에도 쓸데가 없었다. 등기록을 작성할 기회를 전혀 얻지 못했다.

얘야, 네 이름이 뭐니?

치앙후이셴.

아이들이라면 흔히 그렇듯 발음이 불분명해 제대로 알아듣기 어려웠다. 천투쯔가 알아듣지 못하고 물었다. 네 성이 장張이냐? 활 궁 변에 길 장. 그거야? 아니면 설 립에 이를 조가 붙은 장章이야? 아니면 창槍씨라는 거야? 기다란 창, 그 창이야?

아저씨 성이 창인가봐. 나 쓸 줄 아니까 잘 봐요. 후이셴은 바닥에 쪼그려앉아 굴러다니는 석탄 조각 하나를 집어들고 글씨를 썼다. 알고 보니 장江씨였다. 곁에 섰던 치안대원들이 이구동성으로 그 글씨를 읽었다. 장. 알고 보니 장칭江青의 장이었네.

얘, 생년월일은 알고 있니?

무슨 월일?

생년월일 몰라? 좋아, 지금 네가 몇 살인지 말해봐. 그러면 네가 태어난 해를 알 수 있을 테니.

일곱 살이에요. 작년에는 여섯 살이었고, 내년에는 여덟 살이 돼요.

네가 똑똑한 아이라는 건 알겠다만 그렇게 많이 말할 필요는 없어. 올해 몇 살인지만 말하면 돼. 아빠 엄마 이름은 아니? 뭘 하는 사람들이었지?

우리 아빠는 장융성이고, 우리 엄마는 추이샤예요. 부모님 다 실종됐어요.

어떻게 다 실종이 된 거야? 네 아빠는 어떻게 실종됐지?

나도 몰라요. 엄마가 날 데리고 아빠를 찾으러 왔는데, 결국 엄마도 실종됐어요.

다 실종됐다고? 아빠 엄마가 모두 실종이라. 틀림없이 집안에 문제가 있는 애야. 치안유지대 사람들이 서로 눈빛을 주고받았다. 왕샤오가이는 등기록을 가리키며 천투쯔에게 말했다. 기록해. 아버지 실종, 어머니 실종. 모두 기록해두라고. 이애의 말은 한 글자도 빠뜨리지 말고 전부 기록해둬.

아이는 기록이라는 게 도대체 뭔지 몰랐지만 선대 주민들은 걱정이 되는 모양이었다. 쑨시밍이 왕샤오가이에게 소리쳤다. 치안유지대라는 데가 별걸 가지고 야단법석을 떠네. 이런 어린애를 할아비 팔대까지 조사해서 뭐에다 쓰자는 건가? 더성댁이 앞으로 나서서 후이셴을 끌어당겼다. 기록 안 해, 기록 안 한다고. 이 사람들 심장에는 피가 없을 거야. 우리 갑시다. 어서 읍내로 가 지도자를 찾아봅시다.

선대 주민들이 너나없이 한소리씩 해도 소용없는 일이었다. 왕샤오가이와 우라이쯔 모두 치안봉을 꺼내들고 차가운 눈으로 주민들을 노려보았다. 왕샤오가이가 쑨시밍에게 물었다. 당신이 그래도 지도자예요? 어떻게 등기라는 개념조차 모릅니까! 이름만 달랑 적으면 끝난다고 생각해요? 출신 성분도 모르고, 주소도 모르고, 정치적 입장도 모르는데, 그게 무슨 등기가 되요? 동짓달 매화가 옆에서 거들었다. 이 선대 주민들은 정치적 각성 수준이 완전히 바닥이네! 저 여자애만도 못하다니. 저애도 우리 일에 적극적으로 협조하는데, 당신네들은 여기서 무슨 헛소리들을 하는 거야!

후이셴은 난처해했다. 아이는 주민들 편에 서고 싶었다. 몇 번이나 더성댁의 품속으로 파고들었지만 그때마다 동짓달 매화가 다정한 척 끌어안아 갔다. 동짓달 매화는 자신의 붉은 완장을 가리키며 말했다. 얘야, 이게 뭔지 보이니? 우리 말을 들으면 너는 잘못한 게 없는 거란다. 후이셴은 벗어날 길이 없자 괜히 천투쯔를 재촉하며 말했다. 빨리 해요, 빨리. 마을로 가서 엄마를 찾아야 하니까.

천투쯔는 목청을 가다듬고 최대한 친절하고 다정한 목소리를 내려고 노력했다. 얘야, 네가 좀더 또박또박 말을 해주렴. 네 말소리가 또렷하게 잘 들리면 우리도 더 빨리 기록할 수 있겠지? 천투쯔가 말했다. 다음 문제는 주소구나. 집 주소는 어떻게 되지? 주소도 몰라? 그러니까 네가 어디 살았는지 묻는 거다.

우리집은 기찻길 옆 이층집이었어요. 우리 가족은 이층에 살았어요. 아래에는 복숭아나무 한 그루가 있었어요. 복숭아가 아주 많이 열렸는데.

그런 건 주소가 아니야. 주소는 무슨 성, 무슨 진, 무슨 구, 무슨 현, 무슨 가, 무슨 공사公社, 무슨 대대, 그런 거를 묻는 거야.

다 아니에요. 우리집 문 앞에 돌길이 있었는데, 그 모퉁이에 전봇대가 있었고. 엄마는 매일 그 전봇대에 가 있었어요.

네 엄마가 날마다 전봇대에 가 있었다고? 천투쯔가 눈을 반짝이며 입으로 쯧 하고 소리를 냈다. 아저씨한테 말해보렴. 전봇대에 뭐가 있었지? 네 엄마가 거기 가서 뭘 한 거야? 누굴 기다린 거야? 누굴 기다렸어?

그때 더성이 더이상 참지 못하고 달려들어 천투쯔가 들고 있던 등기록을 손바닥으로 세게 쳐서 떨어뜨렸다. 누굴 기다렸냐고? 미국 스파이를 기다리고, 대만 간첩을 기다리고, 씨발 네 어미를 기다렸다! 너희가 무슨 좆같은 치안유지대냐? 밥 먹고 할일 없으니, 이런 어린애가 무슨 계급의 적이라도 될까봐 이 난리야? 얘가 뭍에 올라와 세상을 바꿔놓기라도 할 것 같아서 이 난리냔 말이야! 얘는 겨우 일곱 살이라고!

더성이 앞장서자 선대 주민들의 묵은 화가 구름처럼 일어났다. 다들 입에 거품을 물고 욕설을 퍼부었다. 더성댁이 달려가 후이셴을 품으로 끌어당기고는 버럭 소리를 내질렀다. 사람을 괴롭히는 것도 정도가 있지! 등기고 뭐고 다 필요 없어! 뭘 물어보든 똥 싸고 방귀 뀌는 소리뿐이니! 쑨시밍은 욕은 하지 않고 육손이 왕씨와 더성과 함께 셋이서 벽을 만들어 더성댁과 후이셴을 보호했다. 치안유지대 사람들이 와서 후이셴을 데려가려 했지만, 선대 사내 셋이 만든 벽은 꿈쩍도 하지 않았다. 우라이쯔가 치안봉을 휘둘러 육손이 왕씨의 얼굴을 내려치며 고함을 내질렀다. 이 망할 뱃놈들이 오늘 어디서 호랑이 쓸개를 먹고 왔나? 지금 반란을 일으키겠다는 거야?

나는 멀찌감치 서 있었다. 선대 주민들이 다른 사람들과 입씨름을 벌일 때면 멀리서 지켜볼 뿐 절대 끼어들지 않았다. 그러나 이번에는 나도 당사자였다. 왜 그랬는지 모르지만 더성댁은 후이셴을 내 쪽으로 얼른 밀어보냈다. 후이셴은 크게 놀랐는지 어찌할 바를 모르며 연신 비명을 내질렀다. 나는 후이셴의 손이 내 쪽으로 뻗어오는 것을 보았다. 구조를 청하는 그 작은 손이 내 피를 뜨겁게 만들었다. 나는 그대로 아이의 손을 잡아끌고 사람들 사이로 달아나며 소리쳤다. 뛰어, 뛰어! 어서 달아나자!

뛴다. 내가 가장 잘하는 일이었다. 어지러운 부두는 길을 찾아보기가 어려웠지만, 궁하면 통한다고 순식간에 도망칠 길을 찾았다. 그 길은 선착장의 쓰레기 더미에서 구불구불 이어져 한 무더기의 시멘트 패널을 지나 석탄 더미 쪽으로 나 있었다. 나는 부두 사방의 지형에 익숙했기 때문에 도주 경로를 완벽하게 구상했다. 후이셴을 데리고 서쪽의 석탄 더미를 넘어가기로 했다. 석탄 더미를 넘으면 나오는 면화 창고까지만 가면 길이 있을 터였다.

후이셴을 데리고 몇 걸음 달리던 나는 부두 공사장의 모든 돌격대원들이 하던 일을 멈추고 몸을 일으켜 사방을 두리번거리고 있다는 사실을 알았다. 고개를 돌려 보니 부두 쪽에서 한바탕 소란이 벌어지는 중이었다. 선대의 아낙들이 쑨시밍의 인간 장벽에 가세해 보다 떠들썩하고 처절한 장면을 연출한 것이다. 상황은 최악으로 치달았다. 우라이쯔가 가장 먼저 치안봉을 휘두르기 시작했고, 천투쯔도 따라 치안봉을 쳐들고 선대 주민들에게 마구 휘둘러댔다. 양쪽 사람들이 격렬히 맞서며 서로 치고받았다. 더성댁과 쑨시밍댁도 용감하게 이 전투에 뛰어들었다. 누가 천투쯔의 급소를 잡아뜯은 모양이었다. 천투쯔가 바짓가랑이를 움켜쥐고 한쪽에서 펄쩍펄쩍 뛰는 모습이 보였다. 천투쯔가 내지르는 처연한 비명소리가 끊임없이 들려왔다. 왕샤오가이가 당황해서 불어대는 호루라기 소리도 들렸다. 폭동이다, 폭동! 왕샤오가이가 호루라기를 불며 경기 들린 사람처럼 소리를 질러댔다. 이건 반혁명 폭동이야! 어서 자오 서기님께 보고 드려!

나는 후이셴을 데리고 벌써 석탄 더미 밑까지 달아났다. 아이는 등뒤에서 벌어진 광경에 놀라 내게 물었다. 왜 싸우는 거야? 내가 말했다. 너 바보냐? 다 너 때문이잖아? 아이는 그래도 알지 못했다. 난 싸우라고 한 적 없는데. 싸우는 건 나쁜 거야. 규칙을 어기는 거라고. 나는 더이상 설명하지 않고 아이를 잡아끌어 석탄 더미 위로 올라가려 했다. 하지만 아이는 황소처럼 고집을 피우며 어떻게 해도 석탄 더미 위로 오르지 않고 계속 버텼다. 왜 석탄 더미 위로 올라가야 하는데? 까맣고 더럽잖아. 새 옷이 더러워진단 말이야. 한시가 급한 때에 아이가 앞뒤 구분 없이 행동하자, 나는 급하고 화가 난 나머지 억지로 아이를 들쳐업고 석탄 더미를 기어오르기 시작했다. 내 등판에 업힌 아이는 처음에 나를 때리고 차며 반항하더니, 곧 새로운 자극을 느낀 모양인지 몇 번쯤 새된 비명을 내지르다 깔깔대며 웃기 시작했다. 아이는 나를 말처럼 다뤘다. 그 작은 손이 열심히 내 엉덩이를 때렸다. 입으로는 이렇게 외치면서. 이랴, 이랴, 이랴!

내가 후이센을 업고 면화 창고까지 갔을 때, 석탄 더미 쪽에서 와르르 무너지는 소리가 났다. 선대 주민들이 기쁨의 환호성을 내지르며 혁명이라도 일으키는 무리처럼 활개를 펴고 석탄 더미를 덮친 것이다. 석탄 더미 저 너머로 동짓달 매화의 날카로운 목소리가 어렴풋이 들려왔다. 어디 도망가보시지. 나중에 이 책임을 단단히 져야 할 테다. 도망쳐봐야 부처님 손바닥 안이지!

2

부두 북쪽 끝에 위치한 종합청사가 눈앞에 보였지만, 사방에 '통행금지, 돌아가시오'라는 표지가 붙은 채 출입이 금지되어 있었다. 우리는 면화 창고를 떠나 부두 공사장 주변을 이리 돌고 저리 돈 끝에 가까스로 그 회백색의 사층짜리 건물까지 갈 수 있었다. 선대 주민들은 서로 마주보며 미소를 지었다. 다들 얼굴이 온통 검은 석탄재로 얼룩졌고, 바지에는 누런 흙탕물이 한 꺼풀씩 입혀져 재난을 피해 도망친 난민들처럼 보였다.

햇빛이 내리비추는 건물 앞 화단에서 한백옥으로 만들어진 위대한 지도자의 조각상이 찬란한 금빛으로 멱을 감고 있었다. 군모를 쓰고 외투를 걸친 위대한 지도자가 상양 선대 사람들을 향해 손을 흔들며 미소 짓고 있었다. 아이를 보낸다고 왁자지껄 떠들어대던 선대 주민들의 대오가 순식간에 조용해졌다. 신비하고 엄숙한 힘에 두려움을 느낀 듯했다. 청사 건물로 향하는 계단이 바로 앞에 있건만 주민들은 두려워하는 기색으로 걸음을 늦추며 앞으로 나아가길 꺼려했다. 더성이 앞장서서 계단 위로 올라서려다 아내에게 끌려내려갔다. 더성댁이 말했다. 뭘 그렇게 서둘러? 이 건물이 시장 바닥도 아니고, 당신 마음대로 들어갈 수 있을 것 같아? 어떻게 들어갈지, 가서 무슨 말을 하고 뭘 할지, 먼저 의논해야지. 육손이 왕씨가 까치발을 하고 창문 쪽을 올려다보며 말했다. 왕샤오가이 그치들이 안에 있을 것 같은데. 틀림없이 우리보다 한발 앞서 왔을 거야. 나쁜 놈들이 먼저 일러바쳤겠지. 모두가 쑨시밍을 쳐다봤다. 쑨시밍은 아무 말 없이 담배를 몇 모금 깊게 빨더니 말했다. 우리도 다친 사람이 있으니, 이르라면 이르라지. 아이를 위해 그게 뭐 대수로운 일이라고? 그러고는 후이셴을 보고 나를 보더니 담배로 청사 건물을 가리키며 말했다. 둥량아, 너는 여기서 자랐으니 이곳 상황을 잘 알겠지. 네가 먼저 안에 들어가서 좀 보고 오거라. 할 수 있겠지? 아이를 보내더라도 함부로 할 수는 없는 일 아니겠냐. 간부를 찾아서 이 일을 똑똑히 얘기해야 해. 우리가 한 아이를 거뒀다고 말이다. 그리고 어디로 보내야 하는지 제대로 물어보고 오거라.

나는 조금도 주저하지 않고 이 임무를 받아들였다. 주민들에게는 후이셴을 데리고 정문 앞에서 기다리라고 한 뒤, 경비실 절름발이 구씨에게 걸리지 않기 위해 일층 화장실 창문을 넘어 들어갔다. 이 건물의 사무실들과 연결된 모든 통로를 훤히 알고 있었다. 일층에서 사층까지 훑어본 나는 우리가 때를 잘못 골랐다는 사실을 금방 깨달았다. 하필이면 간부들의 자원봉사일이라 건물 안이 텅 비어 있었다. 부녀연합회, 가족계획 사무실, 민원실 등 모든 사무실의 철문이 굳게 닫혀 있었다. 밖에 있는 주민들에게 바로 이 사실을 알려야 했지만, 귀신이라도 들린 듯 나는 사층에 올라가자마자 내 어깨에 짊어진 중대한 임무를 잊은 채, 꿈속에서 어린 시절의 낙원을 유람하는 것처럼 복도를 뛰어다녔다. 먼저 자오춘탕의 사무실 앞으로 달려가 둥근 문고리를 붙잡고 왼쪽으로 돌렸다. 여전히 같은 문고리를 같은 방향으로 돌렸지만 문은 열리지 않았다. 그곳은 아버지의 사무실이었다. 자그마한 유리창이 난 그 문은 내게 무척 익숙했다. 예전에는 '관계자 외 출입금지'라고 쓰인 종이가 붙어 있었다. 아버지의 필체였다. 지금은 플라스틱 표지가 문에 걸려 있다. 여전히 '관계자 외 출입금지'였지만 네모반듯한 인쇄체였다. 내가 왜 문을 밀어보려 했는지 모르겠다. 몇 번을 밀었지만 열리지 않고 잠금장치가 날카로운 쇳소리를 냈다. 그 끔찍한 소리 때문에 조금 당황했다. 사층 계단 입구로 가자 선대 주민들이 떠드는 소리가 어렴풋이 들려왔다. 아래로 내려가야 했다. 그러나 또 무슨 귀신에 씌인 건지 계단 입구에 선 나는 그대로 사층을 떠나기가 싫었다. 나 자신이 뭘 원하는지는 알 수 없었다. 처음에는 아주 단순한 생각이 떠올랐다. 복도에 오줌을 한번 갈겨주면, 이 기세등등 잘난 척하는 간부들에게 기념이 되겠지? 한편으론 이런 생각이 들었다. 어린애도 아닌데 그렇게 유치한 행동은 하지 말자. 고개를 드니 계단 입구에 걸린 칠판이 보였다. 간부 전원에게 노동 현장으로 가라는 긴급 통지가 적혀 있었다. 분필로 쓰인 그 글자들이 내게 영감을 주었다. 역시 글을 쓰는 게 좋겠군. 그게 더 의미 있겠어. 나는 분필대에서 한 자루를 집어들고 뭐라고 써야 의미심장할지 궁리했다. 마음이 급할수록 머릿속은 텅 비기만 했다. 너무 초조한 나머지 온몸이 식은땀으로 흠뻑 젖었다. 문득 사람들이 아버지를 비판하던 당시에 썼던 표어가 떠올랐다. 쿠원쉬안은 계급이기분자다—그게 무슨 뜻일까? '계급이기'라는 것이 무슨 죄목인지 끝내 알 수 없었지만, 예리하고 인상적이며 깊은 의미가 담긴 비판일 거라 생각했다. 그래서 서둘러 사층 복도에 그 표어를 적었다. 자오춘탕은 계급이기분자다!

표어를 쓰는 것은 긴장되는 일이다. 분필 도막을 내던지고 이층까지 달려내려간 뒤에야 비로소 감정을 추스를 수 있었다. 살짝 뒷일이 걱정되긴 했다. 아래층 로비는 진작 떠들썩해져, 남녀로 한 조를 이룬 민병이 장총을 받쳐들고 경비실 창가에 서서 선대 주민들을 주의깊게 감시하고 있었다. 경비실의 절름발이 구씨는 바깥으로 달려나가 양손을 휘두르며 절룩절룩 주민들을 몰아내는 중이었다. 구씨는 끊임없이 주민들을 책망했다. 뱃놈들은 정치적 각성 수준이 완전히 바닥이라니까. 지금이 어느 때인데 애를 데리고 와서 소란을 피워! 동풍팔호의 대대적인 노동 전투중에 누가 사무실에 앉아서 신문이나 보고 있겠으며, 누가 이런 애 하나를 신경쓰겠느냐고. 계속 여기서 정신 사납게 굴면 더는 봐주지 않겠어. 민병대를 불러 네놈들을 처리하겠다고.

내가 내려가자마자 쑨시밍이 다가오며 말했다. 이 녀석아! 건물 안에 간부도 없다며 이렇게 오랫동안 대체 뭘 한 거냐? 나는 쑨시밍에게 해명할 도리가 없어 선대 주민들을 향해 손을 내저었다. 간부들은 모두 공사장에 나갔어요. 우리도 어서 가죠. 애를 공사장에 데려다주자고요.

아이를 줍는 일은 쉽고 보내는 일은 어려웠다. 하지만 이렇게까지 어려울 줄은 미처 몰랐다. 쑨시밍댁이 후이셴을 안고 나머지 주민들은 그 주위를 에워싼 채 종합청사 계단을 내려갔다. 주민들의 얼굴에 억울하고 분통한 기색이 역력했다. 대오가 화단 곁에 이르러 위대한 지도자의 조각상 앞을 지날 때 후이셴이 큰 소리로 외쳤다. 마오 주석이다, 마오 주석께서 우리에게 전진하라고 손을 흔드시네! 쑨시밍이 아이의 머리를 쓰다듬으며 한숨을 내쉬었다. 어린 것이 정치적 각성이 뛰어나구나. 우리는 모두 전진하려는데 너 때문에 앞으로 나갈 수가 없네! 너는 어디로 전진하려는 게냐? 더성댁이 쑨시밍댁을 대신해 아이를 받아안으려고 하자 쑨시밍댁이 고집을 피우며 말했다. 난 안 힘들어. 내가 안고 가지. 이렇게 안고 있는 것도 잠깐인걸. 쑨시밍댁의 이 말이 주민들을 슬프게 만들었다. 사람들은 걸으면서 고개를 돌려 후이셴을 쳐다보았다. 아낙들은 다들 후이셴의 땋은머리를 매만지거나 종아리를 쓰다듬었다. 육손이 왕씨댁만 또 전혀 책임지지 못할 말로 목청을 높였다. 우리 어서 공사장으로 갑시다. 간부한테 가서 애엄마를 찾아줘야지요.

부두 공사장은 인산인해였다. 나는 예전의 경험을 통해 사람을 찾으려면 먼저 붉은 깃발을 찾아야 한다는 사실을 알았다. 따라서 '인민 공무원 돌격대'라는 깃발을 찾은 뒤 쑨시밍 일행을 그 구덩이 앞으로 이끌고 갔다. 아래를 내려다보니 자오춘탕의 건장하고 거대한 뒷모습이 바로 눈에 들어왔다. 안전모에 긴 고무장화 차림의 자오춘탕은 한 무리의 간부들을 지휘하며 땅을 파는 일에 열중하고 있었다.

쑨시밍과 몇몇 아낙들이 눈치를 주고받은 뒤 더성댁이 허리를 굽혀 구덩이 아래쪽을 향해 기선을 제압하듯 고함을 내질렀다. 자오 서기님, 드디어 찾았네요. 우리 선대에서 애를 하나 주워서 서기님한테 데리고 왔어요!

구덩이 안의 간부들 중 몇 명은 시선을 들어 흘깃 올려다보았지만 나머지는 땅만 파면서 아예 알은체도 하지 않았다.

쑨시밍이 더성댁의 목소리가 작다고 탓하며 아낙들에게 모두 소리를 지르라고 했다. 이번에는 더성댁이 쑨시밍댁과 육손이 왕씨댁까지 끌고 가 세 아낙이 서로 입을 맞추어 한꺼번에 소리를 질렀다. 자오 서기님, 우리가 서기님한테 애를 데리고 왔어요.

행정 부서 간부 장쓰왕이 먼저 이들의 외침에 답했다. 소리는 왜 질러, 왜? 당신네 선대가 애를 주웠다는 말은 알겠고. 근데 어쩌자고 여기 와서 하늘이 무너진 것처럼 소란을 피워? 치안유지대가 벌써 자오 서기님께 보고했어. 또다른 간부 하나가 구덩이 안에서 성을 내며 말했다. 이 나라에 인구가 이렇게 많은데, 애 하나 잃어버린 게 무슨 대수라고, 이 중요한 시기에 애를 주워 와서 자오 서기님을 성가시게 해? 저 상양 선대 사람들은 어찌나 극악무도한지 애 하나 때문에 천투쯔의 아랫도리까지 쥐어잡아 망가뜨렸다지.

선대 주민들은 너나없이 그 간부의 말에 반발하며 천투쯔의 아랫도리를 공격한 일을 부인했다. 육손이 왕씨가 구덩이 옆으로 가 자기 얼굴을 가리키며 말했다. 여러 간부님들께서는 치안유지대의 말만 듣지 말고 여기 제 얼굴도 좀 보십시오. 얼굴이 만터우처럼 부은 거 안 보이십니까? 이건 누가 때린 거겠습니까? 우라이쯔가 때린 겁니다! 우리가 애를 데려다주러 온 게 무슨 잘못이라고 치안유지대가 우리를 때린답니까?

자오춘탕은 아무 말이 없었고 심지어 눈꺼풀 한번 들어올리지 않았다. 그러나 나는 자오춘탕이 하는 두 가지 동작을 유심히 지켜보았다. 먼저 손을 한차례 휘둘렀다. 간부들에게 선대 주민들을 쫓아보내라는 명령이었다. 간부들이 모두 몰려와 우리를 쫓아내려 했지만, 선대 주민들이라고 어찌 순순히 가주겠는가? 더성이 한쪽에 버티고 서서 말했다. 우리를 쫓아내도 소용없는 일입니다. 어서 올라오셔서 애를 받아 가시면 저희도 바로 떠나겠습니다. 자오춘탕의 두번째 동작은 화가 난 듯 삽을 흙바닥에 퍽 내리꽂은 것이었다. 그 순간 장쓰왕이 바람처럼 자오춘탕 곁으로 달려가 귓속말을 나누었다. 계속해서 고개를 주억거리던 장쓰왕이 갑자기 외쳤다. 쑨시밍, 이리 오게. 내려와서 말하지.

쑨시밍이 아이를 데리고 내려가려 하자 곁에 있던 아낙들이 아이를 낚아챘다. 혼자 내려갔다 와요. 애는 두고 가요.

거기 아낙들은 조용히 좀 해요. 함부로 끼어들지 말란 말이야. 장쓰왕은 구덩이 속에서 고개를 쳐들고 소리쳤다. 애도 같이 데려오게. 자오 서기님께서 어찌된 영문인지 애를 직접 만나 알아보자고 하시니까.

쑨시밍이 다시 후이셴의 손을 잡고 데려가려 했으나 이번에는 아이가 가지 않으려 고집을 부렸다. 우리 엄마가 저기 있는 것도 아닌데. 아이는 작은 입을 삐죽거리며 말했다. 날 왜 저기로 데려가요? 쑨시밍이 말했다. 네가 내려가서 간부를 만나봐야 해. 간부들은 능력이 뛰어나서 네 엄마를 찾아줄 수 있을 거야. 아이는 머리를 내밀어 구덩이 안을 쓱 훑어보더니 깜짝 놀라서 말했다. 구덩이 안은 온통 흙투성인데, 내 옷이 다 더러워지면 어떻게 해요? 이때 육손이 왕씨가 다가와 낮은 목소리로 아이를 달랬다. 구덩이 안에 있는 사람들이 다 간부야. 저 사람들은 힘도 있고 돈도 있어서 옷이 더러워지는 건 두려워하지 않는단다. 옷이 더러워지면 저분들이 너한테 새 옷을 사주실 거야.

후이셴은 쑨시밍의 어깨에 매달려 구덩이 아래로 흔들흔들 내려갔다. 쑨시밍의 등에 곧게 앉아 구덩이 아래의 사람들을 훑어보는 게, 꼭 그들이 제법 중요한 간부라는 사실을 아는 모양이었다. 갑자기 후이셴의 시선이 부녀연합회 간부인 렁추윈의 꽃무늬 홑저고리에 붙박였다. 저 이모가 입은 거 우리 엄마 옷이네? 이모는 우리 엄마 봤죠?

모두가 렁추윈의 꽃무늬 홑저고리를 보았다. 남색 바탕 천에 노란 해바라기 꽃이 흩뿌려져 있고, 둥근 옷깃에는 물방울 모양 단추가 달려 있었다. 후이셴의 엄마도 저런 옷을 입었던 모양이다. 간부들은 다들 삽을 질질 끌고 쑨시밍 쪽으로 몰려들어 호기심어린 눈으로 그의 어깨 위에 매달린 아이를 들여다보았다. 어디 그 또순이 좀 보게 애를 내려놓게. 쑨시밍이 후이셴을 내려놓자 몇몇 여자 간부들이 후이셴을 에워싸고 아이의 용모를 찬찬히 살피기 시작했다. 다들 이 소녀가 예쁘장하게 생겼다는 데 동의했다. 특히 렁추윈은 금방 있었던 일은 신경쓰지 않고 후이셴의 손을 잡아끌어 꼭 잡고는 찬탄을 멈추지 않았다. 예쁘고 똑똑한 아가씨네. 나한테 이런 딸이 있으면 자다가도 웃으며 깨겠다.

자오춘탕은 여전히 흙속에 삽을 찔러넣은 채 한쪽 발로 삽 모서리를 밟고 발을 달달 떨고 있었다. 그 역시 후이셴을 유심히 살피는 눈치였다. 경험 많은 우체국 직원이 내력이 불분명한 소포를 가늠해보듯 이맛살을 보일락 말락 찌푸렸다. 그러나 겉으로 드러난 표정은 아무 일도 없다는 듯 태연했다. 저애한테 마오 주석의 어록을 외울 수 있는지 좀 물어보게! 간부들은 자오춘탕의 말이 농담인지 진담인지, 그 의도를 알 수 없었다. 렁추윈이 후이셴의 땋은머리를 가볍게 잡아당기며 물었다. 우리 서기님께서 너한테 물어보라고 하시는데, 마오 주석의 어록을 외울 줄 아니? 후이셴은 눈을 깜빡이더니 잠깐 생각에 빠졌다. 할 줄 알아요! 절대로 투쟁 투쟁을 잊지 마라! 간부들은 먼저 웃음을 터뜨렸다가 다 웃고 나서 틀린 부분을 고쳐주었다. 투쟁 투쟁이 아니라 계급투쟁이야. 계급투쟁이 뭔지 아니? 후이셴은 간부들과 입씨름할 마음이 없는지 갑자기 자오춘탕 쪽으로 쪼르르 달려가 까치발을 하고 자오춘탕의 윗도리 주머니에 든 만년필을 잡으려 했다. 우리 아빠도 주머니에 만년필 세 자루를 넣고 다녔어요! 이렇게 외치며 한 손으로 자오춘탕의 만년필을 잡아뽑으려 했다. 쑨시밍이 다급히 달려가 아이를 끌어당겼다. 서기님의 만년필을 잡아당기면 안 돼. 어디 한번 자오 서기님이라고 불러보렴.

자오춘탕이 만년필 한 자루를 빼서 후이셴의 손에 쥐여주며 말했다. 이 만년필은 네게 주마. 가지고 가서 공부 열심히 해야 한다. 쑨시밍이 말했다. 보렴, 자오 서기님이 네게 만년필을 주시네. 자오 서기님도 널 좋아하시는구나. 위에 있던 선대 주민들은 모두 후이셴 대신 좋아했다. 그들은 자오춘탕이 더 나아가 어떤 태도를 취해주기를 바랐지만 그는 다시 삽을 집어들 뿐이었다. 주민들은 머리를 맞대고 한바탕 수군거렸다. 쑨시밍이 아무 생각 없는 사람처럼 구덩이 안에서 서성대는 모습을 보다 못한 더성이 위쪽에서 소리를 질렀다. 자오 서기님, 애한테 만년필을 주면 무슨 소용입니까?

차라리 식판이랑 침대라도 하나 주신다면야 쓸모가 있겠지만요.

이 말은 자오춘탕을 재촉하는 뜻을 담고 있었다. 구덩이 안의 사람들이 모두 입을 다물고 그의 결정을 기다렸지만 자오춘탕은 아무도 곁에 없는 것처럼 그저 하던 일에 몰두할 따름이었다. 자오춘탕의 한쪽 발이 삽을 한 번 힘껏 밟고 올라서면 삽 위에는 진흙이 수북하게 퍼담겼고 그 흙은 곧 더성의 발 아래쪽으로 가볍게 날아가 쌓였다. 더성이 흙더미를 피하며 크게 소리를 질렀다. 자오 서기님, 어찌 고의로 사람 몸에 흙을 뿌리신답니까? 도대체 무슨 생각을 하고 계신 건지 어서 말씀 좀 해보십시오. 우리가 이애를 도대체 어디로 데려다주면 되겠습니까? 자오춘탕은 더성을 상대도 하지 않고 쑨시밍을 손짓해 불렀다. 쑨시밍이 가까이 가자 그는 기세 사납게 훈계를 늘어놓기 시작했다. 당신네 샹양 선대 사람들한테는 도대체 혁명 인도주의 정신이라는 게 조금도 없나? 이렇게 귀여운 소녀를, 이렇게 득달같이 달려와 정부에 맡기지 못해 안달이란 말인가? 게다가 지금이 어느 땐가. 여기서는 동풍팔호 노동 전투가 대대적으로 진행중인데, 당신네들은 애 하나를 맡기겠다고 이리저리 안고 다니며 무슨 일을 벌이는 건가? 이애는 아무데로도 보낼 수 없으니, 그저 당신네 샹양 선대 몫으로 '달아'두게.

선대 주민들은 '달아'둔다는 게 무슨 뜻인지 전혀 이해하지 못했다. 그 말은 너무 모호했다. 쑨시밍이 구원을 청하듯 위를 올려다보았고 선대 주민들은 모두 나를 보았다. 둥량아, 너는 '달아'둔다는 게 무슨 소린지 알겠냐? 나는 생각 끝에 말했다. '달아'둔다는 건 그러니까 두고 보자는 거죠. 오늘은 간부들이 애를 받아주지 않으니 나중에 이 문제를 다시 얘기하자는 거예요. 두뇌 회전이 빠른 더성이 곧 반응을 보였다. 뭘 '달아'두고 말고야? 이게 무슨 공차기도 아니고, 애를 우리한테 차버리겠다는 말이잖아. 더성댁이 맞장구를 쳤다. 그런 공은 우리가 함부로 못 받지. 둥량 아버지 말이, 애를 주워서 키우는 건 고양이나 개와 달리 쉽지 않다고, 먹일 밥도 있어야 하고, 호적도 있어야 하고, 밟아야 할 수속도 산더미라고 했잖아!

쑨시밍이 선대 주민들의 의견을 추려 자오춘탕 앞으로 가서 말했다. 자오 서기님, 저도 동풍팔호가 아이 하나보다 중요하다는 사실은 잘 압니다. 우리 선대가 지도자 여러분의 고민을 덜어드리는 셈 치고 배에서 아이를 키워도 상관없겠지요. 하지만 이 상태로는 아닌 것 같습니다. 이대로 배로 데려가면 아이는 호적도 없는 사람이 되는데, 그건 못할 짓이지요. 만약 남들이 우리가 아이를 유괴했다고 모함하면 그 역시 못할 짓이고요. 서기님이 우리에게 그렇게 말씀하시려면 증서라도 작성해주셔야 하지 않겠습니까?

자오춘탕이 쇳빛으로 변한 얼굴로 눈짓하자 장쓰왕이 손에 들었던 삽을 내던지고 쑨시밍의 멱살을 거머쥐었다. 쑨시밍, 네놈이 왜 평생 입당을 못하는지 알아? 바로 닭대가리라서 그런 거야. 네가 이끄는 게 대체 무슨 선대냐? 덜떨어진 떨거지들 집합이지. 정치적 각성도 없어, 교양도 없어, 질서라는 게 뭔지도 모르지! 이렇게 많은 사람들이 쫓아와서는, 하나같이 닭대가리인 거야? 자오 서기님이 저렇게 분명히 말씀하셨잖아. '달아'두라고! '달아'두라는 말도 못 알아들으면서 도대체 무슨 말을 해주길 바라는 거야? 자오 서기님께서 얼마나 바쁘게 수고하시는지 안 보여? 당신네는 겨우 애를 데리고 와서 자오 서기님께 따지지만, 상부에서는 서기님께 동풍팔호의 건설에 대해 얘기한단 말이다. 어느 쪽이 더 중요하겠어? 어디 한번 말해보라고!

쑨시밍은 혀가 굳어 한 마디도 못하는데 후이셴이 두 눈을 동그랗게 뜨고 어른들의 표정을 살피더니 쑨시밍의 소맷자락을 잡아당기며 말했다. 도대체 왜 싸우는 거예요? 내가 무슨 단추도 아닌데 어떻게 달아둔다는 거예요? 간부들과 선대 주민들 모두 아이의 물음에 답하지 못하는 사이에 더성댁이 쭈뼛쭈뼛 말했다. 달아두는 게 오래 내다보는 계책은 아니겠지요. 나중에 분명히 문제가 생길 텐데요. 지금 간부님들이 다들 아래에 계시니 좀 올라와서 얘기를 나눠보면 안 될까요? 아이 하나가 흙 한 삽만큼도 중요하지 않다는 건 아니겠지요? 장쓰왕이 더성댁에게 눈을 부라렸다. 더성댁, 자네 말주변이 좋다고 착각하지 마. 지금은 비상시국이라고. 모든 걸 다 동풍팔호에 양보해야 하는 때란 말이지. 혁명의 흙 한 삽이 당연히 아이 하나보다 중요한 법이야!

선대 주민들은 장쓰왕에게 어떻게 반박해야 할지 몰랐다. 다들 할말을 잃고 쑨시밍이 후이셴을 데리고 위로 올라오는 모습만 지켜보았다. 쑨시밍댁이 후이셴을 받아 안았다. 선대 주민들은 그냥 포기할 수 없어 구덩이 주위에 둥그렇게 둘러서는 것으로 그 안의 간부들에게 압력을 가했다. 간부들도 머리를 맞댔다. 장쓰왕이 자오춘탕의 귓가에 수군거리면서 주민들에게는 손을 내저어 의사를 표시했다. 어서 가라고. 얼른들 꺼져! 주민들은 아무도 그 자리를 떠나려 하지 않고 구덩이 아래서 간부들이 나누는 이야기를 엿들었다. 모든 눈이 자오춘탕에게 가서 붙박였다. 자오춘탕이 품에서 만년필을 꺼내 편지지에 뭐라고 적었다. 주민들은 그가 거기에 뭘 쓰고 있는 건지 알 수 없었다. 그러다 마침내 장쓰왕이 자오춘탕의 쪽지를 들고 구덩이 가장자리로 달려와 쑨시밍을 향해 흔들어 보이며 소리쳤다. 이 종이를 가져가게. 가서 양식배급소 야오 소장에게 보이면 쌀 다섯 근을 줄 게야! 지금은 양식이 부족한 때야. 다섯 근은 저애 식량일세. 다 먹거든 그때 다시 와서 배급표를 받게. 명심해, 아이 식량은 탐내지 말라고!

쑨시밍은 그 쪽지를 받아들고 한동안 멍하니 서 있었다. 그의 얼굴이 벌겋게 달아오르기 시작했다. 쌀 다섯 근이라고요? 자오 서기님, 지금 우리를 거지 취급하십니까? 쑨시밍이 발을 굴러 진흙 한 덩이를 모아 그 쪽지를 짓이겼다. 우리더러 쌀 다섯 근 먹고 떨어지라는 말씀입니까? 우리 선대 사람들을 너무 함부로 보셨습니다! 쑨시밍의 얼굴이 붉어지고 목덜미에는 퍼렇게 힘줄이 솟았다. 그는 구덩이 안의 간부들에게 선전포고하듯 소리쳤다. 기가 막혀 죽겠습니다! 내가 이애 때문에 다시 여기를 찾아오면 성을 갑니다, 성을! 내가 개자식입니다! 간부들이 이애를 돌보지 않겠다면 우리가 돌보지요! 그 쌀 다섯 근은 닭을 먹이든 오리를 먹이든 마음대로 하십시오. 우리는 그깟 쌀 대수롭지 않으니까요. 우리 샹양 선대 열한 척이, 애 하나는 충분히 키울 수 있습니다!

제비뽑기

상양 선대가 후이센을 키우게 된 일을 이야기하자면, 십수 년 동안 사랑과 온정으로 가득했던 그 양육이 실은 오기에서 비롯된 것임을 인정해야 한다. 상양 선대의 그 많은 주민이 뭍에 올라 그 많은 곡절을 겪었지만, 말다툼도 심한 욕설과 주먹다짐도 소용없어 그 먼길이 헛걸음이 되었다. 내 만년필과 볼펜 또한 끝끝내 쓰일 데가 없었다. 모두가 한마음으로 힘을 합쳤지만 아이 하나를 보내지 못했다. 결국 더성이 다시 후이센을 등에 업었다. 아이를 보내러 갔던 일행은 임무에 실패하고 기가 꺾여 돌아왔다. 나는 주민들의 표정을 살폈다. 대부분 의기소침에 기쁨이, 기쁨에 망연자실이 뒤섞인 표정이었다. 쑨시밍댁은 간부들을 욕하면서 후이센의 작은 손을 붙잡고 쪽쪽 입을 맞췄다. 그 인간들이 안 받아줘서 다행이네. 나도 너를 보내기 싫었다. 이 귀염둥이. 그 사람들이 너를 '달아'두라는 구나. 지금부터 도대체 어느 세월까지 '달아'두라는 건지는 모르겠다만, 이제 너도 우리를 따라서 선대 사람이 되는 거야.

이물 쪽에서 빨래를 하고 있던 육손이 왕씨네 두 딸이 가장 먼저 더성의 등에 업힌 아이를 발견하고는 대야를 내팽개치고 열한 척의 배를 우왕좌왕 뛰어다니며 소리치던 게 기억난다. 안 보냈어요, 안 보냈다고요. 후이셴이 돌아왔어요! 선대의 모든 사람들이 밖으로 달려나와 저마다 어찌된 일인지 상황을 물었다. 뭍에 다녀온 사람들은 새로 배워온 어휘를 사용해 말했다. 이애는 우리 배에 '달아'두라는군!

이렇게 후이셴이 돌아오자 아이를 대하는 주민들의 태도가 미묘하게 달라졌다. 아이가 상앙 선대에 '달린' 셈이니 선대가 양육과 감독의 의무를 져야 했다. 이 의무를 누가 질 것인지, 얼마나 질 것인지에 대해서는 상의된 바가 없었다. 이제 아무도 이 아이를 가엾은 작은 동물 보듯 하지 않았다. 친절함과 온정의 손길도 절제되었다. 저마다 마음속으로 주판알을 튕기기 시작했다.

후이셴에게도 변화가 있었다. 뭍으로 두 차례나 올라갔다 매번 선대로 돌아오게 되자, 아이도 아마 뭍에서 자신을 거부한다는 사실을 알아차렸을 것이다. 뭍사람들이 자신을 받아주지 않으니 이 선대에 몸을 의탁할 수밖에 다른 도리가 없다. 아이는 타고난 총명함으로 선대 주민들에게 순종적인 태도를 취했다. 제멋대로 거칠게 굴던 태도가 하루 사이에 몰라보게 달라졌다. 마을에서 돌아온 그날 오후에 나는 손가락에 알록달록한 실을 감은 후이셴이 일호선 고물 쪽에서 두리번거리며 실뜨기 상대를 찾는 것을 보았다. 아이는 잉타오를 발견하고는 조르르 그쪽 배로 달려가 먼저 잉타오를 불렀다. 언니, 이리 와봐. 내가 실뜨기 가르쳐줄게.

잉타오는 후이셴의 부름에 놀라 쭈뼛거리다 이내 손을 내밀었다. 두 소녀가 배에서 실뜨기를 하는데 잉타오의 오빠 다융이 다가가 둘의 손가락이 만들어내는 실 모양을 가만히 바라보다 기회를 노려 한 손을 실 사이로 끼워넣었다. 잉타오가 소리를 질렀다. 이건 여자애들 놀이인데, 왜 맘대로 끼어들어? 그래도 다융은 꿋꿋하게 버티고 앉아 자리를 떠나려 하지 않았다. 잉타오가 엄마에게 고자질하자 잉타오 엄마가 달려와 다융을 내쫓고 자신이 그 자리에 주저앉았다. 잉타오 엄마는 후이셴의 얼굴을 가만히 들여다보다가 뭔가 다른 생각이 들었는지 얼토당토않게 아들을 위해 '중매'를 서기 시작했다. 우리 다융이가 널 좋아하니 아예 우리집에 와서 살면서 이다음에 며느리 하자꾸나.

후이셴은 잉타오 엄마의 얼굴을 보고 다융의 얼굴을 보더니 고개를 흔들며 말했다. 나를 좋아하는 사람은 많아요. 누가 나를 좋아한다고 내가 그 며느리가 되면, 도대체 몇 사람의 며느리가 되어야 하는 거예요? 안 돼요.

누가 너더러 모두의 며느리가 되라든? 여자는 한 남자만의 아내가 되는 법이니, 너를 가장 좋아하는 사람 집의 며느리가 되면 되는 거야. 잉타오 엄마가 실실 웃으며 말했다. 다융이가 가장 널 좋아하니 이담에 우리 다융이 짝 하려무나. 우리집 며느리가 되면 좋지. 우린 배도 좋고, 형편도 괜찮으니까. 나중에 배도 네 것이고, 이 배의 살림도 다 네 것이 되는 거야.

후이셴은 잉타오네 선실 천막 안을 둘러보고 말했다. 이 집에는 소파도 없는데 뭐가 좋아요? 나는 이 집 며느리 안 할 거예요. 누구네 집 며느리도 안 할 거예요. 나는 뭍에서 왔으니까, 엄마가 날 데리러 오면 따라서 집에 갈 거예요.

다융이 또 언제 왔는지 곁에서 끼어들었다. 아직도 집에 돌아간다는 거야? 네 엄마네 집은 진췌강이라고. 물귀신이 됐으니까. 물귀신이 널 찾아내면 넌 재수 옴 붙은 거야. 다융이 겁을 주며 후이셴의 다리를 흘깃 쳐다봤다. 다리 조심해. 물귀신이 사람을 물에 빠뜨릴 때 다리를 잡아당기니까. 네 엄마가 네 다리를 끌어안으면 넌 끝이야. 너도 물귀신이 돼서 온몸에 퍼런 물이끼가 자라겠지.

잉타오 엄마가 자기 아들을 말릴 새도 없었다. 후이셴은 실뜨기하며 놀리던 열 손가락을 멈추고 겁에 질린 눈으로 다융을 노려보았다. 아이도 틀림없이 물귀신이 무슨 뜻인지 알고 있는 것이다. 잉타오 엄마는 아들이 화를 자초했다는 사실을 알았다. 얘, 다융이 헛소리한 거니까 귀담아듣지 마. 저놈이 개띠라서 개 짖는 소리만 해댄다니까. 잉타오 엄마가 다융을 배 저쪽으로 밀었지만 이미 때는 늦었다. 후이셴이 실을 내던지고 약이 바짝 올라 다융의 뒤를 쫓았다. 누가 물귀신이라는 거야? 니가 물귀신이지! 퍼런 물이끼는 네 몸에서 자란다고! 후이셴은 고함을 지르며 실뭉치로 다융을 때렸다. 앙칼진 목소리가 어린아이 같지 않았다. 소리는 점점 날카로워지고 광폭해지며 약간 히스테릭하기도 했다. 더욱 놀라운 것은 아이가 선대 주민들의 욕설을 배웠다는 사실이었다. 아이는 잉타오네 온 식구를 싸잡아 욕했다. 내가 두들겨버릴 테야. 너를 두들겨버린다고. 내가, 니미럴 두들겨버린다고. 너희 식구 모두 두들겨버릴 거야!

주민들 모두 잉타오네 배에서 벌어진 소란에 놀랐다. 쑨시밍댁이 달려와 바로 후이셴 편에 서서 다짜고짜 잉타오 엄마에게 삿대질하며 비난했다. 자네가 인정 없는 건 알았는데, 정말 몹쓸 사람이네. 애는 뭘 몰라서 그런다 쳐도, 자네는 다 큰 어른이 상황 파악이 안 된단 말이야? 이애를 못살게 굴면 하늘이 갚아주실 거네!

잉타오 엄마가 말했다. 알지도 못하면 가만히나 계셔. 누가 감히 애를 건드리겠어? 얘가 다융이를 쫓아와서 때렸지, 우리 다융이는 한 번도 받아치지 않았다고. 이애 아주 보통내기가 아니야. 방금 우리 식구한테 물귀신이라고 욕한 거 못 들었어? 더러운 욕을 퍼붓는 거 못 들었냐고? 저 어린 계집애가 우리 식구를 다 두들겨버린다잖아!

쑨시밍댁은 잉타오네 식구들을 향해 눈을 흘기며 무슨 말을 하려 했으나 순간 말을 고르지 못했는지 성을 내며 손을 내저었다. 그만두세, 그만둬. 자네 오호선 식구들이랑은 무슨 말을 해도 소용없으니. 쑨시밍댁은 이렇게 남다른 말투로 최고의 경멸을 표하고 후이셴을 일호선으로 데려가면서 계속 당부했다. 아무데나 함부로 돌아다니지 말라고 그리 일렀는데 기어이 말썽을 피우는구나. 어째 내 말을 명심해서 안 듣니. 사람도 좋은 사람 나쁜 사람이 있고, 배도 좋은 배 나쁜 배가 있는 거란다. 겉보기에 예쁜 배라도 알고 보면 나쁜 배도 있단 말이다. 나쁜 배에는 올라가면 안 되는 거야.

잉타오 엄마가 더는 참지 못하고 씩씩거리며 뒤쫓아왔다. 다시 한번 말해봐. 뭐 좋은 배 나쁜 배? 어린애한테 무슨 그따위 소리를 지껄여? 걔가 그 집에서 며칠 잤다고 엄마라도 되는 줄 아나보네? 암내가 코를 찌르고, 글자라고는 한두 자 알까 말까 한 주제에 남의 자식 엄마 노릇이 가당키나 해?

쑨시밍댁이 고개를 돌려 말했다. 내 암내는 자네 코만 찌르지 다른 사람은 괜찮네. 내 암내에 숨막혀 죽으면 내가 그 목숨값 물어내지. 내가 글자를 한두 자 알까 말까 하면 자네는 몇 글자나 아는가? 내가 이애 엄마 노릇을 못할 것 같으면, 자네는 이애 식모 노릇도 못할 위인이네. 자네 가족이 어떻게 선대로 오게 됐는지 내가 모르는 줄 알아? 집단 농장의 밭갈이 소를 몰래 잡아먹었지 않았나! 정부가 관대하게 처분해주지 않았다면 자네 집 식구들은…… 쑨시밍댁이 말을 다 하기도 전에 허공을 날아온 빗자루가 그녀의 장딴지를 때렸다. 쑨시밍댁이 야단스럽게 비명을 내지르며 고개를 돌려 보니, 빗자루를 던진 것은 놀랍게도 잉타오였다. 잉타오는 허리에 손을 얹은 채 제 엄마 대신 화를 내며 후이셴까지 싸잡아 욕을 했다. 여우 같은 년들! 하나는 늙은 여우고, 하나는 어린 여우야! 둘이서 잘 먹고 잘살라지.

잉타오 엄마는 육손이 왕씨네 배까지 쫓아갔다. 숨이 찬지 얼굴이 하얗게 질려서는 양손으로 가슴을 누르고 한참을 씩씩거리다 겨우 앞쪽을 향해 침을 퉤 내뱉었다. 얼푸 엄마, 거기 서. 말은 똑바로 하고 가라고. 겨드랑이 냄새를 겨루자면 내가 얼푸 엄마 못 따라가겠지만, 누구 혀가 더 지독한가 보자면 얼푸 엄마도 나 못 따라올걸! 얼푸 엄마가 무슨 낯으로 우리집 일을 떠벌려? 그 집의 더러운 짓거리야말로 사방에 떠벌릴 일이지! 쑨시밍이 얼푸 엄마네 여동생을 건드려서 배가 부른 바람에 애 지운 걸 모르는 사람이 있어? 얼푸 엄마네 아버지는 악덕 지주라 정부에서 총살을 당했지! 그런데도 자기가 꽤나 잘난 줄 아나보네. 그 집 사내가 대장 노릇 좀 한다고 얼푸 엄마가 지도원이라도 되는 줄 알아? 잘 들어둬. 이 선대에 있는 배 열한 척 중에 어디고 깨끗한 집안이 없으니, 아무리 사람을 얕잡아보려 해도 우리집은 거기들에 비할 바가 아니라고. 앞으로 또 그 입을 함부로 나불거리면 내가 아주 싹 문대버릴 줄 알아!

나는 어찌된 영문인지 알 수 없었다. 아낙들의 입씨름이야 늘 있는 일이지만 이렇게까지 피비린내가 진동하는 건 흔치 않았다. 과거의 일은 다들 마음에만 담아두고 건드리지 않는 성역이나 다름없었다. 상양 선대는 집집마다 과오가 있었고, 모든 집들의 내력이 떳떳지 못했다. 주민들은 아무리 심하게 싸우더라도 상대방의 아픈 상처는 건드리지 않았다. 선대의 불문율이나 마찬가지였고 누구에게도 예외가 없었다. 그런데 어째서 후이셴 때문에 이 불문율이 깨진 걸까? 나는 이 아낙들에게 도대체 무슨 일이 생긴 건지 어리둥절할 따름이었다. 더 알 수 없는 것은 후이셴에게서 풍겨나오는 마력이었다. 마치 후이셴이 그 작은 손으로 선대의 감춰진 비밀스러운 문을 열어버렸고, 선대 주민들의 자비와 연민이 그 문을 빠져나가 날아오른 듯했다. 저마다 마음속 깊이 감춰둔 속내도, 서로에 대한 원한의 감정도 그렇게 날아올랐다.

두 아낙의 다툼에 아버지까지 깜짝 놀랐다. 아버지가 선실 안에서 내게 물었다. 누가 이렇게 싸우는 거냐? 도대체 뭐 때문에 저렇게 심한 욕들을 해대는 거야? 내가 말했다. 잉타오 엄마랑 얼푸 엄마예요. 다들 후이셴의 엄마가 되고 싶은 모양이에요. 아버지는 선실에 앉은 채 말했다. 잘된 일이구나. 후이셴은 불쌍한 아이니 엄마가 많을수록 좋겠지. 내가 말했다. 엄마가 많으니까 싸움이 나는 거라고요. 사실 저 두 사람 중 누구도 후이셴의 엄마가 되기에 마땅치 않아요. 아버지는 선실 안에서 한동안 침묵을 지키다 갑자기 물었다. 둥량아, 누가 그 아이의 엄마가 될 만한 것 같으냐? 나는 한참을 생각해보고 대답했다. 더성댁 아줌마가 되면 좋을 것 같네요. 아버지가 되물었다. 왜 더성댁이냐? 내가 말했다. 현명하고 위생에도 신경을 많이 쓰니까요. 선대 아낙들 중에 유일하게 매일 이를 닦는 사람이잖아요. 나는 아버지가 왜 이렇게 꼬치꼬치 묻는지 알 수 없었다. 아버지는 내 이유를 듣더니 뜻밖에도 비웃음을 흘렸다. 현명은 뭐고 위생은 또 뭐냐? 나는 네가 왜 더성댁을 꼽는지 다 안다. 그 집 배가 우리 바로 옆이기 때문이지. 넌 그애가 더성네 딸이 되길 원하는 게 아니라 네 여동생이 되기를 바라는 거 아니냐!

아버지에게 은밀한 속내를 들키자 왠지 모르게 긴장이 된 나는 한 마디 변명도 못하고 고물 쪽으로 가서 밥을 짓기 시작했다.

더성 부부도 배의 이물에서 싸우는 소리를 들었다. 더성댁은 쑨시밍댁 편을 들었고, 더성은 오십보백보라며 중도적 입장을 취했다. 저렇게 난리를 치면서 백날 싸워봤자 다 허튼짓이고, 다 똑같은 여편네들이지. 해야 할 말은 안 하고 온통 하지 말아야 할 소리만 떠벌리니, 다들 애 키울 자격도 없어. 애들이 저런 꼴을 따라 배우면 마찬가지로 막나가는 여편네가 되는 거라고. 내가 더성에게 말했다. 왜 아저씨 집에서 애를 데려가지 않는 건데요? 아저씨네 조건이 제일 좋잖아요. 더성 부부가 서로를 마주보더니 더성댁이 말했다. 조건이 다 무슨 소용이야? 우리가 애를 데려오려고 몇 번이나 청했는데도 쑨시밍네가 양보를 안 하는데. 더성이 아내의 말을 잘랐다. 자네한테 못 데리고 가게 한 건 아니지. 이제 애가 정식으로 선대에 '달리게' 됐으니, 어떻게 키울 것인지 앞으로 다같이 의논해봐야지. 그게 바로 민주집중제라는 거야. 우선 민주적으로,

그리고 의견을 집중해 처리하는 거지. 내가 보기에 이애가 어느 배로 갈지는 결국 제비뽑기를 해야 할 성싶은데.

저녁 무렵이었다. 얼푸가 배마다 돌아다니면서 큰 소리로 외쳤다. 제비뽑기를 할 거니까 각 배에서 대표 한 사람씩 일호선으로 오세요. 한 집도 빠지면 안 됩니다. 제비를 뽑아 애를 데려갈 사람을 정할 거예요!

역시 제비뽑기였다. 아버지는 얼푸의 목소리를 듣고 도대체 무슨 소리를 하는 건지 내게 물었다. 제비뽑기하러 오래요. 아이 일을 결정한다고요. 아버지가 말했다. 너무 함부로 처리하는 거 아니냐? 아이는 사람이지 무슨 상품도 아닌데, 어떻게 제비뽑기를 한다는 말이냐? 나는 아버지의 태도를 슬쩍 살폈다. 우리집에서도 뽑으러 가요? 아버지는 잠시 망설이다 말했다. 오라면 가야지. 어쨌거나 단체의 일이니 피할 순 없으니까. 하지만 저들도 우리 상황을 아니까 칠호선이 뽑히더라도 소용은 없을 게다. 일단 다녀나 오거라.

눈 깜짝할 사이에 모두가 쑨시밍의 배에 모였다. 대부분은 꽤 긴장되는지 안절부절못했다. 긴장하는 이유는 모두 달랐다. 쑨시밍과 더성네는 운이 없어 제비를 잘못 뽑아 애를 데려가지 못할까봐 걱정이었고, 육손이 왕씨네는 그 반대였다. 육손이 왕씨는 운이 너무 좋을까봐 걱정스러운 나머지 사람들 앞에서 미리 선을 그었다. 우리집은 애들이 많아서 양식도 없어. 우리가 제비를 뽑으면 얘는 집집마다 빌어먹어야 될지도 모른다고. 그 이기적인 발언에 쑨시밍댁의 얼굴이 백짓장처럼 변했다. 걱정하지 마요. 그 집 밥을 축내지는 않을 테니. 누가 제비를 잡든 애를 키우는 건 우리 모두의 일이에요.

쑨시밍은 갱지로 된 신발상자를 준비해 뚜껑에 구멍을 뚫고 사방을 붉은 천으로 단단히 봉해서 제비뽑기 통으로 삼았다. 신발상자를 이물에 두고 쑨시밍이 먼저 시범을 보였다. 손을 집어넣어 진지하게 뒤섞은 뒤 종이를 끄집어냈다. 백지였다. 얼푸가 놀라 소리를 질렀다. 아버지는 정말 잘하시는 게 없어요! 쑨시밍이 실망해서 아들과 아내를 보며 말했다. 나 대신 뽑으라니까 안 하겠다고 해놓고는! 임자도 운이 좋고 아들도 운이 좋으니 대신 뽑으라고 했잖아!

일호선에서 육호선까지 모두들 백지만 집어냈다. 내 차례가 되자 다들 나를 쳐다보더니 쑨시밍에게 의견을 물었다. 칠호선에서도 제비를 뽑아요? 둥량이가 뽑으면 어쩌려고? 저 집은 부자 두 사람뿐인데 어떻게 애를 키워. 나는 그들의 태도가 지긋지긋해서 말했다. 다들 내 뱃속에 들어앉아봤어요? 우리 배에서 저애를 키울지 못 키울지 어떻게 알아요. 뽑지 말래도 뽑고 말 거예요. 쑨시밍이 나서서 상황을 수습해보려 했다. 둥량아, 오해하지 마라. 다들 호의로 그러는 거 아니냐. 너희 집 부자를 생각해서 하는 소리지. 나는 쑨시밍에게 내가 뽑히면 당첨된 걸로 쳐줄 거냐고 물었다. 쑨시밍은 난처한지 신발상자를 바라보며 말했다. 그런 우연이 있을라고. 너희 아버지가 너한테 일단 다녀오라고는 했으니 머릿수 맞추는 시늉이나 하고 가거라.

나는 소매를 걷고 상자에 손을 집어넣었다. 결과는 예상하시는 그대로다. 종이 한 장이 다정하게 내 손바닥에 착 달라붙었다. 내가 뽑아낸 것은 색종이였다. 배 위의 주민들이 순간 놀라며 감탄사를 내뱉었다. 쪽지를 펼치니 유치찬란한 여자애 그림이 나왔다. 새카맣고 커다란 눈망울, 양 갈래로 땋아내린 머리, 머리 꽁지에 매달린 커다란 리본. 거기에는 삐뚤빼뚤 이름도 적혀 있었다. 후이셴.

내가 당첨된 것이다.

이 결과에 나는 까닭 모르게 흥분했다. 그 쪽지를 손에 들고 보란듯이 쑨시밍을 똑바로 쳐다보았다. 뽑은 걸로 치는 거예요? 뽑은 걸로 치는 거냐니까요? 다들 난처해하며 한동안 침묵을 지켰다. 더성이 먼저 입을 열었다. 안 쳐주지. 둥량아, 어서 그 종이 다시 집어넣거라. 여기 남은 사람들이 다시 뽑을 테니까. 나는 끝끝내 그 종이를 내려놓지 않았다. 다들 의심스러운 눈초리로 나를 쳐다보며 말했다. 둥량아, 진심으로 그러는 건 아니겠지? 제비를 뽑으면 사람을 데리고 가는 건데, 정말 저애를 데리고 가겠다는 거냐? 순간 뭐라 답해야 좋을지 몰랐다. 까닭도 없이 얼굴이 불에 덴 듯 무섭게 달아올랐다. 나는 쪽지를 손에 쥔 채 남들에게 양보하고 싶지도 않았고, 그렇다고 계속 밀어붙일 용기도 없었다. 사내들이 키득대며 말하는 소리가, 아낙들이 한마디씩 덧붙이는 소리가 들렸다. 둥량이는 그냥 머릿수 채우려고 온 거니까, 저건 안 쳐주지. 다른 집이 뽑았으면 수월한데. 칠호선은 쳐줄 수 없지. 둥량이가 애를 데려가려고 해도 우리가 보낼 수 없어.

주민들은 일호선이 터져나가도록 떠들어댔다. 쑨시밍이 귀를 틀어막고 말했다. 조용히들 좀 해요. 어찌나 시끄러운지 머리가 다 폭발할 거 같네. 그러고는 다소 자신 없는 태도로 나를 바라보며 내 손에 든 쪽지를 낚아채려 했다. 나는 순간 그의 손을 떨쳐냈다. 헛손질을 한 쑨시밍이 무안한 표정을 짓더니 욕을 내뱉었다. 제기랄, 이게 10위안짜리 지폐로 보여? 어째 그리 꼭 쥐고 안 내놔? 이건 막중한 책임이 달린 일이야. 다들 네가 제비 뽑는 데 반대하는 게 안 보이냐? 그리고 너희 배에는 여자 한 사람 없는데, 남의 집 귀한 애가 너희한테 간다고나 하겠냐?

이렇게 해서 결정권은 아이에게 돌아갔다. 아주 또렷하게 기억한다. 후이셴은 그때 육손이 왕씨네 막내딸과 실뜨기를 하고 있었다. 사람들이 모두 자기를 쳐다보는데도 아이는 멈추지 않고 손을 놀렸다. 자그마한 양손이 깜찍하게 뒤집어질 때마다 손가락 사이에 걸린 실들은 아름답고 복잡한 도형을 만들어냈다. 쑨시밍댁이 아이에게 입을 맞췄다. 아가, 네가 직접 둥량이에게 말해주려무나. 저애가 잡은 제비는 소용없다고 말이다. 너도 칠호선으로는 가기 싫지?

맘대로 해요. 아이가 문득 입을 열었다. 그 말투에 묻어나는 노련함과 슬기로움이 아이의 나이에 전혀 걸맞지 않았다. 후이셴의 시선은 여전히 손에 걸린 실에 붙박여 있었지만, 아이의 입에서 나온 한마디는 마른하늘의 날벼락처럼 사람들의 머리 위에서 울려퍼졌다. 나를 포함한 모든 주민이 할말을 잃고 멍하니 서 있었다. 사실 나는 마음의 준비가 전혀 되어 있지 않았다.

쑨시밍댁이 가장 먼저 정신을 차리고는 한달음에 달려가 후이셴을 안아올렸다. 우리 예쁜 아가씨, 이런 일은 맘대로 하면 안 되는 거야. 절대 맘대로 하면 안 되는 거란다! 더성댁도 초조한 나머지 후이셴 앞으로 바짝 다가들었다. 그러고선 자기 코앞에 검지를 세워 눈동자를 굴려 모으며 후이셴에게 연기를 해 보였다. 그렇게 급히 말할 것 없어. 꼬마 아가씨, 아줌마는 애들이랑 참 잘 논단다. 더성 아저씨도 그렇고. 우리는 다 너랑 잘 놀아줄 거야. 잉타오 엄마가 한쪽에서 쌤통이라는 듯 코웃음을 쳤다. 복수하기에 더없이 좋은 기회였다. 잉타오 엄마가 도발적으로 쑨시밍댁을 꼬나보며 말했다. 어느 배가 좋고 어느 배가 나쁜지, 이제는 분명히 알겠지? 하이고, 아직도 저애가 자기를 좋아하는 줄 아나보네? 자기네가 좋은 배라고? 애가 그 집 배는 쳐다도 안 보는 걸 보니 나쁜 배네!

일호선은 티격태격하는 사람들 소리로 요란했다. 나는 쪽지를 손에 쥔 채 모든 사람들에게 맞서며 내 마음속의 외침을 듣고 있었다. 제발 떠들지 좀 마요, 나는 저애를 데려가고 싶어요, 여동생을 갖고 싶다고요! 그 말을 하는 게 그리 어려운 일도 아닌데 나는 어떻게도 입 밖에 낼 수 없었다. 주민들은 내가 주저하는 걸 눈치챘다. 쑨시밍댁이 먼저 자극법을 썼다. 둥량아, 그 제비를 놓기가 그렇게도 싫거든 애를 데리고 가려무나. 어린애가 크려면 먹고 마시고 입고 또 씻어야 하는데, 너희 부자가 어떻게 애를 돌보려나? 쑨시밍은 좋은 말로 충고하며 타일렀다. 그 충고는 사실 아픈 데를 찌르는 것이나 다름없었다. 둥량아, 나도 네가 여동생을 갖고 싶어하는 마음은 잘 알겠지만, 애를 키우려면 일단 여자가 있어야 하잖니. 여동생을 가지려면 먼저 엄마가 있어야 하는데, 너희 배에 어디 엄마가 있니? 하다못해 누나도 없잖니. 네가 내 입장이면 칠호선으로 애를 보낼 수 있겠니. 춘성이 말했다. 둥량아, 침착하게 잘 생각해봐. 너도 장기를 둘 줄 아니까 한번 둔 수는 후회하지 않고, 지더라도 다른 사람 원망은 하지 않는 법이라는 거 알겠지. 육손이 왕씨의 표정은 어쩐지 얄궂은 데가 있었다. 그는 짐짓 친한 척 다가와 내 어깨를 툭툭 치고는 말했다. 둥량아, 지금 저애를 너희 배로 데리고 가기는 너무 이르지 않겠냐? 이제 일곱 살인데. 십 년 후에 데려간다면야 우리도 다 찬성을 하고말고.

맞은편에 서 있던 후이셴이 잽싸게 제 손을 뒤로 감추었다. 그 동작과 동시에 아이의 작은 얼굴에 교만한 웃음기가 스쳤다. 나는 아이의 눈 속에 나를 응원하는 빛이 그득 고여 있음을 알았다. 그 격려의 눈빛은 조심스러웠고, 어딘지 내 속내를 떠보는 듯도 했다. 이어 아이가 작은 발을 나붓하게 들어옮겼다. 내가 있는 쪽으로 한 발짝. 속내를 드러낸 것이다. 내가 자신을 데려가주기를 바라고 있었다. 칠호선으로 가서 내 여동생이 되고 싶어했다.

나는 불끈 용기가 솟아 후이셴에게 명령했다. 가자, 칠호선으로 가서 소파에 앉자! 아이는 고개를 끄덕이더니 재빨리 나와 한 차례 눈빛을 교환하고 허리를 굽혀 갑판 위로 튀어나갔다. 앞장서 뛰어가는 후이셴을 내가 뒤에서 엄호했다. 그래서 아낙들은 아무도 아이를 붙잡을 수 없었다. 후이셴은 새장에서 도망친 작은 새처럼 아주 능숙하게 일호선 갑판을 가로질렀다. 주민들 대부분은 넋을 놓고 바라볼 따름이었고, 쑨시밍댁만이 땅끝까지 쫓아올 기세로 소리를 질렀다. 아가, 착하지, 가지 마라! 절대 칠호선으로 가면 안 돼. 나는 쑨시밍댁을 막아섰다. 아무리 잡아당기고 밀어붙여도 내가 꿈쩍하지 않자 쑨시밍댁은 남편에게 버럭 고함을 질렀다. 뭘 시체처럼 가만히 있어? 어서 와서 나를 도와줄 생각은 않고! 쑨시밍은 침착하게 뒤에 서서 제 아낙의 모자람을 나무랐다. 자네가 기를 쓰고 애들 뒤를 쫓아 갑판 위에서 경주라도 할 참인가? 갈 테면 가라고 해. 나는 상관 안 하려네. 자네도 머리로 생각이라는 걸 좀 해봐. 저애들 둘이 뭘 결정할 수 있겠는가? 칠호선 일은 쿠 서기님에게 결정권이 있는데, 저애가 간들 칠호선에 머물 수 있겠어? 기껏 뛰어봤자 헛수고네.

불행히도 이 일은 결과적으로 쑨시밍의 말이 맞았다. 후이셴은 육호선의 고물까지 뛰어갔지만 감히 칠호선으로 뛰어들지는 못했다. 아버지가 소리를 듣고 뒤쪽 선실에서 나왔다. 뱃머리에 서서 굽은 허리를 한 채 평소와 달리 아이에게 자상한 미소를 지어 보이려 안간힘을 쓰는 중이었다. 그러나 그 얼굴은 웃는다기보다 차라리 우는 것에 가까워 보였다. 후이셴은 아버지의 웃는 얼굴에 놀라 어찌할 바를 모르고 있었다.

꼬마 동지, 어른들 말 잘 들어야 해. 절대 우리 배에는 오면 안 돼. 우리 배에는 호랑이가 있거든.

내가 속을 줄 알고요! 배에 호랑이가 어디 있어요?

다른 배에는 없지만 우리 배에는 호랑이가 있어. 밤이 돼야 나타나지. 아이들만 잡아먹는 호랑이야.

아버지는 원래 아이들에게 장난치는 데 재주가 없었다. 거짓말의 효과를 더하기 위해 놀랍게도 호랑이가 사람을 덮치는 시늉까지 해 보였다. 두 눈을 부릅뜨고 코로는 씩씩거리며 호랑이 소리를 내고, 양손을 아이의 정수리 위에 엇갈려 올리고 손톱을 세워 잡았다 놓았다 반복했다. 아버지의 몸짓은 어설퍼서 헛웃음이 날 지경이었지만, 후이셴은 깜짝 놀라 꺅 외마디 비명을 내질렀다. 나는 아이가 놀라 뒤로 물러서는 것을, 육호선 고물의 난간까지 조르르 달아나는 모습을 보았다. 아이는 난간 기둥을 끌어안고 용감하게 버티고 섰다. 못된 할아버지! 그 나이에 무슨 호랑이 흉내예요, 정말 싫어! 아이는 혐오스럽다는 듯 아버지의 얼굴을 뚫어져라 보았다. 호랑이, 사자, 코끼리 같은 거 없잖아요. 거짓말인 거 다 알아요. 나 안 받아주고 싶으면 마세요. 다른 사람들은 다 나를 좋아하니까. 나야말로 이런 집 하나도 안 가고 싶어요. 말을 마치자마자 아이는 몸을 돌려 도도한 표정으로 왔던 길을 되돌아 달렸다. 내 앞까지 달려와서는 애먼 나한테 화풀이를 했다. 아이가 발을 구르며 말했다. 너도 나빠! 누가 제비 뽑으랬어? 너희 배는 나쁜 배야. 나는 너희 집 같은 거 하나도 안 가고 싶어.

나는 갑판 위에 버티고 섰다. 아무리 밀어도 꼼짝하지 않자 아이는 고양이처럼 몸을 움츠리고 내 두 다리 사이로 휙 빠져나가 그대로 쑨시밍댁 품으로 뛰어들었다. 뒤쫓아온 사람들이 기쁨과 안도의 환호성을 외쳤다. 나는 아버지를 쳐다보았고, 아버지는 성난 눈으로 나를 마주했다. 그 눈 속에서 이글대는 분노의 불길 때문에 나는 어찌할 바를 모르고 고개를 돌렸다. 아이는 이미 쑨시밍댁에서 더성댁의 품으로 옮겨갔다. 그들은 뭇 별이 달을 에워싸듯 후이셴을 에워싼 채 일호선으로 돌아갔다. 울며 떼를 쓰는 소리 같은 건 들리지 않았다. 주민들이 아이에게 멋대로 지껄이는 소리가 흐릿하게 들려왔을 뿐이다. 칠호선에는 호랑이가 있단다. 그럼, 칠호선에는 호랑이가 있지. 아가, 거긴 가면 안 된다.

나와 아버지는 배를 사이에 두고 대치했다. 우리 부자의 분노도 그렇게 힘겨루기중이었다. 호랑이, 호랑이, 우리 배에는 호랑이가 있다. 나는 언뜻 거대하고 얼룩덜룩한 호랑이 한 마리가 아버지 뒤에 엎드려 있는 것을 보았다. 그리고 이 난데없는 환상이 순간적으로 내게 어떤 부끄러움을 불러일으켰다. 부끄러움이 마음을 무겁게 눌러와 숨을 쉴 수 없었다. 고개를 숙인 채 배에 오르는 내 마음속에는 증오가 가득했다. 아버지는 나를 힐난하며 육손이 왕씨와 비슷한 말을 내뱉었다. 둥량아, 너 대체 무슨 꿍꿍이속이냐? 네놈

속에 대체 무슨 꿍꿍이가 든 거야? 네 나이가 몇이냐? 저 아이는 또 몇이고? 지금 저애를 배에 들이는 건 너무 빠른 일 아니냐?

나는 그때까지 그토록 아버지를 혐오한 적이 없었지만, 그 순간에는 엄청난 혐오로 말을 가릴 수조차 없었다. 아버지 마음속에나 꿍꿍이가 있겠죠! 반쪽짜리 자지 주제에, 왜 선실에 숨어 있지 않고 밖으로 기어나와요? 나와서 뭘 하려고요? 밖에 나오면 사람들 웃음거리만 되는데!

말을 마치자마자 나는 선실 쪽으로 달아났다. 달아나며 양손으로 머리통을 감싸쥐고 내 뒤통수로 날아올지 모르는 대나무 작대기나 다른 어떤 것을 방어했다. 그러나 선실 안까지 달아나도록 뒤에서는 아무런 움직임이 없었다. 조심스럽게 고개를 돌려 보니 아버지가 뱃머리에 주저앉아 온몸을 부들부들 떨고 있었다. 떠들썩하던 사람들은 이미 소리 없이 흩어졌고, 진췌강 위에는 핏빛처럼 붉은 저녁놀만이 남아 있었다. 아버지는 핏물 같은 저녁놀에 멱을 감으며 홀로 뱃머리에 앉아 있었다. 벼락에 맞기라도 한 것처럼 부들부들 떨면서.

나는 가장 악독한 언사로 아버지의 치부를 공격했다는 죄책감에 시달리며 한편으론 뒷일이 걱정됐다. 아버지가 몸을 일으키고 난 뒤에 어떤 형벌로 나를 다스릴지 알 수 없었기 때문이다. 나는 내 잘못을 알고 있었다. 내 마음속에는 꿍꿍이가 있었다. 하지만 설마 아버지 자신은 잘못이 없는 걸까? 아버지 마음속에는 꿍꿍이가 없었을까? 나는 그 마음속의 꿍꿍이가 더 음험하다고 생각했다. 나는 배의 고물 쪽으로 가서 강을 향해 오줌을 갈겼다. 그런 뒤 내가 뽑은 쪽지를 펼쳐 거기에 그려진 후이셴의 유치한 자화상을 들여다보았다. 나는 손을 놀려 그 종이를 접고 또 접었다. 쪽지가 종이 화살이 될 때까지. 그리고 외마디 기합과 함께 있는 힘껏 날려버렸다. 종이 화살은 강물 위를 가까스로 나는가 싶더니 소리도 없이 수면 위로 떨어졌다가 눈 깜빡할 사이에 물결에 삼켜져 가라앉고 말았다. 진췌강 강물 위의 저녁놀은 핏빛처럼 붉고, 나는 마음속에서 솟구쳐오르는 서러운 분노를 떨쳐낼 수 없었다. 더이상 참을 수 없어 검붉게 물든 강물 위로 외마디 성난 고함을 내질렀다.

헛방귀!

어머니

상양 선대에서 후이셴은 쑨시밍 부부를 양부모로 받아들였다. 아이는 잘 입고 잘 먹었다. 다푸와 얼푸보다 좋은 옷을 입고 좋은 음식을 먹었다. 열한 척 배의 주민들이 모두 일호선을 주목하고 있으니 쑨씨 가족이 어찌 감히 아이를 푸대접할 수 있겠는가? 온 집안 식구들이 후이셴을 금지옥엽으로 받들어 모셨다. 부담스럽지만 영광된 일이기도 했다. 아이는 많은 사랑을 받았다. 물기가 아롱져 빛나는 아이의 커다란 눈망울은 밝고 찬란하게 반짝이면서도 한편 먹구름이 가득 낀 것 같기도 했다. 세 치 행복으로 백 길이나 되는 슬픔을 대체할 수는 없었다. 모두들 부두를 지키는 아이의 눈빛을 이해했다. 아이는 줄곧 자신의 엄마를 기다리고 있었다.

배가 오가는 진췌강에도, 배를 대는 유팡진이나 우푸진, 평황진, 마차오진의 넘쳐나는 인파 가운데도 후이셴 엄마의 모습은 보이지 않았다. 선대가 기슭에 정박하면 가끔 낯선 여인들이 배에 올라 낡은 옷가지와 가재도구, 호박, 마늘 따위를 팔았다. 한번은 젊은 시골 아낙이 광주리에 옥수수를 가득 담아들고 더성네 배에 오른 적이 있었다. 덩사오샹 열사의 전설에서 착안했는지, 아낙은 광주리에 담긴 옥수수 아래에 갓난 딸아이를 숨겨놓았다. 옥수수를 팔고 난 뒤 아낙이 광주리를 흔들자 아기 머리가 툭 튀어나왔다. 아낙이 더성 부부에게 말했다. 이 배에서 계집애를 들이려다 못했다면서요? 이 딸내미, 나한테는 필요 없으니까 삼십 위안만 주고 데려가세요. 더성 부부는 깜짝 놀라 당장 배에서 아낙을 내쫓았다. 더성댁은 아예 얼굴을 가리고 그 갓난아이를 쳐다보지도 못했다. 그리고 아낙에게 욕을 퍼부었다. 하늘 아래 어디 너같이 독한 여자가 있을까. 어미 자격도 없지! 옥수수를 팔면서는 우리랑 그렇게 흥정을 해놓고, 피붙이를 팔 때는 어떻게 흥정도 안 해!

하늘 아래에 별별 어머니가 있는 건 분명했지만, 어떤 어머니도 후이셴에게 속하지 않았다. 그 여인은 자신을 기다리는 아이에게로 영원히 돌아오지 않을 것이다. 선대 주민들은 남녀노소 불문하고 이 점을 잘 알았지만 아무도 입에 올릴 수는 없었다. 엄마 얘기를 꺼내지 말라는, 이 엄청난 비밀을 입 밖에 내지 말라는 경고를 입이 빠른 편인 아이들은 매일같이 들었다. 쑨시밍 일가는 특히 밥을 먹을 때면 떠먹여주기까지 하며 조심조심 후이셴의 시중을 들었다. 후이셴을 향한 부부의 사랑이 어찌나 도가 지나쳤던지 자기 자식들 마음을 상하게 할 정도였다. 하루는 얼푸가 눈물을 훔치며 우리 배로 달려와 내게 뜬금없는 소리를 한 적도 있었다. 있지, 나는 우리 엄마가 낳은 자식이 아니고, 우리 형도 엄마가 낳은 자식이 아니야. 후이셴이 엄마 친자식이야. 그애만 우리 엄마 배를 아프게 하고 나왔다고!

후이셴이 엄마를 잊도록 하기 위해서는 엄마가 딸에게 남긴 모든 흔적을 지워야 했다. 쑨시밍댁은 다른 뜻이 있어서는 아니고, 자신이 후이셴의 생활 전반을 책임지다보니 혹시 모를 불상사를 막기 위해 군용우비를 어떻게 감출지 고민해야 했다. 후이셴은 사랑스러운 아이였지만 한 가지 안 좋은 습관이 있었는데, 잠잘 때 꼭 군용우비를 덮어야 했다. 모든 일에는 이유가 있는 법이니, 다들 엄마의 체취 때문에 아이가 몸에서 군용우비를 떼지 않는 거라고 생각했다. 쑨시밍댁은 이 일로 골머리를 썩었다. 그 녹색 군용우비를 치우고 이불을 줄 때마다 후이셴은 떼를 쓰며 난리를 쳤다. 쑨시밍댁이 특별히 모란꽃이 그려진 예쁜 담요를 사서 침상에 펴주자 후이셴도 마음에 들었는지 우비와 담요를 함께 덮겠다고 했다. 쑨시밍댁은 넋두리를 늘어놓았다. 우리 예쁜 아가씨, 여황제도 너만큼 보필하기 어렵지 않겠어. 꼭 그 우비를 덮어야겠니? 그래서 다른 주민들이 뒷말을 하게 만들어야겠어? 구사회의 어린이들마저 어쨌든 낡은 이불이라도 덮고 잤는데, 새 나라의 꽃송이가 어떻게 우비를 덮고 자느냐고 다들 내 욕을 한단 말이다. 네가 꼭 이 우비랑 담요를 같이 덮겠다면 새 담요에 냄새가 배는 것쯤은 상관 않겠다만, 수양어미가 애를 쪄 죽이려 작정했다고 남들이 안 그러겠니.

한편 후이셴의 무람없는 태도와 빠른 눈치 때문에 쑨시밍 일가는 맘을 졸이며 지내야 했다. 상양 선대에 생겨난 불문율도 한몫 거들었다. 어른이든 아이든 후이셴과 함께 있을 때면 그애가 때리거나 욕해도 절대 받아치지 말아야 했다. 그리고 다들 그애 앞에서 거짓말을 해야 했다. 후이셴의 엄마가 아직 살아 있다는 듯, 언젠가 배에 와서 후이셴을 데려갈 거라는 듯 말이다. 후이셴은 자신에게 도망갈 구멍이 있다는 걸 알고, 뭔가 조금이라도 마음에 들지 않으면 바로 비장의 카드를 꺼내들고 징징거렸다. 내가 싫어졌으면 이제 됐어요. 배에 있기 싫어요. 엄마 찾게 뭍에 데려다주세요!

선대 주민들은 자오춘탕에게 다시는 후이셴을 데리고 찾아오지 않겠다고 맹세했다. 후이셴에게는 엄마를 찾을 수 있도록 뭍에 데리고 가겠다는 맹세도 했다. 그것은 도저히 완수할 수 없는 임무였지만 피할 수도 없는 일이었다. 뭍에 오를 때마다 쑨시밍은 낡은 신문 한 뭉치를 안고 우리 배 칠호선으로 와서 후이셴의 엄마를 찾는 전단을 써달라고 부탁했다. 쑨시밍 가족은 후이셴을 데리고 거리마다 전단을 붙이고 다녔다. 부부가 번갈아가며 아이를 안고, 다푸는 풀통을 들고, 얼푸는 낡은 신문지 한 무더기를 책임졌다. 전단을 다 붙이면 관련 부서를 찾아다니며 수소문을 했다. 가지 않을 수 없었다. 후이셴이 굳이 일깨워주었기 때문이다. 행정 사무실에는 안 갔잖아요, 왜 벌써 돌아가요? 우리 엄마가 사무실에서 날 기다리고 있을지도 모르잖아요.

연기하는 건 정말 어려웠다. 연기를 하느라 피곤해 죽을 지경이었지만 도중에 멈출 수도 없었다. 애가 엄마를 찾는다고 혼자 뭍으로 가버리거나 난리라도 일으키면 큰일이니까. 쑨시밍은 무슨 생각인지 내게 이 책임을 달아두었다. 그가 후이셴을 데리고 칠호선으로 와서 말했다. 둥량 오빠가 널 데리고 엄마를 찾으러 가줄 거다. 배운 게 많고 글도 많이 아니까 행정 사무실에서 처리할 일이라면 뭐든 둥량 오빠가 제일 잘 안단다. 우리는 네 엄마를 못 찾아도 아마 둥량 오빠는 찾을 수 있을 거야. 쑨시밍은 이렇게 말하며 얼굴을 붉혔다. 그러면서 내게 눈짓으로 이 말도 안 되는 거짓말에 맞장구쳐달라는 신호를 보냈다.

선대 주민들은 뒤에서 나를 배은망덕한 놈이라고 욕하면서 인정머리가 없어 대하기 어렵다고 투덜댔다. 사실 그들은 내 마음을 조금도 몰랐다. 나는 후이셴에게 도움이 되는 일이라면 하고 싶지만, 얼토당토않은 미련한 짓은 하고 싶지 않았을 뿐이다. 뭍으로 가서 죽은 사람의 혼백을 찾아오라니! 쑨시밍의 말은 황당할 뿐 아니라 자존심을 상하게 했다. 막 입을 열어 욕을 하려는데 후이셴이 먼저 제 작은 손을 내게 뻗었다. 아이의 작은 손이 내 팔뚝에 닿았다. 작고 보드라운 분홍빛 손. 아낙들이 손톱에 들여준 봉숭아물 때문에 마치 꽃 한 송이가 내 팔뚝에 떨어진 것 같았다. 아이의 검은 눈동자가 나를 뚫어지게 바라보고 있었다. 구원을 요청하는 눈빛이 아니었다. 그 눈빛에는 오연한 자만심이 그득 고여 있었다. 아이는 은혜를 베푸는 양 내게 명령했다. 가자, 사양하지 말고. 아이는 어른들의 말투를 배워 제법 어른스럽게 말했다. 천천히 찾으면 돼. 바로 못 찾더라도, 오빠 탓은 안 할게.

나는 그 꽃송이 같은 작은 손을 뿌리치지 못하고 아이와 함께 유팡진으로 갔다. 그 어찌할 수 없는 여정은 내게 일종의 수련이었다. 머릿속으로 끊임없이 선의의 거짓말을 되새기면서 여자아이를 돌보는 일을 익혀야 했다. 아이는 나보다 어렸고, 나보다 난폭하고 제멋대로였으며, 나보다 가여웠다. 이게 내가 아이를 돌봐야 했던 이유의 전부였다. 뭍에 오른 뒤로는 온갖 사소한 고민거리들이 내내 따라다녔다. 우선 아이의 손을 피할 방법이 없었다. 다른 사람의 손을 잡고 다니는 데 익숙한 아이였기에 기어이 내 손도 잡으려

했다. 하지만 생각해보라. 내가 어떻게 여자아이의 손을 잡고 뭍을 돌아다니겠는가? 처음에는 내가 앞장서고 아이가 뒤따라오도록 했다. 그런데 이내 아버지가 당부한 말이 떠올랐다. 남을 돕는 일을 즐거움으로 삼고, 안전을 최우선으로 해야 한다. 부두는 많은 물건과 사람이 한데 뒤엉켜 어수선했다. 아이가 빠른 걸음으로 뛰어다니다 길이라도 잃을까봐 나는 아이의 뒤로 가서 섰다. 좌향좌, 직진, 쉬어. 나는 군대에서 훈련할 때 쓰는 구령으로 아이에게 갈 길을 가리켰다. 처음에는 좌우가 뭔지도 몰랐으나 워낙 똑똑한 아이여서 몇 번을 해보니 금세 알아들었다. 썩 마음에 들었던지 아이는 갈라진 길이 나올 때마다 알아서 걸음을 멈추고 뒤를 돌아보며 물었다. 좌향좌? 우향우?

유팡진의 하늘은 맑고 파랬다. 우리 머리 위로는 눈에 확 띄는 붉은 현수막이 펄럭이고 있었다. **동풍팔호 건설 승리, 준공을 경축합니다**. 부두 서쪽의 선전 게시판에는 알록달록한 포스터가 여러 장 붙어 있었는데, 그 가운데 한 장은 샹양 선대와 관련된 내용이었다.

◆ 희보 ◆

동풍팔호의 성공적인 준공을 경축하고자, 샹양 선대 주민들에게 부두를 개방하니, 오전 일곱시 반에서 오후 일곱시 반까지, 유팡진을 자유롭게 드나들 수 있음.

나는 기분이 좋아졌다. 유팡진에도 기쁨이 넘쳐흐르는 듯했다. 동풍팔호는 비밀스러운 면사포를 벗어던지고, 그 자태를 적나라하게 드러낸 채 위용을 자랑하고 있었다. 산처럼 쌓여 있던 온갖 파이프들은 저 땅속 깊숙이 묻혔다. 온갖 비밀들이, 온갖 전설들이 다 묻혀버린 것이다. 유팡진부두는 옛 모습을 버리고 새롭게 단장했다. 내게 익숙한 작은 마을은 번영의 찬란한 이미지 속에 가라앉아버리고 이제는 미약하게나마 위풍당당함을 풍겼다. 나는 부두 한가운데 우뚝 선 원형의 금속 철탑을 보았다. 마치 청회색 강철 거인이 하늘을 수호하는 것처럼 보였다. 철탑 사방에는 녹색 철제 난간이 둘러져 있었다. 막 칠을 끝낸 탓에 공기 중에 콜타르와 페인트 냄새가 뒤섞여 떠돌았다. 그 철탑이 석유 저장 시설인지, 전시 대비 시설인지 용도를 알 순 없었지만 어쨌거나 동풍팔호의 핵심이었다. 철탑이 얼마나 중요한지는 먼저 보안 경비의 수준에서 확인할 수 있었다. 민병대는 더이상 학교 운동장에서 총검 연습을 하지 않았고, 치안유지대도 선대 주민들을 뒤쫓는 일에 신경쓰지 않았다. 그들 모두 이 철탑을 수호하는 데 총력을 기울였다. 왕샤오가이와 우라이쯔가 심각한 표정으로 서서 철탑의 오른쪽과 왼쪽 문 앞을 충성스러운 돌사자처럼 지키고 있는 모습이 보였다. 그들 뒤쪽 좌우로는 눈에 띄는 표지판 두 개가 서 있었다. **경계 의식 고취해 조국을 수호하자.**

나는 후이셴을 데리고 마을로 들어갔다. 마을의 가장 번화한 거리에 후이셴의 엄마를 찾는다는 전단이 아직 붙어 있었는데, 어쩐지 주변 분위기와 어울리지 않는 것 같았다. **장후이셴 어린이가 엄마를 찾습니다. 소식을 아는 분은 여기에 연락처를 남기거나, 샹양 선대로 연락 바랍니다.** 아버지가 쓴 글이었다. 어떤 것은 홍보전단 종이에, 어떤 것은 낡은 신문지에 쓰여 있었다. 전단을 붙였던 구체적인 장소들은 후이셴이 나보다 더 훤히 알고 있어 나중에는 그애가 나를 이끌고 다녔다. 어서 와, 이쪽에도 있어! 저쪽에도 있어, 어서 가 봐! 아이는 이쪽으로 달려갔다 또 저쪽으로 달려갔다. 나는 그저 멍청한 팽이처럼 그 뒤를 바짝 좇아갈 뿐이었다. 종합청사 앞의 선전 게시판 앞에 다다른 아이가 갑자기 소리를 질렀다. 어, 여기 있던 전단이 안 보여. 틀림없이 엄마가 떼어 갔을 거야! 게시판 유리에는 전단이 붙었던 흔적이 남아 있었다. 여기는 전단을 붙이면 안 되는 곳 같다고 말해주려는 찰나에 경비실의 절름발이 구씨가 뛰어나와 후이셴에게 말했다. 애들은 다른 데 가서 놀아라. 여기는 관공서야. 간부들이 공무를 보는 곳이니 조용히 해야 한단 말이지. 소란을 피우면 안 돼. 후이셴이 말했다. 엄마가 내 전단을 떼어 갔어요. 할아버지는 매일 여기 있으니까 우리 엄마 봤죠? 절름발이 구씨가 말했다. 그 전단은 네 엄마가 떼어 간 게 아니고 내가 뗐다. 게시판에는 아무거나 붙이면 안 돼. 네가 마구 유리 위에 붙이면 안에 있는 게시물이 안 보이잖니. 아무리 훌륭한 선전물도 다 헛것이 된다고. 후이셴이 게시판의 자물쇠를 잡아당기며 말했다. 할아버지는 이 유리창에 자물쇠가 채워진 것도 안 보여요? 안 열린다고요. 할아버지가 열쇠를 가지고 있죠? 절름발이 구씨가 말했다. 이봐, 꼬마 아가씨, 내가 열쇠를 가지고 있긴 하지만 열어주지 않을 거야. 이건 선전 게시판이란 말이다. 사회주의 건설을 선전하기 위한 게시판이지 네 엄마를 잃어버렸다고 알리는 게 아니란 말이야. 후이셴은 절름발이 구씨에게 말했다. 그럼 우리 엄마가 안 보이는 건 어떡해요? 절름발이 구씨는 신음을 내뱉더니 만감이 교차하는 표정을 지었다. 꼬마 아가씨, 이 할아버지 말 좀 들어보렴. 앞으로는 엄마를 찾지 말거라. 나는 다섯 살 때부터 엄마가 없었지만 그래도 살아남았잖니? 내 나이 오십까지 살면서 엄마가 없어도 무엇 하나 두려워할 필요가 없었어. 당이 있으니까!

나는 한쪽에 서서 절름발이 구씨의 늙고 여윈 얼굴을 물끄러미 바라보았다. 내 표정이 화를 불러일으켰는지 절름발이 구씨가 갑자기 나를 향해 고함을 내질렀다. 내가 잘못 말했냐? 넌 뭔데 거기서 나한테 눈을 흘기고 있어? 네놈이 저지른 대단한 짓들을 모를 줄 알아? 지난번 사층에 써 놓은 건 뭐였냐? 네놈이 자오 서기님을 악랄하게 공격했지. 서기님을 공격하는 건 당의 지도자를 공격하는 행위라는 걸 몰라? 네 엄마 체면을 생각하지 않았다면 내가 진작 네놈을 사법기관에 넘겼을 거다.

종합청사에는 오래 머물 수 없었다. 전단 붙일 자리를 잘못 고른 건 사실이었으니 절름발이 구씨에게 따질 수 없어 나는 후이셴에게 명령했다. 이동한다. 출발! 아이는 이동이라는 말을 못 알아듣고 머뭇머뭇 발을 뗐다. 한 걸음을 내딛고 세 번쯤은 돌아보았다. 내가 말했다. 속도를 올려 전진해야지, 뭘 보는 거야? 아직도 남은 전단이 많은데 그렇게 더디게 걸으면 언제 다 확인해볼 거야? 후이셴은 입술을 뾰로통하게 내민 채 걸음을 재촉하면서 말했다. 열받아 죽겠네! 저 늙은이는 왜 저렇게 사납게 구는 거야! 절름발이 구씨의 일생에 대해 얘기해주려는 찰나, 아이는 그새 생각이 다른 데로 튀어 내게 난처한 질문을 던졌다. 저 늙은이가 오빠한테도 엄마가 있다고 했잖아? 다들 오빠한테 엄마가 있다는데 나는 못 믿겠어. 둥량 오빠는 도대체 엄마가 있는 거야, 없는 거야? 나는 화가 나서 소리쳤다. 내가 왜 엄마가 없어? 그럼 내가 바위틈에서 튀어나오기라도 했겠냐? 아이는 히힛 하고 웃었다. 바위틈에서 튀어나온 건 손오공이지. 오빠가 손오공이라도 돼? 나는 참지 못하고 사나운 말투로 쏘아붙였다. 헛소리하고 있네. 너나 바위틈에서 튀어나왔겠지! 내가 버럭 화를 내자 자신이 말실수했다는 걸 깨달은 모양인지 억울하다는 듯 나를 흘깃 바라보았다. 난 오빠가 바위틈에서 튀어나왔다고 한 적 없는데. 자기 입으로 말한 거잖아. 오빠는 엄마가 안 보이는데 왜 안 찾아?

후이셴은 비록 어리지만 원한을 잊지 않는 성정이 곧잘 드러났다. 내가 사납게 대했다고 내 명령에 복종하기를 거부했다. 전진하라고 하면 조금 걷다 말았고, 속도를 내라고 하면 일부러 느리게 걸었다. 이렇게 우리는 엇나간 채로 런민가까지 걸어가 잡화점 입구에 붙은 전단을 확인했다. 유팡진의 중심지라 사람들의 왕래가 잦기 때문에 전단을 보는 눈길도 많을 터였다. 누구의 못된 소행인지 전단은 반이나 찢겨나가고 그나마 붙어 있는 반쪽에는 행인들의 낙서가 가득했다. 모두 전단과 무관하게 자기들 맘대로 끼적인 것이었다. 혁명위원회 만세, 리차이샤는 헌신짝, 류사오치를 타도하자…… 그리고 누군가 류사오치의 이름 뒤에 우라이쯔의 이름을 끼워넣었다. 이 낙서들에는 특별한 점이 없었지만 누군가 전단 아래쪽에 그려놓은 붉은색 물고기가 수상쩍었다. 살아 있는 듯 생생한 그림이었다. 후이셴이 당황한 눈빛으로 그 물고기를 바라보았다. 둥량 오빠, 이게 무슨 뜻이야? 왜 물고기를 그려놓은 거야? 나는 담담하게 말했다. 지나가던 꼬마가 장난으로 그린 거겠지. 아무 뜻도 없어. 아이가 말했다. 거짓말하지 마. 틀림없이 무슨 뜻이 있어. 이건 우리 엄마가 물고기가 됐다는 뜻이라고!

후이셴의 총명함은 내 예상을 뛰어넘었다. 아이의 그런 분석을 들으니 나조차 물고기를 그린 사람에게 특별한 뜻이 있는 게 아닌가 하는 의심이 들었다. 그것은 적어도 하나의 암시였다. 후이셴의 엄마와 강물의 관계를 보여주는 암시. 종이로 불을 감쌀 수 없듯이 영원한 비밀이란 존재하지 않는다. 나는 어떤 위험이 다가오고 있음을 감지했다. 선대 주민들이 애써 감추고 있는 비밀이 아마 진작에 폭로된 모양이었다. 나는 낡은 신문지에 그려진 그 붉은 물고기를 뚫어지게 바라보며 재빨리 머리를 굴렸다. 그리고 나의 특기인 글자와 도형 바꾸기 재능을 살려 이 위기를 기회로 바꿔보기로 했다. 나는 여행가방에서 볼펜을 꺼내들고 물고기 위에 선을 몇 개 덧그어 간단히 해바라기 그림으로 바꿔버렸다.

해바라기? 뒤에서 보고 있던 후이셴이 외쳤다. 해바라기는 무슨 뜻이야?

나는 아무렇게나 대꾸했다. 해바라기는 행복을 의미하지.

후이셴이 행복이 뭐냐고 캐물을 줄은 미처 몰랐기에 나는 그 질문에 순간 난처해졌다. 행복이 뭐야? 뭐가 행복이야? 내가 학교 선생도 아니고 사전도 아닌데 '행복'이라는 단어를 도무지 어떻게 설명해야 할지 알 수 없어서 대충 얼버무렸다. 행복은 기다림이야. 네가 기다리고 또 기다리는 거지, 엄마를 찾을 때까지. 그러면 넌 행복한 거야. 내가 말을 마치자 아이의 눈이 순간 빛을 발하는가 싶더니 이내 어두워졌다. 나는 그 망연한 시선을 피하며 아이에게 이처럼 잔인한 말을 지어내 들려준 것을 속으로 후회했다. 뭐가 기다림이고, 뭐가 엄마고, 뭐가 행복이야. 이건 다 거짓말이잖아. 엄마와 행복에 대한 이야기는 나와 상관없는 일이었고 아이에게는 더더욱 적합하지 않았다. 나는 금기를 어겼다는 사실을 깨달았다. 내가 상양 선대의 불문율을 깨뜨린 것이다.

잡화점 주변이 갑자기 어수선해졌다. 누군가 자전거를 타고 우리 뒤를 지나다 끼익 소리를 내며 멈췄고, 또 누군가는 반대편 길에서 나와 후이셴 쪽을 가리키고 있었다. 나는 본능적으로 아이의 손을 잡고 뒤를 돌아보았다. 내 어머니 차오리민이 잡화점 계단 위에 서 있었다. 그날의 일은 이처럼 기묘했다. 후이셴을 데리고 그 애 엄마를 찾으면서 엄마와 행복에 대한 얘기를 나누는 와중에 나와 내 어머니가 길에서 마주쳤으니 말이다.

오랜만에 본 어머니의 얼굴은 예전보다 더 여위었지만 차림새는 오히려 더 젊어 보였다. 어깨 위로 나란히 땋아내린 머리에 군모를 쓰고, 두꺼운 검정 모직 외투에 붉은 머플러를 두른 모습이 마치 멀리서 보면 아버지의 말처럼 혁명적 낭만주의의 분위기가 넘쳐흘렀다. 하지만 가까이서 보면 그 모습이 이미 속 빈 강정과 같다는 것을 알 수 있었다. 그녀는 차오리민일 따름이었다. 사회적 위치로나 외모로나 한물간 아마추어 배우에 불과했다. 그녀에게서는 콜드크림 냄새가 진하게 풍겼다.

나는 후이셴에게 말했다. 빨리 뛰어, 빨리 뛰라고!

아이는 다리를 앞으로 한 발짝 크게 디디다 멈추고는 두 눈을 커다랗게 뜨고 물었다. 왜 뛰어야 하는데?

나는 순간 적당한 이유를 지어낼 수 없어서 되는 대로 둘러댔다. 호랑이가 와.

아이는 멍하니 사방을 둘러보다 발을 구르며 말했다. 짜증나, 또 거짓말이잖아! 여긴 사람밖에 없는데 무슨 호랑이야.

후이셴이 명령을 듣지 않은 것이지 내 잘못이 아니다. 나는 사방을 살펴보다 후이셴을 버려두고 런민가의 공중화장실 쪽으로 달렸다. 내가 못난 놈이어서가 아니라 당황했기 때문이다. 도대체 어찌할 바를 몰랐다. 어머니가 어디로 갔는지 그 행방을 모를 때도 나는 당황했었다. 당황해서 사방으로 찾아다녔다. 그런데 지금 어머니가 나타났는데, 이렇게 가까이서 못난 내 모습을 안타까운 눈빛으로 바라보며 다가오는데, 나는 여전히 당황하고 있었다. 그래서 달아났다. 나는 어머니를 보자마자 달아나야겠다고, 그녀가 들어올 수 없는 곳으로 달아나야겠다고 생각했다. 남자 화장실, 그것이 내가 떠올린 가장 좋은 장소였다.

어머니는 계속 우리 뒤를 밟았던 모양이다. 손에 신문을 들고 팔뚝에는 비닐봉지를 건 모습이 마치 전문 스파이 같았다. 우리를 얼마나 오랫동안 따라온 건지는 알 수 없었다. 내가 달아나자 그녀도 행동을 개시했다. 신문을 비닐봉지에 집어넣고 두 무릎을 굽히더니 잡화점 계단을 단숨에 뛰어내렸다. 달리는 데 익숙하지 않아 마치 무대에서 춤을 추는 사람처럼 습관적으로 허리를 꼬며 두 팔을 흔들었다. 손에 들린 비닐봉지가 붉은 불꽃 같았다. 나는 달리면서 고개를 돌려 상황을 관찰했다. 어머니가 뒤에서 홍주무를 추며 달려오는 것 같았다. 그 모습은 우습기도 하고 처량하기도 했다. 그녀는 후이셴 앞에서 홍주무의 율동을 멈추더니 그 자리에 섰다. 그러고는 몸을 숙이고 손가락으로 후이셴의 작은 얼굴을 받쳐올려 심사하듯 자세히 들여다보았다. 그녀가 뭐라고 말을 하는 게 보였다. 후이셴에게 예쁘다는 칭찬을 했을 수도 있고 뭔가를 물었을 수도 있지만 내게는 들리지 않았다. 그때 후이셴까지 생각할 여유가 없었던 나는 바람을 따라 미친듯이 내달려 런민가의 공중화장실로 뛰어들어갔다.

처음에는 소변기 쪽에 섰는데, 화장실도 훼방을 놓는 것만 같았다. 원래 아주 높았던 흰색 타일 벽이 그날따라 갑자기 낮게 변해 내 머리를 가려주지 못했다. 이 벽이 도대체 어찌된 일인지 한참을 궁리하는 와중에 세면대의 수도꼭지에서 콸콸 물 흐르는 소리가 들렸다. 빼꼼 고개를 내밀어보니 치라이쯔가 손을 씻는 중이었다. 한 손으로 바지춤을 끌어올리고 한 손으로 수돗물을 흩뿌리면서 입으로는 수돗물을 아낍시다, 물은 생명의 근원입니다, 라고 신나게 떠들었다. 몇 년 못 본 사이에 키가 불쑥 자라 있었다. 바지 밑단을 세 번이나 이어 붙였고, 옆모습만 보면 다 큰 어른 같았다. 그제야 눈앞의 타일 벽은 아무 문제 없으며 내 키가 자랐을 뿐이라는 걸 깨달았다. 나도 키가 훌쩍 자란 것이다. 나를 알아본 치라이쯔는 외나무다리에서 원수라도 만난 표정이었다. 헛방귀, 두리번대며 뭘 하는 거야? 변소에도 '반동 표어'를 쓰려는 거냐? 나는 무시하고 세면대 쪽으로 가서 손을 씻었다. 치라이쯔가 바짝 따라붙더니 검지로 내 바지 주머니를 찔렀다. 분필 가져왔지? 넌 손을 씻으러 온 것도 아니고, 볼일을 보러 온 것도 아니고, 음란한 낙서를 하러 온 거지. 내가 말했다. 네놈 아빠 자지 그리는 게 내 전문이고, 네 엄마 그것도 잘 그리지. 지금 바로 그려줄까? 치라이쯔가 내게 삿대질하며 말했다. 그 입은 흉악하기 짝이 없구나. 이 벽에 엉망으로 그려진 낙서들 다 틀림없이 네놈 짓일 거야. 여기 꼼짝 말고 기다려. 내가 치안유지대를 불러올 테니까. 치라이쯔는 밖으로 한 발짝 내딛다가 뭔가 성에 차지 않는지 다시 돌아와 싸움을 걸었다. 치라이쯔가 히죽거리며 말했다. 네놈은 똥 눌 때도 바지 안 내리지? 어디 한번 바지 까고 나한테 보여줘봐. 네 아버지는 자지가 반쪽밖에 없는데, 네 자지는 멀쩡하냐? 나는 짝 소리가 나도록 치라이쯔의 따귀를 갈겨준 뒤 팔뚝을 세게 움켜잡았다. 녀석도 약한 모습을 보이지 않고 머리통으로 내 배를 들이받았다. 우리 둘은 화장실 안에서 씨름 선수처럼 뒤엉켰다. 결과는 내가 한 수 위였다. 나는 치라이쯔를 화장실 계단으로 밀고 가서 말했다. 치라이쯔, 오늘은 네놈을 손봐줄 기분이 아니니까 썩 꺼져. 다음에 또 날 건드리면 똥통에 처박아버릴 테다.

내가 화장실에서 전력을 다해 치라이쯔를 상대하고 있을 때, 밖에서 어머니의 목소리가 들려왔다. 둥량아, 싸우지 마라. 누구랑 싸우는 거야? 그 안에 누구야, 누군데 둥량이랑 싸우는 거야? 계속 싸우면 파출소에 신고할 거야.

어머니가 벌써 나를 뒤쫓아온 것이다. 벽 너머에서 경고가 한 차례씩 날아들었고 거듭될수록 매서워졌다. 치라이쯔가 뛰어나가 말했다. 난 안 싸웠어요. 헛방귀가 싸우고 있어요. 어머니가 재빠르게 대답했다. 이놈이 어디서 거짓말이야. 네가 아니면 둥량이 혼자 어떻게 싸운단 말이냐? 치라이쯔는 잠시 할말을 잃었다가 갑자기 껄껄 웃기 시작했다. 아줌마 아들은 헛방귀잖아요. 헛방귀가 헛방귀를 때리면서 혼자 못 싸울 것도 없죠.

나는 어머니가 밖으로 나오라고 외치는 소리를 들었다. 둥량아, 넌 어쩜 이렇게 한심하니? 저런 어린애까지 널 업신여기다니. 또 무슨 잘못을 저질렀기에 날 무서워하는 거야? 잘못을 저지르고 화장실로 숨어버리는 것도 쿠원쉬안한테 배운 거지. 어쩜 네 아비랑 똑같이 도망칠 줄 밖에 모르냐. 그저 도망, 도망!

오줌 쌀 거니까, 조용히 좀 하세요. 나는 밖을 향해 소리를 내질렀다. 자꾸 뭐라고 하니까 나오려던 오줌도 안 나와요.

어머니는 말할 기회를 절대로 포기하지 않았다. 내가 말을 해서 네 오줌이 안 나온다고? 무슨 말도 안 되는 소리냐! 저것도 다 제 아비한테 배운 거지. 모든 일에 주관적인 원인 말고 객관적인 원인만 찾으라고! 어머니가 말했다. 내가 당부하지 않았니. 네 아빠랑 함께 지내려거든 나름의 원칙이라는 걸 지켜야 하니 그런 장점을 배우라고. 그래도 네 아빠는 문제를 공들여 연구하고 끝까지 파헤치는 정신력이 있는데다 글도 잘 쓰고 필체도 나쁘지 않으니까. 하지만 네 아빠의 사상과 인품은 절대 배우면 안 된다고 하지 않았니. 네 아빠는 사기꾼이야. 조직을 속이고 나를 속였어. 사생활 문제는 더더욱 배워서는 안 된다고, 절대로, 절대로 배워서는 안 된다고 했잖아. 어째서 내 말을 하나도 듣지 않는 거니?

내가 말했다. 엄마 말은 하나도 듣고 싶지 않아요. 엄마 말을 듣느니 신문을 보거나 텔레비전을 보는 게 낫지.

어머니가 말했다. 네가 아무리 빈정대도 겁 안 나. 그렇게 큰 풍파도 굳세게 겪어냈는데 뭐. 네 태도가 어떻든 내 뱃속에서 열 달을 살다가 나온 아인데, 내가 돌보지 않으면 누가 널 돌보겠니? 내가 가르치지 않으면 누가 널 가르치겠어? 앞으로도 많은 날이 있을 줄 알았는데, 일자리를 옮기는 게 이렇게 순조로울 줄은 몰랐구나. 내가 오늘 몇 마디라도 더 하는 건, 앞으로 언제 널 보게 될지 몰라서야!

무척 갑작스럽게도 어머니는 목멘 소리로 나를 찾아온 이유를 밝혔다. 나는 아무 말도 하지 않았다. 바깥도 조용해졌다. 화장실 밖 멀구슬나무에서 열매 하나가 떨어져 내 발아래로 굴러왔다. 나는 발로 그 열매를 짓이겼다. 마음속의 초조함이 두려움으로 변했다. 어디로 가는데요? 어디로 가는 거예요? 몇 번이나 물으려다 참았다. 나는 숨을 멈추고 바깥 동정에 귀를 기울였다. 어머니 대신 후이셴의 외침이 들려왔다. 둥량 오빠, 어서 나와. 어서 나오라고.

배탈 나서 못 나가! 나는 아무렇게나 외치고는 어머니가 어디로 가는지 말해주기만을 기다렸다. 그러나 어머니는 밖에서 침묵을 지키고 있었다. 한 중년 남자가 화장실로 들어와 허겁지겁 소변을 보면서 내게 물었다. 밖에 있는 게 네 엄마와 동생이지? 도대체 뭐 하고 있는 거냐? 아들은 화장실 안에서 놀고 있고, 엄마는 화장실 밖에서 울고 있고.

어렴풋이 울음을 삼키는 소리를 듣기는 했다. 그러나 나는 어머니의 울음소리에 익숙하지 않았다. 그녀는 눈물을 경멸했고, 어려서부터 나는 그것이 나약함의 표시라고 배워왔다. 내 어머니 차오리민이 남자 화장실 밖에서 울고 있다는 사실을 감히 믿을 수 없었다. 체면 따위 아랑곳하지 않는다는 듯 울음소리가 점점 크고 빨라졌다. 어머니가 그렇게 울도록 내버려둔 채 나는 마음이 어지러워 화장실에 숨어서 어찌할 바를 몰랐다. 나는 까치발을 딛고 화장실 창문을 통해 밖을 내다보았다. 어머니와 후이셴이 함께 있는 모습이 눈에 들어왔다. 어머니는 땅바닥에 쪼그려앉아 있고, 후이셴은 과자를 먹으며 다정하게 손을 들어 어머니의 눈물을 닦아주고 있었다.

그 중년 남자는 오지랖이 넓은 사람이었다. 바지를 여미고서도 화장실에서 나갈 생각을 하지 않고 바깥쪽을 내다보며 말했다. 네 어머니는 낯이 익네. 네 동생은 귀여움을 많이 받겠구나. 도대체 무슨 일이냐? 가족끼리 문제가 있으면 집에 돌아가서 해결해야지, 꼭 화장실 앞에서 이 난리를 쳐야겠니? 너도 사내대장부라면 얼른 나가서 가족들 데리고 집으로 돌아가거라.

집으로 돌아가긴 무슨? 집이 어디 있다고? 나는 남자를 향해 차갑게 코웃음을 쳤다. 누가 우리가 가족이래요? 우리 셋은 다 각자의 길이 있는 사람들이라고요. 누가 누구 일에 상관하지 않는다고요!

남자는 내 말에 화가 났는지 성을 내며 화장실에서 나갔다. 나가자마자 밖에서 큰 소리로 어머니에게 충고했다. 저런 벽창호 같은 녀석을 봤나! 엄마만으론 상대가 안 될 것 같으니 저 녀석 아버지를 불러다 혼내주시오. 프롤레타리아 독재를 잊지 말고!

어머니는 남자의 참견에 대꾸하지 않았다. 조금 지나자 울음소리가 더이상 들리지 않았다. 어머니는 마침내 슬픔의 감정을 이겨내고 목소리를 가다듬었다. 그리고 다시 화장실을 향해 말을 걸었다. 둥량아, 네가 나를 미워하는 거 안다. 나오기 싫거든 그러려무나. 내가 새로 옮겨가게 된 곳을 기억하렴. 서산 탄광이야. 거기서도 문예선전단 일을 계속할 거야. 단원들을 훈련시키는 일이지. '서산 탄광'이라고 말할 때는 잔뜩 가라앉은 목소리가 마치 늙은 노파 같았다. 아주 멀고 교통도 불편한 곳이어서, 이번에 가면 더는 너를 돌봐줄 수 없을 거야. 앞으로는 네가 스스로를 잘 돌봐야 해.

나는 가슴이 철렁 내려앉았지만 입으로는 이렇게 소리쳤다. 가버려요. 멀리 갈수록 더 좋죠. 누가 날 돌봐달라고나 했나?

그래, 이제는 너를 신경쓰지 않으마, 정말 신경쓰지 않을 거야.

어머니가 말했다. 그냥 화장실에 틀어박혀 있으렴. 거기 쪼그려앉아 있다 치질이라도 걸리면 너만 손해지.

그렇게 런민가 공중화장실에서 어머니가 서산 탄광으로 간다는 소식을 들었다. 그것도 충분히 희한한 일이지만 그보다 더 희한한 일을 이야기하겠다. 어머니의 발소리가 멀어지자 나는 이내 아랫배에 찌릿한 통증을 느꼈다. 그리고 정말로 설사를 했다. 갑작스러운 설사였다. 나는 쪼그려앉은 채 주위로 퍼지는 구린내를 맡았다. 듣기 거북한 소리가 엉덩이 아래쪽에서 뿌직뿌직 터져나왔다. 때아닌 폭죽놀이였다. 너무 괴로웠다. 말할 수 없이 괴로웠다. 나는 신음하며 말했다. 가, 가버려. 어쨌든 헛방귀니까, 다 헛방귀일 뿐이니까!

그때 후이셴이 밖에서 목놓아 우는 소리가 들렸다. 그 소리가 날카로운 게 무척 화가 난 모양이었다. 둥량 오빠, 어서 나와! 안 나오면 나 그냥 간다. 내가 길 잃어버리면 지금 내 엄마 아빠가 오빠를 가만두지 않을걸!

화장실에서 나왔을 때, 어머니는 벌써 그림자도 보이지 않았다. 후이셴은 어머니가 갖고 있던 붉은 비닐봉지를 들고 맞은편 길가에서 날 기다리고 있었다. 내가 나오는 걸 보자마자 다시 한소리 하려다 적당한 말이 떠오르지 않았는지 손에 든 붉은 비닐봉지만 휘둘렀다. 오빠는 진짜 철이 없구나! 선물까지 들고 온 엄마를 피해 숨다니! 말다툼까지 하고! 후이셴이 봉지 안에서 운동화 한 켤레를 꺼내 보이며 말했다. 오빠한테 주는 거래. 이어 동물 모양 과자가 든 상자도 꺼내 흔들어 보였다. 이건 동물 과자야. 호랑이랑 사자는 오빠 거, 토끼랑 기린은 내 거래. 오빠 엄마가 그랬어.

강물소리

강물도 말을 할 줄 안다. 사람들에게 이런 비밀을 말해주면 다들 내가 잠꼬대를 한다고 생각한다. 막 배에 올랐을 때는 여전히 이 세계를 탐색하는 데 소년다운 열정이 남아 있었다. 나는 유독 흰색 깡통에 관심이 많았다. 강물 위를 떠다니는 흰색 깡통만 보면 수단과 방법을 가리지 않고 건져올렸다. 깡통뿐만 아니라 그것을 이용해서 다른 것들도 건졌다. 우선 깡통에 구멍 두 개를 뚫어 철사를 끼운 다음 갑판 쪽에 철사를 걸었다. 그런 뒤 깡통을 물속에 던져넣고 그물처럼 배를 따라 움직이게 했다. 항해가 끝나고 배가 부두에 닿을 때까지 그렇게 두었다가, 선대 주민들이 그물을 거두듯이 나는 깡통을 거둬들였다. 결과는 늘 별 볼 일 없었다. 그렇게 건져올린 어떤 것도 나를 놀라게 하거나 기쁘게 하지 못했다.

한번은 소라를 잡았고, 한번은 당근 반토막을 건졌다. 그리고 한번은 정말 재수없었는데, 깡통 속에서 남이 쓰고 버린 콘돔을 발견했다. 이렇게 아무런 소득도 없었지만 나는 종종 강물 위로 흔들리는 깡통을 바라보고, 깡통 속으로 밀려드는 강물의 소리를 들었다. 그것은 마치 내가 입버릇처럼 말하는 그 소리로 들리기도 했다. 다만 내 목소리보다 더 담담하고 절망적일 뿐이었다. 헛방귀. 헛방귀.

나는 차가운 강물이 든 깡통을 양손으로 받쳐들고 강물이 일부러 나를 따라하는 것은 아닌지 의심했다. 그렇게 넓고 깊은 강물이 어떻게 '헛방귀'라는 말로 나를 묘사한단 말인가? 나는 그것이 강물이 내는 소리라는 것을 믿을 수 없었다. 다른 소리를 듣고 싶었다. 그래서 깡통 여남은 개를 새롭게 나눠서 묶었다. 세 개를 작은 묶음으로, 다섯 개를 큰 묶음으로 만들어 나눈 뒤 갑판 양쪽에 달았다. 배가 운항을 시작하자 그 깡통들은 곧 강물소리로 가득찼다. 소리들이 꽉 차서 흘러넘쳤다. 나는 그것들이 물속에서 중얼대는 소리를 들었다. 좌현으로 달려가 들어보니 깡통 속 강물이 이렇게 속삭였다. 들어와, 들어와, 들어와. 새로운 소리였다. 그러나 '들어와'라니, 대체 무슨 뜻인가? 누구더러 들어오라는 건가? 나더러 깡통 속으로 들어오라는 건가? 나는 그것이 강물소리라는 사실을 믿을 수 없어서 우현 쪽으로 달려갔다. 이번에는 다섯 개의 깡통이 물속에서 한데 뭉쳐 나직하고 위엄 있는 강물소리를 냈다. 내려와, 내려와, 내려와!

내려와—라는 소리가 충분히 위엄 있고 냉엄했기 때문인지 나는 그것을 믿었다. 내려와, 내려와. 이후 오랫동안 나는 그것이 강물 깊은 곳에서 나는 가장 진실한 소리라고 믿었다.

아버지는 나를 이미 다 컸다고 생각했기에 내가 저지르는 이런 어린애 같은 장난을 좀처럼 견디지 못했다. 내가 깡통을 숨겨두면 아버지는 하나씩 찾아낸 다음 분노를 터뜨리며 강물로 내던졌다. 둥량아, 네 나이가 몇이냐? 나는 열여섯에 혁명적 과업에 힘썼는데, 너는 깡통이나 가지고 놀다니! 그가 말했다. 배 위는 조용하지. 조용하면 공부를 해라. 정말이지 공부가 하기 싫거든 일을 하든지. 정 할일이 없거든 가서 갑판이라도 닦아.

나는 이물 쪽으로 가서 갑판을 닦다가 후이셴과 잉타오가 육손이 왕씨네 배에서 줄넘기하는 모습을 보았다. 육손이 왕씨네 딸이 안간힘을 쓰며 수를 헤아리는 걸 보니 심판인 모양이었다. 갑자기 잉타오가 소리를 질렀다. 불공평해. 왜 다들 쟤 편만 드는 거야? 내가 분명히 백 개를 뛰었는데 아흔다섯이라고 하고, 쟤는 아흔다섯 개를 뛰었는데 백이라고 하고. 육손이 왕씨네 딸이 잉타오를 달랬지만 되레 성만 더 돋우고 말았다. 잉타오는 창백한 얼굴로 버럭 화를 냈다. 다들 바보야? 너희가 이렇게 예뻐하는 건 좋은 일이 아니라 쟤를 망치는 일이라고! 잉타오는 제 엄마의 말을 흉내내어 말하고는 분을 삭이지 못해 씩씩대며 가버렸다. 잉타오가 줄을 내던지고 가버리자 후이셴의 시선이 우리 칠호선으로 향했다. 이런 일은 거의 주기적으로 일어났다. 후이셴과 잉타오는 싸웠다가 화해하고, 화해했다가 또 싸우곤 했다. 둘이 싸우고 나면 후이셴은 차선책을 찾아 칠호선으로 달려와 놀았다.

후이셴이 우리 배로 올라왔다. 그렇다고 나를 딱히 알은체하는 것은 아니었다. 줄넘기를 어깨에 걸고 마치 주인인 양 갑판을 따라 고물까지 가서 뒤쪽 선실 안을 두리번거렸다. 소파를 보는 것이다. 후이셴은 우리 소파에 앉는 걸 좋아했지만, 이번에는 마침 아버지가 앉아 있었다. 아이는 혓바닥을 날름하더니 실망스러운 기색으로 선실 저쪽으로 돌아가 다른 뱃전을 따라 걸어왔다.

아마도 어른들이 우리 배에 대해 떠드는 소리를 들은 모양인지, 후이센은 우리 집안에 대해 이러쿵저러쿵 참견을 늘어놓았다. 입을 열자마자 아주 심각한 문제부터 건드렸다. 오빠네 집, 도대체 열사야 아니야?

누가 너한테 그런 말을 해? 네가 열사가 뭔지 알기나 해? 내가 말했다. 우리 식구들은 아직 멀쩡히 살아 있는데 어떻게 열사가 되겠냐?

아무도 나한테 말 안 했지만 나도 귀 있어. 설마 몰래 못 듣겠어? 후이센은 자랑스럽게 말하며 우리집 뒤쪽 선실을 가리켰다. 덩—덩샹샹, 저 사진 속 사람이잖아. 저 사람 열사야 아니야?

덩샹샹이 아니라 덩사오샹이다. 내가 말했다. 덩사오샹은 열사야, 난 아니고.

후이센이 말했다. 오빠 바보구나. 덩사오샹이 오빠 할머니 아니야? 할머니가 열사면 오빠도 열사인 거지. 열사는 아주 영광스러운 거라고.

나는 열사 가족이지 열사가 아니야. 내가 말했다. 내 할머니가 영광스러운 거지, 내가 영광스러운 게 아니라고.

후이센이 눈을 깜빡였다. 여전히 열사와 열사 가족 사이에 무슨 차이가 있는지 모르는 모양이었다. 아이는 모르는 걸 아는 척하지 않고, 나를 향해 줄넘기를 흔들면서 말했다. 갑판 닦는 거 재미없잖아. 우리 줄넘기 내기나 하자.

계집애도 아니고. 내가 말했다. 난 줄넘기 따위 해본 적 없어.

후이센이 조심스레 내 표정을 살피더니 줄넘기하자고 조르는 건 포기하고 눈동자를 빛내며 불쑥 물었다. 오빠 엄마가 이번에 선물 보냈지?

아니. 난 엄마 선물 따위 필요 없는데.

후이셴은 실망한 눈빛으로 나를 쳐다보며 입술을 비죽거렸다. 오빠 엄마잖아. 오빠한테 관심이 있으니까 선물도 보내주는 거라고. 동물 과자 진짜 맛있었는데. 기린도 맛있었고, 코끼리도 맛있었고.

나는 후이셴이 먹을 걸 좋아한다는 점을 알고 말했다. 먹을 게 오면 전부 너 줄게.

후이셴은 나한테 속마음을 들키자 순식간에 얼굴이 붉어지더니 손에 든 줄을 꼬면서 말했다. 난 그런 말 안 했어. 오빠 엄마지, 우리 엄마도 아닌데 뭐. 오빠가 나랑 친하게 지내고 싶으면 나한테 반 정도만 주든가.

엄마에 대한 이야기는 금기였다. 나는 어머니에 관한 말을 하고 싶지 않았다. 후이셴의 엄마에 대한 것은 더욱이 할 생각이 없었다. 나는 강물의 비밀에 대해 말하고 싶었다. 후이셴에게 물었다. 배에서 꽤 오래 지냈잖아, 강물이 말하는 소리 들은 적 있어?

후이셴이 말했다. 또 거짓말 치시네. 강물은 입이 없는데 어떻게 말을 해?

내가 말했다. 강물이 말을 안 하면, 네가 입을 만들어주면 돼. 네가 입을 만들어주면 강물도 말을 할 거야.

후이셴이 깜짝 놀란 표정으로 두 눈을 동그랗게 뜨고 나를 보았다. 오빠 바보야? 강물은 물이야. 사람이 아니야. 어떻게 강물에 입을 달아준다는 거야?

나는 강물의 입을 찾아 강 위를 살폈다. 면방적공장의 나무실패가 우리 배 쪽으로 천천히 떠내려오는 것이 보였다. 실패는 양 끝이 비어 있고 배가 둥글었다. 내가 생각하는 비교적 이상적인 입이었다. 보여? 이 물건이 강물의 입이 될 수 있어. 나는 뜰채로 실패를 건져올린 뒤 진지하게 후이션에게 말했다. 잘 보고 있어. 내가 강물이 말하도록 만들 테니까.

나는 깨끗하게 닦은 실패를 들고 배 오른쪽으로 걸어가 갑판 위에 낮게 엎드렸다. 후이션이 따라와서 물었다. 대체 무슨 짓을 하려는 거야? 왜 이쪽에 와서 들어야 하는데? 저쪽 강물은 말을 안 하나? 강물이 어떤 말을 하는지는 햇빛과 관련이 있다고 나는 말했다. 이쪽 강물은 그늘져서 햇빛이 없으니까 강물이 마음껏 입을 열어 말하는데, 저쪽은 너무 밝고 시끄러워서 강물이 입을 열 엄두를 못 내. 말을 하더라도 거짓말이나 하지. 후이션은 반신반의하며 나를 보면서 내가 한 것처럼 실패에 귀를 가져다대고 갑판 위에 엎드려 강물의 소리에 귀기울였다. 그렇게 잠깐 듣고 나더니 말했다. 거짓말쟁이. 강물은 흐르기만 하지 아무 말도 안 해. 몸을 일으키던 후이션이 내게 붙잡혀 다시 몸을 낮췄다. 내가 말했다. 강물의 말을 들을 때는 마음이 흐트러지면 안 돼. 숨을 꾹 참고 인내심을 갖고 들어보란 말이야. 천천히 해보면 잘 들을 수 있어. 후이션이 한참을 조용히 듣다가 갑자기 말했다. 들었어, 나도 들었어. 내가 말했다. 무슨 말을 들었어? 후이션이 고개를 들었다. 어쩐지 망설이는 눈치였다. 조금 부끄러워하는 듯도 했다. 후이션이 말했다. 하는 말이 다르던데. 처음에는 먹어봐, 먹어봐, 그러더니, 좀 있다가는 안 먹어, 안 먹어, 그러던걸.

후이셴은 여전히 먹는 데만 신경썼다. 신성한 강물의 소리는 후이셴 때문에 우스운 꼴이 되고 말았다. 나는 먹을 것만 밝히는 이 아이에게 완전히 실망하고 말았다. 그저 먹는 거, 먹는 거. 너는 먹는 거만 아는구나! 나는 후이셴의 손에 들린 실패를 빼앗고 줄넘기를 돌려주었다. 듣지 마. 넌 가서 줄넘기나 하고 놀아. 너는 줄넘기 아니면 먹는 것만 알지!

후이셴이 입술을 삐죽 내밀고 원망하는 눈으로 나를 노려보았다. 그럼 오빠는 뭘 들었는데? 오빠는 왜 나한테 말 안 해줘?

내가 말했다. 너한테는 말해주지 않을 거야. 넌 귀머거리, 바보 천치니까, 말해줘도 몰라.

후이셴이 화를 내며 줄넘기를 마구잡이로 몇 차례 휘두르고는 달려갔다. 달려가면서 소리쳤다. 내가 귀머거리라고? 내가 바보 천치라고? 쿠둥량 너야말로 거짓말쟁이고, 너희 칠호선은 거짓말쟁이 배야. 우리 수양엄마가 너희 배에는 가지 말랬어. 앞으로 다시는 너희 집 그 고물 배에 안 가.

하제

그해 가을 진췌강은 바람이 자고 물결이 고요한 편이었다. 수량이 줄어 양쪽 강기슭에 늪이 퍼지고 갈대와 들풀이 무성해졌다. 때로는 흰 해오라기들이 날아들었고, 들개가 늪 주변을 배회하다 강 위를 오가는 배들을 향해 맹렬히 짖기도 했다. 기슭의 풍경은 화려하게 피어난 속에서 어딘가 처량함이 엿보였다. 나는 예전에 기슭을 따라 줄지어섰던 마을들의 이름을 모두 기억하고 있었다. 그러나 한바탕 큰물이 지나간 뒤 상류의 화거좡 마을은 사라졌고, 염색 작업장 여덟 곳은 다른 데로 이전했다. 이제 다시는 화거좡에서 꽃무늬가 아롱진 연푸른 천들이 날리는 모습을 볼 수 없었다. 하류의 선녀교도 물에 잠겨 말년의 노인이 세월에 침몰하듯 다시는 고개를 들지 못했다. 리춘 마을 부근에서는 철탑과 고압선의 흔적을 눈길이 닿는 데까지 멀리 찾아보다, 새로운 마을들이 강변을 따라 미친듯이 확장되고 있다는 사실을 알았다. 여기저기에 집들이 놀라운 속도로 지어졌다. 붉은 벽돌과 흰 슬레이트 지붕 때문에 멀리서 보면 버섯이 잔뜩 자라고 있는 것 같았다. 그곳이 새로 생긴 동풍팔호 신흥 마을이라고 그들이 내게 말해주었다. 고향으로 돌아가길 원치 않는 동풍팔호 건설자들이 정착한 마을이라고.

다사다난한 가을이었다. 가을로 들어서면서 사타구니에 습진이 생겨 참기 힘들 만큼 간지러웠다. 하루종일 긁고 또 긁어대니, 이 보기 흉한 몸짓이 아버지의 눈길을 끌 수밖에 없었다. 아버지는 보라색 소독약 한 병을 찾아와 억지로 내 바지를 벗겼다. 그렇게 습진이 탄로났고, 내 생식기 또한 아버지의 시선 앞에 적나라한 모습을 드러내고 말았다. 그 순간 경악으로 물들던 아버지의 눈빛을 잊을 수 없다—그 시선은 습진을 향한 것이 아니었다. 아버지는 내가 잘 씻지 않고 도무지 청결에 신경쓰지 않으니 습진이 생기는 것도 마땅하다고 했다. 아버지가 놀란 것은 완벽하게 발육한 내 생식기 때문이었다. 그 빌어먹을 '헬멧'은 싱싱한 붉은빛을 띠며 윤기가 흐르는 동시에 상서롭지 못한 사악한 빛으로 충만했다. 아버지의 외마디 비명을 듣고 나는 부끄러워 어쩔 줄 몰랐다. 소독약을 든 아버지의 손이 떨려 병 안의 약물이 출렁였다. 아버지의 눈빛 또한 출렁대는 보라색 소독약처럼 포악하고 음울했다. 아버지는 한참을 대치하다 갑자기 엄한 목소리로 물었다. 이 부분이 대체 왜 이렇게 된 거냐? 둥랑아, 밤마다 대체 무슨 짓을 하는 거야? 나는 당황한 나머지 다급히 아랫도리를 감추며 아무 짓도 안 했다고, 그냥 그렇게 변해버렸다고 말했다. 아버지가 말했다. 거짓말은 집어치워! 콩 심은 데 콩 나고 팥 심은 데 팥 나는 법이다. 이건 다 네놈이 행한 저질스러운 짓거리의 결과야! 나는 결백을 증명할 방법이 없어 부끄럽고 화가 났다. 어찌할 도리가 없는 상황에서 나는 수비를 공격으로 바꾸는 전술을 택했다. 아버지, 무슨 말을 하는 거예요? 매일 선실 안에만 박혀 있으니 아무것도 모르죠! 목욕탕에 가보면 다 이렇다는 걸 알게 될걸요. 류라이쯔도, 춘성도, 더성도 이렇다고요. 이게 무슨 대단한 일이에요? 아버지는 격분해서 고함을 내지르기 시작했다. 그런 당치도 않은 말로 억지를 써? 난 모르고 네놈은 안다고? 다른 사람과 비교를 해? 류라이쯔는 양아치 녀석이고, 춘성은 너보다 나이가 훨씬 많아. 더성은 결혼해서 아내도 있고. 네가 도대체 몇 살이냐? 남들이 다 그렇대도 넌 안 되는 거야! 경고하는데, 네놈이 계속 이렇게 타락하면 머지않아 범죄의 길로 들어서고 말 거다!

아버지는 화가 난 나머지 약병을 강물 속에 던져버렸다. 나는 극도의 수치심을 품고 앞쪽 선실에 틀어박혔다. 마음속에서 후회가 메아리쳤다. 어떤 일들에 관해서는 아버지에게 솔직해질 수 없었다. 솔직하게 털어놓으면 아버지는 자신의 이치로 따지고 들며 한층 심하게 나를 단속할 테니 말이다. 그날 밤, 나는 또다시 아버지가 내 침대로 다가오는 꿈을 꾸었다. 아버지의 손에는 날카로운 가위가 들려 있었다. 가위는 핏자국이 남은 날을 사납게 펼치고 달빛 아래서 시린 빛을 뿜어냈다. 나는 꿈속에서 그 가위를 빼앗으려 아버지와 싸우다가 끝내 성공하면서 잠에서 깼다. 무서운 생각이 들었다. 나는 꿈속의 일을 허투루 여기지 않는 편이었으니까. 나는 오밤중에 일어나 옷장과 궤짝을 뒤져 속옷 세 장을 찾아서 전부 몸에 걸쳤다.

정말이지 다사다난한 가을이었다. 골치 아픈 일들이 잇달으며 큰 문제가 덮쳐오면 작은 문제들은 덮이는 식이었다. 덩사오샹 열사의 기일인 9월 27일이 가까워오자 아버지와 함께 덩달아 나도 바빠졌다. 아버지는 배에 기념 현수막을 걸었고, 제사 때 사용할 양초와 종이꽃도 준비해야 했다. 물건을 사 오는 일은 내 몫이었다. 나는 마을로 가서 오색 비단종이와 황주*를 샀다. 비단종이는 종이꽃을 접기 위한 것이었고, 황주 한 동이는 두 가지 용도로 쓰였다. 아버지는 내게 술 절반을 정자에 있는 열사비 아래에 붓고 나머지는 자신이 마시게끔 배로 가져오라고 했다. 평소에 술을 한 모금도 하지 않지만 9월 27일은 예외였다. 아버지는 덩사오샹 열사의 영정 앞에서 술을 마셨고, 나도 평소의 규칙을 깨고 몇 모금 얻어 마실 수 있었다.

먼저 비단종이를 사러 유팡진 문구점으로 갔다. 여점원이 진열대에서 비단종이를 한아름 안고 오더니 갑자기 의심이 들었는지 내게 물었다. 학교에서 온 거 아니지? 종합청사에서 온 것도 아니고? 비단종이는 왜 사는 거야? 내가 말했다. 비단종이나 팔면 되지 어디서 왔는지는 왜 물어요. 내가 사겠다면 그쪽은 팔아야죠. 점원은 의심어린 눈초리로 나를 바라보며 말했다. 네가 '반동 표어'라도 쓰려는 거면? 그래도 너한테 팔아야 해? 나한테 눈 흘길 거 없어. 너 누군지 아니까. 쿠원쉬안의 아들이잖아? 내가 말했다. 쿠원쉬안의 아들이면 비단종이를 사면 안 돼요? 점원은 곁눈질로 나를 흘깃 보다가 갑자기 콧방귀를 뀌었다. 네 아버지는 아직도 우리 가게에 외상값이 있어. 지도자 노릇 할 때 종이를 얼마나 가져갔는

* 중국 전통주의 하나.

지. 흰 종이, 편지지, 비단종이뿐만 아니라 글씨 연습한다며 늘 최고급 화선지만 가져가선 돈은 하나도 안 냈지! 내가 말했다. 그건 그쪽 책임이죠. 왜 돈을 달라고 안 했는데요? 점원이 말했다. 말은 잘하는구나. 그때 너희 아버지는 이 지역 유지나 다름없었으니까. 종합청사 장부에 달아놓으라는 말에 누가 감히 돈을 달라고 할 수 있겠어? 그리고 네 엄마 차오리민도 물건 사면서 도무지 돈을 내지 않았어. 책가방, 볼펜, 필통, 작업일지, 뭘 사든 죄다 공용품이라며 장부에 달아두라고만 했지! 그렇게 달아둬라, 달아둬라 하더니 쿠원쉬안이 내려가고 자오춘탕이 올라와서는 그 장부를 나 몰라라 하니 우리 가게만 피해를 입은 거지. 매년 정산을 해도 셈이 맞지 않는다고!

점원은 부모님이 작은 이익을 탐했던 옛일들을 들춰내며 내 체면을 완전히 구겼다. 나는 계산대를 두드리며 말했다. 나랑은 상관없으니까 그 사람들 일을 나한테 말하지 마요. 나는 비단종이를 사러 왔을 뿐이에요. 그쪽이 안 팔겠다면 내가 직접 들고 가죠. 점원이 말했다. 어딜 감히! 부모의 빚은 자식이 갚는 법인데, 우리 가게에 그렇게 빚을 져놓고 뭘 이렇게 당당해? 지금도 사람들이 널 두려워할 줄 알아? 그럴 이유가 뭐가 있어? 너한테는 안 팔아! 점원은 내가 계산대 쪽으로 다가서는 것을 보고 쾅 소리가 나게 작은 문을 닫아걸고는 높은 목소리로 경고했다. 감히 강도짓은 못할 줄 알아. 파출소가 근처에 있으니까 내가 소리 지르면 다 들린다고!

마침 밖에서 어수선한 소리가 들리더니 크고 작은 종이상자를 잔뜩 실은 삼륜차 한 대가 문 앞에 섰다. 그리고 누군가 커다란 종이상자를 안고 가게로 들어섰다. 상자 뒤쪽으로 피둥피둥한 남자의 머리통이 보였다. 문구점 주임인 라오인이 온 것이다. 구세주가 왔다. 라오인은 예전에 우리집에 와서 아버지와 장기를 두곤 했는데, 올 때마다 내게 작은 선물을 가져다주었다. 다행히 라오인은 나를 모르는 척하는 몰인정한 행동은 하지 않았다. 그가 내게 인사를 건넸다. 둥량아, 뭐 사러 왔니? 어째 그렇게 험악한 표정을 하고 있어? 칼을 사서 살인이라도 하려는 거야?

점원이 나보다 앞서 말했다. 재가 사람 죽이게 생겼어요. 아버지한테 외상값 갚으라고 전하랬더니 바로 저렇게 사람을 죽일 듯하는 거예요. 저 표정 좀 보세요. 뭘 모르는 사람이 보면 내가 저 집에 돈이라도 빌린 줄 알겠어요.

라오인이 말했다. 남의 집 귀한 자식하고 말다툼한 것도 잘못이지. 틀림없이 너도 잘못한 구석이 있을 거야. 아이들도 고객이라고. 고객을 대할 때는 봄바람처럼 부드러워야 하는 법인데, 지금 네 태도가 어디 봄바람 같으냐? 아주 서리라도 내릴 것 같구나. 라오인이 분위기를 원만하게 풀었다. 그래도 점원은 나를 대하는 태도를 바꾸지 않고 여전히 의심하는 투로 말했다. 얘가 이렇게 많은 비단종이를 사간다는데, 도대체 배에서 어디 그렇게 쓸 데가 있겠어요? 라오인은 벽에 붙은 달력을 쳐다보고는 점원에게 손을 내저었다. 그렇게 함부로 의심하지 마. 얘 아버지가 사는 거니까. 내일이 덩사오샹 열사의 기일이니 쿠원쉬안이 종이꽃이라도 접으려는 게지.

유팡진에 아직 아버지를 존중하는 사람이 남아 있었다니, 나는 라오인에게 무척이나 고마운 마음이 들었다. 라오인은 비단종이를 색깔별로 펼쳐놓고 나더러 고르게 했다. 내가 말했다. 저는 색을 잘 맞출 줄 모르니 아저씨가 골라주세요. 라오인은 곧 고개를 숙여 비단종이의 색을 맞춰보며 이렇게 중얼거렸다. 네 아버지란 사람은 내 평생을 궁리해도 알 수가 없어. 그런 처지가 된 마당에도 해마다 9월 27일을 꼭 챙기니 말이다. 일 년 사계절 내내 배에만 틀어박혀 땅은 한 뙈기도 밟지 않으면서 어떻게 덩사오샹 열사의 제사를 모시는 거냐? 내가 말했다. 아버지한테는 땅은 없지만 물이 있으니까요. 배 위에서 제사를 지내요. 하제河祭라고 하죠. 강 위에서 지내니까. 라오인은 흥미가 동했는지 내게 물었다. 하제라고? 그건 어떻게 지내는 제사냐? 내가 말했다. 뭐 특별한 건 없어요. 평황진 쪽으로 절을 세 번 한 다음에 종이꽃을 모두 평황진부두에 버려요. 라오인은 그제야 고개를 들고 모호한 눈빛으로 나를 물끄러미 바라보았다. 네 아버지가 아직도 평황진 쪽으로 절을 한다고? 너희 부자는 배에서 지내느라 정말 아무것도 모른단 말이냐? 나는 멍해져 그저 머리를 긁적이다 그를 바라보며 물었다. 평황진 쪽으로 절을 안 하면 어느 쪽으로 하나요? 라오인이 나를 힐끗 쳐다보았다. 그의 표정이 사뭇 매정하게 변했다. 매정함 속에 어쩐지 으스대는 기색도 엿보였다. 네 아버지라는 사람은 대체 어찌된 거냐? 내가 평생을 궁리해도 정말 알 수 없단 말이야. 네 아버지는 매일같이 배우고 익히고자 부단히 노력했지. 한데, 다른 사람들은 뭘 배우면 배울수록 발전하는데, 네 아버지는 뭘 배우면 배울수록 퇴보를 한단 말이다! 돌아가거든 아버지한테 전해라. 이제 그 케케묵은 옛일에 구차하게 매달리지 마시라고 말이다. 내가 이 두 눈으로 내부 자료를 직접 봤지. 덩사오샹 열사의 일생에 대해 새로운 자료들이 있었단다. 덩사오샹은 평황진 사람도 아니고, 우리 지방 사람도 아니었어. 재난을 피해 평황진으로 도망쳐온 고아였지. 세 살 때 비로소 장의사 집에 양녀로 들어갔던 거야. 수양딸이었다고. 둥량아, 내 말 알아듣겠니?

나는 계산대 앞에 멍하니 선 채로 라오인을 바라보았다. 한참 만에야 비로소 정신이 들었다. 알아들었어요. 내가 말했다. 덩사오샹은 고아였고, 수양딸이었다는 거죠. 그럼, 덩사오샹은 대체 어디 사람인가요?

본적은 더 조사해야 한다고 내부 자료에 적혀 있더구나! 라오인은 큰 소리로 대답했다. 덩사오샹이 어디 사람이든 어쨌거나 평황진이 고향은 아니야. 돌아가서 아버지한테 전해라. 올해는 평황진 쪽으로 절할 필요가 없다고. 괜히 사람들 웃음거리나 되지 말라고.

나는 고개를 끄덕이고 라오인에게 말했다. 알겠어요. 덩사오샹도 신원이 불분명한 사람이었네요. 이제 내 아버지는 어느 방향으로 절해야 하죠?

이 녀석 말본새 하고는. 덩사오샹은 열사인데, 어떻게 신원이 불분명하다고 할 수 있겠니? 라오인이 말했다. 돌아가서 네 아버지에게 말하렴. 앞으로는 덩사오샹 열사에게 제사를 지낼 필요가 없고, 세 번 절할 필요도 없다고 말이다. 어느 방향으로든 네 아버지가 절할 필요는 없다고 말이야. 역사는 수수께끼야. 알겠니? 덩사오샹 열사도, 네 아버지도 하나의 수수께끼지. 네가 이걸 알아듣지 못하겠다면 그만이지만, 네 아버지는 배운 게 있으니 내 말뜻을 알 수 있을 거다.

문구점에서 나왔을 때 마음이 아주 무거웠다. 나는 비단종이를 말아 겨드랑이에 끼우고 넋을 놓은 채 유팡진 거리를 걸었다. 라오인이 들려준 소식은 나를 깊은 수렁으로 밀어넣었다. 덩사오샹 열사의 일생은 왜 계절처럼 그렇게 변화무쌍할까? 덩사오샹, 내 영광스러운 할머니, 내 신성한 할머니, 당신은 도대체 어찌된 겁니까? 당신은 한 조각 구름처럼 내 머릿속을 오락가락하네요. 도대체 무슨 바람이 당신을 점점 더 멀리 불어버리는 거죠? 나는 고아 덩사오샹의 어린 시절을 상상했다. 온 얼굴에 먼지를 뒤집어쓴 어린 소녀가 어렴풋이 그려졌다. 낡아빠진 옷을 걸치고 머리칼이 온통 잡초 더미처럼 헝클어진 소녀가 아주 오래전의 유팡진부두를 내달리고 있었다. 입으로는 끊임없이 엄마를 부르짖으며. 나는 먼지로 뒤덮인 소녀의 얼굴을 제대로 알아볼 수 없었다. 예쁘고 영리하게 생겼는지 못생기고 멍청하게 생겼는지조차 알 수 없었다. 그 모습은 또다른 고아 소녀를 닮았을지도 모른다. 내 머릿속에 서서히 후이셴의 작은 얼굴이 떠오르자 그 옛날 고아 소녀의 얼굴도 훨씬 또렷해졌다—나는 소녀가 펑황진 장의사 집의 어느 관 속에 누워 있는 것을 보았다. 눈물이 채 마르지 않은 눈으로 여기저기를 살피고 있었다. 소녀는 호기심어린 눈으로 관 밖의 세상을 가늠하며 내게 손짓했다. 들어와, 들어와, 어서 들어오라니까. 나는 관 속의 소녀가 도대체 누구인지 알 수 없었다. 우리 선대의 고아 소녀 후이셴인지, 아니면 신비한 전설 속의 고아 소녀 덩사오샹인지.

나는 고개를 들어 멀리 정자 쪽 하늘을 바라보면서 걸었다. 내가 하늘로 고개를 쳐들고 걷자 거리를 지나던 사람들이 호기심에 찬 눈으로 쳐다보았다. 누군가 나를 떠밀었다. 헛방귀, 길을 왜 그렇게 걷냐? 정신병이라도 걸렸냐? 도대체 뭘 보고 있어? 나는 역사를 보고 있노라고 대답했다. 정자 쪽 하늘은 잿빛으로 어둑어둑해 아무것도 제대로 보이지 않았다. 나는 어떤 역사도 보지 못했다. 고개를 든 채 잡화점 부근까지 걸어갔을 때 누군가 앞을 가로막고 섰고 나는 거칠게 떠밀렸다. 헛방귀, 너 몽유병이냐? 길을 어떻게 걷는지도 잊어버렸어? 사람을 치면서 걸어다니고! 하늘에는 역사가 없다. 땅 위에서 들끓는 사람들의 소리에 나는 정신을 차렸다. 고개를 내려 보니 바구니를 든 아낙들과 아이들이 잡화점 계단 위에 잔뜩 늘어서 있었다. 백설탕을 사기 위한 줄이었다. 잡화점 문에는 기쁜 소식이 나붙어 있었다. 국경절을 기념하여 백설탕이 특별 판매되며, 배급표 한 장에 설탕 석 냥*이 제공된다는 소식이었다.

나는 황주를 사야 한다는 것을 떠올리고 잡화점 계단을 비집고 올라가다 곧바로 사람들에게 밀려나고 말았다. 백설탕이 아니라 황주를 살 거라고 말했지만 소용없었다. 뭘 사든 상관없이 줄을 서야 한다고 했다. 한 아낙이 팔뚝을 들어올려 새치기하려는 나를 막더니 깔보는 투로 말했다. 너희 선대 사람들은 도무지 질서를 모른다니까. 줄 서라고 하면 무슨 목숨이라도 내놓으라고 한 듯 굴지. 줄 좀 서는 게 뭐가 그리 어려워? 줄 서는 데 돈이 들기를 해 고기가 필요하기를 해? 아낙은 자기가 한 말에 남들의 동의를 구하기까지 했다. 안 그래요? 내가 괜히 선대 사람들 흉잡는 거 아니잖아요? 내 말이 틀려요? 사람들은 모두 고개를 끄덕이며 아낙의 말에 맞장구쳤다. 혐오감으로 가득한 시선들이 일제히 내 얼굴로 쏟아졌다. 나도 할말이 있었지만 다들 노인 아니면 여자나 아이였기 때문에 입을 열 수 없었다. 그들은 백설탕을 사려는 것이고 나는 황

* 1냥은 50그램이다.

주를 사려는 것이니 서로 상관없는데도 굳이 함께 줄을 서야 한다니. 그들과 함께 줄을 서기도 싫고, 나를 끼워주는 사람도 없으니 하릴없이 속을 끓이며 계단에서 물러날 수밖에 없었다.

나는 한쪽에 서서 잡화점 문 앞의 줄을 바라보며 조바심을 냈다. 그러다 문득 후이셴의 엄마를 찾는 전단이 맞은편 길모퉁이에 붙어 있던 게 떠올랐다. 가서 보니 그 반 장짜리 신문지는 비바람에 뜯겼는지 환경미화원이 떼어버렸는지 작은 쪼가리만 겨우 남았고, 담장에는 새로 흰 페인트가 칠해져 있었다. 흰 페인트로 덮인 신문 쪼가리는 고집스럽게 한쪽 모서리를 쳐든 채 나의 애도를 받아들였다. 국경절이 가까워와 크고 작은 거리마다 환경미화를 위해 흰 페인트가 칠해지는 중이었다. 깨끗하고 말쑥한 모습으로 기념일을 맞이한다는 미명하에 후이셴의 엄마를 찾는 전단은 설 자리를 잃고 만 것이다. 아버지의 필적을 알아볼 수 없었고 후이셴의 이름도 찾아볼 수 없었다. 그대로 포기할 수 없어 손톱으로 열심히 페인트 칠을 벗겨냈다. 한참을 벗기니 자그마한 기적이 일어났다. 내가 작년에 고쳐 그린 해바라기가 부활해 내 손가락 아래서 조금씩 피어나기 시작한 것이다.

그 해바라기 꽃송이가 내게 알 수 없는 희열을 안겨주었다. 나는 길모퉁이에 서서 인내심을 가지고 잡화점 문 앞의 줄이 시나브로 줄어드는 것을 지켜보았다. 내가 황주 동이를 안고 잡화점에서 나왔을 때, 그곳 경리인 안경잡이 마씨가 뒤에서 소리를 질렀다. 그 황주 아주 독한 거니까 아버지한테 조금만 드시라고 해라. 내가 그러더라고 해. 술을 빌려서 시름을 풀어봤자 시름이 더해질 뿐이라고!

그의 말 속에 특별히 숨은 뜻이 있는지는 모르겠지만, 여하튼 유식한 척을 하는 것이기에 나는 못들은 척했다. 안경잡이 마씨도 과거 아버지의 장기 상대였는데, 늘 아버지는 그가 아슬아슬하게 이기도록 해주었다. 그들은 우정을 나누었다고 할 수 있겠지만, 제아무리 깊은 우정도 결국은 헛방귀였다. 나는 안경잡이 마씨의 충고가 선의에서 비롯된 것이라 생각지 않았다. 아마도 고상한 말을 써서 계산대에 앉은 여자 동료들에게 잘 보일 속셈이었을 것이다. 나는 누군가 아버지의 안부를 묻는 말을 믿지 않았다. 나 말고, 그러니까 그의 아들 말고, 유팡진의 누가 아직도 쿠원쉬안을 안중에 두고 있단 말인가?

아버지가 당부한 대로 황주 동이를 들고 정자로 갔다. 정자 쪽은 무척 시끄러웠다. 거위 몇 마리가 꽥꽥거리며 이리저리 뛰어다니고, 많은 사람들이 모여 열사비를 가로막고 있었다. 그 곁에 가까이 가서야 사람들이 바보 벤진을 구경하고 있다는 사실을 알았다. 거위들이 주인을 호위하는 가운데 술에 취한 바보 벤진이 열사비 앞에서 주정을 부리고 있었다. 그는 열사비에 새겨진 덩사오샹의 부조를 향해 어머니라고 부르짖었다. 그 부르짖음은 오래 이어졌다. 어머니, 어머니, 자오춘탕한테 내 거위들 축사 좀 지어주라고 말해주세요. 어머니, 어머니, 잡화점 샤오왕한테는 나한테 시집오라고 말 좀 해주세요. 어머니, 어머니, 좋은 술 한 병 사 먹게 오위안만 주세요. 사람들이 나를 무시해요. 돈 몇 푼 모자란다고 나한테 술을 안 팔더라니까요.

옆에 있던 사람이 말려도 아무 소용 없자 누군가 다가가 바보 벤진을 주먹으로 때리고 발로 찼다. 이 바보 녀석아, 혼란한 틈을 타서 한몫 챙겨보려는 심산이냐. 덩사오샹을 어머니로 두면 잘 먹고 잘살 것 같지? 우리도 그렇게 생각은 한다만, 뭘 근거로 열사가 너 같은 바보놈의 어머니란 거냐? 바보 벤진이 말했다. 근거? 내 엉덩이에 물고기가 있단 말이야! 누군가 경고했다. 바보놈아, 조심해. 덩사오샹 아들이라고 사기치는 게 어떤 죄인지 알아? 더 주정 부리면 파출소에서 잡으러 온다. 바보 벤진이 말했다. 나는 덩사오샹 아들인데 파출소 따위 무서울 줄 알고? 나는 열사 가족이란 말이야. 파출소가 날 무서워해야 한다고! 또다른 누군가 옆에서 바보 벤진을 부추겼다. 말로만 해서는 어떻게 믿겠냐. 바보 녀석아, 아예 여기서 엉덩이를 까서 보여줘. 사람들한테 네 몽고점이 정말 물고기 모양인지 한번 보여주라고.

사람들 틈을 비집고 들어가자 마침 바보 벤진이 바지를 벗어내리는 모습이 눈에 들어왔다. 그의 엉덩이가 보란듯이 사람들 앞에 전시되었다. 와 하는 소리와 함께 갈채가 터져나왔다. 남녀노소 할 것 없이 두 눈을 커다랗게 뜨고 바보의 엉덩이를 뚫어져라 바라보았다. 물고기다, 물고기야. 정말 살아 있는 것 같아! 누군가 놀라서 소리를 질렀다. 이 바보가 정말 덩사오샹의 아들인지도 모르지! 그 외침이 바보를 자극했는지 그는 더욱 적극적으로 사람들의 요구에 부응했다. 엉덩이를 쑥 내민 채 열사비 주위를 빙글 돌기 시작한 것이다. 사람들은 또 한차례 신나게 폭소를 터뜨렸다. 그러다 누군가 그 엉덩이를 발로 차버렸다. 바보야, 어서 바지 입어라. 덩사오샹이 정말 네 어머니라면, 적들에게 목매달려 죽은 게 아니라 너 때문에 부끄러워서 죽었을 거다.

정자가 부두에서 가까웠기 때문에 파출소 대신 치안유지대의 우라이쯔와 천투쯔가 달려왔다. 그들이 오자 바보 벤진은 술이 좀 깨는지 다급하게 바지를 추켜올리면서 주변을 둘러싼 사람들을 뚫고 나와, 거위들을 이끌고 강변 쪽으로 달아났다. 그는 달리면서 길가의 사람들을 향해 외쳤다. 조사단이 곧 모든 진실을 발표할 거야. 누가 덩사오샹의 아들인지, 다들 두고 보라고. 나를 업신여긴 놈들은 다 조심하란 말이야!

한바탕 소동이 가라앉자 마침내 누군가 나를 발견했다. 사냥꾼의 총구 앞에 선 토끼가 된 기분이었다. 사람들은 내가 안고 있는 황주 동이를 보더니 서로 눈짓을 교환하며 귓속말을 나누기에 여념이 없었다. 다들 목소리를 낮추긴 했지만, 안경잡이 천씨가 귀에 거슬리는 품평을 늘어놓는 것이 내게도 들려왔다. 바보가 가니 사기꾼이 오네. 덩사오샹 열사께서 오늘은 못 쉬시겠어!

악독한 안경잡이 천씨를 용서해서는 안 될 터였으나, '사기꾼'이라는 그 단어가 까닭 모르게 내 마음을 헛헛하게 만들었다. 어서 정자를 뜨고 싶은 마음뿐이었다. 그러나 바보 볜진은 도망칠 수 있어도 나는 그럴 수 없었다. 무대에 나설 시간이었으니까. 아버지의 부탁을 받고 온 이상, 황주 반 동이를 뿌리며 쿠원쉬안이 덩사오샹의 아들이고 쿠둥량은 덩사오샹의 손자이며 우리 쿠씨 집안은 여전히 영예로운 열사의 가족임을 알릴 의무가 있었다. 나는 황주 동이를 들고 열사비 앞으로 다가섰다. 술동이를 열려는데 우라이쯔 녀석이 굶주린 호랑이가 먹이를 덮치듯 달려와 한 발로 술동이 뚜껑을 밟고 섰다. 헛방귀, 뭘 하려고?

내가 말했다. 열사를 기리며 술 올리려는데, 왜, 안 돼?

안 되지. 우라이쯔가 억지를 쓰며 말했다. 어서 술동이 들고 꺼져.

나는 우라이쯔를 무시하고 술동이 뚜껑을 봉한 황토 덩이를 깨려고 했다. 그러나 이번에는 천투쯔에게 팔뚝이 잡혔다. 천투쯔가 정자 기둥에 붙은 팻말을 가리키며 말했다. 헛방귀 동지, 저기 뭐라고 쓰여 있는지 좀 보시지. 너는 눈도 없어? 저기 붙은 거 안 보여? 새로운 규정이란 말이다. 열사의 명예를 기린답시고 봉건적인 미신 행위를 하는 건 금지야. 미신 행위는 모조리 금지라고!

팻말 밑으로 달려가 보니 '덩사오샹 열사 추모에 관한 새 규정'이라는 글씨가 보였다. 낡은 풍습을 개선하기 위해, 정자에 와서 절하고 지전을 사르고 향을 태우는 모든 행위를 일절 금한다는 내용이었다. 또한 자식을 잃은 사람이 와서 아이의 혼백을 부르고, 상을 당한 사람이 와서 그릇을 깨고, 혼인하는 집안이 와서 폭죽을 터뜨리고, 시집살이하는 아낙이 와서 곡하며 하소연하는 행위 등도 금지되었다. 내 생각에도 새 규정은 나쁠 것이 없어 보였다. 그러나 글자를 하나씩 아무리 따져봐도 그 앞에 술을 뿌리고 제사를 내지 말라는 규정은 없었다. 내가 말했다. 이 규정은 봉건적인 미신 행위를 금지하는 건데, 술을 올리지 말라고 어디 써 있다는 거냐?

천투쯔가 말했다. 헛방귀, 너 공부는 어디로 했냐. 문화 수준이 이렇게 낮아서야 원. 술을 붓는 게 바로 봉건적인 미신 행위인 걸 몰라?

천투쯔가 주절주절 말을 늘어놓는 데 짜증이 났는지 우라이쯔가 그를 한쪽으로 밀어내고 자신이 앞으로 나서서 내 얼굴을 노려보았다. 그러더니 갑자기 경멸어린 차가운 웃음을 지어 보였다. 쿠원쉬안의 개자식 같으니라고! 네놈이 무슨 개 같은 자격이 있다고 여길 와서 열사비에 제사를 지내? 네놈이 정 술을 뿌리고 싶으면, 그 술동이 안고 강 건너 굴피나무 마을로 가서 수적 펑라오쓰 무덤에 갖다부으면 될 거 아냐!

이 말에 나는 머리끝까지 화가 나 그대로 우라이쯔에게 달려들어 한덩어리로 엉겨 치고받기 시작했다. 정자 안에서 드잡이하던 우리는 바깥까지 밀려나갔다. 애석하게도 나이로나 경험으로나 체력으로나 우리 둘의 차이가 너무 컸다. 내 주먹은 우라이쯔의 상대가 되지 못했다. 명명백백 그가 나를 모욕했음에도 오히려 내가 범죄자처럼 그에게 붙잡힌 꼴이 되고 말았다. 우라이쯔는 나를 옴짝달싹 못하게 바닥으로 내리누르며 마늘 냄새나는 숨을 내 목덜미에 훅훅 내뿜었다. 좆에 털도 다 안 난 자식이 나랑 붙어보겠다고 용을 써? 우라이쯔가 교활하게도 내 얼굴을 땅바닥에 대고 짓이기는 바람에 나는 순간적으로 저항할 방법을 찾지 못하고 흙먼지를 씹으며 발만 버둥댔다. 그러다가 퍽 하는 둔탁한 소리를 들었다. 술동이가 내 발에 채인 것이다. 황토로 봉인한 뚜껑이 깨지면서 술냄새가 훅 풍겨왔다. 나는 바닥에 엎드린 채 사방으로 퍼져나가는 잘 익은 황주 특유의 누룩 냄새를 맡았다. 쏟아진 황주가 내 얼굴까지 흘러왔다. 처음부터 내가 울었는지 어쨌는지는 모르겠고, 내 입가에 약간 짭짤하기도 매콤하기도 하고 달콤하기도 시큼털털하기도 한 맛이 느껴졌다는 사실만 기억난다. 우라이쯔는 내가 저항을 포기했다는 걸 알고 손을 풀었다. 그에게서 풀려났지만 나는 여전히 바닥에 엎드린 채였다. 그렇게 엎드린 채 방향을 트니 아주 괴상한 자세가 되었다. 흙먼지를 씹는 것보다 더 괴상했다. 몸을 그렇게 돌리는 동안 결국 눈물이 솟구쳤다. 내 얼굴은 산산이 부서진 술동이 쪽으로 점점 가까이 갔다. 눈앞에서 황주가 콸럭콸럭 쏟아졌고, 그 술 속에서 내 얼굴도 흔들렸다. 흔들릴수록 모든 것이 흐리멍덩해졌다. 가장 괴상한 것은 내 얼굴이었다. 죽을 때가 되어 고향의 품에 몸을 의탁하는 탕아처럼, 내 얼굴도 깨진 그 술동이로 의탁되었다.

바로 다음 순간, 용서받을 수 없는 짓을 저질렀다. 모두가 주시하는 가운데 나는 땅바닥에 엎드려 눈물을 흘리며 황주를 핥았다. 그런 다음 눈물을 그치고 남은 황주 반 동이를 안고 자리에서 일어나 정자 바깥으로 걸어가 퍼마셨다. 덩사오샹 열사의 기일 전날 저녁, 정자 밖에서 비단종이 한 뭉치를 엉덩이 밑에 깔고 앉아 술을 마셨다. 혼자서 황주 반 동이를 다 마셔버렸다.

쑨시밍과 더성이 소식을 듣고 정자로 달려왔을 때까지만 해도 내 머릿속은 아직 맑았다. 그들에게 끌려 부두로 가는 동안, 그 깨진 술동이를 아버지에게 전해야 한다고 내가 더성에게 신신당부했으니까. 어떻게 배로 돌아왔는지는 모르겠고, 아버지가 슬리퍼로 내 뺨을 때리고 바가지로 강물을 퍼서 얼굴에 끼얹은 것만 기억난다. 아버지가 고함을 질렀지만 나는 도통 알아듣지 못했다. 무슨 변명을 했는지도 기억하지 못한다. 술을 마시지 않고 머리가 맑을 때도 변명에 능한 편이 아니었으니, 곤드레만드레 취한 뒤에는 더 말할 필요도 없었다. 나는 그저 헛방귀, 헛방귀, 헛방귀라고 말할 뿐이었다. 헛방귀 말고 무슨 말로 스스로를 변명해야 할지 알지 못했다.

남들은 술에 취하면 죽은 돼지처럼 잠을 자는데, 나는 악몽을 꾸면서 진저리를 쳤다. 계속되는 악몽에 시달리다 한밤중에 잠에서 깼다. 돌연 강물이 빠르게 굳으며 미친듯이 솟아오르더니 순식간에 수면 위에 높은 산이 솟아나 첩첩이 내 앞을 가로막았다. 끌배가 요란한 소리를 내며 물위에 길을 내고 다른 바지선들은 강물 위의 산봉우리를 돌아가는데, 우리 배만 선대에서 떨어져나와 진쉐강 한가운데서 빙빙 맴돌았다. 고물 쪽에서 기괴한 물소리가 나서 보니 닻이 어떤 손에 꽉 붙잡혀 있었다. 강 한가운데서 솟아난 그 손은 크지도 작지도 않고 다섯 손가락의 마디가 닻의 빈 곳에 꼭 들어맞았다. 손등의 반은 아름다우나 창백했고, 나머지 반은 이끼가 짙푸르게 끼어 끔찍해 보였다. 그 순간 어두컴컴하던 강물이 몸을 뒤채더니 배 아래쪽 어둑한 수면이 밝게 빛나며 찬란한 물보라가 피어났다. 그리고 그곳에서 한 여인의 아름다운 얼굴이 불쑥 솟아올랐다. 둥근 얼굴에 눈동자는 커다랗고 콧날은 약간 낮은 편이었다. 과거 신여성들처럼 귀밑까지 오는 단발머리는 칠흑같이 검었고, 썩은 물풀을 가득 매달고 있었다. 물에 젖은 머리칼이 투명한 빛을 냈다. 이어 여인의 어깨가 올라오면서 등에 걸려 있던 광주리도 위로 솟았다. 나는 광주리 안에 든 물을 똑똑히 볼 수 있었다. 물은 은색이었고 그 위에는 물풀이 떠 있었다. 물풀이 흔들리면서 아래로는 어린아이의 젖은 머리통이 어렴풋이 보였다.

나는 운좋게도 덩사오샹 열사의 영혼을, 그녀의 어린아이를 보게 된 것이다. 열사는 강바닥에서 솟아올라 모든 것을 꿰뚫어보는 눈빛으로 나를 물끄러미 바라보았다. 그 시선이 내게 말해주었다. 그녀는 내가 한 모든 일을 보았고, 내가 한 모든 말을 들었다는 사실을. 그녀가 바로 역사였다. 나는 꿈속에서 온몸을 부르르 떨며 심판을 기다렸다. 역사가 모든 비밀을 드러낼 순간을 기다렸다. 그러나 열사는 침묵을 지켰다. 자기 자신에 대해서도, 자신의 자손들에 대해서도 말하지 않았다. 가르침을 주기를 기다렸지만 그녀는 나를 용서하지도, 비판하지도 않았다. 그저 위엄 넘치는 태도로 이끼가 잔뜩 낀 손을 들어 자신의 광주리를 두드리며 이렇게 말했을 뿐이다. 내려와, 내려와, 내게로 내려와!

내려갈 엄두가 나지 않았다. 내가 어떻게 그녀의 광주리 안으로 뛰어든단 말인가? 나는 놀라 잠에서 깼다. 선실 안에는 여전히 등불이 켜져 있고 아버지는 소파에서 자고 있었다. 아주 깊은 밤이었다. 쇠로하고 부기가 있는 아버지의 얼굴 반쪽에는 아직 분노의 낙인이 남아 있었다. 나머지 반쪽은 등잔 불빛을 받아 숙연하고 장엄해 보였다. 그 얼굴 위의 모든 주름이, 모든 검버섯이 내일을 기다리고 있었다. 내일은 덩사오샹 열사의 기일이었다. 아버지가 강 위에서 유일하게 챙기는 기념일. 아버지는 등을 밝히고 종이꽃을 한참이나 접었다. 그렇게 접은 크고 화려한 종이꽃이 송이송이 아버지의 무릎 위에, 바닥 위에 흩뿌려져 있었다.

아버지가 깨지 않도록 조심조심 종이꽃 몇 송이를 주워들고 선실 밖으로 나갔다. 달빛에 의지해 고물까지 걸어가서 보니 닻은 여전히 배 옆구리에 걸린 채 쇠붙이의 서늘한 빛을 발하고 있었다. 그렇게 가만가만 옆구리에 부딪치면서 부드럽고 평안한 소리를 냈다. 나는 깨어났지만 강물은 자고 있었다. 진췌강의 밤이 무르익었다. 달빛 아래서 물결이 일렁였다. 나는 바람이 지나며 강 위에 남기는 흔적을 볼 수 있었다. 은빛 비늘 조각이 겹쳐져 만들어낸 작은 길이 물위에서 보였다 사라졌다를 반복했다. 강기슭 수양버들의 물그림자도 보였다. 이따금 나뭇가지에 잘못 내려앉은 밤새가 놀라 푸드덕대며 날아가 멀리 들판 너머로 사라졌다. 부레옥잠 한 덩이가 갈래진 강어귀에서 배를 따라 흘러오는 것이 눈에 들어왔다. 물위의 작은 초원 같은 부레옥잠은 밤 운항을 하는 선대를 뒤쫓아왔다. 아마 마을의 연못에서 떠내려왔을 것이다. 나는 부레옥잠이 뱃전으로 다가와 부딪히는 소리를 들으며 향수에 잠겼다. 강물의 잠든 모습을 보고, 강물의 코 고는 소리를 들었다. 열사 덩사오샹의 영혼만이 왔다가 사라졌다. 고물에 남은 신비한 물방울 몇 개 말고는 그녀는 내게 아무것도 남기지 않았다.

악몽을 꾸었다. 아름다운 꿈이기도 했다.

꿈에서 깨어난 뒤, 나는 진짜로 어른이 되었다.

하

소녀

나는 후이셴이 하루빨리 자라기를 간절히 바랐다. 이것은 내 마음속의 첫번째 비밀이다.

한편으로는 후이셴이 너무 빨리 자랄까봐 두려웠다. 이것이 내 마음속의 두번째 비밀이다.

사춘기 시절, 괴팍하고 쉽게 화를 내던 내 성격은 이 두 가지 비밀이 충돌한 것에서 기인했다. 많은 이들이 일기장에는 대개 자신의 일상을 기록한다. 나는 달랐다. 사람들은 나를 헛방귀라고 불렀고, 헛방귀의 삶은 기록할 만한 가치가 없었다. 종이와 잉크와 시간을 낭비하는 일에 불과했다. 스스로도 이 점을 잘 알았기에 나는 일기에 후이셴의 삶을 기록했다. 내 일기장은 아버지, 그리고 어머니가 쓰던 것과 마찬가지로 크라프트지 표지의 사무용 노트였다. 잡화점과 문구점에서도 파는 4펀짜리다. 튼튼하고 질겨서, 글씨를 작게 쓰고 적당한 단어로 문장을 간결하게 쓴다면, 아주 오래 사용할 수 있었다.

처음에는 아주 신중하게 썼다. 공문서의 형식을 빌려 실사구시의 원칙에 따라 후이셴의 키와 몸무게, 글자를 얼마나 아는지, 무슨 노래를 부를 줄 아는지 등을 주로 기록했다. 그러다 점점 대담해지면서 일상의 단편들을 더하기 시작했다. 후이셴이 누구와 싸웠다는 얘기가 들려오면 바로 기록했다. 누구네 닭국수를 먹었다면 맛있었는지 맛없었는지, 육수가 진했는지 연했는지, 후이셴이 평가한 대로 전부 기록했다. 어느 집에서 새 솜옷과 새 신을 만들어주었다면 옷이 예쁜지, 신이 발에 맞는지도 기록했다. 나중에는 누가 후이셴에 대해 칭찬이나 잡담을 하더라도, 내 귀에 들어온 것은 하나도 빼놓지 않고 적었다. 그러다 결국 나 스스로도 펜을 통해 발언했다. 뒤죽박죽 의미를 알 수 없는 감상을 적어내려가며, 암호 같은 문장과 단어를 만들어 남들은 모르고 나만 알아볼 수 있도록 했다. 가령 후이셴을 해바라기라 칭했고, 나 자신은 부레옥잠이라고 썼다. 아버지는 널빤지였고, 뭍사람들은 기본적으로 '비적 갑' '비적 을' 따위로 칭했으며, 선대 주민들은 닭, 오리, 소, 양으로 대체했다. 아버지가 몰래 훔쳐볼 경우에 대비한 조치였다. 노트에 뭔가를 쓰거나 그릴 때면 언제나 아버지의 의심어린 눈초리를 느끼곤 했다. 아버지가 물어본 적도 있었다. 대체 뭘 그리 쓰는 거냐? 왜 나한테는 보여주지 않는 거지? 일기를 쓰는 건 원래 좋은 습관이지만, 네놈이 헛소리라도 갈겨놓는 거라면 화가 될지도 모른다. 너도 유팡진초등학교의 주 선생을 알지? 당과 사회에 대한 불만을 일기장에 적어놓았다 결국 잡혀갔잖니? 나는 대답했다. 걱정 마세요. 나는 당에도 만족하고 사회에도 아주 만족하면서 살고 있어요. 나 자신한테 불만이 있을 뿐이에요. 남들이 나를 헛방귀라고 부르는 거 들었잖아요? 그러니 아버지도 내 일기장을 헛방귀라고 생각하세요.

사실 거짓말이었다. 내가 헛방귀일 수는 있어도 내 노트는 아니었다. 그것은 가장 큰 비밀이자 나의 고독을 몰아내는 최고의 도구였다. 노트를 펼치면 문장들이 나를 그 말괄량이 소녀의 곁으로 데려다주었다. 나는 글을 이용해 후이셴을 불러냈고, 후이셴은 어둠을 뚫고 우리 선실로 들어와 내 곁에 앉았다. 나는 소녀의 머리칼에서 풍기는 햇살 냄새와 소녀의 몸에서 나는 특유의 맑은 향기를 맡을 수 있었다. 내 안에서는 달콤함과 괴로움 사이에서 갈등이 일어 도무지 풀리지 않았다. 머리로는 후이셴을 여전히 가여운 어린아이로 여겼지만 몸은 그런 머리를 배반했다. 위부터 아래까지, 한 소녀를 향해 형언할 수 없는 애정으로 가득찼다. 곤란한 문제는 주로 하반신에서 왔다. 아래부터 위까지, 내 몸안에 억제할 길 없는 욕구가 쌓였다. 그 욕구로 몹시 괴로웠다. 노트를 뒤적일 때면 걱정으로 가득차곤 했다. 수많은 시간을 나는 후이셴의 성장에 저항했지만 후이셴은 자랐다, 흰 만터우 같은 두 무릎이 자랐다. 후이셴은 자랐다, 붉은 블라우스 아래 솟아난 가슴이 자랐다. 후이셴은 자랐다, 황옥석 같은 팔 아래 가뭇한 겨드랑이털이 자랐다. 후이셴은 자랐다, 나를 향해 찌푸리거나 웃는 것도 무심한 유혹으로 보였다. 후이셴은 자랐다, 그 매혹적인 눈빛으로 소녀가 보고 있는 것이라면 그것이 설령 돌멩이일지라도 나는 질투를 느꼈다. 그리고 거의 매일 밤 꿈을 꾸었다. 꿈은 안전하지만 발기는 위험했다. 발기는 꿈보다 더 잦았고, 때와 장소를 가리지 않아 정말 처치 곤란이었다. 이 골칫거리를 해결할 수 없는 나는 머리를 써서 하반신과 잔혹한 투쟁을 벌여야 했다. 때로는 발기를 이기기도 했지만 유감스럽게도 대부분 나는 무력했다. 제멋대로인 생식기가 이성적인 두뇌를 꺾었다.

내 기억에 여름은 가장 위험한 계절이었다. 후이셴이 사춘기에 들어선 이후, 진췌강 지역의 기후마저 소녀의 마음을 따라주었다. 치마를 입기 알맞게, 해마다 기온이 높아지고 여름이 길어졌다. 위험한 여름이 더욱 위험해진 것이다. 선대가 부두에, 그러니까 무자비한 햇볕 속에 정박하면 철제 바지선은 화로처럼 달궈지곤 했다. 배 위의 사내들과 남자아이들은 홀딱 벗고 강으로 뛰어들었다. 오직 나와 아버지만이 물에 들어가지 않았다. 더위를 잘 견뎌서가 아니라 우리에겐 알몸에 대한 금기가 있기 때문이었다. 나는 뱃머리에서 바라보고만 있었다. 엉덩이를 드러내고 물에 들어간 선대 주민들이 아니라, 강기슭으로 가는 여자아이들의 무리를. 그들은 손에 바구니와 세숫대야를 들고 줄을 지어 일호선 발판 위를 걸어갔다. 방죽 계단에서 빨래를 하려는 것이었다. 선대의 여자아이들은 전부 초록 잎사귀였고, 후이셴만이 눈길을 사로잡는 해바라기였다. 나는 그애가 나무대야를 허리에 얹고 혼자 계단 한구석으로 걸어가는 모습을 보았다. 왜 구석으로 가는지 알 수 없었다. 후이셴은 물 한 통을 대야에 붓고 무언가를 감추듯 작은 홑저고리를 깊숙이 담갔다. 그러나 잔꽃무늬 속바지가 기어이 물위로 떠올랐다. 대야의 물은 피처럼 붉었다. 그 순간 깨달았다. 물이 왜 붉을까? 내가 모른다고 생각 말길. 이미 소년 시절에 몰래 『맨발의 의사* 지침서』를 다 읽은 터라 소녀들의 생리적인 특징을 알고 있었다. 후이셴의 초경이 시작된 것이다. 그야말로 대사건이었다. 습관적으로 이를 기록하기 위해 노트를 가지러 선실로 뛰어들다 하마터면 아버지와 부딪힐 뻔했다. 아버지가 선실 입구에서 나를 감시하고 있었다.

나는 후이셴을 감시했고, 아버지는 나를 감시했다. 이것이 바로 내 여름 생활의 기본적인 구도였다. 새벽부터 어스름까지 아버지의 유령 같은 시선이 나를 따라다녔다. 선실 뒤쪽에서 앞쪽까지, 배의 고물에서 이물까지, 마치 노련한 사냥개처럼 조금의 어긋남도 없이 정확하게 내 정욕의 냄새를 감지했다. 생리적 반응이 강렬해질수록 내 표정은 점점 굳어갔다. 내 손이 어쩔 줄 모르고 뭔가를 엄폐하려 할수록 아버지의 시선은 점점 예리하고 비정해졌다. 아버지가 말했다. 둥량아, 수상쩍게 뭘 그리 힐끔거리는 거냐? 내가 말했다. 별거 아니에요. 춘성 아저씨랑 다들 엉덩이를 내놓고 물에 뛰어들었네요. 아버지가 냉소를 날렸다. 춘성이랑 다른 사내들이 엉덩이를 내놨다고? 내 보기엔 네놈이 엉덩이를 내놓은 것 같구나! 아버지는 감추려는 기색도 없이 내 하반신을 노려보더니 갑자기 성난 목소리로 고함을 쳤다. 네 녀석이 뭘 보는지 다 안다. 둥량, 앞으로 조심해라!

아버지의 시선 앞에서 피할 곳이 전혀 없었다. 바지선 위의 세계가 이처럼 비좁으니, 본능적으로 나는 달리는 강물에 구조를 요청했다. 아버지가 후이셴을 보지 못하도록 했기 때문에 고물로 달려가 강물을 내려다보았다. 배 아래쪽의 강물은 반은 밝고 반은 어

---

* 중국 농촌인민공사의 교육을 받은 뒤 농업과 의료 활동을 겸하는 의료인.

두웠다. 물풀 한 무더기가 신비롭게 원을 그리며 강물 위로 혼탁한 물거품을 뿜어올리는 것을 들여다보며 강물소리를 들었다. 강물은 여름이면 더욱 열정적이고 호의적으로 목소리를 냈다. 내려와, 내려와, 어서 내려와. 나는 강물의 명령에 순종해 과감히 흰 러닝셔츠를 벗어던지고 몸을 훌쩍 날려 뛰어들었다.

가장 숨기 좋은 곳을 골라 칠호선과 팔호선 사이로 헤엄쳐 갔다. 되도록 오래 숨어 있기 위해 고물의 무쇠 닻을 움켜쥐었다. 닻은 얼음처럼 차가웠고 물속에 잠긴 부분은 푸른 이끼가 잔뜩 끼어 있었다. 내 생각에는 열사의 영혼이 우리 닻을 타고 다니는 것 같았고, 그러니 이 닻에 이끼가 잘 끼는 건 당연했다. 물속에 숨어 사방을 둘러보았다. 이 안전지대가 마음에 쏙 들었다. 나는 강기슭을 볼 수 있었지만, 강기슭에서는 나를 볼 수 없었으니까. 나는 기슭 위의 사람들을 볼 수 있었지만, 기슭 위의 사람들은 나를 볼 수 없었다. 배 위를 초조하게 오가는 아버지의 발소리가 들렸다. 둥량아, 둥량, 도대체 어디로 숨은 거냐? 어서 나와라. 당장 나오라고. 나는 침묵을 지키며 복수의 쾌감을 느꼈다. 두 척의 배가 엮어낸 그늘 아래서 강물의 비호를 받으며 마음껏 발기한 뒤에 순조롭게 하반신의 요동을 잠재울 수 있었다. 내 몸은 물속, 깊숙한 어둠 속에 잠겨 있었다. 물속의 물고기는 내 추악한 행위를 보았으리라. 그러나 말을 하지 못하므로 나는 그들의 존재에 안심할 수 있었다. 춘성네 무리 중 누군가 나를 발견했을 수도 있지만, 그래봤자 배 사이에 숨은 내 머리통과 어깨밖에 보지 못했을 것이다. 멍청한 그들은 내가 물속에서 뭘 하고 있었는지 절대 알아맞히지 못할 것이다.

방죽 쪽은 무척 소란스러웠다. 여자아이들이 계단에 한 줄로 쪼그려앉아 율동감 있게 빨래를 하고 있었다. 그 소녀들은 한 줄로 나란히 늘어선 초록 잎사귀들이었다. 그것들이 금빛으로 찬란하게 빛나는 해바라기 한 송이를 떠받치고 있었다. 나는 잎사귀들은 거들떠보지 않고 오로지 해바라기만을 바라보았다. 후이셴을 보았다. 그애가 방망이로 빨래 한 무더기를 두드리는 모습을 따라 나는 입으로 소리를 냈다. 탕, 탕, 탕. 그애가 고개를 외로 돌리고 사방에서 날아드는 물방울을 피하는 모습을 보며 내가 대신 분풀이를 해주었다. 짜증나, 짜증나, 제기랄, 제기랄!

이처럼 아무 거리낌 없이 후이셴을 관찰하는 일은 나로서도 처음이었다. 내 마음속에 차오른 기쁨은 그 누구도 상상할 수 없을 것이다. 이 소녀는 이미 가장 아름답고 사랑스러운 나이가 되었다. 후이셴은 가슴 앞에 백란화 한 송이를 달고 푸른 치마를 입었다. 치맛자락이 물에 젖지 않도록 걷어올려 두 무릎이 드러나 있었다. 우윳빛 무릎은 막 쪄낸 앙증맞은 만터우처럼 보였다. 아니, 만터우가 아니다. 만터우처럼 흔해빠진 음식으로 후이셴을 묘사할 수 없다. 그렇다면, 단내로 사람을 유혹하는 과일? 어떤 과일이 저 무릎을 닮았을까? 내가 골똘히 생각에 잠긴 와중에 돌연 머리 위에서 한줄기 빛이 번득였다. 배 사이의 작은 틈으로, 좁고 가느다란 그 하늘 위로 아버지의 얼굴 반쪽과 두 눈동자가 나타난 것이다. 깜짝 놀라 심장이 철렁 내려앉았다. 아버지가 머리 위에서 성난 목소리로 고함을 질렀다. 물속에 숨어 있었구나! 거기 숨어서 도대체 무슨 짓을 하는 거냐? 올라와, 당장 올라오거라!

나는 당황해서 물속으로 더 깊이 들어갔다. 강물이 웅웅거리며 귓속으로 밀려들어왔다. 공허하고 애매하게 변한 강물소리는 마치 나를 돕고 싶지만 그럴 힘이 없어 미안해하는 것 같았다. 나는 강물 깊은 곳에서 새로운 밀령을 기다렸지만 무엇도 또렷이 들려오지 않았다. 있는 힘껏 숨을 참으며 스스로를 물고기라 생각하고 날쌔게 다른 곳으로 헤엄쳐갔다. 안타깝게도 나는 물고기가 아니었으며 헤엄이 그리 익숙하지도 않았다. 금세 호흡이 힘들어지면서 이내 더는 숨을 참을 수 없었다. 별수없이 물위로 떠오른 나는 속으로 물이 왜 이렇게 만들어졌는지 불공평하다고 원망했다. 에베레스트산 꼭대기에도 공기가 있는데 물속에는 어째서 없단 말인가? 어렵사리 완벽한 천국을 발견했건만, 그곳은 물고기만을 받아들이고 나를 거부했다.

날이 이렇게 더운데 물에 들어가서 더위를 식히는 것도 안 돼요? 나는 아버지에게 큰 소리로 대거리했다. 남들도 다 물속에 있는데, 왜 나는 그것도 안 된단 말이에요?

남들은 물속에서 더위를 식히겠지만 네놈은 거기서 뭘 하는 거냐? 내가 모른다고 생각하지 마라. 네놈이 엉덩이만 들썩여도 방귀를 뀌려는 건지 똥을 싸려는 건지 다 알아.

아무 짓도 안 했어요! 아버지는 도대체 왜 매일같이 나를 감시하고 난리예요! 무슨 죄인도 아니고, 나한테 그만한 자유도 없단 말이에요?

네놈이 이런 식으로 막 나가다가는 죄를 저지르는 것도 시간문제지. 아버지가 차갑게 뇌까렸다. 아직도 뻔뻔하게 자유를 논해? 그 자유를 가지고 뭘 하려는지 내 다 알지. 네놈에게 자유 따위는 어림 반푼어치도 없다!

나는 별수없이 아버지의 포로였다. 물에서 나와 갑판 위로 기어올라갔을 때, 문득 나 자신이 불결하게 느껴지고 몹시 피곤했다. 그대로 갑판 위에 주저앉은 채 꼼짝도 하지 않았다. 나 자신이 물에 오른 물귀신처럼 축축하고 음산한 기운을 띠는 것만 같았다. 몸은 온갖 빛깔로 얼룩져 있었다. 손바닥과 팔뚝에는 검붉은 녹물이 묻어 있고, 허벅다리에는 검푸른 이끼가 걸려 있었으며, 머리칼에는 썩어 문드러진 채소 이파리와 누런 지푸라기까지 들러붙은 채였다. 가장 꼴불견인 것은 흰 속바지였다. 물에 젖어 인정사정없이 내 치부를 드러냈을 뿐만 아니라, 허리춤에는 어찌된 영문인지 우렁이 하나가 떡하니 붙어 있었다. 나는 우렁이를 떼서 물에 버리고 돌아섰다. 아버지는 갑판 위에 버티고 선 채 이맛살을 찌푸리고 나를 노려보았다. 그러더니 작은 양동이를 내게 내던지고는 거칠게 나를 밀면서 소리쳤다. 이물 쪽에 가서 깨끗이 씻어라. 세 번은 씻어. 깨끗이 씻기 전에는 선실로 못 들어올 줄 알아!

실은 나 또한 스스로가 혐오스러웠다. 나는 죄책감을 품고 열심히 몸을 닦으면서 방죽 쪽으로 몰래 시선을 던졌다. 여자아이들이 이미 빨래를 끝내고 옷가지들을 빨랫줄에 널어놓은 뒤였다. 알록달록한 무명과 폴리에스테르, 인견이 햇빛 아래 선명한 빛깔로 반짝이고 있었다. 여자아이들은 자기네 빨래를 지키면서 사방치기를 하며 놀았다. 강기슭으로부터 그들의 왁자지껄한 재잘거림이 들려왔다. 아버지는 비누를 들고 배의 이물 쪽에서 나를 감시하며 넋두리를 늘어놓았다. 안타깝다, 안타까워. 세 번을 씻은들 무슨 소용이 있어? 몸뚱이는 씻어내도 그놈의 머릿속은 깨끗이 씻어낼 수가 없으니.

아버지의 감시는 언제나 그렇게 엄격하고 빈틈이 없었다. 나는 감히 후이셴을 쳐다볼 수 없어서 고개를 살짝 돌려 방죽 위 난간을 물끄러미 바라보았다. 그애가 즐겨 입는 잔무늬 저고리가 눈에 들어왔다. 작은 황금빛 해바라기가 분홍 복사꽃과 푸른 버들 속에서 유난히도 곱게 도드라졌다.

홍등

1

나를 제외하고는, 어느 누구도 후이셴과 해바라기의 관계를 연구하지 않았다. 유팡진 사람들은 다들 후이셴을 '작은 리톄메이'라 부를 뿐이었다.

먼저 사방치기에 대해서 이야기해보자. 샹양 선대의 여자아이들은 사방치기 놀이에 열중했다. 배가 운행중일 때는 바지선 위에서, 배가 기슭에 닿으면 부두에서 뛰었다. 한번은 잉타오가 제안한 모양인지 온 배의 여자아이들이 유팡진부두에 모여 사방치기 시합을 한 적이 있었다. 누구는 심판을 보고 누구는 선수로 뛰었다. 소녀들은 바닥에 석회로 그린 네모 칸을 둘러싸고 재잘재잘 앞다투며 뛰놀았다. 그래봤자 다들 5펀 또는 1자오 자리에 뛰었고, 설사 100위안 자리에 뛴다 해도 그저 아이들 장난일 뿐이었다. 오직 후이셴만이 한 번의 뜀박질로 일생을 결정지었다. 정오 무렵 뭍에 올랐을 때만 해도 후이셴은 더부살이 고아 소녀에 불과했다. 그러나 오후에 부두에서 돌아왔을 때, 쑨씨네 일호선에서는 더이상 후이셴을 붙잡아둘 수 없었다. 기슭 위의 세계가 그 앞에 아름답고 환한 길을 펼쳐준 것이다.

여자아이들은 지역 문예선전대의 쑹 선생을 마주쳤다. 그는 국경절 꽃차 행렬을 위해 각 읍내와 마을을 돌아다니며 〈홍등기〉의 주인공인 리톄메이 역을 찾는 중이었다. 지도자의 요구 사항은 무척 까다로웠다. 리톄메이 역을 맡을 배우는 순박하고 건강해야 하며, 나이가 너무 많거나 너무 적어도 안 되고, 외모만 아니라 표정까지 완벽히 닮아야 하며, 사상은 진보적이어야 하고 체력도 좋아야 했다. 리톄메이 역은 꽃차 위에서 홍등을 손에 들고 몇 시간 동안 서 있어야 하기 때문에 도시나 읍내 출신의 예쁘장하지만 나약한 소녀들은 감당할 수 없었다. 그래서 쑹 선생은 노동계급에서 대상을 물색하기로 하고 진췌강 기슭을 따라 동네방네 돌아다녔다. 그러다 강을 건너 굴피나무 마을로 가려던 참에 하늘이 이어준 인연을 만난 것이다. 유팡진부두에 도착하자마자 사방치기를 하는 한 소녀를 본 그는 도저히 그대로 지나칠 수 없었다.

부두에서 쑹 선생은 자신이 상상했던 가장 순박하고 건강한 소녀를 발견했다. 선대의 소녀는 붉은빛이 돌 정도로 살이 그을었고, 탄탄하면서 굵은 다리는 약간 팔자로 보였다. 팔자로 벌어진 다리는 안정적으로 서 있을 수 있기 때문에 무대나 꽃차 위에서 유리했다. 선대 소녀들은 대개 순박하고 두려움 없는 눈망울을 지닌데다 목소리도 크고 체력이 좋아 대규모의 대중 문예활동에 적합했다.

물론 쑹 선생은 얼굴도 까다롭게 보았다. 춘성의 누이동생 춘화처럼 빼빼 마르고 못생긴 얼굴은 쳐다보지도 않았다. 처음에는 후이셴과 잉타오 모두에게 관심을 가지고 시선을 붙박은 채 좀처럼 마음을 정하지 못했다. 낯선 남자를 대하는 두 소녀의 태도는 전혀 달랐다. 쑹 선생은 여행가방에서 홍등을 꺼내들고 먼저 잉타오에게 한번 들어보라고 했다. 얼굴은 예뻤지만 성격이 소심한 잉타오는 낯선 도시 남자를 보자 무의식적으로 경계 태세를 취하고는 도무지 홍등을 들어보려 하지 않았다. 안 든다니까요. 뭘 꼬치꼬치 캐묻지를 않나, 대체 누구신데요? 이런 건 왜 들어보라고 하는 거예요? 미쳤어요, 이 벌건 대낮에 등을 들게? 후이셴의 태도는 달랐다. 쑹 선생에게서 풍기는 문화적인 분위기에 호감을 느끼고 대범하게도 그의 차림새를 요모조모 살펴보았다. 쑹 선생이 걸친 미색 코트의 허리끈을 슬그머니 당겨보기도 했다. 후이셴이 춘화의 귀에 대고 속삭였다. 이거 코트잖아. 코트를 입었으니까 배우가 아니라 감독이야! 아마도 타고난 총명함 덕분에 후이셴은 그의 신분을 짐작할 수 있었을 것이다. 그래서 기회를 붙잡기 위해 옷매무새를 가다듬고, 손에 침을 발라 흐트러진 머리를 매만지기까지 했다. 그런 다음 절도 있게 홍등을 들어올리고 쑹 선생을 향해 웃어 보였다. 리톄메이의 자세를 취하는 거 맞죠? 그의 두 눈이 순간 번득였다. 똑똑하구나. 그래, 네가 똑똑하구나! 자세도 참 좋았다. 꼭 살아 있는 리톄메이 같았어.

나중에 잉타오가 땅을 치며 후회했지만 이미 늦은 뒤였다. 국산 브랜드 하이오우의 신형 카메라가 쑹 선생의 비범한 신분을 드러냈다. 그는 그 카메라로 찰칵찰칵 후이셴의 사진을 무척 많이 찍었다. 후이셴이 홍등을 들고 다양한 자세를 취할 때마다 좋다는 감탄사를 연발했다. 좋아, 아주 좋아. 눈빛도 체형도 닮았어. 분위기는 정말 똑같구나! 네가 바로 지도자 동지가 바라는 리톄메이야.

후이셴은 열네 살이던 그해에 위풍당당하게 뭍에 올랐다. 나는 그애가 떠나기 전날의 식단을 상세히 기록했다. 아침은 육손이 왕씨네서 삶은 달걀 세 개와 국수 한 그릇을 먹었다. 점심은 더성네가 맡았다. 더성댁은 닭을 푹 삶고, 후이셴이 좋아하는 고기채소볶음까지 해주었다. 저녁이 가장 성대했다. 일호선이 적극적으로 나서서 쑨시밍댁이 소금에 절인 돼지머리 반쪽을 쪘다. 다푸와 얼푸는 손이 작은 어머니를 못마땅해하며 남은 돼지머리 반쪽도 몰래 솥 안에 던져넣었다. 쑨시밍댁이 그 사실을 알고 기어이 반쪽을 건져내며 아들들에게 버럭 화를 냈다. 원래는 네놈들도 몇 젓가락 맛보게 하려고 했는데 이제 생각이 바뀌었으니 한 젓가락도 못 집을 줄 알아! 이 반쪽 다 후이셴한테 보내서 혼자 먹게 할 거고, 저 반쪽도 후이셴이 돌아오면 혼자 다 먹게 할 거니까, 아무도 건드릴 생각하지 마!

그해 꽃차 행렬이 성황을 이루었던 것을 기억한다. 거리마다 사람들이 넘쳐났다. 여덟 편의 모범극 내용을 압축해 여덟 대의 꽃차 위에 올린 소형 무대가 인파를 뚫고 순회하는 동안 우레 같은 환호성이 끊이질 않았다. 모범극 속 영웅들은 다들 가장 대표적인 모습으로 꾸미고 진한 화장을 한 채 꽃차 위에 서 있었다. 후이셴이 등장하는 〈홍등기〉가 가장 앞에 있었다. 초연은 유팡진에서 상연되었다. 종합청사에서 출발해 유팡진을 한 바퀴 돌고 다시 종합청사로 돌아가는 동선이었다. 후이셴이 등장하자 선대 주민들의 박수와 환호성이 폭죽소리를 압도할 정도로 크게 터져나왔다. 후이셴은 흰 꽃무늬가 그려진 붉은 솜저고리와 파란 천으로 기운 솜바지 차림이었다. 머리는 한 가닥으로 땋아내리고, 눈썹을 그리고 연지도 발랐다. 처음 꽃차에 올랐을 때는 긴장한 표정에 자세도 약간 부자연스러웠다. 쑹 선생이 아래쪽에서 목청 높여 소리쳤다. 작은 리톄메이, 눈빛에 신경써, 눈빛! 눈 크게 뜨고, 혁명을 이어받기로 결심한 그 눈빛을 표현해! 후이셴은 눈을 몇 번 깜빡이더니 이내 방울처럼 크게 떴다. 눈빛에 신경쓰느라 이번에는 그만 손을 깜빡하고 말았다. 손에 힘이 빠지면서 홍등이 어깨까지 내려오는 바람에 쑹 선생이 또 애태우며 고함을 질렀다. 홍등에 신경써, 홍등! 어깨에 대고 있으면 안 돼, 높이 들어야지! 높이 쳐들라고!

나는 사람들 사이에 서서 후이셴을 향해 정확한 자세를 취해 보였다. 물론 그애가 봤는지는 알 수 없지만. 후이셴은 홍등을 들고 꽃차 위에 굳게 서 있었다. 꽃차가 유팡진 거리를 한참이나 돌아다녔으니 후이셴도 홍등을 든 채 그렇게 서 있었다. 정말이지 꼼짝도 하지 않았다. 내일이 되면 팔도 들지 못하는 게 아닐까 걱정됐다. 나는 이튿날도 화학비료공장까지 꽃차 행렬을 따라갔다. 후이셴은 여전히 홍등을 들고 있었다. 리위허 역할의 남자는 손에 작은 석유램프 하나를 달랑 들고 있었고, 리 할머니로 분장한 여자는 허리에 광목 앞치마를 걸치고 아예 빈손으로 여유롭게 꽃차 위에 서 있기만 했다. 나는 불공평하다고 생각했지만 별 수 없었다. 모범극이란 게 그렇게 생겨먹었으니까. 나는 사람들이 다들 〈홍등기〉의 작은 리톄메이를 바라보며 이러쿵저러쿵하는 모습을 보았다. 다행히 후이셴은 영리한지라 이날은 눈빛과 자세 모두 훨씬 나아져 선전용 포스터 속 리테메이와 거의 다를 바 없었다. 사람들은 후이셴에게 갈채를 보냈다. 나도 물론 손바닥이 벌게지도록 박수를 쳤다. 그러나 후이셴의 입가에 붉게 물집이 잡힌 것이 보였다. 물집은 짙은 화장으로도 감춰지지 않았다. 너무 초조하거나 피곤해서 생긴 모양이었다. 나는 지도자가 후이셴의 입가에 난 물집을 용납할 수 없을까봐 걱정됐다. 리테메이 역을 다른 사람으로 바꾸면 어떡하지? 나는 어수선한 군중 사이에서 후이셴의 이름을 소리쳐 불렀다. 입가를 가리키며 물집을 어떻게 해보라는 신호를 보냈지만 내 목소리가 들리기나 하겠는가? 어쩌면 내 충고 따위는 필요 없을지도 몰랐다. 하룻밤 사이에 후이셴은 이런 열띤 상황에 완전히 적응한 듯 보였다. 높은 곳에 서서 이따금 군중 사이로 시선을 던지며 입가에 친숙한 미소를 띠는 그 모습에서 점점 자신감이 드러났다. 사흘째 되던 날, 꽃차 행렬은 마차오진으로 이동했다. 물길로 가야 해서 새 증기선 세 척이 배우들을 데리러 왔다. 그날 새벽, 샹양 선대 사람들은 가까이서 행렬을 한번 더 보려고 모두 선실 지붕으로 올라가, 배우들이 부두를 지나 각양각색의 모습으로 증기선을 향해 가는 것을 지켜보았다. 다들 짙은 화장을 하고 영웅 복장을 입어선지 문득 경외감이 들었다. 선대 사람들은 그중 가장 마른 사람이 바로 후이셴임을 한눈에 알아보았다. 모두가 흥분해서 이름을 불렀다. 후이셴! 후이셴! 후이셴은 대답하지 않았다. 걸어가며 꼭꼭 땋아내린 머리채 끝에 붉은 머리끈을 묶느라 여념이 없었다. 끌배 선원들도 신이 나서 확성기까지 동원했다. 후이셴—작은 리테메이—작은 리테메이—후이셴—확성기에서 흘러나오는 환호에 배우들이 깜짝 놀랐다. 후이셴도 그 소리에 놀라 선대 쪽을 흘깃 쳐다보더니 발을 동동 구르며 재빨리 리위허와 리 할머니 뒤로 몸을 감추었다.

때는 후이센의 계절이었다. 진췌강 양 기슭의 수많은 군중이 증인이었다. 그들은 한 소녀가 순식간에 화사한 한 송이 꽃으로 피어나는 광경을 목격했다. 후이셴은 유명인사가 되었다. 강기슭 사람들은 꽃차의 작은 리테메이에 대해 이야기하며 개천에서 용이 났다고 말했다. 어떻게 믿을 수 있을까. 모두가 좋아하는 작은 리테메이가 상양 선대에서 이집 저집 밥을 얻어먹으며 자랐다는 사실을. 뭍사람들은 상양 선대로 와서 이 정보가 사실인지 묻곤 했다. 선대 주민 대부분이 자랑스러워하며 일등공신의 미소를 지었는데, 잉타오네 집에서만은 이 일을 외면했다. 잉타오 엄마는 뭍사람들에게 이렇게 말했다. 다들 하나만 알지 둘은 모르시네. 원래 우리 잉타오가 리테메이 역이었다고요. 우리 애가 순해빠져서 그렇게 좋은 기회를 두 눈 멀쩡히 뜨고 뺏겼지 뭐예요!

후이셴의 계절, 내게는 더없이 바쁘고 초조한 시절이기도 했다. 꽃차 행렬이 가는 곳마다 쫓아다니느라, 그리고 이 특별한 날들을 기록하느라 바빴다. 발도 바쁘고 펜을 놀리는 손도 바빴다. 입술만이 굳게 다물어진 채 침묵을 지켰다. 누구와도 후이셴의 미래에 대해 이야기한 적은 없지만, 나는 한번 떠난 그애가 다시는 돌아오지 않으리라는 어떤 예감 때문에 말 못할 초조함과 불안에 시달렸다.

국경절이 지난 뒤에는 운수 업무가 무척 바빠졌다. 선대가 부두에 정박해 짐을 부릴 때면 종종 성대한 꽃차 행렬이 지나갔다. 기슭으로 달려간 내 눈에 들어오는 것은 꽃차 행렬이 남기고 간 기쁨의 잔해뿐이었다. 임시로 내건 현수막은 이미 반쯤 떨어져 허공에 나부끼고 거리는 온통 쓰레기 천지였다. 폭죽 조각과 옥수숫대 사이에 인파에 밟혀 벗겨진 신발들이 어지럽게 널려 있고, 행인들의 얼굴에는 여전히 광란과 환희의 흔적이 남아 있었다. 나는 후이셴의 흔적을 좇았지만 언제나 놓쳤다. 그애가 누리는 화려함과 영예의 그림자만을 느낄 뿐이었다. 갑자기 큰바람이 불어쳤다. 나는 낯선 마을의 거리에서 후이셴을 그리워했다. 너무 그리워 가슴이 아플 정도였다. 그러다 환멸에 가까운 어떤 감정이 하늘에서 떨어져내렸다. 나는 내 해바라기가 바람에 날아가버렸음을 깨달았다.

일기를 쓰는 일이 매우 힘들어졌다. 해바라기가 바람에 날려 사라져 그 모습을 볼 수 없었다. 그래서 기록은 대부분 상상에 의존해야 했다. 하필 나는 상상력이 그리 풍부한 편이 아니라 노천극장에서 틀어주는 뉴스 단신의 형식을 빌려 후이셴의 모습을 애써 그려보았다. 어떤 날은 영감이 넘쳐흘러 가장 영예롭고 웅장한 장면을 과감하게 썼다. **오늘, 맑고 푸른 하늘에 붉은 태양이 높이 뜬 가운데, 유팡진부두는 인산인해를 이루었다. 군중은 모두 들떠 있었다. 친애하는 마오 주석께서 친히 유팡진의 인민들을 찾아와 해바라기를 접견하시고 자상하게 하문하셨다**—후이셴에게 무엇을 물었는지까지는 상상하지 못했다. 함부로 지어낼 수도 없었다. 위대한 지도자가 등장했기 때문에 뭐라고 잘못 썼다가는 반동 표어가 될까 두려웠다. 페이지를 넘긴 뒤, 내 최대 관심사를 썼다—**해바라기야, 해바라기야, 너는 언제 선대로 돌아오니?**

나는 후이셴이 선대를 떠난 날을 기억하고 있었다. 그러나 돌아올 날은 짐작할 수 없었다.

2

꽃차 행렬은 선달 무렵이 되어서야 끝났다. 리위허와 리 할머니 역을 맡았던 사람들은 원래의 일터로 돌아갔다. 한 사람은 농기구 공장으로 가 트랙터를 수리했고, 다른 한 사람은 잡화점으로 가 간장을 팔았다. 후이셴은 돌아오지 않았다. 그애의 소식은 종합청사에서 부두로, 부두에서 샹양 선대로 전해졌다. 대략 정리하자면, 수많은 지도자와 간부가 원석을 발견한 듯 선대에서 온 작은 리톄메이에게 관심을 가졌으며, 그 원석을 보석으로 다듬겠다고 공언했다. 쑹 선생이 임무를 담당하게 되었다. 그는 스승으로서 후이셴을 만능 문예전사로 훈련시키기 위해 혼신의 힘을 기울였다.

후이셴은 먼저 진췌 지역의 희극단에 들어가 그 유명한 하오리핑에게 연극을 배웠다. 하오리핑은 극단을 대표하는 배우였다. 무슨 노래든, 무슨 춤이든 다 해낼 줄 알았으며, 모범극에 등장하는 모든 여자 영웅도 연기할 수 있었다. 누군가는 하오리핑이 얼굴에 가짜 수염만 붙이면 〈백모녀〉의 양바이라오* 역까지도 해낼 거라고 말했다. 그런데 하필 후이셴에게 편견을 가진 하오리핑의 평가는 쑹 선생과 완전히 딴판이었다. 하오리핑은 후이셴이 허영심에 가득차 잔꾀를 부리고 연습도 열심히 하지 않으면서 단숨에 정상의 자리에 올라서려 한다며, 한동안 억지로 훈련을 시키다 쑹 선생에게 돌려보냈다. 퇴짜를 놓은 것이다. 하오리핑이 말했다. 저애가 꽃차 위에 서 있는 건 어떻게 해냈는지 몰라도 무대 위에 서는

---

* 〈백모녀〉는 중국 혁명기 8대 모범극 중 하나로, 빈농 양바이라오가 주인공이다.

건 안 될 말이야. 쑹 선생, 아무래도 사람 잘못 뽑았어. 내가 보기에 저애한텐 예술적 유전자 따위 존재하지 않아. 하지만 배짱 좋고 야심도 있으니 전선으로 간다면 여자 영웅이 될지도 모르지! 쑹 선생은 아무래도 하오리핑의 결론이 불공정한 것 같아 신중을 기하기 위해 지역 문예계의 권위자들을 불러 후이셴의 예술적 재능에 대해 종합적인 평가를 받았다. 그러나 그 결과 또한 생각처럼 풀리지 않았다. 후이셴은 오직 이미지 면에서만 천부적인 재능이 있는 것 같았다. 쉽게 말해 후이셴은 굳건하게 잘 서 있고, 여러 자세를 취할 줄은 알았지만, 노래를 부르거나 동작을 하려고 하면 영 말이 아니었다. 쑹 선생은 그래도 단념하지 않고 후이셴을 문화관 소속의 이동 선전대로 보냈다. 선전대는 그가 직접 관리했기 때문이다. 자신의 기반인 이곳이라면 후이셴도 문제없이 잘해나가리라 믿었지만 결과는 더 엉망이었다. 선전대의 소녀들은 어려서부터 함께 예술을 연마해온 사이라 연대의식이 매우 강했다—만약 한 줄로 늘어선 백양나무를 연기한다면, 눈빛 한 번만으로 다들 백양나무가 되어 나란히 줄지어 섰다. 온갖 꽃이 피는 화원을 연기한다면, 매화꽃이 앞서 피어나고 살구꽃, 복사꽃, 월계꽃, 장미꽃 등은 순서대로 서서히 피며 절대 앞을 다투지 않았다. 그러나 후이셴은 달랐다. 무대에서 남들은 모두 백양나무인데 혼자서 흐느적거리는 수양버들이었다. 후이셴은 연꽃을 연기하며 매화보다 앞서 피려고 했다. 선대에서 귀여움을 받던 버릇이 남아 무엇을 하든 자기주장을 강하게 내세우며 남들이 떠받들어주길 바랐다. 감독은 후이셴의 기본기가 형편없는 것을 파악하고 군무를 출 때 일부러 가장 눈에 띄지 않는 자리에 배치했지만, 후이셴은 이에 불만을 품고 앞으로 튀어나와 무대 아래 관중에게 자신의 역할 또한 매우 중요함을 알리고 싶어했다. 선전대의 다른 배우들은 점점 후이셴을 견딜 수 없을 지경이 되었다. 후이셴이 아무것도 할 줄 몰라 단체의 명예에 폐를 끼친다고 말했다. 그애가 무대에 서면 다른 배우가 어떤 연기를 해도 모두 헛수고예요. 어느 대회에서도 수상하지 못할 거라고요. 그냥 홍등이나 들고 있게 하죠? 지도자들께서 다들 그애를 훈련시키고 싶어하시니, 꽃차 행렬이 있을 때 다시 홍등을 들고 주목받게 해주면 되잖아요.

후이셴도 이런 상황을 호소하면서 쑹 선생은 입장이 매우 난처해졌다. 후이셴 한 사람의 편을 들어주다 여럿의 미움을 살 판이었다. 쑹 선생은 이 문제를 이리저리 저울질해본 뒤 상부에 알리기로 하고, 직접 자전거에 후이셴을 태워 지역위원회 건물로 달려갔다. 후이셴은 덕망 높은 류 부장 앞에서 자신이 선전대원들에게 배척당하고 있다고 눈물로 호소했다. 류 부장은 한참을 듣고서야 후이셴의 억울함을 이해했으나, 대원들의 갈등에 간여할 수 없어 그 대신 마오 주석의 명언을 들려주었다. "끈기가 곧 승리다." 후이셴은 깨달음을 얻은 듯 선전대로 돌아가 한동안 끈기 있게 견뎠으나, 결국 한 송이 꽃이 온갖 꽃들의 시기를 당해낼 수 없는 법이었다. 아무리 끈기 있게 견뎠어도 끝내 승리를 얻지 못했다. 한번은 〈백화무〉를 연습하다 매화꽃과 복사꽃, 장미꽃이 감독에게 반기를 들었다. 우리는 연꽃 필요 없어요! 연꽃이 있으면 다른 꽃들이 없고, 다른 꽃들이 있으면 연꽃은 없는 거예요! 매화꽃이 후이셴의 연꽃 소품을 발로 차서 날려버렸고, 더욱 화가 난 복사꽃과 장미꽃은 아예 후이셴에게 달려들어 무대 아래로 밀어버리려 했다. 후이셴은 이런 위협에도 전혀 두려워하지 않고 말했다. 내가 너희 같은 하룻강아지들을 두려워할 줄 알아? 여기 서 있을 테니 밀 테면 밀어봐. 나약한 너희 둘이 날 밀어낼 수 있을까? 복사꽃과 장미꽃이 함께 힘을 썼지만 과연 후이센은 꼼짝도 하지 않았다. 그리고 뒤쪽을 향해 분통을 터뜨리며 소리쳤다. 있는 힘껏 떠밀어봐! 지금 날 밀어내지 못하면 다음번에는 내가 너희를 다 밀어버릴 테니까. 누가 더 잘났는지, 누가 하룻강아지인지 똑똑히 보여주겠어! 후이센의 방자함은 모두의 화를 불러일으켰다. 매화꽃이 달려왔고 살구꽃과 월계꽃도 덤벼들었다. 다섯 소녀가 힘을 합치자 후이센도 더는 버티지 못하고 무대 아래로 밀려 떨어졌다. 무대 아래 악단석에 주저앉은 후이센은 보면대와 북채, 심벌즈 따위를 손에 잡히는 대로 무대를 향해 집어던졌다. 더이상 던질 것이 없어지자 결국 악단석에 무릎을 꿇고 목을 놓아 울기 시작했다.

삼 년째 맞이하는 춘절에는 눈이 내렸다. 춘절이 지난 후에도 눈은 녹지 않고 강가에 살얼음이 끼었다. 바지선 위는 무척 추웠고, 여기저기 눈 무더기가 쌓인 강기슭 위도 마찬가지였다. 마침 이렇게 한창 추운 때 후이센이 돌아왔다. 자오춘탕이 새로 산 지프차까지 동원해 팔십 리 길을 달려 직접 후이센을 유팡진으로 데려왔다. 금의환향한 후이센의 당당한 풍모는 소문으로 전해들은 실의한 모습을 감추고도 남았다. 번쩍번쩍한 새 지프차에서 내린 후이센은 가죽가방 두 개와 홍등까지 지니고 있었다. 여자아이들은 자라면서 열여덟 번은 변한다더니, 읍내 사람들은 작은 리톄메이를 알아보지 못했다. 후이센은 춤추고 연기하는 도시 배우들처럼 머리칼을 둥글게 틀어올려 검은 비단끈으로 묶었다. 푸른색 해군 외투가 후이셴의 풍만하고 균형 잡힌 몸을 덮고 있었는데, 외투 품이 넉넉해 남달리 멋스러워 보였고, 안에 받쳐 입은 붉은 스웨터와 흰 머플러가 의상의 포인트가 되어주었다. 누군가는 후이셴의 차림을 보고 기특해했고, 누군가는 후이셴의 짐들을 보며 걱정했다. 샹양 선대는 지금 짐을 운반하느라 강물 위에 있으니, 오늘 후이셴이 왔어도 집으로는 갈 수 없겠네. 돌아가는 상황을 잘 아는 누군가가 이런 쓸데없는 걱정을 비웃었다. 개천에서 난 용이 다시 돌아가겠어요? 저애한테는 위에 비빌 언덕이 있어요. 지도자들이 직접 불러들여 훈련을 시켰잖아요. 이제 저애 집은 샹양 선대가 아니에요. 종합청사에서 살 거예요. 이미 그렇게 결정됐다고요!

정월 대보름에는 홍등을 내건다. 샹양 선대도 홍등을 걸고 유팡진으로 돌아왔더니 경사가 기다리고 있었다. 후이셴이 돌아왔다는 소식이 들려왔다. 쑨시밍댁과 더성댁은 좋아서 법석을 떨며 강기슭으로 쫓아내려갔다가 얼마 안 있어 금방 돌아왔다. 두 사람은 의기소침해져 사람들이 묻는 말에 제대로 대꾸도 해주지 않았다. 쑨시밍댁은 아예 곧장 선실로 들어가버렸다. 쑨시밍이 선실로 내려가니 아내가 쿵쾅대며 후이셴의 침상을 부수고 있었다. 쑨시밍이 다급히 아내의 팔뚝을 막으며 말했다. 애 침상은 왜 부수고 그래? 혹시라도 돌아오면 어쩌려고? 쑨시밍댁이 말했다. 치워요, 치워. 그애가 돌아올 리는 없으니까. 쑨시밍이 말했다. 누가 그 침상을 치우라고 했어? 후이셴이 직접 그러던가? 쑨시밍댁은 망치를 내던지고 울기 시작했다. 그애가 나서서 말할 필요나 있었겠어요? 여기와서 하룻밤만 자라고 사정을 했는데, 입술이 부르트도록 말해도 거절하대요. 내가 바보도 아니고 설마 그애 속을 모르겠어요? 이제 날개도 여물었겠다, 우리를 떠나겠다는 거지. 쑨시밍은 아내를 달랠 방법이 없자 더성댁을 찾아가 부탁했다. 선실로 달려가던 더성댁은 입구에서 쑨시밍댁이 침상에 걸터앉아 우는 모습을 보더니 이내 따라서 눈가를 붉히며 말했다. 내가 어떻게 달래겠어요? 나도 지금 속이 말이 아니에요. 여기 와서 밥이나 한끼 먹자는 것조차 거절하며 안 내켜 하더라고요. 어쨌거나 피를 나눈 자식이 아니니 아무리 키워봤자 말짱 헛일인 거죠!

나는 후이셴을 보려고 종합청사로 달려가 자리를 지켰다. 오전 내내 몇 번이나 용기를 내서 문을 열고 들어가려 했지만 결국 그러지 못했다. 마침 춘절 연휴라 종합청사는 적막했다. 절름발이 구씨도 가족을 만나러 고향에 가고, 경비실에는 한 청년이 앉아서 줄곧 신문을 읽고 있었다. 한 부를 다 읽으면 또다른 신문을 읽었다. 그 청년은 나를 모른다는 사실이 안도감을 주었다. 나는 지프차가 화단 옆에 서 있다는 사실에 주목했다. 그것은 후이셴이 안에 있다는 뜻이니까, 나는 기다리기로 결심했다. 정오에 식당에서 시끌벅적한 소리가 들려와 살그머니 그쪽 창가로 다가가보았다. 창문 너머로 잠깐이나마 후이셴을 볼 수 있었다. 공작새가 꼬리를 펼치듯 화려한 자태를 뽐내며 간부처럼 보이는 사람들 한가운데 앉아 있었다. 그러나 꼬리를 펼쳐 보이는 상대는 내가 아니라 간부들이었다. 후이셴은 잔꽃무늬 가득한 리테메이의 붉은 솜저고리를 입고, 틀어올렸던 머리칼은 풀어서 기다랗게 땋아 어깨 위로 드리웠다. 앉은 자리가 불편한지 비스듬히 기댄 채 오른쪽으로 한 번, 왼쪽으로 한 번 계속해서 산만하게 움직였다. 하지만 얼굴에는 기분좋은 미소를 머금고 있었다. 사랑받는 얼굴이었다. 그리고 한동안 보지 못한 사이에 다 큰 처녀가 되어 있었다. 다 큰 처녀의 모습을 한 후이센이 낯설었다. 그들은 술을 마시고 있었다. 나는 밖에서 그 모습을 지켜보며 후이센의 앞뒤와 좌우를 주의깊게 살폈다. 그러다 문득 놀라운 사실을 발견했다. 후이센의 길게 땋은 머리채가 옆자리에 앉은 자오춘탕의 손에 잡혀 있었다. 자오춘탕이 머리채를 살짝 당기자 후이센이 바로 자리에서 일어나 감귤주스가 든 잔을 들어 올리더니 이 사람 저 사람과 잔을 부딪쳤다. 한 탁자에 둘러앉은 모두와 잔을 부딪친 뒤, 자오춘탕이 다시 한번 머리채를 잡아당기자 후이센은 자리에 앉았다. 나는 깜짝 놀랐다. 고향에 돌아온 지 며칠 만에 후이센이 자오춘탕의 꼭두각시가 되었다니! 모두가 부러워하는 그 탐스러운 머리채가 자오춘탕의 손에서 꼭두각시 줄이 되다니!

순식간에 가슴속에서 분노의 불꽃이 타오르기 시작했다. 나는 땅바닥에서 적벽돌 조각을 찾아 들고 창밖에서 한참을 노리고 서 있었다. 처음에는 자오춘탕을 노렸지만 이내 생각을 바꿨다. 그가 후이센의 머리채를 잡아당기긴 했지만, 머리채는 후이센의 머리에서 자라난 것이다. 왜 후이센은 그의 손을 뿌리치지 않을까? 후이센이 기꺼이 꼭두각시가 되기로 했다면, 내가 노려야 하는 것은 자오춘탕이 아니라 후이센이었다. 나는 벽돌 조각을 들고 후이센을 노렸다. 내 해바라기가 작은 식당 안에서 열정에 들떠 빙글빙글 돌고 있었다. 식당 안의 모든 간부들을 태양으로 삼고, 이 태양을 향해 방긋 웃다가 저 태양을 향해 허리를 굽히며, 얼굴에 발그레 홍조를 띠고 애교 있게 눈동자를 굴렸다. 나는 후이센의 얼굴을 노렸지만 좀처럼 손을 쓸 수 없었다. 후이센은 내 비밀스러운 해바라기였다. 제아무리 잘못을 저질렀대도 차마 그애를 꺾고 짓밟을 순 없었다. 도대체 어찌해야 좋을지 갈피를 잡지 못하다 결국 식당 환기구 위에서 말갛게 빛나는 유리창을 겨누었다. 쨍그랑 소리와 함께 식당 안의 사람들이 고개를 돌려 환기구 쪽을 바라보았다. 그들이 아직 정신을 차리지 못하는 사이에 나는 잽싸게 달아났다.

이렇게 달아나는 일은 정말 오랜만이었다. 유리창을 깨고 달아나는 것은 아이들이나 하는 짓이니까. 종합청사에서 한나절을 죽치고 기다리다 이런 한심한 짓거리나 하고 도망치게 될 줄은 나도 미처 예상치 못했다. 숨이 차도록 뛰면서 끊임없이 스스로를 욕했다. 한심한 놈, 한심한 놈! 그러니까 내가 헛방귀인 거다. 그래서 헛방귀야. 한심한 놈 같으니! 단숨에 부두까지 내달린 나는 아무도 뒤쫓아오지 않는다는 사실을 확인하고서야 걸음을 멈췄다. 춘절 연휴라 부둣가는 텅 비어 있었다. 기중기와 석탄 더미가 햇빛 아래 졸고 있을 뿐, 한심하고 못난 내 작태를 볼 사람은 아무도 없었다. 나는 다시금 밀려드는 부끄러움에 고개를 숙였다. 어째서 나는 이토록 한심한 걸까? 자오춘탕 때문에 울화가 치밀어서였을까? 아니면 후이셴에게 화가 나서였을까? 가슴이 답답했다. 침울해져 부둣가를 어슬렁대다 무심코 선대 쪽을 쳐다보는데 또다른 이상한 현상이 문득 포착되었다. 샹양 선대의 열한 척 배 위에는 저마다 빨래가 널려 있었고, 다른 빨래들은 모두 조용히 겨울 오후의 햇살을 즐기는 가운데 유독 우리 부자의 러닝셔츠 두 장만은 놀란 새처럼 배 위에서 이리저리 나부끼고 있었다. 그 러닝셔츠 두 장이 내 마음을 몹시 아프게 했다. 그리고 그 순간 깨달았다. 내가 저지른 일은 누구와도 상관없으며 그저 내 탓이라는 사실을. 나는 겁쟁이였다. 세상의 겁쟁이들은 모두 똑같다. 자기 안의 미움은 스스럼없이 드러내면서 사랑은 감히 드러내지 못한다. 그들이 미움을 드러내는 것은 제 사랑을 숨기기 위해서다. 나는 바로 그런 겁쟁이였다. 후이셴에 대한 내 사랑은 해바라기를 향한 부레옥잠의 사랑이었다. 이런 사랑은 미움보다 더 심오하고 기이하다. 이런 사랑이기에 나는 밝힐 수 없었던 것이다.

유명인사

1

소녀 후이셴은 양철 홍등 하나를 들고 돌아와 유팡진에 자리를 잡았다.

돌아와서 두 해 동안은 리테메이처럼 길게 땋은 머리를 유지했다. 언제든 홍등을 들고 꽃차에 오를 준비 태세였다. 길게 땋아내린 그 탐스러운 검은 머리는 후이셴의 최대 자산이었다. 평소에는 땋은머리를 위로 높이 틀어올리곤 했는데, 이는 아름다운 외모를 드러내면서 자산을 보호하는 일거양득의 방법이었다. 후이셴과 가깝게 지내는 종합청사의 여자 간부들 말에 따르면 그애는 밤에 종종 악몽을 꾸었다. 누가 가위를 들고 쫓아와 그 탐스러운 머리채를 싹둑 자르는 꿈이라고 했다. 꿈에 누구를 보았는지 물으면 후이셴은 숨길 줄도 모르고 사실대로 말했다. 한 명이 아니라 여러 사람들이 와서 자르려 했다고요! 진췌 극단 사람들, 선전대 사람들, 게다가 선대에서 함께 지냈던 여자애들까지 말이에요. 내가 어쩌다 이렇게 많은 사람의 미움을 사게 된 거죠? 그 사람들 모두 손에 가위를 들고 나를 쫓아오는 거예요. 모두가 내 머리채를 원했어요! 정말 무서웠어요!

나중에 진췌강 지역에서 다시 꽃차 행렬이 있었다. 그러나 나라 안팎의 상황이 전부 변하면서 꽃차 행렬의 주제도 옛것을 버리고 새것으로 바꾸는 추세에 따라야 했다. 행렬 규모도 축소되었고, 등장인물도 한층 단출해졌다. 공장 노동자, 농민, 군인, 학생, 상인의 대단결을 주제로 다섯 대의 꽃차에 십여 명의 배우가 탔다. 배우들은 각자 망치를 들고, 보리이삭을 안고, 소총을 메고, 책을 들고, 주판을 놓았다. 쑹 선생은 문화관의 젊은 연출자들을 데리고 다시 유팡진을 방문했다. 그들의 선발 기준에 따르면 남자는 짙은 눈썹에 눈이 부리부리해야 했고, 여자는 씩씩하면서도 위풍당당해야 했다. 또한 어떤 계급을 대표하든 다들 참신하고 건강한 인상을 풍겨야 했다. 물론 후이셴은 이 조건에 꼭 맞는 사람이었고, 쑹 선생은 그애를 다섯번째 꽃차에 세우려 했다. 어려움에 굴하지 않는 꿋꿋한 청년 여학생 역할이었다. 그래서 후이셴을 위해 특별히 도수 없는 안경까지 준비했으나, 쑹 선생은 몇 차례 연습을 하며 후이셴의 마음이 전혀 다른 곳에 가 있다는 사실을 알게 되었다. 후이셴이 생각하기에 다섯번째 꽃차의 여학생은 주연이 아니었고, 자신은 오직 첫번째 꽃차에 오르기만을 바랐다. 쑹 선생이 말했다. 첫번째 꽃차는 공장 노동자 계급을 위한 거야. 젊은 여자 노동자가 망치를 들고 있어야 하는데, 넌 노동자처럼 보이지 않을 거란 말이다. 너한테서는 그런 분위기가 안 나! 후이셴은 말했다. 전 어떤 분위기든 다 맞출 수 있어요! 힘도 세고요. 설마 제가 망치 하나 제대로 못 들까봐 걱정이세요? 첫번째 꽃차가 아니면 어디에도 절 세우지 못할 거예요. 쑹 선생은 후이셴의 허영심이 다시 도졌다는 것을 알았지만 원래의 생각을 고수하기로 하고 따끔하게 몇 마디 충고도 해주었다. 하지만 뜻밖에도 후이셴은 그의 충고를 받아들이지 못했다. 진흙 속의 자신을 알아봐준 은혜도 아랑곳하지 않고 성질을 부리더니 결국 주어진 역할마저 내팽개치고 말았다.

원래 후이셴은 유팡진중학교에 다녀야 했고 한동안 실제로 다니기도 했다. 그러나 몸은 그곳에 있어도 마음은 그렇지 않다는 게 문제였다. 맨 처음 선생들과 학생들은 후이셴에게 각별한 관심을 보였다. 그러나 며칠이 지나 새로움에 대한 흥미가 사라지자 다들 후이셴이 공부에 전혀 관심이 없으며, 모르면서도 아는 척한다는 걸 알아차렸다. 후이셴은 학생의 삶에 적응하지 못했다. 게다가 무대 위의 분위기에 도취되어 모든 사람을 작은 리테메이의 관중으로 의식했다. 그래서 더는 사람들의 관심을 받지 못하자 좀처럼 학교에 가려고 하지 않았다. 학교에 가지 않으려 찾은 핑곗거리는 길고 탐스러운 머리채와 관련이 있었다. 후이셴은 매일 머리를 빗고 땋는 데 너무 많은 시간이 걸리기 때문에 제시간에 학교에 갈 수 없다고 말했다. 또 몇몇 여학생들이 자신을 질투한 나머지 책가방에 가위를 감춰두고 있다고도 했다. 자신의 머리채를 자르고 싶어 하지만 감히 직접 손대지는 못하고 남학생들을 시켜 자르게 할 셈이라고 말이다. 이러한 의심에는 증거가 없었지만, 사람들은 후이셴이 머리채를 보호하려 애쓰는 것은 당연하다고 생각했다. 리테메이 역에는 그 보물 같은 탐스럽고 기다란 머리채가 반드시 필요했기 때문이다. 간부들은 후이셴의 특수한 신분을 묵인했다. 학교에 다니지 않겠다면 그것도 좋은 일이었다. 상부에서 사람이 올 때마다 후이셴을 부르러 학교로 사람을 보내지 않아도 되니 말이다. 그런 일로 번번이 학교 수업을 방해하는 것도 옳은 일은 아니었다.

후이셴은 유팡진의 유명인사이자, 유팡진을 대표하는 인물이었다. 상부에서 누군가 올 때마다 리톄메이의 무대의상을 입고 긴 머리를 땋아내린 채 간부들을 따라 지프차를 타고 드나드느라 정신없이 바빴다. 그들이 식사할 때는 식당에 서서 소리 높여 〈누구나 붉게 빛나는 마음이 있네〉를 불렀다. 수도 없이 연습한 끝에 원곡가수와 똑같이 부를 수 있게 된 그 곡은 후이셴의 레퍼토리였다. 그러나 대부분의 시간에는 할일이 없었다. 첫째로 후이셴 자신이 뭔가를 해보려 노력하지 않았고, 둘째로 다른 사람들이 차마 맘놓고 무슨 일을 시킬 수도 없었다. 후이셴은 종합청사 안의 사무실을 여기저기 기웃댔다. 어디선가 떠들썩한 소리가 나면 귀신처럼 그 자리에 나타났다. 그러고는 두 눈을 깜빡이며 사람들의 이야기를 듣다가 지도자의 이름이라도 튀어나오면 곧 의미심장한 미소를 짓고서 끼어들었다. 리 할아버지 말씀이죠? 황 아저씨 말이구나. 저 그분 알아요. 그분들 집에도 다 가봤는걸요.

이집 저집 밥을 얻어먹으며 자란 터라 낯을 가리는 법이 없었고, 예의범절에도 얽매이지 않았다. 후이셴은 손을 가만히 두지 못하고 종합청사 안의 문이란 문은 죄다 열어보았다. 남의 책상 서랍도 잠겨 있건 말건 하나도 지나치지 않고 당겨보았다. 특히 여자 간부들의 서랍은 바닥까지 샅샅이 뒤졌다. 남의 간식을 먹고 남의 손거울을 가져다 썼으며, 심지어 남의 크림까지 찍어 발랐다. 아무래도 여자 간부들은 관대하지 않은 편이라 하나둘 서랍에 튼튼한 자물쇠를 달기 시작했다. 서랍을 열 수 없자 후이셴은 분통을 터뜨리며 책상을 이리저리 흔들어댔다. 좀생이! 쩨쩨하긴! 자기들 물건이 얼마나 대단해서 누가 훔쳐갈 줄 알고?

자오춘탕은 후이셴의 의식주와 행동을 엄격히 관리하는 무거운 책임을 맡았다. 식사는 하루 세 번 식당에서 했다. 좋아하는 음식을 얼마든지 먹을 수 있지만 싫어하는 음식도 반드시 먹어야 했다. 식당의 뚱뚱한 요리사가 식사를 전담했는데, 요리사는 남은 음식을 잔반통에 버리는 후이셴에게 심한 반감을 느꼈다. 후이셴이 잔반통 앞으로 갈 때마다 요리사는 국자로 식판을 치며 말했다. 낭비야, 낭비. 작은 리톄메이, 넌 배에서 왔다는 걸 잊지 마. 사람이 근본을 잊으면 안 되는 법이야. 식사 관리는 후이셴을 위해서였고, 의복 관리는 더더욱 후이셴을 위해서였다. 후이셴은 여름을 제외하고 늘 리톄메이의 의상을 입었다. 빨간 바탕에 흰 꽃무늬가 그려진 코듀로이 겹저고리를 입고, 진남색 새 바지는 회색 천을 덧대어 입었다. 자오춘탕이 그렇게 입으라고 지시했다. 처음에는 후이셴도 그런 차림을 좋아했지만, 점차 영광스러운 꽃차의 삶이 끝나간다는 사실을 인식하게 되었다. 간절히 기다렸지만 쑹 선생도, 통지도, 좋은 소식도 오지 않았다. 후이셴은 기다림에 인내를 잃고 짜증이 났지만 상대가 마땅치 않아 바지에 기운 천조각과 옷가지에 대고 화풀이를 했다. 후이셴은 여자 간부들에게 하소연했다. 진짜 리톄메이도 예쁜 옷이 한두 벌은 있었을 텐데, 왜 매일 이렇게 궁색한 차림을 해야 해요? 멀쩡한 바지를 기워 누더기를 만들어놓다니, 정말 바보 같잖아요. 여자 간부들은 편을 들어주는 대신 다들 애매한 표정으로 무대의상 차림의 후이셴을 자세히 살펴보았다. 소녀의 몸매는 막 피어나려는 커다란 꽃봉오리 같은데, 무대 전용 저고리는 올이 풀리고 단추가 떨어진데다 너무 꽉 끼어 보였다. 간부들은 후이셴에게 선전과에 가서 리테메이 의상 중에 더 큰 건 없는지 물어보라고 했다. 후이셴이 말했다. 무슨 큰 옷 작은 옷 타령이에요. 어차피 꽃차 행렬도 하지 않는데, 큰 옷이고 작은 옷이고 안 입을래요.

어느 날 후이셴은 의상들을 선전과로 안고 가 책상 위에 내던졌다. 그러고선 나가려는데 선전과 간부가 황급히 후이셴을 붙잡았다. 작은 리테메이, 어쩌려는 거야? 네가 이 옷을 안 입으면 뭘 입으려는 거지? 후이셴은 그동안 쌓인 원망을 터뜨리며 소리쳤다. 입고 싶은 사람이나 입으라 해요! 〈홍등기〉는 인기가 떨어진 지 오래인데 아직도 무슨 작은 리테메이란 말이에요? 내가 옷이 없는 것도 아니고, 이런 누더기나 입어야 해요? 나도 입을 옷 많아요. 후이셴은 그렇게 말하며 입고 있던 분홍색 블라우스의 옷깃을 뒤집어 간부들에게 자랑스럽게 내보였다. 이 옷 보여요? 여기 옷깃에 매화가 수놓여 있고, 정말 좋은 천으로 만든 상하이 제품이에요. 류 할머니가 준 거예요. 후이셴은 새 블라우스를 자랑하고 나서 의자 위에 발을 올리더니 구두도 보여주었다. 이걸 뭐라고 부르는 줄 알아요? 티 스트랩이라고 하는 거예요. 유팡진에서는 아직 팔지도 않는 거죠. 이걸 누가 줬는지 알아요? 류 할아버지예요. 류 할아버지가 준 선물이라고요!

후이셴은 상양 선대 사람들의 마음을 상하게 했지만, 그렇다고 인정 없는 아이는 아니었다. 잘못을 저지르고 난 뒤 관계를 회복할 줄도 알았다. 다만 그 회복의 방식이 매우 독특해 사람들이 좀처럼 받아들일 수 없었을 따름이다. 후이셴은 쑨시밍댁과 더성댁을 가장 친하게 여겨, 가끔이나마 부두에 나타날 때는 반드시 두 사람에게 선물을 가져왔다. 때로는 옷감을 두 꾸러미 가져와서 빛깔이나 무늬가 노숙해 보이는 것은 쑨시밍댁에게, 화려한 것은 더성댁에게 주었다. 때로는 주전부리를 두 보따리 가져와서 단것은 쑨시밍댁에게, 짭짤한 것은 더성댁에게 주었다. 옷감이든 주전부리든, 후이셴은 언제나 두 집의 갑판에 물건을 놔두기만 할 뿐이었다. 이따금 다른 배도 챙겼는데, 배를 향해 과일맛 사탕들을 던지다가 다 떨어지면 곧장 몸을 돌려 달아나는 식이었다. 어른들이 안부를 물어도 알은체하지 않고, 옛 친구들은 더욱 상대하지 않았다. 후이셴이 은혜를 갚는 방식은 일종의 보시처럼 보이기도 했다. 어른들은 감정적으로 이런 태도를 쉽게 용납할 수 없었지만 아이들은 신이 났다. 먹성 좋은 아이들은 후이셴이 돌아오기만을 학수고대했다. 그러나 후이셴의 사탕 세례를 한사코 마다하는 아이도 있었다. 잉타오가 그랬다. 잉타오는 남동생이 후이셴의 사탕을 주워 올 때마다 그것을 빼앗아 사나운 기세로 강물에 내던졌다. 뭐 그렇게 대단하다고? 은혜도 모르는 배은망덕한 애가 버린 사탕 따위는 먹지 말아야 해!

사람들은 잉타오가 후이셴을 질투한다는 사실을 알고 있었다. 잉타오 엄마도 덩달아 후이셴을 질투했다. 늘 잉타오도 뭍으로 올라갈 기회가 있었다고 떠들어대며, 다만 잉타오는 쑹 선생을 살갑게 대하지 못해서 두 눈 멀쩡히 뜨고도 기회를 놓쳤노라고 했다.

잉타오 엄마의 수다는 경솔하게 계속됐다. 후이셴 그애는 참 이상도 하지. 그렇게 어린 나이에 벌써 사내들과 친하게 지낼 줄도 알고 말이야. 어쩌면 백여우가 변해서 세상에 나온 건 아닌지 몰라? 더성댁은 잉타오 엄마가 지껄이는 삿된 소리를 참을 수 없어 묘한 말로 반격했다. 잉타오 엄마, 여우요괴 따위는 얘기하지도 마. 여우요괴가 되는 데도 조건이 있는 법이라고. 여자 팔자는 다 자기 할 나름 아니겠어. 잉타오가 여우요괴 될 팔자가 아닌 걸 탓해. 쑨시밍댁은 한마디로 정곡을 찔렀다. 용은 용을 낳고, 봉황은 봉황을 낳지. 누가 잉타오더러 자네 뱃속에서 낳으라고 했다던가? 혈통론으로 후이셴을 비호하며 그참에 잉타오 엄마까지 몰아서 공격한 것이다. 배에서 난 딸은 배에 남고, 뭍에서 난 딸은 뭍으로 돌아가는 것이지, 그게 잘못됐나? 그애가 이 배에서 몇 년 동안 먹고 자고 한 건 어쩔 수 없는 일이었어. 그런 걸 역경이라고 하네. 역경, 아는가? 한 번만 더 백여우니 어쩌니 욕을 하면, 밤길 조심해야 할 거야. 물귀신 조심하라고. 후이셴 엄마가 자네 다리를 끌어당길지도 모르니까.

2

후이셴은 종합청사에 들어가 살았다.

여성연합회 주임 렁추윈과 같은 방에서 지내게 된 것은 조직의 결정이었고, 후이셴이 렁추윈을 양어머니로 모신 것은 두 사람의 선택이었다. 한 지도자가 렁추윈에게 후이셴을 잘 돌보고 교육시킬 것을 당부했다. 군인 가족인 렁추윈은 아이가 없었기 때문에, 처음에는 후이셴이라는 고아 소녀에게 최선을 다했다. 학습 계획을 짜고 매일 신문을 읽어줬지만 후이셴은 전혀 듣지 않았다. 신문을 읽어주면 과쯔를 까먹기 시작했다. 렁추윈이 화가 나, 가장 기본적인 도리조차 모르고 사람을 존중할 줄도 모르는 아이라고 야단치면 후이셴은 대꾸했다. 듣고 있었어요. 듣는 데 귀가 필요하지 입은 필요하지 않잖아요. 제가 과쯔를 까먹는 거랑 신문을 읽는 건 상관이 없는데, 어째서 어머니를 존중하지 않는다고 말씀하시는 거예요? 렁추윈은 이 소녀가 매우 다루기 힘든 상대임을 깨달았다. 자신의 처지를 생각하면 그럴 입장이 아닌데도 후이셴은 완전히 제멋대로였다. 거만하고 난폭하게 굴었다. 또래의 소녀들과 비교하면 때로는 기막힐 정도로 조숙했고, 때로는 황당할 정도로 애처럼 굴었다. 렁추윈은 그런 후이셴을 참아줄 수 없었다. 적대감이 점점 이성을 이기기 시작하면서, 후이셴을 떠올리면 자신도 모르게 삐딱하게 바라보게 되었다. 나중에는 아예 자오춘탕을 찾아가 평소 후이셴의 행동거지와 아이에 대한 자신의 생각을 보고했다. 자신에게 주어진 임무를 포기하고 이 일에서 손을 뗄 작정이었다. 더이상 후이셴의 일에 관여하고 싶지 않았던 것이다. 그러나 자오춘탕이 동의하지 않았다. 자네가 그애를 계속 맡아줘야만 해. 상부에서 배정한 임무란 말이야. 보고도 모르겠나? 그애는 귀중한 짐이란 말이지. 지금은 유팡진에 맡겨졌지만 나중에는 상부로 돌려보낼 거라고! 사람들이 후이셴의 미래를 과장하며 떠들수록 렁추윈의 불만은 커져만 갔다. 렁추윈은 자오춘탕에게 하소연했다. 남자 동지들이란! 도무지 여자아이들 외모만 따질 줄 알죠. 이런 애들은 밥만 축내지 일할 줄도 모르고 정치적 각성도 형편없다고요. 그런데 어떻게 인재로 키운단 말이에요? 왜 이런 애를 키운단 말이에요? 제 말을 믿으세요. 저애한테 장래성이라고는 없어요!

자오춘탕이 우산처럼 후이셴을 보호하고 있다는 사실은 누구나 알았다. 이 우산은 후이셴의 머리 위에 조심스레 펼쳐진 채 언제든 신호가 오기만을 기다렸다. 그러나 일 년이 지나도 신호는 깜박이기만 할 뿐 확실하지 않았고, 또 일 년이 지나도 여전히 모호했다. 나중에는 지방 관료들의 인사이동으로 한줄기 인맥마저 끊겨 장기판도 보이지 않게 되었다. 후이셴이라는 장기짝을 어디다 두면 좋을지 난감해졌다. 자오춘탕은 진퇴양난에 빠졌다. 처음에는 후이셴을 성도의 청년 간부 학습반으로 보내 훈련시키라는 통지가 왔다가, 며칠 뒤에는 학습반 인원에 변동이 있으니 이전 통지를 폐기하라는 명령이 내려왔다. 후이셴은 몇 번이나 짐을 꾸렸지만 결국 아무데도 가지 못했다. 심심해서 생긴 버릇인지 매일같이 종합청사 로비를 지키고 앉아 부두 쪽을 바라보며 과쯔나 까먹었다. 누구한테 과쯔 까먹는 기술을 배웠는지, 작은 입술을 삐죽거리면 탁 소리 한 번에 그 사이에서 과쯔 껍질이 튀어나와 발 앞에 가지런히 쌓였다. 후이셴이 앉았던 자리에는 봉긋한 과쯔 껍질 산이 생겨나곤 했다.

류 부장의 손자 샤오류가 왔다. 명목상으로는 출장이었지만 실은 후이셴을 보러 온 것이었다. 샤오류는 깡마르고 큰 키에 피부는 희고 머리칼은 길었으며, 화려한 셔츠 차림의 삼십대 남자였다. 한마디로 유행을 좇는 대도시 청년의 분위기가 온몸에 넘쳐흘렀다. 그리고 그런 분위기는 후이셴을 매혹시켰다. 후이셴은 사층 소회의실로 차를 가져다주기 전에 먼저 준비를 했다. 작고 동그란 거울을 보면서 머리와 옷깃을 가다듬고 얼굴에는 분까지 펴 발랐다. 그런 다음 차 두 잔을 들고 회의실 안으로 들어갔다. 한 잔은 자오춘탕의 몫이었고, 다른 한 잔은 샤오류의 몫이었다. 샤오류는 찻잔은 받지 않고 후이셴을 뚫어져라 쳐다보았다. 샤오류가 얼굴을 쳐다보자, 후이셴은 찻잔을 들어 보였다. 샤오류는 방자함이 몸에 뱄는지 시선을 아래로 내리더니 반쯤 내려가서는 꼼짝도 하지 않았다. 후이셴은 더 참지 못하고 앞가슴을 가리며 말했다. 눈을 어디다 두는 거예요? 후이셴은 찻잔을 쳐들었다. 거의 차를 끼얹을 태세였지만, 결국 용기를 내지 못했다. 후이셴은 얼굴을 붉힌 채 찻잔을 자오춘탕의 손에 맡기고 서둘러 회의실을 빠져나왔다.

이렇게 모든 준비는 헛수고가 되었다. 복도로 달려나온 후이셴은 사무실에서 여자 간부들이 머리를 반쯤 내밀고 자신을 쳐다보고 있다는 사실을 깨달았다. 그렇게 그 자리를 뜰 수는 없었다. 후이셴은 옷매무새를 가다듬고 아무 일도 없었다는 듯 되돌아가는데, 하필이면 유리문을 사이에 두고 샤오류가 내뱉는 더러운 말들을 듣고 말았다. 자신의 귀를 믿을 수 없을 정도였다. 저 쪼그만 논다니 계집이 배에서 동냥밥을 먹으며 자라서 그런지 어쩔 수가 없네! 개고기는 상에 올릴 수 없는 법이지! 자오춘탕이 그에 대꾸할 말은 찾지 못하고 후이셴의 용모를 평가해보라고 점잖게 말했다. 샤오류는 여전히 무례했다. 얼굴은 꽤 반반하게 생겼으니 85점. 몸매도 그런대로 균형은 잡힌 것 같으니 75점은 주지. 엉덩이는 그럭저럭 65점은 되겠고. 내가 가장 중요하게 보는 곳이 가슴인데 저애는 없잖아. 아무리 후하게 준대도 30점이라고!

후이셴은 화가 나 머리가 어찔했다. 그래서 유리문 너머로 건달놈이라고 욕을 해주고는 뒤돌아 달아났다. 류 부장의 손자가 그런 인간일 줄은 생각도 못했다. 그는 후이셴을 보러 온 것인가, 아니면 가축 한 마리를 보러 온 것인가? 후이셴은 여전히 머리가 어찔했다. 각계각층의 간부들은 물론이고 여러 지역의 수많은 군중까지 능수능란하게 대할 수 있는 자신이었다. 그러나 샤오류 같은 부잣집 도련님은 어찌할 도리가 없었다. 샤오류는 어찌나 뻔뻔스러운지 뻔뻔함을 떳떳하게 여길 정도였고, 어찌나 저질스러운지 저질스럽기가 고급 수준이었다. 후이셴은 계속 머리가 어찔했다. 넋이 나간 채 복도를 서성거리니 한 여자 간부가 사무실에서 나와 호기심어린 눈초리로 후이셴의 표정을 살폈다. 작은 리톄메이, 샤오류 접대는 안 하고 왜 여기 나와서 왔다갔다하고 있어? 다른 일 없으면 가서 물이라도 따라주렴. 후이셴은 결국 부글부글 끓어오르는 화를 참지 못하고 간부에게 화풀이를 했다. 그렇게 접대를 하고 싶으면 그쪽이 들어가지 그래요. 나는 그 사람한테 물 같은 거 따라주고 싶지 않으니까. 똥물을 퍼다 부어준다면 모를까!

샤오류는 바람처럼 왔다가 가버렸다. 지프차로 샤오류를 배웅하고 온 자오춘탕이 후이셴의 기숙사 문을 박차고 들어왔다. 후이셴은 여전히 화가 난 채 침대에 앉아 있었다. 자오춘탕은 비닐커버 노트를 침대 위에 내던졌다. 아직도 샤오류에게 화가 난 거냐? 샤오류도 너 때문에 화가 났단 말이다. 꼬박 하루가 걸리는 길을 달려서 너를 보러 왔는데 그런 태도를 보이다니! 역시 개고기는 상에 올릴 수 없는 법이지! 후이셴도 바락 대들었다. 개고기는 상에 올릴 수 없다니요? 내가 개고기면 그 인간은 건달이라고요! 그 눈깔로 어디를 쳐다보는지 못 봤어요? 건달 같은 놈이에요! 자오춘탕은 문가에 선 채 책망하는 눈초리로 후이셴을 노려보았다. 샤오류를 자꾸 건달이라고 부르지 마라. 조심 좀 하란 말이야. 샤오류가 건달이면 류 부장님은 뭐가 되지? 건달 아비라도 된다는 거야? 자오춘탕이 버럭 화를 내자 후이셴은 합죽이처럼 입을 다물고 감히 한마디도 하지 못했다. 후이셴의 화가 사그라지고 자오춘탕의 화가 타올랐다. 너는 기껏해야 문예계 밥을 몇 술 뜬 것에 불과한데, 뭐가 그리 귀중해서 한번 보는 것도 안 된단 말이냐? 네가 무슨 금지옥엽 대갓집 규수라도 되는 줄 알아? 이번에는 그냥 넘어가지만 앞으로 다시는 류 할아버지 어쩌고 하는 말은 꺼내지도 마라. 샤오류에게 밉보이면 류 할아버지도 아무 소용 없으니까. 류 할아버지가 널 감싸주지 않으면 너한테 무슨 빌어먹을 장래 따위가 있겠어!

후이셴은 꾸중을 듣고 멍하니 침대에 앉아 있다 비닐커버 노트를 들어 얼굴을 가렸다. 류 부장이 보낸 선물이었다. 자오춘탕은 샤오류도 선물을 한 보따리나 가져왔지만 포장 그대로 가져가버렸다고 말했다. 후이셴은 샤오류의 선물 따위 대수롭지 않다고 말하면서 속으로는 놓쳐버린 선물이 무엇이었을지 생각해보았다. 스타킹이었을까? 아니면 크림? 원피스? 상하이 손목시계*는 아니었을까? 자오춘탕이 숙소에서 나간 뒤, 후이셴은 류 부장이 보낸 노트를 펼쳐보았다. 속표지에 건조하게 쓰인 붓글씨 몇 자가 한눈에 들어왔다. 후이셴 동지, 학업과 사업의 진보를 기원합니다. 진보, 이

* 1950년대에 등장한 중국 브랜드 시계로, 한 시대를 풍미하며 최고급 국산 손목시계로 꼽혔음.

말은 별 의미 없는 인사말에 불과했다. 후이셴은 샤오류의 방문이 무척 중요했음을, 자신의 반응은 더욱 중요했음을 깨달았지만, 무엇을 잘못했는지는 도무지 알 수 없었다. 왜 개고기는 상에 올릴 수 없는 법이라며 욕을 했을까? 왜 내 가슴이 30점밖에 안 된다는 걸까? 무슨 근거로 30점이라는 걸까? 평소에 어깨를 움츠리고 다닌 게 문제였을까? 여자라면 늘 가슴을 내밀고 걸어다녀야 한다는 말인가?

샤오류는 그렇게 가버렸다. 후이셴은 그에게 전혀 좋은 인상을 남기지 못했다. 그가 그렇게 가버렸으니 안 그래도 모호한 후이셴의 미래가 더욱 모호해졌다. 기숙사 창밖으로 서서히 저녁놀이 내리는 것을 바라보다 후이셴은 갑자기 한바탕 울고 싶어졌다. 그러나 링추윈이 돌아와 그런 자신을 보고 놀리기라도 할까봐 두려웠다. 샤오류 때문이라면 전혀 가치 없는 눈물이었고, 자신의 장래 때문이라면 아직은 눈물을 보일 때가 아니었다. 류 부장의 선물을 뚫어지게 바라보던 후이셴은 갑자기 이 보잘것없는 물건에 복수할 좋은 생각을 떠올렸다. 연필을 집어들고 '진보'라는 두 글자 옆에 이렇게 써주었다. 헛방귀. 복수를 하고 나니 기분이 조금 좋아졌다. 그래서 가슴 문제를 떠올리고 거울 앞에 서서 자신을 관찰하기 시작했다. 가슴을 힘껏 내밀어보며 이렇게 중얼댔다. 몇 점이지? 50점, 60점? 이번에는 어깨를 움츠리고 말했다. 30점. 이러면 30점밖에 안 되는 건가? 갑자기 이 문제를 포기할 수 없다는 생각이 들어 철저히 자기 가슴에 대해 연구하기로 결심했다. 후이셴은 문을 걸어잠그고 거울 앞에서 옷자락을 풀어헤친 뒤 몸을 자세히 살펴보았다.

왜 가슴을 내밀고 다니는 여자들이 아름다워 보이는 걸까? 과거

이 문제에 대해 전혀 아는 바가 없었던 후이셴이 처음으로 거울 앞에서 자기 몸을 똑바로 들여다보고 있었다. 관찰 끝에 후이셴은 자신의 가슴이 크지도 작지도 않으며, 가슴을 활짝 펴면 충분히 아름답다는 사실을, 전혀 수치스럽지 않다는 사실을 깨달았다. 떳떳하게 드러내는 편이 감추는 것보다 훨씬 예뻤다. 후이셴은 거울 앞에서 똑바로 서기도 하고 걷기도 하며 옆면과 정면에서 신체 곡선의 변화를 분석했지만, 어떤 곡선이 가장 아름다운지 확신이 들지 않았다. 엄마와 언니가 없는 탓에, 절친한 친구가 없는 탓에, 어떤 평가나 조언도 들을 수 없기 때문이었다. 그래서 어떤 가슴이 80점, 심지어는 90점이나 100점을 받을 수 있는지 알 길이 없었다. 도시의 목욕탕에서 보았던 멋쟁이 여자들을 떠올려보려 애썼지만, 그간 다른 여자들의 가슴 크기와 모양이 어떤지 한 번도 관심을 가진 적이 없었다. 그러다 문득 떠올랐다. 그 여자들은 모두 브래지어를 하고 있었다! 순식간에 의심이 사라지고 큰 깨달음이 찾아왔다. 왜 후이셴의 가슴은 30점밖에 되지 않았는가? 브래지어가 없었기 때문이다. 왜 후이셴에게는 브래지어가 없었는가? 상양 선대에서 자랐고, 배에 사는 여자들은 모두 브래지어를 하지 않았기 때문이다. 숙소 안에서 초조하게 머리를 굴리던 후이셴은 갑자기 기발한 계책을 떠올리고 렁추윈의 서랍을 열었다. 그러고는 렁추윈의 브래지어 세 개를 꺼내 차례대로 가슴에 착용해보았다. 신대륙을 발견한 느낌이었다. 비슷비슷한 세 개의 흰 브래지어 모두 후이셴의 가슴에 넉넉히 둘러졌다. 브래지어를 하니 거울 속 몸이 더 두드러진 곡선을 드러냈다. 어쩐지 사람을 불안하게 만드는 분위기를 띠었으며, 술렁이게 하고 요염했다. 그윽한 향기까지 품고 있었다. 특히 스펀지 패드가 들어 있는 브래지어가 가장 만족스러웠다. 그 브래지어를 한 후이셴의 몸매는 자체 평가 최고점을 받았다. 85점.

후이셴은 브래지어를 하기로 결심했다. 소녀들에게는 브래지어를 사는 일이 남의 이목을 피해야 하는 비밀이었으므로 그것은 엄마들의 몫이었다. 그러나 후이셴에게는 엄마가 없었다. 수양어머니가 몇 명이나 있었지만 모두 사이가 틀어졌으니 이런 일을 신경써줄 리 없었다. 그래서 직접 사기로 하고, 장렬한 순교자 같은 표정을 하고서 런민가에 있는 백화점으로 갔다. 브래지어는 유팡진에서 잘 팔리는 물건이 아니었기에 진열대 한구석에 놓여 있어 제대로 보이지 않았다. 후이셴은 계산대에 엎드려 계속 판매원을 불렀다. 저것 좀 보여줘요, 저것도 좀 보여주고요! 브래지어는 종류도 색도 다양하지 않았다. 후이셴이 순식간에 대여섯 개를 고르자 판매원이 깜짝 놀라 저도 모르게 말했다. 브래지어를 이렇게 많이 사서 뭐하려고? 어디다 쓰려는 거야? 후이셴은 태연히 판매원을 쳐다보며 되물었다. 어디다 쓸 거냐고요? 양말삼아 발에 신고, 토시삼아 팔에 낄 거예요!

후이셴에게 괴상한 버릇이 생겼다. 다른 여자들의 가슴을 눈여겨보고 몰래 60점이니 70점이니 점수를 매기게 됐다. 다행히 사람들은 후이셴이 입으로 구시렁거리는 소리를 알아듣지 못했다. 한숙소에 사는 렁추윈이 이 괴상한 버릇의 첫 피해자가 되었다. 후이셴의 시선은 순수한 호기심의 소치였고 전혀 악의가 없었다. 하지만 보수적인 렁추윈은 이를 도발과 침략으로 받아들였고, 옷을 갈아입을 때마다 허둥댔다. 후이셴의 시선에 솜털이 쭈뼛 서는 느낌이 들어 가슴을 가리고 큰 소리로 꾸짖기도 했다. 어딜 보는 거야?

네가 여자 건달이라도 돼? 후이셴은 입을 가리고 깔깔 웃었다. 내가 남자도 아니고, 같은 여자를 보는데 어째서 건달이라는 거예요? 한번 본다고 뭐가 어떻게 돼요? 렁추윈은 부끄럽고 화가 나서 말했다. 남자가 아니어도 이런 곳은 함부로 쳐다보는 게 아니야. 아무래도 네 사상이 불량한 게지. 그 머릿속에서 대체 무슨 꿍꿍이를 꾸미는 거야? 후이셴은 자오춘탕의 말투를 흉내내 이렇게 대꾸했다. 뭐가 불량하고 말고예요? 뭐가 그렇게 귀중해서 한번 보는 것도 안 된단 말이에요?

렁추윈은 후이셴을 교육시킬 책임을 지고 있으니 개인 물품을 검사할 권리도 있었다. 후이셴이 숙소에 없는 틈을 타 몰래 상자를 열어본 렁추윈은 브래지어 한 무더기가 숨겨져 있는 것을 발견했다. 색깔로 보나 모양으로 보나 하나같이 방정한 품행과는 거리가 멀고, 염려스럽게도 성적 분위기를 물씬 풍기고 있었다. 렁추윈은 그것이 타락의 증거라고 확신했다. 하지만 자오춘탕에게 그 물건들을 들고 가서 보고하기는 쑥스러워 다른 부서의 여자 간부들에게 말했다. 어떤 간부는 후이셴을 변호했다. 그게 무슨 대단한 일이라고요? 제아무리 브래지어를 많이 샀어도 어차피 안에 입는 물건이고 남에게 보이는 것도 아닌데! 렁추윈은 콧방귀를 뀌면서 말했다. 잘못은 미연에 방지하는 게 최고잖아요! 발본색원이라는 말을 잊은 거예요? 지금은 다른 사람이 볼 수 없을지 몰라도 머지않아 곧 보이고 싶어할 거라고요. 두고 보세요. 그애가 계속 이런 식으로 나간다면, 언젠가는 여자 건달들이나 입는 미니스커트를 입게 될 테니까. 틀림없이 큰일을 내고 말 거라고요!

후이셴은 브래지어의 힘을 빌려 어리숙한 소녀 시절에 작별을 고했다. 탄탄대로 같았던 자신의 앞날이 어째서 구불구불한 갈림길이 되었는지 후이셴은 알 수 없었다. 아직 젊디젊었지만 꽃차 행렬을 하던 나날을 돌이켜보면 벌써 아득한 옛일처럼 여겨졌다. 폐기된 행사용 꽃차들은 농기구 수리장 창고에 쌓여 있었다. 알록달록한 장식들은 어느새 새카매졌고 수레를 끌던 줄은 사라진 지 오래였으며 바퀴도 떨어져나가 이리저리 나뒹굴었다. 쑹 선생이 당시 홍보용으로 직접 촬영한 〈홍등기〉 꽃차 단원들의 사진은 아직도 벽에 걸려 있었다. 사진 속 혁명가 일가는 삼대가 벽에 은거하며, 바닥에 널린 옛 물건들을 바라보며 허무 속에서 지난날의 풍경을 추억하고 있었다. 이 사진은 이제 냉궁 깊숙이 갇힌 채 어떤 관중의 눈길도 받지 못했다. 관중이라고는 한창 피어나는 곰팡이와 티끌, 그리고 거미줄이 전부였다. 리위허와 리 할머니의 얼굴은 먼지로 뒤덮인 지 오래였고, 리톄메이만이 양볼의 홍조와 부릅뜬 눈과 반짝이는 눈동자를 간직한 채 홍등을 높이 들고 거미와 먼지에 맞서고 있었다. 후이셴은 이 창고를 지날 때마다 높다란 창턱 위로 기어올라가 유리창 너머로 그 사진을 한 번씩 쳐다보았다. 벽에 붙은 리톄메이의 운명을 유심히 살피며 제 미래를 짐작해보기도 했다. 창가에 쪼그려앉아 목놓아 운 적도 있었다. 사진 속 자신의 얼굴에 얼룩이 져 반은 어두운 회색으로 보였기 때문이다. 게다가 손에 들린 홍등의 붉은빛도 결국 작은 거미 한 마리를 당해내지 못해 그 주위로 집이 지어지고 있었다. 후이셴은 창가에 쪼그려앉아 울었다. 울수록 마음이 더 아팠다. 그 소리가 너무 서럽게 들리는 바람에 농기구 수리장의 노동자들이 깜짝 놀라 후이셴에게 물었다. 너는 저 작은 리톄메이가 아니냐? 창문 위로 기어올라 뭘 하는 거야? 후이셴은 뭐라고 대답해야 할지 몰라 눈물을 닦고 허둥지둥 창가에서 뛰어내려 달아났다. 농기구 수리장의 창고는 후이셴의 마음을 아프게 했다. 그런 물건 따위 더이상 볼 필요도 없다는 사실을 속으로는 분명히 알고 있었다. 모든 것이 끝났다는 사실을 말이다. 리테메이의 화장을 지울 때가 된 것이다. 후이셴의 영광은 찾아올 때 그러했듯 떠나갈 때도 느닷없었다. 모든 것이 다 끝났다.

후이셴은 리테메이가 아니었다. 그저 장후이셴일 뿐이었다.

3

가슴 문제를 해결하고 나자, 허리까지 늘어진 긴 머리채를 어떻게 처리할지가 후이셴의 최대 관심사였다. 먼저 한 줄로 굵고 길게 땋아내린 머리를 풀어 다시 갈래로 땋았다. 얼마 지나지 않아 긴 갈래머리가 너무 촌스럽게 느껴져 땋은머리를 말아올렸다. 예전처럼 촌스러운 올림머리는 싫어서 이번에는 정수리 가까이 높이 틀어올렸다. 얼핏 보기에 키도 커 보이고 유행에도 어울렸으며 어디서나 눈에 띄었다. 후이셴의 새로운 헤어스타일은 종합청사에 큰 논쟁을 불러일으켰다. 간부들은 그 헤어스타일이 말똥 같다는 데 의견을 모았지만, 후이셴이 리테메이의 이미지를 벗어던진 뒤에도 여전히 사람들의 눈길을 끌고 있다는 점은 아무도 부인할 수 없었다. 어느 순간부터 후이셴 스스로 빛나기 시작한 것이다. 지나치게 속물적이고 경박해 보이기는 했지만 어쨌든 자신만의 독특한 광채를 띠었다. 정수리에 머리를 말아올린 후이셴은 종합청사를 휘젓고 다니며 공작새가 안하무인으로 날개를 펴듯 청춘의 싱싱함을 뽐냈다. 어떤 이들은 감탄했고, 어떤 이들은 비난했다. 자오춘탕은 그 말똥같이 틀어올린 머리 때문에 분노했다.

자오춘탕은 후이셴의 새로운 헤어스타일을 끔찍이도 싫어했다. 한번은 종합청사 계단에서 그 '말똥'이 떠다니는 것을 목격하고 크게 화를 냈다. 그는 구석에 있던 기다란 대나무 빗자루를 집어들어 손잡이 끝으로 후이셴의 머리 꼭대기에 붙은 '말똥'을 찌르며 소리쳤다. 내려놔! 네 머리의 말똥을 당장 내려놓으란 말이다. 이 건물에서 무슨 멋을 부린다고 난리야? 후이셴은 빗자루 손잡이를 피해 계단참으로 달려내려간 뒤 놀란 가슴을 쓸어내렸다. 자오춘탕은 빗자루를 후이셴의 발치로 있는 힘껏 집어던지며 말했다. 네가 리톄메이의 옷을 입지 않겠다고 했을 때 내가 아무 소리 안 했다고 해서 널 내버려두고 간섭하지 않을 거라고는 생각하지 마라. 너는 리톄메이지, 누구네 첩이 아니야. 머리 제대로 잘 땋고 다녀! 그런 올림머리는 절대 용납 못해! 후이셴은 자오춘탕을 무서워했기에 빗자루를 발로 차버리고 입을 삐죽거리며 머리핀 일고여덟 개를 빼냈다. 머리칼이 조금씩 내려오자 영 못마땅해 참지 못하고 몇 마디 불평을 내뱉었다. 남자가 아름다움에 대해 뭘 알겠어요? 내 머리가 공공재도 아닌데, 왜 맨날 간섭하시는 거예요? 자오춘탕은 잠시 할말을 잃었는가 싶더니 곧 차가운 웃음을 날렸다. 이제 내 간섭도 못마땅하다는 거냐? 언젠가 내가 네 일에 간섭하지 않는 날이 오거든, 그때 가서 울고불고나 하지 마!

후이셴에 대한 자오춘탕의 총애가 크게 식었다는 것은 누구라도 알아챌 수 있었다. 이상한 일은 아니었다. 국내외 정세 변화가 하도 무상하다보니 후이셴을 육성하려던 계획도 점점 가능성이 희박한 일이 되고 만 것이다. 자오춘탕은 후이셴을 보호하려고 우산을 받쳐드느라 손이 저려 그만 놓아버리고 싶었다. 종합청사에는 후이셴의 수업을 위해 마련된 책상이 하나 있었다. 원래는 그 위에 책과 공책이 잔뜩 쌓여 있었지만, 먼저 공책이 사라지더니 나중에는 책도 한 권 남지 않고 다 사라졌다. 후이셴은 책상 위에 자기 사진을 가져다놓고 서랍 속에는 잡다한 물건들을 잔뜩 쑤셔넣었다. 거울, 로션, 머리빗, 양말, 원고지, 그리고 수많은 사탕 포장지들까지. 애초에 책상은 사층에 있는 자오춘탕의 사무실을 마주보고 주요 기관실과 서류보관실, 소회의실과 나란히 놓여 있었다. 당시 후이셴을 육성하려는 계획이 상당히 야심찬 것임을 여실히 반영하는 증거였다. 말똥머리 사건 후 어느 날, 사무실에서 담배를 피우던 자오춘탕은 재떨이가 없다는 사실을 알았다. 재떨이의 행방을 묻자 타자원이 이렇게 말했다. 후이셴에게 가져가라고 하셨잖아요. 과쯔 껍질을 버리라고요. 자오춘탕은 후이셴의 책상 위에도 재떨이가 보이지 않자 서랍을 열었다. 서랍을 잡아빼는 순간, 과쯔 껍질이 우수수 떨어져 그의 신발 위에 쌓였고, 과쯔 껍질의 홍수 속에서 둥실 떠오른 재떨이는 그대로 바닥으로 떨어졌다. 자오춘탕은 너무 화가 나 얼굴의 모든 구멍에서 김을 피워올릴 지경이었다. 그는 책상 위에 놓인 후이셴의 사진을 집어들어 있는 힘껏 바닥에 내던지며 버럭 고함을 내질렀다. 자재과! 자재과 사람 불러! 당장 이 책상 옮기라고 해! 내 눈앞에서 치우라고!

책상은 즉시 삼층으로 옮겨졌다. 원래는 여성연합회 사무실에 들여놓으려 했지만 링추윈이 지금은 그럴 수 없다고 했다. 후이셴을 육성할 거라면서요? 그럼 후이셴이 여성연합회 주임이라도 되는 날 여기 들여놓죠. 결국 자재과 사람들은 책상을 든 채 어찌할 바를 모르고 복도에 서 있었다. 때마침 계단을 올라오던 후이셴이 걸음을 멈추고 멍하니 자기 책상을 바라보았다. 그러다 잠시 후 길을 내주며 자재과 사람들에게 말했다. 여기서 멍청히 뭐하는 거예요? 옮겨요. 아래층으로 옮기라고요. 아저씨들 탓하지 않을 테니까. 후이셴은 책상을 따라다니며 사람들을 귀찮게 굴지도, 자오춘탕을 찾아가 난리법석을 떨지도 않았다. 그러나 상황이 어떻게 돌아가는지 보기 위해 사무실에서 고개를 내민 렁추윈이 화풀이 목표로 낙점되었다. 렁추윈 씨, 뭘 그렇게 기웃거려요? 마오 주석께서 말씀하셨을 텐데요. 사람이 광명정대해야지, 음모를 꾸며서는 안 된다고요! 여자애와 입씨름하는 게 좋지 않다고 판단했는지 렁추윈은 못 들은 척하며 쾅 소리가 나게 문을 닫았다. 후이셴은 경멸하는 표정을 지어 보이고는 자재과 사람들에게 말했다. 여성연합회가 대단한 곳인 줄 아나봐요. 온종일 쓸데없는 일에 참견이나 하는 주제에, 정말 역겨워! 같은 방을 쓰는 건 어쩔 수 없는 일이지만, 누가 자기랑 같은 사무실에 있고 싶댔나? 저쪽에서 사정해도 내가 안 갈 거라고요. 어서 옮겨요. 아래층으로 옮기자고요. 어디든 사람 많고 북적대는 데로 가요. 자재과에 사람이 많으면, 아예 거기로 가죠!

후이셴의 책상은 결국 자재과로 갔다. 그곳은 종합청사에서 가장 어수선하고 볼품없는 사무실이었다. 사람들이 끊임없이 드나들고 여기저기 온갖 물품이 쌓여 있으며, 자재과의 간부들도 잡무를 담당했으므로 장래라고는 없었다. 장래가 없기 때문에 업무 태도

또한 제멋대로였다. 보통은 장기를 두고 카드놀이를 하거나 허튼 소리를 지껄이며 시간을 보냈다. 이런 곳으로 책상이 옮겨졌지만 후이셴은 되레 마음에 들었는지 거기에 주저앉았다. 눈치가 있다고 해야 할지 없다고 해야 할지, 어쨌거나 후이셴은 자재과를 자신의 공간으로 삼고 이내 주인처럼 굴기 시작했다. 후이셴은 카드놀이를 좋아했지만 서툴러 제대로 칠 줄 몰랐다. 사람들은 후이셴을 끼워주지 않고 그 대신 지켜보면서 방법을 익히라고 했다. 하지만 후이셴은 기어이 한자리를 차지하고 앉아 카드를 움켜쥐고는 쉽게 패를 내지 못했다. 사람들은 하는 수 없이 뒤로 물러나 훈수를 두면서 일일이 기술을 가르쳐야 했다. 자기중심적인 후이셴은 이런 호의를 감사히 여길 줄도, 겸손할 줄도 몰라서 뭔가 잘못되면 전부 남을 탓했다. 그래도 사람들은 후이셴의 사정을 감안해 양보해주었지만 시간이 지나면서 생각이 달라졌다. 후이셴은 더이상 작은 리톄메이가 아니었다. 사층에서 이층으로 밀려난 그애를 왜 예뻐하고 보호해야 한단 말인가? 그래서 쫓아냈다. 후이셴이 카드 테이블 근처에만 가도 사람들은 손을 휘휘 내저으며 말했다. 저리 가! 네가 무슨 카드를 친다고? 너랑 한편이 되는 사람은 재수 옴 붙는 거야. 우리한테 차나 따라주든가!

영리한 후이셴은 자재과 사람들이 자신의 체면 따위는 봐주지 않으니 애교도 앙탈도 소용없다는 걸 깨달았다. 그렇다고 그들을 위해 차를 따르는 것은 못할 일이니 그 자리를 떠나 혼자 카드놀이를 하는 쪽을 택했다. 후이셴에게도 눈치라는 게 생겼지만 이제는 남들이 받아주지 않았다. 한번은 누군가 무심코 전구 한 상자를 후이셴의 책상 위에 올려놓고 며칠 동안이나 치우지 않은 일이 있었다. 후이셴이 그 상자를 치워달라고 했지만 아무도 옮겨주지 않았다. 결국 마음속에 꾹꾹 눌러놓은 원망이 폭발해 직접 상자를 들어다 있는 힘껏 바닥에 내던졌다. 고막이 찢어질 듯 날카로운 소리가 울렸다. 마치 폭탄이라도 터진 것만 같았다. 그 소리에 주변 사람들이 모두 달려와 비난을 퍼부었다. 이 계집애가 정말 제멋대로구나! 일부러 전등 한 상자를 박살내? 물어내야지! 얼마나 비싼 건데! 이런 계집애는 어떻게 육성해도 쓸모가 없지! 천생 배에서 굴러 막돼먹은 애라 제멋대로에 버릇이라곤 없다고! 어떤 사람은 아예 후이셴의 얼굴에 삿대질하며 말했다. 아직도 네가 작은 리톄메이인 줄 알아? 지금은 네가 뭔데? 이 종합청사에 너 같은 게 앙탈 떨 곳은 없단 말이다!

후이셴은 격분한 사람들의 포위 공격을 받고 아연실색했다. 혼자서는 그 많은 입을 당해낼 수 없어 자오춘탕의 사무실로 구원을 요청하러 달려갔지만 이미 늦었다. 누군가 한발 먼저 박살난 전등을 들고 달려가 사정을 고한 것이다. 자오춘탕은 험악한 표정으로 후이셴을 문전박대하며 말했다. 들어오지 마라. 아직도 나한테 달려올 낯짝이 있단 말이냐? 가서 반성문을 쓰도록 해! 철저히 반성하고 나한테 제출해!

후이셴은 사층 계단에 쪼그려앉아 울었다. 울어도 소용없었다. 꾸무럭꾸무럭 사흘 동안 써서 제출한 반성문은 종합청사 로비에 나붙었다. 밥을 먹으러 식당에 가려고 로비를 지나야 할 때면 후이셴은 늘 죄인처럼 고개를 숙였다. 열렬히 환대하다가 하루아침에 냉대를 퍼붓는 이 종합청사라는 집에 두려움을 느끼기 시작했다. 하루 세끼 식사할 때를 제외하고는 종일 방에 박혀서 아무데도 가지 않았다. 그리고 그 며칠간 공부를 시도했다. 『실천론』에서 『니트 손뜨개』에 이르기까지 온갖 책들을 찾아내 침대 머리맡에 층층이 쌓아놓았지만 그중 어느 한 권도 제대로 볼 수 없었다. 후이셴은 창턱에 엎드려 바깥 풍경을 바라보았다. 풍경을 바라보고 있자니 참을 수 없이 과쯔를 까먹고 싶었다. 시름이 쌓일수록 자꾸만 과쯔가 생각났다. 결국 후이셴의 고통은 예전처럼 창턱에 수북이 쌓인 과쯔 껍질로 변했다.

후이셴은 자신의 인간관계를 돌아보기 시작했다. 렁추윈과 적이 되면 자신에게 불리하다는 사실은 분명히 알고 있었다. 후이셴은 관계를 회복하고 싶다는 생각에, 렁추윈의 책상 위에 과쯔를 올려놓고 침대 위에는 과자상자를 두었으며 베개 밑에는 스타킹을 넣었다. 안타깝게도 이런 노력들은 일방적이었고 이미 너무 늦었다. 렁추윈은 선물들을 보고 싸늘한 웃음을 지었다. 이런 물건으로 날 매수하겠다는 거야? 뭐하려고? 나는 류 할아버지도 아니고, 자오 삼촌도 아니야! 렁추윈은 과쯔와 과자를 창문 밖으로 내던졌다. 마침 절름발이 구씨가 건물 아래를 지나다 과쯔와 과자 세례를 받았는데, 과쯔는 쓸어모아 쓰레기통에 버리고 과자는 챙겨 갔다.

유팡진은 후이셴에게 천국이었지만 지옥이기도 했다. 후이셴은 유팡진의 많은 곳들이 갈 만한 가치가 없다고 여겼고, 또한 많은 곳들에는 갈 엄두를 내지 못했다. 그런 곳에서는 후이셴이 오자마자 비난을 퍼부었고, 후이셴은 가자마자 후회했다. 어느 날 후이셴은 과쯔를 까먹으며 부두를 걷다가 바지선이 정박하는 곳까지 이르렀다. 상양 선대의 열한 척 배가 나란히 서서 기름통을 내리고 있었다. 순식간에 시간이 거꾸로 흘러갔다. 후이셴은 귀신에 홀린

듯 일호선 발판 위로 뛰어올랐다. 막 뛰어올라 몸을 제대로 가누기도 전에 쑨시밍댁이 후이셴을 발견했다. 아이고, 후이셴! 네가 드디어 돌아올 마음이 들었구나! 거칠고 큰 소리로 쏟아낸 이 기쁨과 놀라움의 함성에 오히려 놀란 후이셴은 엉겁결에 손에 든 과쯔 봉지를 강에 내던졌다. 선대 주민들이 소리를 듣고 나와보니, 후이셴이 일호선 발판 위에 몸을 꼬고 서서 강물 위로 둥실 떠가는 과쯔를 바라보고 있었다. 몇몇 배들에서 높고 낮은 목소리가 잇달아 울려퍼졌다. 후이셴, 우리집으로 와! 후이셴, 우리 배로 와! 와서 밥 먹어라! 쑨시밍네 막내 샤오푸는 누가 후이셴을 채가기라도 할까봐 발판 위로 뛰어올라 후이셴을 잡아끌었다. 누나, 얼른 와. 얼른 오라니까. 우리집에 가서 밥 먹자! 발판이 흔들리자 후이셴이 놀라 비명을 질렀다. 간신히 균형을 잡고 고개를 든 후이셴의 낯빛은 새하얗게 질려 있었다. 어지러워라. 뭐가 이렇게 어지러워? 후이셴은 자기 이마를 가리키며 샤오푸에게 억지웃음을 지어 보였다. 누나는 어지러워서 발판을 못 건너겠다. 다음에 다시 올게. 말을 마친 후이셴은 쑨씨네 가족들에게 손을 흔들어 보이고는 이내 몸을 돌려 뛰어갔다.

후이셴의 귀가는 이렇게 반쯤 진척되다 취소되었다. 자신이 취소한 것이다. 이 일로 선대 주민들은 슬퍼했다. 후이셴은 선대를 그리워하지 않았지만, 선대 주민들은 후이셴을 두고두고 그리워했다. 후이셴은 선대에 관심이 없었지만, 선대 주민들은 사방으로 후이셴의 앞날에 대해 물어보았다. 후이셴에 관한 일이 대단한 기밀은 아니므로 이내 상황을 명확히 알 수 있었다. 후이셴이 종합청사의 총애를 잃어 앞길이 막막하고 미래가 불투명해졌다는 사실 말이다. 누구도 예상치 못한 결과였다. 주민들은 후이셴이 앞으로 어떻게 될지 궁금해 쑨시밍에게 물어보러 갔다. 역시 쑨시밍은 내부 사정을 좀더 알고 있었다. 그가 한숨을 내쉬며 말했다. 이중에 누가 사람의 운명을 '달아'둔다는 말 들어본 적 있는가? 후이셴 걔가, 바로 운명을 '달아'둔 아이네. 어릴 적에 그리 오래 '달아'두더니 얼마 빛도 못 보고, 지금은 또 자오춘탕이 '달아'뒀다고 하는군.

인민미용실

그즈음 후이셴은 매일 인민미용실에 갔다.

인민미용실은 유팡진 패션의 중심이었다. 잘생긴 남녀는 모두 거기에 갔고, 스스로 잘생겼다고 생각하는 남녀도 거기에 갔다. 그들은 미용사 라오춰를 중심으로 작은 그룹을 형성했고, 미용실은 소규모의 공공 사교장이 되어 매일 사람들이 찾아왔다. 꼭 머리를 하러 오는 게 아니라, 패션과 헤어스타일 등에 대한 최신 정보를 교환하는 것이 주목적이었다. 가끔 문학이나 영화, 희곡 등에 대한 토론이 벌어지기도 했다. 이곳에 오는 사람들은 식견이 넓었지만, 사회적 성공과 실패의 여부보다는 오히려 용모로 사람을 평가하는 경향이 있었다. 그들은 후이셴을 받아들이고 환영해주었다. 후이셴은 미용실의 떠들썩한 분위기가 좋았고, 미용사 라오춰는 후이셴의 명성과 미모를 마음에 들어했다. 덕분에 둘이 함께 있으면 뜻이 잘 맞았다. 후이셴은 물고기가 물을 만난 듯 미용실을 찾았고,

미용실은 강물이 외톨이 물고기를 받아들이듯 후이셴을 들였다. 누이 좋고 매부 좋은 격이었다.

후이셴은 마침내 안정을 얻었다. 미용실의 수많은 거울이 사방에서 자신의 아름다운 자태를 비춰주었다. 후이셴은 질리지도 않고 거울 속 자기 모습을 살피면서, 미용사가 다른 여자들의 머리를 최신 유행의 헤어스타일로 만들어주는 광경을 바라보았다. 아마도 타인의 헤어스타일 속에서 자유의 빛을 발견한 모양인지, 어느 날 후이셴은 자신의 머리칼로 자유를 향한 투쟁을 시작하기로 결심했다. 후이셴은 의자에 앉아 머리 위에 꽂힌 핀을 하나씩 빼냈다. 높이 틀어올린 머리를 내리고 한참 거울을 들여다보더니 마침내 길게 땋아내린 머리를 붙잡고 라오취 앞으로 갔다. 라오취, 내 머리를 잘라줘요. 이제는 지긋지긋해요. 다시는 이 땋은머리를 보고 싶지 않아요.

어떻게 감히 그 머리를 자를 수 있겠는가? 라오취가 내켜하지 않자 자신이 직접 가위를 집어들고 거울을 보며 손을 놀리려 했다. 라오취가 소리를 질렀다. 멈춰! 리톄메이의 머리를, 그렇게 훌륭한 머리를 어떻게 잘라버릴 수 있어? 가위질을 해버리면 너는 더이상 리톄메이가 아니란 말이야. 후이셴이 날카로운 목소리로 말했다. 나는 이 땋은머리가 지겨워 죽을 지경이에요! 리톄메이가 지겨워 죽겠다고요! 그러고는 성난 눈을 둥그렇게 뜨고 라오취의 손에서 가위를 빼앗았다. 그 눈빛과 동작이 파괴적이어서 라오취는 약간 겁을 먹었다. 작은 리톄메이, 네 머리는 공공의 재산이야. 머리칼을 자르려면 자오춘탕 서기한테 보고해야 한다고. 후이셴은 발을 굴렀다. 다시는 날 작은 리톄메이라고 부르지 마요. 난 작은 리톄메이가 아니라 장후이셴이라고요! 내 머리는 내 거니까 내 맘대로 해요. 자르고 싶으면 자를 거예요! 가서 자오춘탕한테 고발하려거든 해요. 내가 직접 자를 테니까!

결국 라오취는 무릎을 꿇었다. 머리를 자르기로 했다면 어떻게 자를 것인지가 문제였다. 둘은 대도시에서 유행하는 몇 가지 헤어스타일을 살펴보고 한바탕 논의를 거듭한 끝에 새로운 유행을 일으키기로 결정했다. 후이셴을 혁명극 〈두견산〉의 여자 영웅 커샹처럼 만들기로 한 것이다. 패션계에서 이른바 '커샹 머리'라 불리는 스타일이었다. 라오취가 머리를 자르려는데 부담감 때문인지 가위를 심하게 떨어 도저히 손을 대지 못하고 샤오천에게 이 어려운 일을 맡겼다. 샤오천은 나이가 어리고 생각도 별로 없는 편이라 한 손에 땋은머리를 잡고 단번에 잘라버렸다. 숱 많고 윤기 나는 검은 머리칼이 털썩 소리를 내며 바닥으로 떨어지자 후이셴은 외마디 비명을 내질렀다. 라오취는 샤오천이 가위질을 잘못해서 후이셴의 귀를 벤 것은 아닌지 걱정하며 물었다. 왜 그래? 후이셴은 창백해진 얼굴로 고개를 저었다. 아무것도 아니에요. 머리가 갑자기 가벼워지니까 익숙하지 않아서 그래요. 바닥에 떨어진 머리칼에 눈길을 주는 후이셴을 보고 라오취가 말했다. 이제 후회해봤자 소용없어. 그렇게 말려도 듣지를 않더니! 잘린 머리는 다시 붙일 수도 없어. 후이셴이 말했다. 누가 후회해요? 사람 너무 얕봤어요. 어떤 일을 하든 후회라는 건 해본 적이 없다고요. 후이셴은 고개를 숙여 바닥에 떨어진 긴 머리칼을 뚫어지게 내려다보았다. 보아하니 입가에는 미소를 머금은 듯했지만, 눈동자에는 눈물이 반짝인 듯도 했다. 후이셴이 말했다. 보세요. 저 땋은머리가 바닥을 기네요. 꼭 뱀 같지 않아요? 미용실 안이 쥐죽은듯 고요해졌다. 다들 눈을 부릅뜨고 바닥의 머리칼을 쳐다보았지만 그것이 기어갈 수 있다고는 할 수 없었다. 누구도 그 머리칼이 뱀처럼 보인다고 생각하지 않았다. 어떤 여자 고객만이 약빠르게 돈을 떠올리고 이렇게 말했을 뿐이다. 후이셴, 어서 머리칼을 챙기도록 해. 가져가서 팔면 무게가 일고여덟 냥은 나가서 돈이 될걸.

누가 이런 거 팔아서 돈이 되는지 알고 싶댔어요? 후이셴은 코웃음을 치며 고개를 돌리더니 다른 일은 안중에도 없다는 듯 거울을 뚫어지게 노려보며 라오춰에게 말했다. 아직도 우물쭈물 뭐하는 거예요? 어서요. 어서 '커샹 머리'로 해주세요!

리톄메이가 커샹이 되었지만 변한 것은 머리 모양일 뿐이었다. 이 일은 유팡진에서 전혀 사건이 되지 못했다. 다 자란 후이셴은 이미 남들의 이목을 끌지 못했다. 그렇게 '커샹 머리'를 하고 반년을 미용실에 앉아 있었다. 아침 일찍 종합청사에서 나와 밤이 되어서야 기숙사로 돌아갔다. 마치 출퇴근을 하듯이. 자오춘탕은 후이셴의 일을 간섭하지 않았고, 후이셴도 종합청사와 뒤엉킨 관계를 주동적으로 정리했다. 미용실 사람들은 후이셴이 종합청사를 여관처럼 여기고 있다고 말했다. 그러나 그 여관에도 결국 문제가 생기고 말았다. 어느 날 링추윈이 맘대로 방문의 자물쇠를 바꾼 것이다. 숙소로 돌아간 후이셴은 방문을 열 수 없자 부수고 들어가 링추윈과 크게 싸웠다. 다음날 숙소로 돌아가보니 열쇠가 또 바뀌어 있었다. 싸움은 좀더 격렬해졌다. 후이셴은 자신의 상자가 뚜껑이 덮인 채 복도에 버려진 것을 보았다. 상자 뚜껑 위에는 홍등이 올려져 있었다. 후이셴은 복도에서 고래고래 소리를 지르기 시작했다.

렁추윈은 어디론가 몸을 숨기고 아예 싸움을 피했다. 옆방 사람들이 달려나와 너무 감정적으로 굴지 말라며 이렇게 말했다. 렁추윈도 고충이 있어서 그럴 거야. 남편이 렁추윈을 만나려고 왔는데, 네가 여기 머물면 그들 부부가 많이 불편하겠지. 후이셴이 말했다. 그 사람이 불편하겠어요, 내가 불편하겠어요? 여기는 두 사람이 지내는 숙소잖아요. 한 사람이 반만 쓰는 방이라고요! 나는 그 사람 남편이 여기 들어와 사는 거 찬성 못해요! 누군가 말했다. 네가 찬성하지 않는 게 무슨 소용이냐? 여기는 단체 숙소니 서기님이 동의하면 네가 양보하는 게 마땅해. 렁추윈이 서기님한테 사흘 동안 너를 삼층 소회의실에서 지내게 해도 되냐고 물었거든. 후이셴은 깜짝 놀라 소리쳤다. 날 뭐로 보고? 탁자나 의자가 회의실에서 지내는 거죠! 내가 탁자도 아니고, 의자도 아닌데. 회의실에서 잘 수 없어요.

후이셴은 화가 나 얼굴이 하얗게 질렸다. 복도에 나와 있는 자기 물건들을 하나씩 돌아보는 동안 점점 더 화가 치밀어 발을 구르며 욕을 내뱉었다. 렁추윈, 가지쪽 같은 게! 두들길 거야! 두들겨 죽여버릴 거야! 내가 그러나 못 그러나 두고 보라지! 그 자리에 있던 간부들은 '가지쪽'의 뜻을 알고 있었다. '두들긴다'는 더욱 잘 알았다. 상양 선대 주민들이 쓰는 욕이었다. 처음에는 다들 놀라 두 눈이 동그래지고 말문이 막혔지만 곧 반응을 보였다. 간부들은 흥분해서 후이셴을 에워싸고 비난했다. 작은 리테메이, 너 정말 몹쓸 애로구나! 조직이 널 교육하고 키운 게 다 헛수고였던 거야! 어떻게 한순간에 이렇게 타락할 수 있어? 아무리 동지와 갈등이 깊어도 선대 여편네들이나 쓰는 그런 더러운 말을 하는 건 아니지! 후이셴은 자신이 사람들의 공분을 샀다는 사실을 깨달았다. 어째서 다들 그 사람 편만 드는 거예요? 그 사람은 욕먹어도 싸다고요! 마오 주석께서 말씀하셨잖아요! 남이 나를 건드리지 않으면 나도 남을 안 건드리지만, 남이 날 건드리면 나도 남을 건드려야 한다고요! 후이셴은 마오 주석의 어록을 인용하며 자신을 변호했다. 간부들은 화가 나면서도 어이가 없어 헛웃음을 터뜨렸다. 한 여자 간부가 신랄하게 한마디를 던졌다. 누가 저애더러 공부를 안 한다고 했어? 배운 게 있기는 하네. 완전히 아전인수라는 게 문제지.

후이셴은 홍등을 들고 사층으로 자오춘탕을 찾아갔다. 그는 후이셴과 렁추윈 사이의 갈등을 처음부터 알고 있었다. 예전에 벌어진 싸움들이 대부분 후이셴의 잘못이었어도 그는 감싸주고 편을 들어주었다. 이번에는 렁추윈이 남의 물건을 내다버린 것이 분명한데도 오히려 후이셴을 나무랐다. 사무실에 채 들어서기도 전에 기선을 제압하는 그의 목소리가 먼저 날아들었다. 네가 자산계급 집안의 규수라도 되냐? 응? 아직도 고자질할 낯이 있어? 부부가 오랜만에 만났는데, 네가 회의실에서 며칠 지내주면 안 돼?

후이셴은 홍등을 든 채 상황 파악을 못하고 대들었다. 편파적이에요. 내가 그렇게 만만해요? 왜 내가 회의실로 가야 해요? 왜 그 사람들이 안 가고요?

그들은 군인 가족이야. 조직에서 우선적으로 예우하라고 규정해놓았다. 그런데 넌 뭐냐? 내가 언제까지 널 돌봐줘야 하지? 자오춘탕은 후이셴의 손에 들린 홍등을 곁눈질하며 비열한 어조를 숨기지 않았다. 아직까지 그 홍등을 들고 뭘 어쩌려고? 지금 네 모습을 봐! 여전히 홍등을 들 자격이 되는지, 가서 거울이라도 보란 말이다. 지금 네 모습 어디에 리톄메이의 그림자라도 남아 있는지!

후이셴은 손에 든 홍등을 치켜들어 쳐다보다가 손을 내리고는 홍등으로 가볍게 자기 다리를 툭툭 쳤다. 내가 왜 반드시 리톄메이를 닮아야 해요? 내가 리톄메이가 아니면 숙소에서 살 수도 없다는 건가요?

자오춘탕이 말했다. 네가 리톄메이가 아니면 아무것도 아니라는 거다. 아무것도 아니니 한쪽으로 물러나 있으라는 거지. 군인 가족을 배려해 회의실에서 지내.

물러나 있긴 하겠는데, 그렇다고 그 사람을 배려하진 않을 거예요! 오늘 내 상자를 내다버렸으니, 나도 내일은 그 사람의 이불을 내다버릴 거예요!

네가 감히 렁추윈의 이불을 내다버린다면, 내가 너를 내다버릴 거다. 샹양 선대로 돌려보내주지. 못 그럴 거 같아? 자오춘탕은 탁자를 탕탕 두드리며 혐오어린 눈빛으로 후이셴을 쳐다보았다. 샹양 선대로 돌아갈 테냐? 응? 배로 돌아가기는 싫을 테지? 그게 싫다면 내 말대로 회의실에서 자는 거다.

왜 회의실에서 자야 해요? 여자 방이 세 개 더 있잖아요. 거기라면 좋아요.

네가 원한대도 남들이 원치 않으니까! 자오춘탕이 말했다. 네가 남들과 잘 지내고 있다고 생각하는 거냐? 넌 이미 예전의 리톄메이가 아니야. 지금 누가 널 좋아하는 것 같으냐? 여자 방마다 다 물어봤지만 아무도 널 들이지 않으려 해!

그들이 날 싫어하면 나도 싫어요. 후이셴은 성을 내며 말했다. 아무튼 회의실에선 안 지내요. 여자 혼자 거기서 지내는 건 안전하지도 않고 불편하다고요.

뭐가 안전하지 않다는 거냐? 뭐가 불편하다는 거야? 너는 정말 어리광쟁이에, 제멋대로에, 골칫덩어리다! 자오춘탕은 더이상 참을 수 없었는지 고개를 돌려버렸다. 창밖 거리를 내다보던 그의 시선에 문득 차가운 빛 한줄기가 스쳤다. 나랑 실랑이할 필요 없이 아예 종합청사에서 나가 인민미용실에서 살면 되겠구나. 어차피 매일 거기서 살고 있지 않으냐? 너는 자산계급의 생활방식을 좋아하잖아? 아예 가서 살아라. 거기라면 너한테 안전하고 편할 테니까!

후이셴은 멍하니 할말을 잃었다. 자오춘탕이 그렇게까지 자신을 몰아붙일 줄은 생각도 못했다. 이 핍박에 의한 놀라움은 금세 분노로 변했다. 입술이 덜덜 떨리기 시작했다. 후이셴은 손에 든 홍등을 바닥에 내던졌다. 나가라면 나가죠! 지도자님께 이 일을 편지로 써서 보내겠어요. 당신이 나를 어떻게 양육하고 있는지 말이에요! 류 부장님이 언젠가 내 일을 물으시거든, 그때 가서 후회하지나 마세요!

그 순간 자오춘탕이 냉소를 머금었다. 어린 아가씨가 정치적 수완이라는 걸 익힌 모양이네. 류 부장의 이름으로 날 압박하겠다? 이리 와라. 뭘 좀 보여주지. 자오춘탕은 탁자에서 신문을 집어들어 후이셴 앞에 펼쳐 보였다. 자, 여기 봐라. 신문도 안 보고 공부도 안 하니까 아무것도 모르는 게지. 너의 류 할아버지는 며칠 전에 심근경색으로 돌아가셨단 말이다. 마르크스가 있는 곳으로 가버렸다고.

후이셴은 달려가서 신문 하단에 실린 부고를 보았다. 낯익은 은발 노인이, 과거 만찬 탁자에서도 무대 아래서도 자상한 눈길로 후이셴을 지켜봐주었던 그 노인이, 지금은 자그마한 흑백 사진으로 변해 신문에 숨어서 후이셴을 보고 있었다. 그 눈빛은 여전히 자애롭고 따스해 보였다.

류 할아버지, 돌아가시면 안 돼요! 돌아가시면 안 돼요! 후이셴은 악을 쓰며 그대로 바닥에 주저앉아 얼굴을 가리고 엉엉 울었다.

그날 저녁 무렵, 후이셴은 상자와 홍등을 들고 인민미용실로 들어갔다. 얼굴은 여전히 눈물로 얼룩진 채였다. 미용실 안으로 들어가서는 멋대로 '금일휴무'라는 팻말을 유리문 앞에 내걸었다. 다행히 문 닫을 시간이 가까워 손님은 없었다. 후이셴의 낭패한 몰골을 볼 사람도 거의 없었다. 라오취는 후이셴의 눈물 젖은 얼굴과 짐보따리를 보더니 깜짝 놀라 펄쩍 뛰면서 손을 내저었다. 이사는 안 돼. 이리 오면 안 된다고. 네가 간부들과 싸우는 건 상관없지만, 우리 같은 사람들은 감히 거기 말려들 수 없어. 우리 미용실로 이사오는 건 절대 안 돼. 작은 리톄메이가 미용실에 들어와 사는 게 말이 돼?

후이셴이 라오취를 한 대 때리며 소리질렀다. 작은 리톄메이라고 하지 말랬는데 굳이 그렇게 부르고! 난 이제 장후이셴이에요. 난 들개고 들고양이니까 미용실에서 머물기에 딱 맞죠!

라오취가 말했다. 후이셴, 그렇게 욱해서 행동하면 안 돼. 짐이야 어디다 두든 상관없지만 종합청사를 떠나는 건 안 돼. 렁추윈과 사이가 나쁘면 방을 바꾸면 되지. 그렇게 큰 종합청사 건물에서 설마 방 한 칸을 못 찾겠어?

누가 종합청사 건물에서 살지 못해 안달이라도 난 줄 알아요? 난 누구하고도 잘 지낼 수 없어요. 그 건물에는 흉악한 사람들이 우글거린다고요. 좋은 사람은 한 명도 없어! 후이셴은 라오취와 샤오천이 미적거리자 바락바락 악을 쓰기 시작했다. 두 사람도 나를 반기지 않는 거예요? 나는 당신들을 친구로 여겼는데, 뭍에서는 당신들만이 내 친구인데, 설마 내가 착각한 거예요?

그게 아니라 너를 감히 반기지 못하는 거야! 라오취는 마음이 급해져 더는 후이셴의 체면을 봐주지 않고 말했다. 장후이셴, 성질을 부리더라도 때와 장소를 가려야지. 살면서 억울한 일을 조금도 안 당하는 사람이 어디 있어? 잘못을 고치기는커녕 이렇게 성질을 부리면서 자포자기해버리면 스스로 네 무덤을 파는 꼴이 되는 거야. 계속 이렇게 행동하다가는 네 장래는 끝이라고. 장래 말이야, 장래! 장래라는 게 뭔지 알기는 하는 거야?

라오취의 이 말이 후이셴을 목놓아 울게 만들었다. 발로 상자를 짓밟으며 고개를 들고 엉엉 울다가 다시 고개를 숙이고 울었다. 그러다 눈물을 훔치고 라오취에게 대들었다. 장래, 장래, 무슨 빌어먹을 장래예요! 류 부장님은 돌아가시고, 허 할아버지는 다른 곳으로 가버렸고, 자오춘탕 아저씨는 나랑 틀어져 이제 아무 관계 없고, 더는 날 육성시킬 사람도 없다고요. 이런 나한테 무슨 장래가 있겠어요!

미용사들은 결국 후이셴의 고집을 꺾지 못하고 임시로 뒤쪽에 있는 작은 보일러실에서 지내게 했다. 억지로 마련한 비좁은 잠자리였지만, 마침 한창 추울 때라 보일러 옆에서 온기를 느낄 수 있었다. 라오취는 샤오천을 시켜 손님용 긴 의자 두 개를 나란히 붙여 간이침대도 만들어주었다. 친구는 역시 친구였다. 두 미용사의 노력으로 비좁은 보일러실이 후이셴의 숙소로 거듭났다. 둘은 바삐 움직이며 귀엣말을 속닥였다. 어쨌거나 임시니까, 저애도 우리도 이렇게 며칠만 견디지 뭐. 어쨌거나 저애는 자오춘탕이 감춰둔 비장의 무기니까 그가 간여하지 않을 순 없을 거야.

그렇게 보일러 옆에 침상을 준비하고 나자 홀에 있던 후이셴이 들어왔다. 흰 가운 몇 벌을 안고 들어와서는 창문에 가운을 걸었다. 라오취가 소리를 질렀다. 가운을 다 가져와서 커튼으로 걸어버리면 우리는 내일 뭘 입고 머리를 깎으라는 거야? 후이셴이 고개를 돌리고 불만스러운 듯 라오취를 노려보며 말했다. 그쪽 일이 중요해요, 아니면 내 명예가 중요해요? 잠잘 때 커튼도 없이 어쩌라고요? 지금 마을 상황이 얼마나 복잡한지 몰라요? 겉으로는 점잖은 척하면서 뒤로는 음흉하게 날 훔쳐보는 사람이 있다고요!

라오취는 후이셴이 말하는 사람이 누구인지는 몰랐지만 더 물어볼 마음이 들지 않았다. 미용실에서 후이셴을 받아들인 것은 어쨌거나 임시니까. 이 아가씨의 기이한 내력은 유팡진 사람이라면 다들 알고 있었다. 마치 신비한 짐보따리처럼 그녀를 맡아줄 사람이 느닷없이 바뀌곤 했다. 이제는 미용실에 잠시 맡겨졌고, 라오취는 이 모든 것이 임시라고 생각했다. 하지만 며칠이 지나도록 후이셴이 외출하는 것만 보이고 종합청사에서 사람이 오는 것은 보이지 않았다. 그제야 상황이 심상치 않음을 깨닫고 샤오천을 보내 종합청사 상황을 알아보게 했다. 샤오천은 청사의 사무실 몇 곳을 들러보고 돌아와 다음과 같이 보고했다. 어떤 정보도 알아내지 못했어요. 아무도 후이셴에 대해 말하고 싶어하지 않던데요. 거기서는 아무도 그애 일에 상관하지 않는 것 같아요.

나흘쯤 지났을 무렵, 자오춘탕이 인민미용실로 찾아왔다. 그가 들어오자 미용실 안의 모든 사람들이 즉시 자리에서 일어났지만 후이셴만은 의자에 앉은 채 꼼짝도 하지 않았다. 그저 곁눈으로 자오춘탕을 슬쩍 바라봤을 뿐이었다. 라오취는 그가 이발을 하러 왔는지, 아니면 후이셴을 구하러 왔는지 알 수 없었다. 다만 그가 의자에 앉는 것을 보고서야 얼른 빗과 가위를 들고 다가갔다. 자오 서기님, 이발하러 오셨나요, 아니면 후이셴을 찾으러 오신 건가요? 자오춘탕은 손을 내저으며 말했다. 아무것도 아니라네. 자네는 우선 내 머리나 다듬어줘. 라오취는 괜히 가슴을 졸이며 조심스레 그의 머리를 다듬었다. 그러면서 옆에 있는 후이셴을 보며 이 틈에 아양 떠는 소리라도 하라고 눈치를 주었다. 후이셴은 고개를 돌리고 아무것도 보지 못했다는 듯 손톱 칼로 애꿎은 손톱만 쓱쓱 갈 뿐이었다. 라오취는 빗을 내려놓고 가위를 집어들었다. 자오 서기님, 면도는 하시겠습니까? 자오춘탕은 별다른 내색을 하지 않았다. 그때 후이셴이 대담하게도 거북스럽게 빈정댔다. 쳇, 자오 서기님은 수염도 없는데 뭘 깎겠어요? 그때 라오취는 자오춘탕이 움찔하는 것을 알아채고 당황한 나머지 하마터면 그를 눌러내릴 뻔했다. 자오춘탕은 그저 몸을 일으켜세운 뒤 미용실 안의 사람들을 둘러보며 이렇게 말했다. 라오취와 후이셴 두 사람만 남고 자리를 잠깐 피해주겠소? 일에 대해 할말이 좀 있어서 그러니. 몇 분이면 될걸세.

손님 몇 사람은 내켜하지 않았지만 결국 샤오천과 함께 밖으로 나갔다. 다들 머리칼을 자르다 말아 어수선한 모양새에, 목에는 커트보를 두른 채였다. 그들은 문밖에 서서 자기들끼리 떠들어댔다. 저 셋은 서로 너무 다른 사람들인데 무슨 일 얘기를 하겠어? 몇 분이 지나 라오취가 자오춘탕을 배웅하며 문을 열었다. 평황표 린스 향기를 풍기며 미용실을 나서는 자오춘탕은 후련한 듯도, 슬픈 듯도 한 표정이었다. 손님들은 멀어져가는 그의 뒷모습을 지켜보다 미용실 안으로 몰려들어갔다. 후이셴이 발갛게 달아오른 얼굴로 빗과 바리캉을 높이 쳐들고 있었다. 그러면서 왼손에 든 빗으로 오른손의 바리캉을 끊임없이 두들겼다. 탁탁탁, 탁탁탁. 후이셴의 입에서 고함소리가 터져나왔다. 누가 머리를 밀 거예요? 누가 나한테 머리를 밀 거예요? 내 체면 좀 세워줘요. 내가 머리를 밀어주겠다니까요!

후이셴의 목소리는 신경질적으로 변해 있었다. 밖에 나가 있었던 사람들은 안에서 무슨 말이 오갔는지 모르니 후이셴이 왜 그렇게 흥분했는지도 알 수 없었다. 라오취가 다가가 손에 들린 물건들을 빼앗고 후이셴을 보일러실 쪽으로 데려갔다. 이봐, 진정하고 소란 피우지 마! 라오취는 버럭 소리를 지르며 문을 세게 닫아걸고 그 안에 후이셴을 가두었다. 가게 안의 사람들이 왁자지껄 라오취에게 질문을 던졌다. 도대체 무슨 회의를 한 거야? 후이셴은 어떻게 된 거고? 라오취는 쓸데없는 말을 하고 싶지 않아 그저 이렇게 투덜거리기만 했다. 이게 무슨 임명이야? 무슨 조직의 결정이냐고. 미용실에서 하는 일이라는 게, 머리 자르고 감기고 깎고 털어주는 게 전부인데, 뭘 육성하란 말이야? 뭘 훈련시키란 거야? 훈련하고 나면 중난하이*로 보내서 중앙 간부들 머리라도 깎게 한다는 건가?

---

* 베이징시의 중심부로, 중국 공산당 간부나 요인의 관저 등이 밀집해 있다.

라오취는 말을 분명하게 하지 않았다. 대신 후이셴이 보일러실에서 큰 소리로 외쳤다. 라오취, 샤오천! 내일부터 우리 셋은 같은 전장을 누비는 전우가 되는 거예요! 샤오천은 자기 귀를 믿을 수 없어 두 눈을 크게 뜨고 라오취에게 물었다. 농담이죠? 후이셴이 우리 미용실로 온다고요? 아무리 총애를 잃었어도 여기로 보낼 것까진 없잖아요! 라오취가 말했다. 네놈이 날 노려봐서 어쩌겠다는 거냐? 이렇게 큰일을 두고 농담할 마음이 생기겠어? 자오춘탕이 속셈을 드러냈을 때, 나도 귀를 의심했다고. 저 작은 리톄메이의 영광이 이렇게 끝날 줄을, 결국 미용사가 될 줄을 누가 알았겠냐고!

후이셴에 관한 소식은 뛰는 말보다 늘 빨리 퍼졌다. 다음날이 되자 샹양 선대 사람들도 소식을 전해 들었다. 후이셴이 인민미용실로 하방당해 미용사가 됐다! 일찍이 선대 주민들은 제각각 후이셴의 앞날을 예상해봤다. 현도와 성도*를 포함한 모든 지역을, 방송국 선전단과 여성연합회, 나아가 현 위원회 지도자 양성반까지 모든 직업을 상상해보았다. 주민들은 오로지 좋은 곳과 높은 곳만을 생각했지 누가 인민미용실을 상상이나 했겠는가? 후이셴, 후이셴, 샹양 선대의 자랑! 그 아이의 자랑스러운 모습은 이제부터 인민미용실 쇼윈도 안에서 끊임없이 대중의 검열을 받게 될 터였다. 후이셴의 자랑스러운 양손은 이제부터 유팡진 인민들에게, 자신을 키워준 샹양 선대 주민들에게 보답을 하게 될 터였다. 후이셴, 후이셴, 내 비밀스러운 해바라기. 후이셴은 이제부터 인민을 위해 복무

* 각각 중국의 행정단위인 현(縣)과 성(省)의 중심 도시.

하게[*] 될 터였다. 사람들의 수염을 깎고 구레나룻을 밀고 머리칼을 자르게 될 터였다.

그해, 후이셴은 만 열아홉 살이 되었다.

---

* 마오쩌둥이 내세웠던 대표적 정치 구호.

이발

강 위에서 지낸 십삼 년, 마지막 한 해 동안 내 마음은 줄곧 뭍에 머물렀다.

나는 인민미용실로 갔다. 문 앞까지 가서 보니 미용실 양쪽 벽이 쇼윈도로 개조되어 있었다. 왼쪽 쇼윈도에 서 있는 여자 마네킹 세 개에는 물결치는 파마머리 가발이 씌어져 있었다. 그리고 각 마네킹에는 이런 푯말이 붙어 있었다. 긴 물결, 중간 물결, 짧은 물결. 무슨 말인지 알 수 없었다. 진췌강의 강물도 아니고, 큰바람이 부는 것도 아닌데, 왜 여자들의 머리가 죄다 물결친단 말인가? 나는 오른쪽 쇼윈도 쪽으로 갔다. 거기에는 여러 화보에서 오려낸 사진들이 잔뜩 붙어 있었다. 선명하지 않은 사진들 속에서 정체불명의 도시 여자들이 신기하고도 괴상한 머리를 하고 저마다 아름다움을 뽐내는 중이었다. 그중 한 장의 사진만이 아주 또렷하면서도 낯익었다. 후이셴의 사진이었다. 아름다움을 과시하는 자리에 자신을 빠뜨리지 않고 함께 전시했다. 사진 속 후이셴은 옆으로 몸을 돌린 채 눈동자를 빛내며 사선으로 앞쪽을 쳐다보고 있었다. 머리에는 괴이한 파마머리를 이고 있었는데 마치 꽈배기 같았다.

나는 그 신기한 머리 모양을 한참이나 들여다보았지만, 멋지다고도 흉하다고도 생각되지 않았다. 머릿속에는 노트에 써넣을 격언 하나가 떠올랐다. '해바라기의 머리가 태양을 떠나자 꽃받침이 축 처지고 미래는 사라졌다.' 나는 후이셴이라는 해바라기가 이미 태양을 떠났다는 사실을 알았다. 종합청사를 떠났기 때문에 나와 좀더 가까워진 느낌이 들기는 했지만, 그애와 가까워질 기회가 늘어났다는 의미는 아니었다. 미용사가 되었지만 여전히 후이셴을 떠받드는 사람들이 있었다. 유행을 좇는 그 그룹 사람들은 후이셴과 가까워질 기회가 있었다. 미용실의 라오춰와 샤오천은 매일같이 후이셴과 함께 밥을 먹고 일을 했다. 여자만 보면 침을 흘리는 무뢰배들도 선뜻 후이셴과 가까워질 기회를 만들지 못하는데, 그들처럼 뻔뻔하지도 대담하지도 않은 나 같은 놈이야 머리를 밀러 가는 게 아닌 이상 미용실 안으로 들어갈 용기조차 없었다.

나는 머리가 짧았고 자라는 속도도 느렸다. 이것이 바로 고민거리였다. 나는 인민미용실과 사선으로 마주한 솜틀집 앞에 앉아 있었다. 나는 앉아 있어야 했다. 여행가방을 발아래 놓고 말이다. 이는 걷다가 잠시 쉬고 있음을 보여주는 행동이었다. 당당하게 앉아 있을 명분이 서는 것이다. 솜틀집에서는 사람들이 열심히 일하고 있었다. 탕, 탕, 탕, 철사가 튕겨져 솜을 두드리는 소리가 마치 내 심장이 뛰는 소리 같았다. 나는 사람들의 주의를 끌까봐 미용실 앞에서 서성댈 수 없었다. 쇼윈도에 붙어 안쪽을 두리번댈 수도 없었다. 멍청이들이나 그런 바보 같은 짓을 하는 법이다. 나는 그렇게 사선으로 마주앉아 있을 수밖에 없었다. 그리고 사람들이 유리문 안으로 드나드는 모습을 하염없이 바라보았다. 아는 사람이건 모르는 사람이건, 그들 모두에게 본능적으로 질투심이 일었다. 치안 유지대의 왕샤오가이는 부지런히 미용실을 드나들었다. 후이셴에게 흑심을 품고 있음이 분명했다. 흑심이 있는데도 정정당당하게 들어가 아무렇지 않게 이야기꽃을 피우고 나오는 그런 재주가 있었다. 선대 주민 가운데서는 더성댁이 가장 자주 미용실을 드나들었다. 예쁘게 꾸미기를 좋아했고, 그만큼 남편에게 사랑도 받았기 때문이다. 다른 사람들은 돈을 아끼려고 노점에서 머리를 자르는데, 더성댁은 돈을 아끼지 않고 유행을 따르면서 후이셴과 다시 친해져 미용실을 다녔다. 후이셴과 이야기도 하고 머리를 새로 할 뿐만 아니라, 이리저리 두리번대며 세련된 여자들의 차림새를 살폈다. 이렇게 동시에 세 가지 일을 하느라 한번 미용실에 가면 한참 자리를 뜰 줄 몰랐다. 더성댁이 오면 나는 하릴없이 솜틀집 안으로 들어가 거기 사람들이 일하는 모습을 지켜보았다. 더성댁은 사람은 좋은 편이지만 쓸데없이 자꾸 참견하는 게 흠이었다. 만에 하나라도 어째서 늘 거기 앉아 쉬는 거냐고 물으면, 내가 뭐라고 대답하겠는가?

마음속에 비밀을 감춘 채, 나는 거기 앉아 있었다. 내 몸은 어떤 때는 불덩이처럼 뜨거웠고 어떤 때는 차갑고 뻣뻣했다. 미용실은 공공장소인데 왜 나는 남들처럼 떳떳하게 들어가지 못하는 걸까? 나도 명확히 설명할 수 없었다. 후이셴 때문에, 거기에 앉아 있는 나는 사람들이 상상하는 것보다 훨씬 더 부드러운 동시에 침울했다. 아버지는 십삼 년 동안 나를 감독했다. 뭍에 있을 때만 그 레이더처럼 잔인하고 예민한 시선에서 완전히 벗어날 수 있었다. 가장 자유로운 시간이었다. 나는 그 보배와도 같은 시간을 이용해 후이셴을 감독한 것이다—아니, 감독이 아니라 보호였을 것이다—보호가 아니라 감시였을 것이다. 보호든 감시든 내 권리는 아니었다. 하지만 나는 아무런 이유 없이 그런 버릇을 키웠다.

미용실을 드나드는 사내가 무척 많았음에도, 나는 누가 흑심을 품고 있는지 한눈에 알 수 있었다. 내 마음속에도 흑심이 있었을까? 아마도. 아마도 그랬을 것이다. 뭍에 오를 때마다 속옷을 두 벌씩 겹쳐 입었다. 아무때나 발기하지 못하도록 말이다. 발기를 두려워한다는 것은 내가 흑심을 품었다는 뜻이었다. 두 벌의 속옷이 바로 내 죄의 증거였다. 그 흑심 때문에 소심해졌고 긴장했으며 불안했다. 운좋은 날에는 쇼윈도 너머로 회전의자 곁에 가만히 서 있는 후이셴의 모습을 볼 수 있었다. 대부분 후이셴의 흰 윤곽은 분주히 움직였다. 우리의 거리는 무척 가까우면서도 멀었다. 후이셴에 대해 이것저것 상상하기에 딱 적당했다. 내가 가장 두려워하는 일이자 가장 즐기는 일이기도 했다. 몇 미터 거리를 두고 떨어져서 나는 후이셴을 상상했다. 가게 안의 사람들과 나누는 대화를 상상했고, 찡그리거나 웃는 모든 행동들의 이유를 상상했으며, 왜 누구는 열렬히 반기고 누구는 냉랭하게 대하는지 상상했다. 가만히 서 있으면 그 마음속을 상상했고, 걸음을 옮기면 그 다리와 엉덩이의 곡선을 상상했다. 후이셴의 바리캉과 가위가 남의 머리 위에서 반복적으로 오갈 때면 그 손가락들이 얼마나 재빠르고 정교하게 움직일지 상상했다. 후이셴의 몸을 상상하는 일을 스스로에게 허락하지 않았지만 때로는 제어할 수 없었다. 나는 상상의 범위를 후이셴의 목 위쪽과 무릎 아래쪽으로 한정지었다. 일단 그 범위를 넘어서면 길가의 쓰레기통 앞으로 나를 내몰았다. 누군가 쓰레기통 위에 이렇게 써놓았기 때문이다. **헛방귀**. 그것이 나에 대한 경고라고 생각했다. 그 글자들은 영험한 비방과도 같았다. 쓰레기통 앞에서 "**헛방귀 헛방귀 헛방귀**"라고 세 번을 외고 나면, 생식샘의 온도가 점점 내려가고 나를 괴롭히던 충동도 신기하게 사라졌다.

봄볕이 따사롭고 꽃이 만발한 5월이었다. 유팡진 거리의 담장 밑에 월계화와 맨드라미, 분꽃이 피어났다. 인민미용실 입구에는 해바라기도 활짝 피었다. 가게 입구까지 걸어가니 그 커다란 황금빛 꽃잎이 내 다리에 부딪혔다. 그리 가볍게 부딪는 꽃잎들은 지나간 옛일을 떠올리게 했다. 해바라기가 내게 부딪힌다. 암시거나 초대였다. 내가 어떻게 가만히 있을 수 있겠는가? 갑자기 용기가 샘솟았다. 나는 여행가방을 들고 유리문을 밀어젖힌 뒤 안으로 들어갔다.

가게 안은 사람들로 가득했다. 내가 들어가도 아무도 눈여겨보지 않았다. 남자 미용사들은 바쁜지 인사도 하지 않았고, 후이셴은 문을 등지고 여자 손님의 머리를 감겨주고 있었다. 후이셴의 얼굴이 거울에 비쳤다. 내 시선이 거울 속에서 우연히 후이셴과 마주쳤다. 후이셴의 눈이 반짝 빛났다. 하지만 순간일 뿐이었고, 이내 어두워졌다. 후이셴이 몸을 내 쪽으로 살짝 돌렸다. 나를 자세히 보려는 건가 싶더니 곧 포기하고 천천히 다시 몸을 돌렸다. 어쩌면 나를 알아봤을 수도 있고 다른 사람으로 착각했을 수도 있다. 어찌된 영문인지는 알 수 없었다. 나는 가게 안의 신문꽂이를 쳐다보았다. 날짜 지난 〈인민일보〉 한 부가 사람들 손을 타 꼬깃꼬깃해진 채 늘어져 있었다. 그 신문을 엄폐물로 삼아 미용실 한구석에 앉았다. 내 머리로부터 신문 사이의 거리와 높낮이를 계속 조정해봤지만 어떻게 해도 마음에 들지 않았다. 내 마음이 헛헛한 탓이리라. 후이셴이 거울을 통해 나를 바라보는 듯한 느낌이 들었다. 아무렇지 않은 척 행동하고 싶을수록 나는 더욱 좌불안석이었다. 사실 후이셴과 가까이 지내는 방법을 몰랐다. 예전에도 잘 몰랐고, 지금도 마찬가지였다. 심지어 어떻게 인사해야 할지조차 몰랐다. 예전에 선대에 있을 때도 나는 후이셴의 이름을 부르지 않았고, 감히 해바라기라고도 부를 수 없었다. 그저 "야"라고만 불렀다. "야"라고 하면 바로 내게 달려왔다. 내가 먹을 것을 주리라는 걸 알았기 때문이다. 이제 후이셴은 변했다. 나도 변했다. 그래서 더욱더 어떻게 말을 붙여야 하는지 알 수 없었다. 생각 끝에 나는 하늘의 뜻에 맡기기로 했다—만약 후이셴이 먼저 말을 걸어준다면 운이 좋은 것이고, 나를 알은체하지 않더라도 별일 아니다. 엄밀히 말해 나는 후이셴에게 말을 걸며 친한 척하러 온 것이 아니라 감독하러 온 거니까.

여자들은 말이 많다. 미용실에 와서 머리를 하는 세련된 여자들은 더 말이 많았다. 다들 후이셴의 손재주에 호기심을 보였고, 그녀가 하루아침에 몰락했다는 사실에 더 큰 호기심을 보였다. 흰 가운을 걸치고 의료용 고무장갑을 낀 후이셴은 언뜻 의사처럼 보였다. 그러고선 치안유지대 동짓달 매화의 머리통을 붙잡고 양털 비비듯 머리칼을 감기고 있었다. 동짓달 매화는 세숫대야에 머리통을 담그고 온통 샴푸 거품을 묻히고서도 쉬지 않고 입을 놀리며 후이셴을 떠보았다. 너, 성으로 공부하러 간다고 하지 않았어? 그 이름도 대단한 작은 리테메이가 왜 미용실에서 이런 일을 하고 있는 거야? 후이셴은 이런 질문에 대응하는 데 이미 이골이 난 듯했다. 제가 아직도 작은 리테메이겠어요? 벌써 큰 리테메이가 된 지 오래예요. 미용사가 어때서요? 지위가 낮아서요? 뭐든 인민을 위해 복무하는 일인데요. 동짓달 매화는 잔뜩 젠체하며 흥하고 콧방귀를 뀌었다. 너처럼 문예계 사람들은 진심을 말하는 걸 못 봤다니까. 내가 그 부류를 잘 알지. 하루종일 춤추고 노래하고 화장하고 치장하고 그게 다잖아. 벼 한 포기를 심어봤겠어, 나사못 하나를 만들어봤겠어? 무슨 인민을 위해 복무한다는 거야? 인민들이 너희들을 위해 복무하는 거지! 후이셴이 말했다. 그런 얘기는 다른 사람한테 가서 하세요. 저랑은 상관없는 일이니까. 전 문예계 떠난 지 오래예요. 지금은 여기서 손님들 머리를 감겨주고 있잖아요? 손님은 앉아 있고 저는 서 있잖아요? 그러니 지금 누가 누구를 위해 복무하고 있는지 한번 말해보세요. 동짓달 매화는 순간 말문이 막혔는지 입을 다물었다가 이내 불쑥 머리통을 쳐들고 무섭게 눈을 번뜩이며 후이셴을 노려보았다. 작은 리테메이, 그렇게 야지랑 떨지 마. 네가 좋아서 우리 같은 사람들 위해 복무하는 거 아니잖아. 왜 미용실로 왔는지 알아. 기술을 연마해서 고위 지도자들 머리 만져주러 가려는 거 아냐? 후이셴이 말했다. 말을 참 잘 지어내시네요. 고위 지도자들이라면 저도 본 적 있는데, 취사원에 경호원에 비서는 있어도 여자 미용사가 있다는 소리는 못 들어봤어요. 동짓달 매화는 또 코웃음을 치며 말했다. 세상 물정 다 안다고 생각하지 마. 경험도 얼마 없는 게. 내가 충고 한마디 하지. 여자가 노동으로 벌어먹으려면 기껏 죽이나 먹을 뿐이야. 여자는 미모로 벌어먹고, 비빌 언덕에 기대야 잘 먹고 잘사는 법이라고! 후이셴이 말했다. 그 말이 맞네요. 저는 미모도 없고 비빌 언덕도 없으니 이렇게 손님을 위해 복무하는 수밖에요. 동짓달 매화는 몇 차례 혀를 끌끌 차고 잠시 생각에 잠기더니 불현듯 이렇게 말했다. 거 참, 이상하네! 난 네가 비빌 언덕이 아주 많다고 들었는데. 진에는 자오춘탕 서기님이 있고, 현에는 허 서기님이 있고, 지구에는 류 부장님이 있고. 그렇게 비빌 언덕이 많은데 어째서 하루아침에 아무도 널 돌봐주지 않게 된 거야? 후이셴은 화가 나서 냉랭하게 대꾸했다. 머리를 하러 오신 거예요, 시비를 걸러 오신 거예요? 어디에 비빌 언덕이나 강이 있어요? 나는 엄마 아빠도 없는 사람인데, 비빌 언덕이 있겠어요? 손님한테는 그게 중요한지 몰라도 저는 관심 없어요! 동짓달 매화는 얼굴이 새하얗게 질려 입을 다물었다. 그러나 여전히 쉬지 않고 머리를 굴리는 듯싶다가 이내 다시 혓바닥을 놀렸다. 작은 리테메이, 네가 왜 여기 있는지 안단다. 밑바닥에 '달아'놓은 거지. 반년을 '달아'놓으려나? 일 년이나 이 년? 충고하는데, 지도자한테 기한을 정해달라고 해. 내 말 듣는 게 좋을 거야. 아무리 젊은 여자라도 언젠가는 누렇게 늙을 날이 오니까 말이야. 늙고 추해지면 장래 따위는 없어! 이쯤 되자 후이셴도 더는 참지 못하겠는 모양이었다. 얼굴에 분노의 빛이 어리고 두 눈에서 원한이 반짝이는 게 보였다. 후이셴은 양손으로 동짓달 매화의 머리를 거칠게 문지르고 되는 대로 선반에서 수건을 집어 그 위에 얹으며 말했다. 얼마를 '달아'놓든, 한평생을 '달아'놓든 겁 안 나요. 손님이 무슨 걱정이세요? 나는 어렸을 때부터 여기저기 '달아'놓은 채 살아서 하나도 무섭지 않다고요!

왜인지는 모르겠지만, 그 순간 나는 더이상 머리를 숨긴 채 있을 수 없었다. 신문을 접고 나도 모르게 동짓달 매화를 사납게 한번 노려봤다. 가지쪽 같은 게, 말을 안 하면 숨막혀 죽나보지! 당사자는 내 작은 중얼거림을 알아듣지 못했다. 미용사 샤오천이 내 목소리에 고개를 돌리고 노려보며 말했다. 지금 누굴 가지쪽이라고 욕하는 거야? 누가 숨막혀 죽는다고? 여자들이 입씨름하는데 다 큰 사내가 왜 끼어들어?

나는 당황한 나머지 다급히 부인했다. 난 아무 말도 안 했는데. 신문을 보고 있었다고.

샤오천이 말했다. 하여간 소란을 떤다니까. 굳이 이렇게 사람 많은 가게에 와서 신문을 보고 있어? 여기는 미용실이지, 신문열람실이 아니라고.

샤오천이 목청을 높이며 말하자 나는 더욱 당황했다. 그래서 방금과는 전혀 다른 말이 튀어나오고 말았다. 신문 보러 온 거 아니야. 여기가 미용실인 줄 누가 몰라? 머리를 깎으러 온 거라고.

신문을 보러 왔다는 거야, 머리를 깎으러 왔다는 거야? 샤오천이 말했다. 내 눈엔 신문을 보러 온 것도 아니고, 머리를 깎으러 온 것도 아닌 듯한데? 미국 스파이나 대만 간첩처럼 살금살금 숨어들어서는! 너 누구냐? 어디서 왔어?

이렇게 되자 미용실 안의 모두가 나를 주목했다. 후이셴이 내 쪽을 바라보았다. 화가 채 식지 않아 내키지 않는 듯 마지못해 던지는 눈길이었다. 순간 두 눈동자가 환히 빛나는 걸 보니 나를 알아본 듯했다. 후이셴이 빗으로 나를 가리키며 말했다. 오빠구나! 그러니까 그, 그 무슨 량이 오빠.

후이셴은 나를 보고 해사하게 웃었다. 놀라움과 반가움이 섞인 그 표정에 곤혹스러운 기색이 끼어들었다. 그애가 내 이름을 기억해내려 애쓰는 모습을 보고 절망했다. 이럴 줄은 미처 몰랐다. 내 이름을 기억하지 못하다니. 쿠둥량이든 둥량 오빠든, 하다못해 별명인 헛방귀라도, 그중 하나는 기억해야 하는 것 아닌가? 후이셴은 난꽃 같은 손가락으로 한참이나 나를 가리키더니 결국 포기했는지 손을 내렸다. 얼굴에는 미안한 기색이 떠올랐다. 내 기억력 좀 봐! 틀림없이 기억하는데 왜 부르려니 생각이 안 나지? 무슨 량이더라? 샹양 선대 칠호선 사람이지? 나 기억하는데. 그 집 선실에 소파 있었잖아! 그렇게 이상한 표정으로 쳐다보지 말라고. 잠깐 이름이 떠오르지 않는 것뿐이니까. 내 실망한 표정을 눈치챘는지 그애는 열없이 웃어 보이며 다른 사람들 쪽으로 몸을 돌렸다. 저 오빠 이름이 뭐죠? 누구든 빨리 좀 알려줘요. 한 글자만 알려주면 금방 기억날 거라고요.

가게 안에는 알록달록한 체크무늬 셔츠를 입은 청년도 하나 있었는데, 부두에서 기중기를 운전하는 샤오첸이었다. 나를 알아보고 저쪽에서 줄곧 이상한 표정으로 웃고 있던 그가 목청에 힘을 주고 한 글자를 내뱉었다. 헛.

헛은 무슨 헛? 장난치지 말고요. 헛이라는 성이 어디 있어요? 후이셴이 말했다. 저 오빠가 헛씨면, 손님은 핫씨예요?

샤오첸이 말했다. 한 글자만 알려주면 된다며? 나는 재 별명밖에 모르거든. 헛방귀잖아.

후이셴이 뭔가 깨달은 듯 앗 하는 소리를 냈다. 부끄러워선지 예민해선지, 그 두 뺨에 순식간에 홍조가 피어오르는 것이 보였다. 후이셴이 하얀 커트보를 말아쥐고는 내 어깨를 툭 쳤다. 그러고는 앞치마로 제 얼굴을 가리고 실실 웃었다. 내 기억력이 이렇게 엉망이라니까! 쿠둥량 오빠 맞지? 어릴 때 오빠한테 주전부리를 꽤나 받아먹었는데. 말이 떨어지기 무섭게 내 귓가에 쏴 하는 소리가 들리며 가벼운 바람이 얼굴을 덮쳐왔다. 그 바람 속에 광룽표 비누 향기가 섞여 있었다. 후이셴은 벌써 내 쪽을 향해 커트보를 펼치고 명령조로 말했다. 자, 내가 머리 깎아줄게!

나는 본능적으로 머리를 가렸다. 머리칼이 길지 않아 오늘은 이발할 필요가 없었다. 어서 배로 돌아가야 할 것 같았다.

내가 잘못 자를까봐그래? 이제 내 기술이 얼마나 좋은데. 못 믿겠으면 사람들한테 물어봐. 후이셴이 대충 손가락으로 사람들을 가리키면서 눈으로는 내 머리칼을 살피며 중얼거리기 시작했다. 도대체 머리를 빗으로 빗는 거야, 빗자루로 빗는 거야? 이게 무슨 머리야, 완전히 까치집이네. 이걸 남겨서 뭐하려고, 알이라도 낳게? 자, 깎자고요!

후이셴은 커트보를 휘둘러 회전의자 위에 떨어져 있는 머리칼들을 탁탁 털어냈다. 앉아. 뭘 그렇게 쑥스러워해? 어서 앉으라니까. 나는 이러지도 저러지도 못했다. 후이셴이 발로 툭 치자 회전의자가 저절로 한 바퀴 돌았다. 의자가 돌면서 일으킨 바람에 그애의 하얀 가운이 펄럭였다. 나는 후이셴이 가운 안에 무릎까지 오는 남색 치마를 입었다는 사실을 알았다. 치마도 함께 펄럭여 두 무릎이 드러났다. 무릎, 무릎, 두 개의 만터우처럼 귀여운 무릎, 싱싱한 과일처럼 사람을 유혹하는 무릎. 한순간 시간이 거꾸로 흘렀다. 나는 반사적으로 얼른 고개를 숙였다. 그러자 귓가에 엄준한 경고가 울렸다. 조심해, 조심하라고. 아버지의 목소리 같기도 하고, 나 자신의 목소리 같기도 했다. 일단 고개를 숙였지만 눈은 어디에 둬야 좋을지 알 수 없었다. 눈빛은 위험하다. 너무 쉽게 비밀을 노출한다. 이런 위험이 닥칠 때마다 나는 스스로를 일깨웠다. 목 위, 무릎 아래. 그러나 나는 감히 후이셴의 목 위쪽도, 무릎 아래쪽도 볼 수 없어, 그저 가게 안의 시멘트바닥만 바라봤다. 그렇게 바닥에 떨어져 있는 길고 짧은 머리칼 무더기들을 쳐다봤다. 더러운 검은 섬을 밟고 선 것처럼 후이셴의 발이 그 머리칼 무더기를 밟고 서 있었다. 후이셴은 적당한 높이의 흰색 구두와 살색 스타킹을 신은 채였다. 남자 손님의 것인지 여자 손님의 것인지 알 수 없는 머리카락 한 가닥이 스타킹 위에 얌전히 엎드려 있었다.

왜 그래? 왜 넋이 나갔어? 방금 도둑질 아니면 살인이라도 한 거야? 후이셴은 의아한 듯 내 얼굴을 쳐다보면서 농담을 건넸다. 몇 년 만에 보는 건데, 어쩜 여전히 이상한 사람이네. 머리를 안 깎을 거면 미용실에는 왜 왔어?

나는 후이셴의 물음에 꿀 먹은 벙어리처럼 아무 말도 못했다. 머리를 깎아주겠다는 것뿐인데 나는 왜 두려워하는 걸까? 도대체 뭘 두려워하는 걸까? 나는 스스로 흑심을 품고 있음을 알았다. 흑심이 있으니 말도 어물어물하게 나왔다. 오늘은 머리 못 깎을 거 같아. 아버지가 편찮으셔서 밥 차리러 가야 해.

후이셴은 아 하고 외마디 소리를 내질렀다. 아마도 아버지와 그 유명한 아랫도리 이야기가 기억난 모양이었다. 순간 나오려는 웃음을 차마 미안해서 내뱉지는 못하고 황급히 입을 틀어막으며 교묘히 말을 바꿨다. 우리 수양부모님은 잘 지내셔? 더성댁 아주머니한테 가끔 소식은 듣고 있어. 여기 와서 머리 하시라고 전해달랬는데, 영 안 오시는 걸 보니 나한테 뭔가 섭섭하신가보지?

후이셴은 때로는 무심하고 때로는 다정해 정말 종잡을 수 없었다. 쑨시밍 부부의 안부를 물으니 나는 그들 대신 원만하게 상황을 전해야 했다. 그분들이 왜 너한테 섭섭하시겠어? 미용실에서 머리하는 게 비싸서 그렇지. 절약하는 게 몸에 배서 돈 쓰는 걸 아까워하니까.

비싸긴 뭐가 비싸? 인민미용실이 비싸면 얼마나 비싸겠어? 가서 그분들한테 꼭 전해줘. 그 집 식구들이 오면, 머리 감고 자르고 파마하고 다 공짜로 해드린다고. 난 이제 인민을 위해 복무하고 있다고.

나는 그러겠다고 건성으로 대답하며 구석에 놓인 여행가방을 집어들었다. 가게 안의 모두가 호기심어린 눈빛으로 나를 쳐다보았다. 표정은 제각각이었지만 다들 무언가 생각에 잠긴 듯했다. 여기에 드나드는 사람들은 출신을 따지는 게 틀림없었다. 후이셴이 나를 다정하게 대하는 모습에 몇몇 사람들이 반감을 품었다. 내게 그런 대접을 받을 자격이 없다고 생각하는 것이다. 알록달록한 체크무늬 셔츠를 입은 샤오첸이 특히 그랬다. 그가 의자에 앉아서 한쪽 발로 내 여행가방을 쿡쿡 찼다. 헛방귀, 네 가방 안에는 무슨 괴상망측한 물건이 들어 있는 거냐? 뭍에 올라올 때마다 가방을 끌어안고 수상쩍게 돌아다니잖아. 내가 치안유지대였으면 벌써 네 가방을 샅샅이 뒤졌을 텐데. 나는 여행가방의 지퍼를 열고 샤오첸을 똑바로 노려보며 말했다. 내 가방을 뒤져보겠다고? 어디 뒤져봐, 감히 그럴 수 있나 보자. 샤오첸이 가방 쪽으로 시선을 주며 뭐라고 입을 열기도 전에 옆에 서 있던 미용사 샤오천이 거칠게 내 어깨를 떠밀었다. 가, 가라고. 괜히 여기서 위세 떨지 말고. 다음에는 머리 깎을 거 아니면 못 들어오게 할 테니까. 우리 가게는 미용실이지 공원이 아니라고.

그 샤오천 녀석의 태도가 가장 기분 나빴지만 후이셴의 동료임을 생각해서 화를 꾹 참았다. 후이셴이 가방을 들고 나가는 나를 문 앞까지 따라와 그들을 대신해 변명했다. 저 사람들이 반감 가진다고 너무 섭섭해하지 마. 여기 오는 사람들은 엄청 세련됐잖아. 그런데 지금 오빠는 촌티가 줄줄 흐르는 게, 시커먼 선대 사내가 뭍에 올라와 어쩔 줄 몰라하는 모습이고. 후이셴은 내 여행가방을 툭 치고는 여기저기 만지작거렸다. 무척 익숙한 동작이었다. 이렇게 컸는데도 여전히 남의 가방을 만지작거리는 버릇을 고치지 못한 것이다. 내 가방이 살림살이들로 가득한 걸 짐작한 후이셴은 이내 흥미를 잃고 자신의 하얀 가운 주머니 속으로 손을 거두었다. 그러고는 주머니에서 풍선껌을 꺼내 높이 들어올렸다가 정중히 내게 건넸다. 이거 샤오푸한테 전해줘. 저번에 길에서 만났을 때 풍선껌 불고 싶다고 하더라고. 다음에 준다고 했으니 약속을 지켜야지.

내가 막 풍선껌을 주머니에 집어넣는데 질문이 날아왔다. 잉타오는 어떻게 지내? 시집갈 때 됐지?

잉타오는 후이셴의 적수였다. 내 이름은 기억 못하면서 자기 적수의 이름은 잊지 않고 있다니, 나는 조금 화가 났다. 아직도 걔가 신경쓰여? 걔 일은 몰라. 시집을 갔는지 안 갔는지, 나하곤 관계없는 일이니까.

그냥 물어본 건데 뭘 그렇게 흥분해? 후이셴은 장난스럽게 내 얼굴을 가리켰다. 내가 두 사람한테 중매를 서는 것도 아니고, 걔한테 말 좀 전해달라는 건데. 둘 사이의 앙금은 여전한 것 같았다. 나는 후이셴의 말을 기다렸고, 그애는 한참 뜸을 들이다가 입을 열었다. 가서 잉타오한테 전해줘. 뒤에서 내 험담하고 다니지 말라고. 지금 난 아무것도 아니고 겨우 미용사에 불과해서 그애가 질투할 만한 대상이 아닌데, 뭐하러 내 험담을 하고 다녀?

미용실을 나서는 내 심정은 무척 복잡했다. 이렇게 서로 만난 일이 행운인지 불행인지 알 수 없었다. 나를 대하는 후이셴의 태도가 예상보다 다정했지만, 그 다정함은 다른 사람들에게 대하는 정도와 같았다. 내 마음은 어느 정도 따스해지긴 했지만, 그래도 불만이 더 컸다. 왜 내 이름을 잊었단 말인가? 이 사람 저 사람 일을 다 물어보면서 왜 나에 대해서는 묻지 않는가? 나는 길가에 서서 고개를 돌려 쓰레기통에 쓰인 낙서를 쳐다보았다. 갑자기 모종의 깊은 슬픔이 덮쳐왔다. 헛방귀. 나는 후이셴의 눈에 헛방귀일 뿐이었을까? 헛방귀. 그애를 향한 내 그리움은 헛방귀였을까? 이렇게나 오랫동안 그리워하고, 많은 글자로 기록하고, 괴로워했는데, 모든 게 헛방귀였을까?

강 위에서 지낸 십삼 년 가운데 마지막 한 해 동안 나는 빈번히 뭍에 올라 유팡진으로 갔다.

귀신에라도 쓰였던 걸까. 가방 안에는 분명히 아버지의 편지가 들어 있고, 그 편지들을 반드시 우체통에 넣어야 했는데, 우체국을 지날 때면 내 다리는 인민미용실 쪽으로 향했다. 배에서 쓸 생필품을 사는 일도 내 책임이었는데, 시장을 지날 때면 매번 스스로에게 핑계를 댔다. 급할 거 없어. 줄이 이렇게 기니까 좀 있다가 다시 와도 돼. 나는 인민미용실로 달려가기에 급급했다. 내 영혼은 인민미용실에 버려졌다. 어쩌면 후이셴이 날 기억하도록, 어쩌면 내가 후이셴을 잊도록. 나는 사랑과 원한을 품고 우두커니 미용실 홀에 앉아 있었다. 한번 가면 한나절은 앉아 있었다. 그 세련된 작은 살롱에 억지로 비집고 들어가 앉아, 때로는 벙어리처럼 침묵하며 오로지 관찰만 했고, 때로는 맹인처럼 눈을 감고 햇빛을 쬐며 귀만 열어두었다. 그것은 침략자의 행위나 마찬가지였다. 미용사들이 온갖 방법을 동원해 나를 내쫓으려 했지만 바위처럼 꿈쩍도 하지 않았다. 나중에는 후이셴조차 날 미워했다. 자신이 직접 그 사실을 말하기는 그랬는지 더성댁에게 전하게 했다.

하루는 더성댁이 몰래 나를 고물 쪽으로 불러냈다. 그러고는 팔호선 이물에서 물끄러미 나를 바라보았다. 그 눈빛이 아주 묘했다. 너 오늘 또 미용실에 갔었어? 나는 대꾸했다. 내가 반혁명을 하는 것도 아니고 행동의 자유가 있는데, 미용실에 가는 게 범죄라도 돼요? 더성댁이 차가운 미소를 지으며 말했다. 범죄는 아니지만 혐오스러운 일이지. 후이셴이 그러더라. 네가 자기를 감시하러 온다고 말이야! 이어 더성댁은 기세 사납게 나를 꾸짖기 시작했다. 둥량이 너 도대체 무슨 엉뚱한 생각을 하는 거냐? 후이셴이 너한테 뭐라도 돼? 네가 후이셴의 뭐라도 돼? 아무 관계도 없는데 네가 뭐라고 그 애를 감시해? 한번만 더 그러면 너희 아버지한테 말해버릴 거다!

감시. 더성댁은 이 한 단어로 내 비밀을 폭로하고 말았다. 입으로는 부인했지만 나 역시 속으로 그 사실을 인정했다. 그들이 내게 누명을 씌운 게 아니었다. 나는 정말로 후이셴을 감시했다. 강 위에서 지낸 십삼 년, 마지막 한 해 동안 나는 후이셴의 감시자였다.

하루

1

더성댁이 아버지한테 고자질을 했는지, 아니면 아버지가 선대 주민들에게 허튼소리를 들었는지, 어느 날 뭍에 오르기 전에 아버지가 나를 불렀다. 아버지는 손에 종이 한 장을 들고 말했다. 둥량, 뭍에서 따를 일정표를 주겠다. 잘 보고, 오늘부턴 뭍에서 이 일정표에 따라 움직이도록 해. 시간 어기지 말고, 쓸데없는 일에 시간 낭비하지 말아라!

종이를 받아들고 보니 과연 상륙 이후의 일정이 표로 작성되어 있었다. 내용은 대략 다음과 같았다. 뭍에서 총 두 시간을 넘기지 않는다. 생필품 구입은 사십 분 이내. 목욕, 이발, 용변 시간은 삼십 분. 우체국에서 편지를 부치고 병원에서 약을 짓는 등의 잡무는 이십 분. 나머지는 이동 시간. 나는 일정표를 보고 마음이 싸늘해져 아버지에게 소리쳤다. 나는 죄인이 아니에요. 죄인들이나 바람 쐬는 것도 정해진 시간에 하는 거라고요! 아버지가 말했다. 내가 더 엄격하게 간섭하지 않는다면 너는 갈수록 감옥에 가까워질 거다. 내가 배 위에 있어서 아무것도 모른다고 생각하지 마라. 명심해라. 네가 유팡진에서 방귀를 뀌어도 나는 다 들을 수 있다는 걸!

마음속에 삿된 생각을 품은 게 사실인지라 꾹 참고 입을 다물 수밖에 없었다. 뭍에 오르기 전에 먼저 여행가방을 정리하고 정성껏 매무새를 가다듬었다. 아버지가 곁에서 불만스러운 표정으로 나를 노려보고 있었다. 머리에 기름은 왜 그리 많이 바르는 거냐? 구두는 뭐하러 그렇게 광나게 닦아? 외모는 중요하지 않다. 진정 정신이 아름다워야 한다는 걸 아느냐 모르느냐? 아버지는 선실에 걸린 괘종시계를 가리키며 한번 더 규정을 상기시켰다. 나는 배에서 시계를 보고 있을 거다. 두 시간이야. 절대로 잊지 마라. 일 분이라도 어기면 가만두지 않을 테니까. 나는 여행가방을 들고 뒤쪽 선실로 갔다. 선실 입구에 섰는데 다시 아버지의 명령이 들려왔다. 거기 서라. 또하나 규정을 내가 잊었구나. 오늘부터 뭍에 오르기 전에 할머니한테 선서를 해라! 나는 어리둥절해서 아버지를 돌아보았다. 오늘이 9월 27일도 아니고, 기름이랑 쌀 사러 뭍에 가는 건데 무슨 선서를 해요? 아버지는 내 팔뚝을 잡아끌고 턱을 들어올려 선실에 걸린 덩사오샹 열사의 사진을 쳐다보게 했다. 어떻게 선서해야 하는지 모른다니 가르쳐주마. 거창한 말들을 줄줄 읊어야만 선서가 아니다. 그저 할머니의 사진을 바라봐라. 일 분 동안! 나는 아버지 손에 턱을 들린 채 그렇게 일 분 동안 서 있었다. 일 분 후, 아버지가 엄숙한 목소리로 말했다. 기억해라. 나를 속일 수 있을지는 몰라도 네 할머니는 절대 속일 수 없다는 걸. 가지 말아야 할 곳은 절대 가지 말고, 하지 말아야 할 일은 절대 하지 마라. 지금 뭍은 분위기가 좋지 않으니, 무슨 일을 하기에 앞서 네가 누구의 후손인지 떠올리란 말이다. 절대로 할머니의 영령에 먹칠하지 마!

그토록 오랜 시간이 흘렀는데, 우리 가문의 영광스러운 혈통은 이미 산산이 부서졌는데, 아버지는 여전히 혈통의 광채를 지키고 있었다. 내게 혈통은 곤혹스러움 그 자체였다. 아버지는 열사 가족이라는 증명서 한 장을 위해 십삼 년 동안 상소했지만, 내 곤혹스러움은 어디에도 상소할 데가 없었다. 나는 쿠둥량, 쿠원쉬안의 아들이다. 만약 쿠원쉬안이 덩사오샹의 아들이 아니라면, 나는 덩사오샹의 손자가 아니다. 덩사오샹의 손자가 아닌 나는 헛방귀일 뿐이다. 만약 내가 헛방귀라면 덩사오샹 열사와 대체 무슨 관계가 있단 말인가? 기껏해야 헛방귀인 놈이 무슨 재주로 덩사오샹 열사의 영령에 먹칠을 하나?

내가 뭍으로 향하는데 육손이 왕씨의 딸 다펑과 얼펑이 갓나물을 널어 말리고 있었다. 다펑이 갓을 한아름 안고서 매서운 눈빛으로 나를 노려보았다. 쿠둥량, 그렇게 멀끔하게 차려입고 어디 선이라도 보러 가? 나는 다펑의 말을 무시했다. 다펑이 더 말을 보태기 전에 동생 얼펑이 제 언니 편을 들며 사납게 말했다. 언니, 왜 그렇게 천박하게 굴어? 할일 없으면 가서 강물하고나 떠들든가. 재한테 무슨 헛소리를 해? 재가 뭍에 가서 뭐하는지 모르는 사람도 있어? 인민미용실에 가서 오르지도 못할 나무 쳐다보는 거지! 얼펑은 나를 겁주려는 건지 우리 칠호선 쪽을 흘깃 쳐다보며 말했다. 정말이지, 선대에 입방아 좋아하는 사람이 얼마나 많은데, 어째서 아무도 저애 행실을 아버지한테 말해주지 않나 몰라! 나는 걸음을 재촉해 다평 자매의 시선에서 벗어났다. 위험천만한 지뢰밭을 통과한 기분이었다. 선착장을 거쳐 오일펌프실을 지나는데, 그 안에서 리쥐화가 시를 낭송하는 소리가 들려왔다. 청춘아, 청춘아, 너는 한 덩이 불꽃, 공산주의를 위해, 타올라라, 타올라라! 다시 걸음을 재촉하는데, 자신이 한 덩이 불꽃이라도 되는 양 리쥐화가 오일펌프실에서 튀어나오는 바람에 거의 내 품에 안길 뻔했다. 리쥐화는 나와 부딪혀 부끄럽기도 하고 화도 난 것 같았다. 무슨 사람이 그렇게 빨리 걸어? 어디 불이라도 끄러 가? 내가 반격했다. 그렇게 엉망인 표준어로 시 낭송은 왜 해? 나의 빈정거림은 아랑곳 않고 리쥐화는 두 갈래로 땋아내린 머리를 매만지며 말했다. 쿠둥량, 나 대신 잡화점에 가서 머리끈 두 개만 사다줄래? 머리끈이 끊어지려고 하거든. 내가 말했다. 안 그래도 시간 없는데 잡화점까지 가서 고무줄 살 틈이 어디 있어? 리쥐화는 경멸하듯 코웃음을 쳤다. 쿠둥량, 너한테 시간이 없을 리 있어? 그래서 미용실로 달려가 온종일 앉아 있는 거야? 이런 말 하는 내가 다 민망한데, 어렵게 뭍에 올라왔으면 그 귀중한 시간에 신문을 보든지 농구를 하든지 신체 단련이라도 하면 좀 좋아? 미용실에 서커스단이라도 있어? 맨날 미용실에 가서 앉아 있으니까 사람들이 수군거리지!

아버지의 일정표 때문에 시간을 금처럼 여겨야 했다. 그날 쉬지 않고 줄곧 뛰어다닌 탓에, 인민미용실로 달려갔을 때는 가쁜 숨을 몰아쉴 수밖에 없었다. 미용실 안으로 들어서자 사방에서 수군대는 소리가 들려왔다. 또 왔네, 또 왔어. 뛰어왔나봐, 헐떡거리기까지 해! 나는 못 들은 척 라오취의 회전의자에 앉아 말했다. 머리 깎아주세요! 아무도 나를 거들떠보지 않는 와중에 머리에 온통 롤을 만 여자 손님이 나를 흘겨보며 말했다. 오늘은 머리 좀 굴렸네. 이발한다는 핑계로 시간 끌 줄도 알고. 라오취가 바리캉과 가위를 들고 다가왔다. 왠지 모르게 하도 험악한 기세로 다가와서 마치 식칼을 들고 내 목을 따러 오는 것처럼 느꼈다. 나는 억지로 머리를 깎는 것이고, 라오취도 마지못해 깎아주는 것이다. 그가 계속 내 머리통을 바로 세우며 말했다. 똑바로 앉아. 딴 데 쳐다보지 말고 똑바로 좀 앉으라고. 여기는 미용실이지 영화관이 아니야. 나는 거울을 들여다보고 있었지만 시선은 해바라기처럼 후이셴이 서 있는 쪽으로 향했다. 그러고 있으려니 눈이 사팔뜨기처럼 보였다. 라오취가 거울에 비친 내 시선을 발견하고 어깨를 거칠게 두드렸다. 헛방귀, 영화를 보더라도 정면으로 봐야지, 맨날 곁눈질로 뭘 보는 거야? 눈알 튀어나오겠네. 거울 때문에 내 비밀을 폭로당한 걸 알고 나는 신문을 들어 눈을 가리려 했다. 라오취는 참지 못하고 신문을 빼앗아 의자 위에 내던졌다. 네가 무슨 대단한 간부 나리도 아니고, 머리 깎는데 신문을 본다고 난리야? 내가 머리를 깎겠다고 자청했으니 스스로 무덤을 판 셈이었다. 라오취는 여자들에게 머리를 해줄 때 더없이 다정하고 부드러워 입안의 혀 같았지만 내게는 난폭하고 무례하게 굴었다. 내 머리를 황량한 검은 대지로 여기는지 가위와 바리캉을 동시에 들어 두피에 쟁기질을 하고, 자동수확기처럼 머리칼을 수확했다. 아프다고 소리칠 수도 없었다. 아프다고 하자마자 라오취가 바로 손을 멈추고 불쾌하다는 얼굴로 후이셴에게 이렇게 말했기 때문이다. 후이셴, 이리 와. 네가 불러들인 사람이니 책임져. 네가 깎아주라고.

후이셴은 그런 죄명을 감당하고 싶지 않았는지 그 자리에서 자기 책임이 아니라는 점을 분명히 했다. 어째서 내가 불러들였다는 거예요? 이곳은 누구네 집이 아니라 미용실이고, 저 사람은 손님이고 우리는 미용사라고요. 저 사람은 들어올 권리가 있고, 우리는 저 사람을 쫓을 권리가 없죠. 후이셴의 말은 공평무사한 듯 들렸지만 아무래도 그 속마음을 알 수 없었다. 나는 괴이한 현상을 하나 눈치챘다. 처음에 후이셴이 머리를 깎아주겠다고 했을 때는 내가 엄두를 내지 못했지만, 내가 후이셴이 다가오기를 고대할 때는 그 애가 엄두를 내지 않는 것이다. 후이셴이 말했다. 아저씨는 인민을 위해 복무하는 데 모범적인 사람이니까 손님한테 짜증을 내면 안 되죠. 아저씨 솜씨가 좋으니 어서 깎아줘요. 저 사람은 나한테 머리를 맡기고 싶어하지 않았잖아요.

후이셴은 벌써 남을 설득할 만큼 말솜씨가 좋아졌다. 나는 그애가 왜 내게 다가오려 하지 않는지 알지 못했다. 내가 두려운 걸까, 미운 걸까. 내 머리칼이 미운 걸까, 내 몸이 미운 걸까. 내 몸이 두려운 걸까, 내 마음이 두려운 걸까? 후이셴은 갈수록 더 냉담해졌지만 나는 원망하지 않았다. 환상은 환상일 뿐이고, 나는 거기에 연연하지 않았다. 회전의자에 앉아 있노라면 때때로 비천한 생각들이 고개를 들었다. 미용실의 회전의자가 되고 싶다, 매일 후이셴과 함께 지낼 수 있으니. 후이셴의 손에 들린 바리캉과 가위가 되고 싶다, 매일 그애와 그 손님들을 볼 수 있으니. 나는 자신의 처지를 점점 명확히 깨닫게 되었다. 나는 아무것도 아니었다. 그저 감시자였다. 후이셴의 일거일동이 내 노트에 기록될 것이었고, 미용실 안의 작은 세계는 더욱더 관찰하고 연구할 가치가 있었다. 이 작은 세계에는 어떤 사람들이 있는가? 그들은 어떤 동기로 미용실을 찾아오는가? 왜 어떤 사람들은 뭉그적거리며 후이셴을 기다리는가? 약속이라도 한 것인가, 아니면 일방적인 소망인 것인가? 그들은 쓸데없는 잡담을 나누는데, 그저 수다일 뿐인가 아니면 서로 희롱하는 것인가? 나는 모두 감시해야만 했다. 내 눈은 후이셴을 위해 특별히 제작된 카메라였고, 내 귀는 후이셴만을 위해 설치된 녹음기였다. 이 작은 세계를 관찰한 결과, 적어도 청년 다섯 명과 중년 남자 하나가 후이셴에게 남다른 생각을 품고 있었다. 그러나 후이셴이 마음에 두고 있는 대상이 누구인지는 알지 못했다. 누군가를 기다리고 있었지만 분명히 나는 아니었다. 나는 그애가 누구를 기다리는지 알지 못했다.

그날은 일진이 좋지 않았다. 내 머리가 반쯤 밀렸을 때, 자오춘메이와 병원 약국의 진씨 아줌마가 함께 허리를 살랑거리며 미용실로 들어왔다. 두 여인은 나이가 들었어도 멋부리는 건 여전해서 둘 다 흰색 하이힐을 신고 흰색 핸드백을 들었다. 각자 회전의자에 앉아 라오취가 머리를 손질해주길 기다렸다. 아무래도 가게 안에서 내 행색이 가장 눈에 띈 탓인지, 자오춘메이가 한눈에 나를 알아보며 그 미간에 서려 있던 교태가 연기처럼 사라졌다. 자오춘메이의 목소리가 높아졌다. 저 녀석이 여기서 뭘 하는 거야? 아무나 막 드나들면 여길 '인민'미용실이라 할 수 있는 거야?

라오취가 투덜대며 말했다. 나한테 물어보면 나는 누구한테 물어봐? 누가 여기 이름을 인민미용실이라고 해서는. 저 녀석도 인민이니 여기로 머리하러 온 거지.

저놈이 무슨 인민이야? 저놈이 인민이면 계급의 적은 아무도 없겠네? 자오춘메이가 말했다. 다들 알고나 있는 거야? 저놈은 '반동 표어'를 쓰는 놈이라고! 매번 우리 오라버니한테 '반동 표어'를 쓰는 놈!

원수는 외나무다리에서 만난다더니. 나는 자오춘메이와 진씨 아줌마를 보자마자 고개를 들 수 없었다. 이는 어릴 적부터 간직해온 비밀인데, 아버지가 두들겼던 여자들만 보면 나는 얼굴이 붉어지고 심장이 빠르게 뛰었다. 그 까닭은 설명하기 쉽지 않다. 일찍이 성에 눈뜨도록 해준 그들의 이름은 여전히 은밀한 봄밤의 꿈처럼 욕정을 불러일으키고 성적 매력을 풍기는 동시에 비극적인 그림자를 띠고 있었다. 몇 년 못 본 사이에 자오춘메이는 더 말랐고 진씨 아줌마는 더 뚱뚱해졌다. 그들의 늘어진 얼굴에는 분이 두껍게 발려 있었다. 둘 다 허리가 들어간 인민복—하나는 살굿빛이고 하나는 진녹색이었다—을 입었는데, 뒤룩뒤룩 살찐 허리와 성난 듯 위로 들린 엉덩이가 두드러져 보였다. 사춘기의 기억에 숨이 막혀왔고, 귓가에서는 아버지의 고함소리가 들리는 듯했다. 조심해라, 조심해! 나는 가만가만 몸을 움직였다. 목에 두른 흰 천 아래로 양손을 단단히 집어넣고 온몸을 감추기 시작했다.

나를 변호하는 후이셴의 목소리가 들렸다. 자오춘메이 아줌마, 함부로 비판하지 마요. 마오 주석과 공산당에 반대해야 '반동 표어'라고 하는 거예요. 저 사람이 반대하는 건 자오 서기님이죠. 기껏해야 과장급 간부라고요. 자오 서기님을 향한 표어는 '반동 표어'라고 할 수 없어요.

자오춘메이는 췟 하고 소리를 내더니 곧바로 화살을 후이셴에게 돌렸다. 작은 리톄메이, 네가 저놈을 변호하겠다는 거야? 네가 저놈한테 뭔데? 저놈이 너한테 뭔데? 우리 오라버니가 널 아낀 게 헛수고로구나. 도대체 누구 편을 드는 거야?

진씨 아줌마가 곁에서 자오춘메이를 거드느라 묘한 웃음소리를 내며 말했다. 자오춘메이, 자기가 뭘 모르는 소리를 했네. 저애들은 원래 한통속이라고. 샹양 선대 출신이잖아. 그러니까 둘 다 같은 입장에서 말하는 거지.

후이셴은 얼굴이 붉으락푸르락해지더니 손에 들었던 가위를 탁자 위에 탕 내던지고 보일러실 쪽으로 걸어가며 말했다. 좋아요. 나는 선대 사람이고 당신들은 뭍사람이에요. 손님한테 대들 수 없으면 피하면 되죠. 저, 오늘 쉴게요. 진절머리나!

나는 보일러실로 들어가는 후이셴을 바라보았다. 그애가 사라지자 화사했던 미용실 안이 어둑해지고 쓸쓸해지고 서늘해졌다. 그애가 가버리자 나는 사면초가 신세가 된 듯한 느낌에 서둘러 미용실을 떠나고 싶었다. 그런데 라오취가 나를 버려두고 자오춘메이의 머리를 만져주러 가버렸다. 나는 라오취를 불렀다. 이렇게 반만 깎아놓고 가면 어떡해요? 나 바쁘단 말이에요! 라오취가 말했다. 잠깐 기다려. 너한테 무슨 바쁜 일이 있다고? 넌 우리 미용실의 살아 있는 의자잖아. 오늘은 왜 그렇게 서둘러? 내가 말했다. 오늘은 급한 일이 있어서 못 기다리니까 머리 마저 깎아달라고요! 라오취가 뭐라고 대꾸하기도 전에 자오춘메이가 분노에 차 고개를 돌려 나를 노려보더니 라오취에게 큰 소리로 말했다. 저 쿠원쉬안의 잡종 새끼 머리는 왜 깎아줘? 저놈이 계속 말썽 피우면 사람들한테 내막을 다 까발려버리겠어! 자오춘메이가 이렇게 말하자 가게 안의 모두가 두 눈을 둥그렇게 뜨고 자오춘메이를 바라보았다. 내막이라니? 어서 말해봐요. 작게 말하면 되지. 자오춘메이가 호탕하게 한 손을 휘둘렀다. 말하라면 말하지. 내 저놈이 듣는다고 무서울까? 잘들 들어요. 쿠원쉬안이 몇십 년 동안 열사 가족인 양 사기쳤지만, 그 작자는 덩사오샹이 아니라 수적 추라오다의 아들이었다고! 그 작자의 어미는 덩사오샹이 아니라 '썩은 양배추'였지! 썩은 양배추가 누구냐고? 해방 전에 술 파는 배에서 기생 노릇을 했던 여자야!

한순간 가게 안이 정적에 휩싸였다. 그러다 이내 왁자지껄해지면서 '추라오다', '썩은 양배추', '기생'이라는 단어들이 파리떼처럼 허공을 날아다녔다. 내가 자오춘메이에게 달려들려는데 손 하나가 소맷자락을 붙잡았다. 후이셴이 소리를 듣고 밖으로 나온 것이다. 후이셴은 있는 힘껏 나를 의자 쪽으로 떠밀고 사납게 소리쳤다. 아줌마, 미쳤어요? 입으로도 덕 좀 쌓으시죠. 아무리 저쪽 집안이랑 불구대천의 원수더라도 남의 조상에 대해 함부로 말을 지어내면 안 되죠. 그러다 벼락 맞아요! 자오춘메이는 회전의자 뒤로 가서 숨으면서도 입은 살아서 말했다. 함부로 말을 지어냈다고? 나 한가한 사람 아니야, 그런 대단한 재주도 없고. 이건 내부 자료라고. 오라버니가 그러는데, 쿠씨 놈이 고발이니 뭐니 난동을 부리면, 이 내부 자료가 참고 자료로 등급이 올라가고, 거기서 또 난동을 부리면 공개 자료가 될 거라더군!

내가 다시 자오춘메이에게 덤비려 하자 라오취와 샤오천이 나를 꽉 붙들었다. 이번에는 그들도 나를 어느 정도 동정하는 것처럼 보였다. 라오취가 진정하라며 날 달랬다. 진정해, 진정하라고. 사내가 여자랑 똑같이 굴면 안 되지. 여자랑 다투면 아무래도 남자가 손해라고. 사내대장부가 여자를 때려서 이긴들 무슨 영웅이 되겠어? 샤오천은 어쨌거나 내부 자료이니 사실인지 아닌지 알 수 없는 일이라고 말했다. 여기 있는 몇 사람만 들었을 뿐이고, 아무도 밖으로 전하지 않을 거야. 두 미용사가 나를 문 앞까지 끌고 가기에 그들을 뿌리치고 제 발로 걸어나가려는데 자오춘메이가 바득바득 시비를 걸어왔다. 라오취, 샤오천, 거기서 그놈을 왜 붙들고 있는 거야? 덤빌 테면 덤벼보라고 해. 얼마든지 환영이니까. 나도 그놈을 손봐주고 싶던 참이거든. 감히 날 때린다면 법의 맛을 보여주지! 나는 화가 난 상황에서도 머리를 굴려보았다. 어떻게 하면 저 위풍당당한 자오춘메이의 기세를 꺾어줄 수 있을까? 순간의 선택이었다. 나는 어머니의 작업일지에 적혀 있던 가장 은밀한 내용을 떠올리며 목청 높여 말했다. 나도 모두에게 극비 정보를 말해줄 테니 잘 들으라고요. 자오춘메이는 쿠원쉬안의 나팔을 불었지! 나팔을 분다는 게 무슨 뜻인지는 다들 아시려나? 모르겠으면 저 아줌마한테 물어봐요. 나팔 불기 전문가니까!

자오춘메이가 순간 얼어붙었고, 라오취와 샤오천은 두 눈을 껌뻑이며 나를 뚫어지게 바라보았다. 진씨 아줌마는 자신까지 위험해질지도 모른다는 생각이 들었는지 빗 하나를 집어들고 내 쪽으로 던지며 소리쳤다. 저질, 이 저질! 어서 저 양아치 새끼를 쫓아내버려요!

그러나 진씨 아줌마의 말은 화를 자초했다. 머리끝까지 화가 치민 나는 인정사정 봐주지 않고 진씨 아줌마의 은밀한 사생활도 폭로했다. 시치미 그만 떼시죠! 아줌마도 깨끗한 건 아니잖아요. 아줌마는 주동적으로 쿠원쉬안의 나팔을 불었죠. 한 달에 다섯 번이나! 1970년 6월, 다섯 번을 불다. 아니에요?

미용실 안은 완전히 난장판이 되었다. 이번에는 두 여자가 기를 쓰고 나를 향해 달려들었다. 문 앞에 서 있던 나는 몸을 피하지 않았다. 원한이 통쾌하게 발산되면서 온몸이 전율했고 눈물마저 나오려 했다. 나는 그 자리에 서서 기다렸다. 복수가 복수를 부르고, 복수할 자가 복수하려는 자를 기다린다. 공평한 거래였다. 웃음기를 감춘 라오취와 샤오천이 두 여자를 끌어당기며 입으로 연신 그들을 위로했다. 나는 자오춘메이가 내지르는 새된 소리를 들었다. 칼 가져와! 내가 저 쿠원쉬안의 개자식을 찔러 죽이고 말겠어! 진씨 아줌마는 처량하게 목놓아 울기 시작해 넋두리를 늘어놓았다. 어떤 멍청한 지도자가 쿠원쉬안을 선대로 하방시킨 거야? 저들 부자는 군대로 보냈어야 해. 서북 오지로 보내서 노동 교육을 시키거나 총살했어야 한다고. 영원히 유팡진에 오지 못하게!

후이셴이 밀짚모자를 들고 빠른 걸음으로 다가와 모자를 쥐여주며 나를 힘껏 문밖으로 밀어냈다. 어서 가, 어서 가라고. 오빠도 못된 인간이야. 그렇게 저질스러운 일을 입 밖에 내다니! 나는 순간 말문이 막혀 짝짝이가 된 머리통을 가리켜 보였다. 후이셴이 밀짚모자를 탁탁 두드리며 말했다. 그래서 모자 줬잖아. 왜 이렇게 멍청해? 모자 쓰고 가라고. 어서 가! 서로 원수를 갚으려다가는 끝도 없고, 저 둘은 오빠가 건드릴 상대가 아니야!

정말 가야 할 시간이었다. 나는 아버지가 정해준 일정표를 잊지 않았다. 시간이 귀할수록 나는 그것을 제대로 쓰지 못했다. 반시간을 미용실에 버리고도 화만 잔뜩 얻고 머리는 짝짝이가 된 것이다. 후이셴의 밀짚모자를 머리에 썼다. 모자에서 느껴지는 한 조각 따스한 정에 가까스로 마음이 진정됐다. 이제 양식배급소에 가서 기름과 밀가루를 사야 했다. 그러나 몇 발 걷다보니 미용실에 여행가방을 두고 왔음을 알았다. 기름병이 없는데 무슨 기름을 살 것이며, 밀가루 부대가 없는데 무슨 밀가루를 산단 말인가? 돌아가서 여행가방을 들고 와야 했지만 엄두가 나지 않았다. 자오춘메이와 진씨 아줌마가 아직 미용실에 있을 테니까.

길모퉁이에는 공장 노동자와 농민을 위한 공중목욕탕이 있었다. 그 앞을 지나다 나는 문 앞에 서서 망설였다. 이참에 들어가서 목욕이나 할까? 고개를 드니 문구점의 라오인이 옷가지를 한 보따리 겨드랑이에 끼고 목욕탕에서 나오고 있었다. 그가 말했다. 둥량아, 웬 밀짚모자를 쓰고 목욕을 하러 왔니? 너희 선대 사람들이 잔뜩 와서 씻고 있으니 얼른 들어가보렴. 그의 말에 목욕을 하려던 생각이 싹 사라졌다. 어려서 생긴 습관은 고치기 힘든 법이다. 나는 선대 사람들과는 절대 함께 목욕을 하지 않았다. 라오인의 발갛게 상기된 얼굴을 쳐다보다 그가 유팡진의 소식통이라는 사실이 문득 떠올랐다. 자오춘메이가 떠들어댄 그 경천동지할 소리가 사실인지 아닌지 물어보기라도 해야 할 것 같았다. 내가 말했다. 목욕하러 온 거 아니고요, 아저씨한테 물어볼 게 있어서요. 라오인이 아이고 소리를 내더니 웃는 듯 마는 듯한 표정으로 나를 보았다. 뭐든 물어보렴. 너무 어려운 건 나도 대답 못해주겠지만. 원래는 자오춘메이의 말을 그대로 전하고 사실인지 물을 생각이었지만 입가에서만 맴돌 뿐 도무지 용기가 나지 않았다. 그래서 이렇게 물었다. 추라오다가 누군지 아세요? 라오인이 말했다. 왜 모르겠니? 그 사람을 모르면 날 지역사 연구자라 할 수 있겠니? 추라오다는 해방 전 진췌강에서 수적 놈들의 우두머리였지! 내가 또 물었다. 그럼 '썩은 양배추'는 본명이 뭐고 뭐하는 사람이에요? 라오인이 말했다. 성은 란이고, 란 아가씨로도 불렸지. 뭐하는 사람이냐면…… 너 같은 젊은 애들한테는 말하기 뭣한데. 내가 말했다. 왜요? 기생 아니에요? 라오인이 소리를 질렀다. 다 알면서 물어보다니! 둥량아, 뭐하자는 거냐? 나는 마침내 참을 수 없어 발을 구르며 말했다. 아저씨는 뭐든 다 아니까 얘기 좀 해주세요. 우리 아버지는 도대체 누구 아들이에요? 라오인이 깜짝 놀라 묘한 눈빛으로 잠시 나를 쳐다보았다. 그러다 갑자기 목욕탕 입구의 의자를 끌어와 갈아입은 옷가지들을 가지런히 개기 시작했다. 옷을 다 정리한 그가 입을 열었다. 네 아버지의 출신은 신경쓰지 말고 너 자신만 착실하게 살면 돼. 둥량아, 내가 충고하는데, 절대 명심해라. 역사라는 건 수수께끼야. 역사는 수수께끼라고!

우리는 목욕탕 문 앞에서 헤어져 라오인은 문구점 쪽으로, 나는 시장 쪽으로 향했다. 라오인이 괜히 현학적으로 말한 탓에 나는 '역사'라는 말을 듣자마자 정자 쪽 하늘을 바라보았다. 내게 역사는 정자 위 하늘에서 나부끼는 것이었고, 역사의 수수께끼는 정자 아래 땅속에 묻힌 것이었다. 그렇게 고개를 들고 얼마쯤 걷자니 뒤쪽에서 자전거가 달려오는 소리가 들렸다. 미처 주변을 살필 겨를도 없이 머리 위에 썼던 밀짚모자가 사라져 있었다. 누가 모자를 벗겨 바닥에 내던진 것이다. 열예닐곱 살쯤 된 학생 두 명이 자전거를 타고 내 쪽으로 달려왔다. 한 녀석은 한 손 높이 쇠사슬을 쳐들었고, 다른 녀석은 내 짝짝이 머리를 보고 히죽히죽 웃고 있었다. 나는 그 쇠사슬을 든 녀석이 진씨 아줌마의 아들 장지화임을 알아보았다. 헛방귀, 네놈이 표범 쓸개라도 먹은 모양이지. 감히 우리 엄마를 괴롭혀? 장지화가 목청 높여 소리를 지르더니 쇠사슬을 빙글빙글 돌리며 내 쪽으로 휘둘렀다. 내가 반사적으로 피하며 모자 쪽으로 달려가자 다른 녀석이 재빨리 자전거를 몰아 정확하게 모자를 깔아뭉개고 섰다. 나는 자전거 바퀴를 밀었지만 꿈쩍도 하지 않았다. 이내 두 녀석이 자전거에서 뛰어내려 우리 셋은 엉겨 붙어 싸우기 시작했다. 사람들이 몰려드는 소리가 들리다가 중년 남자의 성난 고함소리가 울렸다. 리민, 장지화! 네놈들이 표범 쓸개라도 먹은 게냐? 수업을 빼먹고 나와서 싸움질이야? 두 녀석은 그 목소리에 자전거를 끌고 잽싸게 달아났다. 고개를 돌려 보니 바로 길 건너편이 새롭게 옮겨온 유팡진중학교였고, 교문 앞에는 단정한 차림의 사람들이 서 있었다. 교직원인 듯했다. 그 가운데 중년 남자는 내가 아는 사람이었다. 예전 우리 반의 정치 선생이기도 했던 구 교장이었다. 교장은 눈을 가느스름하게 뜨고 나를 살펴보고 있었다. 그가 알아볼까 두려워 어쩔 수 없이 나도 두 녀석과 마찬가지로 날듯이 달아났다.

한바탕 쓸데없는 소동이었다. 얄미운 장지화는 달아나면서도 끝내 못된 짓을 했다. 내 밀짚모자를 가져간 것이다. 후이셴이 준 모자라 무척 아까웠다. 머리통을 감싸고 한참을 걷던 나는 길 가는 사람들이 호기심 가득한 눈으로 내 손바닥 아래의 머리통을 쳐다본다는 걸 알았다. 할 수 없었다. 포목 골목까지는 가야 새 모자를 살 수 있을 터였다.

포목 골목 부근은 눈이 부시도록 햇살이 비쳤다. 몇몇 노인이 골목 입구의 커다란 아궁이 앞에 탁자를 내놓고 작은 대나무 의자에 앉아 차를 마시며 한담을 나누고 있었다. 그들 대부분이 나를 알았기 때문에 이내 목소리를 낮추고 수군대기 시작했다. 그 쿠씨네 자제분이네. 어릴 때는 황제나 다름없어서 어딜 가나 기세등등했지. 지금은 별수없이 사람들한테 업신여김을 당하지만. 보라고, 지금은 머리까지 반쪽 밀렸구먼!

밀짚모자를 사고 포목 골목을 빠져나오니 그 노인들은 아들이 나은지 딸이 나은지를 놓고 논쟁중이었다. 목에 커다란 사마귀가 난 노인네는 우라이쯔의 아버지였다. 예전에 대장간을 했던 까닭에 연신 기침을 하거나 가래를 뱉었다. 가래 한 모금을 뱉어 신발 바닥으로 뭉개고서 그가 말했다. 딸이 낫지. 내가 그렇게 많은 아들을 키웠지만 다들 딸 하나만 못하다고. 해마다 춘절 때면 아들 일곱은 도합 술 일곱 병을 보내오는데, 하나 있는 딸은 술 여덟 병을 보내온다니까. 군인 모자를 쓴 노인도 내가 아는 사람이었다. 미용사 샤오천의 아버지인 그는 원래 목욕탕에서 일했고 귀 청소와 티눈 제거를 잘했다. 예전에 그가 늘 나무상자 하나를 가지고 우리집에 와 아버지 시중을 들던 일이 떠올랐다. 예상 외로 그는 자녀 양육에 나름대로 수준 있는 견해를 가지고 있었다. 뭐가 아들이 좋고 딸이 좋고야? 그저 철들면 아들이건 딸이건 다 좋고, 철 안 들면 다 나쁜 거야. 차라리 정관수술을 하는 게 제일 낫고! 나는 노인들이 둘러앉아 흥겹게 얘기하는 모습을 눈여겨보다가, 선실 안에서 홀로 쓸쓸히 지내는 아버지를 떠올리고 만감이 교차했다. 강물 위의 아버지는 아직 늙지도 않았건만 지레 쇠약해졌는데, 뭍에 사는 노인들은 외려 나이가 들수록 젊어지는 듯했다. 뭍이 물보다 좋은 것이다. 뭍에 사는 노인들은 잘 지냈다. 그들의 아들들도 잘 지냈다. 갑자기 괴상망측한 생각 하나가 머리를 스쳤다. 누구나 혈연을 쉽게 바꿀 수 있다면 얼마나 재미날까! 만약 내가 쿠원쉬안의 아들이 아니라면, 저 늙은 대장장이가 내 아버지라면, 귀 청소와 티눈 제거에 능한 저 노인이 내 아버지라면, 나는 우라이쯔나 샤오천과 같은 사람이 되었을까? 만약 내가 우라이쯔나 샤오천이라면, 좋을까? 거기 서서 한참을 생각하던 나는 이런 내 마음의 소리에 놀라 펄쩍 뛰었다. 내가 우라이쯔 같은 개자식을 부러워하다니. 미용사 샤오천 같은 녀석과 신분을 바꾸려 하다니. 그 생각에 대한 내 대답은 놀랍지만 이러했다. 아주 좋아!

곰보 천씨의 사오빙* 가게 앞을 지나다가 그 구수한 냄새를 맡고야 배가 고프다는 걸 알았다. 사오빙을 하나 사서 막 입에 넣고 우적대는데 뒤에서 또랑또랑한 목소리가 내 이름을 불렀다. 더성댁이 큰일이라도 난 것처럼 놀란 얼굴로 내게 눈을 부라렸다. 둥량아, 네가 여기서 사오빙을 씹고 있을 때야? 미용실에서 대체 무슨 짓을 저지른 거야? 치안유지대가 사방에서 너를 찾고 있다고! 내가 말했다. 날 왜 찾아요? 그냥 길을 걸을 뿐인데 무슨 치안을 파괴했다고요? 더성댁이 차가운 태도로 나를 바라보았다. 지금 나랑 입씨름하면 뭐하냐? 미용실 사람들이 다 그러는데, 너 때문에 자오춘메이가 목을 매려고 했다더라. 사람들이 지금 막 들보에서 그 여자를 끌어내렸단 말이야. 건드릴 사람이 없어서 하필 그 여자를 건드렸어?

---

* 밀가루 반죽을 동글납작한 모양으로 만들어 화덕 안에 붙여서 만든 빵.

2

내가 다시 인민미용실로 들어가자 음식 냄새와 비누향이 뒤섞여 덮쳐왔다. 미용사들은 등받이 없는 의자 두 개를 붙여 식탁삼아 둘러앉아 점심식사를 하는 중이었다. 돌아온 나를 보고 다들 깜짝 놀랐다. 나는 그들보다 더 깜짝 놀랐다. 치안유지대의 왕샤오가이가 함께 있었기 때문이다. 미용사들 사이에 끼어앉은 그가 막 달걀프라이를 입에 넣으려던 참이었다. 쑨시밍만이 난처한 듯 외따로 의자에 앉아 있다가, 내가 들어서자 대사면이라도 받은 양 벌떡 일어나 말했다. 왕샤오가이, 둥량이 왔으니 나는 가도 되겠나?

왕샤오가이는 식탁에서 고개를 들지도 않고 말했다. 안 됩니다. 현장에 있다가 문제가 해결되거든 그때 가세요.

그들이 대체 무슨 수작을 벌이는 건지 짐작할 수 없었다. 원래는 미용사에게 나머지 머리를 밀어달라고 할 생각이었지만, 가게 안의 분위기가 심상치 않아 나는 가게 한구석에 놓여 있는 여행가방을 집어들고 도로 나가려고 했다. 왕샤오가이가 밥그릇을 내던지고 달려와서 가방을 가로챘다. 네놈이 어딜 가려고? 분란을 일으켜 놓고 그냥 빠져나가려는 모양인데, 네 뜻대로 될 줄 알아?

자오춘메이의 일을 말하는 것임을 알아듣고 내가 말했다. 내가 그 아줌마하고 어째서 어떤 문제가 있었는지 제대로 알기는 해?

왕샤오가이가 말했다. 말은 잘한다. 사람을 목매달게 했으면서 문제라고 부르면 끝날 일이야?

내가 말했다. 그 아줌마가 먼저 날 괴롭혔다고. 그 아줌마가 여기서 무슨 말을 했는지 사람들이 다 들었으니까, 못 믿겠으면 물어봐.

미용사들은 이미 손에서 밥그릇을 내려놓았다. 그들의 표정이 어딘지 애매했다. 라오취가 말했다. 헛방귀, 네가 사람을 죽일 뻔했는데 우리더러 변명을 해달라는 거냐? 내가 공정하게 얘기하자면, 이 일의 발단은 자오춘메이에게 책임이 있지만 나중에는 다 네가 잘못한 거다. 완벽히 잘못한 일이지. 큰 잘못이 있고 작은 잘못이 있는 법인데, 사람을 목매달게 한 일은 아주 큰 잘못인 거야!

자명하게도, 이들의 입장은 결국 자오춘메이의 편이었다. 내 눈이 절로 후이셴을 찾았다. 그애는 난로 곁에서 부젓가락으로 철판 위에 놓인 만터우를 뒤집고 있을 뿐, 구원을 바라는 내 눈길에 답해주지 않았다. 그러고는 다 구운 만터우를 들고 곧장 쑨시밍 앞으로 가서는 그의 손에 억지로 밀어주었다. 제가 지은 밥 안 드시려거든 제 낯을 봐서 이 만터우라도 좀 드세요. 쑨시밍은 손에 들린 만터우를 쳐다보고 나를 한 번 쳐다보았다. 후이셴, 내 걱정은 말고, 네가 발도 넓고 아는 사람도 많으니 등량이 문제가 잘 해결되게 궁리를 좀 해주려무나. 후이셴은 한동안 말이 없더니 흘깃 내 쪽으로 시선을 던졌다. 그 눈빛이 어쩐지 무기력해 보였다. 후이셴이 말했다. 저 오빠의 괴상한 성질머리를 누가 알겠어요? 제가 뭐라고 해도 듣지 않을걸요. 쑨시밍이 내게 눈치를 주면서 대답했다. 들을 거다, 네가 말하면 꼭 들을 거야. 그러자 후이셴이 한숨을 내쉬었다. 저를 높이 평가해주시는 건 고마운데, 제가 제갈공명도 아니고…… 저한테 좋은 수가 있겠어요? 왕 대장님이 저 오빠를 데려가 사과하도록 하세요. 그 아줌마가 받아주든 말든 먼저 사과하는 게 옳아요. 문제 해결이라는 게 뭐예요? 일단 한 발씩 나아가면서 그때그때 상황을 보는 거죠.

왕샤오가이가 콧방귀를 뀌었다. 말이야 쉽지. 입으로 사과만 하면 다야? 그러면 문제가 해결되나? 다들 자오춘메이를 뭐로 보는 거야?

후이셴의 가늘고 긴 속눈썹이 반짝 위로 올라가더니 이내 이글대는 눈초리가 왕샤오가이에게 향했다. 그럼 어쩌자고요? 저 오빠를 죽여서 그 목이라도 들고 가 사과해요? 쿠씨 집안 사람이 하나 죽으면 문제가 해결되는 거예요?

왕샤오가이는 순간 말문이 막힌 모양이었다. 그는 후이셴을 숭배해서 밉보이고 싶어하지 않았다. 그래서 또 나를 공격하며 어깨를 밀어젖혔다. 다들 이놈의 벽창호 같은 성질머리를 보라고. 어디 사과를 할 놈이야? 남의 집 앞에서 또 난리를 피우는 일은 없어야지. 아니면 내 체면이 뭐가 되겠어? 이놈을 데려가 사과를 시키는 게 어려운 일은 아니지만, 상대가 때리거나 욕해도 받아치지 않는다는 확답을 먼저 받아야겠어.

그의 말에 나는 머리끝까지 화가 나 대들었다. 왕샤오가이, 무슨 개방귀 같은 소리냐? 어째서 얻어맞고 욕을 먹어도 가만있어야 한단 말이야? 사과하라면 하지. 하지만 자오춘메이도 우리 아버지한테 사과해야 돼! 말을 뱉자마자 내가 또 잘못했다는 사실을 깨달았다. 가게 안의 모두가 날 경멸하는 듯한 표정을 지어 보였다. 왕샤오가이가 후이셴에게 말했다. 보라고, 내 말이 맞지? 이놈은 미친개처럼 사람을 가리지 않고 물어뜯는다니까. 저런 놈을 왜 도와주려는 거야? 쑨시밍이 다급한 나머지 목소리를 낮춰 내게 말했다. 둥량아, 아직도 상황 파악이 안 되는 거냐? 도대체 뭘 요구하는 거야? 넌 자격이 없어. 사내대장부가 아녀자한테 사과하는 게 뭐 대수냐? 하면 하는 거지.

이번에도 쑨시밍이 나 대신 의사 표시를 하며 내 손을 잡아끌고 문 앞으로 갔다. 입으로 연신 사과하러 가자고 말하며 눈으로는 왕샤오가이에게 채근하는 눈빛을 보냈다. 왕샤오가이는 그 자리에 앉아 꿈쩍도 하지 않고 눈짓으로 후이셴의 의견을 구했다. 일이 이상하게 돌아가고 있었다. 마치 후이셴이 이 모든 일의 주재자가 된 것만 같았다. 왠지 모르게 그애가 그 역을 맡았다는 사실이 날 안심시켰다. 나도 후이셴을 쳐다보았다. 그 표정만으로는 무슨 생각을 하는지 알 수 없었다. 그러다 입가에 희미한 미소가 떠올랐다. 내가 어쩌다 리 할머니가 된 거죠? 꼭 형장에서 리위허와 작별할 때 같네요. 후이셴은 농담을 하며 한 손으로 탁자 위에 놓여 있던 바리캉을 집어들더니 몇 번 움식여보았다. 그러고는 갑자기 나를 향해 손가락을 굽혀 보이며 다가오라는 시늉을 했다. 자, 형장에 가기 전에 머리는 다듬어야지. 모자 벗어. 머리 말끔히 깎아줄게.

나는 망설이면서 후이셴이 커트보를 펼치고 손으로 회전의자 위의 머리칼을 떨어내는 모습을 보고만 서 있었다. 자, 와서 앉아. 리 할머니가 리위허의 머리를 깎아줬지. 오빠도 머리 깎은 다음에 가.

나는 후이셴이 왜 이런 농담을 하는지 알 수 없었다. 이러지도 저러지도 못하는 심정으로 왕샤오가이와 사람들의 조롱기어린 시선을 한몸에 받으며 회전의자 쪽으로 걸어갔다. 좀처럼 느껴보지 못한 긴장감에 걸음마저 비틀거렸다. 후이셴의 목소리가 들려왔다. 가방은 내려놔. 나는 내려놓지 않았다. 등받이 없는 네모난 의자에 앉아 가방을 무릎 위에 올려놓았다. 후이셴이 말했다. 그 가방 속에 금괴라도 들었어? 금괴 따위 없다는 거 뻔히 아는데 누가 훔쳐갈까봐 걱정하는 거야? 후이셴은 손을 뻗어 가방을 잡아채 한 구석으로 내던졌다.

후이셴이 내 뒤로 와서 섰다. 몸이 거의 닿을 듯하면서 낯설면서도 진한 향기가 나를 에워쌌다. 그 향기를 어떻게 표현하면 좋을까. 반쯤은 후이셴이 얼굴에 바른 분에서 나는 재스민 향기 같았다. 그리고 또 어디서 나는지 분명하지 않은 희미한 향기도 한 가닥 있었는데, 후이셴의 체취가 아닐까 생각했다. 해바라기꽃처럼 맑은 향기였다. 말해봤자 아무도 안 믿겠지만 후이셴의 몸에서는 분명 해바라기꽃 향기가 났다. 어쩐지 숨이 막혔다. 라오취가 한쪽에서 이죽대는 소리가 들렸다. 그래도 후이셴은 저놈한테 잘해주네. 둘 사이에 순박한 계급적 감정이 있는 거지. 후이셴이 말했다. 대체 무슨 이상한 소리예요? 나는 누구에게나 순박한 계급적 감정을 느낀다고요. 다른 감정은 없어요. 나는 침묵을 지켰으나 몸은 도무지 진정할 줄을 몰랐다. 후이셴의 손과 몸의 움직임에 따라 긴장하기도 하고 피하기도 했다. 후이셴이 말했다. 머리에 신경 좀 써. 왜 이렇게 딱딱하게 굳었어? 어깨는 왜 세우고 있는 거야? 고개를 좀 숙여봐, 숙이라고. 나는 고개를 숙였다. 후이셴의 한 손이 내 머리를 누르며 부드럽게 문지르는 것이 느껴졌다. 그러더니 두 검지가 귀 주위에서 한 바퀴, 두 바퀴 천천히 원을 그렸다. 똑똑히 기억한다. 그렇게 두 바퀴였다. 내 오랜 병이 다시 발작하고 말았다. 곤경에 빠진 처지라는 사실조차 잊고 머리 꼭대기부터 발끝까지 내 몸은 철저히 생리적 반응의 포로가 되었다. 신비하고도 강렬한 전류가 머리 꼭대기부터 빠른 속도로 온몸을 관통해 아래로 내려왔다. 아래로 내려왔다. 나는 발기했다. 또 발기했다. 발기! 무시무시한 발기! 순간 숨이 막혔다. 위험해, 위험하다, 위험하다고! 머릿속이 웅웅거렸다. 미용실의 공기가 나를 향해 강렬한 경보를 울렸다. 어서 가라, 어서 가! 빨리 후이셴에게서 떨어져!

후이셴이 미처 대비하기도 전에 나는 벌떡 일어나 옆으로 물러나서 말했다. 됐어!

후이셴이 이상하다는 듯 말했다. 되긴 뭐가 돼? 아직 안 됐어. 뒤쪽은 손도 안 댔고, 옆도 다듬어야 한다고.

나는 흘깃 거울을 돌아보며 말했다. 대충 했으면 됐어. 자오춘메이한테 사과하러 가는 거지 선을 보러 가는 것도 아니니까.

오빠는 정말, 괴이한 생명체처럼 도무지 속을 알 수 없다니까! 후이셴은 나를 아래위로 훑어보더니 손에 들었던 빗과 가위를 한쪽으로 내던졌다. 마음대로 해. 어쨌거나 오빠 머리니까. 자기 하고 싶은 대로 하는 거지, 뭐.

오후 한시쯤, 나는 압송되는 죄인처럼 거리를 걸었다. 왕샤오가이가 왼쪽에, 쑨시밍이 오른쪽에 서서 나를 붙들었다. 둘은 샌드위치처럼 나를 가운데 끼고 비단공 거리에 있는 자오춘메이의 집으로 갔다.

문이 잠겨 있지 않았다. 왕샤오가이가 먼저 들어가 살펴보고 나와서 쑨시밍과 의논했다. 침대에 누워 있는데, 그래도 들어가보겠습니까? 쑨시밍이 망설였고, 나는 들어가고 싶지 않았다. 어쨌든 목숨은 건졌다지 않은가? 그러나 나는 쑨시밍에게 끌려들어갔다. 어차피 여기까지 왔으니 사과는 하고 가야지. 아픈 사람더러 일어나라고 할 필요는 없네. 나는 그 둘에게 떠밀려 집안으로 들어갔다. 들어가자마자 벽에 걸린 검은 액자 속의 샤오탕이 눈에 들어왔다. 이제 세상에 없는 샤오탕이 음침한 눈으로 나를 쳐다보았다. 수많은 과거의 일들이 머릿속을 스쳐 나도 모르게 헉하고 숨을 들이켰다. 걸음을 망설이는 것을 보고 내가 겁에 질렸다는 걸 눈치챘는지 쑨시밍이 귓가에 속삭였다. 명심해. 때려도 욕해도 절대 받아치면 안 돼. 몇 분만 버티면 끝나는 거야.

자오춘메이의 방 창문이 마당을 향해 나 있었다. 왕샤오가이가 그 앞에 서서 창을 두드렸다. 누님, 누님께 사죄하고 처분을 받으라고 헛방귀를 데려왔어요. 때리든 욕하든 다 괜찮으니 실컷 화풀이하세요.

방안이 한동안 고요하다가 갑자기 휙 소리와 함께 뭔가가 창문으로 날아와 깨졌다. 안에서 자오춘메이가 쉰 목소리로 고함쳤다. 꺼져, 내 앞에서 꺼지라고!

왕샤오가이가 말했다. 이놈은 꺼져야 마땅하지요. 하지만 이렇게 그냥 보내면 이놈을 너무 많이 봐주시는 겁니다! 사과하러 왔으니 얼른 하고 꺼지라고 하세요.

창문 안쪽에서 부스럭대는 소리가 들렸다. 자오춘메이가 자리에서 일어나는 모양이었다. 창문이 삐걱삐걱 한차례 신음을 내뱉더니 드디어 열렸다. 자오춘메이의 얼굴이 어둠 속에서 둥실 떠올랐다. 퉁퉁 붓고 눈물로 얼룩져 있었다. 정수리 쪽에는 고약도 한 장 붙어 있었다. 자오춘메이의 눈길이 내게 멈춘 채 움직일 줄 몰랐다. 날카롭고 무시무시한 게 아니라 차분히 가라앉아 아득하고 서늘한 눈빛이었다. 어쩐지 슬프기까지 했다. 사과 따위 됐고, 쿠원쉬안의 개자식더러 무릎이나 꿇으라고 해. 자오춘메이가 입을 열었다. 내 앞에서 오 분 동안 무릎 꿇고, 그런 다음 우리 샤오탕 영정 앞에 꿇어. 쿠원쉬안을 대신해 오 분 동안!

자오춘메이가 무릎을 꿇으라고 할 줄은 몰랐다. 왕샤오가이와 쑨시밍은 멍하니 할말을 잃은 채 창문 앞에 서 있었다. 내가 몸을 돌려 밖으로 뛰쳐나가려 하자 쑨시밍이 달려와 있는 힘껏 나를 끌어안고 놔주지 않았다. 둥량아, 가면 안 된다. 저 사람이 홧김에 한 소리겠지. 어떻게든 다시 해결할 방도를 상의해보자. 자오춘메이가 창문 안쪽에서 말했다. 누가 홧김에 한 소리래? 무릎을 꿇든지 꺼지든지, 맘대로 하라고 해요. 상의는 무슨 얼어죽을 상의. 왕샤오가이가 멋쩍은 얼굴로 말했다. 시간이라도 좀 줄여주면 어때요? 오 분에 또 오 분이면 십 분인데, 십 분이나 꿇고 있으라면 내키지 않을 거예요. 자오춘메이가 창틀을 내려치며 목소리를 높였다. 싫으면 내 앞에서 꺼지라고 해. 자오춘탕을 찾아가서 이 문제를 해결할 테니까! 쑨시밍이 말했다. 자오 누님, 한번 봐주면 안 되겠소? 나와서 이애를 때리든 욕하든 마음대로 해요. 얼마나 세게 후려치든 무슨 욕을 하든, 분이 풀릴 때까지 하면 되잖소. 무릎을 꿇는 건 너무 보기 안 좋아요. 둥량이도 그건 원치 않을 테고. 자오춘메이가 싸늘한 웃음을 지으며 말했다. 저놈을 때리자니 내 손이 더러워질까 겁나고, 저놈을 욕하자니 내 침이 부족할까 겁나네요. 일 분 안으로 무릎 안 꿇을 거면 다들 썩 나가요.

왕샤오가이와 쑨시밍은 초조한 눈치였다. 왕샤오가이가 내 어깨를 내리누르며 경고했다. 헛방귀, 지금 말 듣는 게 좋을 거다. 안 그러면 나중에 내가 너를 누구한테 넘겨도 원망 마라! 쑨시밍도 초조해서 마당을 뱅뱅 돌았다. 둥량아, 그냥 한번 꿇어라. 무릎 꿇는다고 사람이 죽는 것도 아니잖니. 우린 네가 무릎 꿇고 있는 거 안 보고 밖에 나가 서 있으마. 절대로 안 본다고 약속하마. 그럼 되겠지?

나는 한 마디도 하지 않고 미친놈처럼 몸부림쳐 왕샤오가이와 쑨시밍의 속박에서 벗어났다. 그러고는 곧장 대문을 향해 내달려 단숨에 비단공 거리에서 벗어났다. 왕샤오가이의 외침이 어렴풋이 귓가에 들려왔다. 헛방귀, 네놈이 도망을 쳐? 어디 도망가봐라. 네놈이 뛰어야 벼룩이지!

런민가까지 달려가자 피로가 몰려왔다. 문득 아버지의 일정표가 떠올랐다. 손목시계를 들여다보니 아버지가 정해준 시간은 이미 넘어선 지 오래였다. 뭍에 올라 벌써 세 시간을 보냈으면서 할일은 하나도 못하고 골치 아픈 일만 잔뜩 만들었다. 나는 잡화점 입구의 계단으로 걸어갔다. 사람들이 땅콩을 사려고 줄을 서 있었다. 그때 누군가가 고함쳤다. 헛방귀다, 헛방귀 왔어! 한 줄로 늘어섰던 사람들이 고개를 돌려 나를 쳐다보며 손가락질했다. 다들 내가 일으킨 재앙을 알고 있는 게 분명했다. 나는 한 마리 쥐새끼가 된 기분으로 큰길을 벗어나 골목으로 도망쳤다. 그렇게 칠보 골목으로 돌아들어가 지름길을 골라 인민미용실로 향했다. 여행가방을 가져와야 했다. 하필이면 외지고 좁은 골목에서 쑨시밍의 아들 샤오푸와 마주쳤다. 샤오푸가 나를 보자마자 소리쳤다. 우리 아버지는 어디 가고? 엄마가 아버지 찾아오랬는데 암만 봐도 못 찾겠어! 나는 사정을 설명하기도 뭣해서 대충 얼버무렸다. 비단공 거리에 계시니까 가서 찾아봐! 샤오푸가 말했다. 비단공 거리? 어딘지 모르니까 좀 데려다줘! 나는 샤오푸를 밀치며 말했다. 나 시간 없어. 뭍에 올라온 지 벌써 세 시간짼데 할일을 아무것도 못했단 말이야. 샤오푸가 뒤에서 징징거렸다. 가지 마. 헛방귀, 거기 서라고. 나는 그 거리가 어딘지 모른다니까. 이 양심도 없는 놈아. 우리 아버지는 너를 돕느라 아직 식사도 못하셨는데, 네가 바쁘면 얼마나 바빠? 네가 사람이면 날 그 작업장에 데려다달라고! 나는 참을 수 없어 고개를 돌려 샤오푸에게 소리를 질렀다. 시간 없다면 없는 줄 알아. 그리고 나 사람 아니야. 난 헛방귀니까, 너희들도 날 사람으로 생각하지 마!

3

그날 세번째로 인민미용실에 들어섰을 때, 살아나오기 힘들 정도의 위험이 기다리고 있었다.

처음에는 진씨 아줌마의 남동생 싼바가 그곳에 있다는 걸 눈치채지 못했다. 내 눈은 오로지 후이셴만 찾았다. 하지만 후이셴은 없고, 라오취와 샤오천만 있었다. 샤오천은 신문에 머리를 묻은 채였고, 라오취는 내게 눈짓을 보내고 있었다. 나는 라오취의 눈짓 따위 신경쓰지 않았다. 가게 안에는 스산한 기운이 떠돌고 있었다. 여자 손님은 없고 낯선 사내 몇 명만이 의자와 세면대 근처를 어슬렁거렸다. 나는 쌀과 소금을 사러 가려고 서두르느라 어떤 이상한 낌새도 알아채지 못하고 구석에 놓인 여행가방을 향해 갔다. 그제야 비로소 내 가방이 다른 사람 손에 들어갔음을 깨달았다. 가방 손잡이가 자전거 자물쇠에 묶여 수도관에 매달려 있었다.

고개를 돌리자 싼바의 음침하고 험상궂은 얼굴이 눈에 들어왔다. 싼바가 말했다. 헛방귀, 네놈이 간덩이가 부은 게로구나. 우리

누님을 건드린 건 나를 건드린 거나 마찬가지지. 몇 살 먹지도 않은 놈이 벌써 사는 데 싫증난 거냐?

나는 당황해서 문을 향해 뛰었지만 이미 때는 늦었다. 낯선 청년 세 명이 문을 가로막았다. 몇 차례나 몸을 날려 뛰쳐나가려 했으나 양팔을 뒤로 엇갈려 붙잡히고 말았다. 내 몸이 부대자루처럼 바닥에 내동댕이쳐졌다. 하필이면 싼바의 장딴지에 얼굴을 부딪히면서 그 유명한 호랑이 문신을 보고 말았다. 그가 그대로 내 얼굴을 걷어차며 말했다. 헛방귀, 이 몸이 직접 네놈을 손봐줬다는 말이 새어나가면 내 체면이 구겨질 거야. 그러니 너무 무서워 마라. 나는 손 하나 까딱 안 할 테니. 대신 내 동생들이 네놈에게 수업을 제대로 해줄 거다.

세 청년도 불순한 의도로 미용실에 와 있었던 것이다. 마치 음침한 폭탄 세 개가 나를 둘러싼 듯했다. 그중 팔자수염을 기르고 허리통이 엄청 굵은 녀석이 리씨네 라오치였는데, 진췌강 일대에서는 살인 사건으로 이름을 알렸다. 어려서 사람을 목 졸라 죽인 일로 몇 년 동안 감옥살이를 했고, 또 사람 하나를 죽여서 들어갔다고 들었는데 어떻게 다시 나온 모양이다. 싼바에게 불려온 자들임은 눈치챘지만, 그들이 내게 어떤 수업을 해준다는 건지는 알 수 없었다. 셋 다 나보다 어렸다. 열여덟아홉 살쯤 되어 보였는데, 하나같이 흰 나팔바지에 알록달록한 체크무늬 셔츠를 입고 손목에는 요새 유행하는 전자시계를 찼다. 라오치는 허리띠에 가죽장갑을 매달고 있었는데 그 사이로 서늘한 빛이 비쳤다. 안에 날카로운 잭나이프가 숨겨져 있는 것이다. 한 녀석이 싼바에게 물었다. 형님, 오늘은 어떤 수업을 할까요? 싼바는 대답하지 않고 라오치가 제 동료를 욕했다. 닭대가리 새끼야, 당연히 해부학 수업이지. 저놈 나팔을 찢어버리라고! 나는 라오치의 태도가 껄렁하고 장난스럽다는 사실에 주목했다. 라오치는 말을 하면서 내게 윙크까지 해 보였다. 그들의 암호를 알아듣고 당황한 나는 라오취와 샤오천에게 구조를 요청했다. 라오취, 샤오천, 와서 나 좀 도와줘요! 샤오천은 도와줄 방법이 전혀 없다는 듯 양손을 펼쳐 보였고, 라오취는 손가락으로 문밖을 가리켰다. 그 손가락을 따라 문밖을 쳐다보니 흰 나팔바지를 입은 청년 하나가 밖에서 서성거리고 있었다. 망을 보고 있는 게 분명했다. 나는 라오취의 뜻을 알아들었다. 싼바는 이 '수업'을 엄밀한 보안하에 진행하려는 것이다. 아무도 나를 도울 수 없었다.

이토록 절망적인 상황에서 이상하게도 나는 후이셴을 떠올리고는 참지 못하고 소리쳤다. 후이셴! 후이셴은 없었다. 어디로 가버린 걸까. 후이셴의 대답은 들려오지 않았다. 싼바가 히죽 웃으며 눈으로는 흉악하게 나를 노려보았다. 후이셴은 왜 불러? 후이셴이 너한테 뭔데? 네가 후이셴한테 뭔데? 지금 여기엔 널 구해줄 사람이 아무도 없지. 수업종이 울렸거든요.

한 녀석이 수업종 울리는 소리를 냈다. 땡땡땡. 라오치가 손바닥에 침을 퉤 뱉더니 잭나이프를 꺼내 내 바짓가랑이 사이를 살짝 눌렀다. 나도 모르게 소리를 내질렀다. 라오치가 입술을 비틀며 묘한 웃음을 지었다. 소리는 왜 질러? 그냥 네놈 물건을 도막내겠다는 건데. 별로 아프지 않을 거야. 너희 아버지가 나팔 부는 걸 그렇게 좋아해서 계속 불어대다 나팔이 반토막이 났다며? 네놈이 효도하게 우리가 좀 도와주지. 아버지를 보고 배워서 존경심을 표하도록 말이야! 나는 양손으로 아랫도리를 가리고 죽을힘을 다해 몸을 일으켜 문 쪽으로 도망쳤다. 문밖에 있던 녀석이 손발을 잽싸게 놀려 문을 당기고는 닫아걸었다. 나는 유리문에 머리를 부딪혔고 허리는 라오치한테 붙잡혀 눌렸다. 두 다리도 다른 두 녀석에게 붙잡히고 말았다. 나는 기진맥진한 채 마치 종이처럼 그들에게 눌려 바닥에 깔려버렸다. 그들이 내 허리띠를 풀 때 나는 처절하게 비명을 질렀다. 아버지, 아버지! 나 스스로도 믿을 수 없었다. 왜 나는 아버지에게 구조를 요청했을까? 아마도 세상에서 유일한 내 핏줄이었기 때문일까. 내 외침에 싼바는 차가운 미소를 지었다. 이 어리석은 헛방귀야, 아버지는 왜 찾니? 네 아버지의 나팔이 문제를 일으키지 않았으면 지금 네 나팔이 떨어질 일도 없었겠지. 나팔을 분다, 나팔을 불어. 내가 너희 부자를 도와주마. 둘이 똑같이 평생 나팔 따위는 불지 못하게 말이야.

나는 라오치의 잭나이프가 흰 빛을 내뿜으며 내 아랫도리 근처를 맴도는 모습을 보았다. 일어서, 일어서라니까! 빨리 씩씩하게 서보라고! 네놈이 제대로 서지 않으니까 수술을 할 수가 없잖아! 라오치는 남들이 보는 앞에서 칼로 내 생식기를 가지고 놀았다. 예리하고 차가운 고통이 느껴졌다. 그 순간, 내 안에서 모든 치욕과 공포는 오히려 무시되었다. 나는 미용실 바닥에 드러누워 있다는 사실을 잊었다. 마치 우리 바지선 뒤쪽 선실에, 익숙한 악몽 속에 드러누워 있는 것만 같았다. 싼바 패거리의 얼굴이 눈앞에서 어른거렸다. 모든 얼굴이 모호하고 희미했다. 그러나 그들 뒤로 어른거리는 아버지의 얼굴은 눈가의 주름과 턱 밑의 점까지 또렷하게 보였다. 눈에는 눈물이 그렁그렁 고여 있고, 창백하고 늙은 얼굴에는 한 가닥 위로의 미소가 희미하게 떠올랐다. 나는 어렴풋이 아버지의 충고를 들은 듯했다. 둥량아, 고집 피우지 마라. 조금만 참으면 곧 지나간다. 저들이 자르겠다면 그냥 놔두는 것도 좋아. 잘라버리면 홀가분해질 거다. 그러면 나도 이제 널 신경쓰지 않아도 되고.

밖에서 날카로운 호루라기 소리가 들려왔다. 가게 안이 순식간에 조용해졌다. 내 몸을 붙잡고 있던 손과 다리가 조금 느슨해졌다. 싼바의 다리 사이로 유리문 밖의 상황이 살짝 보였다. 내 구원자들이 온 것이다. 왕샤오가이와 우라이쯔였다. 그들이 문밖에서 후이센에게 뭔가를 얘기하고 있었다. 망을 보던 녀석이 어느새 가게 안으로 들어와 싼바에게 말했다. 작은 리톄메이가 고발한 게 틀림없어요. 저 창녀 같은 계집애가 간도 크지!

치안유지대와 싼바 패거리는 유리문을 사이에 두고 대치했다. 싼바가 말했다. 왕샤오가이, 손에 들고 있는 게 뭐에 쓰는 물건이냐? 릴레이 바통이냐? 몽둥이 따위로 괜히 사람 겁주지 말라고. 헛방귀 놈이 화나게 해서 우리 누님이 심장병까지 도졌단 말이다. 그런데 내가 놈을 봐줄 수 있겠어? 사적인 일로 여기 온 거니 내 체면 좀 봐줘. 오 분만 있다가 들어와. 왕샤오가이가 말했다. 싼바, 너야말로 내 체면 좀 봐주지. 사적인 일을 처리하려거든 여기서는 절대 안 돼. 여기서 일어난 일은 전부 내 소관이니까. 다른 데 가서 해. 네 일에 참견하면 내가 개새끼지.

그들이 문을 사이에 두고 담판을 짓는 와중에 후이센이 밖에서 라오취와 샤오천을 불렀다. 두 미용사가 감히 대답을 하지 못하자 후이센이 미용실로 밀고 들어왔다. 싼바 패거리의 두 녀석이 가서 후이센을 붙잡았다. 라오치가 히죽거리며 말했다. 작은 리톄메이, 조심하라고. 네가 헛방귀를 보호한답시고 나서다가 우리 형님한테 미움을 살 수도 있으니까. 헛방귀 놈의 나팔을 잘라내지 못하게 하면, 너한테 우리 나팔을 불게 할 수도 있단 말이지. 저질스러운 그 말이 후이셴의 성미를 돋웠다. 후이셴은 짝 소리가 나게 라오치의 따귀를 때렸다. 내가 이런 처지라고 너 같은 놈들이 함부로 대할 수 있을 줄 알아! 이 세상에 날 괴롭힐 수 있는 사람은 아무도 없어! 네놈들이 누군지 다 아니까, 어디 지금 마음껏 소란 한번 피워봐. 내일 지구 군부에 전화해 왕 부장님한테 네놈들을 잡아가라고 할 테니까!

그들에게 후이셴은 여전히 쉬운 상대가 아니었다. 후이셴은 결국 싼바 패거리가 만든 사람 장벽을 비집고 들어와 빗자루를 들고 내 쪽으로 다가왔다. 그러더니 빗자루로 나를 때리기 시작했다. 스스로 무덤 판 거지. 죽어도 싸다 싸. 어서 안 일어나고 뭐 해? 나는 안간힘을 썼지만 이미 온몸의 힘이 풀려 일어날 수 없었다. 후이셴이 내게 손을 내밀었지만 그래도 일으킬 수가 없자 화가 나는지 발을 구르며 라오취와 샤오천에게 버럭 성을 냈다. 당신들은 사람도 아니에요? 지금 어떤 상황인데 아직 구경만 하고 있어요? 어서 와서 도와달라고요. 이 사람 밖으로 내보내요!

라오취와 샤오천이 나를 문가로 데려갔다. 싼바 패거리의 대형이 어수선해진 틈을 타 나는 미용실 밖으로 도망쳤다. 라오치가 쫓아와서 내 허리께를 냅다 걷어찼다. 몸을 피했지만 소용없이 걷어차이고 말았다. 또다른 녀석은 머리 깎는 칼을 들고 쫓아와 나를 향해 집어던졌다. 칼은 내 목을 노리고 날아왔지만 귓가를 스쳐지나갔다. 나는 거리로 냅다 뛰었다. 등뒤에서 싼바가 외치는 소리가 들렸다. 헛방귀, 지금은 도망가게 해주마. 땅 위에서야 네놈이 도망치겠지만 강 위에서는 어디로 도망칠지 두고 보자고! 네놈의 배가 어디 있는지 알거든. 샹양 선대 칠호선이지? 배로 돌아가서 기다리고 있어!

4

나는 목숨을 걸고 달렸다.

놀란 가슴은 진정되지 않고 온몸이 참을 수 없이 아팠지만 멈추지 않고 달렸다. 아득해지는 정신 속에서 이렇게 몇 년을 줄곧 달려온 것만 같은 착각이 들었다. 달리기를 연습한 적은 없지만 어려서부터 온갖 위험을 겪으며 목숨을 걸고 달려왔다. 달려야만 했다. 그렇게 달리던 중에 잡화점 계단을 걸어내려오는 빨간 스웨터 차림의 여자가 눈에 들어왔다. 키가 크고 날씬한 여자의 모습이 내 왼쪽으로 보이다 말다 했다. 그 뒷모습이 어머니 차오리민과 무척 닮았다. 나는 길 오른쪽에서 왼쪽으로 뛰어갔다. 죽음을 앞둔 물고기가 마지막 물 한 방울을 쫓듯이 그 여인을 뒤쫓아 달렸다. 갑자기 어머니에 대한 그리움이 강렬하게 북받쳐올랐다. 있는 힘껏 달리는 가운데 마음은 더 약해질 수 없을 만큼 약해졌다. 어머니의 환영을 뒤쫓고 있다는 사실을 알면서도 여전히 포기할 수 없었다. 잡화점 앞을 지나다 흰 운동화를 사려고 줄을 선 사람들과 맞닥뜨렸다. 그 줄에 선 소년들 몇 명이 호기심어린 눈으로 나를 쳐다보았다. 그 시선들은 모두 내 아랫도리로 내려갔다. 천둥벌거숭이 같은 녀석 하나가 줄에서 이탈해 나를 쫓아오며 소리쳤다. 헛방귀,

헛방귀, 싼바가 무슨 수업을 해준 거야? 싼바가 정말 나팔을 잘라버렸어? 그 따위 녀석을 신경쓸 여유가 없었다. 나는 오른쪽 길가로 돌아가 계속 달렸다. 달려야만 했다. 달리지 않을 수 없었다. 일렬로 늘어선 쇼윈도 앞을 한창 지나는데 '하나만 낳아 잘 기르자'라는 가족계획 포스터가 보였다. 포스터 속에서 아기를 품에 안은 젊은 여성을 보며 나는 다시 어머니 차오리민을 떠올렸다. 그 선명하고 현실감 없는 얼굴은 어머니의 청춘 시절을 옮겨놓은 듯했다. 찬란한 미소와 공허한 행복이 마치 복사라도 한 듯 똑같았다. 다시 오른쪽 길가로 달리기 시작하는데 왼쪽에 있던 어머니의 환영이 사라졌다. 고개를 돌려 보니 어렴풋한 환영이 뒤에서 나를 감시하고 있었다. 어머니는 오동나무 그늘 아래 몸을 숨긴 채 고무 슬리퍼로 끊임없이 나무줄기를 두들기고 있었다. 이 덜떨어진 아들놈아, 나는 왜 쳐다보는 게냐? 이제 와서 내 생각이라도 나는 거야? 이미 늦었어!

나는 면화 창고 옆 골목을 빠져나와 무의식적으로 부두 쪽으로 방향을 틀었다. 고개를 드니 다시 어머니의 그림자가 골목길에 나타났다. 어둑한 창고 문 안쪽에서 어른거리며 여전히 손에 슬리퍼를 든 채 말했다. 어디로 도망갈 거냐? 배로는 가지 마라. 싼바 패거리가 쫓아올 테니까. 손을 휘두르며 환영을 쫓아내자 귓가에 어머니의 목소리가 들려왔다. 나를 쫓아버리려고? 이 세상에서 오직 나만이 널 구해줄 수 있단 말이다. 둥량아, 어서 집으로 가거라. 집으로 돌아가! 놀라고 당황한 나머지 나는 뛰던 발을 멈췄다. 걸음을 멈추자 이상하게도 어머니의 환영이 사라졌다. 나를 재촉하던 날카로운 경고의 목소리도 사라졌다. 집으로 돌아가자. 나는 집으로 돌아가고 싶었다. 그러나 내 집은 대체 어디에 있는가? 몸과 마음이 모두 무너져내렸는데도 머릿속만큼은 또렷했다. 내 집은 샹양 선대의 바지선 위에 있었다. 유팡진의 집이 없어져 배에 올라 십삼 년을 지냈다. 뭍에서 내 집은 사라진 지 오래였다. 이처럼 익숙한 거리, 익숙한 건물, 수많은 문과 창문은 전부 다른 사람의 집이었다. 내 집은 없었다. 갈 곳이 없었다. 면화 창고 부근을 한동안 배회하다 길가의 시멘트 관 속으로 숨어들려는데 북서쪽에서 학교를 마치는 종소리가 들려왔다. 아득히 먼 곳에서 메아리쳐오는 그 종소리에 십삼 년 전 하굣길의 기억이 떠올랐다. 나는 건축 폐기물로 이루어진 작은 동산을 비틀비틀 넘었다. 집으로 돌아가고 싶었다. 궁눙가로 통하는 지름길에는 내 소년 시절의 수많은 흔적이 새겨져 있었다. 시간은 폐허 속에서 거꾸로 흘렀다. 나는 버려진 기름통과 화물상자 사이를 쏘다녔다. 때로는 조심스럽게, 때로는 나는 듯 빠르게. 몇 분이 지나자 익숙한 골목이 선명하게 눈에 들어왔다. 궁눙가 9번지, 십삼 년 전의 내 집이 보였다.

저녁 어스름이 유팡진 심장부의 가장 조용한 지역을 비췄다. 공인과 농인의 거리라는 궁눙가는 이름에 걸맞지 않게 주민들은 다 이사를 나가고 간부들의 집만 남았다. 골목 입구에는 지프차 한 대와 상하이 브랜드의 소형 승용차 한 대가 서서 고귀한 자태를 뽐냈고 자갈길에는 아스팔트가 깔렸다. 모든 집들은 문이 굳게 닫힌 채 오동나무의 짙은 그늘에 가려져 더욱 위엄 있어 보였다. 궁눙가 9번지의 지붕과 담장은 새로 고친 모양이었다. 새둥지를 제거하고 지붕 위 풀도 베어냈다. 새로 올린 붉은 기와와 눈처럼 하얗게 칠한 담장이 어스름 속에서 깨끗하고 따스한 빛을 발했다.

여기가 내 어린 날의 집이었다. 집은 몇 차례 주인이 바뀌었는데 지금 주인은 종합청사의 지 주임이었다. 부단장급 간부로 작년에 부임해왔다고 들었다. 지 주임의 가족은 하나같이 남들이 부러워할 만한 성공을 거두었다. 아들 둘 중 하나는 해군이고 하나는 공군이었다. 나는 초록 칠이 된 대문 앞에 서 있었다. 마당에 심어놓은 수세미의 무성한 덩굴이 문 위를 타넘었고, 문에는 작은 팻말이 몇 개나 걸려 있었다. 모범 가정, 영광스러운 군인 가족, 우수당원의 집. 우편함은 우리 가족이 사용하던 낡은 철제함 그대로였다. 연노란색으로 새로 칠했다는 점만 달랐다. 나는 그 우편함에 어렴풋이 드러나 있는 '쿠'라는 글자를 쳐다보았다. 마음 깊은 곳에서 시큰한 것이 치밀어올랐다. 따스함인지 서러움인지 알 수 없었다. 고개를 들어 보니 마당의 대추나무도 그대로 있었고, 그 잎사귀 하나가 내 머리 위로 떨어졌다. 머리를 흔들어 나뭇잎을 떨어내자 이번에는 내 어깨 위로 떨어졌다. 나는 손으로 나뭇잎을 떼어냈다. 집이라는 건 사람보다도 건망증이 심한 존재인가보다. 이 집에서 오직 대추나무만이 나를 기억하고 불러주었다. 오랫동안 궁눙가에는 오지 않았다. 시간이 남아돌아도 오지 않았다. 기분이 좋을 때도 오지 않았는데 하필이면 이럴 때 여길 오다니. 나 자신이 집을 잃은 한 마리 떠돌이 개 같았다. 폐허가 된 개집 주위를 맴도는 떠돌이 개. 한 사내아이가 굴렁쇠를 굴리며 내 옆을 지나가다 초롱초롱한 두 눈을 동그랗게 뜨고 나를 쳐다보았다. 이 집에 선물 주러 온 거예요? 지 주임네 식구들은 다 출근했어요. 저녁에나 돌아오는데. 내가 말했다. 그런 거 아니고, 나는 주택관리소 사람이라서 이 집을 보러 온 거야.

십삼 년이 지나고 이 집은 이제 추억의 대상일 뿐이었다. 나는 담장 가장자리를 따라 걸었다. 담장 밖에는 그 옛날 내가 만든 토끼집이 아직 있었다. 지 주임네 식구들은 그것을 쓰레기통으로 쓰고 있었다. 나는 동쪽 창문 앞으로 걸어갔다. 굳게 닫힌 창문에는 쇠창살이 한 줄 늘어났고 안쪽으로 꽃무늬 커튼이 걸려 있었다. 안은 너무 깜깜해 제대로 보이지 않았다. 옛날에는 그 창문 너머가 바로 내 방이었다. 철제 침대가 창문 바로 아래에 있었다. 창문가를 서성이던 내 눈에 창문 유리에 붙어 있는 나비 그림이 보였다. 각도를 바꿔가며 방의 현재 모습을 엿보려는데 불현듯 나 자신의 행동에 깜짝 놀랐다. 여기는 지 주임 딸의 방이 틀림없다. 봐서는 안 된다, 봐서는 안 돼! 여자 방의 창문 밑은 옛날에도 그리고 지금도 내게는 금지 구역이었다. 나는 허리를 숙이고 지 주임네 창문 아래를 떠났다.

골목의 또다른 한쪽에도 커다란 오동나무가 한 그루 서 있었다. 큰 나무줄기와 우거진 녹음을 바라보다 좋은 생각이 떠올랐다. 그 나무가 내게 멋진 은신처가 되어줄 것 같았다. 안전할 뿐 아니라 높이 올라가 나의 옛집을 마음껏 조망할 수도 있을 테니. 나무 위로 기어올라가자 시야가 확 트였다. 오래된 대추나무는 여전히 왕성하게 우거져 그 무성한 잎사귀에 마당이 반쯤 가려졌다. 마당의 나머지 반에는 온통 빨랫줄이 매여 있었다. 저 많은 닭고기와 오리고기, 생선은 어디서 난 걸까? 한 번에 다 먹을 수 없어서 종류별로 절여 마당에 말리고 있었다. 그것은 우리집 마당이 아니었다. 내 기억에 따르면, 대추나무 아래에는 화단이 있었고 화단에는 월계화 한 그루가 심겨 있었다. 어머니는 몇 년 동안 해마다 월계화를 심었지만, 다른 집의 월계화가 다 피어도 우리집은 피지 않았다. 꽃은 우리 가족의 운명을 예언한 복선과도 같았고, 우리가 궁농가를 떠나던 그해 봄에 마침 몇 송이 월계화가 피었다. 처음으로 꽃을 피운 것이다. 작고 초라한 분홍색 꽃이었다. 어느 깊은 밤 오줌을 누러 나갔는데, 어머니가 달빛 아래서 화단 곁에 쪼그려앉아 월계화를 들여다보며 자신의 삶을 돌아보고 있었다. 어머니는 나를 보고 말했다. 이게 내 운명이야. 전부 네 아버지가 저지른 잘못 때문이지. 드디어 월계화가 피었는데 나는 떠나야 하는구나. 꽃을 볼 수가 없다니!

나는 오동나무 위에서 어머니의 마지막 환영을 보았다. 나는 궁농가 9번지에 들어갈 수 없었지만 환영은 아무렇지 않게 안으로 들어갔다. 나는 어머니가 붉은 스웨터를 입고 대추나무 아래에 서 있는 모습을 보았다. 그녀의 이글이글 불타는 눈빛이 담장을 넘어 나를 노려보았다. 나무에 기어오르지 말라니까! 얼른 내려서 집으로 와! 집으로 돌아와! 환영의 그 명령에 따를 수 없다는 것 정도는 나도 알았다. 지척에 있었지만 안타깝게도 내 집이 아니었으니. 나무 위에 앉아 있자니 허리께가 점점 아파왔다. 라오치의 그 발길질에 큰 타격을 입은 모양이었다. 나무 위에서 허리를 문지르다 문득 만감이 교차했다. 처음으로 내 인생을 돌아보았다. 아버지와 어머니 중에서 나는 왜 아버지를 택했을까? 그때 어머니 곁에서 도망치지 않았다면 내 미래가 조금은 나아지지 않았을까? 아버지와 어머니 가운데 누구의 교육이 내게 더 좋고, 누가 나를 어른으로 키우기에 더 자격이 있었을까? 어머니를 따랐다면 바지선을 잃었을 것이다. 강물을 잃었을 것이다. 그러나 적어도 이 땅 위에 집이 있었으리라. 강물과 뭍, 어느 쪽의 삶이 내게 좀더 나은 것일까? 나는 어떤 결론도 내리지 못했다. 대신 마음속 깊은 곳에서 절망스러운 답변이 들려왔다. 다 헛방귀야, 다 헛방귀라고. 어느 쪽의 삶이나 다 엉망이야! 강물 위든 뭍이든 마찬가지야. 차라리 이 나무 위에서 평생을 사는 게 나아.

나는 나무 위로 기어올라가 오동나무 가지와 잎사귀들을 바라보며 멍하니 앉아 있었다. 길에서 어슬렁거리던 누렁이 한 마리가 나를 발견하고는 살그머니 나무 아래로 달려왔다. 그러더니 나를 향해 맹렬히 짖기 시작했다. 나는 라오치가 쫓아온 줄 알고 깜짝 놀랐다. 좀더 높은 가지로 기어올라갔다. 높은 곳에서 내려다본 궁눙가는 무척 조용했다. 어느 집의 문이 빼꼼 열리고 희끗희끗한 머리 하나가 나와 사방을 둘러보더니 다시 안으로 들어갔다. 결국 개가 불러낸 것은 굴렁쇠를 굴리던 그 사내아이였다. 나무 아래로 온 아이가 깜짝 놀라 나를 향해 외쳤다. 아저씨처럼 다 큰 어른도 나무를 타요? 나무 위에 올라가서 뭐하는 거예요? 내가 말했다. 아무것도 안 해. 너무 피곤해서 좀 자려는 거야. 아이가 말했다. 거짓말쟁이! 새들이나 나무에서 자는 거지, 아저씨는 사람이잖아요. 사람이 어떻게 나무 위에서 자요? 내가 말했다. 나는 사람새거든. 내 집은 나무 위에 있어. 사람새는 피곤하면 나무 위에서 자. 아이는 의심의 눈초리를 거두지 않고 나를 관찰하더니 갑자기 소리쳤다. 거짓말쟁이! 사람새가 어디 있어요? 아까는 주택관리소에서 나왔다더니? 그 사람들은 집을 수리하지 나무를 수리하는 게 아니잖아요! 나무 위에서 뭐하는 거예요? 뭐 훔치려는 거죠? 틀림없이 도둑일 거야! 이렇게 되니 내 상황이 급해지고 말았다. 나무를 타면 다 도둑이냐? 이 어린놈이 뚫린 눈이라고 사람을 함부로 봐? 내가 여기 살던 시절에 너는 아직 네 엄마 뱃속에 있지도 않았어!

아이는 굴렁쇠를 집어들고 동쪽에 있는 어느 집으로 쏜살같이 뛰어들어갔다. 나는 그 아이가 어른을 불러낼까봐 아래쪽으로 자리를 옮겼다. 시계를 보니 아버지가 정해준 시간에서 벌써 여섯 시간이 지나 있었다. 싼바와 라오치 무리가 정말로 배에 올라 진을 치든 말든 나무 위에 숨어 있는 건 장기적 대안이 아니었다. 나는 마음이 급해져 훌쩍 나무에서 뛰어내렸다. 그제야 양손이 텅 비어 있음을 깨달았다. 여행가방이 없었다. 미용실에 두고 온 것이다. 뭍에 올라와 한나절이 다 가도록 난 대체 뭘 한 걸까? 재수없는 일이 잇달아 터지는 바람에 밀가루도 식용유도 사지 못했다. 식량보급소는 문 닫을 시간이 되었다.

나는 좌우를 살피며 인민미용실 앞까지 달려갔다. 매복하고 있는 사람이 없는지 한참이나 여기저기를 살폈다. 별다른 이상은 없었고 다만 근처의 쓰레기 더미에 눈부시게 빛나는 유릿조각이 한 무더기 나와 있었다. 그 가운데에서 거울과 감귤주스병의 잔해를 구분할 수 있었다. 하지만 내가 달아난 뒤에 미용실에서 어떤 일이 발생했던 건지는 알 수 없었다. 미용실은 평소보다 빨리 문을 닫았고 입구에서 돌아가던 전등도 움직임을 멈추었다. 화단에 핀 두 송이 해바라기의 얼굴은 마치 놀란 것처럼 커다란 이파리에 묻혀 보이지 않았다. 미용실은 굳게 닫혔고 사람들은 이미 흩어지고 없었다. 유리문에 새로 나붙은 공고가 내 호기심을 자극했다. 가까이 가서 공고를 읽던 나는 그만 숨을 멈추고 말았다. 거기에 적힌 글씨들이 총알처럼 내 가슴에 박혔다.

금일부터 샹양 선대 쿠둥량은 이 가게 출입을 금한다.

인민미용실 직원 일동

그들이 나의 미용실 출입을 금했다. 싼바와 라오치가 아니라 나였다! 내가 무슨 잘못을 저질렀다고? 무슨 이유로 공공장소 출입을 막는 거지? 화가 나서 허파가 터져버릴 것 같았다. 나는 손으로 유리문을 탕탕 두드렸지만 안에는 아무도 없었다. 문 두드리는 소리에 놀란 건 맞은편의 솜틀집 사람들이었다. 저장 지역 출신인 부부가 온 머리에 솜 가루를 날리며 달려나왔다. 남자는 내 여행가방을 들고 있었고, 여자는 새로 튼 하얀 솜이불을 말아들고 있었다. 남자가 혀를 끌끌 차며 내 행운에 감탄했다. 너 아주 제때에 잘 달아났더라. 싼바가 원래 네 사람을 불렀는데 그중 다행히 '염라대왕'이 담배를 사러 갔단 말이지. 안 그랬으면 오늘 정말 고생깨나 했을 거다. '염라대왕'이라고 너도 들어봤지? 라오치보다 더 흉악한 놈. 사람 팔뚝 끊는 게 취미라 펑황진에서는 단숨에 사람 팔 네 개를 끊었다니까. 내가 이 눈으로 똑똑히 봤지! 여자는 남편을 밀치며 다급히 내게 가방과 솜이불을 떠안겼다. 이 솜이불은 후이셴이 너희 아버지 드리는 거야. 어릴 때 신세진 은혜를 갚는 거라고 하더구나. 그러면서 새 솜이불을 억지로 내 품안에 밀어넣었다. 물건 챙겼으면 얼른 가거라. 건너편 가게 공고는 봤지? 후이셴이 너한테 전해달래. 단체의 의견이니 앞으로는 딴 데 가서 머리 하라고. 그 사람들은 네가 인민미용실에 오는 거 반기지 않을 거다.

나는 후이셴의 속내를 가늠해보았다. 나와 분명히 선을 그으려는 것이다. 어찌 보면 당연한 결과일지도 모르나 나로선 조금도 예상하지 못한 일이었다. 나는 솜이불을 끌어안았다. 한번 꼭 끌어안았다가 다시 주인 여자의 손에 돌려주었다. 솜이불 따위 필요 없어요. 은혜를 갚으려거든 다른 집에 갚으라고 하세요! 가방을 집어 든 나는 갑자기 불길한 예감이 들어 손을 넣고 속주머니 안을 더듬어보았다. 노트가 사라졌다. 선대 사람들이 즐겨 하는 말이 떠올랐다. 무언가를 잃어버릴까봐 걱정하면 꼭 그걸 잃는 법이라고. 가방 안에 든 온갖 살림살이는 그대로인데 하필 노트가 없어질 게 뭐람! 나는 놀라서 외쳤다. 노트는요? 내 노트 누가 가져갔어요? 질겁한 내 모습에 부부도 덩달아 놀랐다. 남자는 의심스러운 얼굴로 쭈그려앉더니 나와 함께 가방을 뒤져보았다. 여자는 기분이 상해 입술을 삐죽대며 작업장 쪽으로 걸어가면서 큰 소리로 말했다. 이 선대 사람들은 정말 성가시다니까! 좋은 마음으로 가방을 챙겨줬더니 이제는 물건을 내놓으라고 난리네. 우리가 지금보다 더 가난해도 그런 짓은 안 해. 누가 네 노트를 탐낸대? 나도 옛날에 가게에서 노트 팔아본 적 있다고. 노트 까짓 거 하나에 5펀밖에 안 하는데!

징벌

규정 시간을 그렇게나 오래 어겼으니 아버지의 징벌을 면하기는 어려웠다.

시간을 어긴 것에 대한 징벌만이 아니었다. 누군가 인민미용실에서 벌어진 일을 들은 건지, 아니면 유리문에 붙은 그 공고를 본 건지, 어쨌거나 입단속을 못하고 아버지에게 그 일을 말한 것이다. 내가 배에 오르기도 전에 아버지는 이미 뭍에서 일어난 사건에 대해 알고 있었다. 그리고 평소와 달리 선실 밖으로 뛰쳐나와 나를 맞았다. 왼손에는 국수 밀대를, 오른손에는 밧줄을 든 모습이 마치 기발한 복수 방법을 생각해낸 사람의 조각상 같았다.

아버지가 뱃머리에 공개적으로 얼굴을 드러내고 서자 그 모습을 본 주민들이 머뭇거리며 말을 걸었다. 어르신, 왜 그렇게 화가 나셨습니까? 밧줄이랑 밀대는 들고 뭘 하시려고요? 아버지가 말했다. 아무것도 안 합니다. 둥량이 기다리는 중이에요. 이놈을 본 사람이 있습니까? 다들 날 보지 못했다고 하자 아버지가 말했다. 못 봤으면 됐소. 사실 이놈이 어디 있는지 아니까. 누군가가 또 물었다. 밀대는 들고 대체 뭐하시려고요? 둥량이 때리시려고요? 아버지는 어쩔 수 없이 밀대를 내던졌다. 아닙니다, 아니에요. 이놈이 밀가루를 사오면 반죽을 밀려고 기다리는 중인데, 온종일 기다려도 오지 않네요! 밥을 먹지 못했다는 소리를 들은 더성댁이 밥과 반찬을 가져다주며 아버지를 위로했다. 어르신, 그렇게 초조해하지 마세요. 둥량이가 곧 돌아와 밥 해드릴 테니 이걸로 일단 요기나 하세요. 아버지는 더성댁의 호의를 거절하면서 반쯤 진심이 담긴 말을 내뱉었다. 너무 화가 나서 그 화로 배가 부른 참이라 밥은 안 넘어갑니다. 밥 때문에 이러는 게 아니에요. 이놈이 간덩이가 부어서 나갔다 하면 돌아오질 않아 그럽니다. 뭍에서 해 넘어가는 줄도 모르고 있겠죠. 더성댁이 말했다. 둥량이도 이제 다 컸으니 뭍에 오르면 틀림없이 제 나름대로 지체할 일이 생기겠지요. 애인이라도 있을지 누가 안답니까. 일찍이든 늦게든 돌아올 테니 너무 신경쓰지 마세요. 아무리 그래도 자식을 밧줄로 묶을 것까지 있어요? 아버지가 말했다. 더성댁은 뭘 모르고 하는 소리요. 이놈 자식이 뭍에 올라 양아치처럼 군다고 합디다. 나라에 법도가 있듯이 집안에도 법도가 있는 겁니다. 이놈 사상과 인성에 문제가 있으니 나라 법까지는 아니더라도 집안의 법도로 다스려야죠. 이놈을 묶어놓고 말 겁니다!

여행가방을 들고 부두로 들어서던 내 눈에 아버지의 손에 들린 밧줄이 대번에 포착됐다. 선대 주민 중 어떤 이는 내 불행에 기쁜 듯 나를 쳐다보았고, 어떤 이는 내게 손을 흔들어 배에 오르지 말라는 신호를 보냈다. 아버지의 분노는 예상했던 바였기에 그리 놀랍지 않았다. 나는 아버지가 가장 용납할 수 없는 일을 저질렀다. 난데없이 자오춘메이와 진씨 아줌마와 얽혀버렸으니 그에 상응하는 벌을 받아들일 준비가 되어 있었다. 따귀 다섯 대, 다섯 시간 무릎 꿇기, 반성문 5천 자 쓰기 같은. 어느 벌을 받을지는 내 반성의 태도에 달려 있을 터였다. 하지만 아버지가 밧줄을 들고 이물에 서서 나를 묶으려고 기다리고 있을 줄은 정말이지 꿈에도 생각지 못했다. 내 나이도 벌써 스물여섯이었다. 육손이 왕씨네 딸들과 춘성의 여동생이 나를 보고 있었으며, 부두의 리쥐화도 오일펌프실에서 살그머니 내 쪽을 보고 있을지도 몰랐다. 이런 상황에서 내가 어떻게 밧줄로 묶일 수 있겠는가? 허리가 무척 아팠다. 방금 전까지 싼바 패거리를 피해 도망치느라 개처럼 지친 참인데 아버지가, 내 친아버지가 나를 묶으려 하다니! 이제 나는 뭍에서 한데 섞여 살 수 없는 몸이었다. 만약 아버지가 이 많은 사람 앞에서 나를 밧줄로 묶는다면 이젠 배에서도 살아갈 수 없다. 도대체 어떻게 살아가고, 어떻게 행복한 내일을 꿈꿀 수 있겠는가?

나는 아버지의 화가 누그러져 밧줄을 내려놓을 때까지 부둣가에 남기로 결심했다. 샤오푸가 아까 골목에서의 일을 잊고 나를 도와주러 달려왔다. 나는 여행가방을 배에다 전해주라고 하려다 생각을 바꿨다. 만일 오늘 아버지가 나를 배에 오르지 못하게 한다면, 그래서 부둣가에서 밤을 새워야 한다면, 아버지한테 쫓겨나 배에서 내리게 된다면, 나도 단단히 마음을 먹고 뭍에서 새 삶을 시작해야 할지도 모른다. 기차를 타든 자동차를 타든 길을 떠나는 데 가방이 없어서는 안 될 일이다. 여기까지 생각이 미치자 가방은 잠시 남겨두는 편이 나을 듯싶었다. 나는 안에 든 온갖 병이며 깡통을 꺼내 샤오푸에게 건넸다. 샤오푸는 똘똘하게 물건들을 잘 나누어 챙겼다. 먼저 간장병과 식초병을 배로 들고 가 아버지의 발치에 내려놓았다. 아버지는 예의를 차리며 샤오푸에게 말했다. 고맙구나, 샤오푸. 착한 아이로구나. 나는 샤오푸를 대하는 그 낯빛과 말투를 보고 아버지의 화가 풀린 거라고 생각했다. 그러나 샤오푸가 돌아서자마자 아버지는 간장병을 들어 부두 쪽으로 내던지며 말했다. 쿠둥량, 이 불효막심한 놈, 네놈은 다리가 없냐? 아니면 그럴 배짱이 없는 게냐? 남의 집 귀한 자식한테 이런 심부름을 시켜?

간장병이 내 발치에서 산산이 부서지며 간장이 몽땅 바지로 튀었다. 나는 바지를 훔치다가 머리끝까지 화가 치밀어올랐다. 아버지도 다리가 있고, 아버지도 배짱이 있잖아요. 저를 밧줄로 묶으시려는 거 아녜요? 뭍으로 내려오세요. 뭍으로 와서 절 묶으시라고요.

말을 마치자마자 후회했다. 이런 식의 자극은 상대뿐만 아니라 나 자신에게도 이로울 게 없었다. 아버지의 얼굴이 분노로 거의 새파래졌다. 좋다. 내가 정말 뭍에 못 내릴 줄 알고? 두 다리가 아직 멀쩡한데 뭍에 못 내려갈 것도 없지. 곧 내려가서 네놈을 묶어버릴 테다.

오랫동안 뭍에 내린 적이 없는 아버지는 발판 위를 걷는 법을 몰랐다. 용감하게 앞으로 걸어와 발판이 튼튼한지 한 발로 디뎌보더니 나머지 발도 조심스레 따라 디뎠다. 그러나 거기서 더 나가지 못했다. 아버지는 괴상한 자세로 그 자리에 붙은 채 발판 위에서 기우뚱거렸다. 나도 모르게 소리를 질렀다. 조심하세요! 아버지는 몸의 균형을 잡으려 안간힘을 쓰느라 가쁜 숨을 몰아쉬더니 내게 삿대질을 해댔다. 뭘 조심해? 수작 부리지 마라. 네놈의 음모를 다 안다. 내가 강물에 빠져 죽으면 네놈은 자유라는 거겠지! 아쉽지만 내가 그리 쉽게 죽지는 않을 거다. 마지막 숨이 남을 때까지 네놈 일을 간섭할 거고, 죽어도 네놈과 같이 죽을 거다!

더성이 칠호선으로 달려와 아버지를 발판 위에서 끌어내렸다. 어르신, 이렇게 감정만 앞세워 함부로 올라가시면 안 돼요. 이게 발판 멀미라는 겁니다. 기어이 건너려다가는 강물로 떨어져요.

아버지가 더성을 붙잡고 말했다. 내가 왜 발판 멀미를 하겠소? 예전에는 숱하게 걸어다녔는데. 쌀 한 마대를 지고도 건넜소.

더성이 말했다. 이상할 것도 없지요. 몇 년이나 뭍에 안 오르셨는데요? 지금 기어이 건너신다면 발판 멀미는 둘째치고, 무사히 뭍에 내려가더라도 땅멀미를 하실 겁니다.

더성은 좌우로 몸을 흔들며 머리를 감싸고 땅멀미가 나는 시늉을 해 보였다. 땅멀미나 뱃멀미나 이치는 한 가지예요. 배를 안 타던 사람이 배를 타면 쉽게 뱃멀미가 나고, 뭍에 안 내리던 뱃사람이 뭍에 내리면 또 쉽게 땅멀미가 나는 거 아니겠습니까. 늘 선실에만 숨어 계셔서 그런 증상이 생긴 거예요. 배를 뭍으로 삼고, 뭍을 배로 삼으셨으니 땅멀미가 날 법도 하죠.

더성의 말에 아버지가 멍해졌다. 그러고는 두려운 눈빛으로 강기슭 쪽을 둘러보았다. 두 눈을 끔벅이며 더성의 이론을 곰곰 되새기는 듯했다. 그러다가 그 시선이 갑자기 훌쩍 뛰어서 내게로 왔다. 아버지의 얼굴에 분노의 빛이 다시금 떠올랐다. 아직도 안 올라와? 내가 발판에서 현기증 나기만을 기다리는 거냐? 아니면 땅멀미 하기를 기다리는 거야? 아버지는 밧줄을 묶어 고리를 만들면서 큰 소리로 고함쳤다. 네놈 간이 단단히 부었구나. 이렇게 큰 화를 자초하고도 끝끝내 고집을 피우며 버텨?

내가 말했다. 아버지가 저를 밧줄로 묶겠다면 저도 끝끝내 버틸 수밖에요. 밧줄을 더성 아저씨한테 넘기면 저도 곧 올라가죠.

왜 더성한테 넘겨? 사법기관 대표도 아니고 네 애비도 아닌데. 내가 네 애비야. '법적인 제재'가 뭔지 잊은 거냐? 오늘 네놈이 대죄를 저질렀으니 네놈에게 '법적인 제재'를 가해주마.

우리 부자는 부둣가에서 대치했다. 더성댁도 칠호선으로 건너가 아버지에게 손에 든 밧줄을 건네달라고 했다. 둥량이도 다 컸어요. 이제 애아빠 될 나이 아닙니까. 배에서도 뭍에서도 이렇게 많은 사람들이 구경하고 있고요. 재 힘이 어르신보다 센데 어떻게 밧줄로 묶는다고 이러신답니까? 설마 묶으신다고 해도 그건 둥량이가 효자라 아버지 뜻에 따라주는 걸 테지만 얼마나 낯이 없겠어요? 소문이 퍼지면 어떻게 고개를 들고 다니겠냐고요? 제법 논리정연한 더성댁의 말에 구경한다고 둘러서 있던 선대 주민들이 고개를 끄덕였다. 아버지만이 고개를 저으며 말했다. 더성댁, 나는 저놈이 효도하기를 바라는 게 아니고 좀더 나은 사람이 되기를 바라는 거예요. 여러분은 모르실 거요. 저놈을 조금이라도 나아지게 하는 게 하늘에 오르기보다 어렵다는 걸. 내가 아무리 교육을 해도 저놈은 나아질 줄 모르고, 조금이라도 손을 놓으면 곧바로 퇴보한단 말입니다. 요즘 조금 느슨하게 대했더니 저놈이 뭍에 내려가 법을 어기고 사회질서를 어지럽혔어요. 내 핏줄이니 관대하게 봐줄 수 없습니다. 오늘 저놈을 법으로 다스릴 겁니다.

더성댁이 입술을 삐죽였다. 나아지고 퇴보하고가 어딨어요. 배에서는 그런 거 필요 없어요. 어쨌거나 하루하루를 보내면서 사는 거 아니에요? 매일이 무사태평하면 그만이지요. 제가 가서 얘기를 한번 해볼까요? 배에 올라와 잘못을 인정하고 앞으로는 아버지 화나게 하지 말라고요.

아버지가 말했다. 저놈이 죄를 인정해도 소용없어요. 매일매일 죄를 인정하고도 고칠 줄을 모르니. 아무리 타일러도 고쳐지지 않는 놈이란 말입니다.

맨 먼저 더성댁이 내 예사롭지 않은 낯빛과 고통스러운 표정에 주목했다. 더성댁이 부두 쪽을 가리키며 말했다. 둥량이 좀 보세요. 얼굴이 저렇게 창백해졌잖아요. 그래도 효자인 게죠. 아버지를 이렇게 화나게 만들었다고 괴로워하잖아요. 어서 밧줄은 내려놓으세요. 아니면 밧줄 들고 선실로 들어가서 집안의 법이든 나라의 법이든 마음대로 쓰세요. 둥량이도 낯이라는 게 있는데, 보는 사람이 없어야 낯부끄럽지 않죠. 일단 배에 오르게 하고 나중에 얘기하세요.

더성이 아내의 말을 듣고 아버지 손에 들린 밧줄을 잡아당겨 빼내려 시도했다. 아버지는 경계를 늦추지 않고 밧줄을 더욱 세게 움켜쥐면서 말했다. 무슨 효자? 여러분은 저놈이 어떤 패악을 부린 망종인지 모릅니다! 밧줄을 손에서 놓지는 않았지만 아버지의 얼굴에 떠오른 분노의 표정이 풀어지는 듯했다. 더성이 눈치를 채고 다시 힘주어 밧줄을 잡아당겼고 이번에는 성공적으로 빼냈다.

아버지의 얼굴에 피곤과 질린 기색이 드러나기 시작했다. 좋습니다. 모두의 낯을 봐서 저놈을 밧줄로 묶는 건 관두겠습니다. 대신 배에 오를 필요도 없으니 뭍에서 더 썩어 타락하게 놔두겠어요. 제멋대로 난동을 부리면서 법을 어기고 사회질서를 어지럽힌다면 내가 집안의 법도를 쓸 필요도 없이 누군가 나라의 법도를 적용하겠죠. 저놈이 계속 이렇게 가다가는 언젠가 프롤레타리아 독재정치의 뜨거운 맛을 보게 될 겁니다.

나는 아버지가 한발 물러섰다고 생각하고 막 발판 위로 올라서는데 밀대가 얼굴로 날아들었다. 누가 배에 오르라고 했어? 배에 오르려거든 먼저 무릎을 꿇어! 꿇으란 말이다! 아버지가 소리쳤다. 못 꿇겠어? 못 꿇겠거든 뭍으로 돌아가! 나는 몸을 돌려 밀대는 피했지만 다친 허리가 극심하게 아팠다. 허리 통증이 심해질수록 억울함도 깊어졌다. 억울함이 깊어질수록 분노는 더이상 억제할 수 없는 지경이 되었다. 나는 불쑥 손가락을 치켜들어 아버지를 가리키며 최후통첩을 날렸다. 도대체 오늘 저를 배에 태우실 거예요, 말 거예요? 오늘 저를 안 태우시면 저도 영원히 이 배에 타지 않겠어요.

네놈이 나한테 삿대질을 해? 감히 날 위협해? 내가 네놈의 위협을 두려워할 줄 알아? 아버지가 손을 휘두르며 나를 향해 고함쳤다. 꺼져라. 뭍으로 꺼지란 말이다. 오늘부터 나한테 아들은 없다!

그 순간 머리끝까지 피가 솟구친 나는 보이는 게 없었다. 입에서 악독하기 짝이 없는 말들이 쏟아져나왔고, 그 말들이 분탕치는 홍수처럼 아버지를 덮쳤다. 누가 당신 아들 노릇을 하고 싶대요? 누가 당신 같은 아버지를 원하냐고요? 쿠원쉬안, 바지를 벗어서 어디 한번 보여주시죠. 누가 당신 같은 아버지를 원할지? 남들 아버지는 하나씩 달고 있는 자지가 왜 당신한테는 반쪽밖에 없는데? 자지가 반쪽밖에 없으면서 무슨 낯으로 날 가르쳐요? 반쪽짜리 자지 주제에, 무슨 낯으로 날 밧줄로 묶으려는 거냐고? 쿠원쉬안, 똑똑히 말하는데, 내가 오늘 이 지경까지 온 건 당신의 그 잘난 자지 때문이라고!

나의 외침 뒤로 선대의 열한 척 배에서 웅성거림이 터져나왔다. 주민들이 일제히 놀라움과 탄식을 쏟아냈다. 둥량이가 반란을 일으키네, 반란을 일으켜! 얼굴이 새하얗게 질린 아버지가 배 위에서 휘청대는 모습이 보였다. 그는 내 눈빛이 마지막 남은 한 가닥 밧줄이라도 되는 양 내 눈을 뚫어지게 바라보다가 순간 놓아버렸다. 내게 씌워보지도 않고 자신이 풀고는 끊어버렸다. 아버지의 눈빛은 공포라기보다 절망에 가까웠다. 목에는 가래가 끓었다. 하지만 가래는 뱉어지지 않고 한바탕 격렬한 기침만이 터져나왔다.

아직 우리 배에 있던 더성 부부가 다가가 아버지를 부축했다. 그를 부축해 선실 쪽으로 가며 더성이 내게 눈을 부라리고 말했다. 둥량아, 너 오늘 귀신이라도 씌인 거냐? 계급의 적도 아니고, 감히 아버지를 사지로 몰아넣어? 남들이 네 아버지를 모욕해도 우리는 누구도 그 말을 입 밖으로 안 냈는데, 오늘 네가 그렇게 내뱉다니! 더성댁이 아버지의 어깨를 두드리며 말했다. 절대로 맘에 두지 마세요. 요새 마을에서 벌건 대낮에도 귀신을 봤다는 사람이 있습디다. 벌건 대낮에 귀신을 보면 혼이 달아난다고 하는데, 둥량이도 마을에서 혼이 나간 게 틀림없어요.

나는 바지선이 줄지어 선 부두를 따라 달렸다. 두 다리가 녹작지근하게 풀리고 어깨는 까닭 없이 떨렸다. 내 일생 중 가장 피곤한 하루이자, 반드시 달아나야 하는 하루임을 알았다. 나는 달아나야 했다. 달아나지 않으면 안 된다.

쑨시밍 부부가 부둣가에서 내 앞을 가로막았다. 나를 쳐다보는 표정이 각기 달랐다—쑨시밍은 상당히 초조해 보였고, 쑨시밍댁은 이리저리 시선을 피하며 죄책감을 감추지 못했다. 그 눈빛에서 나는 단번에 쑨시밍댁이 밀고자임을 알아보았다. 쑨시밍이 내 팔뚝을 거머쥐며 말했다. 둥량아, 어디로 가는 거냐? 정말 가려고? 도대체 어디로 갈 참이야?

나는 목적지를 정하지 못했지만 그의 팔에서 벗어나며 앞으로 나갔다. 제가 어디로 가든 상관 마세요. 지구가 이렇게 큰데, 나 하나 갈 곳이 있겠죠.

쑨시밍이 단념하지 않고 내 뒤를 바짝 따라와 여행가방을 붙잡고 소리쳤다. 지구야 크기는 크지. 하지만 지구는 너한테 속한 게 아니다. 당과 사회주의에 속한 거란 말이다!

쑨시밍댁이 뒤에서 손뼉을 치고 발을 굴렀다. 둥량아, 도대체 어디로 가려고 그러냐? 네가 이래서 나쁘고 저래서 나쁘다고 남들이 그래도, 나는 그 사람들 눈이 삐었다고 말하고 다녔다. 너는 일도 잘하고 다시없을 효자라고 말이야. 곧 선대에서 모범 선박을 뽑을 텐데, 우리는 다 너희 칠호선을 뽑아야 한다고 했어. 그런데 지금 이렇게 가버리면 어떻게 너한테 영광의 꽃을 달아주겠니?

나는 원래 쑨시밍댁에게 감정이 좋지 않았기 때문에 고개를 돌려 소리를 질렀다. 영광의 꽃 따위 필요 없어요! 아줌마네 배에 달면 되겠네요. 고자질한 공을 세우셨으니까요! 쑨시밍의 손이 내 가방을 세게 내리쳤다. 둥량아, 오줌 안 나온다고 요강 탓하는 거 아니다! 샤오푸 엄마도 좋은 마음으로 일을 잘 풀어보려고 그런 거지. 네 아버지가 하도 걱정을 하시니까 얘기를 전한 거란 말이다! 네 아버지는 자오춘메이와 달라. 아버지가 때리고 욕해도 네가 이해해야 하지 않겠니. 네가 떠나버리면 아버지는 어쩌냐? 나는 다시 쑨시밍에게 고함을 질렀다. 이 상황에서 안 떠나면 제가 사람이에요? 저도 아버지한테 당할 만큼 당했어요. 팔이 없는 것도 아니고 발이 없는 것도 아니니까, 앞으로는 아버지가 스스로 돌보고 사시면 되겠죠. 쑨시밍이 말했다. 좋다, 좋아. 너도 사람인데, 아버지를 돌보고 말고는 너희 집안일이니 내가 관여할 수 없겠지. 하지만 운송 업무는 내 책임이란 말이다. 네가 가버리면 바지선 일은 어떡하냐? 내일은 배에 기름을 실어야 하는데 아버지는 뱃일을 전혀 모르시잖니. 운송 업무에 영향을 끼쳐서는 안 될 것 아니냐. 내가 말했다. 전 이제 아무것도 몰라요. 오늘부터 저는 샹양 선대와 인연을 끊고 뭍에서 여행 다닐 겁니다. 베이징도 가고, 상하이도 가고, 광저우와 하얼빈도 가고요!

나는 한참을 달려서야 겨우 쑨시밍 부부의 손에서 벗어났지만, 선대의 발 빠른 사내아이 몇 명이 어떻게 쫓아왔는지 어느새 내 앞까지 달려와 있었다. 샤오푸가 내게 물었다. 우라이쯔가 그러는데 오늘 형 자지 가위질당할 뻔했다면서? 하마터면 형 아버지 꼴 날 뻔했다던데 정말이야? 춘경은 기이한 표정으로 내 바짓가랑이 사이를 뚫어져라 바라보며 말했다. 형 지금 죄짓고 무서워서 도망가는 거지? 왕샤오가이가 그러는데 오늘 하루에 미용실을 세 번이나 들락거렸다며. 형이 후이셴한테 몹쓸 짓을 했을 거라던데. 형이 두들겨버린 거야? 어떻게 두들긴 거야? 나는 그 말들에 화가 났지만 어린애들과 입씨름하기도 싫어서 힘껏 춘경을 걷어차주고는 답답한 마음으로 계속 앞을 향해 뛰었다. 힘껏 걷어차인 춘경은 무릎을 감싸안고 뒤에서 노발대발 소리를 질러댔다. 그냥 소리만 지른 게 아니라 욕도 했다. 쿠둥량, 이 색정광! 못 오를 나무를 쳐다봐도 유분수지! 네 좆은 가위질당해도 싸다!

부두의 오일펌프실을 지나는데 종이 뭉치 하나가 안에서 날아와 내 발치에 떨어졌다. 무의식적으로 걸음을 멈추고 보니 남색 작업복을 입은 리쥐화가 문간에 기대 나를 쳐다보고 있었다. 나를 바라보는 리쥐화의 표정이 전과 달라 보였는데, 눈빛은 차가웠고 입가에는 조롱의 미소도 희미하게 떠올라 있었다. 내가 말했다. 리쥐화, 내가 너한테 무슨 죄라도 지었냐? 나한테 할말이라도 있어? 리쥐화가 말했다. 나한테 지은 죄는 없지. 그냥 생각을 좀 해보고 있었어. 열 길 물속은 알아도 한 길 사람 속은 모른다더니, 겉보기에는 멀쩡한 놈이 어찌 속은 구질구질 더러운가 하고 말이야. 나는 깜짝 놀라 할말을 잃고 리쥐화를 물끄러미 바라보았다. 리쥐화, 하고 싶은 말이 있으면 분명히 해. 내 마음속이 어째서 구질구질 더럽다는 거야? 리쥐화는 작업복 소매를 탁탁 털며 말했다. 그 얘긴 별로 하고 싶지 않은데. 네가 한 일을 굳이 내가 말할 필요 있을까? 그러고는 막막해하는 내 얼굴을 보더니 야비하게 이죽댔다. 모르는 척하는 거야? 기어이 내 입으로 말하기를 바라는 거야? 네가 미용실에서 작은 리톄메이한테 무슨 짓을 했는지? 왕샤오가이라면 그런 짓거리를 입 밖에 낼 수 있을지 몰라도 나는 못해! 나는 순간 무시무시한 헛소문이 퍼졌음을 깨달았다. 세균처럼 부두 사방에 헛소문이 퍼진 것이다. 나는 오일펌프실 앞에서 넋을 잃고 말았다. 너무 화가 나서 손발이 얼음처럼 차가워졌다. 리쥐화가 투덜거리는 소리가 아득하게 들려왔다. 네가 타락을 하든 말든 나랑은 상관없지. 나한테 뭣도 아닌 네가 타락해서 감옥에 가도 상관없다고.

리쥐화에게 억울함을 호소할 필요는 없었다. 나는 곧바로 치안 유지대 사무실로 달려갔다. 가슴 가득 분노를 품고 왕샤오가이를 찾아 담판을 지을 생각이었다. 창가로 뛰어가서 보니 왕샤오가이는 없고 엉망진창인 사무실에서 천투쯔와 우라이쯔가 장기를 두고 있었다. 그들은 머리통을 맞대고 입으로는 연신 욕을 내뱉었다. 그리고 그들의 머리 위에 걸린 칠판이 내 시선을 끌었다. 내 이름이 눈에 확 띄었다.

오늘의 치안 상황

샹양 선대 주민 쿠둥량이 인민미용실에서 부녀자를 희롱함

삐뚤빼뚤한 그 분필 글씨를 본 내 눈에서 불꽃이 튀었다. 순간 이성을 잃은 나는 문이 어딘지도 잊고 그대로 창문으로 돌진해 안으로 뛰어들었다. 소리를 듣고 돌아본 두 사람이 괴성을 내질렀다. 우라이쯔가 재빨리 탁자 위의 치안봉을 집어들고 먼저 나를 덮쳤다. 좋아, 이 헛방귀 자식! 네가 오늘 유팡진을 온통 휘젓고 다니는 바람에 우리가 이번 달 급여를 다 까이게 생겼거든. 안 그래도 네 놈을 손봐줄 시간이 없어 안타까웠는데 아주 제 발로 찾아왔구나!

나는 등받이 없는 작은 의자를 집어들어 우라이쯔에게 내던졌다. 우라이쯔가 피하자 천투쯔가 덤벼들었는데, 나는 그가 품에 안고 있는 물건을 보고 멍해졌다. 어느 구석에서 몰래 꺼내왔는지 천투쯔는 장총 한 자루를 안고 있었다! 장총 끝에는 날카로운 비수가 달려 있고, 잘 벼려진 칼날은 시린 빛을 번득였다. 천투쯔가 그 장총을 안고 눈을 깜빡이며 위풍당당 내 앞으로 한 발짝씩 다가왔다. 헛방귀, 오늘 네놈에게 치안유지대의 무서운 맛을 보여주마!

이성이 돌아온 건지 겁을 먹은 건지, 장총을 본 나는 창가로 달아났다. 달걀로는 바위를 쳐봤자다. 나는 죽어라 달아났다. 달아나지 않으면 안 된다. 도대체 무슨 날이길래 천투쯔가 장총까지 들이대는지! 나는 단숨에 면화 창고까지 달려갔다. 고개를 돌려보니 천투쯔가 사무실 앞에 서서 총으로 나를 겨냥하고 입으로 총소리를 내고 있었다. 빵, 빵, 빵! 나는 그에게 총알이 없다는 사실을 알았다. 그러나 비수의 날이 가늘고 긴데다 눈을 찌르는 그 빛만으로도 간담이 서늘해졌다. 감히 다시 가서 그들을 건드릴 수 없었다. 나는 면화 창고 앞에서 잠깐 재정비를 했다. 창고 문지기가 깜빡 잊고 의자에 두고 간 법랑잔을 들어 그 안의 찻물을 한 모금 마시고, 그의 낡은 수건으로 얼굴도 훔쳤다. 그런 다음 눈을 들어 동쪽에 있는 정자를 바라보았다. 정자 위로 고아한 노을이 걸려 있었다. 나는 저녁 빛에 물든 정자를 바라보며 '역사'라는 심오한 단어를 떠올렸다. 정자여, 정자여! 그곳은 덩사오샹 열사의 일생이 마감된 종점이었지만 내게는 삶의 시작점이 될 것이다. 나는 정자로 가야 했다. 새롭게 출발해야 했다!

정자 부근은 일종의 암시장이었다. 육로 교통의 요지로서 국도를 타고 온 유조차가 기름을 부리고 나면, 기사들이 정자 곁에서 잠시 쉬면서 가는 방향이 같은 길손들을 태워갔다. 5자오만 내면 그 차를 타고 멀리까지 갈 수 있었다.

한참을 못 본 사이에 정자의 모습은 놀랄 만큼 변해 있었다. 오래된 육각 정자는 이제 겨우 삼각형만 남았다. 청룡이 날아오르던

처마도 보이지 않고, 여섯 개의 정자 기둥은 비닐에 둘러싸여 가까스로 머리만 내밀고 있었다. 그 기둥들만이 이곳이 과거 유팡진에서 가장 장엄한 장소였음을 상기시켜주었다. 뭍에서 이렇게 큰일이 벌어졌는데도 나는 전혀 모르고 있었다. 누구 짓일까? 자오춘탕이 틀림없다. 그는 도대체 무슨 짓을 하려는 것인가? 나는 훼손된 정자에 시선을 빼앗긴 채 그리로 서둘러 달려갔다. 녹초가 된 두 일꾼이 바닥에 쪼그려앉아 찻물과 함께 만터우를 먹고 있었다. 그들의 발밑에는 송곳이며 장도리, 유압잭 따위의 공구들이 널려 있었다.

나는 일꾼들에게 삿대질하며 말했다. 간도 크시네요, 왜 장기 정자를 철거하는 거예요? 누가 이곳을 철거하라고 한 겁니까? 일꾼 하나가 만터우를 씹으며 시원스레 답했다. 우리야 그렇게 간이 클 리 없지. 자오춘탕 서기가 보내서 왔을 뿐이야. 또다른 일꾼이 말했다. 자오춘탕도 그럴 배짱까지는 없고, 위에서 정자를 철거하는 데 동의했다는군. 나는 그 윗사람이 누구냐고 물었다. 얼마나 높은 지도자라는 거예요? 그들은 자오춘탕에게 가서 물어보라고 했다. 내가 정자를 철거하는 이유를 물었다. 일꾼 하나가 말했다. 여기 위치가 좋으니까 아마 주차장 확장 공사를 할 모양이야. 이제 유팡진에도 차가 너무 많거든. 유조차, 트랙터, 군용차까지. 도무지 차 댈 곳이 없으니까 말이야. 나는 화가 나서 큰 소리로 따져물었다. 다들 새대가리도 아니고. 주차장이 중요해요, 혁명 열사를 기념하는 일이 더 중요해요? 그들은 내 질문에 잠시 말을 잃더니 결국 책임을 미뤘다. 우리한테 따지지 말고 지도자한테 가서 물어보라니까! 그들이 더이상 상대해주지 않아 나는 한숨을 내쉬고 화를 누그러뜨리며 다시 중요한 문제를 물었다. 정자를 철거하면 열사비는 어떻게 되는 거예요? 어디로 옮기냐고요. 몇 번이나 물었지만 둘 다 답해줄 생각이 없어 보였다. 내가 담배 한 개비를 내밀자 그제야 일꾼 하나가 중요한 정보를 주었다. 그냥 비석 하나랑 땅 밑에 옷가지를 묻은 가짜 무덤뿐이라 자리 옮기기도 쉽지 뭐. 아마 현도의 혁명역사박물관으로 간다던가.

또다른 일꾼은 감정에 북받친 날 보고 뭐하는 사람인지 호기심이 생긴 모양이었다. 시선을 아래위로 오르락내리락하면서 내 행색과 여행가방, 신발 따위를 살펴보는 눈치였다. 그러나 결국 내 신분에 대해 아무것도 유추해내지 못했는지 조심스레 물었다. 동지는 뭐하는 사람이오? 나는 하마터면 덩사오샹 열사의 손자라고 외칠 뻔했다. 말이 혀끝까지 나왔을 때 문득 정신이 들어 그 영예로운 신분은 이미 연기처럼 사라진 지 오래라는 사실을 떠올렸다. 십 년이면 강산도 변한다는데 지금은 나 자신도 누구 손자인지 알 수 없었다. 그저 정자를 바라보며 한숨을 내쉴 뿐이었다. 꼭 뭐하는 사람이어야 합니까? 나는 아무도 아니고 그냥 인민의 한 사람으로 물어봤을 뿐이에요.

그냥 인민의 한 사람으로 물어봐? 그 일꾼은 가슴을 쓸어내리더니 경멸하는 눈으로 나를 쳐다보았다. 그럼 우리한테 열은 왜 내고 난리야? 당신이 인민의 한 사람이면, 우리도 인민의 한 사람이야. 화나는 일이 있거든 지도자한테 가서 따지라고.

열사비와 관련된 일이니 여러 지도자의 의견에 따른 결정일 것이다. 이래라저래라 할 자격이 내게는 없었다. 나는 정자 곁으로 가서 비닐을 젖히고 안을 들여다보았다. 술냄새가 훅 풍겨왔다. 정자를 철거하기 위해 꽤 많은 일꾼이 온 모양이었다. 또다른 두 일꾼이 안에서 대자로 누워 잠을 자고 있었다. 신문지 위에는 먹다 남긴 밥그릇이 놓여 있고, 거위 몇 마리가 찬합과 술병 사이를 유유히 거닐고 있었다. 거위라니 이상했다. 그 점—바보 벤진도 있다는 뜻이었다—이 내 주의를 끌었다. 다시 정자 안을 주의깊게 살펴보니 과연 바보 벤진의 모습이 보였다. 품안에 새끼 거위 한 마리를 안고 구석에 앉아 일꾼들이 남긴 밥을 먹고 있었다.

왜 바보 벤진이 정자에 있는 걸까. 그 바보를 쳐다보다가 문득 그의 엉덩이에 있는 물고기 모양 반점을 떠올렸다. 과거 아버지는 혈통 문제로 한낱 바보와 경쟁하는 사이가 되었고, 그 경쟁은 오랫동안 지속되었다. 그 괴상한 경쟁 때문에 나는 굴욕을 느끼고 바보 벤진과 함께 있는 것을 피했다. 거의 조건반사적으로 우리를 비교하는 사람들의 시선이 두려웠다. 뭍에서나 배에서나 어리석은 사람들은 내가 바보와 함께 있는 것을 보기만 하면 흥미진진한 표정으로 우리의 혈통에 대해 이러쿵저러쿵 떠들어댔다. 쿠씨네 부자랑 바보 벤진, 대체 누가 덩사오샹의 후손이려나? 선대 주민들은 대부분 우리 부자 편이었지만, 뭍사람들은 약자를 편드는 척하며 바보 벤진의 반점이 진짜 물고기 같다고 말했다. 어떤 사람은 정의의 사도인 양 비분강개한 태도로 목청을 높이기도 했다. 쿠원쉬안 같은 부패하고 타락한 작자가 열사의 영혼에 먹칠을 하느니 차라리 바보가 열사의 후손인 게 낫다고 말이다.

나는 정자 밖에 서서 바보 벤진이 거기 있는 까닭을 곰곰 생각해보았다. 얼마 떨어지지 않은 차 노점상 주변에 서 있던 마을 사람들이 나를 유심히 바라보더니 아니나 다를까 이 우연한 만남에

열을 올렸다. 보라고! 바보가 여기 있으니 쿠둥량도 왔잖아! 그들은 제멋대로 혀를 놀리며 떠들어댔다. 어찌된 영문인지 화제가 내 엉덩이로 집중되었다. 몇 사람의 시선이 뜨거운 탐구의 욕망을 품고 불꽃처럼 내 엉덩이로 날아들었다. 천투쯔의 사촌형인 안경쟁이 천씨는 교양 있는 지식인처럼 보였지만 나를 잡아끌며 말도 안 되는 요구를 했다. 헛방귀, 마침 잘 왔다. 네 아버지는 매일 배에만 처박혀 있으니 그 엉덩이를 볼 기회가 없잖냐. 그러니 네 엉덩이를 까서 저 바보와 비교해보자. 너희 중에 누가 덩사오샹의 자손인지 우리가 보고 평가해줄게! 안경쟁이 천씨가 죽으려고 환장을 한 모양이었다. 입을 놀리든 손을 놀리든 그는 내 상대가 되지 않았지만 나는 그 패거리들과 엮이고 싶지 않았다. 안경쟁이, 꺼져! 네놈의 마누라를 보내면 앞이든 뒤든 다 보여주겠지만 너한테는 절대 못 보여주지! 나는 입으로 안경쟁이 천씨를 상대하면서 발을 슬슬 뒤로 빼 주차장 쪽으로 냅다 뛰었다.

정자 위 하늘의 노을 사이로 불길하고 서늘한 기운이 맴돌았다. 온몸이 편치 않았다. 부두에서 정자까지 오는 동안, 가는 곳마다 시비가 일었다. 떠나야 한다. 서두를수록 좋다. 나는 주차장에 유조차 몇 대가 서 있는 것을 보았다. 한 대에는 벌써 시동이 걸려 있었다. 차를 타고 싶어하는 나를 발견한 기사가 운전석에서 손짓했다. 어디로 갈 건데? 일단 어서 타. 나는 유조차를 향해 뛰어갔다. 운전실로 올라타는 계단을 밟고 서는데 안에서 기사가 말했다. 이 차는 싱푸까지 가. 가는 길 맞아? 맞으면 5자오부터 내! 나는 기사가 말하는 싱푸라는 곳이 어디인지 몰랐다. 시골 마을일까 도시일까? 어디든 상관없었다. 행복이라는 뜻의 싱푸. 무척 듣기 좋은 지명이었다. 맞아요, 저도 싱푸로 가요.

기사가 운전실 문을 열고 한 손을 뻗었다. 5자오. 돈부터 내고 타. 기사에게 돈을 건네려는데 괴이하게 아이들 목소리가 귓가에 울렸다. 저쪽 길모퉁이가 왁자해지더니 사람들이 돌아가며 내 이름을 부르는 소리가 들렸다. 둥량이 형, 거기 서. 가면 안 돼! 둥량이 형, 가면 안 된다고! 환청이 아니었다. 아이들 한 무리가 내 이름을 부르고 있었다. 소리는 부두 쪽에서부터 가까워졌다. 상양 선대의 아이들이었다. 말벌떼처럼 내 주위를 우우 에워싸고서 어떤 놈은 다리를 끌어안고, 어떤 놈은 여행가방을 빼앗았다. 샤오푸는 늙은 아낙처럼 발을 구르며 앙앙댔다. 둥량이 형, 아직도 여기서 한가하게 놀고 있어? 형 아버지 큰일났단 말이야. 농약을 마시고 응급실로 실려갔다고!

나쁜 소식은 인정사정없이, 그러나 너무나 자연스럽게 덮쳐온다. 나는 확 끼쳐오는 한기에 몸을 떨며 트럭에서 뛰어내려 병원 쪽으로 달렸다. 양팔을 흔들며 빠르게 뛰고 있다고 생각했지만 허리 통증이 발작하면서 다리가 풀려 가쁜 숨을 몰아쉬어야 했다. 아무리 뛰어도 속도가 나지 않자 샤오푸가 내 왼쪽에서 앞서 뛰며 나무랐다. 빨리 안 뛰고 뭐해? 아버지가 병원에 실려갔다는데도 아직 어기적거리고 있어? 형이 사람이야 짐승이야? 춘겅은 내 오른쪽에서 샤오푸를 흉내내며 욕을 해댔다. 다 형 탓이야. 사내대장부면 자기가 한 일에 책임을 져야지. 형이 무슨 사내대장부야? 이제 겁나지? 아버지 화를 돋워 농약을 마시게 해놓고 움츠린 남생이처럼 있는 거야? 남생이도 형보다는 빠르겠다! 춘겅의 넷째 누이동생은 맨 뒤에서 나를 몰아세웠다. 여자애가 나뭇가지를 하나 꺾어들고 내 엉덩이를 마구 두들겼다. 마치 일을 안 하고 꾀부리는 늙은 소의 엉덩이를 두들기듯이. 이래도 안 뛰어? 빨리 뛰어가서 속죄하란 말이야! 여자애가 가쁜 숨을 몰아쉬며 나를 나무랐다. 오빠는 말도 못하게 큰 죄를 저지른 거야. 아무리 못되게 굴어도 자기 아버지잖아. 사람한테는 아빠 엄마가 하나씩 밖에 없단 말이야. 한 번 돌아가시면 더는 없다고. 오빠는 친아버지를 버리고 간 양심도 없는 인간이야. 우리 엄마가 농약을 마셔본 적이 없었다면, 우리 아버지가 개코가 아니었다면, 오빠네 아버지가 선실에서 죽었어도 아무도 몰랐을 거라고!

그 말을 듣던 나는 더이상 참을 수 없어져 뛰는 와중에 그대로 엉엉 울기 시작했다. 내가 목놓아 우는 걸 한 번도 본 적 없는 아이들은 그대로 멈춰 서서 당황해하며 내 얼굴을 보았다. 나는 얼굴을 가리고 눈물을 보이지 않으려 애썼다. 얼굴을 가린 채 비틀비틀 달렸다. 아이들은 내가 욕먹고 채근을 당해서 울음을 터뜨렸다고 생각하고 마음이 약해져 더는 그러지 않았다. 여자애가 말했다. 울지 마, 울지 마. 이제 욕 안 할게. 이번에 잘못했으면 앞으로 명심하고 고치면 되는 거지. 춘경은 이맛살을 찌푸리며 말했다. 헛방귀, 창피하다. 여자들도 울 때는 자리에 앉아서 우는데, 형은 어떻게 달리면서 입을 벌리고 엉엉 우냐. 여자들도 그렇게는 안 운다! 행인들이 호기심어린 눈으로 괴상하게 내달리는 이 행렬을 보고는 물었다. 어이, 뭘 그렇게 뛰는 거냐? 선대에서 누가 죽었냐? 여자애가 새된 소리로 대꾸했다. 우리 선대에서는 사람 안 죽어요! 마을에서나 늘 사람이 죽지! 샤오푸는 쓸데없이 남 일에 끼어들려는 행인들을 밀어냈다. 우리가 뛰든 말든 뭔 상관이에요? 비켜요, 다 비키라고요. 마라톤도 못 봤어요?

더성댁과 쑨시밍댁이 유팡진병원 입구에서 우리를 맞았다. 두 아낙은 안도의 눈빛을 주고받고는 제각각 입을 열었다. 그래도 다행이네, 둥량이가 아직 안 떠나서. 우리 샤오푸 장하네, 정말로 둥량이를 데리고 왔네. 두 아낙을 보니 긴장이 풀렸는지 나는 그대로 무너지고 말았다. 우리 아버지, 괜찮지요? 이 한마디를 내뱉고 온몸의 기운이 다 빠져 그대로 거꾸러졌다. 자리에서 일어나지 못하자 두 아낙이 내 팔뚝을 한 쪽씩 끌어당겼다. 나는 둘에게 팔뚝을 내주었지만 몸과 영혼은 공포에 질려 바닥에 널브러진 채 좀처럼 일어날 줄을 몰랐다. 농약이 어디서 났대요? 누가 아버지한테 농약을 줬대요? 우리집에는 농약이 없는데. 나는 온몸을 덜덜 떨며 몇 마디 말만 반복했다. 더성댁이 말했다. 지금은 그런 일을 따질 때가 아니야. 우선 너희 아버지 목숨부터 구하고 봐야지. 일어나거라. 얼른 일어나라고. 쑨시밍댁은 내 머리통을 향해 손가락질하며 끊임없이 나를 탓했다. 이제 무서운 줄 알겠어? 아까도 너를 붙들고 알아듣도록 얘기했는데 어째 그리 말을 안 들어? 네가 뭍사람들을 안 믿는다고 우리 말도 안 믿어? 너 같은 반역자가 어디 또 있겠니? 하마터면 너희 아버지를 죽게 만들 뻔했단 말이다.

둘은 곧장 나를 응급실로 데려갔다. 몇 년 만에 와보는 거라 이 응급실의 구조나 시설이 어땠는지는 잊었지만 거기서 풍기는 병원 특유의 냄새는 또렷하게 기억했다. 발냄새와 피비린내, 그리고 알코올과 음식 냄새가 묘하게 뒤섞인 그 냄새를 맡는 순간, 나는 그만 속이 뒤집혔다. 강 위에서 십삼 년을 지내는 동안 이 응급실이 아버지와 유팡진 사이의 유일한 끈이 되고 말았다. 지난번에는 아버지의 음경을 이어붙이기 위해서였고, 이번에는 아버지의 생명을 구하기 위해서였다. 두 번 모두 나는 죄책감으로부터 도망칠 수 없었다. 나는 아버지를 음해한 살인범인 것이다. 나는 살인범이다. 살인범은 아무리 도망쳐도 소용없다. 나는 달아날 수 없었다. 나는 문 앞에 서서 강렬한 욕지기를 느꼈다. 토할 것 같아 가래통 앞에 쪼그려앉은 채 한참을 일어서지 못했다. 쑨시밍댁이 말했다. 둥량아, 왜 그러고 있는 거냐? 너희 아버지는 저쪽 구석에 누워 계시는데 어째 여기 쪼그려앉아 있어? 나는 배를 문지르며 말했다. 잠깐만요. 더성댁이 내 낯빛을 보더니 쑨시밍댁에게 말했다. 잠깐 기다리지. 오늘이 둥량이한테 어떤 날이었겠어? 토하고 싶기도 하겠지. 속이 비어서가 아니고 놀라서 말이야.

나는 가래통 옆에 쪼그려앉은 채 눈을 들어 아버지를 찾으려고 애썼다. 응급실 침대마다 사람들이 누워 있고, 아버지는 구석의 긴 의자에 누워 사람들과 산소통과 수액걸이에 둘러싸여 있었다. 간호사 둘이 그를 에워싸고 오락가락했으며, 위를 세척하느라 바쁜 의사가 고래고래 소리를 질러댔다. 붙잡아. 다리를 꽉 붙잡으라고. 몸통도 꽉 붙잡고! 벌리세요. 입 좀 벌려보세요. 혀를 밖으로 잡아빼야 하는데 아버지는 쇠약하지만 고집스러운 늙은 소처럼 도살꾼의 손을 거부했다. 그의 비협조적인 태도가 간호사들의 불만을 샀다. 환자에게는 차마 화내지 못하고 곁에 서 있던 선대 주민들을 사나운 태도로 윽박질렀다. 다들 왜 이리 둔해요? 힘 넘치는 남자들이 노인네 하나를 어쩌지 못하고. 또 내 몸에 다 뿜었잖아요! 선대 주민들은 당황해서 한참을 긴 의자 옆에서 우왕좌왕하다 겨우 제자리를 잡았다. 육손이 왕씨가 몸부림치는 아버지의 몸통을 잡고, 쑨시밍과 더성이 긴 의자 양쪽에 버티고 서서 각각 가래통과 수액병을 들었다. 그제야 나를 발견한 쑨시밍이 두 눈을 둥그렇게 뜨더니 욕을 내뱉으려다 말고 내게 소리쳐 명령했다. 너 거기서 뭐 하냐? 얼른 와서 육손이 왕씨를 도와. 와서 몸통을 붙잡으란 말이다. 네 아버지 황소고집을 모르냐? 응급처치를 거부하고 있어. 위세척을 안 받으려 한다고!

나는 생각할 겨를도 없이 달려가 아버지의 배를 눌렀다. 아버지가 눈을 부릅뜨고 나를 노려보는데 그 눈이 통방울보다 더 컸다. 아버지는 무슨 말인가를 하려 했지만 목구멍에 꽂힌 호스 때문에 할 수 없었다. 손으로 날 밀어내고 싶어하는 듯 보였으나 그의 양손은 육손이 왕씨에게 붙들려 의자 위에 꽉 눌려 있었다. 나는 아버지의 고통을 알았지만, 아버지는 내 고통을 알지 못했다. 내 고통이 그보다 덜하지 않았다. 머리가 깨질 듯 아팠고 뱃속은 홍수가 난 강처럼 뒤집어졌다. 더이상 욕지기를 참을 수 없을 지경이었지만 나는 토할 수 없었다. 먼저 아버지를 토하게 해야 했다. 나는 죽을힘을 다해 몸통을 내리눌렀다. 아버지, 토하세요. 빨리 토하시라고요. 토하면 금방 편해질 거예요. 아버지는 그래도 고집을 피웠다. 입은 토하고 다시 삼키기를 반복했다. 아버지는 입안에 든 고무호스를 뱉으려 했고, 나는 손으로 완강하게 호스를 잡고 버텼다. 아버지, 토하시라고요. 호스를 뱉는 게 아니라 농약을 토하세요. 그럼 금방 편해진다고요.

아버지가 숨을 참는가 싶더니 분노의 눈빛이 문득 수그러들면서 비리고 퀴퀴한 검은 오물이 그의 입에서 솟구쳤다. 오물이 내 얼굴에 튀었지만 나는 피하지 않았다. 아버지가 일단 토하고 나자 이상하게 나도 더는 참을 수 없었다. 나도 토했다. 토하고, 토했다. 아버지는 내 얼굴에 토하고, 나는 그의 몸 위에 토했다.

일엽편주

아버지가 퇴원했을 때 샹양 선대는 이미 기슭을 떠난 뒤였다.

아버지를 업고 부두에 도착하니 저멀리 외로이 서 있는 칠호선이 보였다. 버려진 바지선 한 척이 세상의 끝에 서 있는 것만 같았다. 강 위에서 십삼 년, 처음으로 칠호선은 샹양 선대에서 떨어져 일엽편주가 되었다. 문득 바지선과 강기슭이 심지어 진췌강마저 낯설게 느껴졌다. 보통 때 강물은 무척 바삐 흘러 멀리서도 물 흐르는 소리가 들렸다. 수면 위 여기저기에 무지갯빛 또는 은회색 기름찌꺼기가 떠다녔으며, 상류에서 마른 나뭇가지와 썩은 이파리, 때로는 물에 빠져 죽은 작은 동물의 주검들이 떠내려오곤 했다. 그러나 그날 오후 진췌강에는 아무것도 떠 있지 않았다. 너무도 깨끗해서 이상하게 느껴질 지경이었다. 널따란 수면은 마치 낡은 남빛 비단처럼 내 눈앞에 펼쳐진 채 꿈쩍도 하지 않았다. 아름다워 보이는 풍경이었다. 그러나 황량한 아름다움이었다.

병원에서 사흘을 머무느라 아버지의 몸에서는 고약한 냄새가 났다. 아버지를 업고 오는 내내 입냄새와 머리에서 나는 땀냄새, 그리고 옷에서 나는 시큼한 냄새를 차례로 맡았다. 모든 냄새가 합쳐지니 놀랍게도 강렬한 생선 비린내가 되었다. 곤혹스러웠다. 아버지한테 왜 이렇게 비린내가 날까? 나는 거대하고 속이 텅 빈 절인 생선을 둘러메듯 아버지를 업고 집으로 돌아갔다.

아버지는 진작 의식을 회복했지만 돌아오는 내내 나와 말 섞기를 거부했다. 침묵은 그가 지닌 마지막 위엄이었고, 침묵을 유지함으로써 나를 징벌했다. 어쩌다 흔들리는 두 발을 제외하면 등에 업힌 아버지의 모습은 전혀 보이지 않았다. 그러나 아버지의 눈빛 속에 이미 원한은 남아 있지 않다는 것을 알았다. 그 눈은 텅 비고 공허했으며 고통도 조금 담겨 있었다. 마치 물고기의 눈 같았다. 퇴원할 때 의사는 내게 아버지와 이야기를 많이 나누라고 조언했다. 자살을 시도했다 살아난 노인들 가운데 치매 환자가 많다는 말을 덧붙이면서. 나는 아버지와 이야기를 좀더 많이 나누고 싶었지만 어떻게 말을 꺼내야 할지 몰랐고 어떻게 끝내야 하는지는 더더욱 알지 못했다. 아버지와의 대화는 여전히 나를 시험에 들게 하는 어려운 문제였다. 그의 바싹 마른 몸뚱이가 내 등에 맞닿아 있었지만 우리 부자의 마음은 이미 아득하게 멀어져 있었다. 나는 아버지의 입을 볼 수 없었다. 보이는 것은 그 입이 불어내는 거품뿐이었다. 의사의 치료가 잘못된 건지, 아니면 아버지의 생리적 반응인 건지, 대대적인 위세척과 장세척을 몇 차례 거친 후 그의 입에서는 간헐적으로 거품이 불어져나왔다. 처음에 토해낸 거품은 갈색이거나 담황색이었다. 그러다 나중에는 보기 좋게 맑고 투명한 방울이 나왔다. 나는 아버지를 업고 부두를 거닐었다. 햇빛이 수면 위로 부서졌고 가을바람이 그의 얼굴을 스치면서 입가에 걸려 있던 마지막 방울들을 불어냈다. 방울들은 내 어깨 위로 내려왔다가 서서히 몸 앞으로 굴러떨어졌고, 놀랍게도 색이 바뀌는 그 모습을 나는 흥미롭게 지켜보았다. 방울들은 먼저 금빛을 띠다가 무지개처럼 일곱 빛깔로 변해 아롱졌다.

하역장에 부두 노동자 세 사람이 담배를 피우며 서 있었다. 류씨 아저씨가 내게 소리쳤다. 헛방귀, 집에 무슨 일이 생긴 거냐? 다른 배는 다 떠났는데 왜 너흰 부두에 남아 있어? 이내 그들은 내 등에 업힌 노인을 발견했다. 쿠원쉬안이 밖엘 다 나왔네! 류씨 아저씨가 이렇게 소리치자 다들 순식간에 쥐죽은듯 조용해졌다. 이어서 그들이 수군대는 소리를 들을 수 있었다. 가서 한번 볼까. 가서 한번 보기나 하자고. 아버지를 향한 그들의 호기심을 이해하지 못하는 건 아니었지만 그럼에도 그런 태도는 용납할 수 없었다. 아버지가 희한한 동물도 아니고, 어떻게 가서 한번 보자는 말 따위를 한단 말인가? 나는 류씨 아저씨를 향해 힘껏 고개를 내저었지만 그들은 조금도 개의치 않고 곧장 우리 부자 앞으로 달려와 아버지의 얼굴과 몸을 구석구석 살펴보았다. 내가 머리로 들이받자 그들은 어쩔 수 없이 기중기 쪽으로 물러나며 저마다 관찰 소감을 밝혔다. 젊은 녀석이 히죽 웃으며 말했다. 듣던 대로 기인이네요. 입에서 방울이 다 나오잖아요. 무슨 물고기 같아요! 류씨 아저씨의 목소리에는 연민이 가득 담겨 있었다. 그는 탄식하며 말했다. 십여 년 못 본 사이에 어찌 저렇게 늙었담? 저 사람도 인생이 참 기구하지! 또다른 사람은 잘난 체하며 류씨 아저씨에게 물었다. 자네는 저 사람이 덩사오샹 아들이라는 거지? 그런 말 같지 않은 소리를 믿다니! 저 노인네는 가짜가 틀림없어. 덩사오샹이 희생된 게 언제인지 한번 헤아려보라고. 그 광주리 속 어린애가 이제 겨우 마흔이나 쉰이 됐을 텐데, 저 노인네는 얼굴을 보아하니 적어도 일흔 살은 됐겠네. 어떻게 덩사오샹의 아들이겠어!

아버지가 등 위에서 꿈틀댔다. 한줄기 비린내가 내 콧구멍을 덮쳐왔다. 그의 입이 또 벌어진 것이다. 나는 아버지가 자기 나이에 대해 변명하려는 모양이라고 생각했지만 그저 남의 잘못을 내 탓으로 돌렸을 뿐이다. 너는 도대체 무슨 생각인 거냐? 길이 이렇게 넓은데 굳이 사람들이 있는 쪽으로 지나가다니. 어서 돌아서 배로 가자! 아버지는 내 허벅지를 걷어차며 손으로 내 목을 꽉 잡았다. 업고 싶지 않거든 내려놓고, 업으려거든 제대로 해라. 몇 발짝만 가면 되니 어서 날 배에 내려놓고 너 갈 데로 가거라. 다시는 네 일에 상관 안 하마. 네게 자유를 돌려주마.

들고양이 한 마리가 우리 배 이물에 앉아 움직이는 강물을 내려다보고 있었다. 오랫동안 부두 근처를 떠돌던 놈이라 나를 알아본 건지, 녀석은 배의 주인이 돌아왔다는 사실을 알아차리고 바지선에서 훌쩍 뛰어내려 내 발치를 지나 쏜살같이 달아났다. 나는 아버지를 업고 조심스레 발판 위를 걸으며 들고양이가 이물에 남기고 간 기념품을 보았다. 고양이 똥 한 무더기, 그리고 송사리 한 마리의 가지런한 잔해. 앞쪽 선실은 누가 그랬는지 문이 반이나 열려 있었다. 널따란 선실이 텅 빈 채로 반은 햇빛에 멱을 감고 반은 어둑한 그늘에 잠겨 있었다. 운반할 기름도 없이 텅 빈 선실에는 웅웅거리는 강물의 메아리만 모여들었다. 나는 강물소리에 이토록 민감했다. 뱃전을 지나는데 앞쪽 선실에서 강물소리를 충실하게 복제해 따라 읊기는 소리가 들렸다. 내려와, 내려와. 강물소리가 확실히 더 커졌다. 아버지도 뭔가를 들었는지 내 어깨에 기댔던 머리를 힘없이 들어올렸다. 선실에서 무슨 소리가 나는 거냐. 기름이라도 나르는 거야? 내가 말했다. 우리 배는 기름 안 날라요, 아버지. 앞쪽 선실은 텅 비었어요. 아무것도 없어요.

나는 뒤쪽 선실로 들어가 아버지를 소파에 눕혔다. 그는 벌러덩 드러누우며 만족스러운 탄성을 내뱉었다. 내가 말했다. 아버지, 우리집에 도착했어요. 집에 오니 좋네요. 아버지가 말했다. 내 집이다. 네 집이 아니야. 나를 집에 데려다줬으니 네게 감사해야겠구나. 너는 뭍에서 천하를 돌아다니겠다고 하지 않았냐? 이제 가도 좋아. 가서 맘대로 돌아다녀라! 내가 말했다. 못 가요. 아버지 몸이 너무 더러워서 물을 데워다가 씻겨드려야겠어요. 아버지는 망설이다 말했다. 그럼, 한번 더 네게 감사하마. 어쨌든 나는 씻어야 하니까. 다 씻고 나면 가도 좋다.

그날 오후 진췌강은 안절부절 어쩔 줄 몰라했다. 나는 물통을 들고 강물을 길었다. 물통을 던져넣고 강물의 비밀을 그러모았다. 강물이 물통 안에서 말했다. 내려와, 내려와. 나는 부엌으로 가서 솥을 걸고 물을 끓였다. 강물은 끓어오르면서도 끝까지 귀찮게 굴었다. 강물의 비밀스러운 말들이 무쇠솥 안에서 끓어올랐다. 내려와, 내려와, 내려와. 나는 뱃머리에 앉아 불을 지키고 있다가 알 수 없는 공포에 사로잡혔다. 그 비밀스러운 말들은 누구를 향한 것인가. 나인가, 아니면 아버지인가?

아버지를 씻기는 일은 몹시 번거로우며 일급 경계가 필요하다는 것을 샹양 선대 주민들은 잘 알고 있었다. 나는 커다란 나무통을 선실 안으로 굴려넣은 뒤 조심스레 창문을 모두 잠갔다. 엿보려는 눈들을 막는 통상적인 방법이었다. 아버지는 아마도 진췌강 기슭에서 가장 특별한 사내일 것이다. 다른 사내들은 홀딱 벗고 나다녀도 아무도 눈길을 주지 않지만, 아버지의 알몸은 언제나 사람들이 앞다퉈 훔쳐보려는 대상이었다. 그의 알몸은 특별했다. 앞으로나 뒤로나 감상할 만한 가치가 있었다. 운좋게 앞에서 보게 된다면 소문으로만 듣던 반쪽짜리 자지를 확인할 수 있었다. 그것은 아버지의 치부였다. 뒤에서 볼 기회가 있다면, 엉덩이의 물고기 모양 반점을 확인하게 되는 것이다. 그것은 아버지의 영예였다. 이 모든 것은 기나긴 방어전과 마찬가지였다. 아버지는 온 마음을 다하여 자신의 영예를 수호했고, 온 힘을 다해 자신의 치부를 엄폐했다. 나조차도 그 알몸을 앞에서 똑바로 쳐다볼 기회는 없었다. 아버지가 뒤쪽 선실에서 목욕할 때면, 그를 엄호하고 습격을 저지하는 것이 내 임무였다. 갑판 위를 순찰하면서 아버지를 훔쳐보러 오는 아이들을 쫓아내야 했다. 그날 오후는 목욕하기에 가장 좋은 기회였다. 부두에 아무도 없고 강가에는 우리 배만 남았으니 순찰을 돌 필요도 없었다. 내가 창문을 걸어 잠갔는데도 아버지의 눈빛은 잔뜩 겁에 질려 있었다. 아버지가 좌우를 살피며 말했다. 밖에 누가 시끄럽게 구는 거냐? 내 귓속이 웅웅대는데, 강기슭에 누가 있는 거냐? 내가 말했다. 선대가 떠난 지 오래라 부두에는 아무도 없어요. 훔쳐볼 사람 없을 테니 안심하고 씻으세요. 아버지는 잔뜩 경계하며 선실 문과 창문을 노려보았다. 조심하는 게 좋지. 밖에 사람이 있는 것 같아 불안하니 선실 문도 닫으려무나.

선실 문을 닫으니 답답하고 더웠다. 나는 뜨거운 물을 커다란 나무통 안에 붓고 쉰내가 풀풀 나는 아버지의 옷을 벗겼다. 팬티를 벗기려는데 그가 말했다. 팬티는 됐다. 통에 들어가서 내가 벗으마. 나는 아버지가 통에 들어갈 수 있도록 부축해주었다. 몸을 비스듬히 하고 물속으로 들어가 천천히 앉는 모습이 반신불수 같아 보이기도 했다. 쳐다보지 마라. 보기 좋을 게 뭐 있다고? 그는 눈살을 찌푸리며 내게 말했다. 수건이나 주고 돌아서라. 돌아서서 너는 가면 된다.

나는 순순히 등을 돌렸지만 이대로 밖으로 나갈 수는 없었다. 선실 벽에 걸린 덩사오샹 열사의 초상을 바라보는데 순간 기이한 환상이 나를 덮쳤다. 깊이 잠든 열사의 영혼이 깨어나 고개를 돌려 나무통 속의 알몸을 살펴보는 것 같았다. 그 눈빛은 아득하고 고요하며 슬픔으로 가득차 있었다. 쿠원쉬안, 네가 정말 내 아들이냐? 쿠원쉬안, 너는 도대체 누구의 아들이냐? 내 등뒤에서는 물 끼얹는 소리가 이어졌다 끊어졌다 했다. 그 소리엔 힘이 하나도 실려 있지 않았지만 나는 감히 돌아볼 수 없었다. 아버지, 씻으실 수 있겠어요? 힘드시면 도와드려요? 아버지가 말했다. 아직 숨은 붙어 있으니 앞쪽은 내가 씻으마. 등만 좀 도와다오. 내가 몸을 돌리려 하자 그는 소리를 질렀다. 오지 마라. 지금은 오지 마. 좀 있다가. 나는 기다릴 수밖에 없었다. 조금 있으니 아버지가 마침내 돌아서도 좋다고 말했다. 등이 아주 더러울 거다. 내내 가렵더구나. 일부러 널 붙잡고 있는 건 아니니, 등을 씻겨준 다음에는 가도 좋다. 비누질로 깨끗하게 닦아주고 가거라.

나는 나무통 곁에 쪼그려앉았다. 아버지 엉덩이의 물고기 모양 몽고점이 한눈에 들어왔다. 물고기 머리와 몸통은 색이 바래 알아보기 힘들었고 꼬리만이 다 늘어지고 창백한 피부 위에 고집스럽게 남아 있었다. 나는 몹시 놀라 엉겁결에 소리쳤다. 아버지, 몽고점이 어떻게 된 거예요? 왜 색이 바랬어요? 꼬리만 남았다고요!

아버지는 나무통 속에서 한기가 도는지 몸을 떨었다. 웬 물고기 꼬리라는 거냐? 무슨 허튼소리야? 그는 어렵사리 고개를 돌려 왼쪽을 내려보려다 멈췄다. 네놈이 날 놀리는 거냐? 내 몽고점은 남들과 달라. 절대 색이 바래지 않아.

진짜 색이 바랬어요, 아버지. 물고기 모양이던 게 이제 꼬리밖에 안 남았어요.

아버지가 고개를 오른쪽으로 숙이려 했지만 돌아가지 않았다. 그러다 초조해하며 몸을 이리저리 비틀면서 한 손으로는 나를 마구잡이로 두들겨팼다. 네가 나를 속이려는 거지? 내가 네놈의 헛소리를 믿을 성싶으냐? 어디 보여줘봐라. 내 눈으로 직접 보게 해줘봐.

아버지, 말이 되는 소리를 하세요. 몽고점은 엉덩이에 있으니까 아버지 눈으로는 직접 못 보죠. 색이 바랬어요. 제가 속이는 게 아니고요. 이런 중요한 일을 두고 제가 어떻게 아버지를 속이겠어요?

아버지는 나무통 속에서 꼼짝도 하지 않았다. 흠뻑 젖은 몸이 끊임없이 떨리고, 메마른 노인의 얼굴 위로는 눈물이 마구 흘러내렸다. 그의 눈 속에 의심과 분노의 불꽃이 타오르기 시작했다. 알겠다. 그 의사 놈이 벗겨낸 거야. 어쩐지 거기가 아프고 가렵더라니. 그래, 대단한 음모로구나. 사람을 살린다는 명목으로 오히려 해치다니. 그놈들이 내 몽고점을 훼손한 거야. 증거를 인멸한 거지. 나와 네 할머니의 관계를 끊어놓으려고!

아버지, 애먼 의사 탓은 하지 마세요. 제가 병원에서 매일 의사들을 봤다고요. 그들이 아버지 위장을 세 번이나 세척했지만, 몽고점을 세척하는 건 못 봤어요.

네놈은 어려! 어리단 말이다! 네놈은 의사들이 위를 세척하는 것만 봤지 나를 박해하는 음모는 보지 못한 거야. 뭍에는 온통 자오춘탕의 사람들뿐이다. 병원에 있는 것도 다 자오춘탕의 사람이지. 일찍부터 내통하고 있었을 거다. 너희들은 왜 나를 병원으로 데려가 위세척을 시킨 거냐? 너희들도 좋은 심보는 아니었겠지. 왜 나를 뭍으로 데려간 거야? 나를 그놈들의 수술대 위에 올려놓을 바에는 차라리 영안실로 밀어넣는 편이 나았다고!

아버지의 얼굴이 완전히 일그러졌다. 감정의 기복에 따라 입에서는 크고 작은 방울들이 뿜어져나왔다. 진한 생선 비린내를 띤 방울들이 미친듯이 내게로 날아들었다. 내가 또 화를 자초한 것이다. 후회막급이었다. 나는 왜 주둥이 하나도 제대로 간수하지 못하는 걸까? 한바탕 난리를 겪고 아직 아버지한테 용서를 받지도 못했는데 이렇게 또 화를 자초한 것이다. 나는 어찌할 바를 모르고 근거 없는 말들을 갖다붙이며 그를 위로하려 했다. 아버지, 그래도 물고기 꼬리는 남아 있잖아요. 설령 꼬리마저 없더라도 아버지는 덩사오샹 열사의 아들이라고요! 진짜는 가짜가 될 수 없고, 가짜는 진짜가 될 수 없어요. 음모를 꾸민 자들은 결국 도끼로 제 발등을 찍게 될 거예요. 어제 병원에서 들었는데, 지구에서 다시 조사단이 올 거래요. 아버지 사건을 재조사할 거라던데요.

재조사라고? 누구한테 들은 거냐? 순간 그의 눈이 반짝 빛나더니 이내 어두워졌다. 또 날 속이려는 게냐? 그런 거짓말은 필요 없다.

이제 다 알겠으니까. 사건을 재조사해줄 필요도 없다. 그저 나한테 열사 가족 증명서 한 장만 내주면 돼. 네게 그 증명서만 남겨줄 수 있으면 내 지금 당장이라도 마르크스를 보러 갈 수 있어. 나무통 안에 앉은 아버지가 갑자기 어린애처럼 엉엉 울기 시작했다. 생각할수록 내 운명을 받아들일 수가 없구나. 어떻게 받아들일 수 있겠니? 그는 내 손을 더듬어 쥐고는 엉엉 울면서 물었다. 나는 십삼 년을 버텼다. 십삼 년을 기다렸어. 그런데 좋은 소식이 있었느냐? 내가 들은 건 나쁜 소식뿐이었다. 헛소문과 비방, 그리고 음모뿐이었지! 그러고는 갑자기 눈물을 훔치고 내게 삿대질했다. 그리고 너, 네놈이 정신을 못 차리는 것도 한몫했지. 나한테는 아들놈 하나뿐인데, 얼마나 고생하며 네놈을 가르쳤는데, 십삼 년을 가르쳐서 내가 얻은 게 뭐냐? 네가 매일같이 타락해간다는 소식뿐이었지!

아버지, 앞으로는 정신 바짝 차릴게요. 아버지도 버티세요. 좀만 더 버티시면 언젠가 좋은 소식이 올 거예요.

내가 무쇠로 만든 인간도 아니고, 더는 버티지 못할 것 같구나. 아버지의 흐느낌이 천천히 잦아들었다. 체력이 바닥났는지 머리통이 느닷없이 뒤로 꺾이며 내 어깨에 부딪혔다. 목소리는 피곤한 듯 잠겼다. 둥량아, 말해봐라. 진심을 말해야 한다. 내가 더 사는 게 무슨 의미가 있지? 너도 내가 죽기만을 바라지? 나는 죽어야 하겠지?

나는 아무 말도 할 수 없었다. 감정을 억제하지 못하고 아버지의 메마른 몸뚱이를 꽉 끌어안았다. 아버지는 무의식적으로 발버둥을 쳤고, 그럴수록 나는 더 꽉 끌어안았다. 내 눈에서 눈물이 쏟아져 내렸다. 절망에 빠져 내 품에 안겨 있는 아버지가 마치 내 아들인 것만 같았다. 아버지의 몸은 바람에 건조시킨 절인 생선 같았다.

물고기 등뼈 같은 척추는 연약하고 가늘었으며, 등에 가득 난 원인 모를 은색 얼룩들은 물고기 비늘처럼 보였다. 광릉표 비누향이 그 몸에서 나는 기이한 비린내를 더이상 가려주지 못했다. 나는 아버지의 몸을 끌어안고 있다가 문득 그의 내력에 대해 많은 의문들이 떠올랐다. 역사는 수수께끼고, 아버지 역시 수수께끼였다. 아버지, 당신은 도대체 어디서 오셨습니까, 당신은 도대체 어디로 가십니까? 나는 그만 망연해져 덩사오샹 열사의 영정 쪽으로 시선을 돌렸다. 열사는 내 뜨거운 시선을 피했다. 벽에서 재빨리 고개를 돌려 모호한 뒷모습만 남겼다. 나는 맥이 탁 풀려 고개를 떨궜고, 그렇게 고개를 숙인 순간 아버지의 등에서 금색 반점을 발견했다. 매우 신비로운 그 반점은 머리와 꼬리가 있고 미세하게 흔들거렸다. 마치 살아서 움직이는 금빛 잉어처럼! 그 빛나는 점이 어디서 생겨난 건지 사방을 빙 둘러보다 닫혀 있던 선실 창문을 통해 들어온 것임을 발견했다. 창문이 바람에 열려 틈이 생긴 것이다. 1센티미터쯤 되는 그 틈새로 나는 역사의 금색 빛발을 보았다. 금빛 역사가 강물 위로 내려앉더니 반세기 전의 진췌강이 나를 향해 세차게 흘러왔다. 덩사오샹 열사가 남긴 대나무 광주리가 물결을 따라 흐르는 것을, 그 광주리 속의 갓난아기와 물고기 한 마리가 물결을 따라 흐르는 것을 보았다. 거침없이 출렁이는 강물이 아기를 삼키고 물고기 한 마리를 광주리 밖으로 튀어오르게 했다. 물고기. 물고기 한 마리. 물고기 한 마리였다. 나는 이 발견에 공포를 느꼈다. 이것이 역사의 수수께끼에 대한 답이란 말인가? 아버지가 광주리 속의 아기가 아니라면, 그 물고기란 말인가?

바깥이 시끄럽구나. 내 품안에서 눈을 감고 있던 아버지가 갑자기기 눈을 떴다. 동량아, 아직도 안 간 거냐? 바깥이 왜 이리 시끄러우냐? 사람 목소리가 아닌데, 강물이 말을 하는 거냐? 어찌 오늘은 강물이 말을 다 한단 말이냐?

나는 아버지의 예민한 청각에 깜짝 놀랐다. 이토록 쇠약해진 몸으로 강물의 은밀한 속삭임을 들을 수 있다니. 나는 그를 살짝 떠보았다. 아버지, 뭘 들었는데요? 강물이 뭐라고 해요?

아버지는 잠시 숨을 참고 듣더니 망연한 표정으로 말했다. 강물이 내게 말하는구나. 내려와, 내려와.

번개라도 맞은 기분이었다. 나만이 강물의 속삭임을 들을 수 있다고 생각했는데 이제는 아버지도 들을 수 있었다. 전혀 좋은 징조가 아니었다. 나는 아버지를 바라보며 입을 다물고 아무 말도 하지 못했다. 나는 그날 오후의 진췌강에서 무슨 일이 벌어진 것인지 알지 못했다. 강물은 하루아침에 모든 비밀을 털어놓았는데, 왜 바지선은 아직도 강 가운데 멈춰 서 있는 것일까? 나는 철갑 바지선이, 아버지의 생명이, 강물 위의 우리집이 흔들리는 것을 느꼈다. 내려와, 내려와. 아버지의 청각은 예민했고 강물의 속삭임은 갈수록 또렷하게 울렸다. 나는 강으로 뛰어들어 강물의 주둥이를 틀어막을 재간이 없었다. 강물아, 강물아, 왜 그리 안달을 내는 거야? 내 아버지를 부르는 거야, 아니면 물고기 한 마리를 네 품안으로 돌려받으려는 거야?

아버지를 안고 도망칠 길이 없었다. 엉겁결에 철제 침대 아래에 던져져 있는 밧줄로 눈이 향했다. 그 밧줄을 노려보다 갑자기 대담한 생각이 하나 떠오르며 심장이 미친듯이 날뛰었다. 서둘러 아버지를 나무통에서 안아올려 내 침대 위에 눕혔다. 아버지가 품안에서 소리를 질렀다. 여기는 아니야. 네 침대에는 오르지 않을 테다. 소파 위로 데려다줘. 날 소파 위에 내려놓고 너는 어디든 가거라. 나는 입을 열 엄두가 나지 않아 말없이 아버지에게 깨끗한 옷을 입히고 양말도 새로 신겨주었다. 그리고 자연스럽게 쪼그려앉아 침대 아래에서 몰래 밧줄을 끄집어낸 뒤 그의 발을 밧줄로 감기 시작했다. 처음에는 전혀 눈치채지 못했으나 한심한 내 손이 끊임없이 벌벌 떨리는 바람에 그만 주의를 끌고 말았다. 아버지가 갑자기 소리를 지르며 죽을힘을 다해 버둥거리기 시작했다. 뭐하는 짓이냐? 네가 밧줄로 나를 묶어? 아들이 아비를 밧줄로 묶다니, 네놈이 미쳤구나. 이렇게라도 복수하려는 거냐?

복수가 아니에요. 아버지를 구하는 거예요. 나는 마음이 급해져 더는 거리낌없이 밧줄 매는 속도를 높였다. 아버지, 조금만 참으세요. 조금만 참으면 다 묶어요. 오늘 강물이 너무 위험해요. 아버지를 내려가게 놔두지 않을 거예요. 내려가게 두지 않는다고요. 제가 있는 한, 절대로 아버지를 내려가게 두지 않겠어요!

힘없는 아버지는 한동안 몸부림치다 이내 포기하고 말았다. 묶어라, 묶어! 이렇게 클 때까지 널 키웠는데, 이렇게 오랫동안 가르쳐왔는데, 그 끝이 고작 이런 거란 말이냐. 아버지의 눈에서 눈물이 배어나오고, 입에서는 언제부터인지 맑고 투명한 방울들이 불어져나와 나무통 속으로 떨어져 모습을 감췄다. 아버지는 눈물을 머금고 나를 물끄러미 바라보았다. 늦었어. 강물마저 나를 재촉하며 내려오라는데, 네놈이 효자가 되건 망종이 되건 이미 늦었어. 내가 너를 묶어도 소용없고, 네가 나를 묶어도 소용없다. 이제는 다 늦었다.

아버지의 절망은 나를 두렵게 했고 슬프게도 했다. 뜨거운 피가 정수리 쪽으로 솟구치는 게 느껴졌다. 늦지 않았어요, 늦지 않았다고요! 아버지, 기다리고 계세요! 나는 아버지에게 맹세하며 그의 손을 침대틀에 묶었다. 아버지, 고집부리지 말고 기다리고 계세요. 제가 금방 뭍에 다녀올게요. 오늘 반드시 자오춘탕 그 개자식을 배로 데려와서 아버지께 사과하게 만들 거예요. 열사 가족 증명서를 주도록 할 거라고요!

아버지가 고함을 질렀다. 바보 같은 짓 하지 마라. 전부 그자 잘못인 것도 아니다. 억지로 받는 사과가 무슨 의미냐. 강요해서 받는 증명서 따위 소용없다. 나는 그런 거 바라지 않는다. 뭍에 가지 마라. 정 가려거든 먼저 나를 강에 처넣어라!

나는 이미 마음을 굳게 먹었다. 묶여 있는 아버지가 내 계획을 막을 순 없었다. 나는 나무통을 안고 밖으로 나와 안에 든 땟물을 쏟아버렸다. 아버지의 피부가 상할까봐, 매듭을 꼼꼼히 확인했다. 너무 꽉 묶여서도, 너무 느슨해서도 안 되었다. 그리고 만터우 두 개와 물 한 잔을 머리맡에 가져다두었다. 아버지, 저 나갔다가 언제 돌아올지 모르니 배고프면 만터우 드시고 목마르면 물 마시세요. 나는 요강까지 들고 와 아버지의 엉덩이 아래쪽에 놓다가 생각했다. 손발이 모두 묶였는데 어떻게 소변을 보지? 내가 아버지의 바지춤을 풀려 하자 그는 몸을 둥글게 말고는 분노에 가득차 내 얼굴을 향해 침을 뱉었다. 나는 금기를 건드렸다는 사실을 깨닫고 그를 설득할 수밖에 없었다. 벗지 않으면 안 돼요. 오줌이 마려우면 어쩌시려고요? 아버지처럼 깔끔한 분이 바지에 오줌을 누고 싶지는 않으시잖아요? 아버지는 무언의 항쟁을 멈추었다. 그의 눈에서 두 줄기 혼탁한 눈물이 흘러내렸다. 그리고 몇 분간의 대치 끝에 고개를 돌렸다. 아버지의 목소리가 들려왔다. 벗겨라. 보지는 마. 약속해라. 보지 않겠다고.

나는 그러겠다고 약속했다. 그러나 바지를 벗긴 순간 그쪽을 흘깃 쳐다보지 않을 수 없었다. 아버지의 음경을 본 나는 몹시 놀랐다. 마치 버려진 누에고치 같은 그것은 수북한 털 속에 조심스레 숨어 있었다. 그 모양은 내 상상을 뛰어넘어 훨씬 초라하고 비루했으며, 처연한 고통의 숨을 내뿜고 있었다. 나도 모르게 눈을 가렸다. 그렇게 선실을 빠져나와 나무계단을 걸어올라온 뒤에야 눈을 가렸던 양손을 내렸다. 내가 울고 있다는 것도 몰랐다. 손을 내렸을 때 축축해졌다는 사실을 깨달았다. 나는 양손을 내려다보았다. 손바닥과 손가락 사이사이가 온통 눈물범벅이었다.

기념비

나는 뭍으로 향했다.

뭍에 올랐을 때, 진췌강 끝에 걸려 있던 노을은 이미 어둠에 잠기기 시작했다. 붉은빛으로 물들어 찬란하게 반짝이던 구름이 서서히 줄어들더니 눈 깜짝할 사이에 허무한 잿빛으로 바뀌었다. 저녁 일곱시, 평소라면 뭍에서 배로 돌아가야 할 시간이었다. 그러나 이날 해질녘은 달랐다. 나는 계획을 가지고 뭍으로 나왔다.

부두의 조명은 벌써 불을 밝혔고, 탐조등 불빛이 오일펌프실을 수호하는 중이었다. 눈처럼 흰 불빛이 부두의 화물과 공터를 두루 비추며 선착장까지 이어졌다. 우리 배도 반쯤 불빛을 받고 있었다. 나머지 반은 물속에 고즈넉이 잠겨 깊은 고민에 빠진 것처럼 보였다. 내가 배에서 내리자마자 그 들고양이 녀석이 어디선가 튀어나와 다시 우리 뱃머리로 뛰어올랐다. 나는 녀석을 쫓아내지 않았다. 들고양이가 배에 오르는 것도 괜찮았다. 혼자 선실에 있는 아버지를 부탁할 사람도 없으니 들고양이에게 잠시 지켜달라고 하자.

저녁 바람이 불어와 땀으로 젖은 면 셔츠가 몸에 달라붙으면서 한기가 느껴졌다. 부두의 시멘트 바닥에 막 깔린 아스팔트는 덜 말라 발에 끈적거리며 달라붙었고 온기도 약간 남아 있었다. 나는 아스팔트를 통해 따스함과 동정을 느끼며 그제야 내가 신발을 신지 않았음을 깨달았다. 선착장에서 하역장까지는 사방에 사람 하나 없어 무사히 통과했다. 낮에 높다랗게 쌓여 있던 화물들이 전부 옮겨져 부두가 텅 비었다. 괴이하리만큼 비었고 이상하리만큼 고요했다. 오일펌프실 안의 커다란 기계들은 움직임을 멈추었고 리쥐화와 그 동료들도 퇴근했다. 하역 노동자들도 다 가고 갠트리크레인과 소형 타워크레인 몇 대가 밤의 정경 속에 조용히 엎드려 있었다. 높이 치솟은 원형정유탑을 올려다보니 꼭대기에서 작은 남색 전등이 한 줄로 빛나고 있어 마치 남색 구슬 목걸이를 거인의 목에 걸어놓은 것 같았다.

나는 정적을 믿지 않았다. 너무 조용하면 귀신이 나오기 마련이다. 치안유지대 사무실 앞을 지나다 보니 역시 아직도 어두운 노란 불빛이 밝혀져 있었다. 누군가 시인지 산문인지를 읊는 중이었는데, 문득 낭송이 멈추고 거리낌없이 웃는 소리들이 터져나왔다. 천투쯔와 우라이쯔는 우렁우렁 울리도록 웃었고, 동짓달 매화는 웃다가 숨이 넘어갈 지경이었다. 동짓달 매화가 웃으며 애걸하듯 말했다. 그만 읽어, 그만 읽어. 웃다가 숨넘어가겠네. 웃다가 허리 끊어지겠다고.

나는 살그머니 창가로 다가가 조심스레 사무실 안의 동정을 살폈다. 한참을 웃고 나서 왕샤오가이가 다시 낭송을 시작했다. 익숙한 문장이 내 귓가에 또렷하게 들려왔다. **아, 부레옥잠은 해바라기를 사랑한다네. 바다가 마르고 바위가 닳도록 이 마음 변치 않으리!**

머릿속이 웅 하고 울리면서 순간 나는 손으로 귀를 막았다. 이 서정적인 문장에 대해 나보다 더 잘 아는 사람은 없을 것이다. **아, 부레옥잠은 해바라기를 사랑한다네. 바다가 마르고 바위가 닳도록 이 마음 변치 않으리!** 노트 54쪽 아니면 55쪽이다. 후이셴이 진췌 극단에 있을 무렵에 쓴 글이었다. 이게 무슨 상황인지 알 수 없었다. 내 노트가 왜 왕샤오가이의 손에 들어간 것일까? 저들이 왜 내 일기를 낭송하고 있는 것일까? 사무실로 뛰어들려는데 동짓달 매화의 목소리가 들려왔다. 왜 안 읽어? 재미있는 부분 좀더 읽어봐. 왕샤오가이가 대답했다. 내가 가져온 건 이게 다야. 라오취가 몇 장 집어가고, 샤오천도 몇 장 찢어가고, 나머지는 후이셴이 가져가버렸다고. 그렇다고 우리가 후이셴하고 다툴 수는 없잖아? 후이셴이 해바라기인데! 동짓달 매화가 혀를 끌끌 차며 말했다. 사실 헛방귀도 불쌍하지. 닭 쫓던 개 지붕 쳐다보는 격이잖아?

그 말에 나는 그만 문 앞에 멈춰 서고 말았다. 그리고 한참이 지나서야 겨우 정신이 돌아왔다. 내 일기 때문에 부끄러웠고 후회가 막심했다. 그러나 일이 이렇게까지 벌어진 마당에 후회가 무슨 소용인가? 나는 뭍에 오를 때마다 여행가방 속주머니 안에 노트를 숨겼다. 아버지가 뒤져보는 것을 막기 위해서였다. 아버지로부터 지켜낸 일기가 되레 저런 인간들 손에 떨어진 것이다! 나는 문 앞에서 한참을 망설였지만 결국 안으로 들어갈 용기를 내지 못했다. 그저 내 혼잣말이 귓가에 울릴 따름이었다. 이 빚은 꼭 갚도록 하지, 반드시 갚겠어. 하지만 누구를 찾아가서 이 빚을 갚아야 하는 건지 알 수 없었다. 왕샤오가이, 라오취, 샤오천, 아니면 후이셴? 아니, 싼바와 라오치를 찾아가 복수해야 하나? 나는 고개를 들어 어둑해지는 하늘을 보다가 다시 고개를 돌려 강기슭을 바라보았다. 어스름 속에서 칠호선이 외롭고 쓸쓸하게 정박중이었다. 나는 곧바로 정신을 차렸다. 지금은 나보다 아버지가 더 중요하다. 하나뿐인 아버지의 목숨이 내 노트보다 훨씬 중요한 것이다. 오늘밤에는 다른 누구도 아닌 자오춘탕을 찾아가야 했다.

나는 그대로 종합청사를 향해 달렸다. 하지만 그곳에 이르러서야 내 계획이 단순한 희망에 불과했다는 점을 인식할 수 있었다. 너무 늦게 온 것이다. 간부들은 이미 퇴근하고 없었다. 경비실과 아직도 불이 켜진 몇몇 곳을 제외하고 사층 건물의 창문 대부분이 깜깜했다. 나는 자오춘탕의 차를 찾았다. 한때 위풍당당했던 지프차는 벌써 방치되어 억울한 듯 구석에서 쉬고 있었다. 예전 그 지프차가 있던 자리에는 소련산 볼가 세단이 서 있었다. 시커먼 새 차는 제법 위엄 있어 보였다.

운전기사인 샤오자가 고무호스를 끌어다 열심히 차를 씻고 있었다. 바닥이 온통 구정물이었다. 나는 물웅덩이들을 에돌아 샤오자에게 가서 자오춘탕의 행방을 물었다. 서기님이 퇴근하기를 기다리는 거야? 아직 청사 안에 계셔? 샤오자가 나를 흘깃 곁눈질했다. 네가 뭔데 그런 걸 물어보냐? 내가 말했다. 아무것도 아니야. 전할 중요한 소식이 있어서. 샤오자는 그래도 눈썹을 치켜세우며 나를 냉대했다. 손을 멈추지 않고 계속 차에 물을 뿌리며 거만하게 말했다. 무슨 일인지 나한테 먼저 말해봐. 서기님께 보고할 가치가 있는지 한번 들어봐주지. 너한테 무슨 중요한 일이 있겠냐? 또 열사

가족 증명서 발급해달라고 난동 피우려는 거 아냐?

유팡진에서 어떤 일을 되게 하려면 우선 담배를 한 대 물려야 한다. 나는 샤오자에게 담배를 한 개비 건넸다. 그는 마지못해 받아 들더니 담배 상표를 보고 말했다. 페이마? 안 피워. 난 다첸먼만 피운다고. 그러면서 담배를 운전석에 던져넣으며 흥 하고 콧방귀를 뀌었다. 지금이 어느 시절인데, 너희 선대 사람들이나 페이마가 좋은 담배라고 생각할 거다. 그의 얼굴빛이 조금 부드러워진 것을 보고 내가 다시 말했다. 서기님을 찾아가서 소란을 피우려는 게 아니라 사람 하나를 구하려는 거야. 어디 계신지 알려주면 다음번에는 다첸먼으로 한 대 주지. 안 주면 내가 사람이 아니라고! 그가 눈살을 찌푸렸다. 다첸먼 한 대가 뭐 대수라고 큰소리야! 살금살금 서기님을 찾아서 대체 뭘 하려는 거야? 서기님이 의사도 아닌데 어떻게 사람을 구해? 그가 자꾸 내몰자 나는 아예 툭 까놓고 부탁하기로 마음을 바꿨다. 사람을 살려달라기보단 목숨 하나를 구제해달라는 거야. 아버지가 목숨을 끊으려고 하니 오늘 서기님이 우리 배에 꼭 와줘야 한다고! 그가 차가운 웃음을 날렸다. 네 아버지는 퇴원한 지 얼마 안 됐는데 또 자살을 시도한단 말이야? 너희 집 일이라면 내가 잘 알지. 네 아버지가 자살하려는 건 네놈이 속을 썩였기 때문이야. 그 목숨은 네가 구할 수 있지, 서기님이 간들 아무 소용 없다고!

나는 샤오자에게 매달리기를 포기하고 종합청사 경비실로 달려가 자오춘탕의 행방을 물었다. 다행히도 경비실 여자는 새로 온 사람이라 나를 몰랐다. 급해서 쩔쩔매는 나를 보고 유용한 정보를 알려주었다. 서기님은 오늘 무척 바쁘세요. 조사단이 세 팀이나 와서 밤늦게까지 접대하느라 식사중이실 거예요! 나는 종합청사 옆으로 돌아가서 식당 창문을 들여다보았다. 작은 홀은 어두운데다 불도 꺼져 있어서 썰렁했다. 다만 간부처럼 보이는 낯선 사람 둘이 창가 자리에 앉아 있었다. 밥을 먹고 있는지 이야기를 나누는지는 알 수 없었다. 나는 창가로 달려가 그들에게 물었다. 조사단 분들이신가요? 서기님과 오늘 함께 식사하지 않으시나요? 한 여자 간부가 나를 쓱 훑어보더니 얼굴에 모호한 미소를 띠었다. 우리는 산아제한 조사단이고 서기님은 우리와 식사하지 않으셨어. 다른 분들과 가셨지. 나는 또 물었다. 서기님이 누구랑 식사하러 가셨어요? 어디로 가셨나요? 남자 간부가 부러운 내색을 감추지 않고 말했다. 누구와 함께 갔는지는 잘 모르고, 게 요리를 먹으러 갔다는 사실만 알지. 그 손님들은 급이 달라서 식당도 다르니까. 급 높은 식당이 있거든 거기로 찾아가봐.

나는 문득 춘펑여관이 최근에 다락을 재정비해 호화스러운 단독 룸을 갖추었다는 사실을 떠올렸다. 바로 아버지가 격리되었던 그 다락이었다. 지금은 자오춘탕이 귀빈을 모시고 연회를 베풀 때 사용하는 비밀 장소가 되었다고 들었다. 나는 춘펑여관 쪽으로 급히 걸었다. 길에서 대나무 장대처럼 키가 크고 깡마른 소년과 마주쳤다. 소년은 안경을 쓰고 어깨를 으쓱거리며 책가방을 겨드랑이 사이에 끼고 있었다. 나는 학교 쪽에서 걸어와 내 옆을 스쳐지나간 그 소년이 미용사 라오춰의 손자임을 알아보았다. 유팡진중학교의 우등생이었다. 라오춰는 인민미용실에서 몇 차례나 자기 손자가 얼마나 대단한 우등생인지, 얼마나 전도유망한지 허풍을 떨었다. 전도유망한 사람들은 보통 장래가 없는 사람과는 이야기를 하지 않는다. 나는 소년과 이야기할 준비가 되어 있지 않았다. 내 곁을 거만한 태도로 스쳐지나가던 소년이 갑자기 중간쯤에서 되돌아 나를 쫓아오며 물었다. 쿠둥량씨죠? 나는 갑작스러운 물음이 내 노트와 관련 있을 거라 민감하게 눈치채고 못 들은 척 걸음을 빨리했다. 이 얄미운 중학생이 포기하지 않고 끝끝내 쫓아올 거라고는 생각도 못했다. 소년이 씩씩대면서 말했다. 왜 달아나세요? 물어볼 게 있어서 그러는데. 마오 주석께서 왜 유팡진의 인민 대중을 만나러 오시지 않고 해바라기 한 송이를 보러 오셨다는 거예요? 위대한 지도자께서 기껏해야 농작물 하나를 만나러 오셨다는 게 가능한 일이에요? 왜 멋대로 역사를 지어내요?

내 일기가 대중적인 읽을거리가 됐음이 분명했다. 라오취의 손자도 틀림없이 그걸 본 것이다. 아마도 30쪽, 아니면 31쪽이거나 32쪽이다. 이 책벌레 소년이 어떻게 내 비밀을 이해할 수 있을까? 나는 소년과 더불어 역사를 탐구하고 싶은 마음이 전혀 없었다. 소년에게 내 사춘기의 비밀을 털어놓을 의무는 더더욱 없었다. 나는 눈을 부라리며 크게 소리를 질렀다. 역사는 수수께끼야! 개소리나 하는 녀석이 역사를 어떻게 이해하겠냐? 꺼져!

소년을 쫓아버리고 나니 마음이 헛헛했다. 어스름의 유팡진을 걸으며 내 은밀한 사생활이 거리를 밝히는 가로등 같다고 생각했다. 내 은밀한 비밀이 관대한 빛으로 이 작은 마을을 비추고 그곳의 무료한 삶을 밝히고 있었다. 숱한 창문들 사이로 흘러나오는 모든 웃음소리가 나 그리고 내 노트와 관련된 것은 아닐까 의심스러웠다. 춘펑여관까지 가는 길에는 어두운 곳만 골라 걸으며 거리를 오가는 모든 사람을 내내 조심스럽게 피했다. 무거운 의문이 계속

해서 내 마음을 짓눌렀다. 노트가 아직 몇 장은 남아 있을 텐데, 그건 후이셴의 손에 있으려나?

춘펑여관 입구에서 걸음을 멈추었다. 여관 앞에는 아직도 노동절을 경축하는 등불이 걸려 있었다. 주변은 적막하고 차량의 흔적은 없었다. 나는 고개를 들고 여관 창문을 이리저리 둘러보았다. 삼층짜리 시멘트 건물은 꼭대기의 그 비밀스러운 격리실을 포함해 모든 창문에 자주색 커튼을 드리웠다. 조사단 사람들이 이곳에 묵고 있는지 판단할 방법이 없었다. 숨을 깊이 들이마셔봤지만 요리 냄새는 나지 않았고, 숨을 참고 귀기울여보아도 그릇이나 젓가락 따위가 부딪는 소리가 들리지 않았다. 나는 심장이 철렁 내려앉았다. 여관 앞으로 다가가 문을 밀어보니 잠겨 있었다. 문 유리 너머로 누군가 안내데스크 뒤에 엎드려 졸고 있는 모습이 보였다. 나는 유리를 두드렸다. 몇 번을 두드렸지만 안내데스크 뒤쪽의 머리통은 위로 들릴 줄 모르고 나른한 여인의 목소리만 들려왔다. 누구세요? 숙박하려면 증명서가 필요해요. 먼저 파출소에 가서 증명서를 끊어 오세요. 나는 문밖에서 말했다. 숙박하려는 게 아니고 누굴 찾으러 왔어요. 안에서 여인이 말했다. 누굴 찾는데요? 사람을 찾으려고 해도 등록은 해야 해요. 누구세요? 누구를 찾아왔어요? 나는 내 이름을 밝히지 않고 말했다. 여기 단독 룸이 있죠? 자오춘탕 서기님이 안에서 손님들을 모시고 있지 않나요? 여인은 눈을 번쩍 뜨고 자리에서 일어나 두리번거리며 밖을 살폈다. 갑자기 목소리에 경계심이 잔뜩 서렸다. 도대체 누구예요? 우리 여관에 단독 룸이 있다는 말은 어디서 들었어요? 나는 잠깐 생각하다가 좋은 꾀를 냈다. 서기님이죠. 서기님이 이리로 찾아오라고 하셨거든요. 여인은 그래도 문을 열어주지 않고 눈을 가늘게 뜬 채 밖을 내다보았다. 난 당신을 모르겠는데. 간부도 아니잖아요? 여인의 머리가 순식간에 안내데스크 뒤쪽으로 사라지더니 사납고 거친 목소리가 들려왔다. 서기를 찾으려거든 종합청사로 가지 여기서 무슨 서기를 찾아. 여기는 숙박하는 손님들뿐이라고.

나는 허탕을 쳤다. 남을 탓할 일은 아니었다. 내가 잘못 넘겨짚은 탓이다. 적어도 자오춘탕의 집으로 가봤어야 한다. 나는 몸을 돌려 훙치가 쪽으로 걸었다. 훙치가에 도착하니 온 거리의 버려진 집과 부서진 담장이 밤빛 속에 괴물처럼 서 있었다. 그제야 자오춘탕의 집이 철거되었고 그는 진작에 이사했다는 사실이 떠올랐다. 어디로 갔는지는 알지 못했다. 낙담한 나는 그대로 등받이 없는 망가진 의자에 주저앉아버렸다. 피로가 극한에 달한 기분이었다. 너무 지쳐 아픈 곳이 발작을 일으켰다. 허리가 심하게 아파 의자에 앉은 채로 좀처럼 몸을 일으킬 수 없었다.

훙치가 입구에는 외로운 돌집 한 채가 여전히 우뚝 서 있었다. 곰보 리씨네 두부 작업장이었다. 작업장에는 등불이 밝혀져 있고 문 안팎으로 누런 대두 자루가 그득그득 쌓여 있었다. 이렇게 늦은 시간에도 곰보 리씨 부부는 등불을 밝히고 바삐 움직이는 중이었다. 부부는 맷돌을 쓱쓱 돌려 콩을 갈았다. 아버지가 이 집 두부를 참 좋아했다. 여기는 두부를 팔 때 배급표를 받지 않았다. 이런 기회도 흔치 않으니 몇 모 사가서 몸보신이라도 해드려야겠다는 생각이 들었다. 그래서 의자에 앉은 채 작업장을 향해 외쳤다. 두부 두 모 주세요, 두부 두 모요! 아낙이 안에서 알았다고 대답하고는 손에 두부 두 모를 들고 나왔다가 문밖에 아무도 없는 것을 보고 어리둥절해했다. 희한도 하네, 귀신이 씌었나. 누가 두부를 사겠다고 부른 거야? 나는 아낙을 향해 손짓해 보였다. 여기요, 두부 여기요. 아낙은 폐허 위에 앉아 있는 나를 보고 깜짝 놀라 펄쩍 뛰었다. 이어 내 얼굴을 자세히 살펴보더니 소리를 질렀다. 그 컴컴한 데서 두부를 산다고? 일부러 사람 놀래려는 거지! 나는 몸을 일으키려다 문득 두부를 살 수 없다는 사실을 깨달았다. 두부 두 모를 들고 어떻게 자오춘탕을 찾아다닌단 말인가? 나는 곰보 리씨네 아낙에게 손을 내저으며 말했다. 됐어요. 두부 안 사요. 장난 한번 해봤어요. 아낙은 짜증내며 투덜거렸다. 왜 우리한테 장난질이야. 안 그래도 다 철거돼서 음산한데, 그 어둑한 곳에 앉아 두부를 산다 안 산다 난리야. 차라리 귀신이라고 여기고 말지! 나는 일어나 밝은 곳으로 가서 얼렁뚱땅 사과했다. 아주머니, 저는 사람을 찾으러 온 거예요. 자오춘탕 서기님이 어디로 이사했는지 아세요?

내 질문에 아낙은 무언가 떠오른 모양인지 대답은 않고 두부 두 모를 손에 든 채 눈을 반짝이며 나를 빤히 바라보았다. 그러더니 아이고 하며 외마디 소리를 질렀다. 누군지 알겠네. 쿠원쉬안 아들 아니야? 서기님을 왜 찾는지도 알지. 열사 가족 증명서를 원하는 거지? 찾아도 소용없어. 누구를 찾아가도 증명서는 못 받을 거야. 덩사오샹 열사의 아들을 찾았거든. 네 아버지도 아니고, 바보 벤진도 아니고, 우푸진의 장 선생님이 진짜 열사의 후예였단 말이야. 원래 중학교 교장이었다가 지금은 벌써 교육국 국장이 되신 분이지. 곰보 리씨네 아낙은 여기까지 말하다 내 표정이 변하는 것을 보고 과장된 목소리로 겁에 질린 척했다. 아이고, 젊은 사람이 나를 그리 노려봐서 뭐하자는 거야? 그러다 사람 잡아먹겠네? 내가 너희 집에 증명서를 안 준 것도 아니고. 나도 종합청사 왕씨 아줌마한테 들었을 뿐이야. 조사단 동지한테 들었다더구나.

곰보 리씨가 앞치마를 두른 채 기세등등하게 달려나왔다. 내 쪽에는 눈길도 주지 않고 아낙에게 기세 사납게 잔소리를 퍼부었다. 이 수다쟁이 여편네가 여기서 두부를 파는 거야, 정보를 파는 거야? 설령 당신이 간첩이어서 정보를 팔더라도 가격도 묻고 상대도 봐가며 팔아야 할 것 아냐? 당신 그 잘난 기억력은 저놈 아비가 '자본주의의 꼬리'를 베어낸다는 명분으로 우리집에 사람을 보낸 것도 기억 못해? 대두 세 부대 몽땅하고 맷돌까지 압수당했잖아. 그때 당신이 얼마나 울고불고 난리를 쳤는지 기억이 안 난단 말이야? 상처가 아무니까 아팠던 것도 잊었어? 저놈이 뭘 알아내고 싶거든 일단 대두 세 부대부터 돌려달라고 해!

곰보 리씨가 아버지에게 원한이 맺힌 줄은 생각도 못했다. 아버지가 뭍에 수없이 많은 원수를 두고 있으며, 그 가운데 두부를 만드는 곰보 리씨 부부도 포함되어 있다는 사실은 더욱 몰랐다. 훙치가에도 오래 머물 수는 없었다. 나는 그들의 적대적인 시선을 받으며 이를 악물고 그들의 시야에서 달아났다. 런민가까지 와서야 겨우 안도의 한숨을 내쉴 수 있었다. 하늘은 이미 어두워졌고 가로등에 불이 들어왔다. 유팡진 거리는 가로등 불빛 아래에 그 모습을 드러내고 있었다. 깨끗한 대로는 더 깨끗해 보였고, 지저분한 샛골목들은 더 지저분해 보였다. 길가에 면한 집들에서 풍기는 저녁밥 냄새가 공기 중에 떠돌았다. 코를 찌르는 돼지고기 냄새도 있었고, 절인 야채를 볶은 매콤한 냄새도 있었다. 배가 고파 꼬르륵 소리가 나자 마음이 급해졌다. 그러나 어디로 가야 할지 알 수 없었다. 곰보 리씨의 아낙이 들려준 이야기는 비록 증거가 없어도 이미 사람들 사이에 퍼져나갔을 게 분명했다. 덩사오샹 열사의 후예로 새로운 사람이 뽑혔다니! 나는 아버지의 기나긴 기다림이 장차 몰락 속에서 끝나버릴 것을 알았다. 그는 믿을 수 없을 것이다. 믿지 않을 것이다. 그러나 그가 믿지 않더라도 소용없는 일이다.

그 찰나의 절망이 뭍에서의 내 노선을 바꾸고 말았다. 자오춘탕을 찾아볼 용기를 잃고 정자로 향했다. 처음에는 헛된 욕심을 품고 간 것이 아니었다. 늘 사람이 붐비고 떠도는 소문이 많은 곳이니 아무나 찾아서 우푸진의 장 선생에 대해 물어볼 생각이었다. 하지만 정자에 도착하니 뜻밖에도 사방에 사람 그림자라고는 보이지 않았다. 차를 파는 노점의 과부 팡씨도 장사를 접었고, 평소 노점 앞에 진을 친 사람들도 보이지 않았다. 다만 주차장에 유조차와 트럭 몇 대가 서 있고, 외지에서 온 운전기사 몇 명이 바닥에 비닐을 깔고 앉아 포커를 치고 있었다. 구레나룻이 덥수룩한 기사 한 명이 운전석에 앉아 있다가 나를 보고 손을 흔들었다. 차 타려고? 어서 타, 지금 출발할 거니까. 5자오에 **싱푸**까지 데려다주지!

5자오에 **싱푸**로 간다. **싱푸**로 간다. 그렇게 좋은 곳에, 그렇게 싼 가격에. 그러나 애석하게도 갈 수 없었다.

나는 정자 주변을 배회했다. 가로등 불빛 아래서 내 그림자가 길어졌다 짧아졌다 하며 이리저리 오갔다. 갑자기 왜 뭍에 올라왔는지 회의가 들기 시작했다. 헛방귀, 헛방귀. 내가 아버지에게 한 맹세는 헛방귀다. 나는 무엇을 하려고 뭍으로 나왔을까? 나는 아무것도 할 수 없다. 나는 아무 쓸모도 없는 놈이다. 아무것도 아닌 헛방귀다. 나는 헛방귀다. 그렇게 정자 앞에서 자책하고 후회하며, 밤빛 한가운데 다 부서져 위태로운 몰골로 서 있는 정자를 바라보았다. 바람이 불어와 정자를 가려놓은 비닐이 펄럭였다. 비닐 한쪽 끝이 들려올라가자 정자 안에서 기이한 삼각형 불빛이 새어나와 내 눈을 날카롭게 찔렀다. 바로 그 희미한 빛에 이끌려 귀신에 들린 것처럼 정자 안으로 빨려들어가던 내 모습을 기억한다.

정자 안에는 일꾼들이 남기고 간 망치며 곡괭이며 유압잭 따위의 공구가 어지럽게 널려 있었다. 일꾼들도 바보 벤진도 없었다. 벤진의 거위 두 마리가 보였다. 한 마리는 짓궂게도 망치 위에 서 있었으며, 또 한 마리는 용서받을 수 없는 무엄한 짓을 저지르는 중이었다. 열사비 위에 쪼그려앉아 구역질나는 똥을 끊고 있었다.

덩사오샹 열사의 기념비가 나를 향해 그 희미한 빛을 뿜어내며 일생일대의 영감을 주고 있었다. 비석은 온몸이 굵은 밧줄로 단단히 묶인 채 바닥에 드러누워 있었다. 운반 준비를 모두 마친 모양이었다. 아마도 내일, 어쩌면 모레에 옮겨질 터였다. 덩사오샹 열사의 영혼이 멀리 이사를 가는 것이다. 저 강 상류의 평황진으로? 아니면 사십 리 길을 지나 우푸진으로? 순간 내 머릿속에 영감의 빛이 번득였다. 뜨거운 피가 끓어오르며 찬란하면서도 광기어린 생각이 떠올랐다. 맨손으로 돌아갈 수는 없다. 나는 비석을 붙잡아두기로 했다. 내가 이사시킬 것이다. 비석을 가지고 집으로 돌아갈 것이다. 덩사오샹 열사의 영혼을 아버지에게 돌려줄 것이다!

더 늦기 전에 일을 해치워야 했다. 나는 바보 벤진의 커다란 거위를 발로 차서 쫓아버리고 비석 위의 거위 똥을 닦아냈다. 옮기기 전에 공손히 절을 올리는 것도 잊지 않았다. 무거운 물건을 옮기는 것은 선대에서 늘 하던 일이었다. 양손으로 끈을 단단히 잡고 힘을 주어 끌어당기자 묵직한 비석이 순순히 자리에서 일어나 적당한 각도를 이루었다. 그리고 내 팔과 허리의 힘에 맞추어 서서히 바닥을 미끄러지며 움직였다. 적어도 100킬로그램은 넘는 듯했다. 내 경험에 따르면 혼자 힘으로 끌 수 있는 무게가 아니었다. 그러나 비석은 넘치는 희열을 안겨주었다. 내 움직임에 호응한 것이다. 마치 내게 호의와 연민의 정을 표하는 듯했다. 그 무거운 비석이 시멘트 바닥 위를 그토록 부드럽게 움직이다니. 움직임은 깔끔했고 전혀 망설임이 없었다. 나는 뜻밖의 기쁨에 들떠 서둘러 비석을 정자 밖으로 끌어냈다. 쥐도 새도 모르게 벌어진 일이었다. 거위 두 마리만이 이 기적을 목도하고 내 뒤를 바짝 쫓으며 놀란 듯 울어댔다. 거위의 울음소리가 건너편 주차장에 있던 운전기사들의 주의를 끌었다. 그들이 나를 좀도둑으로 여긴 모양이었다. 한 기사가 자리에서 일어나 히죽 웃더니 포커 패를 든 손을 휘두르며 소리를 질렀다. 네놈이 좀도둑일 줄 알았지. 거기서 그렇게 한참을 어슬렁대더니 겨우 돌덩어리를 훔쳐가는 거냐? 돌은 훔쳐가서 뭐하려고? 집에 가서 신방이라도 만들고 마누라를 데려오게?

첫 관문은 운좋게 통과한 셈이었다. 그 운전기사들은 외지 사람이라 유팡진의 소소한 일에는 신경쓰지 않았다. 그저 그들의 비웃음에 놀라 내 온몸에 식은땀이 흘렀을 뿐이다. 이곳은 유팡진이었다. 어디나 보는 눈이 많아 내 모험은 언제든 중단될 수 있었다. 서둘러야 했다. 서둘러야 해, 서둘러. 나는 스스로를 끊임없이 다그쳤다. 서둘러, 서둘러, 서두르라고. 나는 비석을 재촉했다. 서둘러, 좀더 서두르라고! 계속된 채근이 자존심을 건드렸는지 비석은 점점 자신의 존엄과 무게를 자랑하기 시작했다. 산 하나를 끌고 가는 것마냥 힘들었고 팔다리는 점점 감각이 사라졌다. 면화 창고 앞 샛길에 다다랐을 때는 양팔이 끊어질 것 같고 가슴이 터질 듯 숨이 가빠왔다. 나는 하릴없이 멈춰 섰다. 잠깐 쉬어갈 요량이었는데 돌아보니 첫번째 추격자 무리가 벌써 바짝 따라붙었다. 큰 거위 두 마리와 오리 세 마리가 쫓아오며 꽥꽥거렸다. 녀석들이 따라오며 경계경보를 울리자 뒤이어 두번째 추격자가 모습을 드러냈다. 거위와 오리의 주인인 바보 벤진이었다. 그는 손에 든 호루라기를 흔들며 외쳤다. 쿠둥량, 거기 서라! 헛방귀, 당장 거기 서! 분노에 찬 고함이 우레처럼 쩌렁쩌렁 밤하늘에 울려퍼졌다. 헛방귀, 정말 간덩이가 단단히 부었구나. 지금 뭘 끌고 가는 거냐? 어서 거기 서. 가면 어디까지 간다고 감히 도망을 쳐?

바보 벤진의 호루라기가 쉭 하고 울자 더 많은 거위와 오리가 그 소리를 듣고 부두 사방팔방에서 주인에게로 달려왔다. 순식간에 나는 그의 거위떼와 오리떼에 포위되고 말았다. 사람과 거위와 오리가 함께 꽥꽥댔지만 나는 거위와 오리의 항의는 들을 수 없었다. 들리는 것은 바보 벤진의 격한 고함뿐이었다. 너 이놈, 잘난 쿠둥량. 망치랑 곡괭이를 훔쳐갈 놈은 있을 줄 알았지만 비석은 생각도 못했는데 네놈이 비석을 훔쳐갈 줄이야! 간이 부어도 아주 단단히 부었지! 감히 덩사오샹 열사의 영혼을 훔쳐가!

나는 바보 벤진에게 말했다. 함부로 지껄이지 마. 영혼을 훔치는 게 아니라 열사비를 아버지께 가져가 보여드리려는 것뿐이니까. 병이 위중한데 이 비석을 보면 나으실 거거든.

네놈이야말로 바보다! 열사비가 영약도 아닌데 어떻게 네 아버지 병을 고친단 말이냐? 그는 한 손을 허리춤에 얹고, 다른 한 손으로는 내게 삿대질을 했다. 헛방귀, 이런 짓이 무슨 행위인 줄 알아? 바로 반혁명 행위란 거다. 총살감이지!

내가 말했다. 바보야, 너야말로 바보다. 네놈 같은 바보랑은 아무리 말해도 소용없지. 총살을 당해도 내 일인데 네가 무슨 상관이야? 어서 꺼져. 나는 길을 가로막는 거위 한 마리와 오리 두 마리를 걷어차고 비석을 있는 힘껏 선착장 쪽으로 끌어당겼다. 바보 볜진의 손이 내 옷자락을 잡아당기는 것이 느껴졌다. 어디로 가려고? 정자에 있는 물건들은 모두 내 소관이야. 어떻게 네놈을 그냥 가게 두겠냐?

나는 그의 지능과 수완을 얕보았다. 그가 갑자기 몸을 날려 비석 위로 훌쩍 올라탔다. 내 팔은 갑작스럽게 늘어난 무게로 인해 끊어질 듯한 고통을 느끼고는 잡고 있던 밧줄을 놓아버리고 말았다. 내가 비석을 놓아버리는 것을 보고 그가 밧줄을 잡으려고 달려들었다. 나와 그의 손이 동시에 비석의 밧줄로 덤벼들면서 두 쌍의 손이 뒤엉켰고, 두 개의 머리통이 부딪히면서 쾅 소리를 내며 눈앞에는 별이 번쩍였다. 나는 마음속의 분노를 억누르지 못하고 그의 낡은 옷자락을 거머잡고는 길 한쪽으로 밀쳤다. 바보야, 착한 개는 사람 가는 길을 안 막는다고 했어. 네가 착한 개라면 내 앞길을 막지 말라고. 계속 길을 막으면 그 개 같은 머리통을 비틀어버릴 테니까! 이번에 나는 그의 용기와 배짱을 얕보고 말았다. 그는 정말로 머리통을 내 가슴팍으로 들이밀면서 말했다. 비틀어라, 비틀어. 네놈이 내 목을 못 비틀면, 네놈이야말로 개새끼다!

내가 바보 볜진과 막상막하로 치고받을 줄 생각이나 했겠는가! 쉽지 않은 전투였다. 처음에 나는 높은 곳을 점하려고만 생각해 전투의 대부분에서 비석 위를 점했다. 결과적으로 이 전술은 쓸모없다는 사실이 증명됐다. 그를 제어하지 못하면 아예 비석을 움직일 수도 없는 것이다. 결국 비석을 버려두고 그를 상대하는 데 전력을 다했다. 뒤에서 그를 덮친 뒤 몸과 양팔을 붙잡아 꼼짝 못하도록 바닥에 내리눌렀다. 어쨌거나 나이가 많은 터라 순간 꼼짝 못하면서 끊임없이 발만 버둥거리며 아프다고 고함을 내질렀다. 거기 누구 없어, 와서 쿠둥량 잡아라. 반혁명분자 잡아라!

새된 비명소리가 면화 창고 야간 수위 라오추의 주목을 끌었다. 라오추는 찬합을 든 채 달려왔다. 소란을 피우는 게 나와 바보 벤진이라는 것을 확인하고는 우리를 말리려고도 하지 않고 실망한 표정으로 찬합의 밥을 입에 넣으며 말했다. 너희가 소란 피운 거였어? 어디 반혁명분자를 잡으라는 거야? 하나는 바보고, 하나는 헛방귀고만. 너희 같은 놈들이 반혁명이라니, 누가 취급이나 해주겠냐고!

바보 벤진이 다급해져 소리를 질렀다. 이놈이 열사 기념비를 훔쳤으니 반혁명이지. 현행범이라고! 어서 가서 파출소에 보고해!

라오추는 바보 벤진을 상대하지 않고 찬합을 든 채 비석을 찬찬히 살펴보았다. 그러고는 의혹에 찬 눈빛으로 나를 보았다. 헛방귀, 비석을 배로 끌고 가서 뭘 하려고? 네 아버지한테 기념품으로 주려는 거냐? 이건 돌덩어리잖아. 끌고 갔다 돌아오는 것도 보통 피곤한 일이 아닐 텐데. 내 보기에는 네 아버지 머리가 좀 이상한 것 같다. 대체 열사 가족이 뭐라고? 아니면 또 어때서? 살아간다는 게 중요하고, 건강이야말로 중요한 거라고.

나는 라오추의 말을 귀담아듣지 않았다. 바보 벤진도 귀담아듣지 않았다. 그는 고개를 쳐들고 바락바락 소리를 질렀다. 라오추, 어서 파출소에 가서 보고해! 아직도 열사에 대해 지껄이는 거야? 당신도 비호죄에 교사죄라고! 심판을 받지. 삼 년에서 오 년의 유기징역!

라오추는 화가 났는지 바보 벤진의 엉덩이를 냅다 찼다. 이 냄새 나는 바보놈아! 네놈에게 숫자 세는 걸 가르친 사람이 나야. 몇십 년을 가르쳐도 거위 여섯 셀 때 손가락을 꼽는 놈이 삼 년에서 오 년까지 징역 사는 일은 법관보다 잘 아는구나! 라오추는 화가 가라앉지 않는지 그의 엉덩이를 한번 더 차주었다. 그 발길질에 완전히 멍해진 바보 벤진은 처참한 외마디 비명을 내지르며 한 손으로 다급하게 바닥을 쳐댔다. 사람들은? 사람들은 어디 죽어나자빠진 거야. 혁명 대중들 다 어디 갔냐고? 그의 목소리에는 울음기까지 섞여 있었다. 그 틈에 바보 벤진의 멱살을 잡아끌다가 놈의 몸이 축 늘어진 것을 발견한 나는 그가 포기한 거라 생각하고 놔주었다. 그때 면화 창고 뒤에서 두 사람의 그림자가 어른거렸다. 바보 벤진은 구세주를 만난 듯이 또 고래고래 소리를 내질렀다. 여기, 어서 와서 반혁명분자 잡아라! 공을 세워 훈장을 받으라고!

젊은 남녀였다. 창고 뒤에 숨어 뭘 했는지 모를 일이다. 바보가 계속 소리를 지르자 남자가 다가왔고 여자는 어디론가 사라져 보이지 않았다. 스무 살쯤 되어 보이는 청년이었다. 짙은 눈썹에 눈은 부리부리한데다 정성 들여 몸단장을 한 티가 역력했다. 인민복 주머니에는 만년필을 세 자루나 꽂고 있었다. 보아하니 언젠가 서로 만난 적이 있는 것 같은데 이름이 기억나지 않았다. 청년은 나와 바보 벤진을 잘 아는 눈치였다. 바닥에 놓인 비석과 우리를 보더니 느닷없이 웃음을 터뜨렸다. 당신들이었군. 뭐하려고 이 비석을 두고 다툽니까? 한 사람은 덩사오샹의 아들이라고, 또 한 사람은 덩사오샹의 손자라고 다투는 거예요? 둘이서 다툴 필요 없어요. 둘 다 아니니까! 나는 거친 숨을 몰아쉬며 곰보 리씨네 아낙에게 들은 말을 내뱉었다. 우푸진의 장 교장에 대해 아는 거요? 청년은 바로 알아듣고 손을 휘휘 내저었다. 다 헛소문이에요. 우푸진의 장 교장도 가짜라고요! 내 최신 연구 결과가 곧 내부 자료로 올라갈 거예요. 말해줄 테니 바깥에 알리지 마요. 덩사오샹이 결혼은 했지만 남편과 사이가 좋지 않아서 애를 낳아 키운 적이 없었어요. 그 광주리의 갓난아기는 덩사오샹의 아들이 아니라 남에게 빌려온 애였다고요. 애를 빌려서 방패막이로 삼은 거란 말이지!

젊은 여성의 그림자가 갈림길에서 또 한번 어른거리자 마음이 콩밭에 가 있던 청년 간부는 서둘러 정보만 털어놓고 달려가버렸다. 청년이 가고 나서야 나는 그가 종합청사에 새로 배정받아 온 대학생이라는 사실을 떠올렸다. 혁명 역사를 전문적으로 연구하는 사람이라고 했다. 그 놀라운 말에 나와 바보 벤진 모두 멍해졌다. 한참만에야 정신이 든 나는 청년의 뒷모습에 대고 한마디 뱉어주었다. 헛소리하고 있네! 바보 벤진도 그 뒷모습을 바라보며 이를 갈았다. 네 이놈 유언비어를 퍼뜨리다니, 감히 열사에게 후손이 없다고 모욕하는 거냐?

나와 바보 벤진이 드물게 같은 입장에 섰다. 애석하지만 그렇더라도 적에서 친구가 될 수는 없었다. 우리는 각자 비석 옆에서 굳게 버텼다. 하나는 쪼그려앉고 하나는 무릎을 꿇은 채 호시탐탐 서로를 노려보며 기회를 엿보았다. 곧바로 우리는 비석을 묶은 밧줄의 끝을 놓고 다투기 시작했다. 내가 말했다. 바보, 아직도 나와 다툴 참이야? 똑똑히 들었지? 덩사오샹한테는 아들이 없단다. 내 아버지도 아니고, 너도 아니란 말이다. 그런 백일몽 따위에서 어서 깨어나시지. 너는 날 막을 자격이 없단 말이다. 나도 너에게 양보할 이유가 없고! 바보 벤진이 말했다. 나는 그런 거 상관 안 해. 목숨 바쳐 열사 기념비를 지키겠다고 맹세했단 말이다! 양보하지 말고 덤벼보시지, 어서! 어디 한번 네놈이 날 때려죽일 수 있는지 보자고! 이 자식아, 먼저 날 죽이고 비석을 끌어가. 그러지 못하면 네놈한테는 파출소로 자수하러 가는 길뿐이다. 내가 말했다. 바보야, 날 너무 자극하지 않는 게 좋을걸. 널 때린들 바보 하나 때려잡는 게 명예로운 일도 아니고. 그러자 뜻밖에도 그가 먼저 나를 걷어차더니 곧바로 달아났다. 그러고는 죽어도 굴하지 않겠다는 듯 나를 노려보며 외쳤다. 때려봐라, 와서 때려봐! 나는 목숨을 바치는 것도 두렵지 않으니까. 날 때려죽이면 네놈은 총살당할 테지. 나는 영광스러운 열사가 되고 말이야!

나는 고개를 들어 선착장 쪽을 바라보았다. 밤빛 속에서 반짝이는 강물이 보였다. 우리 바지선의 불빛은 보이지 않았다. 아버지가 아직도 침대에 묶여 있다는 생각이, 내가 돌아오기만을 눈 빠지게 기다리고 있을 거라는 생각이 떠올랐다. 그러나 나는 빈손으로 바보놈에게 매여 뭍에서 꼼짝 못하고 있었다. 가슴속에서 분노가 만 길로 치솟았다. 허공에서 불끈 쥔 주먹으로 밤바람이 불어왔다. 내 주먹이 횃불이고 바람은 불씨인 것만 같았다. 바람이 내 주먹에 불을 지폈다. 주먹이 횃불처럼 활활 타올랐다. 때려라, 저놈을 때려, 때려죽여라! 저놈은 바보다. 마구 때려도 괜찮다. 밤바람이 속삭이는 신비하고 음험한 목소리에 내 이성이 망가져버렸다. 사람을 때리더라도 얼굴은 안 된다는 사실을, 남들은 보이지 않는 곳에 손을 쓴다는 사실을 잘 알았지만, 나는 우선 그의 얼굴에 한 방 먹여주기로 결심했다. 그의 멱살을 거머쥐어 얼굴을 받쳐들었다. 납작한 얼굴에 코만 우뚝 솟아 있어 먼저 그곳을 후려쳤다. 정확하게 때려 맞추기 위해 일단 코에 주먹을 대고 위치를 가늠했었는데 조준이 꽤 정확했다. 퍽 소리와 함께 그의 코가 내 주먹에 작살났다. 끈적한 풀 같은 액체가 피와 함께 튀었다. 나는 고개를 돌려 코피를 피했다. 바보야, 코피 나. 이래도 안 비킬 테냐? 그는 내 위협에 굴하지 않고 전혀 통증을 느끼지 못하는 듯 늠름하게 대의를 운운했다. 못 비킨다! 코피가 무슨 대수라고? 내 목숨을 바쳐도 두렵지 않다! 때려라, 때려, 나를 때려죽여 열사로 만들어라. 네놈은 총살형을 당할 거다. 목숨 빚을 목숨으로 갚는 거니 나도 손해날 거 없다!

나는 바보 벤진의 코에서 쏟아지는 핏물을 차마 볼 수 없었다. 그 바보 때문에 그만 울음이 날 것 같았다. 바람이 내 주먹으로 불어왔고, 나는 또 음험한 속삭임을 들었다. 때리라면 때리면 되지. 때려! 어쨌거나 저놈은 고아라서 아비어미도 친구도 없어. 때려죽여도 아무도 상관하지 않는다고. 그 낮은 속삭임은 수상쩍고 사악했다. 끊임없이 나를 몰아세우는 그 소리 때문에라도 울어버릴 것 같았다. 내 주먹이 그의 얼굴 위를 휘젓는 동안, 나는 그 얼굴이 어린아이 같다는 생각을 했다. 더럽고 깡마르고 무고한 얼굴. 고아들 특유의 처량함이 깃든 그 표정은 형용할 수 없는 순결함을 드러내고 있었다. 내 주먹이 그의 툭 튀어나온 광대뼈 위에서 멎었다. 됐다, 됐어. 내가 말했다. 바보, 너도 불쌍한 종자인데 이렇게 패는 것도 못할 짓이지. 네가 맞아 죽으면 시신을 거둘 사람도 없을 거아냐. 바보 벤진은 내 말을 듣지 않고 사납게 소리를 내질렀다. 네놈이 됐다 해도 나는 아니야. 날 때리지 않겠다면 내가 네놈을 때려주마. 내가 빚을 갚아주지. 빚을 갚아주마!

빚을 갚아주마—이 한마디 위협이 불쏘시개가 되어, 내 마음속에 십삼 년 동안 이름 없이 쌓여 있던 큰 불씨를 들쑤셨다. 해묵은 원한과 새로 생긴 미움이 순식간에 머리끝까지 용솟음쳤다. 내 주먹은 신성한 힘을 실은 듯 높이 올라갔다. 빚을 갚아주마! 나는 분노로 부르짖었다. 주먹이 폭우처럼 바보 벤진의 얼굴 위로 쏟아졌다. 말 나온 김에 빚을 갚아주지! 너희 뭍놈들은 모두 내 아버지한테 빚을 졌어. 모두 내게 빚을 졌다고. 해묵은 빚이나 새 빚이나 모두 바보 네놈이 갚아라. 이게 바로 빚을 갚는다는 거다!

나는 바보 벤진의 처참한 비명소리를 들었다. 내 눈, 내 눈을 때렸다고! 공포가 극에 달한 그의 말소리는 알아듣기 힘들었다. 눈은 때리지 마, 눈은 때리지 말라고! 나를 때려죽이든가, 아니면 다른 데를 때려. 눈이 멀면 앞으로 어떻게 거위를 친단 말이야? 내 거위랑 오리는 어떡하란 말이야? 그가 양손으로 눈을 감쌌고 그 손가락 사이로 피가 흘러내렸다. 나는 꿈에서 깬 것처럼 손을 놓았다. 내가 손을 떼자 그는 고통스러워하며 고개를 숙였다. 그리고 결국 길을 터주었다. 비석 위에서 바닥으로 굴러떨어진 그는 눈을 가린 채 흐느끼기 시작했다.

희미한 가로등 불빛 아래서 누군가 몽둥이를 들고 우리 쪽으로 달려왔다. 누가 싸우는 거냐? 부두에서는 싸움 금지다! 드디어 치안유지대가 온 것이다. 멀리서부터 번쩍이는 머리통이 천투쯔임을 알 수 있었다. 천투쯔는 법 집행 관례에 따라 변명의 여지도 주지 않고 양쪽에게 치안봉을 휘둘렀다. 치안봉이 내 어깨에 한 대, 바보의 팔에 한 대 내리꽂혔다. 이 한 대에 바보 벤진은 팔을 감싸쥐며 억울한 일을 당한 아이처럼 입을 크게 벌리고 목청껏 울기 시작했다. 나를 때려? 왜 나를 때려? 치안유지대는 적군 아군도 구분 못한단 말이야?

바보 벤진의 얼굴이 온통 피투성이인 것을 발견한 천투쯔가 깜짝 놀랐다. 헛방귀, 어떻게 사람을 이 모양으로 만들어놨냐? 젠장맞을, 어지간히 잘나셨네. 남이 널 괴롭힌다고, 넌 바보를 괴롭혀? 천투쯔는 쪼그려앉아 바보 벤진의 얼굴을 닦아주고 상태를 살펴보았다. 그의 콧대가 한눈에 들어왔다. 큰일났네, 코뼈가 부러졌어. 헛방귀, 사고 제대로 쳤어. 네가 이 녀석 코뼈를 부러뜨려놨다고!

내가 말했다. 그래도 싸지. 코뼈가 부러졌으면 코뼈로 갚아줄게.

바보 벤진은 얼굴에서 손을 떼고 천투쯔에게 자기 눈을 살펴보도록 했다. 눈알이 아직 그대로 있는지 좀 봐줘. 앞이 안 보여. 저놈이 내 눈을 멀게 했다고. 천투쯔는 치안봉으로 그의 턱을 들어올리고 눈을 살펴보다가 또 놀라서 크게 비명을 질렀다. 헛방귀, 완전히 큰 사고를 쳤구나. 파시스트보다 더 악랄한 놈이네. 어떻게 사람 눈을 때릴 수 있어? 눈이 멀기라도 하면 어떡할 거야?

내가 말했다. 그래도 싸지. 눈이 멀었으면 눈으로 갚아줄게.

갚아준다, 갚아준다. 꼬박꼬박 말은 잘하네. 염병할, 너는 도대체 눈이 몇 갠데 갚아줄 수 있다는 거야? 천투쯔는 지저분한 손수건을 꺼내 바보 벤진의 눈을 덮어주면서 치안봉으로 나를 쿡쿡 찔렀다. 헛방귀, 너 귀신이라도 들렸냐? 이렇게 큰 사고를 쳐놓고 거기 멀뚱히 서서 뭐하는 거야? 얼른 병원으로 안 데려가? 만에 하나 이놈이 죽기라도 하면 너도 감당 못한다고!

내가 말했다. 안 가. 바보가 목숨으로 목숨을 갚으라고 한 거야. 어쨌든 바보나 나나 아무 가치도 없는 목숨이니, 바보가 죽으면 내 목숨으로 갚아주지. 여기까지 말하고 나자 내 눈에 가득 고여 있던 눈물이 마침내 주르륵 흘러내리고 말았다. 나는 더이상 몸을 가눌 수 없어 천천히 비석 옆에 무릎을 꿇었다. 비석에 얼굴을 대자 날카로운 한기가 끼쳐와 뺨이 시원해졌다. 비석 위로 눈물이 줄줄 흐르는 듯했으나 나 자신의 눈물인지, 덩사오샹 열사의 눈물인지 알 수 없었다. 나는 울었다. 열사의 영혼이 나를 심판했다. 열사가 내 앞에 모습을 나타냈다. 나는 먼저 바보 볜진에게 깊은 죄책감을 느꼈다. 양심을 잃은 죗값을 치르기 위해 손으로 나 자신의 얼굴을 후려쳤다. 따귀 한 대로는 죄책감에서 벗어날 수 없었다. 오히려 더 커진 자기연민과 서글픔이 몰려왔다. 자기연민과 서글픔을 벌하기 위해 나는 더 독하게 이를 악물고 따귀를 후려쳤다. 이번에는 엄청 큰 소리가 났고 뺨의 감각이 사라졌다. 그래서 얼굴을 가린 채 엉엉 울기 시작했다.

나는 비석을 앞에 두고 실컷 흐느꼈다. 천투쯔가 치안봉으로 계속 나를 찌르며 말했다. 아직 울 낯짝은 있는 모양이지? 사람을 때렸으면 병원에 데려가서 책임을 져야지. 어서 볜진을 응급실로 데려가라니까. 울어봤자 무슨 소용이야? 네가 때린 사람을 내가 병원에 데려가야겠냐? 나는 그대로 앉아 얼굴을 가리고 울면서 말도 안 되는 소리를 지껄였다. 내일 가요, 내일. 천투쯔가 소리를 질렀다. 어떻게 내일까지 기다리라는 거야? 너도 상처를 봤잖아. 내일이면 저 눈이 어떻게 될지 모른다고. 나는 천투쯔가 아무리 찌르고 잡아당겨도 바닥에 꿇어앉은 채 몸을 일으키지 않았다. 눈물에 가려 흐려진 시야에 천투쯔가 바보 벤진을 끌고 병원 쪽으로 가는 모습이 보였다. 오리떼가 그 뒤를 따랐다. 그러나 커다란 거위 두 마리는 남아 주인의 복수를 했다. 한 마리는 내 왼발을, 다른 한 마리는 내 오른발을 맡아 좌우에서 공격했다.

어둠이 짙어졌다. 공기 중에 이상한 비린내가 떠돌았다. 생선 비린내가 아니었다. 썩어 문드러진 물풀 냄새도 아니었다. 부두에 버려진 고철 폐기물에서 나는 특유의 쇳내도 아니었다. 강 건너 굴피나무 마을에서 날아오는 화학비료 냄새는 더더욱 아니었다. 내 신경이 그 이상한 비린내로 옮겨갔다. 나는 울음을 멈추고 코를 세게 푼 다음 비린내의 근원지를 찾기 시작했다. 우선 내 오른손에서 피가 발견되었다. 손가락 사이에 뽕잎만한 핏자국이 말라붙어 있었다. 소맷자락에도 붉은 버들잎 모양의 핏자국이 보였고, 바지 무릎에도 점점이 튄 흔적이 있었다. 내 몸 곳곳에 바보 벤진의 피가 묻어 있었다. 그러니 이렇게 비린내가 나지! 나는 몇 년 전에 아버지가 뒤쪽 선실에 남겼던 핏자국을 떠올렸다. 바보 벤진의 피가 아버지의 피보다 훨씬 더 비린 것 같았다. 나는 비석을 쳐다보았다. 거기에도 바보 벤진의 피가 묻어 있었다. 그의 얼굴이 머물렀던 곳마다 둥근 핏자국이 있었고, 그것들은 어둠 속에서 희미하게 붉은빛을 발했다. 깊은 두려움을 느낀 나는 황급히 낡은 신문지 반쪽을 주워들고 비석을 닦았다. 몇 번이나 문지르고 나서야 그런대로 말끔해졌다.

그들은 갔다. 나도 울 만큼 울었다. 몸과 마음이 어느 정도 차분해지자 마침내 냉정을 되찾을 수 있었다. 열사 기념비가 달빛 아래 얌전히 누워 있었다. 내가 쳐다보자 비석도 나를 쳐다보았다. 나는 비석을 포기하고 싶지 않았지만, 비석이 나를 버리지 않을지는 알 수 없었다. 나는 밧줄 매듭을 움켜쥐고 앞으로 한 걸음 내디뎠다. 비석은 잠시 망설였지만 그래도 움직여주었다. 문득 비석이 고개를 들고 칠호선 쪽을 둘러본다는 느낌이 들었다. 그런 뒤 비석은 움직이기 시작했다. 기적이었다. 하나의 기적. 나는 비석에 보이지 않는 발이 있다고, 헤아릴 수 없이 깊은 사랑이 있다고 믿었다. 훔친 게 아니다. 강탈한 게 아니다. 비석이 내 아버지를 보러 배로 가려는 것이다. 틀림없는 기적이었다. 나는 사방을 둘러보았다. 부두는 고요했고 모든 것이 꿈결 같았다. 오일펌프실의 탐조등이 마침 선착장 쪽을 비추었다. 우리 바지선이 아직도 조용히 강기슭에 기대 있는 모습이 보였다. 강물과 강기슭, 배와 아버지, 모두 가지런히 이 행복한 꿈속에 잠겨 있었다. 나는 마지막으로 있는 힘을 끌어모아 비석을 끌고 선착장으로 갔다. 비석이 시멘트 위에서 스윽스윽 미끄러지는 소리가 들렸다. 가자, 가자, 가자. 바지선 앞까지 와서야 나는 고개를 돌려 보았다. 환하고 깨끗한 부두가 이상하리만큼 고요했다. 달빛과 탐조등이 부두를 번갈아 비추고 있었지만 나만은 홀로 내버려두었다. 달빛도 탐조등 불빛도 나를 쫓아오지 않았다. 아무도 날 쫓아오지 않았다. 낯익은 들고양이만이 어둠 속에서 반짝이는 눈으로 나를 물끄러미 바라보고 있었다.

오늘밤 얼마나 긴 고통 끝에 기쁨을 얻었는지, 어떻게 이토록 운이 좋았는지 생각할 겨를도 없이 문득 시름이 몰려왔다. 이 크고 무거운 비석을 어떻게 배로 올려 아버지께 드릴 수 있을까. 발판

하나로는 어림도 없었다. 남의 집 발판을 빌릴 수도 없었다. 어째야 좋을까. 대나무 사다리를 하나 더 놓으면 가능하려나? 머릿속으로 잔뜩 긴장한 채 비석을 옮길 궁리를 하는 동안, 입으로는 벌써 큰일을 해 공을 세운 듯 소리를 쳤다. 아버지, 저 왔어요. 왔습니다. 나와서 보세요. 제가 아버지를 위해 뭘 가지고 왔는지!

내려가다

강 위에서 십삼 년, 나와 아버지가 함께 지낸 그 시간들을 돌아볼 때 가장 후회되는 것이 바로 아버지를 밧줄로 묶어두었던 일이다. 지금도 그 밤에 아버지가 밧줄에서 풀려나며 했던 말을 기억한다. 살살 하거라, 살살. 아프구나. 나를 바라보는 아버지의 눈에는 핏발이 가득했다. 그 눈빛은 무척 고단해 보였지만 흔치 않게도 부정父情을 가득 품고 있었다. 나를 용서한 것이다. 나는 아버지를 모시고 갑판을 가로질러 선착장에 놓인 열사비를 보러 갔다. 그는 내 옷자락을 꼭 쥐고 비척비척 뒤따라왔다. 말을 잘 듣는 착한 아들처럼. 나는 아버지가 두려워한다는 사실을 알았다. 그러나 덩사오샹의 기념비를 본 순간 그의 영혼은 신령스러운 빛을 받은 듯 반짝였다. 모든 의심과 공포는 안개처럼 사라졌다. 나는 아버지가 비석을 바라보며 희미하게 미소 짓는 모습을 지켜보았다. 좋구나, 이런 것도 좋아. 아예 네 할머니를 모시고 집으로 돌아가자.

비석을 배 안으로 운반할 도리가 없어 할 수 없이 선착장의 기중기를 빌려야 했다. 주위에 아무도 없는 틈을 타 기중기 운전석의 유리를 하나 떼어내고 안으로 들어갔다. 계기판 조작법을 전혀 몰랐지만 그날 밤은 신의 도움이라도 받은 듯 순조롭게 작업을 할 수 있었다. 그리 많은 곡절을 겪지도 않았다. 기중기가 팔을 들어올리자 그 위에 앉은 비석은 밤하늘 한가운데서 놀라고 겁에 질린 얼굴을 드러냈다가 이내 평온을 되찾고 허공에서 뱃머리로 서서히 내려앉았다. 아버지는 뱃머리에 서서 비석을 향해 양팔을 쫙 벌린 채 그의 품을 내보였다. 조심, 조심. 나는 그의 흥분한 음성을 들었지만, 내게 당부하는 말인지, 아니면 비석에게 하는 말인지 알 수 없었다.

그 무거운 열사비는 내가 아버지에게 드린 유일한 선물이었다. 아버지는 소원대로 비석을 뒤쪽 선실로 가져가 소파 곁에 두려 했다. 남향으로 말이다. 그러나 뒤쪽 선실의 입구가 너무 좁아 소원을 이룰 수 없었다. 아버지가 쇠약해진 몸을 이끌고 선실에서 몸소 나를 지휘하며 어떻게든 비석을 그 안으로 내리려 했지만 선실 입구에 몸통 절반이 걸려 어쩔 수 없이 포기해야 했다. 아버지는 선실 입구로 다시 올라와 천막 안에 앉아 비석을 구석구석 어루만졌다. 그럼 위에 있자. 위쪽이 더 낫지. 선실 안은 답답하니까. 그가 말했다. 위쪽은 공기도 풍경도 좋지. 어머니, 강물 위의 풍경을 좀 보세요.

이미 깊은 밤이었다. 진췌강 위로 교교한 달빛이 쏟아졌다. 나는 배 위의 모든 등불을 밝혔다. 네 개나 되는 등불이 천막 안에 걸리자 따스한 불빛이 아버지와 그의 열사비를 비추었다. 아버지는 정면에 쓰인 제문을 오랫동안 들여다보더니 이어 뒤쪽의 부조도 보고 싶어했다. 나는 안간힘을 다해 비석을 돌려 아버지에게 보여주었다. 이내 아버지의 공포에 질린 목소리가 귓가를 때렸다. 없어졌다, 내가 없어졌어!

나는 깜짝 놀라 어찌할 바를 몰랐다. 아버지가 또 소리를 질렀다. 없어졌어, 내가 없어졌다고! 부조 속 광주리 위쪽에 가서 절망적으로 멎은 아버지의 손은 멈추지 않고 계속 떨렸다. 나는 그 손을 따라가보고는 어찌된 일인지 깨달았다. 광주리 위쪽에 있던 갓난아기의 머리가 보이지 않았다.

이 광주리가 어떻게 비어 있지? 머리가, 내 머리가 어떻게 없어진 거지?

아버지, 지금 눈이 침침하셔서 그런 거예요. 돌 위에 새겨진 게 어떻게 사라져요? 다급히 등잔 하나를 끌러내리고 바짝 다가가 살펴보다 나도 그만 놀라고 말았다. 등잔 불빛 아래의 광주리는 엮인 댓살의 주름까지 또렷하게 보였지만, 광주리 밖으로 삐죽 내밀고 있던 아기의 머리는 아무래도 보이지 않았다.

이게 어찌된 일이냐? 그들이 날 없앤단 말이냐? 아버지가 말했다. 내 몽고점도 사라지고, 내 머리도 사라졌다.

나는 부조에 끌이나 도끼의 흔적이 있는지 자세히 살폈지만 아무것도 발견할 수 없었다. 사람이 부순 것 같지는 않았다. 나는 손가락의 촉각에 의지해 다행히도 광주리 위쪽으로 희미하게 솟아오른 동그라미를 만질 수 있었다. 아기 머리가 있던 자리가 틀림없었다. 나는 그 부위를 자세히 더듬어보았다. 손가락 끝이 얼음처럼 차가웠다. 아버지, 한번 만져보세요. 그 머리요, 둥글둥글한 게 손으로 아직도 만져진다고요.

아버지는 이미 절망에 빠져 고개를 돌리고 어둠에 잠긴 강물을 바라보고 있었다. 나는 그의 손을 붙잡아 억지로 그 끝을 부조 위에 갖다댔다. 아버지가 만져보세요. 만져진다고요. 아직 여기 있다고요. 아버지는 눈을 감고 내가 움직여주는 대로 손가락을 갖다댔다. 좀더 지나자 스스로 손가락을 움직이며 그 희미한 머리통을 가볍게 쓰다듬었다. 겨우 이만큼 남았단 말이냐? 이게 그 작은 머리라고? 아니다. 이건 내가 아니야. 나는 이미 이 위에 없는 거다. 아버지의 얼굴에 한줄기 공포의 그림자가 스쳤다. 뭍을 떠난 지 겨우 십삼 년일 뿐인데. 붓으로 염료를 찍어 그린 그림도 십삼 년 만에 빛깔이 바래지는 않지. 하물며 이건 비석인데 말이다. 광주리 속에 담겨 있던 작은 머리 하나가 어떻게 보이지 않게 됐단 말이냐?

아버지의 손이 비석 위를 힘없이 미끄러져 무릎 위로 축 늘어졌다. 손은 여전히 떨리고 있었다. 나는 그 손이 등불 아래서 축축하고 창백한 빛을 발하는 것을 보았다. 아버지는 지쳤는지 눈을 감았다. 쉬게 해야겠다는 생각에 나는 그를 부축하려 했다. 아버지, 너무 어두워서 잘 보이지 않는 것 같으니 내일 다시 보도록 해요. 늦었으니 이제 주무셔야죠. 아버지는 얼굴을 비석에 갖다붙인 채 꿈쩍도 하지 않았다. 나는 다시 아버지를 잡아당겼다. 비석에 얼굴을 대고 계시면 찬 기운 때문에 몸이 상할지도 몰라요. 아버지가 비석에서 얼굴을 들었다. 창백한 얼굴에 눈물이 흥건했다. 들었다, 네 할머니 목소리를 들었어. 아버지가 말했다. 더이상 자오춘탕을 원망하지 않겠다. 다 들었다. 네 할머니가 날 버린 거다. 십삼 년 동안이나 노력했지만 소용없었구나. 네 할머니가 용서해주지 않았어. 네 할머니가 나를 원치 않는구나.

나는 아버지의 메마른 몸뚱이를 끌어안았다. 썩은 고목처럼 비바람에 맞서 고집스레 십삼 년을 서 있던 그 몸뚱이가 결국 폭풍우에 넘어가고 말았다. 아버지를 위로하고 싶었지만 나 역시 눈물이 핑 돌며 목이 메어와 한 마디도 할 수 없었다. 비석 위에 새겨진 '덩사오샹 열사 길이 잠들어 영원히 변치 않으리'라는 문구를 보다가 문득 두려움에 사로잡혔다. 내가 천신만고 끝에 배로 옮겨온 저 비석이 도대체 아버지에게 복이 된 것인가, 화가 된 것인가?

검은 어둠 속 진췌강 저 끝에서는 이미 한줄기 빛이 서서히 새어 나오기 시작했다. 나는 강 위의 가장 이른 여명을, 기슭 위 깊이 잠든 유팡진을 바라보며 서둘러 뱃머리 쪽으로 달려갔다. 날이 밝으면 누군가 찾아올 테고, 열사비는 우리 부자의 것이 되지 못하리라는 사실을 알았기에, 나는 어둠을 틈타 닻을 올리고 비석을 실은 채 유팡진을 떠날 생각이었다. 고물 쪽에서 닻을 끌어올릴 때만 해도 아직 힘이 있었고 모든 것이 정상이었다. 그러나 이물 쪽으로 달려가 선착장과 연결된 밧줄들을 풀고 있을 때 갑자기 손에서 힘이 풀려버리더니 아무리 애써도 눈이 떠지지 않았다. 무거운 졸음이 덮쳐와 그 자리에 엎어져 그대로 잠들고 말았다.

얼마나 지났을까. 아버지가 와서 나를 깨웠다. 나는 비척거리며 자리에서 일어나 졸린 눈으로 배의 밧줄을 거둬들였다. 내가 말했다. 아버지, 우리 강으로 나가요. 강물이 우리의 지반이잖아요.

아버지가 말했다. 아니, 강으로는 안 간다. 십삼 년을 떠돌아 다녔지만 소용없었어. 우리가 저 하늘 끝으로 도망간대도 소용없을 거다. 어디로도 안 간다. 우리는 여기 있을 거야. 둥량아, 가서 자

거라. 내가 비석을 지키마.

나는 아버지를 밀어낼 수 없었다. 극도의 피로와 졸음은 더욱 물리칠 수 없었다. 나는 아버지에게 떠밀려 뒤쪽 선실로 갔다. 강물 위에서의 십삼 년, 이날 밤에 처음으로 온몸에 아버지의 사랑을 받았다. 아버지가 내 이부자리를 봐주었다. 그는 낡은 담요를 내 야전침대 위에 평평하게 펼치고 한쪽 모서리를 접었다. 나는 몇 년 동안이나 굳게 닫혔던 아버지의 품이 마지막 순간에 나를 향해 활짝 열렸다는 사실을 깨달았다. 억세고 까슬하며 실이 가지런히 엮인 그 품은 예리하면서도 규격에 딱 맞는 삼각형이었다. 아버지의 삼각형 품안으로 들어가 눕자, 먼저 묘한 따끔함이 느껴지다가 이어 따뜻함이 넘실거렸다. 아버지의 자애로움이 나를 감싸기 시작했다. 나는 아버지도 선실로 내려와 주무시라고 말하고 싶었지만 이날 하루는 정말이지 너무 지치고 피곤했다. 순식간에 나는 까무룩 잠이 들었다.

먼동이 터올 무렵 나는 꿈속에 있었다. 꿈에서 강물과 배를 보았다. 배 뒤쪽에서 날카롭게 물보라 이는 소리가 선명하게 들려왔다. 어슴푸레한 강물 위로 맑은 물거품이 솟구쳐올랐다. 무쇠 닻이 탕탕 배의 옆면을 두드렸다. 탕, 탕, 탕, 하나, 둘, 셋. 강물이 무섭게 갈라진 곳에서 구시대의 여인이 솟아올랐다. 여인의 단발머리에서 수정 같은 물방울들이 또르르 흘러내렸다. 얼굴에는 물기가 가득하고, 눈빛에서는 슬픔이 또렷하게 느껴졌다. 여인은 붉은 입술을 가볍게 움직여 강물의 비밀스러운 속삭임을 뱉어냈다. 내려와, 내려와, 어서 내려와. 꿈속에서도 나는 여인을 경외해 마지않았다. 나는 숨을 참고 귀기울였다. 여인의 목소리가 들려왔다. 내려와, 내려와, 어서 내려와. 열사의 손이 무쇠 닻을 거머쥐고 흔들자 바지선도 따라서 흔들렸다. 내려와, 어서 내려와. 내려와야 너희가 구원받을 수 있어. 여인은 나와 무척 가까운 거리에 있어 그 손등에 낀 이끼까지도 또렷하게 볼 수 있었다. 나는 숭배의 눈길로 그 얼굴을 물끄러미 바라보았다. 여인이 귀밑까지 오는 단발을 흔들자, 얼굴에 맺힌 물방울이 진주처럼 강물 위로 흩뿌려지고 초조한 어머니의 얼굴이 드러났다.

나는 깜짝 놀라 잠에서 깼다. 눈을 뜨고 둘러보니 선실 안에는 이미 연푸른 아침빛이 가득했다. 날이 곧 밝을 것이다. 나는 자리에서 일어나 선실 입구를 쳐다보았다. 아버지는 여전히 천막 안에서 비석을 지키고 있었다. 천막 기둥에 매달았던 네 개의 등불 가운데 두 개는 벌써 꺼져버린 뒤였다. 아버지 몸에서 나는 진하고 강렬한 생선 비린내가 코를 찔렀다. 비석에 머리를 기대고 있는 아버지의 이마에는 정체 모를 그림자가 드리웠고, 무릎 위에는 판자 세 개를 이어 만든 장기판이 놓여 있었다. 그 위에는 장기짝이 몇 개 남지 않았고 나머지는 모두 바닥에서 나뒹굴었다.

내가 흩어진 장기짝들을 줍는데 뒤에서 아버지의 목소리가 들려왔다. 둥량아, 나는 안 잤다. 계속 강물이 하는 말을 듣고 있었지. 너는 강물이 하는 말을 들었느냐?

밤에 강물은 아무 말도 안 해요. 아버지는 귀도 안 좋으시잖아요. 그건 닻이 배를 때리는 소리였어요.

아니, 닻이 배를 때리는 소리가 아니었어. 강물은 밤에도 말을 한단다. 밤새 말을 했지. 내가 내내 들었다.

좀 주무시도록 아버지를 일으켜세워 선실로 들여보내려 했다.

하지만 한사코 내 손을 뿌리쳤다. 시간이 없어. 그들이 곧 올 거야. 아버지가 부두 위에서 움직이기 시작한 사람들의 그림자를 가리켰다. 입가에는 괴이한 미소가 희미하게 떠올랐다. 날이 밝았으니 그들이 곧 올 거다. 비석을 지키기 위한 전쟁이 시작된 거야.

아버지의 말투가 하도 심상해서 나는 놀랍기도 했고 두렵기도 했다. 불면의 밤, 아버지가 과거를 회상했는지 아니면 미래를 점쳤는지 알 수 없었다. 날이 완전히 밝았다. 유팡진부두도 깨어나기 시작했다. 느닷없이 확성기가 울리더니 노동자들의 합창소리가 거세게 쏟아져나왔다. 노랫소리가 힘차고 우렁차게 울려퍼졌다. **우리들 노동자는 힘이 넘친다네. 하루하루 바쁘게 일하지!** 탄광에서 오일펌프실까지, 지난밤 깊이 잠들었던 기계들이 깨어나 우르릉대며 운전을 시작했다. 하역장의 기중기도 끼익끼익 신음을 내뱉었고, 덤프트럭에 실려 있던 물건들도 공터 위로 쏟아져내렸다. 시멘트 더미가 떨어지는 소리가 귀가 먹먹할 정도였다. 모래는 소나기 쏟아지는 소리를 냈다. 버력이 쏟아질 때는 아낙들이 목청 높여 싸울 때처럼 날카롭고 째지는 소리가 났다. 커다란 청석이 떨어지자 하늘이 무너지고 땅이 갈라지는 듯한 굉음이 일어 마른하늘에 날벼락이라도 치는 것 같았다. 나는 부두의 원형정유탑이 어깨에 일출의 붉은빛을 받으며 새벽하늘 속에 서 있는 모습을 지켜보았다. 멀리서 보면 푸른 철제 무대처럼 보이기도 했다. 무대 위에서 새들이 지절댔다. 무슨 까닭인지 진췌강 건너 굴피나무 마을에서 무수한 참새들이 날아들었다. 대담하게도 정유탑 꼭대기에 모여들어 새들 특유의 신비하고도 날카로운 소리로 목청 높여 합창했다. 확성기의 음악에 대항이라도 하려는 것 같았다.

부두가 깨어나고, 뭍에서 사람들이 왔다.

먼저 네 사람이 왔다. 치안유지대의 왕샤오가이와 우라이쯔와 천투쯔가 유팡진 파출소의 샤오 소장을 데리고 온 것이다. 그들은 살벌한 분위기를 띤 채 선착장에 모습을 드러냈다. 천투쯔는 품에 장총을 안고 있었다. 총 끝에 달린 비수가 차가운 빛을 가느다랗게 흩뿌렸다. 나는 잽싸게 달려가 배로 오르는 발판을 끌어올렸다. 우라이쯔가 제일 먼저 움직였다. 기를 쓰고 바지선을 향해 달려와 발판 끝을 밟으려 했지만 결국 허공을 밟고 말았다. 우라이쯔가 욕을 퍼부었다. 헛방귀, 너 미친 거냐, 아니면 모자란 거냐? 네놈이 뭘 훔쳤건 있을 수 있는 일이라고 생각하겠는데, 열사비라니? 젠장맞을, 베이징 톈안먼광장에 인민영웅 기념비는 훔치러 안 가냐?

나는 그 말에 대꾸할 겨를도 없이 도끼를 들고 말뚝 쪽으로 달려가 도끼질 한 번으로 밧줄을 끊어냈다. 삼십육계 줄행랑이 최고였다. 배는 부두를 떠나야 했다. 나는 다급히 천막 안의 아버지에게 소리쳤다. 아버지, 우리 가요. 강으로 가요! 나는 갑판의 쇠고리에서 몇 년 동안이나 사용하지 않았던 삿대를 끄집어내렸다. 어쩔 수 없었다. 끌배가 없으니 사람의 힘으로 움직일 수밖에. 나는 삿대로 배를 움직였다. 바지선이 기슭에서 사오 미터 정도 멀어지자 선착장의 네 사람은 속수무책으로 배를 바라보며 올라탈 방법들을 늘어놓기 시작했다. 우라이쯔가 앞장서서 신발을 벗고 바지를 걷어올리더니 계단을 내려와 물속으로 걸어들어왔다. 그렇게 배를 쫓아오려 했지만 물이 너무 차가워 그대로 선 채 툴툴거렸다. 물이 뭐 이렇게 차? 소용돌이도 있는 것 같은데. 기슭 위의 왕샤오가이가 말했다. 헛소리하지 마, 진췌강에 무슨 소용돌이야? 용감하게 앞으로 더 가봐. 강가는 수심이 얕다고. 우라이쯔는 좀체 앞으로 나가려 하지 않았다. 얕은 거 좋아하네! 물이 엄청 차갑고 깊다고. 무슨 흡입기처럼 다리를 빨아들여. 왕샤오가이, 네가 용감하니까 내려와봐. 젠장, 얼른 내려와서 쫓아가라고.

우라이쯔가 말을 듣지 않자 왕샤오가이는 물에 들어갈 엄두를 내진 못하고 천투쯔에게 명령했다. 천투쯔, 뭘 능청 떨고 서 있어? 네 빌어먹을 장총은 생선 잡는 거냐? 총을 쏴. 어서 쏘라고! 왕샤오가이가 이렇게 외치는 소리를 듣고 나는 조금 겁이 나 몸을 숙였다. 그러나 한참을 움츠리고 있어도 아무 일도 일어나지 않았다. 천투쯔가 타박하는 소리가 들려왔다. 총을 어떻게 쏘라는 거야? 총알이 어디 있어? 총을 가져오라고 했지, 총알 가져오라는 말은 안 했잖아.

왕샤오가이는 기슭에서 고함치며 나를 위협하기 시작했다. 헛방귀, 도망칠 테면 쳐봐라. 강 위로 도망쳐도 아무 소용없다. 진췌강이 네놈 집안의 강은 아니란 말이다. 낡은 삿대를 들고 어디를 가겠어? 하루종일 저어도 유팡진 관할 구역 안이지. 한 달을 도망쳐서 진췌강을 빠져나간대도 소용없어. 전화 한 통이면 긴급방어망으로 연결될 테고, 네놈은 결국 우리 수중에 떨어진다 이 말이지. 어디 도망쳐봐. 네놈이 태평양으로 달아나겠냐, 대서양으로 달아나겠냐? 제국주의 미국 놈들한테 도망갈 거냐? 미국으로 도망쳐봤자다. 우리가 미사일 한 대만 날리면 너희는 산산조각날 테니까!

파출소의 샤오 소장은 그들보다 침착했고 좀더 수준이 높았다. 소장은 잡지 한 권을 말아 임시 확성기로 삼고 큰 소리로 외쳤다. 칠호선의 쿠 부자는 똑똑히 들어라. 혁명 역사 문물을 강탈하는 것은 범죄다. 범법 행위를 저지르고 싶지 않거든 부두로 돌아오라. 부두로 돌아오라.

우리는 배를 돌릴 수 없었다. 이대로 배를 돌리면 그곳은 그들의 땅이지 우리 부자의 땅이 아니었다. 열사비 수호 전쟁이 시작되었다. 마음이 급해지면서 꽁지에 불이라도 붙은 기분이었다. 강에서의 십삼 년 동안 언제나 끌배가 바지선을 이끌고 강을 오르내렸기에 나는 노를 저을 줄도 몰랐다. 삿대 머리에 어깨를 기대고 안간힘을 써서 뾰족한 삿대 끝으로 강바닥을 찍으며 온몸을 활처럼 구부렸다. 남들도 이렇게 노를 저으니 나도 그렇게 해보았지만 철갑 바지선은 말을 듣지 않았다. 배를 앞으로 보내려고 해도 고집 센 늙은 소처럼 제멋대로 강 한가운데로 나아갔다. 마치 토라지기라도 한 것 같았다. 천막 안에서 아버지가 외치는 소리가 들려왔다. 오른쪽으로 가라, 어서 오른쪽으로 가! 나는 삿대를 끌고 오른쪽 갑판으로 뛰어갔다. 불행히도 아버지 역시 배를 움직이는 법을 몰랐기에 쓸데없는 명령이었다. 나는 오른쪽 갑판으로 달려가 배를 저었다. 이번에는 속도가 빨라졌지만 엉뚱하게도 선착장 한쪽에 그물이 쳐진 곳으로 향했다. 아버지가 또 천막 안에서 소리를 질렀다. 왼쪽으로 돌아가라, 왼쪽으로 가. 나는 양쪽 갑판을 이리저리 뛰어다녔지만 낭패였다. 왕샤오가이 무리가 선착장에서 미친듯이 웃는 소리가 들렸다. 그가 내게 외쳤다. 헛방귀, 쓸데없이 힘 빼지 마. 수상경비대가 곧 도착할 거다. 보트가 오면 우리가 곧 네놈들을 따라잡겠지. 그 낡아빠진 배가 어디까지 갈 수 있는지 한번 보자고!

나는 급한 마음으로 갑판 위에서 철갑 바지선과 힘겨루기를 했다. 그러느라 천막 안의 아버지와 비석을 챙길 여력이 없었다. 천막 안에서 무슨 일이 벌어지는지 전혀 알지 못했다. 저멀리 수상경비대 보트의 모터 소리가 들려오자 선착장에서 환호성이 울렸다. 그러나 이내 환호성이 멈추고 잠깐 침묵이 흘렀다. 천막 안을 봐! 쿠원쉬안을 보라고! 왕샤오가이 무리가 바지선을 쫓아 달리며 끊임없이 내게 뭔가를 알렸다. 고개를 돌려 보니 기슭 쪽은 이미 사람들로 북적이고 있었다. 파출소에서 경찰이 몇 명 더 왔고 부두의 하역 일꾼들도 달려와 구경하느라 난리였다. 다들 몸과 고개를 비스듬히 기울인 채 바지선 천막 안을 들여다보려 했다. 샤오 소장이 석유통 위에 올라서서 잡지로 말아 쥔 확성기를 쳐들었다. 그 외침이 급하고 심각했다. 쿠원쉬안 동지 진정하시오, 진정해. 일을 저지르기 전에 무슨 결과가 벌어질지 먼저 생각하란 말이오! 소장은 갑자기 나를 향해 욕을 퍼부었다. 헛방귀, 이 빌어먹을 천치놈아! 지금 삿대질할 때야? 어서 천막으로 가서 네 아버지 좀 말려봐!

삿대를 내던지고 천막 안으로 달려간 내 눈앞에 아버지가 비석을 짊어지고 강으로 투신하려는 마지막 장면이 펼쳐졌다. 내 눈을 믿을 수 없었다. 그에게 그토록 큰 힘이 남아 있었다는 사실을, 열사비 수호 전쟁이 이런 식으로 막을 내린다는 사실을 믿을 수 없었다. 아버지, 내 아버지 쿠원쉬안, 그는 밧줄로 자신의 몸에 비석을 꽁꽁 묶어 짊어지고 갑판 위를 기어오르고 있었다! 비석에 짓눌려 머리와 몸은 보이지도 않았다. 내게 보이는 것은 그의 두 발뿐이었다. 왼발 한 번, 오른발 한 번, 그렇게 내디딜 때마다 사람과 비석이 배 위로 조금씩 기어나갔다. 왼발은 맨발이었고 오른발에는 아직 슬리퍼가 신겨져 있었다. 나는 아버지를 덮쳤지만 손에 잡힌 것은 슬리퍼 한 짝뿐이었다. 다시 한번 덮쳤을 때, 아버지의 마지막 당부가 들렸다. 둥량아, 나는 내려간다. 너는 선대가 올 때까지 배를 잘 지키거라!

그것은 기적이었다. 아버지는 삶의 마지막 순간에 열사비와 함께 꽁꽁 묶여서 거인이 되었다. 나는 그를 잡지 못했다. 거인이 강물로 뛰어들었다. 나는 그를 잡지 못했다. 내 눈앞이 갑자기 허무가 되었다. 진췌강 강물 위에서 폭탄이 터지듯 요란한 소리가 울리며 물보라가 사방으로 튀었다. 기슭은 사람들이 놀라 외치는 소리로 들썩였다. 아버지는 보이지 않았다. 열사비도 보이지 않았다. 거인도 보이지 않았다. 나는 아버지를 붙잡지 못했다. 내가 붙잡은 것은 아버지의 슬리퍼 한 짝뿐이었다.

물고기 또는 에필로그

나는 며칠 동안 진췌강 물속에서 아버지를 찾았다.

강 밑바닥 또한 끝없이 펼쳐진 하나의 세계였다. 어지럽게 널린 돌들은 아득히 먼 상류의 산비탈을, 깨진 그릇이나 사금파리는 옛 주인의 부엌을, 찌그러진 고철들은 농기구와 기계였던 옛 시절을 그리워했다. 부러진 노와 끊어진 밧줄은 강물 위의 배를, 멍하니 있는 물고기는 헤엄쳐 가버린 다른 물고기를, 깊고 어둑한 수역은 햇빛이 찬란하게 부서지는 수면을 그리워했다. 그 가운데 오직 나만이 강 밑바닥을 오가며 아버지를 그리워하고 있었다. 나는 아버지를 찾아다녔다.

세상에는 비석을 지고 아주 멀리까지 가는 거북들이 있다. 절이나 사당에서 이런 거북들을 모신다. 이는 민간의 전설이었다. 이 세상에 비석을 지고 강물에 몸을 던진 사람은 오직 하나일 것이다. 그것은 전설이 아니라 내 아버지 쿠원쉬안이다. 사당은 그를 원치 않았고, 진훼강의 밑바닥이 그를 받아들였다.

사흘째 되던 날, 비석을 찾았다. 비석 아래로 어렴풋이 사람의 모습이 보였지만 나는 숨을 그리 길게 참지 못했다. 다시 잠수해 내려갔을 때, 그 아래의 사람 그림자는 이미 보이지 않았다. 손으로 아래를 더듬자 얼음처럼 차갑고 넓은 틈이 느껴졌다. 그 안에 살아 움직이는 것이 있었다. 가볍고 부드러운 것이 손등을 건드리는가 싶더니 물고기 한 마리가 비석 아래서 헤엄쳐나왔다. 잉어인지 초어인지는 알아볼 수 없었다. 녀석은 가뿐한 몸놀림으로 신나게 헤엄쳐 쉭 하고는 순식간에 내 앞에서 달아나버렸다. 나는 녀석을 뒤쫓았지만 곧 놓치고 말았다. 나는 물고기가 아닌데 어떻게 따라잡을 수 있겠는가? 그렇게 녀석이 헤엄쳐가는 모습을 멀뚱히 바라보기만 했다. 그 물고기가 아버지라는 생각이 들었다. 틀림없다. 아버지는 강물 깊은 곳으로 사라져버린 것이다.

아버지는 내려가고 나는 여전히 배 위에 있다. 이상한 일이다. 아버지가 내려간 뒤로는 더이상 강물의 속삭임을 들을 수 없게 됐다. 강물은 굳게 입을 다문 채 더이상 아무 말도 하지 않았다. 나를 향해 애도를 표하지도, 축하를 건네지도 않았다. 어찌된 일인지는 모른다. 사흘째 되던 날, 나는 흠뻑 젖은 채 뱃머리에 앉아 있었다. 뱃머리에 내리꽂히는 햇빛이 눈부셨다. 햇빛이 뱃머리에 떨어진 물자국을 비추자 치익 소리가 났다. 널브러졌던 물자국이 순식간에 몇 방울로 엉겨붙었다. 나는 그 몇 방울 남은 흔적을 쳐다보며 말했다. 헛방귀. 남은 물방울마저 곧 사라졌다. 헛방귀. 나는 갑판 위의 햇빛을 보고 말했다. 헛방귀, 헛방귀. 물보다 고집스러운 햇빛은 사라지지 않았다. 내 얼굴과 몸과 바지선을 더욱 뜨겁게 내리쪼일 뿐이었다. 나는 햇빛에 온몸을 내맡긴 채 그대로 데워졌고, 내 눈은 기슭 위를 어지러이 헤매기 시작했다. 문득 내 슬픔이 방금 전 그 물자국처럼 벌써 햇빛에 말라버렸다는 생각이 들었다. 어찌된 일인지는 모르겠으나 아버지가 돌아가신 지 겨우 사흘 만에 나는 또 뭍에 나가고 싶어졌다.

나는 부두 서쪽에 있는 선운사무실로 가서 운항 공고를 보았다. 칠판에는 샹양 선대가 우푸진에서 출발해 사흘 뒤 정박한다고 쓰여 있었다. 공고 앞에 멍하니 붙어선 채 지난 사흘의 일을 떠올리는데, 문득 누군가 나를 부르는 소리가 들렸다. 헛방귀, 헛방귀, 이리 좀 와봐. 물컵을 든 천투쯔가 안에서 나오더니 내 팔뚝을 붙잡고 치안사무실 쪽으로 갔다. 왜 나를 끌고 가느냐고 묻자 천투쯔가 말했다. 뭘 당황하고 그래? 부탁을 받아 너한테 물건을 전해주려는 건데. 나는 천투쯔에게 이끌려 치안사무실 앞까지 갔다. 거기에 서서 안으로 들어간 천투쯔가 캐비닛 여는 모습을 보았다. 열쇠 꾸러미가 달그랑달그랑 소리를 냈다. 나는 어머니 차오리민이 다녀갔을 거라고, 그녀가 맡긴 소포일 거라고 생각했다. 잠깐 기다려. 천투쯔가 물건을 가지고 나왔다. 그것을 받아 손 위에 올려놓고 무엇일지 가늠해보는데 아무래도 좀 이상했다. 어머니가 맡긴 소포 같지 않았다. 왠지 모르게 열어볼 엄두가 나지 않았다. 천투쯔가 말했다. 뭘 겁내? 폭탄도 아닌데. 누가 주는 건지는 열어보면 알 거야.

나는 물건을 포장한 푸른 꽃무늬 천을 조심스레 풀었다. 홍등이었다.

전혀 생각지도 못한 일이었다. 후이셴의 홍등이었다. 자신의 홍등을 내게 준 것이다.

후이셴이 왜 이걸 나한테 주는 거지? 내가 천투쯔에게 물었다.

일종의 교환이지. 자기 홍등이랑 네 일기를, 그러니까 자기 보물이랑 네 보물을. 공평하잖아? 천투쯔가 내 표정을 살폈다. 그러다가 내 표정이 예상과 달랐는지 소리를 질렀다. 사람이 만족할 줄 알아야지! 괴발개발 갈겨쓴 네 일기는 낙서야. 아무짝에도 쓸모없다고. 하지만 이건 리톄메이의 홍등이자 혁명 전문가의 보물이란 말이야. 헛방귀, 너한테 남는 장사야!

후이셴이 왜 홍등을 내 일기랑 바꾼 거지? 내가 천투쯔에게 물었다.

궁금한 게 왜 그리 많아? 천투쯔는 참을 수 없다는 듯 투덜거리기 시작했다. 뭘 자꾸 왜, 왜 하는데? 이렇게 좋은 보물을 두고. 싫으면 이리 내. 후이셴은 곧 떠날 거거든. 시집간대. 문화관 샤오주한테!

나는 홍등을 쳐들었다. 옛일을 생각하니 콧날이 시큰해져 하마터면 눈물을 흘릴 뻔했다. 천투쯔 앞에서 추태를 보일까봐 홍등을 들고 냅다 뛰었다. 뛰다보니 어쩐지 당황스러웠다. 마치 엄청나게 값비싼 장물을 들고 있는 것 같기도 하고, 잃었다가 다시 찾은 귀중한 물건을 품고 있는 것 같기도 했다. 홍등은 위안과 상처를 품고 있었다. 홍등을 들고 배를 향해 뛰는데 등잔 안에서 풍선껌 포장지 하나가 떨어졌다. 포장지를 주워서 보니 빨갛고 하얀 종이 위에 젊은 여자의 얼굴이 있었다. 그녀는 다소 과장된 파마머리를 한 채 싱긋이 웃고 있었다. 풍선껌이 행복한 생활을 안겨준다는 뜻인가? 풍선껌을 씹는데 왜 행복해진다는 거지? 알 수 없었다. 어찌된 일인지 나는 모른다.

사흘째 되던 날 오후는 햇살이 눈부셨다. 나는 이물에서 후이셴의 홍등을 깨끗이 닦았다. 쇠로 된 등피가 반질반질해지고 붉은색 플라스틱 등갓이 햇빛 아래 화려한 빨간빛을 반사했다. 그제야 만족스러웠다. 나는 홍등을 선창 천막 안에 달다가 이물에서 나는 이상한 소리를 들었다. 고개를 내밀고 살펴보니 부두로 내려가는 발판이 없어졌다는 사실을 깨달았다. 선실로 들어온 지 얼마나 됐다고 그 사이에 어쩌다 발판이 사라졌을까? 그때 갑자기 부두에서 거위와 오리가 시끄럽게 꽥꽥대는 소리가 들려오더니, 이어 마른하늘에 날벼락 같은 성난 목소리가 귓가에 울렸다. 두고 봐, 어디 두고 보라고! 고개를 드니 부두에 서 있는 바보 벤진의 모습이 눈에 들어왔다. 파란 줄무늬가 들어간 흰색 환자복 차림이었다. 한 눈은 안대로 가려져 있고, 다른 한 눈은 서늘한 복수의 광기로 반짝였다. 이마에는 커다란 멍이 들었는데, 그중 가장 괴상한 것은 코였다. 하얀 거즈가 '丰'자 모양으로 붙어 있는 크게 부풀어오른 코였다.

퇴원한 바보 벤진이 빚을 받아내겠다고 찾아온 것이다. 팔다리는 멀쩡한 모양이었다. 한 발로 내 발판을 밟은 채 양손으로 거머쥔 공고 팻말을 세울 곳을 찾아 헤매고 있었다.

처음에는 팻말에 쓰인 공고를 알아보지 못했다. 바보 벤진이 팻말 세우기를 포기하고 아예 내 앞으로 높다랗게 쳐들었을 때 비로소 그 내용을 알아볼 수 있었다. 배의 운항 소식이 아니었다. 누가 바보 벤진에게 그 공고를 써줬는지는 모르겠다. 하지만 인민미용실 앞에 나붙은 공고를 모방한 그 내용은 정식 공고보다 백배는 더 무시무시했다.

육호 공고

금일부터 샹양 선대 쿠둥량의 육지 활동을 일절 금한다!!

그래도 강물은 흐른다

한 소년이 있다. 혁명 열사의 후손이자 당 간부인 아버지, 당의 얼굴이자 목소리로 활약하는 문예선전대 출신의 어머니라는 버젓한 출생 배경을 가진 소년. 그는 어머니에게 변함없는 잔소리를 듣고, 친구들과 사소한 실랑이를 벌이며 별다를 것 없는 하루하루를 보낸다. 어느 날 혁명 열사의 내력을 확인하는 조사단이 찾아오면서 그의 일상은 완전히 뒤흔들리게 된다. 그는 더이상 혁명 열사의 후손이 아니게 되었고, 그의 아버지는 더이상 당 간부가 아니게 되었으며, 문예선전대의 히로인이었던 어머니는 그의 곁을 떠났다. 그리고 그는 뭍을 떠나 배에 올라 기나긴 선대 생활을 하게 되었다. 그의 아버지마저 그의 곁을 떠날 때까지. 소설은 한 소년이 세상으로부터 쫓겨나 강물 위에 격리된 채 살아야 했던 십삼 년의 삶을 기록하고 있다. 쿠둥량, 이것이 그의 이름이다. 말하자면, 쑤퉁의 『하안』은 배 위에서 소년기를 보내야 했던 한 청년의 성장기다.

쑤퉁은 타고난 이야기꾼이다. 파란만장한 고대 제왕의 일생을 담담하게 들려주든, 격변하는 시대에도 빨간 장난감 기차에만 집착하는 어린 소년의 추억을 기술하든, 변화하는 세상에 발 맞춰 살아가기에는 너무도 버거운 현대적 삶의 단면을 보여주든, 아주 오래된 민담 속의 신화적인 상징들을 엮어내든 간에, 그는 어떤 소재라도 흡인력 있는 이야기로 만들어낸다. 그래서 쑤퉁의 단편은 섬세하고, 쑤퉁의 중편은 묵직하지만, 무엇보다 쑤퉁의 매력을 가장 잘 드러내 보여주는 건 다름 아닌 장편이다. 『나 제왕의 생애』 이후 여러 편의 단편과 중편을 거쳐 다시 만난 쑤퉁의 장편은 그처럼 변함없이 꽉 차는 만족감을 주었다. 그래서일까? 『하안』은 『나 제왕의 생애』와는 전혀 다른 시공간적 배경을 지니고 있지만, 어딘지 낯설지만은 않은 묘한 기시감을 전해준다. 주목받는 삶을 살았던 소년이 나락으로 떨어지는 순간으로부터 시작되는 『하안』과 누구의 시선도 끌지 못했던 천덕꾸러기 왕자가 갑작스럽게 왕위에 오르게 되는 순간으로부터 시작되는 『나 제왕의 생애』의 이야기는 묘한 대조를 보이며 아래, 위로 커다란 포물선을 그린다. 쿠둥량의 질풍노도의 시기는 물과 뭍을 오가는 방랑의 계절, 그리고 강물 위의 고립된 생활로부터 시작되었고, 단백의 사춘기는 걸맞지 않은 옷을 입고 드높은 옥좌 위에 앉은 사치스럽고 호화로운 나날이었다. 그러나 그들의 한 시기는 마치 접었다 펼쳐놓은 데칼코마니처럼 닮아 있다. 다른 모든 청춘들이 그러한 것과 마찬가지로.

쑤퉁은 또한 매우 섬세하고 예민한 관찰자이다. 어느 소설 속의 화자가 '모든 극복의 대상'을 극복하기 위해 그랬던 것처럼, 쑤퉁의 시선은 세상의 모든 대상에 뿌리박은 채 마치 아무것도 놓치지 않는 듯 보인다. 증오의 대상이든, 사랑의 대상이든, 애증의 대상이든, 그 시선은 매우 치밀하고 세심한 관찰을 끝끝내 관철한다. 그러나 동시에 그 관찰의 결과를 담아내는 표현들은 일관되게 건조하고 서늘하다. 방금 내려서 뜨거운 김을 피워내며 온갖 향훈을 퍼뜨리는 뜨거운 커피가 아니라, 책상 위에 얹힌 채로 몇 시간쯤 잊고 있었던 식은 커피 같다. 입안에 넣고 사람의 체온으로 서서히 덥힐 때에야 비로소 그 맛이 일깨워지는. 쑤퉁의 미덕이 발휘되는 지점이 바로 여기다. 그는 소설가로서의 거리를 유지할 줄 안다. 때때로 조금 지나치다 싶을 정도로 이죽대는 어투조차 덤덤하게 지나칠 수 있는 건, 작가가 대상에 대한 연민과 애정을 품고 있으면서도 그 감정에 지나치게 휩쓸리지 않고 냉정을 유지하기 때문일 것이다. 대범한 엄마의 덤덤한 손길이 주변 사람들의 아이에 대한 애정을 더 불러일으키는 것처럼.

쑤퉁은 더할 나위 없는 글쟁이다. 그의 문장들은 종종 이마를 탁 치며 감탄사를 연발하게 만든다. "잘생긴 남녀는 모두 거기에 갔고, 스스로 잘생겼다고 생각하는 남녀도 거기에 갔다." 이 소설을 처음 읽을 때 가장 감탄했던, 가장 쑤퉁답다고 느꼈던 그 문장은 어떻게 해도 쉬 글맛이 살려지지 않았다. 하지만 조금 뻣뻣한 듯 느껴지는 그 문장을 입안에 넣고 곱씹다 보면, 설탕을 뿌리지 않고 만든 누룽지의 호화된 단맛이 올라오는 것처럼, 새삼 재삼 두세 가지 서로 다른 생각과 감정들이 서서히 밀려온다. '인민미용실'과 '패션의 중심', '잘생긴'과 '잘생겼다고 생각하는'이 이루는 기묘한 대조와 미묘한 뉘앙스가 한 시기의 중국 사회, 그리고 어느 사회에나 존재하는 사람의 심리라는 것을 절묘하게 전달해준다. "건강하지 않은 청춘인지라, 수많은 건강하지 못한 자질구레한 것들이 첩첩이 겹쳐, 남들에게 꽤나 밉살스러우리라는 사실은 나도 알고 있었다. 머리통은 텅 비었지만 걱정거리는 한가득이었으며, 아무것도 신경쓰지 않는 것처럼 보여도 내심 꿍꿍이가 많았다." 어떤 시공간에 처하더라도 사람의 일생은 변함없는 주기라는 것을 지니기 마련이다. 모든 세대는 자신의 세대가 특별히 세상과 걸맞지 않는다고 느끼지만, 사실 세상은 어느 특정한 세대와 특별히 긴밀한 유대를 맺지는 않는다. 그래서 청춘들은 늘 고달프게 버둥거린다. 아주 오랜 시간이 지나고 나서야 비로소 그 남루했던 시간이 자기 인생의 가장 빛나던 한 순간이었다는 사실을 인정하게 된다.

좋은 소설이란 어떤 글일까? 나름 여러 편의 글을 옮겨왔지만, 이런 질문들은 여전히 대답하기가 쉽지 않다. 쑤퉁의 소설은 좋은 소설인가? 역시 대답하기 어렵다. 그러나 나는 쑤퉁의 글을, 그의 이야기를, 민감하지만 철저한 그의 관찰력과 얼핏 보기에는 냉정하고 때때로 인정머리 없게 느껴지면서도 아주 깊은 곳에 남아 있는 인간에 대한 연민을 보여주는 그의 작가적 태도를 좋아한다. 말하자면 쑤퉁은, 내가 가장 애정하는 중국 작가다. 그리고 『하안』은 아주 쉽게 읽었고 재미있게 옮겼고, 그럼에도 불구하고, 아주 오랫동안 아주아주 어렵게 고쳐서 이제야 세상에 소개하게 된, 깨물어서 안 아플 리 없는 가장 여리고 마음이 쓰이는 새끼손가락 같은 작품이다.

『하안』은 우리와는 동떨어진 시간과 공간 속의 다소 낯선 현실을 들려준다. 쿠둥량은 첫눈에 반할 수밖에 없는 호감의 대상은 아니다. 어딘지 뒤틀린 것처럼 보이기도 하고, 아무래도 좋아하게 되지 않는 대상일 수도 있고, 또 별로 가까이 지내고 싶은 타입이 아닐 수도 있다. 그러나 누군가 낯선 이를 만나서 그가 살아온 이야기를 듣는 것처럼, 때로는 건성으로 때로는 귀기울여 그의 이야기를 따라가다보면, 거기서 우리는, 누군가를 만나고 호감을 느끼며 누군가를 배려하다가 오히려 그 사람에게 상처를 입히고 어쩔 수 없이 후회를 하며 익숙했던 모든 것들과 서서히 작별을 하고 또 그러면서 서서히 성장하는 우리 안의 모습들을 발견하게 된다. 아무리 후미진 골짜기를 돌아도 강물은 흐르고, 제아무리 누추한 현실이라도 소년과 소녀는 자란다. 그것이 인생이다.

문현선

옮긴이 **문현선**
이화여대 사학과와 중문과를 졸업하고, 동 대학원 중문과에서 석·박사 학위를 받았다. 옮긴 책으로 『거싸얼 왕』 『마사지사』 『다리 위 미친 여자』 『암시』 『행위예술』 『나는 남편을 죽이지 않았다』 『시쥐의 겨울』 『마씨 집안 자녀 교육기』 『끝에서 두번째 여자친구』 등이 있으며, 지은 책으로 『삶에서 앎으로 앎에서 삶으로』 『무협』 『거스르지 않는다』(공저) 『유라시아 신화여행』(공저) 『신화, 영화와 만나다』(공저) 『중화미각』(공저) 등이 있다.

문학동네 세계문학
하안

초판 인쇄 2019년 12월 2일 | 초판 발행 2019년 12월 13일

지은이 쑤퉁 | 옮긴이 문현선 | 펴낸이 염현숙

책임편집 박인숙 | 편집 이원주 고선향 이현정
디자인 김현우 이원경 | 저작권 한문숙 김지영
마케팅 정민호 정진아 함유지 김혜연 박지영 김수현
홍보 김희숙 김상만 오혜림 지문희 우상희
제작 강신은 김동욱 임현식 | 제작처 한영문화사

펴낸곳 (주)문학동네
출판등록 1993년 10월 22일 제406-2003-000045호
주소 10881 경기도 파주시 회동길 210
전자우편 editor@munhak.com | 대표전화 031) 955-8888 | 팩스 031) 955-8855
문의전화 031) 955-3576(마케팅) 031) 955-2699(편집)
문학동네카페 http://cafe.naver.com/mhdn | 트위터 @munhakdongne
북클럽문학동네 http://bookclubmunhak.com

ISBN 978-89-546-5850-8 03820

www.munhak.com